W0270613

Über Barbara Grüner

Die Übersetzerin Barbara Grüner lebt in Südfrankreich in einer Gegend, die ihrer Schönheit wegen viele interessante Menschen aus anderen Teilen der Welt angezogen hat.

Sie hat ihr Studium an der Universität von Montpellier absolviert und nimmt mit Begeisterung aktiv am regen kulturellen Leben ihrer Wahlheimat teil. Da sie als Amateurmusikerin unter anderem Musik keltischer Tradition spielt, hat es ihr besondere Freude bereitet, sich für diese Übersetzung in die schottischen Highlands des Mittelalters versetzt zu fühlen.

JESSI GAGE

Aus dem Amerikanischen von

Barbara Grüner

Der Wolf und die HIGHLANDERIN

ROMAN

Highland-Sehnsucht

Die Originalausgabe erschien 2014 unter dem Titel: **The Wolf and the Highlander**

Herstellung und Verlag: Amazon KDP
ISBN: 9798469013082

Umschlaggestaltung: Damonza http://damonza.com/

Anmerkung des Verlags: Alle Namen, Figuren, Orte und Begebenheiten des vorliegenden Romans wurden von der Autorin frei erfunden. Einige existierende Orte und öffentliche Bezeichnungen wurden verwendet, um eine spezielle Atmosphäre zu schaffen. Etwaige Ähnlichkeiten mit lebenden oder verstorbenen Personen sowie tatsächlichen Ereignissen sind rein zufällig und nicht beabsichtigt.

Mehr über die Autorin:
www.jessigage.com

Für meine Mum

Danksagung

Mein Dank geht an Julie Brannagh und Amy Raby, meine getreuen Freundinnen und kritischen Leserinnen. Ich freue mich jede Woche darauf, euch beide zu sehen. Shane, ich danke dir für deine Liebe und deine Unterstützung. Ohne dich könnte ich mich nicht dem Schreiben widmen. Das gilt ebenso für dich, Mum. Ohne dein Babysitting, dein Brainstorming, deine Hilfe im Haushalt und dein offenes Ohr, wenn mir nach Reden ist, könnte ich meinen Traum nicht umsetzen. Ich danke Kim Killion für ihre wunderschöne Umschlagsgestaltung. Mein Dank geht ebenfalls an Joanne Wadsworth und Shiboney Dumo, meine wunderbaren Beta-Leserinnen. Und ich danke Piper Denna für die Herausgabe dieses Manuskripts. Sie alle haben mir dabei geholfen, dieses Werk erfolgreich zu vollenden.

Kapitel 1

EISIGER WIND PEITSCHTE die Nebelschwaden. Eispartikel bohrten sich in Anyas Wangen wie Küsse eines Dämonen, als sie über das weite Ackerland zum Dorf hinüber blickte, aus dem sie vor mehr als einem Jahr verbannt worden war. Ackergill. Sie hatte nur noch eine Stunde zu reiten und würde zu Hause sein. Bei Sonnenaufgang wäre sie aller Wahrscheinlichkeit nach bereits tot.

»Bringen wir es hinter uns«, murmelte sie Leah zu, dem Pony, dass Gravois ihr geschenkt hatte.

»Chi-Yuen sagte mir, deine Beine seien geheilt«, hatte das Oberhaupt des Zigeunerlagers zwei Tage zuvor zu ihr gesagt, als sie in der Nähe von Inverness waren. »Mehr kann sie für dich nicht tun.«

»Wollt ihr mich loswerden?« Sie hatte Gravois' Wink mit dem Zaunpfahl nur zum Schein leicht genommen, doch in Wahrheit hatte sich ihr bei seinen Worten vor Angst fast der Magen umgedreht. Nachdem sie fünf Monate lang mit seiner Truppe gereist war, hatte sich bei ihr ein gewisses Gefühl der Verbundenheit mit diesem geheimnisvollen Zigeuner und seinem der Zauberkraft mächtigen, skurrilen Völkchen eingestellt.

»Auf gar keinen Fall, Mademoiselle. aber dein Schicksal erwartet dich woanders.«

Sie hatte gelernt, ihm nicht zu widersprechen, wenn er behauptete, Dinge zu wissen, die niemand wissen konnte. Nichts für unmöglich zu halten schien eine von Gravois' Spezialitäten zu sein. Sie hätte sterben müssen, als sie in einem entlegenen Felsgebiet in eine Spalte gefallen war und sich beide Beine gebrochen hatte, doch Gravois, den sie damals noch nicht kannte, hatte sie wie durch ein Wunder gefunden. Normalerweise hätte sie nie wieder laufen können, doch Chi-Yuens Medizin hatte sie soweit wiederhergestellt, dass sie sich über kurze Strecken auf ihren Beinen fortbewegen konnte. Wenn er davon ausging, dass irgendwo ein Schicksal auf sie wartete, tat sie gut daran, ihm zuzuhören.

»Nimm dies mit«, hatte Gravois gesagt und ihr einen polierten Amethyst gereicht, der für ein gewöhnliches Mädchen wie sie viel zu schön und kostbar war. »Der Stein wird dich zu deinem Bestimmungsort führen. Wenn du dein Schicksal annimmst, werde ich deine Schuld für die vergangenen fünf Monate als beglichen betrachten.«

Sie hatte den Edelstein widerwillig entgegengenommen und war, verzweifelt, nicht zu wissen wohin sie sich wenden sollte, und mit der Absicht, das Pony und den Edelstein zu verkaufen, auf Leah nach Inverness geritten. Wenn sie Glück hatte, würde dabei genug herausspringen, um ein paar Jahre lang ein armseliges Dasein fristen zu können. Doch der verfluchte Zigeuner hatte wieder einmal Recht behalten. Im Laufe ihres Ritts war eine innere Unruhe in ihr herangewachsen. Als sie sich schließlich darauf einließ, wusste sie, wohin sie reiten musste. Und jetzt war sie hier.

Sie trieb Leah mit einem Druck ihrer Fersen an, und ritt den sanften Abhang bis ins Ackerland von Ackergill hinab. Die Hufe des Ponys klapperten auf dem harten Boden der ausgefahrenen Straße. In der Ferne standen oben auf den Klippen Darcys Windmühlen wie Schachfiguren auf einem Spielbrett. Links von den Mühlen hockte, wie in Grübelei versunken, Burg Ackergill. Vom Tal bis hoch zu den Klippen lagen Pächterhütten verstreut am Abhang. Beim vertrauten Anblick der Heimat ihres Clans verflog ihre Unruhe. Sie wich einem Gefühl des Friedens.

Nach Hause zu kommen war das Richtige. Sie hatte Ihrem Clan viel Leid angetan. Sie hatte gehört, dass Big Darcy ihretwegen jetzt hinkte, wahrscheinlich für sein ganzes Leben. Ginneleah, die Gemahlin, die Laird Steafan ihr vorgezogen hatte, hatte glücklicherweise keine bleibenden Schäden davongetragen. In ihrer Eifersucht hatte Anya Ginneleah unter einem falschen Namen mit Chinin versetztes Öl zugesandt. Sie hatte behauptet, dieses Öl begünstige die Empfängnis, obwohl es sich in Wahrheit um die Mixtur handelte, die Anja selbst als Verhütungsmittel benutzte. Big Darcys Frau hatte Anyas Machenschaften aufgedeckt. Aodhan hatte sie für ihren Betrug ins Exil geschickt, und kurze Zeit später hatte sie gehört, Ginneleah habe ein Kind geboren, das Kind, das Anya ihrem Laird hätte schenken wollen. Diese Neuigkeiten hatten sie dermaßen in Wut versetzt, dass sie Darcy und seiner Frau einen Sack mit Äpfeln zugesteckt hatte, in dem sich eine giftige Viper verbarg. Die Viper hatte Darcy in den Fuß gebissen. Er wäre beinahe daran gestorben.

Noch am gleichen Tag war sie von ihrem Pferd und in eine Felsspalte gestürzt.

Sie war davon ausgegangen, dass ihre von dem Fall herrührenden Narben und ihr zerschundener Körper als gerechte Strafe für ihre Missetaten ausreichten. Doch das ging nicht. Sie war trotz ihrer Bestrafung unehrenhaft geblieben, da sie sich ihren Opfern nie gestellt hatte. Ihr Verhalten war einer Keith nicht würdig. Ohne die Einmischung des Zigeuners wäre ihr dies nicht bewusst geworden. Ob Gravois' Edelstein oder ihr Gewissen sie hierher geführt hatte, war nicht wichtig; sie war dankbar, hier zu sein. Es war an der Zeit, die Waagschalen wieder ins Gleichgewicht zu bringen.

Leah nahm den Anstieg, der zum Dorf hoch führte. Anya lenkte sie zu den Stallungen, die zu dieser abendlichen Zeit glücklicherweise menschenleer waren. Sie kümmerte sich um das Pony, fütterte es mit Getreide, und tätschelte ihm zum Dank für seine Arbeit den Hals. Als das getan war, verhüllte sie ihr Gesicht mit der Kapuze ihres Umhangs und machte sich humpelnd auf die Suche nach Aodhan. Als Feldherr der Keiths war er mit großer Wahrscheinlichkeit auf der Burg zu finden.

Die Novemberkälte biss ihr in die Nase. Der Wind blähte ihren Umhang auf. Ihre Beine schmerzten, als würde jemand Nadeln in ihre Gelenke stechen. Sie hatte für den Weg vom Dorf bis zur Burg noch nie so viel Zeit gebraucht.

Als sie sich dem festungsartigen Gebäude näherte, drangen von seiner Rückseite her die Klänge einer Versammlung bis zu ihr. Sie folgte der Musik von Geige und Dudelsack zum Burghof hinter dem Bergfried.

Die Eichentüren des großen Saals standen weit offen und ließen die kalte Nachtluft herein. Von einem Feuer in der Mitte des Burghofs stieben Funken in den dunklen Himmel. Laut singende Männer schwenkten ihre Krüge. Frauen tanzten und lachten. Auf einem Tisch neben dem Feuer lagen Überreste eines Festmahls. In der Mitte des Tisches lag ein ausgehöhlter Baumstamm. Ohne hineinzusehen wusste sie, was der Baumstamm enthielt. An einem Ende ein Häufchen Erde, am anderen ein Häufchen Salz. Der Clan der Keiths verabschiedete sich mit einer Salz-und-Erde-Zeremonie von einem seiner Mitglieder.

Es war schade, dass jemand gestorben war, doch es kam ihr gerade recht, weil sie Aodhan finden musste, und er sicherlich zugegen war. Steafan ebenfalls. Sie hinkte in den Schatten des Burgtors und ließ auf der Suche nach ihren Gesichtern den Blick über die Versammlung schweifen.

Auf der anderen Seite des Burghofs überragte ein honigblonder Kopf die Anwesenden. Big Darcy. Es versetzte ihr einen Schlag. Er tanzte nicht, sondern stand hinter dem Tisch, trank Bier und unterhielt sich mit einem anderen Krieger. Konnte er überhaupt noch tanzen? Hatte er mit seinem verletzten Bein Mühe, seine Mühlen zu betreiben? *Och*, wenn sie damals nicht ihren idiotischen Racheakt vollzogen hätte, wäre Darcy heute unversehrt. Sie selbst wäre nie im Exil gelandet und wäre nicht in eine Felsspalte gefallen, um zu dieser verkrüppelten und entstellten Karikatur einer Frau zu werden.

Die Musiker hörten auf zu spielen, als ein breitschultriger Mann würdevoll an den Kopf des Tisches trat. Laird Steafan. Sie wartete auf das Ziehen im Herzen, das sie bei seinem Anblick immer empfunden hatte. Es blieb aus. Sonderbar. Seit sie ein Kind war, hatte sie Steafan geliebt. Zumindest hatte sie das geglaubt. Wahrscheinlich hatte sie nur das Ansehen und die Privilegien geliebt, die sie als seine Lady oder seine Geliebte zu erlangen hoffte. Damals hätte sie alles getan, um sich einen Platz in seinem Bett zu sichern. Und heute Abend würde sie in seinem Kerker landen. Wenn sie Glück hatte, würde sie nicht allzu lange darin verbleiben, bevor er ihrem Leiden ein Ende machte. Doch wenn es ihrem Laird beliebte, sie langsam enden zu lassen, würde sie sich nicht dagegen auflehnen. Wie auch immer ihre Bestrafung aussähe, sie hatte sie verdient.

Steafan wartete, bis die Feiernden ihm ihre Aufmerksamkeit schenkten. Er lächelte und zeigte dabei seine ebenmäßigen Zähne. Es war an der Zeit, zu Ehren des Verstorbenen Erde und Salz ins Feuer zu werfen. Die Erde als Symbol vergänglichen Fleisches, das Salz als Symbol ewigen Lebens.

Sie fragte sich vage, wer gestorben war, während sie in der Menge nach Aodhans dunklem Haar Ausschau hielt. Sie konnte ihn nicht ausmachen. Vielleicht war er in der Burg zu finden. Sie wandte sich um, um hineinzugehen.

»Wir haben uns heute hier versammelt, um Fergus Douglass MacDougal Keith die letzte Ehre zu erweisen.« Steafans Stimme traf sie mit der Wucht eines Vorschlaghammers.

Vater.

Die Salz-und-Erde-Zeremonie wurde für ihren Vater abgehalten.

»Auf Fergus!« rief ein Mann.

»Auf Fergus!« antworteten die Trauergäste.

Ihr versagten die Beine. Sie lehnte sich an die Tür. *Verloren. Sie hatte sie alle verloren.*

Ihre Mutter war fortgegangen, als sie und Seona noch klein waren. Seona, ihre ältere Schwester und beste Freundin, war aus dem Freudenhaus in Thurson verschwunden, kurz bevor Anya dort zu arbeiten begann, nachdem sie ins Exil verbannt worden war. Sie hatte nie aufgehört, nach Seona zu suchen, noch nicht einmal nach ihrem Sturz. In jedem Ort, in den Gravois seine Zigeunertruppe brachte, hatte sie überall gefragt, ob man ihre Schwester gesehen habe. Doch es hatte nichts gebracht.

Jetzt war ihr Vater ebenfalls davongegangen. Sie hatte ihn seit ihrem Exil nicht mehr gesehen, und sie hatten sich nie sehr gut verstanden, doch er war immer noch ihr Vater. Ihr Herz wurde sich plötzlich mit tiefer Traurigkeit des Verlustes bewusst.

Ihr sank der Mut. Ihr Drang, Aodhan zu finden und für ihre Sünden zu büßen, schwand. Alles, was sie jetzt wollte, war, auf Leahs Rücken davonzureiten, um alles, was sie verloren hatte, zu beweinen. War es zu spät, zu Gravois zurückzukehren und ihn um einen Platz in seinem Lager anzuflehen?

Schniefend ihre Tränen hinunterschluckend humpelte sie aus der Burg. Sie hörte es hinter sich zischen, als Steafan den Inhalt des Baumstamms ins Feuer warf. Es schnürte ihr die Luft ab. Der Geist ihres Vaters würde das Zischen ebenfalls gehört haben und war in den Frieden des Himmels entwichen.

Jetzt war er wirklich von ihr gegangen.

Gott, sie fühlte sich so allein!

Die Menge jubelte. Ihr Gesang begleitete sie bis hinunter zu den Cottages. Ihre Füße trugen sie in die dunkle Gasse, die sie in und auswendig kannte. Das Cottage, in dem sie mit ihrem Vater gelebt hatte, lag direkt vor ihr, dort, hinter der Hecke, wo die Witwe McAllister ihre Mutterschafe hielt.

Das schräge, strohgedeckte Dach grüßte sie wie ein alter Freund. Sie humpelte zur Eingangstür. Sie stand einen Spalt offen. Ein Streifen goldenen Lichts fiel aus dem Spalt.

Sie hielt inne.

Da war jemand im Haus.

Wie konnte jemand es wagen, das Cottage ihres Vaters zu plündern, während sein Totenfeuer noch brannte? Sie drückte die in den Angeln quietschende Tür auf, und erblickte einen dunkelhaarigen Mann, der über das Regal gebeugt stand, wo ihr Vater seinen Schnickschnack aufbewahrte, und die Gebilde aus Muscheln und Treibholz durchstöberte, die ihr Vater zusammengeschustert hatte, um sich die Zeit zu vertreiben.

Der Mann richtete sich auf und wirbelte herum, wobei ihm beinahe ein Kästchen aus der Hand gefallen wäre, das er vom Regal genommen hatte. Eine Laterne auf einem Nebentisch erhellte seine Züge. Aodhan.

§

RIGGS SCHENKEL BRANNTEN, als er durch den Wald rannte. Er legte sich noch mehr ins Zeug. Rannte schneller. Er wollte sein Beutetier, das er die ganze Nacht bis in die Wildnis von Larna verfolgt hatte, nicht verlieren. Es gab nur eine einzige Sache auf der Welt, für die er riskierte, den Barbaren, die hinter der Grenze von Marann lebten, über den Weg zu laufen. Geflecktes Wildschwein.

Er spürte bereits den Schmelz des süßen Fleischs der Sau auf der Zunge. Ihre Schinken würden ein anständiges Frühstück abgeben. Und aus ihrem Fell konnte er eine Bettdecke machen und sie an einen Adligen in Chroina verkaufen. Über die Jahre hatte er genug Münzen angespart, um zehn Lotteriescheine kaufen zu können. Jetzt musste er nur noch seine Börse füllen, um eine Lady verwöhnen zu können, falls er eine gewann und für eine Saison behalten durfte. Der Erlös eines einzigen gefleckten Wildschweinfelles würde ihn an sein Ziel bringen.

Die Sau verschwand in einer Senke, tauchte dann wieder auf und hielt auf ein Gebüsch immergrüner Pflanzen zu. Er gewann an Terrain, indem er über die Senke sprang, rutschte auf der anderen Seite jedoch mit dem Stiefel auf feuchten Blättern aus. Er ruderte mit den Armen, um das Gleichgewicht wiederzuerlangen, und musste sich mit einer Hand am Boden abstützen, um nicht zu fallen. Das Wildschwein verschwand hinter einer Baumreihe.

Er senkte den Kopf und setzte ihm nach. Nichts sollte ihn davon abhalten, die Sau zu fangen. Dieses Jahr war sein Glücksjahr. Das spürte er bis in die Knochen.

Scharfer Kieferngeruch sprang ihn an, als er sich seinen Weg zwischen Bäumen hindurch bahnte. Zuerst sah er die Sau nicht. Ein Rascheln zu seiner Rechten zog seinen Blick gerade noch rechtzeitig auf ihr schönes Fell, bevor sie im Farn verschwand. Es war braun und schwarz, mit gerade so viel Weiß, dass es sich vom herbstlich-braunen Wald abhob.

Komm schon, meine Süße. Du weißt, dass du mir gehörst. Hör auf, dich zu wehren.

An ihren bebenden Flanken und ihrem abnehmenden Tempo erkannte er, dass sie ermüdete. Auch er war müde, schließlich war er fast die ganze Nacht hinter ihr hergerannt, doch wenn er sie erst gefangen hatte, würde die Anstrengung sich gelohnt haben. Oh ja, sie würde sich gelohnt haben.

Na endlich! Beim Versuch, über einen liegenden Baumstamm zu springen, blieb sie mit ihrem Huf in dem verrotteten Holz hängen.

Er stürzte sich auf sie und landete auf ihr. Seine Nägel bohrten sich wie Dolche in ihr Fell und hielten ihren zappelnden Körper fest. Er riss den Mund auf und wollte seine Zähne in ihre Kehle schlagen.

»Was ist das für ein Lärm?« Aus einer nahen Baumgruppe tönten Stimmen zu ihm herüber und ließen ihn einhalten.

»Ich gehe mal nachsehen.«

Mist. Larnier.

Die Sau nutzte seine Ablenkung aus. Sie wandte sich um und durchbohrte mit einem Stoßzahn seinen Schenkel. Der Schmerz durchzog sein ganzes Bein. Und was noch schlimmer war, die Sau entwand sich seinem Griff. Sie machte sich in Richtung der Stimmen davon. Ein schlaues Mädchen. Sie wusste, dass er von Marann her über die Grenze gekommen war und nicht riskieren würde, es mit einer Überzahl von Feinden aufzunehmen.

Sie raste mitten in die Baumgruppe. Rufe erschollen.

»Ein geflecktes Wildschwein!«

»Fang es!«

»Wo ist mein Dolch?«

»Jetzt steh da nicht rum, als hättest du einen Stock verschluckt! Hol die Sau!«

»Wir kümmern uns um die Falle. Los jetzt! Lass sie nicht entkommen!«

Riggs konnte vier Stimmen ausmachen. Es musste sich um eine Jagdgesellschaft handeln. Die einzigen Gelegenheiten, zu denen die Larnier es miteinander aushielten, waren die Jagd und der Krieg. Ansonsten neigten sie eher dazu, einander abzuschlachten, als miteinander zu arbeiten.

Er konnte hören, wie sie sich ihrer Kleidung entledigten und der Sau nachsetzten. Zwei Paar Füße rannten in den Wald. Zwei Männer blieben zurück.

Wenn er das Wildschwein für sich haben wollte, musste er zuvor die Larnier töten. Jetzt, wo sie die Sau gesehen hatten, würden sie nicht aufgeben, bis sie sie erlegt hatten.

Es machte ihm nichts aus, Larnier zu töten, doch es nur einer Beute wegen zu tun, selbst wenn es sich um ein geflecktes Wildschwein handelte, konnte er nicht gutheißen. Mist. Er hieb mit der Faust auf den Boden.

Er saß mit dem Rücken an den verrotteten Baumstamm gelehnt, um Atem zu schöpfen. Das Kratzen der Rinde auf seiner Haut regte ihn angenehm an. Der Geruch des gefleckten Wildschweins hing ihm immer noch in der Nase, wie um ihn zu verhöhnen.

Was noch schlimmer war, als eine so seltene Beute zu verlieren, war die Gewissheit, dass die dreckigen Larnier ihr schönes Fell verderben würden.

Lauf, meine Süße. Lauf wie der Wind!

Er ließ den Kopf auf den Baumstamm sinken und sah zu den Wipfeln der Bäume auf. Beim Mond, was war er müde! Und hungrig. Außerdem blutete er. Er brauchte sein Frühstück. Am besten machte er sich leise aus dem Staub und ging auf der anderen Seite der Grenze, in Marann, auf die Jagd.

Als er sich gerade zum Gehen erhob, ließ ihn ein von der Baumgruppe kommendes Murmeln aufhorchen. »Wir könnten mit ihr spielen«, schlug einer der Männer vor. »Wir könnten ihr einen Vorgeschmack von dem geben, was sie erwartet, wenn wir in Saroc zurück sind. Na, du Hübsche? Willst du rauskommen und mit uns spielen?« Er hörte das Geräusch eines hölzernen Käfigs, an dem gerüttelt wurde.

Ein Knurren. Dann die Laute eines gereizten, sich wehrenden Tiers.

Ach, Mist. Sie hatten eine Wölfin gefangen. Riggs hatte Gerüchte über die Larnier gehört, von denen ihm schlecht geworden war. Er hatte gehofft, es handele sich nur um Gerüchte, doch jetzt wusste er, dass etwas Wahres daran war. Es war abscheulich. Und er würde es nicht tatenlos geschehen lassen. Letztendlich kam er heute wohl doch nicht darum herum, ein paar Lanier zu erledigen.

»Hast du einen Maulkorb im Gepäck?«, fragte einer der Männer.

»Ja, hier.« Es war still, während Riggs sich heranschlich. Dann hörte er: »Na komm, du Hübsche, halt still.«

Er war jetzt nah genug, um die Männer zwischen den Zweigen einer Kiefer hindurch beobachten zu können. Sie trugen keine Hemden, waren jedoch mit Kriegskilts in verwaschenem Blau bekleidet. Sie waren Soldaten, wie die meisten der verbliebenen Larnier. Und wie die meisten verbliebenen Larnier waren sie älter als Riggs und ihre Bärte waren mit grauen Strähnen durchsetzt. Der eine hatte einen Fangstock durch die Stäbe der Käfigfalle geschoben. Er hatte die Schlinge um den Hals einer zähnefletschenden Wölfin gelegt und zog sie zu. »Ich hab sie. Mach weiter. Mach den Käfig auf.«

Der andere Mann hielt einen Maulkorb bereit und hob die Tür der Falle an. »Sie ist nicht so hübsch wie die Weibchen, mit denen Bantus gerne prahlt, aber für einen kurzen Fick, während die anderen mit dem Wildschwein beschäftigt sind, ist sie gut genug.«

König Bantus prahlte mit Weibchen? Waren damit Wolfsweibchen gemeint? Das musste es sein, da Magnus, Riggs' König, im letzten Krieg alle in Larna verbliebenen Frauen evakuiert hatte. Seitdem hatte König Bantus über ein aussterbendes Volk geherrscht, das keine Hoffnung besaß, mit Hilfe seiner Jugend weiter zu bestehen. Es gab Leute, die meinten, das Interesse der Larnier für Wölfinnen sei daher gerechtfertigt. Damit war Riggs nicht einverstanden. Keine Kreatur hatte es verdient, gegen ihren Willen gefickt zu werden.

Der Mann mit dem Fangstock bemühte sich, den Wolf stillzuhalten, während der andere seine Hand mit dem Maulkorb in den Käfig steckte.

»Ein lebhaftes Weibchen«, sagte der Mann mit dem Stock. »Genau das Richtige. Mit der werden wir unseren Spaß haben.«

»Du freust dich zu früh«, sagte Riggs und trat hinter der Kiefer hervor.

Die Männer sprangen auf. Sie stellten sich ihm zähnebleckend gegenüber. Sie mussten die Köpfe weit in den Nacken legen, um ihm in die Augen zu sehen. Sie waren kräftig gebaut und mussten hart im Nehmen sein, da sie den Krieg überlebt hatten, doch wie fast jeder andere waren sie kleiner als er.

Er zeigte ihnen ebenfalls herausfordernd die Zähne.

Sie gaben das Zähneblecken augenblicklich auf. Er wurde es nie müde, bei Männern die Kampfeslust verpuffen zu sehen, sobald sie merkten, dass sie unterlegen waren.

Die Wölfin verzog sich, mit dem Fangstock um den Hals, in den Wald. Riggs merkte sich, in welche Richtung sie lief.

Wie zu erwarten, wandten die Männer sich um und rannten ebenfalls davon. Feiglinge.

Er verspürte Lust, sie zu hetzen. Er hatte schon lange keinen gerechten Grund mehr gehabt, Larnier zu töten. Doch wenn es der Wölfin nicht gelang, sich von dem Fangstock zu befreien, würde er sie beim Jagen hindern. Sie würde deswegen nicht unbedingt sterben, aber er konnte sich vorstellen, dass es kein Vergnügen war, mit einem Fangstock um den Hals durchs Leben zu laufen.

Er machte sich im Wald auf die Suche nach der Wölfin.

Als er am Vortag das gefleckte Wildschwein gewittert hatte, hatte er sich auf eine gute Mahlzeit gefreut, und darauf, eine Woche mit dem Gerben eines schönen Fells zu verbringen. Jetzt sah es so aus, als müsse er stattdessen auf der Suche nach einer abgehauenen Wölfin durch ganz Larna humpeln. So war das manchmal mit Glückstagen.

Kapitel 2

»WAS MACHST DU denn hier?«, rief Anya.

Aodhans eisblaue Augen weiteten sich. «Ich? Ich frage mich, was du hier machst. Du bist doch tot!« Sein Gesicht verlor die Farbe, während er sie entgeistert anstarrte.

Sie schnaubte. »Ich bin kein Gespenst, falls du das glaubst. Ich bin genauso lebendig wie du, obwohl ich es wohl nicht lange bleiben werde, soweit ich mich der Warnung entsinne, die du mir bei unserem letzten Treffen in diesem Cottage erteilt hast.« Er kam damals gerade aus Dornoch zurück, wo Darcy und seine Frau Anyas Machenschaften aufgedeckt hatten, mit denen sie Ginneleah hindern wollte, schwanger zu werden. Seinem Laird treu verbunden, hatte Aodhan ihr befohlen, Ackergill zu verlassen und nie wieder zurückzukehren. Sollte sie es jemals wagen, würde er sie Steafan ausliefern und ihre Missetaten auflisten. Steafan war nicht dafür bekannt, Gnade walten zu lassen. Es sah letztendlich doch so aus, als würde sie noch heute Abend von ihrem Schicksal eingeholt.

Die Farbe kehrte in Aodhans Gesicht zurück. *Och*, es gab nichts, was den Feldherrn länger aus der Fassung bringen konnte. Wäre sie wirklich ein Gespenst gewesen, hätte er sich wahrscheinlich genauso schnell erholt.

»Bevor du mich zu Steafan bringst, habe ich dir etwas zu sagen.« Indem sie näher an ihn herantrat, ließ sie ihn sehen, dass sie humpelte. »Sag Darcy, dass mir leid tut, was ich getan habe.

Und sag Ginneleah, dass ich zutiefst bereue, ihr Leid zugefügt zu haben.« Ihre Kehle war zugeschnürt. Sie räusperte sich. *Sei mutig, Anya. Mach deinen Vater stolz auf dich.* »Es tut mir alles schrecklich leid, Aodhan. Es tut mir leid, dich hintergangen zu haben, indem ich mich an deiner Tochter und deinem Laird vergriff. Unserem Laird. Ich bin jetzt bereit, ihm gegenüberzutreten. Mach weiter. Bring mich zu Steafan.«

Sie reckte das Kinn vor und straffte die Schultern. Sie wusste aus Erfahrung, dass sie von Aodhan keine Nachsicht zu erwarten hatte, nur weil sie einst ein Liebespaar waren. Diese falsche Annahme hatte er ihr ausgetrieben, indem er sie erst ins Exil schickte und dann in dieser schrecklichen Felsspalte dem Tod überließ.

Er zog die Brauen hoch. »Gütiger Himmel, Mädel. Was ist bloß mit dir passiert?«

Meinte er ihr Hinken? Oder ihre Narben? »Du weißt, was passiert ist. Ich bin gestürzt.«

»Ich erinnere mich“, sagte er ernst.

Er musste sich ebenfalls daran erinnern, dass sie ihn angefleht hatte, sie zu retten, und dass er sich geweigert hatte, da sie kein Mitgefühl für die Menschen aufbrachte, denen sie mit ihrer Hinterlist Schaden zugefügt hatte. Was würde er von ihr denken, wenn er wüsste, wie sehr sie sich in den vergangenen Monaten geändert hatte? *Och*, es war nicht wichtig. Ihre Reue änderte nichts an ihren bösen Taten, außerdem war sie sich erst im Angesicht des Todes der Tiefe ihrer Verdorbenheit bewusst geworden.

»Wie bist du rausgekommen?«, fragte er.

»Ein Zigeuner hat mich gerettet.«

Als er sich bewegte, reflektierte das Kästchen, das er in der Hand hielt, das Licht seiner Laterne. Es hatte in etwa die Größe eines Rasierzeugkästchens. Zwischen seinen Fingern blitzte mit weißem Metall eingelegtes, aufwendig gearbeitetes Rosenholz hervor. Das Kästchen erschien ihr bekannt, doch sie konnte sich nicht erinnern, wo sie es bereits gesehen hatte.

»Gehörte das meinem Vater? Was machst du damit?« Sie wurde hitzig vor Ärger. »Bestiehlst du ihn, jetzt, wo er dahingegangen ist? Du verdammter – «

»Es handelt sich um das Kästchen, das Steafan zu zerstören versucht hat. Das Kästchen, von dem Darcys Frau sagte, es habe sie aus der Zukunft hergebracht.«

Der Atem gefror ihr in der Lunge. Kein Wunder, dass es ihr so bekannt vorkam. Sie hatte das vermaledeite Ding einmal in der Hand gehalten, und mit eigenen Augen neben dem Herstellerzeichen das Datum gesehen, das unmöglich der Wirklichkeit entsprechen konnte. Sie hatte dieses Kästchen zum letzten Mal im Frühling 1517 gesehen, doch auf seiner Unterseite stand, es sei 1542 hergestellt worden.

Mit diesem Kästchen hatten alle ihre Schwierigkeiten begonnen. Wäre sie heute unversehrt, wenn sie es nie zu sehen bekommen hätte? Wäre sie oben auf der Burg, um sich inmitten ihres Clans von ihrem Vater zu verabschieden?

Sie trat einen Schritt zurück. »Komm mir nicht zu nah damit. Es ist verhext.«

»Kann sein«, stimmte Aodhan zu. »Ich habe zugesehen, als Steafan mit allen Waffen aus der Waffenkammer der Burg versucht hat, es zu zerstören. Er hat es sogar in Darcys Mühle unter den Mahlstein gelegt. Noch nicht einmal das hat geholfen. Als ich es das letzte Mal sah, flog es von den Klippen hinunter. Steafan kreischte wie eine Todesfee, eine Banshee, als er es hinunterwarf. Und jetzt schau genau hin.« Er drehte das Kästchen in der Hand. »Noch nicht einmal ein Kratzer.«

Anya weigerte sich, näher zu treten, um sich zu vergewissern.

»Dein Vater muss es gefunden haben, als er Seetang für den Markt sammelte. Deswegen stand es hier bei seinem Gerümpel.« Er zeigte auf die Regale.

»Das ist kein Gerümpel. Diese Dinge machten ihn glücklich.«

»Der Whisky machte deinen Vater glücklich. Er vertrieb sich mit diesem Zeug lediglich die Zeit, bis abends der Pub aufmachte.«

Damit hatte der verfluchte Kerl Recht. »Du solltest über den Toten nicht schlecht reden. Wie ist er dahingeschieden? Weißt du es?« Der Schmerz schwoll in ihrer Brust und trieb ihr Tränen in die Augen. Sie hielt sie zurück. Sie wollte nicht, dass Aodhan sie weinen sah. Ihr Vater war in der Tat ein Trunkenbold gewesen, und noch dazu ein ziemlich gemeiner, doch er war ihr Trunkenbold gewesen, um den sie sich gekümmert hatte. Aodhan war daran schuld, dass sie ihm bei seinem Tod nicht hatte beistehen können. *Och*, um Himmels Willen! Sie war selbst daran schuld. *Sie allein.* Sie war diejenige, die Böses getan hatte.

»Altersschwäche, An. Höchstwahrscheinlich.« Ihr Blick wurde sanft, als sie ihn die Kurzform ihres Vornamens aussprechen hörte. »Vielleicht hat er auch zu viel getrunken. Es hat ungefähr eine Woche gedauert. Er hat gelitten, doch er ist tapfer von uns gegangen, wie es sich für einen Keith gehört. Ich bin gekommen, um das Inventar seiner Besitztümer aufzunehmen«, fuhr er ohne jede Sanftheit fort. »Da dein Vater keine überlebenden nahen Verwandten hat, gehört jetzt alles dem Laird.«

Auf sie hinunterblickend wartete er darauf, dass das Gesagte bei ihr einsank. Seitdem er sie ins Exil verbannt hatte, gehörte sie nicht mehr zum Clan. Sie zählte nicht als Erbin ihres Vaters. Sie hatte nichts anderes erwartet, doch es laut ausgesprochen zu hören, versetzte ihr immer noch einen Stich.

»Nun«, sagte sie schnippisch. »Worauf wartest du? Bring mich zu Steafan.«

Aodhan schüttelte den Kopf. »Nay. Ich glaube nicht, dass ich das tun werde. Und Darcy und Ginnie ausrichten, dass du deine Taten bereust und um Vergebung bittest, werde ich auch nicht.

Wenn du dich umdrehst und zu dieser Tür hinausgehst und ich dich nie wieder sehe, werde ich mir einreden, dass dieses Kästchen mir heute Abend dein Gcspenst gezeigt hat. Vielleicht glaube ich dann morgen früh sogar daran.«

Sie schüttelte den Kopf. »Ich bin aus einem bestimmten Grund hergekommen. Du musst dafür sorgen, dass ich bestraft werde. Du musst es tun.« Ihr Vater war tapfer gestorben. Sie wollte es ihm gleichtun.

»Mir scheint, du hast genug gelitten. Fort mit dir, Mädel.« Er zeigte mit dem Kinn zur Tür.

Dies durfte nicht passieren. Sie wurde ein weiteres Mal von einem Mann fortgeschickt, ohne zu wissen, wohin sie gehen sollte. Sie hatte in dem Gedanken, nach Ackergill heimzukehren, Frieden gefunden. Ihr Gewissen hatte sie zum ersten Mal seit langer Zeit in Ruhe gelassen.

»Fort mit dir«, wiederholte Aodhan und drehte ihr den Rücken zu, während er vorgab, sich für den Krimskrams ihres Vaters zu interessieren.

Er zeigte sich gnädig, doch sie wollte keine Gnade. Sie war so davon überzeugt gewesen, dass sie herkommen musste! Sie hatte darauf gehofft, irgendwo dazuzugehören, und sei es auch nur für wenige kostbare Augenblicke.

Ein Lied, das einer von Gravois‘ Mitreisenden immer sang, stieg in ihr auf wie ein Gebet:

Als ich ein Heim besaß, wollte ich es verlassen.
Und als ich keins besaß, wollt‘ ich zu Hause sein.
Herr, wenn du siehst, dass ich mir redlich Mühe gab,
Öffne die Himmelstür, ich komme heim.

Sie war heimgekommen. Aber noch nicht ganz. Sie würde sich nicht feige drücken. »Bring mich zu Steafan«, sagte sie, doch ein leise klickendes Geräusch, das aus Aodhans Richtung kam, unterbrach sie. Das Cottage begann, sich um sie zu drehen, schnell und schneller, als sei sie in einen Wasserstrudel geraten. Ihr wurde so schwindlig, dass sie sich auf allen Vieren wiederfand.

»Was soll das, verdammt noch mal?«, fragte Aodhan.

Etwas fiel klappernd zu Boden. Aus dem Wirbel heraus versuchte sie auszumachen, wo das Geräusch herrührte. Das Kästchen. Obwohl es ruhig am Boden stand, zischte es an ihr vorbei und hinterließ eine Spur vor ihren Augen wie eine Sternschnuppe. Sein Deckel stand offen.

Der wirbelnde Boden bestand nicht mehr aus staubigen Holzbrettern, sondern aus trockenen Blättern. Das dämmrige Laternenlicht im Cottage wich grauem Tageslicht, das entweder Morgen- oder Abenddämmerung bedeuten konnte.

»Anya! Was ist los, Mädchen?« Aodhans Stimme klang wie aus der Ferne.

»Das verfluchte Kästchen spinnt!«, schrie sie. Doch die Hütte war verschwunden. Aodhan war verschwunden. Das Wirbeln hörte so abrupt auf, wie es begonnen hatte.

Sie war von dichtem, grauem Wald umgeben. Sie setzte sich vorsichtig auf und suchte in ihrer Erinnerung nach einem Hinweis, wo sie sich befinden könnte. In der Nähe von Ackergill gab es keine so dichten Wälder. Und Efeuranken, wie sie von den bemoosten Bäumen hingen, hatte sie auch noch nie gesehen.

»Teufel noch eins!« Das vermaledeite Kästchen hatte sich mal wieder eingemischt. Es hatte sie Gott weiß wohin gebracht. Vielleicht über den Ozean. Vielleicht in eine andere Zeit, wie Big Darcys Frau es behauptet hatte.

Hieß das, dass sie hier festsaß? Wo immer sie auch sein mochte?

Ein krachendes Geräusch ließ sie den Kopf wenden. Ein wildes Tier brach durch das Farnkraut und rannte direkt auf sie zu. Ein Wildschwein! Aber ein riesiges! Mit großen Stoßzähnen und sabberndem Maul.

Sie schrie auf und warf sich ihm aus dem Weg.

Es raste grunzend an ihr vorbei. Seine braunen Augen glänzten in panischer Angst.

Gottseidank beachtete es sie nicht. Sie rollte sich auf die Seite und sah sein Hinterteil zwischen den Bäumen verschwinden. Sie hatte noch nie ein solches Wildschwein gesehen. Sein Fell war gesprenkelt wie das der dreifarbigen Katze, die sie und Seona als Kinder hatten. Doch dieses Biest hätte wohl niemand gerne am warmen Kaminfeuer auf dem Schoß gehalten.

Kaum war das Wildschwein verschwunden, erklang neues Knacken und Krachen aus der Richtung, aus der das Wildschwein gekommen war. Zwei nackte Männer kamen in voller Geschwindigkeit durch das Farnkraut gerannt. Sie waren behaarter als jeder Mann, dem sie bisher begegnet war. Und wilder. Ihre Augen glühten gefährlich wie die von Tieren.

Als sie sie erblickten, blieben beide schlagartig stehen. Sie keuchten. Einer der beiden beugte sich vor und legte die Hände auf die Knie. Sie starrten sie lange an.

»Das Wildschwein ist da lang gelaufen«, sagte sie, in den Wald deutend. Sie waren offensichtlich hinter dem Biest her gewesen. Sie wollte sie so schnell wie möglich wieder auf ihren Weg schicken. Sie sahen nicht gerade wie hilfreiche Menschen aus.

Einer der beiden grinste sie an. Seine Zähne hatten kaum Platz in seinem Mund, besonders die Eckzähne. Die sahen aus wie knöcherne Dolche. »Da haben wir was Besseres gefunden als geflecktes Wildschwein, was?« Er stieß den anderen mit dem Ellenbogen an.

»Muss aus Bantus' Harem geflohen und aus Saroc bis hierher gelaufen sein«, meinte der andere. Seine Augen hatten die Farbe von Blut. Sie waren Männer, doch solche Männer hatte sie noch nie gesehen. »Und sie muss lange dort gewesen sein, weil sie unsere Sprache beherrscht.«

Was erzählten die zwei da für einen Mist? Sie sollte einem Harem entkommen sein? Das ergab keinen Sinn. Sie war gerade erst hier gelandet.

Der erste Mann grunzte zustimmend. »Überlass das gefleckte Wildschwein den anderen. Falls sie es fangen. Ich begnüge mich herzlich gern mit dem, was der König uns übrig gelassen hat.« Er umfasste seinen Schwanz und seine Eier mit der Hand, um keinen Zweifel an seinem Vorhaben aufkommen zu lassen.

Sie kamen gleichzeitig auf sie zu.

Sie bekam es mit der Angst. Sie versuchte mühsam, auf die Füße zu kommen. Ein reißender Schmerz fuhr durch ihr linkes Knie.

Gütiger Himmel, sie würde diesen Männern auf den verkrüppelten Gliedern, die ihre Beine jetzt waren, nie entkommen. Sie tastete unter ihren Röcken nach dem Dolch, den sie an der Wade trug. *Och*, das hatte sie ganz vergessen. Sie hatte ihn als magere Vergütung für Gravois' Pony und den Edelstein auf ihrem Lager hinterlassen.

Jetzt hatte sie nichts mehr, womit sie sich hätte wehren können.

Die Männer standen über ihr. Einer der beiden streckte die Hand nach ihr aus; sie hatte schwarze, spitze Fingernägel.

Sie schrie.

§

RIGGS VERSUCHTE, NICHT daran zu denken, dass er anstatt gefleckten Wildschweins nur zwei lumpige Füchse zum Frühstück gehabt hatte. Stattdessen hielt er nach Spuren der Wölfin Ausschau. Sie war leicht zu verfolgen. Man musste nur der deutlichen Linie folgen, die der Fangstock in den Boden ritzte. Sie führte ihn gen Süden. Zumindest war sie nicht nach Westen abgebogen, um ihn noch tiefer ins Innere von Larna zu bringen.

Ein an einem Dornbusch hängendes Haarbüschel fiel ihm ins Auge. Mehrere weiße Strähnen, und ein paar dunkle. Er rieb sie zwischen den Fingern. Die Farbe und die Dicke der Haare konnten nur eins bedeuten: Der Weg des gefleckten Wildschweins hatte den Weg des Wolfes gekreuzt. Er schöpfte neue Hoffnung. Vielleicht würde er die Sau doch noch erwischen. Aber nur, wenn es ihm gelang, den Larniern aus dem Weg zu gehen.

Einige Minuten später kam er zu einem fast ausgetrockneten Bachbett. Dort waren die Spuren der Wölfin deutlich zu sehen, und ebenfalls zwei Paar Fußspuren, die von den Larniern stammen mussten, die das Wildschwein jagten. Die Wölfin hatte erwartungsgemäß die Richtung gewechselt. Sie hatte das Bachbett östlich verlassen und war in Richtung von Marann und seiner Hütte gelaufen. Er folgte den Wolfsspuren.

Nachdem er eine weitere Minute gelaufen war, kam er zu einer Ansammlung von Felsblöcken. Zwischen zwei Felsen war der Fangstock eingeklemmt. Von der Wölfin keine Spur. Es war ihr gelungen, sich zu befreien.

Umso besser. Er hockte sich hin, um eine Pause zu machen. Sollte er weiter nach Osten zu seiner Hütte laufen, oder dem Wildschwein hinterherjagen und riskieren, einer Anzahl von Larniern in die Arme zu laufen, mit der er es nicht aufnehmen konnte?

Ein schriller Schrei, der von Süden her kam, unterbrach seine Überlegungen.

Was um Himmels willen? Diesen Schrei konnte weder ein Wildschwein, noch ein Wolf ausgestoßen haben.

Neugierig geworden, rannte er gen Süden. Schon bald drangen männliche Stimmen an seine Ohren. Er verlangsamte seinen Schritt, bewegte sich leise und horchte.

»Was machst du da?«, fragte einer der Männer. »Hör auf, mit ihr zu spielen.«

»Ich will sie jagen«, antwortete der andere.

Er hörte ein schmerzvolles Wimmern. War es die Wölfin? Nein. Sie hätte sich nicht ein zweites Mal fangen lassen. Demnach mussten die beiden mit einer anderen armen Kreatur ihr Spiel treiben. Es hörte sich allerdings nicht nach einem Tier an.

»Sie kann doch kaum laufen, du Schwachkopf. Sieh doch, wie sie humpelt!«

»Steh auf, du hässliche Kuh«, herrschte einer der Männer sie an.

Er hörte erneut einen Schmerzensschrei. Und dann: »Hässliche Kuh? Immer noch besser als ein räudiger Köter wie ihr! Nehmt eure dreckigen Pfoten weg! Hilfe! Hilfe!«

Beim Mond! Das ist kein Tier!

Es handelte sich um etwas, das weitaus größeren Wert besaß als eine ganze Wagenladung mit Fellen von gefleckten Wildschweinen. Eine Frau.

Zähnebleckend bahnte er sich seinen Weg durch den Farn und setzte mit großen Sprüngen über eine Ansammlung von Felsblöcken. Als er ein Dickicht umrundete, sah er, wie einer der Larnier dabei zusah, wie der andere eine kleine Frau, die ein Kleid in verwaschenem Blau trug und auf Händen und Knien vor ihm floh, zu vergewaltigen versuchte.

Die Frau bäumte sich auf und rammte dem über sie gebeugten Schwein ihren Kopf vor die Nase. Diese gab knirschend nach.

»Aaargh!« Der Mann drückte sie mit der Hand im Nacken zu Boden, mit dem Gesicht in die feuchten Blätter. »Die Schlampe hat mir die Nase gebrochen!« Er versetzte ihr seitlich einen Hieb an den Kopf.

Riggs sah rot.

Er stieß den Larnier von dem still liegenden Körper der Frau herunter und riss ihm die Kehle auf, bevor das Schwein Gelegenheit hatte, auch nur einen Finger zu heben. Der faulige Geschmack von Feindesblut füllte seinen Mund.

Auf die Füße springend wandte er sich dem anderen Larnier zu. Er zeigte ihm herausfordernd die Zähne.

Der Mann wirkte kräftig und für einen Larnier ziemlich jung. Aber Riggs war noch kräftiger und jünger. Dennoch rannte dieser Larnier nicht davon, wie die anderen, die er mit der Wölfin überrascht hatte. Eine Frau war es wert, aussichtslos zu kämpfen.

Einander umschleichend, schätzten sie sich ein. Dem Larnier stand die Niederlage bereits in den blutroten Augen geschrieben, doch er reckte das Kinn vor und blickte ihn trotzig an. »Wir könnten sie beide benutzen«, schlug er vor. »Das würde niemand erfahren.«

»Nur über meine Leiche wirst du sie anfassen«, knurrte Riggs. Er bewegte sich als erster, ging blitzschnell an ihn ran und versetzte ihm einen Schlag in die Seite. Er versuchte, einen zweiten Schlag in die Magengrube folgen zu lassen, doch der Mann tanzte auf leichten Füßen außer Reichweite. Riggs Faustschlag hieb in die Luft.

Sie umkreisten sich erneut. Sein Gegner krümmte sich um die Stelle, wo Riggs seinen ersten Schlag gelandet hatte. Noch ein paar davon, und er würde zu Boden gehen.

»Wenn du mich tötest und sie mitnimmst, werden die anderen euch nachsetzen«, winselte der Larnier. »Glaubst du etwa, sie würden dem Geruch einer Frau widerstehen können? Du wirst mit ihr nicht weit kommen.«

»Vor ein paar Larniern habe ich keine Angst.« Riggs versuchte, ihn ins Gesicht zu boxen.

Der Mann duckte sich und wurde nur leicht gestreift. Er war schnell. Aber Riggs konnte ebenfalls schnell sein, wenn es darauf ankam.

»Nicht nur ein paar, was glaubst du denn«, antwortete der Mann. »Ich sehe schon. Du bist eine richtige Bestie. Aber da draußen sind mehr als nur ein paar von uns. Wir verdienen gut, indem wir Wölfinnen fangen und sie oben in Saroc verkaufen. Wir sind gut versorgt. Wir besitzen Pferde und Spürwölfe, denen es ein Vergnügen wäre, dich für eine solche Beute bis nach Marann hinein zu verfolgen und dir alle Glieder einzeln auszureißen. Aber wenn du die Frau für ein paar Tage mit mir teilst und hinterher nach Hause gehst, schwöre ich dir aufs Grab meiner Mutter, dass ich kein Wort darüber verlauten lassen werde. Man wird noch nicht einmal erfahren, dass heute ein Maranner in den Jagdgründen von Larna gewildert hat.«

Aha, so war das also. Diese Speckmade würde ihm bei der Frau wahrscheinlich den Vortritt lassen, und ihn von hinten anfallen, sobald er abgelenkt war. Als ob er sich auf so etwas einlassen würde.

Er warf einen Blick auf die Frau. Sie lag mit dem Gesicht nach unten am Boden, viel zu still. Es reichte jetzt. Sie brauchte Hilfe, und er verschwendete Zeit.

Er stürzte sich in einem Überraschungsangriff auf den Larnier.

Der Mann nahm den Schlag mit einem Grunzlaut entgegen und ging in die Knie. Riggs hieb ihm die Faust mitten in sein fieses Gesicht und betäubte ihn. Dann packte er seinen Kopf mit beiden Händen und vollzog eine kräftige Drehbewegung.

Es war vorüber.

Er eilte an die Seite der Frau. Ihr Duft überwältigte ihn augenblicklich. Süß duftende Blumen, Ysop, und Weib. Außerdem roch sie nach Pferd, Lederfett, feuchter Wolle und

Nebel. Glänzendes kastanienbraunes Haar fiel über ihr Gesicht und verdeckte es.

Bitte sei nicht tot.

Er ging auf die Knie und streckte die Hand nach ihr aus. Dann zog er sie wieder zurück. Sie war so klein. Er wagte es nicht, sie zu berühren.

Stattdessen betrachtete er sie und ließ seinen Blick auf ihrem Rücken verweilen. Er hob und senkte sich regelmäßig mit ihren Atemzügen. Sie lebte noch.

Beim Mond! Er hatte eine Frau in seiner Obhut.

Die Wut, die ihm die Luft abschnürte, wandelte sich in Staunen. Doch das Staunen hielt nicht lange an und wich einem Gefühl schwer lastender Verantwortung.

Mist. Er hatte eine Frau in seiner Obhut.

»Wo kommt Ihr her?«, fragte er. Sie antwortete natürlich nicht.

So sanft es ging, schob er ihr mit einem Finger die seidenweichen Strähnen ihres Haars aus dem Gesicht. Beim Mond, ihr Ohr! Es war gerundet wie eine Muschel!

Sein Herz klopfte wild, als er es inspizierte und dann ihr Gesicht in Augenschein nahm. Sie hielt die Augen geschlossen, und ihre geöffneten Lippen ließen sonderbar stumpfe Zähne erkennen, wie die eines Schafs. Der graziöse Bogen ihres Wangenknochens war so zart wie das feinste Porzellan. Und sie gehörte nicht zur Gattung der Wolfsmenschen.

»Wo kommt Ihr her?«, fragte er erneut. Sie reagierte nicht.

Darauf achtend, sie nicht zu kratzen, berührte er ihre makellose, eierschalenweiße Wange. Als sie sich immer noch nicht rührte, tätschelte er ihr die Wange.

»Wacht auf!«

Immer noch keine Reaktion.

Er wälzte sie vorsichtig mit seinen Händen, die im Vergleich zu ihren Armen so breit erschienen, auf den Rücken. Sie war so schlaff wie ein frisch gejagtes Reh. Ihr Gesicht war nun dem Himmel zugewandt. Ihr Liebreiz verschlug ihm den Atem. Nicht einmal die alten Kratzspuren, die ihre linke Wange zerfurchten, konnten ihre Schönheit mindern.

Ihre Augenlider waren zart wie Pergament. Unter ihrer Haut konnte er das Netz ihrer Adern erkennen. Ihre Wangen waren wie die Abendröte: zartes Rosa hob sich von elfenbeinfarbener Blässe ab. Ihre Lippen waren von dunklem Rosa und voll wie die Blüten tränender Herzen.

Sein Blick wanderte weiter, über den Ausschnitt ihres Kleids und die appetitlichen Hügel ihrer Brüste unter dem verblichenen blauen Stoff. Sein ganzer Körper pulsierte mit einem Mal vor Verlangen, das er resolut beiseiteschob, um sich diese Kratzspuren anzusehen. War diese umwerfende Schönheit den Spielen der Larnier zum Opfer gefallen? Hatte jemand sie auf diese barbarische Weise als sein Eigentum gezeichnet?

Nein. Er würde den Paarungsgeruch riechen, wenn sie in letzter Zeit begattet worden war. Die Larnier mussten sie gerade erst gefunden haben, als er ihre Schreie hörte.

Mist. Die Larnier. Der Fund dieses Schatzes hatte ihn ganz vergessen lassen, dass er immer noch in Larna war.

Er musste hier weg. Wenn die zweite der Speckmaden, die er erledigt hatte, ihm die Wahrheit über die Pelzjäger gesagt hatte, die hier im Wald lebten und Pferde und Spürwölfe zur Verfügung hatten, dann war Eile geboten. Es dauerte eine Weile, eine Hetzjagd auf die Beine zu stellen. Das gab ihm einen Vorsprung. Den konnte er gebrauchen.

Er hob die Frau in seine Arme.

Sie öffnete die Augen. Ihre Pupillen zogen sich zusammen, als sie ihn ansah. Sie schrie.

Er verschloss ihr mit der Hand den Mund. »Psst. Still jetzt. Keinen Laut!«

Sie schrie immer noch. Ihre kleinen Finger krallten sich mit ihren stumpfen Nägeln in seinen Arm. Sie stemmte die Fersen in den Boden, um von ihm loszukommen.

»Still jetzt! Ich werde Euch nichts tun. Ich werde Euch nichts tun! Ich bin nicht so wie die.«

Die letzten Worte brachten sie zum Schweigen. Ihre Augen, dunkelbraun wie die eines Rehs, blickten auf die toten Larnier.

Er nahm die Hand von ihrem Mund. »Ruhig, ganz ruhig jetzt. Ich habe sie für Euch getötet.«

Ihr Blick wanderte an seinem knienden Körper abwärts und blieb am offensichtlichen Beweis ihrer Anziehungskraft auf ihn hängen. Ihre Augen weiteten sich panisch. Mist, gleich würde sie wieder anfangen zu schreien.

Er konnte gerade noch rechtzeitig seine Hand über ihren Mund legen. »Hört auf damit«, versuchte er, ihr ersticktes Quieken zu übertönen. »Hier draußen gibt es noch mehr von der Sorte. Wenn sie Euch hören, ist es um uns geschehen.«

Das beruhigte sie.

»Für das hier kann ich nichts.« Er deutete mit dem Kinn auf seinen Steifen. »Aber ich werde Euch nichts tun. Das verspreche ich Euch. Ich werde Euch nichts tun.«

Sie blickte ihn mit zusammengekniffenen Augen an. Sie sah aus, als wolle sie etwas sagen.

Er nahm die Hand weg.

»Warum seid Ihr nackt?« Sie hatte eine rollende Aussprache, die ihm gefiel.

»Ich war auf der Jagd.«

»Ihr jagt nackt?«

»Macht das nicht jeder?«

Sie runzelte die Stirn. »Was seid Ihr?«

Er grinste. »Dasselbe habe ich mich auch gefragt, was Euch betrifft. Darüber können wir später reden. Jetzt müssen wir schnell machen.« Er bot ihr die Hand.

Sie starrte sie an. Dann schluckte sie und ergriff sie.

Als sie ihn berührte, spürte er in seiner Brust einen beunruhigenden Ruck. Er beachtete ihn nicht und zog sie auf die Füße.

Sie hatte Mühe, sich auf ihnen zu halten. Ein Wimmern verzog ihren hübschen Mund.

»Sieh doch wie sie humpelt«, hatte der Soldat gesagt.

»Ihr seid verletzt.« Er hob sie in seine Arme. Mit ihrem federleichten Körperbau wog sie fast nichts.

Sie trommelte an seine Brust. »Setzt mich ab, Grobian! Ich kann laufen.«

»Aber könnt Ihr auch rennen?«

Sie starrte ihn an. Das genügte ihm als Antwort. Er hielt sie an seine Brust gepresst und rannte in Richtung der Grenze.

»Ihr habt erwähnt, es gebe hier noch mehr von der Sorte«, sagte die Frau, während sie einen Arm um seinen Hals schlang und über seine Schulter spähte. Bei der vertrauensvollen Geste schlug sein Herz höher. Er wäre beinahe aus dem Takt geraten. »Wie viele mehr?« Ihre Stimme klang fest. Tapfere Lady.

»Ich habe nicht vor, es herauszufinden.«

Kapitel 3

SOLLTE ANYA DAS vermaledeite Kästchen jemals wiedersehen, würde sie es in tausend Stücke zerhacken. Das war noch nicht einmal Laird Steafan gelungen, doch nichts auf der Welt hat so viel Kraft wie ein wütendes Highland-Mädel. Wie konnte das verfluchte Ding es wagen, sich in ihr Vorhaben einzumischen, ihrem Laird entgegenzutreten und für ihre Sünden zu büßen? Wie konnte es wagen, seine Zauberkraft an ihr auszuüben, und sie in eine Welt zu schicken, wo es riesige gefleckte Wildschweine und hünenhafte nackte Männer gab.

Och, eigentlich nur einen hünenhaften nackten Mann. Die anderen zwei, die sie gesehen hatte, waren zwar nackt gewesen, aber nicht hünenhaft. Das hatte sie jedoch nicht weniger schreckenerregend wirken lassen, als sie versuchten, sie zu vergewaltigen.

Der Mann, der jetzt in beängstigendem Tempo durch den Wald rannte und sie dabei mit seinen unglaublich kraftvollen Armen an sich drückte, sollte ihr eigentlich auch Angst einjagen. Er gehörte offensichtlich nicht zur menschlichen Gattung. Mit seinen Fangzähnen, seinem wilden Blick, seinen spitzen Fingernägeln und der dichten Körperbehaarung, die seine Brust und seinen Bauch bedeckte und zwischen seinen Beinen dick und verführerisch wuchs, war das ausgeschlossen. Doch aus irgendeinem Grund hatte sie keine Angst vor ihm. Vielleicht lag es daran, dass seine Wangen sich oberhalb seines vollen, schwarzen Bartes gerötet hatten, als sie seinen Steifen bemerkt hatte. Oder an den kleinen Falten, die sich in seinen Augenwinkeln gebildet hatten, als sie ihn fragte, wie viele Männer hinter ihnen her seien. Oder an seinem Duft nach Kiefern und sauberem Hund, der sie an Zuhause, Glück und Sicherheit erinnerte.

Vielleicht war sie auch nur etwas verwirrt von dem Hieb, den ihr der andere Mann an den Kopf versetzt hatte. *Och*, es fühlte sich an, als hätte jemand ihren Kopf auf den Amboss des Schmieds gelegt und mit dem Hammer des Teufels auf ihn eingeschlagen.

Außerdem schien es hier früh am Tage zu sein, wo auch immer *hier* war, während ihre müden Glieder und schweren Augenlider ihr zu verstehen gaben, dass es für sie tiefste Nacht war. Die wiegende Bewegung des weit ausgreifenden Laufschrittes des Mannes lullte sie ein. Sie gähnte mit weit aufgerissenem Mund. Dann fragte sie: »Wo bringt Ihr mich hin?«

»Zu mir nach Hause.«

Seine Augen blickten so arglos. Sie konnte kaum den Blick von ihrer faszinierenden Farbe wenden. Sie waren von einem hellen, klaren Braun, wie in der Sonne glänzendes, getrocknetes Harz.

Erleichtert, dass er nicht »in meine Folterkammer« oder »in die Leibeigenenhütte« gesagt hatte, legte sie ihre Wange an seine feste Schulter und sank in den Schlaf.

Als das beruhigende Wiegen sich änderte, wachte sie auf. Sie öffnete die Augen und wurde von hellem Sonnenlicht geblendet. Ihr Kopfschmerz überfiel sie augenblicklich von neuem, sowie unzählige andere Wehwehchen und Schmerzen. Doch das war nicht weiter wichtig. Etwas anderes machte ihr Sorge. Sie hatte diesen runter-hoch-Pause-Gang wiedererkannt. Ihr Retter – oder war er ihr Entführer? – hinkte.

Während sie schlief, waren sie auf eine schmale Wiese gekommen, auf der weizenfarbenes Gras im Wind wogte. Er umging die Wiese und hielt sich dicht an der bröckelnden Steinmauer, entlang der Baumgrenze. Die Sonne küsste ihr Gesicht, doch ihre Wärme war ein bloßes Kerzenflackern im Vergleich zu dem Feuer, das in der Brust des Mannes wütete, die sich vor Anstrengung hob und senkte und wie ein Bettwärmer durch ihr Kleid und Unterkleid hindurch ihre Hitze an sie abgab. Er musste sie über Stunden hinweg getragen haben. Er rannte zwar jetzt nicht mehr, doch seine Arme zitterten kein bisschen.

Sie lehnte ihren Kopf an seiner Schulter zurück, um ihm ins Gesicht zu sehen. Seine Züge wirkten angespannt, besonders in den Augenwinkeln. »Wie lange habe ich geschlafen?«

Er schreckte auf und sein Gang wurde regelmäßiger. »Eine Weile«, antwortete er und wich ihrem Blick aus. Sie sollte ihm seine Schwäche nicht ansehen.

Das konnte sie verstehen. »Wie weit ist es noch bis zu Eurem Zuhause?«

Er heftete seinen Blick aufmerksam auf den vor ihnen liegenden Pfad, obwohl ihm vor Müdigkeit die Augen zufielen. Seine Haut hatte eine aschfarbene Blässe angenommen. »Nicht mehr weit.«

»Wie. Weit.«

Seine Lippen zuckten. Er antwortete nicht.

»Setzt mich ab.«

«Nein.«

»Ihr seid müde.« Und verletzt, wenn man seiner Blässe Glauben schenken konnte. Als sie ihn zum ersten Mal gesehen hatte, beugte er sich gerade über sie und hatte Blutspritzer im Gesicht, auf der Brust und an den Beinen. Sie hatte angenommen, es handele sich um das Blut der zwei Männer, die er gerade getötet hatte, um sie zu retten, doch was, wenn ein Teil dieses Blutes sein eigenes war?

Als er die Schultern zuckte, als sei seine Müdigkeit völlig nebensächlich, konnte sie unter ihrer Wange spüren, wie seine Muskeln sich kräftig anspannten. Was für ein Sturkopf.

»Ich kann laufen. Mit einem verwundeten Mann kann ich bestimmt Schritt halten.«

»Ihr seid selbst verwundet.« Er stritt nicht ab, verwundet zu sein. *Och*, und er hatte sie Gott weiß wie weit getragen, während sie wie ein fauler Hund geschlafen hatte.

»Meine Verletzungen sind alt. Ich kann laufen.« Sie versuchte, sich freizustrampeln.

Seine Arme gaben nicht nach. Er warf einen Blick auf ihre unter den Röcken verborgenen Beine. »Haben die Larnier Euch nichts getan?«

Die Larnier? Damit musste er die anderen beiden Männer meinen. »Sie haben mir verdammte Kopfschmerzen verursacht. Aber ansonsten haben sie mir nicht sehr wehgetan.« Dank seines Eingreifens. »Setzt mich ab. Ich möchte laufen.« Chi Yuen hatte sie während der vergangenen Wochen nicht täglich laufen lassen, nur um sich an Anyas Grimassen zu weiden, wie sie es zunächst vermutet hatte. Die Bewegung hatte ihre Schmerzen gelindert und ihre verhärteten Muskeln gelöst. Es würde ihr jetzt guttun, etwas zur Linderung ihrer Schmerzen zu unternehmen, selbst wenn es anfangs weh täte.

»Diese alten Verletzungen tun Euch immer noch weh.« Er hielt sie hin. Sie konnte nicht verstehen, warum er sie unbedingt tragen wollte, obwohl sie ihm einen guten Grund genannt hatte, es nicht zu tun.

»Sie werden mich weniger quälen, wenn ich mich bewege.«

Er zog bekümmert die Augenbrauen zusammen, was sie nicht verstand. »Ich kann Euch nicht absetzen. Aber ich werde mich um Euch kümmern, sobald es geht.«

Wenn er dachte, sein schroffer, endgültig klingender Tonfall könne sie davon abhalten, sich mit ihm anzulegen, hatte er sich getäuscht.

»Meine Verletzungen schmerzen viel weniger als Eure. Setzt mich ab.«

»Wo kommen sie her?«

Er hielt sie schon wieder hin.

»Ich werde Euch erzählen, wo meine Verletzungen herrühren, wenn Ihr mich absetzt.«

»Nur ruhig«, antwortete er mit einem so sanften Blick, dass ihr ganz flau im Magen wurde. »Wir sind bald da.«

»Es sei denn, Ihr kippt vorher um. Ihr seid weiß wie ein Laken. Setzt mich ab. Ich bitte Euch ein letztes Mal.«

»Gut. Es fing an, mir auf die Nerven zu gehen.«

Was für ein ungehobelter Kerl! »Das sollte eine Drohung sein, keine Zustimmung! Setzt mich ab, Ihr riesenhafter Tölpel!«

Er besaß die Unverschämtheit, zu grinsen. Und sein Grinsen besaß die Unverschämtheit, den Weg in ihr Herz zu finden und sich dort einzunisten, als sei es zu Hause. »Keine Sorge. Ich bin stark.« Zum Beweis drückte er sie fest an sich. Sein Grinsen wurde anmaßend, als wolle er sie herausfordern, ihm eine Schwäche nachzuweisen.

Sich mit ihm anlegen zu wollen war offensichtlich hoffnungslos. Sie versuchte es mit Ehrlichkeit. »Wenn Euch etwas passiert, bin ich verloren. Wenn Ihr schon den dickschädeligen Narren spielen und mich tragen müsst, dann sagt mir wenigstens, wo sich Euer Zuhause befindet, damit ich mir das Nötige zu Eurer Versorgung holen kann, wenn Ihr tot umfallt.« Da sie nicht wusste, ob seine Absichten ihr gegenüber ehrbarer Natur waren, konnte sie seinen Kadaver genauso gut dort liegen lassen, wo er gefallen war, doch sie würde es nicht tun. Wenn er umfiel, würde sie für ihn tun, was sie konnte. Und sei es auch nur, um ihn für ihre Rettung zu entschädigen.

Sein überhebliches Grinsen löste sich auf. Er begegnete ihrem Blick und hielt ihm stand. »Keine Sorge, Lady. Ich schaffe es. Für Euch würde ich hundert Mal weiter laufen, mit hundert Mal schlimmeren Wunden.«

Da sie nicht wusste, was sie darauf antworten sollte, sagte sie einfach, »Ich bin keine Lady. Wir können einander duzen. Ich heiße Anya.«

§

ANYA.

Ein lieblicher, einzigartiger Name, der einer lieblichen, einzigartigen Frau gehörte.

Es war dunkel geworden, und bei Sonnenuntergang stiegen ihm die starken, nächtlichen Gerüche des Waldes in die Nase. Feuchtes Moos, verrottende Rinde und zerfallende Blätter. Jetzt würden sie bald seine Hütte erreichen. Dann wäre er in der Lage, für die Lady zu sorgen, die sie war, obwohl sie selbst sich nicht als solche betrachtete.

Warum sie es nicht tat, konnte er sich nicht vorstellen. Es gab in Marann keine einzige Frau, die nicht wie eine Lady verehrt wurde. Doch sie gehörte nicht zur Gattung der Wolfsmenschen, was hieß, dass sie nicht nur keine Marannerin oder Larnierin war, sondern von keinem Ort auf der Welt kam, von dem er je gehört hatte. Von irgendwoher musste sie allerdings kommen, da Frauen nicht einfach aus dem Nichts auftauchen.

Die Frage würde er später klären. Zunächst galt es, der Jagdgesellschaft zu entkommen, die ihnen womöglich auf den Fersen war. Sich der nächtlichen Brise entgegenstemmend, eilte er in Richtung des Bachbetts, das sein Land begrenzte. Sein Schenkel schmerzte ihn bei jedem Schritt, doch der Muskel hielt durch. Die Blutung hatte sich zu einem Tropfen verlangsamt. Mit einem anständigen Verband und viel Brot und Tee wäre er am Morgen soweit wiederhergestellt, das er jagen konnte.

Er nahm den Duft des fruchtbaren Schlamms im Bachbett und den Geruch der Tiere, die dort zur Tränke kamen, bereits wahr, ehe er das fröhliche Plätschern hören konnte. Als er am Bach angelangt war, sprang er von der Böschung hinab, wobei er Anya fest an sich drückte, um sie vor seinen ruckartigen Bewegungen zu schützen.

Sie hatte die größte Strecke des Wegs geschlafen, regte sich jedoch, als er das gegenüberliegende Ufer erklomm. »Wasser?« Sie sprach mit geschlossenen Augen. Als sie sie öffnete, wirkten ihre Pupillen wie große schwarze Scheiben. Selbst im Dunkeln konnte er erkennen, dass sie ins Leere starrte. Sie musste unbedingt etwas trinken, doch er wagte nicht, dafür anzuhalten. Wenn sie an einer Stelle verweilten, sei es auch nur für einen Augenblick, würde sich ihre Witterung in der Luft verdichten. Wenn man mit Spürwölfen hinter ihr her war, musste er alles daran setzen, die Entdeckung seiner Hütte so lange wie möglich hinauszuzögern. Und dafür sorgen, dass es Anya bis dahin wieder gut ging.

»Bald«, antwortete er ihr. »Wir sind fast da.« Er änderte die Richtung, wobei er eine Weile seinen Weg zurückging, um die Spur zu verwischen. Nach einer weiteren halben Stunde war er an dem Zweig des Baches angelangt, der zu seiner Hütte führte. Er stieg in den Bach und legte den Rest des Weges in knietiefem Wasser zurück.

Der Geruch von frisch zerkleinertem Holz stieg ihm in die Nase, als er vom Bach kommend die Lichtung betrat, auf der sein Vater vor langer Zeit aus Rundholz und Stein seine Blockhütte gebaut hatte. Er ging an dem Hackklotz vorbei, an dem sein Spalthammer lehnte und darauf wartete, dass er noch mehr Holz für den kommenden Winter spaltete. Doch zuvor hatte er einen kostbaren Schatz in Sicherheit zu bringen. Leider kam ihm nur ein einziger Ort in den Sinn, an dem sie in Sicherheit sein würde. Und wenn er sie dorthin gebracht hatte, würde er sie verlassen müssen.

Er würde die Anwesenheit dieser Frau nur wenige Tage genießen können. Ein Gefühl der Enttäuschung durchzuckte ihn. Er achtete nicht darauf, drückte mit der Schulter die Tür seiner Hütte auf und legte sie auf die Pelze, mit denen sein Lager bedeckt war. Nachdem er eine Laterne angezündet und sich mit Hemd und Hose bekleidet hatte, füllte er seinen schönsten Becher, einen Zinnkrug, mit Wasser aus der Regentonne und brachte es ihr. Er stützte sie mit dem Arm im Rücken, um ihr dabei zu helfen, sich aufzusetzen.

»Trink, Lady.«

Das tat sie. Sie legte ihre Hände um seine und trank den Humpen in mehreren tiefen Zügen leer. Er füllte ihn erneut, und sie trank weiter, wobei sie dieses Mal ohne Hilfe aufrecht saß, während er sich neben ihr am Rand des Lagers niedergelassen hatte. Sie war noch keine fünf Minuten in seinem Haus, und schon füllte ihr Duft den Raum. Wenn er seine Bettdecken nicht wusch, würde sein Bett noch Wochen lang nach ihr riechen.

Er musste hart schlucken, während er die Bewegungen ihrer Kehle beobachtete. Die schlanke Säule ihres Halses wirkte im Licht der Laterne, als sei sie aus Bronze. Es verlangte ihn danach, ihre glatte Haut mit den Fingern, der Nase, den Lippen zu erkunden.

Als sie den Humpen ausgetrunken hatte, leckte sie sich mit der Zunge die Feuchtigkeit von den Lippen.

Er konnte die Geste spüren, als hätte sie über die Haut seines Halses geleckt. Ein Schauder durchfuhr ihn. Mist. Wenn er mit ihr das Land durchqueren wollte, musste er seine Reaktionen auf sie unter Kontrolle bringen. Oder sich damit abfinden, den ganzen Weg mit einem Hosenzelt zurückzulegen. »Mehr?«

Zum Glück blickte sie nicht auf seinen Schoß, sondern schüttelte nur verneinend den Kopf. »Aber hungrig bin ich.«

»Ich habe Brot.« Der eingewickelte Laib auf seinem Herd war zwar schon zwei Tage alt, aber das machte nichts. Er würde später am Abend frisches Brot backen, das sie mitnehmen konnten, wenn sie sich morgens auf den Weg machten. Er durchquerte die Hütte und holte das Brot. Bevor er es ihren zarten Händen anvertraute, brach er seine körnige Masse in zwei Hälften, damit es einfacher zu essen war.

Sie hieb ihre kleinen, stumpfen Zähne in die erste Hälfte. Beim Kauen verdrehte sie verzückt die Augen. Ein genüssliches Seufzen drang aus ihrer Kehle.

Mit brennenden Wangen wandte er sich von ihr ab und beschäftigte sich damit, Leinenstoff in Streifen zu reißen, um seine Wunde damit zu verbinden. Er legte die Streifen und seine Wundsalbe auf den Arbeitstisch und war erleichtert, als ihre sinnlichen, rhythmischen Kau-und Schluckgeräusche schließlich verstummten.

Er hatte sich genügend in den Griff bekommen, um sich erneut zu ihr umwenden zu können. »Wo bist du verwundet?«

Sie blinzelte. »Das habe ich dir bereits gesagt. Ich bin nicht verwundet.«

»Du hast gesagt, die Larnier hätten dir nicht sehr wehgetan. Das heißt, dass sie dir etwas wehgetan haben.« Außerdem hatte sie alte Verletzungen an den Beinen. »Und du hast mir noch nicht erzählt, wie du zuvor verletzt wurdest.«

Sie bewegte sich und setzte einen zierlichen Fuß auf den Boden, wobei sie ihren Rock glättete, um ihre Beine versteckt zu halten. Der andere Fuß kam etwas langsamer nach. Sie stützte sich am Rahmen des Bettlagers ab und richtete sich, vor Schmerz zusammenzuckend, auf. Um sich den Schmerz nicht anmerken zu lassen, presste sie hart die Lippen aufeinander. Sie zeigte ihre Schwäche anscheinend genauso ungern wie er.

»Ich habe mir vor einigen Monaten bei einem schweren Sturz die Beine gebrochen. Und was die Larnier angeht, so haben sie mir nichts angetan, was nicht mit einem Schluck von diesem hier zu heilen wäre.« Sie griff mit der Hand hinter das geraffte Leinen im Ausschnitt ihres Kleides und zog eine lederne Feldflasche hervor.

Als er daran dachte, zwischen welchen Köstlichkeiten die Flasche aufbewahrt worden war, wurde ihm der Mund trocken. War die Flüssigkeit so warm wie ihre Haut?

Sie entkorkte die Flasche und hob sie, als wolle sie ihm zutrinken. »Auf Fergus.« Sie nahm einen Schluck und gab einen zischenden Laut von sich. »Himmel, tut das gut. Jetzt bist du dran.« Ihre Augen hefteten sich auf die Stelle, wo der Stoßzahn des Wildschweins ihn erwischt hatte. »Zieh diese Hosen aus und leg dich aufs Bett. Ich werde deine Wunde versorgen« Sie hinkte auf ihn zu und drückte ihm die Flasche in die Hand. »Wo hebst du deinen Essig auf?«

»Ich heiße nicht Fergus«, sagte er. »Ich heiße Riggs. Man nennt mich auch den Pelzjäger.«

»Nun, Riggs der Pelzjäger, ob ich sehr erfreut bin dich kennenzulernen wird sich herausstellen, sobald ich weiß, was du mit mir vorhast. Fergus war mein Vater. Er ist gestorben. Ich hatte noch keine Gelegenheit, auf sein Wohl zu trinken.« Sie nickte in Richtung der Flasche. »Trink.«

Die Art, wie sein Name ihr von der Zunge rollte, nahm ihm den Atem. Es war das erste Mal, dass er seinen Namen von einer anderen Frau als seiner Mutter ausgesprochen hörte. Dann wurde ihm bewusst, was sie gesagt hatte. Ihr Vater war gestorben. Er war zu *Danus* Brust gegangen, genau wie seiner. Wo immer sie auch herkam, hatte sie jetzt niemanden mehr, der sie beschützen konnte. Außer ihm. Und sie wusste noch nicht einmal, ob sie ihm vertrauen konnte.

»Ich werde dir nie wehtun«, schwor er ihr.

»Wir werden sehen. Trink.« Sie überließ ihm die Flasche und humpelte zum Schrank. Sie stellte die Laterne in der Nähe ab und begann, seine Arzneimittelvorräte zu durchsuchen.

Er legte die Lippen um den Flaschenhals, weniger um seine Schmerzen zu lindern als mit der Zunge ihren Geschmack zu erkunden. Der beißende Geruch des Whiskeys stieg ihm als erstes in die Nase, doch darunter konnte er das Salz ihrer Haut und die herzhafte süße seines Weizenbrots erahnen. Er nahm einen ordentlichen Schluck. Flüssiges Feuer brannte sich einen Weg in seinen Magen.

Das Getränk war gut, sie hatte recht. An seinem Gaumen verbreitete sich überraschend der Geschmack von Holzrauch, als das Feuer des Whiskeys mit der Hitze von Anyas Körper verschmolz und seine Kehle hinunterlief. Was für ein verführerischer Cocktail!

Er war versucht, die Flasche leerzutrinken, um so viel von ihrer Wärme wie nur irgend möglich in sich aufzunehmen, doch er verkorkte sie lieber. Er musste einen klaren Kopf behalten. Schon nach einem einzigen Schluck Whiskey, der ihm die Lippen brannte, begann er mit dem Gedanken zu spielen, um Anya zu werben und sie bei sich zu behalten. Natürlich nicht hier. Zumindest nicht, solange die Gefahr der Fährtensucher bestand. Doch es gab einen noch abgelegeneren Ort, an dem er heimlich mit ihr leben und sie zur Gefährtin nehmen konnte. Er wollte ein Kind mit ihr zeugen.

Und was dann? Für das ganze Leben versteckt mit ihr leben? Wenn sie ein Kind miteinander bekämen, würde er das auch geheim halten? Und wenn es ein Mädchen war?

»So, dann wollen wir mal.« Ihre Stimme schreckte ihn aus seinen Gedanken auf. Sie kam mit seinem Essigkrug in der Hand auf ihn zu. »Ab aufs Bett.« Sie betonte die Aufforderung mit einem Wedeln ihrer freien Hand. »Die Hosen aus.« Sie griff an seiner Hüfte nach dem Stoff seiner Hosen und zog mit einem Ruck daran, der ihn an der schlimmstmöglichen Stelle reizte.

Beim Mond, er verspürte den Drang, sich tief zwischen ihre Schenkel zu wühlen. Es verlangte ihn so sehr danach, dass es wehtat. Er lehnte sich mit der Hüfte an seinen Arbeitstisch, biss die Zähne zusammen, um den köstlichen Schmerz zu überspielen und griff nach dem Stapel Verbandstreifen, um sein Hosenzelt zu verbergen.

Sie stemmte die Fäuste in die Hüften. »Worauf wartest du? Ab aufs Bett mit dir.«

»Ich kann meine Wunde selber reinigen«, sagte er barscher, als er es eigentlich wollte. »Doch zuerst werde ich deine sauber machen und verbinden.«

Sie stand neben ihm. Die Ärmel ihres Kleids waren zerrissen und ließen rosafarbene Kratzer darunter erkennen. *Diese verfluchten Larnier.* Er wäre schlimmer als diese Barbaren, wenn er zuließ, dass seine schmerzhafte Erektion ihn davon abhielt, sie zu pflegen. »Gib mir den Essig.« Er legte die Hand um den Krug. Seine Finger bedeckten ihre.

Sie ließ den Krug nicht los. »Meine Verletzungen sind geringfügig. Deine Verwundung ist viel ernster.« Sie zog den Krug an ihre Brust.

Er hätte ihn loslassen sollen. Doch er tat es nicht. Noch nicht einmal, als seine Knöchel das geschnürte Mieder ihres Wollkleids streiften. Es war von düsterer Farbe – nicht zu vergleichen mit den hellen Seidengewändern, die die Ladies in Chroina bevorzugten – doch es saß an ihrem kurvenreichen Körper wie angegossen. Das geraffte Leinen am Ausschnitt ihres Kleides forderte seine männliche Nase auf, sich durch die Falten bis zu ihrer warmen, wohlriechenden Haut vorzuwagen. Sein Daumen löste sich vom Krug, um über den ihre Brust bedeckenden Stoff zu streichen.

Sie sog scharf den Atem ein.

Ihre Blicke begegneten sich. Ihre Pupillen wurden weit. Sie leckte sich die Lippen.

In seinem Inneren erwachte etwas Wildes, das ihn anfüllte, bis es beinahe unerträglich wurde. Er würde erst dann Erleichterung finden, wenn sein Körper sich mit ihrem vereinte. Seine Hände zitterten, so sehr drängte es ihn, sich ihr Fleisch zu eigen zu machen und es mit seinem Duft zu markieren, so dass kein anderer Mann glauben konnte, diese Frau sei für die Fortpflanzung verfügbar.

Er hatte schon öfter solchen körperlichen Drang verspürt, und immer von eigener Hand Erleichterung gefunden. Doch dies war mehr als das. Weitaus mehr.

War es das, was einem Mann passierte, wenn er in Anwesenheit einer Frau aus Fleisch und Blut einen Steifen bekam? War es das, was die Gewinner der Lotterie erlebten, wenn sie die Ladys in ihr Bett mitnahmen?

Er verringerte den ohnehin bereits kleinen Abstand zwischen ihnen, bis das Einzige, was ihre Körper daran hinderte, sich aneinanderzupressen, der Krug war, den sie beide mit ihren Händen umschlossen. Er würde sie hier und jetzt nehmen. Danu helfe ihm; er war nicht in der Lage, sich zu beherrschen. Er beugte seinen Kopf zu ihr herunter. Er wollte seinen Mund auf ihre Haut legen und sie mit seinem Duft behaften.

Sie drehte das Gesicht weg. Ihr Blick erlosch. Sie ließ den Krug los und trat von ihm zurück.

»Du wirst nicht bekommen, worauf du es abgesehen hast«, sagte sie. Ihre Stimme war so ausdruckslos wie ihre Gesichtszüge. »Ich werde dich für deine Freundlichkeit entlohnen, aber nicht mit meinem Körper. Meine Dienste sind nicht besser als die einer verkrüppelten Magd, aber sie sind alles, was ich bieten kann. Du wirst dich entweder damit begnügen müssen, oder leer ausgehen.« Sie reckte das Kinn vor. »Wirst du mir jetzt erlauben, deine Wunde zu versorgen, oder nicht?«

Dachte sie wirklich, er wollte ihren Körper als Bezahlung? Oder er wolle sie als Dienstmagd behalten?

Was hätte er da beinahe getan?

Der Essigkrug glitt ihm aus den gefühllosen Fingern. Er konnte ihn gerade noch rechtzeitig auffangen, sonst wäre er am Boden zerschellt. Die Bewegung ließ stechenden Schmerz durch seinen Schenkel fahren. Den hatte er verdient. Er hatte sich eine Freiheit mit ihr erlaubt, für die man ihn in Chroina ausgepeitscht hätte. Diese dumme Berührung hatte etwas ausgelöst, das er beinahe nicht mehr hatte aufhalten können. Beschämt beugte er mit geneigtem Kopf vor ihr das Knie, während er immer noch den dummen Krug hielt.

»Vergib mir, Lady. Ich bin nicht auf Bezahlung aus, und schon gar nicht von … dieser Art.« Er schielte vorsichtig zu ihr auf.

Sie hielt die Lippen zusammengepresst. Sie runzelte die Stirn, als habe seine Entschuldigung sie verwirrt.

Wie konnte er sich noch klarer ausdrücken? »Ich werde dich nicht mehr anfassen. Darauf gebe ich dir mein Wort.«

So sehr er sich danach sehnte, ihre Hände an seinem Körper zu spüren, er würde sein Wort nicht halten können, wenn er ihr erlaubte, seine Wunde zu versorgen. Er stand auf, den reißenden Schmerz in seinem Bein willkommen heißend. »Ruhe dich aus, Lady. Ich werde meine Wunde in meiner Vorratshütte verbinden. Aber zuerst hole ich dir Wasser, damit du dich waschen kannst.«

»Das kommt gar nicht in Frage. Leg dich aufs Bett.«

Er ging zur Tür.

»Wenn ich dir vergeben soll, dann ziehst du deine verdammten Hosen aus und legst dich auf das verdammte Bett. Und zwar sofort.«

Ihre Stimme klang so hitzig und entschlossen, dass er nicht umhin konnte, einen Blick auf sie zu werfen.

Ihr Blick loderte. Ihre Schönheit strahlte wie der Mond. Er war voll und ganz von ihr gefesselt.

Es war ihm unmöglich, den Blick von ihr zu wenden. Die Zunge klebte ihm am Gaumen, so dass er nichts erwiderte, sondern nur den Kopf schüttelte und sich zwang, die Hütte zu verlassen.

Draußen ließ er sich Zeit, den Wassereimer zu füllen, damit die frische Nachtluft seine Begierde kühlen konnte. Es wirkte nicht.

Als er zurückkam, stand Anya am Arbeitstisch und bestrich Leinenstreifen mit Wundsalbe, wobei sie etwas über »verfluchte dickschädlige Narren« vor sich hin murmelte. Selbst wenn sie verärgert war, hatte er Lust, sie in die Arme zu schließen und nie wieder loszulassen.

Er räusperte sich, dann trat er zum Arbeitstisch und stellte den Eimer am Boden ab. »Ich lasse dich jetzt allein«, sagte er, während er das Verbandsmaterial und den Essig an sich nahm. »Wasch dich und leg dein Gewand auf den Herd. Unter meinem Lager findest du ein sauberes Hemd, in dem du schlafen kannst.«

Er wandte sich zum Gehen, wurde jedoch am Ärmel zurückgehalten. Er sah an sich hinab und erblickte ihre Hand, die den Stoff festhielt.

»Sei nicht so stur. Ich bin keine schlechte Heilerin. Lass es mich machen. Als Dank dafür, dass du mich gerettet hast.«

Er war mit seiner Sturköpfigkeit nicht allein. Unter ihren Augen zeugten violette Schatten von ihrem Schlafbedürfnis, und dennoch sorgte sie sich um ihn. Er löste sanft ihre Finger von seinem Hemd, darauf achtend, sie so kurz wie möglich zu berühren. Doch als er sprach, wählte er einen scharfen Tonfall. »Ich bin schon mit viel schlimmeren Sachen allein zurechtgekommen. Ich brauche deine Hilfe nicht. Lass mich jetzt in Frieden meine Wunden lecken.«

Seine gespielte Gereiztheit ließ sie vor ihm zurückweichen. Er hatte sie zu ihrem Besten abgewiesen. Um sie beide zu schützen.

Er ging hinaus und überließ ihr die ruhige Hütte und sein bequemes Lager.

Hatte er zuvor noch Zweifel gehegt, so waren sie jetzt verflogen. Er musste sie nach Chroina bringen. In der Hauptstadt von Marann würde sie in Sicherheit sein. Vor den Larniern. Und vor ihm. Leider war es ein langer Fußweg bis dorthin, und er hatte das ungute Gefühl, dass es schwieriger werden würde, sein Wort zu halten, je länger er mit ihr zusammen war.

Er hatte es nie mit dem Beten gehabt. Falls es die Göttin überhaupt gab, hatte sie sein Volk schon lange im Stich gelassen. Doch wenn ein wenig Glauben Anya helfen konnte, musste er es versuchen.

Danu, lass nicht zu, dass ich sie enttäusche.

Kapitel 4

DIE HÄNDE IN die Hüften gestemmt sah Anya zu, wie die Tür sich hinter diesem sturköpfigen Narren schloss, als er in die kalte Herbstnacht hinaustrat. Wenn seine Wunde sich entzündete, geschähe es ihm recht.

Sie erwog, ihm zu folgen und ihn auf faire oder unfaire Weise dazu zu bewegen, diese Hosen auszuziehen, doch der Ton, den er ihr gegenüber angeschlagen hatte, hatte ihr missfallen, und sie war froh, ihn für eine Weile los zu sein. Das ungestüme Klopfen in ihrer Brust ignorierte sie lieber.

Seufzend drehte sie eine Runde, um sein Heim zu inspizieren. Es bestand aus einem einzigen Raum, dessen Wände aus Holz und Lehm gebaut waren, und der annähernd so groß wie das Vorderzimmer des Häuschens ihres Vaters war, ungefähr zehn Schritte im Quadrat. Zwei Steinsäulen sorgten dafür, dass das Dach nicht durchhing, und zwischen den Säulen bedeckte ein Teppich aus rötlichgrauem Fell den Boden. Die Tür, durch die Riggs soeben verschwunden war, und die an derselben Wand liegenden, mit Läden versehenen Fenster waren mit gemauertem Stein gerahmt. Die nächste Wand nahmen ein großer rußiger Kamin und ein mit Kochutensilien überladener Steinofen ein. Über dem Kamin hingen fünf Paar riesige, gefährlich aussehende Geweihe. Hatte er diese Hirsche mit einer Jagdgesellschaft erlegt? Oder allein? Angesichts seiner Größe konnte sie es sich beinahe vorstellen.

Er war größer als Big Darcy, der größte Mann, der ihr je begegnet war. Und unten herum war er natürlich ebenso ehrfurchtgebietend. Vor Jahren hatte sie Darcy der Größe seines Gemächtes wegen verspottet, um ihn zu demütigen, weil er es abgelehnt hatte, sie zu entjungfern, aber im Grunde hatte er ihr gefallen. Bis sie Riggs begegnete, war ihr nie wieder ein Prügel unter die Augen gekommen, der dem Vergleich mit dem, was Darcy unter seinem Kilt trug, standhalten konnte. Wie mochte es sich anfühlen, einen so großzügig gebauten Mann zum Liebhaber zu haben?

Och, diese müßigen Überlegungen waren reine Zeitverschwendung. Sie hatte von den Männern genug. Ihnen Zuneigung zu schenken, hatte sich nie ausgezahlt, und kein vernünftiger Mann würde sie in ihrem jetzigen Zustand haben wollen. Riggs hätte zwar gern mit ihr gevögelt, aber sie konnte um ihre Feldflasche wetten, dass er davon absehen würde, sobald er ihre verkrüppelten Beine gesehen hatte. Es war besser, seine Zuneigung zu ihr nicht zu ermutigen, oder gar ihre Zuneigung zu ihm wachsen zu lassen.

Außerdem war er noch nicht einmal ein Mensch. Was er war, wusste sie nicht, aber sie würde es früher oder später herausfinden.

Vorläufig zwang sie sich, ihre Aufmerksamkeit wieder auf ihre Umgebung zu richten. Es handelte sich schließlich womöglich um ihr neues Zuhause.

Riggs Zuhause war zwar klein, aber gemütlich wie ein Tierbau. Es enthielt alles, was man brauchte, und die Einrichtung gefiel ihr. Sie konnte sich gut vorstellen, an diesem Arbeitstisch, unter dem verschiedene Kochutensilien und Kornsäcke verstaut waren, Teig auszurollen. Zuvor müsste er gründlich gereinigt werden, da seine Oberfläche beinahe so staubig und unordentlich war, wie der darunter liegende Stauraum. Das konnte sie sich als erstes vornehmen, wenn sie sich erst von ihren Kopfschmerzen freigeschlafen hätte. Riggs hatte zwar abgelehnt, dass sie sich um das Kochen und Saubermachen kümmerte, aber wenn er sie hierbehielt, würde sie sich verdammt noch mal nützlich machen.

Und wenn er dich nicht hierbehält?

Was, wenn er vorhatte, sie an den Meistbietenden zu verscherbeln? Sich selbst zu verkaufen war eine Sache. Würdelos und ohne eine Wahl zu haben verkauft zu werden, war eine andere. Wenn Riggs das mit ihr vorhatte, würde sie ihm im Schlaf die Eier abschneiden.

Was den Schlaf betraf: das Bett nahm beinahe eine ganze Wand ein. Es war so lang und breit wie Riggs und besaß einen Rahmen aus Holz mit abgeschrägten Kanten. Die dicke Lage rehbrauner Felle, mit denen es bedeckt war, flehte sie geradezu an, sich in seine weichen, warmen Tiefen zu graben.

Sie wusch sich zuerst mit dem Wasser, das er ihr gebracht hatte, und fand in einer der beiden schön gearbeiteten Schubladen unter dem Bett ein Leinenhemd. Als sie es anzog, umflatterte es sie wie ein Laken. Sie zog die Schnüre so fest an wie möglich, damit es ihr nicht von den Schultern glitt, doch die Ärmel musste sie viermal aufrollen, um die Hände herausstrecken zu können. Mit dem Saum war nichts zu machen. Für ihn war das Hemd knielang. Ihr ging es bis zu den Füßen, wie ein Nachthemd. Was die Weite anging, hätte sie dreimal in das Kleidungsstück gepasst, das Riggs normalerweise allein mit seinem Oberkörper ausfüllte.

Sich weigernd, dem aufgeregten Flattern in ihrem Bauch Aufmerksamkeit zu schenken, deckte sie das Bett auf und krabbelte unter die Felle. Sie lagen schwer auf ihr. Es war merkwürdig, doch von Riggs' Duft nach Kiefern und staubigem Hund umgeben sorgte sie sich nicht mehr um eine Rückkehr nach Ackergill. Stattdessen war sie neugierig auf Riggs und seine Welt. Was war er? Waren alle Leute an diesem Ort so wie er? Könnte sie hierher gehören?

Der Schlaf winkte. Ihre Fragen konnten bis zum Morgen warten.

Sie wurde vom Duft frisch gebackenen Brots geweckt. Sie hatte das Gefühl, nur einen Augenblick geschlafen zu haben, doch durch die geschlossenen Läden drang Morgenlicht herein. Am anderen Ende der Hütte hockte Riggs vor dem Arbeitstisch und stopfte Vorräte in einen großen Ledersack, der viele Riemen und Schnallen besaß, deren Funktion sie nicht kannte. Er arbeitete schnell, beinahe hastig.

»Hast du vor, eine Reise zu machen?«, fragte sie ihn gähnend.

Er hielt inne und sah sie an. Er antwortete nicht.

»Willst du irgendwo hin?«, wiederholte sie.

Er runzelte die Stirn, bis eine tiefe Falte zwischen seinen Brauen erschien. Als er sich aus der Hocke erhob, reichte er mit dem Kopf beinahe bis ans Dach der Hütte. Ihn so kräftig gebaut und männlich vor sich stehen zu sehen, verursachte ihr ein flaues Gefühl im Magen.

Er sagte etwas, doch sie konnte ihn nicht verstehen.

»Wie bitte?«, fragte sie.

Er wiederholte es und fügte dieses Mal ein Kopfschütteln hinzu. Es ergab immer noch keinen Sinn für sie. Sie hörte nichts als ein Brummeln aneinandergereihter Silben.

Sie setzte sich auf, wobei sie sich mit den Fellen bedeckt hielt. »Ich muss noch nicht ganz wach sein. Kannst du es noch einmal wiederholen?«

Er sprach wieder, dieses Mal in eindringlicherem Ton, doch es ergab nicht mehr Sinn als das, was er zuvor von sich gegeben hatte. Er versuchte wieder und wieder, ihr etwas mitzuteilen, und sie verstand immer noch nichts.

Sie starrten einander an. Vor einem der Fenster führten zwei Eichhörnchen zwitschernd ein angeregtes Gespräch, während sie und Riggs sich mit gerunzelter Stirn anstarrten.

Vor ihrem Schläfchen konnten sie einander problemlos verstehen. Und jetzt war es, als sprächen sie verschiedene Sprachen. Woran konnte das liegen?

Riggs sah sich im Raum um, als sei er auf den gleichen Gedanken gekommen. Sein Blick verweilte auf dem Feuer, das fröhlich auf dem Feuerrost brannte. Er riss erschrocken die Augen auf.

Unverständliche Dinge murmelnd, rannte er zum Herd und griff nach einer Feuerzange. Er zog damit etwas aus den Flammen, das wie verkohlter Stoff aussah. Das verbrannte Häufchen landete auf dem Herd. Riggs stocherte zunächst mit der Feuerzange, dann, als der Stoff abkühlte, mit den Fingern darin herum. Wie merkwürdig, die Überreste waren von verwaschenem Blau, wie ihr Wollkleid. Und ein Stück verrußtes Leinen erinnerte verdächtig an ihr Unterkleid.

Sie suchte auf dem Herd nach dem Bündel ihrer Gewänder, von denen er gesagt hatte, sie solle sie dort ablegen, konnte jedoch nichts als ihre Feldflasche und die Feuersteinschachtel ausmachen, ohne die sie nie reiste. *Och*, das durfte nicht wahr sein. Das konnte er nicht getan haben.

»Du hast mein Kleid verbrannt!« Sie warf die Felle von sich und hievte sich aus dem Bett. Ihre Beine verkrampften sich. Sie verfluchend fiel sie auf die Felle zurück.

Riggs klaubte mit der Feuerzange etwas aus dem Stoff und ließ es mit einem Zischen in den Wassereimer fallen. Nach einer Weile griff er in den Eimer und fischte es heraus. Seine Hand war so breit, dass sie es umschloss und sie nicht erkennen konnte, was es war. Was auch immer es sein mochte, es brachte einen Ausdruck des Staunens auf sein Gesicht.

»Was hast du da?« Ihre Stimme klang verärgert. Sie verriet ihre Schmerzen, die sie durch Kneten mit den Händen zu lindern suchte. Diese verfluchten Beine.

Riggs sah ihr in die Augen, dann blickte er auf ihre massierenden Hände nieder. Sein Blick verfinsterte sich. »Lass mich mal machen«, sagte er, und diesmal konnte sie ihn verstehen.

Er ging neben dem Bett auf die Knie, nahm ihre Hand und legte den Amethyst hinein, den Gravois ihr mitgegeben hatte. Er war heiß wie ein Kuchen, der aus dem Ofen kommt. Sie rollte ihn zwischen den Fingern, um sich nicht an ihm zu verbrennen. Er verlieh offenbar durch Zauberkraft die Gabe, sich in jeglicher Sprache zu verständigen.

»Dieser verrückte Zigeuner.«

»Was ist ein verrückter Zigeuner?«

Sie spürte, dass Riggs' starke Finger die schmerzhafteste Stelle unterhalb ihres linken Knies kneteten. Er berührte sie unter ihrem Nachthemd. Und erfuhr dabei, wie verkrüppelt sie war.

Sie schlug seine Hand weg und zog das Nachthemd eng um ihre Beine. »Du hast geschworen, mich nicht mehr anzufassen.«

In seinem Blick blitzte Verletzlichkeit auf. Er verbarg sie, indem er mit einem Murren aufstand und sich abwandte.

Sie erinnerte sich an seine Wunde vom Stoßzahn des Wildschweins, die nun unter frischen Hosen verborgen lag, und bereute ihren barschen Ton. Er hatte ihr lediglich helfen wollen, und sich keine Freiheiten herausgenommen, wie zuvor. Um ehrlich zu sein war sogar sie es gewesen, die den Krug an ihre Brust gedrückt hatte, im vollen Bewusstsein, dass er ihn immer noch mit seiner Hand umschloss.

»Ein verrückter Zigeuner ist ein geheimnisvoller Mann, der sich in alles einmischt, jungen Mädchen in Not Zaubersteine gibt und ihre Köpfe mit törichten Gerüchten über Schicksale füllt. Es tut mir leid. Du wolltest mir nur helfen. Aber ich mag es nicht, wenn man meine Beine berührt.«

Er nickte zustimmend, sah sie jedoch nicht an. Sie sah ihn im Profil. Seine ausgeprägte Nase war zwar breit, jedoch gerade, und wirkte sehr männlich. Das Licht des Feuers tanzte über seinen Bart und brachte ihn zum Leuchten wie goldenen Sand. Lieber Himmel, was für ein attraktiver Mann!

»Ich bitte um Verzeihung«, sagte er.

»Halte einfach dein Wort und berühre mich nicht mehr.«

»Selbstverständlich, Lady.«

»Und hör auf, mich Lady zu nennen.«

Bei diesen Worten begannen seine Augen zu funkeln. Es sah nicht so aus, als habe er vor, diesem Befehl zu gehorchen.

§

RIGGS SCHÜRTE DAS Feuer und warf Anja über die Schulter einen Blick zu. Wie sie da auf seinem Lager saß, wirkte sie ganz blass und schmal in seinem Hemd. Sie hatte gebadet und ihr Haar gewaschen, das in großen, kastanienfarbenen Wellen getrocknet war, die im Feuerschein wie Seide glänzten. Er konnte sie nicht richtig anblicken. Es war zu schmerzhaft. Sie war zu schön. Zu kostbar.

Jetzt, wo er wusste wer sie war, erschien sie ihm umso wertvoller. Anya war so viel mehr, als er anfänglich vermutet hatte.

Seine Gedanken schweiften in die Vergangenheit, als er fast noch ein Welpe war und die Krönung von König Magnus gerade erst stattgefunden hatte.

Er folgte seinem Vater in den Pub in Figcroft und fühlte sich mit seiner eigenen Axt und seiner beachtlichen Körpergröße, mit der er manche sogar schon überragte, wie ein Mann.

Sein Vater klopfte ihm auf den Rücken, während er sich an den Schankwirt wandte. »Ein Bier für meinen Sohn, und eins für mich. Deine Belohnung für einen harten Arbeitstag«, sagte er zu Riggs.

Der Schankwirt schob ihnen zwei volle Humpen zu. »Schon vom letzten Skandal des Königs gehört? Die Neuigkeiten hat gestern Abend ein Reisender aus Chroina gebracht.«

Sein Vater nahm einen Schluck aus seinem Humpen und taxierte den Schankwirt mit kühlem Blick.

Riggs tat es ihm gleich und nahm einen tiefen Zug von seinem schaumigen Bier. Im Hintergrund hörte man die Männer an den Tischen miteinander reden. Am Kamin spielte ein Junge Laute und trällerte dazu wie eine Lerche.

Sein Vater leckte sich die Lippen und setzte seinen Humpen ab. Dann sagte er: »Ich ziehe es vor, meine Nachrichten von den Boten zu erhalten, die die monatlichen Berichte bringen.«

Der Schankwirt gab ein herablassendes Schnauben von sich. »Ein bisschen Klatsch kann doch wohl nicht schaden, oder?«

Vorish, der Freund seines Vaters, tauchte hinter ihnen auf und legte eine Münze auf den Tresen. »Das Übliche«, sagte er zu dem Schankwirt. Dann klopfte er Riggs und seinem Vater zur Begrüßung auf die Schulter. »Lass Rolf seinen Spaß. Er fühlt sich doch nur wichtig, wenn er Gerüchte unter die Leute bringen kann.«

»Er sollte lieber Schnaps unter die Leute bringen«, grummelte sein Vater, jedoch mit einem Grinsen.

Rolf zog gespielt beleidigt einen Schmollmund, doch seine Augen glänzten vor Ungeduld, seine Neuigkeiten endlich loszuwerden. Er lehnte sich über den Tresen, als seien sie nur für ihre Ohren bestimmt, kratzte sich den Bart und sagte: »Glerick soll das Porträt, das der König bestellt hat, fertiggestellt haben. Seine Majestät hat es vor zwei Tagen bei einem großen Fest im Palast enthüllt. Und jetzt passt auf. Als der Vorhang aufgeht, um das lang erwartete Portrait zu enthüllen, stockt den Ladys und Gentlemen im großen Saal der Atem. Das Porträt zeigt nämlich nicht, wie die Tradition es will, Seine Majestät. Es zeigt eine

Lady.« Rolf riss die Augen auf. Auf eine Reaktion wartend, blickte er zwischen den dreien hin und her.

Riggs verstand nicht, was er daran so interessant fand. Dass König Magnus die Ladys verehrte, wusste jeder. Es handelte sich wahrscheinlich um ein Porträt von Diana oder so. Er trank noch einen Zug und wandte seine Aufmerksamkeit dem singenden Jungen zu. Er fragte sich, ob ein großer Altersunterschied zwischen ihnen bestünde und wer seine Mutter sei.

Er bekam Fetzen von dem Gespräch am Tresen mit, versuchte aber, den Worten des Jungen zu folgen. Er sang über eine Welt, in welcher Frauen die Herrschaft hatten, und die Männer einander für das Recht, mit der Königin ein Kind zu zeugen, bis auf den Tod bekämpften. Riggs tauchte völlig in die Fantasiewelt ein und malte sich aus, er sei ein ausgewachsener Krieger, mit Streitaxt, Brustplatte, und Rüstung an Armen und Beinen, dem es gelang, die alleinigen Zeugungsrechte mit der Königin zu erkämpfen.

»Aber es handelt sich nicht um die erstbeste Lady, habe ich gehört«, sagte Vorish.

»Es soll sich um eine dunkelhaarige Schönheit handeln«, mischte Rolf sich ein. »Sie soll dem König in der Nacht vor seiner Krönung im Traum erschienen sein.«

Riggs stellte die Ohren auf. Seine Mutter hatte dunkles Haar, genau wie er. Und sie war hübsch genug, um von ihr zu träumen.

»Ihr Haar ist nicht richtig dunkel«, sagte Vorish. »Es hat die Farbe gerösteter Kastanien. Wenn du schon tratschst, dann halte dich wenigstens an die Einzelheiten, Mann.«

Es handelte sich also nicht um Hilda. Riggs kehrte zu seinem Tagtraum zurück. Seine Königin lud ihn in ihr Schlafgemach ein. Dort lag sie nackt und wunderschön auf weichen Fellen und erwartete ihn.

»Ja, genau. Kastanienbraunes Haar«, bestätigte Rolf. »Aber das ist kaum so bemerkenswert wie die Tatsache, dass ihre Brüste

haarlos waren. Kleine rosa Nippel in der Mitte von glatten Elfenbeinkugeln, wie Zwillingsmonde.«

Riggs tauchte aus seinem Tagtraum wieder auf. Haarlose Brüste verdienten seine ungeteilte Aufmerksamkeit. Er wandte sich wieder dem Tresen zu, und sah, wie Rolf sich die gewölbten Hände vor die Schürze hielt.

»Sie ist kein Wolfsmensch«, warf Vorish ein.

Rolf schmiss sein Geschirrtuch auf den Tresen. »Wer erzählt hier die Geschichte?«

»Sorry. Mach weiter. Was hatte die Lady sonst noch Bemerkenswertes an sich?« Vorish tauschte mit seinem Vater ein Grinsen, während Rolf sein Geschirrtuch wieder einsammelte und in seinen Gürtel steckte.

»Erzähl uns mehr über ihre Brüste«, forderte Riggs.

Sein Vater gab ihm unter dem Gelächter der anderen Männer eine Kopfnuss.

»Hübsche, runde, appetitliche Dinger, wie ich gehört habe«, sagte Rolf, indem er seine gelben Zähne zeigte. »Sie sind glatt und weich und schmecken nach Honig.«

»Sie werden wohl eher nach Farbe schmecken«, sagte sein Vater.

Das brachte sie alle zum Lachen.

»Erzähl ihnen von ihren Zeichen«, verlangte Vorish.

Rolf lehnte sich wieder geheimnistuerisch vor. »Auf ihrer Wange trägt die Lady auf dem Gemälde das Zeichen der Göttin, den Pfotenabdruck von Danu in ihrer Wolfsform. Und um den Hals trägt sie einen Edelstein. König Magnus sagt, er sei ein Geschenk der Göttin und ein Zeichen, dass sie die Retterin unseres Volkes sein wird.«

Riggs verdrehte die Augen und stemmte sich mit den Armen vom Tresen weg. Unsinn. Entweder war der König so verrückt, wie das halbe Land es zu glauben schien, oder Rolf hatte diese

Neuigkeiten von den einfallsreichsten Trunkenbolden von Chroina bezogen.

Bevor er sich an einen Tisch zu den Männern setzte, um sich das nächste Lied des Jungen anzuhören, hörte er seinen Vater sagen: »Und wann soll diese Retterin kommen?«

»Das weiß keiner«, sagte Vorish. »Noch nicht einmal Seine Majestät.«

Er hatte damals über den Tratsch des Schankwirts gelacht, doch im Laufe der Jahre waren ihm Zweifel gekommen. Sein Vater hatte immer daran geglaubt, dass Danu sie nicht im Stich lassen würde. Er hatte Riggs dafür getadelt, König Magnus seiner Vision wegen verdächtigt zu haben, dem Irrsinn verfallen zu sein.

Jetzt saß die Vision des Königs auf seinem Lager, hatte Narben auf der Wange, die wie ein Pfotenabdruck aussahen, und hielt einen der Zauberkraft mächtigen Edelstein in der Hand, bei dem es sich durchaus um ein Geschenk der Göttin handeln konnte. Ihre Brüste unter seinem Hemd mussten haarlos sein. Das konnte er aus der Glätte ihrer Arme und Beine schließen. Die Behaarung an ihren Gliedern war so fein wie Holzstaub.

Er hatte nach diesem Pubbesuch in Figcroft jahrelang von Frauen mit nackten Brüsten geträumt. Doch selbst in seinen wildesten Fantasien hatte er sich nicht vorstellen können, dass eines Tages sein eigenes Hemd solche kostbaren Schätze beherbergen würde.

Er hatte gewusst, dass er sie nach Chroina bringen musste, weil weibliche Wesen außerhalb des Schutzes der Stadtmauern nicht in Sicherheit waren. Doch jetzt wurde ihm erst bewusst, wen er da unter seiner Obhut hatte. Anya war die Lady des Königs. Die Lady, deren Portrait der König in den Thronsaal gehängt hatte, und auf deren Kommen er ganz Marann zu hoffen befohlen hatte. Jeder Bericht aus dem Palast endete mit den Worten: Die Hoffnung bleibt bestehen. *Danu hat ihr Volk nicht vergessen. Eine Retterin wird kommen.*

So wie es aussah, würde er derjenige sein, der die Retterin an den Ort brachte, der ihr bestimmt war. Nicht nur nach Chroina, sondern in den Palast.

König Magnus hatte nie eine Königin gehabt oder eine Konkubine zur Gefährtin genommen, weil er darauf bestand, auf die ihm bestimmte Lady zu warten. Er hatte natürlich immer wieder Versuche unternommen, mit einer von Chroinas feinen Damen einen Erben zu zeugen. Doch er hatte keine der Frauen für sich allein beansprucht und keiner Frau das Recht abgesprochen, durch den Kontakt mit anderen Männern ihre Chancen, Kinder zu bekommen, zu vergrößern.

Der König würde Anya zu seiner Auserwählten machen, zu seiner Königin. Sie würde unter den Frauen die Einzige sein, die nur einem Mann angehörte. Warum brannte diese Vorstellung ihm ein Loch in die Brust?

»Warum hast du es verbrannt?«

Er warf ihr einen scharfen Blick zu. Konnte sie mithilfe des Edelsteins nicht nur seine Sprache sprechen, sondern auch seine Gedanken lesen?

Sie riss ungeduldig die Augen auf. »Mein Kleid. Warum hast du es verbrannt? Ich hätte die Risse flicken können. Ist dir nicht in den Sinn gekommen, dass ich nichts anderes zum Anziehen habe?« Anklagend stand sie in seinem Hemd da und breitete die Arme aus.

Seine Brust schwoll vor Stolz. Die Lady des Königs trug sein Hemd. Wenn er sie im Palast ablieferte, würde sie nach ihm riechen.

»Ich musste es vernichten. Es roch nach dir.«

Ihr blieb der Mund offen stehen. »Aye, es musste gewaschen werden, aber musstest du es gleich verbrennen? Reicht es dir nicht, dass ich deine Gefangene bin? Musst du mich noch dazu beschämen?«

Er wirbelte zu ihr herum. »Meine Gefangene?« Sah sie das wirklich so?

»Was soll ich denn sonst denken? Du trägst mich in deine Hütte. Du nimmst mir meine Gewänder weg. Du hältst es nicht für nötig, mir zu sagen, was du mit mir vorhast.« Sie unterstrich ihr Zetern mit ausholenden Gesten. Je röter ihre Wangen wurden, desto schriller klang ihre Stimme. Doch als sie endete, ließ sie die Schultern sinken. Ihre Rehaugen sahen zu Boden. »Was wird aus mir werden?«

Er trat zu ihr und setzte sich neben sie auf das Lager. Er wollte sie in den Arm nehmen, erinnerte sich jedoch an sein Gelöbnis und berührte sie nicht.

Als sie den Blick zu seinen Augen hob, konnte er ein Band fühlen, das sie mit ihm vereinigte. Es zog an seinem Bauch und verunsicherte ihn, obwohl es ihn gleichzeitig verankerte. Er spürte, dass sie ihm angehörte. Doch das tat sie nicht. Sie war für den König bestimmt.

»Du bist nicht meine Gefangene«, sagte er zu ihr. »Ich stehe zu deinen Diensten.«

Sie runzelte die Stirn. »Ich sollte in *deinen* Diensten stehen. Ich verdanke dir mein Leben.«

»Du wirst in niemandes Diensten stehen. Nie wieder in deinem Leben. Es wird dir an nichts fehlen. Das schwöre ich dir. Aber zuerst muss ich dich nach Chroina bringen. Nur dort bist du in Sicherheit. Es ist eine weite Reise, und wir sollten bald aufbrechen. Es könnte sein, dass Larnier uns auf der Spur sind. Deshalb habe ich dein Kleid verbrannt. So haben sie weniger zu wittern.«

Sie blickte ihm in die Augen, und musste in ihnen gefunden haben wonach sie suchte, da sie zustimmend nickte. »Nun, ich kann nicht allein mit deinem Hemd bekleidet auf Reisen gehen. Was soll ich also anziehen, oh mein Diener?«

Sein Herz zog sich zusammen. Sie war so tapfer. Sie war verkrüppelt, war in ein fremdes Land geraten und hatte alles verloren, selbst ihre Kleider. Das Einzige was Ihr blieb, war der Edelstein in ihrer Faust. Und trotz allem vertraute sie ihm.

Er würde sie nicht im Stich lassen. Das konnte er nicht tun. Nicht, wenn das Überleben seines Volkes von ihrem Schoß abhing.

Kapitel 5

ANYA SAß AUF dem Bett und sah Riggs zu, wie er in der Ecke am Kamin in einer großen Truhe wühlte. Er suche nach Kleidern, die er als Junge getragen hatte, hatte er ihr gesagt. Sie öffnete währenddessen die Faust und betrachtete den polierten Amethyst, den Gravois ihr geschenkt hatte. Wenn sie ihn in der Hand hielt, konnten Riggs und sie einander verstehen. Wie durch Zauberkraft. Hatte Gravois gewusst, was ihr widerfahren würde?

»Dein Schicksal liegt woanders«, hatte er ihr mitgeteilt. »Es gibt einen Ort, der dir bestimmt ist. Wenn du stark genug daran glaubst, wirst du ihn vielleicht finden.«

Oder wenn ein Zauberkästchen sich einmischte und ihr den nötigen Tritt versetzte.

Sollte ihr Schicksal sich hier abspielen, mit diesem Mann? Sie ließ den Blick durch die Hütte schweifen, in der sie schon begann, sich zu Hause zu fühlen. Es würde ihr gefallen, an diesem breiten Steinherd zu stehen und Kanincheneintopf zu kochen. Ebenso würde es ihr gefallen, dieses Lager mit dem muskelbepackten Körper des stärksten Mannes zu teilen, der ihr je begegnet war. Aye. Es konnte sein, dass sie an diesen Ort gehörte.

Doch er hatte gesagt, sie müssten fortgehen. Er hatte vor, sie an einen Ort namens Chroina zu bringen, der weit entfernt lag. Ihrer Sicherheit wegen, hatte er behauptet. Wahrscheinlich wollte er sie einfach loswerden. Sie konnte es ihm nicht verübeln, aber seine Ablehnung versetzte ihr trotzdem einen Stich.

Ein dumpfes Rumpeln ließ sie aufblicken. Riggs hatte ein Paar dicke Stiefel vor ihre Füße fallen lassen.

»Komm.« Er legte einen Stapel gefalteter Kleider aufs Bett und schob mit den Zehen die Stiefel näher. Er passte höllisch auf, sie nicht wieder zu berühren. Auch das versetzte ihr einen Stich. Sie hatte es lieber, wenn er sie zärtlich anblickte und sie ab und zu verstohlen streichelte, wie flüchtig auch immer.

Als er die Tür öffnete, erschallte das Zwitschern von Vögeln, die begeistert den Tag begrüßten. Gottseidank erinnerte nur noch ein schwacher Kopfschmerz an den Hieb, den sie am Vortag eingesteckt hatte. Die Nachtruhe hatte ihr gutgetan.

»Dort drüben gibt es Tee und Brot.« Er zeigte auf den Herd. »Ich muss für eine Weile weg. Wenn ich zurück bin, brechen wir nach Chroina auf.« Damit verließ er die Hütte und schloss die Tür hinter sich.

»Verdammt wortkarg, dieser Mann.« Zumindest konnte sie ihn jetzt verstehen.

Sie griff nach den Kleidern, die er ihr dagelassen hatte, und schüttelte zuerst ein Paar aus dickem Segeltuch geschneiderte Hosen, dann ein robustes Leinenhemd aus. Beide rochen nach Kiefern und sauberem Hund. Zum Glück waren sie viel kleiner als das Hemd, das sie jetzt trug. Sie zog es aus und schlüpfte in Riggs alte Kleider. Das Hemd steckte sie in die Hose. Sie passten einigermaßen, obwohl die Hosen an der Taille zu weit waren, und unten hochgerollt werden mussten. Davon abgesehen war es ein sonderbares Gefühl, ihre Beine zu umhüllen, wie es die Männer in den Lowlands taten. Die Nähte kratzten auf ihrer Haut und fühlten sich zwischen ihren Schenkeln dick an. Eine tiefe Tasche auf der rechten Hüfte bot sich als sicherer Aufbewahrungsort für ihren Edelstein an. Jetzt brauchte sie nur noch einen Gürtel, damit die Hosen nicht herunterrutschten. Sie suchte unter Riggs Lager, konnte jedoch nichts Brauchbares finden. Wenn er zurückkam, musste sie ihn fragen, wo er seine Seile aufbewahrte.

Im rechten Stiefel steckte zusammengerollt ein Paar Wollsocken, die schon viele Male gestopft worden waren. Schon beim Anblick der Stiefel wusste sie, dass sie zu groß sein würden. Doch wer bettelt, darf nicht wählerisch sein. Zumindest hatten sie lederne Schnürsenkel und würden ihr nicht von den Füßen fallen. Sie konnte froh sein, dass er ein Paar Stiefel übrig hatte, die er als Kind trug.

Während sie sich Riggs als Kind vorstellte – ein wahres Energiebündel mit wilden schwarzen Locken – zog sie die Stiefel an und zurrte die Schnürsenkel fest. Sie machte ein Paar knarzende Schritte. Sie waren so schwer, dass es sich anfühlte, als hätte sie Sandsäcke an den Füßen. Doch die dicken, augenscheinlich aus Kork und Pech gefertigten Sohlen würden ihre Füße gut schützen. Die Umstellung von ihren Schuhen aus feinem Rehleder auf diese Stiefel war enorm, doch sie würde sich daran gewöhnen, in ihnen zu laufen. Ihr blieb sowieso nichts anderes übrig, da er ihre Schuhe mit ihrem Kleid verbrannt hatte.

Riggs blieb in der Tat »für eine Weile weg«. Sie aß den halben Laib warmes Brot, den er ihr hingelegt hatte und trank dazu starken Tee. Dann kehrte sie die Asche vor dem Kamin weg, räumte den Arbeitstisch auf und ging am Bach, der unweit der Hütte floss, frisches Wasser holen. Sie hatte gerade die Läden aufgemacht, um frische Luft hereinzulassen, als sie eine hochgewachsene dunkle Gestalt erblickte, die aus dem Wald gelaufen kam und durch den Bach auf sie zu plantschte.

Sie hielt vor Angst den Atem an, bis sie sah, dass es sich um Riggs handelte. Splitternackt und herrlich anzusehen, wie das erste Mal, als sie ihn erblickt hatte. Da war er ihr allerdings so nah gewesen, dass sie nicht bemerkt hatte, mit welch animalischer Grazie er sich bewegte, und wie schön seine männliche Behaarung war: dicht an Brust, Unterarmen und Unterschenkeln, und dünner an seinen Schultern, Schenkeln und Flanken. Ihr Blick wanderte augenblicklich zu der Stelle, wo die

Behaarung am dichtesten war: zwischen seinen Beinen. Ihre Wangen begannen zu glühen, während sie darauf starrte. Doch es gelang ihr nicht, den Blick abzuwenden, bis er ihr den Rücken zukehrte und sich niederbeugte, um sich zu waschen.

Er schöpfte mit seinen großen Händen sauberes Wasser aus dem Bach und ließ es über seine kraftvollen Hüften, seinen breiten Rücken und über seinen Kopf laufen, wo es seinem schwarzen Haar einen blauen Schimmer verlieh.

Als das Wasser wieder in den Bach floss, war es rosa. Seine Haut wurde heller, als habe das Wasser etwas Dunkles weggespült. Es handelte sich nicht um Schmutz. Blut.

Er war von oben bis unten damit besudelt. Insbesondere seine Hände, sein Bart und sein Hals. Sie war so von seinem Körper fasziniert gewesen, dass sie es nicht bemerkt hatte.

Angst stieg in ihr auf. Sie sah sich den Verband an seinem Schenkel an und stellte erleichtert fest, dass der Fleck des durchsickernden Blutes nicht größer als der Abdruck eines Daumens war. Ansonsten schien sein schöner Körper unversehrt zu sein. Es war nicht sein Blut. Demnach musste es fremdes Blut sein.

»Ich war auf der Jagd«, hatte er gesagt, als sie sich zum ersten Mal begegnet waren.

»Ihr jagt nackt?«

»Macht das nicht jeder?«

Er war auch am heutigen Morgen auf der Jagd gewesen. Das war der Grund für seine Abwesenheit. Und er hatte nichts nach Hause gebracht. Das hieß, dass er die Kreatur, deren Blut er von sich wusch, bereits verspeist hatte. Und zwar roh. Und er hatte sie mit bloßen Händen erlegt. Und mit seinen großen Zähnen.

Sie erschauderte.

Er war kein Mensch. Das war ihr nichts Neues, doch es wurde ihr jetzt mit einem Mal von neuem bewusst.

Riggs stieg aus dem Bach und hob den Kopf, um zur Hütte hinüberzusehen.

Sie duckte sich mit klopfendem Herzen unter dem Fenster weg.

Sie hatte ihm instinktiv ihr Vertrauen geschenkt, doch sie hatte es getan, ohne wirklich verstanden zu haben, was er war. Er jagte und ernährte sich wie ein Tier. Doch er buk auch Brot und wärmte Wasser, um Tee zu machen. Er war wie eine Bestie gebaut, schlief jedoch in einem schön gearbeiteten Bett in einer gemütlichen Hütte. Waren alle Leute an diesem Ort so wie er?

Das Geräusch einer sich schließenden Tür lockte sie zum Fenster zurück, von wo aus sie den Schuppen sehen konnte, der zwanzig Schritte von der Hütte entfernt stand. Er musste die vergangene Nacht dort verbracht haben. War er dabei, den Verband seiner Stoßzahn-Wunde zu wechseln? Oder seinen muskulösen Körper zu bekleiden? *Och*, das ging sie nichts an.

Sie zwang sich, ihre Aufmerksamkeit auf Dinge zu lenken, die sie wirklich etwas angingen und ging zum Arbeitstisch hinüber, um ihre Teetasse zu reinigen. Ihre Hosen sackten bei jedem Schritt ein Stück tiefer. So ging es nicht. Sie suchte unter dem Arbeitstisch nach einem Seil oder irgendetwas, das man als Gürtel verwenden konnte. *Och*, da war doch die Truhe neben dem Kamin. Aus der hatte er ihre neuen Kleider herausgeholt. Wenn er einen Gürtel in ihrer Größe besaß, musste er sich ebenfalls dort befinden.

Sie humpelte hinüber und klappte den schweren Deckel auf. Auf einem Leinentuch, unter dem gefaltete Gewänder liegen mochten, lag eine glänzende, originell geformte Axt, die nicht aussah, als sei sie jemals für etwas so Alltägliches wie zum Holzhacken benutzt worden. Ihre Klinge verlief in einem weiten Bogen, dessen Enden in scharfen Spitzen ausliefen. Die Rückseite der Klinge verjüngte sich zu einem gefährlichen Stachel. Sie schimmerte vom schwarzen Griff bis zur Stahlklinge, und war wahrscheinlich mehr wert als das halbe Dutzend in Scheiden steckende Messer, die den Deckel auskleideten.

Die Tür wurde aufgestoßen.

Der Deckel glitt ihr aus der Hand und fiel krachend herunter, wobei er beinahe auf ihren Fingern gelandet wäre. Sie konnte sie gerade noch rechtzeitig wegziehen.

Riggs eilte auf sie zu. Er war vollständig bekleidet und sein Haar schimmerte feucht. Er starrte sie mit wildem Blick an. War er böse, weil sie seine Sachen durchsucht hatte? Ihr blieb vor Schreck beinahe das Herz stehen.

»Ist alles in Ordnung mit dir?« Er nahm ihre Hände und inspizierte sie. Dann hob er besorgt den Blick. »Ich dachte schon – « er schloss die Augen und stieß erleichtert den Atem aus. »Ich dachte, der Deckel wäre dir auf die Hand gefallen.«

Er war ihr nicht böse. Ihre Schultern begannen, sich wieder zu straffen. Er hatte zwar versprochen, ihr niemals wehzutun, doch sie besaß keine Garantie dafür, dass er dieses Versprechen halten würde. Er hatte ebenfalls versprochen, sie nie wieder anzufassen, und tat es dennoch ständig. Sie entzog ihm ihre Hände. »Nun, wie du siehst, bin ich unversehrt«, sagte sie kurz angebunden.

Sein Gesicht verschloss sich, doch nicht schnell genug, um zu verbergen, dass sie ihn verletzt hatte. Er stampfte auf den am Boden liegenden Rucksack zu und fummelte an dessen Gurten herum.

»Was hattest du zum Frühstück?«, fragte sie.

Er sah von dem Sack auf. »Hab im Tal südlich von hier einen Luchs erwischt.«

»Und den hast du mit bloßen Händen gejagt und im Wald verspeist?«

Er zog die Brauen zusammen, als läge die Antwort auf der Hand. »Ja.«

Gütiger Himmel. Sie wusste nicht, ob sie beeindruckt oder angeekelt sein sollte. »Du hast ihn roh gegessen?«

»Selbstverständlich«, antwortete er, als gebe es keine andere vernünftige Art, Fleisch zu essen. Er stand auf, hob den Sack auf seinen Rücken und befestigte ihn mit einem zusätzlichen Gurt um seine Hüften. Das erinnerte sie daran, dass sie nach etwas gesucht hatte, als er hereingekommen war.

»Hast du einen Gürtel, mit dem ich diese Hosen am Rutschen hindern kann?«, fragte sie in ungewöhnlich kleinlautem Tonfall.

Er ging zur Truhe und hob die Axt heraus, als sei sie federleicht. Nachdem er sie neben dem Herd abgelegt hatte, wühlte er in den Tiefen der Truhe und angelte einen Ledergürtel aus ihr hervor. »Komm.« Er hielt ihn in der ausgestreckten Hand.

Ihre Füße konnten sich nicht entschließen, zu ihm hinzugehen und ihn entgegenzunehmen. Teils hatte sie Angst vor ihm. Und teils wurde ihr immer noch ganz warm, wenn sie an seinen nackten Körper dachte.

Seine Brauen, zwei dicke, schwarze, gerade verlaufende Haarbüschel, senkten sich und warfen Schatten auf seine Augen. Ein sanftes Grollen kam aus seiner Kehle. Er sah gefährlich aus, doch dieser Anblick verringerte ihre Furcht sonderbarerweise, anstatt sie zu vergrößern. Gleichzeitig wurde die Wärme in ihrem Inneren zu glühender Hitze.

Er warf den Gürtel aufs Bett. Dann nahm er ein in einer Scheide steckendes Jagdmesser von der Innenseite des Deckels und warf es dem Gürtel hinterher. Die Axt aufhebend sagte er: »Wir müssen uns auf den Weg machen«, und stolzierte hinaus.

Sie hatte ihn verärgert. Dass sollte ihr nichts ausmachen. Tat es aber.

Sich verwünschend schnallte sie den Gürtel um, wobei sie ihn durch die Scheide des Messers zog, folgte ihm nach draußen und schloss die Tür hinter sich.

Er hatte bereits die roh gezimmerte Brücke überquert, die sich über den Bach spannte, und stapfte in den Wald.

Sie humpelte ihm hinterher, so schnell ihre Beine sie trugen. Es tat verdammt weh, doch sie biss die Zähne zusammen und beeilte sich, ihm nachzukommen. Nach zehn Minuten Marsch war er immer noch einen Steinwurf von ihr entfernt. Sie rief: »Menschen essen kein rohes Fleisch.«

Er hielt inne und blickte zu ihr zurück. Sogar auf diese Distanz konnte sie an der Falte zwischen seinen Augen erkennen, dass sie ihn verletzt hatte.

»*Ich* esse kein rohes Fleisch«, erklärte sie ihm, indem sie aufholte. Als sie in seine Reichweite kam, trat sie näher an ihn heran als nötig, da sie den Schmerz aus seinem Blick vertreiben und ihm zeigen wollte, dass sie keine Angst vor ihm hatte. Sie legte ihre Hand auf seinen starken Unterarm. Seine Hemdsärmel waren hochgekrempelt und ließen seine kräftigen Muskeln sehen. Sie fand es aufregend, diese sanfte Bestie zu berühren.

Er blickte auf ihre Hand, dann sah er sie an. Sein Ärger schmolz dahin. »Natürlich isst du kein Fleisch.«

»Was meinst du mit natürlich?«

»Du bist nicht für die Jagd gebaut, selbst wenn deine Beine in Ordnung wären. Deine Hände sind zu klein. Und deine Zähne zu stumpf.«

Sie schnaubte spöttisch. »Meine Zähne funktionieren einwandfrei, herzlichen Dank, und selbst Krüppel können beim Fleischer Fleisch kaufen und es so kochen, wie sie es mögen.«

»Gekochtes Fleisch«, murmelte er. Er schnalzte nachdenklich mit der Zunge, als sei ihm dieser Gedanke völlig neu.

»Aye«, lachte sie. »Oder im Ofen gegart, wie dein Brot. Als Braten. Ich esse Fleisch sehr gerne, wenn es gebraten ist.«

Nach kurzer Überlegung nickte er. »Ich kann Fleisch für dich braten.« Dann machte er sich wieder auf den Weg, achtete dieses Mal jedoch darauf, langsamer zu gehen, so dass sie mit ihm

Schritt halten konnte. »Du bist also ein Mensch?«, fragte er nach einer Weile.

»Aye. Und was bist du?«

»Davon abgesehen, dass ich dein Diener und Beschützer bin?«, fragte er mit einem Grinsen, das ihr ein angenehmes Flattern im Bauch verursachte.

Sie verdrehte die Augen. »Aye, davon abgesehen.«

Er lächelte sie jetzt mit freundlicher Wärme an, und der Anblick der Lachfältchen in seinen Augenwinkeln verwandelte das Flattern in ihrem Bauch in Schauder, die ihr über den ganzen Körper jagten. »Wir gehören der Wolfsgattung an«, sagte er.

»Wolfsgattung.« Das schien zu ihm zu passen. Seine animalische Grazie, seine Zähne und seine Augen, die vor Wildheit beinahe leuchteten, wenn er ärgerlich war, ließen es vermuten. »Mir ist nie zuvor ein … Wolfsmensch begegnet. Hast du je zuvor einen Menschen gesehen?«

»Nein.«

Sie musste ihm genauso ungewohnt vorkommen, wie er ihr. Vielleicht ließ sich damit seine Raubeinigkeit erklären.

Sie gehörten verschiedenen Völkern an. Und verschiedenen Ländern. Dass sie einander verstehen konnten, hatten sie allein der Zauberkraft von Gravois' Geschenk zu verdanken.

Sie betrachtete den sie umgebenden Wald. Die Bäume waren hier dicker und größer als in Scotia. Die Luft roch stärker nach Moos und Lehm. Doch die Unterschiede waren nicht so groß, dass sie sich in eine andere Welt versetzt fühlte. Obwohl das der Fall sein musste. Sie hatte immer geglaubt, die Erzählungen über mythische Völker und Orte seien purer Unsinn. Da hatte sie sich gründlich geirrt.

»Dieser verrückte Zigeuner.«

§

IST ALLES IN Ordnung mit dir? Tut dir das Laufen weh? Soll ich dich tragen?

Riggs schluckte die Fragen herunter, sobald sie ihm in den Sinn kamen. Anya würde sie nicht mögen. Er kannte sie nicht sehr gut, doch in dieser Hinsicht war er sich sicher. Diese Frau war so stolz wie ein Mann.

Fast den ganzen Vormittag hatte er sich auf ihrem Weg den Bach entlang in Richtung Norden ihrem Schritttempo angepasst und war an ihrer Seite geblieben. Ihre Route durch die nördlichen Gebirgsausläufer Maranns war nicht die schnellste, um nach Chroina zu gelangen, doch sie war die abgelegenste. Und wenn man ihnen auf den Fersen war, würden die Fährtensucher nicht damit rechnen, dass sie diesen Weg genommen hatten. Falls es ihnen gelang, bis zum Abend des folgenden Tages den See zu erreichen, konnten sie den Fährtensuchern entrinnen.

Angesichts Anyas Schritttempos war dies jedoch nicht gewährleistet.

Er ging fünf Schritte vor ihr und achtete darauf, seine Schritte kurz zu halten, obwohl es ihn beinahe schmerzte, langsamer gehen zu müssen, um sie nicht zu überfordern. Er hatte begonnen, vor ihr zu gehen, als er den Anblick ihres wogenden Gangs einfach nicht mehr ertragen konnte. Sie musste höllische Rückenschmerzen davon bekommen. Jetzt konnte er sie zwar nicht mehr sehen, doch er hörte sie. Sie atmete schwer, jedoch regelmäßig, und ihre Schritte waren zwar ungleich, aber rhythmisch wie eine einlullende Melodie.

Außerdem konnte er sie riechen. Obwohl sie sich mit seiner Laugenseife gewaschen hatte und seine alten Kleider trug, roch sie immer noch nach Blumen und Ysop. Und nach Frau. Ein weiterer Vorteil, vor ihr zu gehen, war, dass sie nicht sehen konnte, dass sein Schwanz halb steif war. Würde er sich in ihrer Anwesenheit jemals ruhig verhalten können?

»Wie weit ist es bis nach Chroina?«, fragte sie.

Er antwortete über die Schulter: »Zu Pferd schafft man es bequem in vier Tagen. Bei häufigem Pferdewechsel kann ein Mann es sogar innerhalb von zwei Tagen von der Grenze bis zur Küste schaffen.« Allerdings nicht auf der Route, die sie gewählt hatten.

»Demnach haben wir eine Woche oder länger zu gehen.« Sie war das Reisen gewohnt.

»Mindestens.« Wenn er allein war, brauchte er nur fünf Tage, selbst wenn er dabei einen einrädrigen, mit Fellen beladenen Karren zum Markt in Chroina zog. Doch Anya musste sich ausruhen, es brauchte Zeit, Fleisch für sie zu garen, und sie hinkte … Wenn sie es innerhalb einer Woche schaffen wollten, brauchten sie Pferde. Doch die konnte man nur in gut bevölkerten Dörfern mieten. Wenn sie in ein solches Dorf gingen, würde es schwieriger sein, sie versteckt zu halten.

Je eher sie nach Chroina kamen, desto eher wäre sie in Sicherheit, doch um schneller dorthin zu gelangen, würden sie riskieren, ungebetene Aufmerksamkeit zu erregen. Ein weibliches Wesen zu beschützen, wurde zusehends komplizierter.

»Klär mich bitte über diese Larnier auf, die uns eventuell auf der Spur sind. Es scheint dir keine schlaflosen Nächte zu bereiten, zwei von ihnen erledigt zu haben. Gehören sie einem feindlichen Clan an?«

Er stieß ein freudloses Lachen aus. »'Feindlich' ist milde ausgedrückt. Larna und Marann hassen einander fast seit Anbeginn von Eires Geschichte .«

»Eire? Heißt dieses Land so?«

Er nickte. »Es ist eine Insel, die aus zwei Nationen besteht. Marann im Osten. Larna im Westen.«

»Wir sind hier also in Marann, wenn ich es recht verstehe, und nicht weit von Larna entfernt, da du befürchtest, von Larniern verfolgt zu werden.«

»Ich werde nicht zulassen, dass sie dich kriegen«, schwor er.

»Das weiß ich«, sagte sie, als fühle sie sich mit ihm völlig sicher. Ihr Vertrauen in ihn ließ ihm die Brust schwellen. »Doch wer sind sie? Warum liegt Marann mit ihnen im Zwist? Stehlen sie euer Vieh? Plündern sie eure Läden? Vergewaltigen sie eure Frauen?« Sie zählte diese Verbrechen so unbewegt auf, als handele es sich um eine Einkaufsliste. Waren solche Dinge dort, wo sie herkam, etwa alltäglich? Heutzutage lebten die Maranner und die Larnier so weit voneinander entfernt, dass man selten von solchen Übergriffen hörte.

»Nichts dergleichen, zumindest nicht seit dem letzten Krieg. Ihr Blut ist verdorben.«

»Aber sie greifen euch oder euer Land nicht mehr an?«

»Jetzt nicht mehr.«

»Warum beachtet ihr sie dann? Warum hasst ihr sie, anstatt sie einfach zu ignorieren? Hass hat noch nie zu etwas Gutem geführt.« Ihr Tonfall hatte gegen Ende bitter geklungen, als spräche sie aus Erfahrung.

»Wen hast du gehasst, Lady Anya?«

»Nenn mich nicht Lady. Außerdem waren wir nicht dabei, über mich zu reden.«

»Jetzt tun wir es aber. Wenn du mir schon nicht sagen willst, wen du gehasst hast, dann sag mir wenigstens, warum du dich nicht als eine Lady ansiehst.«

Sie gab wieder dieses ihr eigene, amüsiert spöttische Schnauben von sich. Warum wurde ihm nur jedes Mal so heiß, wenn er diesen schnippischen Laut vernahm?

»Glaub ja nicht, dass ich dir Geschichten erzählen werde, wenn du es nicht tust.«

Er unterdrückte das Lachen, das sich in seiner Brust staute. »Es ist nicht so, dass ich nicht will. Es ist bloß … mein Vater war bei uns der Geschichtenerzähler, nicht ich.«

»Eine Geschichte zu erzählen ist einfach«, sagte sie. »Du fängst am Anfang an, machst in der Mitte weiter und hörst auf, wenn du am Ende angelangt bist. Womit fängt die Geschichte an? Wodurch wurden Marann und Larna zu Feinden?«

Er überlegte, wie sein Vater angefangen hätte. Er wäre weit zurück gegangen. *»Du kannst die Gegenwart nicht verstehen, wenn du dir nicht die Vergangenheit ansiehst. Und unsere Vergangenheit beginnt ...«* »Vor langer Zeit«, sagte Riggs, »wurden Legenden über Danu, unsere Göttin, erzählt. Sie reiste durch die Zeit und suchte in jedem Reich nach Wesen mit ungewöhnlicher Stärke, Loyalität, Einfallsreichtum und Schönheit.«

Seine Worte flossen mit Leichtigkeit. Er konnte beinahe die Stimme seines Vaters hören. Vielleicht war es gar nicht so schwierig, eine Geschichte zu erzählen. Er hatte es lediglich nie ausprobiert.

»Es gab jedoch keine Rasse, die all diese Eigenschaften gleichzeitig besaß. Also nahm sie den Samen eines Feenprinzen und pflanzte ihn in den Leib einer Wolfskönigin, um ein Volk zu erschaffen, das den Völkern aller anderen Götter überlegen sein würde.«

Er sah auf sie hinab und stellte fest, dass Anya interessiert die Augen aufriss.

Sie wedelte ungeduldig mit der Hand. »Mach weiter. Du erzählst gut. Die Geschichte fasziniert mich.«

Ihre Ermutigung verlieh ihm Selbstvertrauen. »Jilken, ein König der Larnier, versuchte, Danus Kreation noch zu verbessern. Er wollte für sein Heer noch härtere Krieger und versuchte sie zu erschaffen, indem er Männer mit den wildesten Wölfinnen kreuzte, die er finden konnte. Da die Wölfinnen jedoch nicht befruchtet wurden, rief er Zaubermächte aus dem unteren Reich herbei, um ihm zu helfen. Letztendlich gelang es Jilken, die Wölfinnen zum Tragen zu bringen. Schon bald gab es in Larna immer mehr Leute, die mehr Wolfsblut in sich hatten, als Danu es beabsichtigt hatte. Sie waren wüst und rücksichtslos und griffen ständig Marann an. Sie versuchten, ganz Eire unter ihre Herrschaft zu bekommen. Aber sie waren durch ihre unnatürliche Züchtung zwar stärker geworden, hatten jedoch an Schläue verloren. Unsere Könige stellten ihnen Fallen und sandten Spione aus, um sie zu unterwandern. Marann konnte seine Grenzen halten, und das wird auch so bleiben.«

Anya rümpfte die Nase. »Die Männer haben mit Wölfinnen Kinder gezeugt? Wie eklig. Nun ja, vielleicht nicht ganz, weil dein Volk ja auch von Wölfen abstammt, zumindest teilweise. Trotzdem. Ich mag gar nicht daran denken.«

Das mochte er auch nicht. Schon deshalb schenkte er der Legende der Erschaffung seines Volkes nicht wirklich Glauben. Ein Feenwesen, das von einer Göttin mit einer mythischen Wölfin gekreuzt wurde ... Es gab natürlich Dinge, die er mit Wölfen und Feenwesen gemein hatte, aber er war ein Wolfsmensch, weder ein Unsterblicher, noch ein Tier. Die Begattung von Tieren war ihm zutiefst zuwider. Den Larniern hingegen …

»Noch ekelhafter war, was sie mit den Kleinen machten, die Jilken nicht gefielen. Alle Welpen, die schwach wirkten oder nicht die gewünschten Eigenschaften besaßen, wurden wie alte Lumpen weggeworfen, insbesondere die weiblichen, weil sie weniger für das Schlachtfeld taugten.

Man sagt, dass damals der Fluch begann. Da die Kinder wie Abfall behandelt wurden, sorgte die Göttin dafür, dass es immer weniger Kinder gab, insbesondere weibliche.« Falls es eine Göttin gab, hatte er den Eindruck, dass sie sich nicht genug um dieses Volk scherte, um es mit einem Fluch zu belegen, doch die Logik der Vermutung leuchtete ihm ein.

Anya blieb still. Was mochte sie hinter dem Blick ihrer braunen Augen wohl denken?

»Ich habe dir eine Geschichte erzählt«, sagte er, als sie an einem reißenden Fluss ankamen, über dem ein Baumstamm lag, dessen Rinde verrottet und abgefallen war. Er traute Anya nicht zu, ohne Hilfe hinüberzukommen. Er stieg auf den Stamm, streckte die Hand nach ihr aus und forderte sie auf: »Jetzt bist du dran. Erzähl.«

Sie sah seine Hand, dann den Baumstamm, dann wieder seine Hand an, und dachte zweifellos daran, dass er geschworen hatte, sie nie mehr anzufassen.

»Nimm sie«, sagte er. »Wenn du es tust, breche ich mein Wort nicht.«

»Ich weiß nicht, ob ich einem Mann trauen soll, der behauptet, halb Wolf und halb Feenwesen zu sein.« Sie machte zwar die Augen schmal, doch ein Lächeln umspielte ihre Lippen. »Wölfe sind blutdürstig und in den Legenden, die ich über die Feen gehört habe, heißt es, sie seien böswillige Unruhestifter. Man soll ihnen nicht über den Weg trauen können.«

»Dann wirst du wohl eine Wahl treffen müssen. Zwischen einem blutdürstigen Unruhestifter und der Gefahr, für den Rest des Tages nasse Socken zu haben.«

Sie schnaubte, schob jedoch ihre Hand in seine, mit einem Funkeln in den Augen, von dem es ihm in seinen Hosen zu eng wurde. Er konnte nur beten, dass sie nicht an ihm herunter sah.

Ihre Haut war kühl und sanfter als Lilienblüten. Als er seine Finger um ihre legte, spürte er, wie ihre zarten Knochen zusammengedrückt wurden. Da er befürchtete, ihr wehgetan zu haben, lockerte er seinen Griff.

»Du wirst mich schon nicht zerbrechen«, sagte sie, indem sie seine Hand fester griff und ihm auf den Baumstamm folgte. »Ich bin nicht sonderlich darauf erpicht, ins Wasser zu fallen. Ich nehme an, dass ich deine Berührung ertragen kann, wenn ich dafür trocken bleibe.« Ihre Augen sprühten vor menschlichem Mutwillen. »Soll ich dir also erzählen, wie es mich hierher verschlagen hat?« Aha, jetzt war sie also bereit, ihm ebenfalls eine Geschichte zu erzählen. Sie war von der fairen Sorte, seine Lady. Lady …

Er schob seine Füße über das nasse Holz, hielt sie fest an der Hand und hielt das Gleichgewicht, wenn sie zu schwanken begann, stets bereit, sie in seine Arme zu heben, sollte sie zu fallen drohen. »Nein. Wenn du mir nur eine einzige Geschichte erzählen willst, will ich wissen, warum du dich nicht als eine Lady betrachtest.«

Sie presste die Lippen zu einer harten Linie zusammen.

Sie waren am Ende des Stamms angelangt, und er half ihr, das Ufer zu erklimmen. Er dachte schon, sie würde ihm eine Antwort schuldig bleiben, als er sie sagen hörte: »Huren können keine Ladys sein«.

Er blieb stocksteif stehen.

Sie humpelte an ihm vorbei. »Wenn ich den Weg öffnen soll, fürchte ich, dass wir länger als eine Woche bis nach Chroina brauchen werden.« Sie sagte es, ohne sich zu ihm umzuwenden.

»Du bist eine Hure?«, brach es aus ihm hervor. Dabei dachte er an die jungen Männer, die sich in einigen Dörfern verkauften. Er hatte nie Verachtung für sie empfunden. Was sie taten, unterschied sich nicht im Wesentlichen von dem, was Maranns achtbare Ladys taten: Sie versuchten, mit Lotteriegewinnern Kinder zu zeugen, im Tausch gegen einen beträchtlichen Anteil des Lotteriegewinns. Der Anstrich des Anstands und der Notwendigkeit änderte nichts an der Tatsache, dass die Damen sich mit Männern paarten, deren Auswahl dem Zufall überlassen wurde, und die dafür bezahlt hatten.

Er verurteilte Anya nicht, doch die Vorstellung, dass sie ihren Körper verkauft hatte, verursachte ihm ein Brennen hinter dem Brustbein.

»Aye«, antwortete sie leichthin. »Zumindest war ich eine.«

Er zwang seine Füße, sich zu bewegen und holte sie ein.

Ihre Gefühle verbergend, warf sie ihm mit undurchdringlichem Gesichtsausdruck einen flüchtigen Blick zu.

»Bist du jetzt keine … Hure mehr, weil du hierhergekommen bist?«

Sie schüttelte den Kopf. Eine dicke Locke ihres Haars löste sich aus dem Knoten in ihrem Nacken. Sie kringelte sich unter ihrem Kinn bis in den Ausschnitt ihres Hemds. Beim Anblick dieser glänzenden Strähne, die den Ansatz ihrer verborgenen Brüste kitzelte, überkam ihn ein schmerzhaftes Verlangen, sie zu berühren. Doch angesichts der Traurigkeit, die sie ergriffen hatte, ließ er seine Begierde Begierde sein.

»Dieses Leben liegt hinter mir.« Als sie unter dem lichten spätherbstlichen Laubdach der Bäume hindurchgingen, glänzten Sonnenflecken wie Gold in ihrem Haar. Wie ihre Augen konnte auch ihr Haar je nach Lichteinfall stumpf wirken oder in lebendigem Glanz erstrahlen. »Als mein Körper noch etwas wert war, machte es mir nichts aus, ihn zu verkaufen. Und jetzt – Himmel, warum erzähle ich dir das eigentlich?«

Sie wirkte unglücklich. Er wollte sie berühren. Ihre Schulter streicheln. Mit der Hand über ihr glänzendes Haar streichen. Doch er hielt sich an seinen Schwur. »Jetzt was?«, bohrte er nach.

»Och, das ist wohl kaum von Bedeutung.*«* Sie blies mit geblähten Wangen die Luft aus. »Ich werde ohnehin nicht dorthin zurückkehren.« Sie legten einige Schritte schweigend zurück. Dann sagte sie: »Sie würden mich jetzt im Untergeschoss einsetzen. So, wie meine Beine jetzt aussehen. So, wie mein Gesicht jetzt aussieht. Ich würde für das doppelte an Arbeit die Hälfte verdienen und noch nicht einmal das Privileg haben, es in

den Privaträumen im Obergeschoss zu tun.« Sie erschauderte. »Eine schöne Hure zu sein ist nicht weiter schwierig: du hast die Wahl unter den vorbeikommenden Männern und sie wollen dich, weil du von allen die Hübscheste bist. Aber wenn du zur letzten Wahl gehörst, wenn dir nichts anderes übrigbleibt, als mit jedem Mann zu gehen, egal wer er ist, egal ob du es willst oder nicht...«

Er fühlte den Schmerz in ihren Worten. So etwas Schönes wie sie hatte er noch nie gesehen. Sie war lieblicher und wertvoller als eine ganze Herde gefleckter Wildschweine und vielleicht sogar kostbarer als alle Ladys, die in den sicheren Häusern in Chroina verhätschelt wurden. Doch sie hielt sich selbst für hässlich und ruiniert.

Ihm wurde mit einem Mal bewusst, was ihre Worte implizierten. *»Aber wenn du zur letzten Wahl gehörst, wenn dir nichts anderes übrigbleibt, als mit jedem Mann zu gehen.«* Es war ihr wichtig, die Wahl zu haben.

Und er brachte sie nach Chroina, um sie dem König zu übergeben, der sie zu seiner Königin machen würde. Er nahm ihr damit die Wahl.

Doch ohne sie würde sein Volk aussterben. Sie war dazu bestimmt, zu König Magnus zu gehen. Das hatte der König im Traum gesehen, er hatte sie gesehen. Riggs hatte es nicht geglaubt, bis er ihren Edelstein gesehen und seine Zauberkraft, oder vielmehr den Verlust seiner Zauberkraft, zu spüren bekommen hatte.

Nicht er nahm ihr die Wahl. Es war das Schicksal. Oder Danu, solange er es nicht vorzog zu glauben, dass die Göttin sich einen Scheißdreck um sie kümmerte.

Trotzdem fühlte er sich unwohl. Wie würde Anya reagieren, wenn er ihr die Wahrheit sagte? Würde sie ihn hassen? Das sollte nicht weiter wichtig sein. Schließlich war er nicht derjenige, mit dem sie ein Kind zeugen sollte.

Davon musste er jetzt nur noch seinen Körper überzeugen. Um einen von Anyas Flüchen auszuleihen: er hatte es verdammt satt, mit einem Steifen durch die Gegend zu laufen.

Kapitel 6

ÜBER ANYAS KOPF ragten hochgewachsene Birken auf. Ihre Lungen füllten sich mit dem holzigen Duft von feuchter Rinde und trockenem Laub. Überall hörte sie Tiere huschen und Vögel singen, die sich in Anbetracht des nahenden Winters noch nicht auf den Weg in wärmere Gegenden gemacht hatten. Leben. Der Wald war voller Leben. Und er bewirkte, dass sie sich ebenfalls lebendig fühlte. Sie fühlte beinahe den Schmerz in ihren Beinen und das Brennen nicht mehr, das ihr Hinken in ihrem Rücken und ihrer Seite verursachte.

Einige Schritte vor ihr gehend führte Riggs sie nach Chroina, in diese Stadt, die wohl ihr neues Zuhause sein würde, wo es ihr an nichts mangeln würde, und in der sie, wie er behauptete, keine Dienste leisten müsse. Sie traute dieser Behauptung nicht über den Weg. Nichts in diesem Leben war umsonst, vor allem nicht der Luxus.

Doch das sorgte sie nicht weiter. Riggs gab ihr Brot und Kleider und behandelte sie gut. Ihre Sicherheit schien ihm wichtig zu sein. Er mochte halb Wolf, halb Feenwesen sein, doch er war ein ganzer Mann, und ihr waren in ihrem Leben herzlich wenige Männer begegnet, die so vertrauenswürdig waren, wie Riggs wirkte.

Sie hätte es viel schlimmer treffen können. Vor allem, wenn sie nicht durch Zauberkraft an diesen Ort versetzt worden wäre. Dann hätte sie jetzt wahrscheinlich bereits durch Steafans Hände den Tod gefunden, und das zu Recht, da sie ihn verraten und einen Mordanschlag auf seinen Neffen verübt hatte. Sie verdankte es dem Himmel, dass die Viper, die sie Darcy in dem Sack mit den Äpfeln überreicht hatte, ihn nicht getötet hatte. Oder seine Frau. Oder das Kindchen, das auf dem Schoß seiner Frau saß.

»Alle Welpen, die schwach wirkten oder nicht die gewünschten Eigenschaften besaßen, wurden wie alte Lumpen weggeworfen.«

Seinen giftigen Tonfall, als er von den abscheulichen Larniern sprach, konnte sie gleichermaßen auf sich beziehen. Sie hatte auf törichte Weise das Leben eines Kindes in Gefahr gebracht, das weder ihr noch irgendjemand anderem etwas getan hatte. Ihre Rache hatte sie für die moralischen Werte blindgemacht, die respektable Frauen für selbstverständlich hielten.

Sie hatte etwas Zerbrochenes in sich, und es war schon lange vor ihrem Sturz zerbrochen gewesen. Sie war beinahe erleichtert, ihr Innenleben nun mit ihrem Aussehen im Einklang zu empfinden. Deshalb scherte sie sich nicht darum zu erfahren, was Riggs mit ihr vorhatte. Es war wahrscheinlich nichts Böses – er wirkte nicht wie ein Kerl, der ein Mädel absichtlich ins Unglück stürzt. Aber es konnte auch sein, dass sein Vorhaben weniger harmlos war. Er hatte manchmal so ein verstohlenes Funkeln in den Augen, und er wich gewissen Fragen aus, zum Beispiel wenn es darum ging, was sie in Chroina erwartete. Sie bohrte nicht nach. Wenn ihr ein Unglück zustieße, weil sie Riggs Vertrauen geschenkt hatte, dann hätte sie es verdient.

Vorläufig verwendete sie ihre Energie darauf, in ihren Hosen und den klobigen Stiefeln vorwärtszukommen, und erfreute sich am Anblick des attraktiven männlichen Wolfsmenschen, der sich selbstsicher seinen Weg durch den Wald bahnte. Falls sie auf dem

Weg in ihr Verderben war, wollte sie sich zumindest unterwegs an allem Schönen erfreuen.

Der riesige Rucksack verdeckte seinen Rücken fast vollständig, doch sie konnte sich am Anblick anderer Teile seines Körpers weiden. Sein dunkles Haar zeigte gesunden Glanz und kringelte sich über seinen Ohren und im Nacken. Seine mit Hosen bekleideten Schenkel bewegten sich kraftvoll. Und seine Arme! Sie konnte sich an seinen Muskeln, die wie in Stein gemeißelt und dann mit dunklem Haar überstäubt aussahen, nicht sattsehen. Ihre Finger hätten große Lust gehabt, diese Haare zu streicheln, wenn sie nicht zu verunstaltet gewesen wäre, um sich je wieder solche Fantastereien zu erlauben.

Ihr Vergnügen, diese kraftstrotzende, wilde Augenweide zu bewundern, löste sich unversehens in der kühlen Herbstluft auf. »Wo ist das nächstgelegene Dorf?«, fragte sie, um sich von dem Gedanken abzulenken, wie verabscheuungswürdig er sie finden musste, da er nun wusste, dass sie noch nicht einmal mehr zur Hure taugte. »Wo kaufst du dein Getreide und wo beziehst du Neuigkeiten aus Chroina?« Und wohin ging er, wenn er vögeln wollte? Es gab da bestimmt mehr als eine Frau, die er gelegentlich besuchte. Höchstwahrscheinlich waren sie keine Huren. Ein so gutaussehender Mann wie er konnte sich wahrscheinlich vor Frauen, die bereit waren, ihm unentgeltlich zu geben, was er begehrte, kaum retten.

Unaufgefordert stellten sich Bilder dazu ein: Riggs, der sich auf einer kräftig gebauten Wolfsmenschenfrau bewegt, die mit ihren breiten Schultern und großen Zähnen gut zu ihm passt, und deren Schenkel er anhebt, um tiefer in sie hineinzustoßen. Riggs, der ein Mädchen seiner Art von hinten nimmt, als wäre er ein Tier, als wären sie alle beide Tiere.

Ein scharfer Schmerz ließ sie auf ihre Hände blicken. Sie hatte sie zu Fäusten geballt, und die Nägel bohrten sich in ihre Haut.

»Früher war es Figcroft«, sagte er, und es dauerte einen Moment, bis sie sich daran erinnerte, dass sie ihn nach dem nächstgelegenen Dorf gefragt hatte. »Bis dorthin brauchte ich zu Fuß von meiner Hütte aus einen halben Tag. Aber jetzt …« Er zuckte die Schultern und murmelte etwas Unverständliches.

»Was sagtest du?«

»Es ändert sich ständig.« Klang seine Stimme resigniert?

»Was meinst du damit?« Waren die Wolfsmenschen fahrendes Volk, wie die Roma? Riggs kam ihr nicht wie ein Nomade vor. Seine Hütte war ganz offensichtlich ein Zuhause, das schon seit vielen Jahren bewohnt war. Und nachdem er sie nach Chroina gebracht hatte, würde er wohl dorthin zurückkehren. Ohne sie.

»Ich meinte damit, dass ich mir nicht sicher bin. Wenn die Gebrüder Farworth dort immer noch das Gasthaus betreiben, dann ist Baileyrock wahrscheinlich das nächstgelegene Dorf. Es liegt eine Tagesreise östlich.«

»Wann bist du zuletzt dort gewesen?« Wie oft 'änderten' sich diese Dörfer?

»Im Frühsommer bin ich ins Dorf gegangen, um Felle gegen Vorräte zu tauschen.«

Es war also Monate her. Hieß das, dass er seit Monaten keine Geliebte gehabt hatte? Warum stimmte sie das so fröhlich?

Du dummes Huhn. Jetzt bleib mal auf dem Teppich. Er bringt dich von seinem Zuhause weg, und scheint nicht vorzuhaben, dich wieder zurückzubringen. Was brauchte sie mehr, um sich zu beweisen, dass sie für ihn als potentielle Bettgefährtin nicht in Frage kam? Was kümmerte es sie überhaupt? Sie hatte sich schließlich damit abgefunden, nie mehr zu vögeln!

Sie setzten ihren Weg eine Weile schweigend fort. Ihre Beine begannen zu schmerzen. Ihr unterer Rücken brannte. Sie war seit ihrem Sturz noch nie so lang an einem Stück gelaufen. Chi-Yuen hatte ihre Fußmärsche nach und nach verlängert, doch sie hatten nie länger als zwei Stunden gedauert. Seit sie Riggs Hütte verlassen hatten, waren mindestens vier Stunden vergangen, und er schien keine Rast zu benötigen.

Nach einer weiteren qualvollen Stunde war die Sonne schon weit über ihren Höchststand hinaus, und ihr Magen begann zu knurren. Sie brauchte eine Pause und etwas zu essen, doch sie sagte nichts und zwang sich, den Schmerzen zu trotzen. Wenn sie sich beklagte, würde Riggs darauf bestehen, sie zu tragen. Und wenn er seine starken Arme um sie legte, würde sie wieder ans Vögeln denken.

Nach einer weiteren Stunde erblickte sie eine Gruppe von Pilzen, die wie eine essbare Sorte aussahen, die sie schon unzählige Male verzehrt hatte. Sie wuchsen fett und fröhlich in der dunklen, schattigen Erde am Fuß einer Tanne. Sie verließ den von Riggs ausgetretenen Pfad und blieb vor ihnen stehen. Ihr lief das Wasser im Mund zusammen.

Mit ihren geschwollenen Knien konnte sie sich nicht graziös niederlassen, also beugte sie sich in der Taille, um sie zu sammeln. Dabei verlor sie in ihren zu weiten Stiefeln das Gleichgewicht und kippte vornüber. Quälender Schmerz fuhr wie Schwertstiche durch ihre Beine, als sie im Sturz die Knie beugte. Sie schrie auf und verachtete sich dafür. Sie würde auch Riggs verachten, wenn er Mitleid mit ihr zeigte.

Sie fiel auf die Seite und schlug mit der Schulter auf den weichen Boden auf. Die Demütigung und der Schmerz trieben ihr Tränen in die Augen. Sie hielt sie zurück.

Riggs erschien mit schreckgeweiteten Augen in ihrem Blickfeld. Er setzte mit einem dumpfen Aufprall den Sack am Boden ab. Dann ging er auf die Knie und hob sie in seine Arme. Der plötzliche Positionswechsel ihrer Beine entriss ihr ein schmerzhaftes Stöhnen.

»Was ist passiert? Bist du gestolpert?« Er hielt sie in einem Arm, während seine andere Hand an ihrer Hüfte abwärts glitt und sich auf ihr linkes Knie legte. Ihre angespannte Haut an dieser Stelle und die Kühle seiner Hand, die sie durch das Segeltuch hindurch fühlte, bedeuteten, dass das Gelenk geschwollener war, als sie angenommen hatte. Chi-Yuen hätte mit ihr geschimpft, wenn sie gesehen hätte, wie weit sie es mit sich hatte kommen lassen. Dann hätte sie eine ihrer Hanfrollen in Anyas Mund gesteckt und ihr trotz ihrer Schreie und wüsten Drohungen die Beine geknetet und gestreckt.

Riggs erschrockener Gesichtsausdruck wurde sanft, während er mit den Fingern ihr Bein abtastete. Seine Schultern sackten ein, und er zog bekümmert die Brauen zusammen. »Lady«, sagte er, während er sie näher an seine Brust zog. »Warum hast du mir nichts gesagt?«

Das war Mitleid. Sie stemmte sich von seiner muskelbepackten Brust weg. »Nenn mich nicht Lady.«

»Ich nenn dich verdammt noch mal so, wie es mir gefällt!« In seinen Augen hoben sich goldene Flecken vom Braun der Iris ab. Sie war ihm noch nie nahe genug gewesen, um sie zu bemerken. Oder sie waren nur da, wenn er ärgerlich war. »Du hast dich lahmgelaufen«, blaffte er sie an. »Es wird Tage dauern, bis du wieder gehen kannst.« Er zeigte mit seinem dicken Finger in die Richtung, aus der sie gekommen waren. »Wenn wir verfolgt werden, haben wir vielleicht noch nicht mal einen Tag Vorsprung. Wenn ich dich getragen hätte, wären wir doppelt so weit gekommen. Wir haben einen halben, vom Mond verfluchten Tag vergeudet!«

»Hör auf, mich anzuschreien!« War Zorn besser als Mitleid? Sie konnte sich nicht entscheiden. Alles, was sie wollte, war, von dieser knurrenden, stirnrunzelnden Bestie loszukommen. Sie versuchte, sich aus seinen Armen zu winden, doch es klappte nicht. »Du verfluchter, undankbarer Hundesohn! Ich bin heute gelaufen, weil ich dir ersparen wollte, mich tragen zu müssen. Und womit dankst du mir das? Nicht mit einem Dankeschön.

Neiiin, das wäre ja noch schöner!! Du jammerst mir die Ohren voll!« Ihre Fäuste, mit denen sie seine Schultern bearbeitete, hatten nicht mehr Wirkung als Federn, die man gegen eine Steinmauer wirft.

Sie war vor Schmerzen am Ende. Sie brach in seinen Armen in Tränen aus und hasste ihren verkrüppelten Körper, ihn, und alles andere dafür. Die lange zurückgehaltenen Tränen rannen ihr über die Wangen. Sie wünschte die verdammten Tränen zum Teufel. Sie wischte sie wütend weg. Wenigsten *sie* reagierten auf ihre Geste.

»Bei Danu, vergib mir!« Er beugte den Kopf über sie und drückte seine Wange an ihre Stirn. Er rieb dort sein Gesicht an ihr, einmal, zweimal, wobei sein rauer Bart sie etwas kratzte. »Vergib mir, Lady.« Er sprach so nah an ihrer Haut, dass sein Atem ihre Stirn befeuchtete.

Ihre Tränen flossen noch schneller. Wann hatte sie den Arm um seinen Nacken gelegt? Wann hatten die Finger ihrer anderen Hand sich in den groben Stoff seines Hemds gekrallt? Wann hatte sich ihr Körper an ihn geschmiegt, als suche er ihrer Schmerzen wegen Trost?

»Nay. Du bist ein aufgeblasener, dickköpfiger, anmaßender Rohling und verdienst keine Vergebung. Und hör endlich auf, mich Lady zu nennen.« Sie redete an seiner Schulter in sein Hemd, da sie zu beschämt war, ihm in die Augen zu sehen.

Er stieß ein sanftes Schnauben aus, das einem Lachen glich. »Du bist ein stolzes, widerspenstiges Weib. Ich habe Maultiere kutschiert, die gefügiger waren als du.«

Sie rang nach Luft. Wie konnte er es wagen, sie noch weiter zu beleidigen?

»Und du bist so schön wie der erste Schnee im Winter«, fuhr er fort, »zart wie eine Rose und tapferer als die furchtlosesten Soldaten, an deren Seite ich gekämpft habe.«

Ihre Tränen versiegten.

»Hast du die leiseste Ahnung, was passiert, wenn die Fährtensucher hinter uns her sind und uns finden?«

Unfähig, den Blick von seiner grimmigen Miene zu wenden, schüttelte sie den Kopf.

»Dann lass es uns lieber nicht herausfinden.« Er erhob sich mit einem kraftvollen Schub seiner Beine, ohne dass man ihm anmerkte, dass er eine noch nicht verheilte Wunde hatte. Sie erst im einen, dann im anderen Arm haltend, hievte er sich den Rucksack auf den Rücken und zurrte die Gurte fest. Dann nahm er seine Axt auf und steckte sie hinter den Riemen, der tief um seine Hüften lag. Sie selbst behandelte er derweil wie einen Sack Getreide.

»So, ich soll also hier in deinen Armen liegen wie ein nutzloser Faulpelz und mich tragen lassen, bis es dunkel wird?« Wie sollte sie diese Demütigung ertragen? Wenn nur diese verfluchten Beine nicht wären.

»Du könntest mir Geschichten erzählen, während ich laufe«, sagte er. »Oder Lieder für mich singen. Oder mit meinem Haar spielen, wie du es jetzt schon machst.«

Och, sie war dabei, seine Locken um ihre Finger zu wickeln wie ein Kind die Schürzenbänder seiner Mutter. Sie hörte damit auf, zog jedoch noch einmal kräftig an den seidigen Strähnen, bevor sie losließ.

Ein Lachen rumpelte in seinem Brustkorb. Seine Lippen verzogen sich zu einem Grinsen, das andeutete, dass er gerne mehr mit ihr anfangen würde, als sie bloß zu beschützen.

Vielleicht hatte sie sich etwas voreilig dafür entschieden, nie wieder zu vögeln.

§

ANJA HATTE DEN ganzen Nachmittag über Riggs Blick gemieden. Jegliche Berührung mit ihm ließ sie nur geschehen, wenn es unbedingt notwendig war. Sie hielt die Arme über ihrem Busen gekreuzt, um dessen großzügige Hügel seinem Blick zu entziehen, und ließ sie dort, bis sie eingeschlafen war. Jetzt lag sie mit geschlossenen Augen und friedlich entspannten Gesichtszügen an seine Schulter gekuschelt und hatte einen Arm um seinen Nacken gelegt, wo ihre Finger unter seinen Kragen tauchten und seine erhitzte Haut kühlten. Jedes Mal, wenn sie zuckten, rann ihm ein Kribbeln die Wirbelsäule hoch und runter.

»Ich bin heute gelaufen, weil ich dir ersparen wollte, mich zu tragen.«

Als wäre es ihm lästig, sie zu tragen. Sie passte in seine Arme, als gehörte sie dorthin. Außerdem dehnte ihr leichtes, vorne getragenes Gewicht auf angenehme Art die Muskeln seiner Schultern, die vom Tragen des Rucksacks zu schmerzen begannen. Sie an seine Brust gedrückt zu halten, verhalf ihm zu besserem Gleichgewicht. Und da er nicht mehr befürchten musste, sie zu überfordern, konnte er im Schnitt jetzt viel schneller laufen als am Vormittag.

Er hoffte, dass es genügen würde.

Für diese schnelle Gangart würde es schon bald zu dunkel sein. Dann konnte er langsam weitergehen, oder anhalten und Rast machen. Er wollte sich um Anyas schmerzende Beine kümmern. Als er zuvor ihr Knie abgetastet hatte, war es auf seine doppelte Größe angeschwollen. Sie musste höllische Schmerzen haben.

Wenn er anhielt, riskierten sie, eine deutlichere Geruchsspur für die Fährtensucher zu hinterlassen. Wenn er weiterlief, konnte er den See – und den Einbaum, den er an seinem südlichen Ausläufer festgemacht hielt – im Morgengrauen erreichen. Ihre Spur würde abbrechen, sobald sie sich auf dem Wasser befanden, und sie würden Zeit gewinnen, um Anyas Beine heilen zu lassen, bevor sie nach Chroina weiterreisten.

Er konnte auf Schlaf verzichten, bis sie an der Höhle angelangt waren, doch worauf er nicht verzichten konnte, war Nahrung. Er musste jagen, um stark für sie zu bleiben, selbst wenn er nur ein paar lausige Füchse erwischte. Es ging nicht anders. Sie mussten anhalten. Nur für eine kurze Rast. Und er kannte den idealen Ort dafür.

Als es dunkel geworden war, drang das donnernde Rauschen der Aine-Wasserfälle an seine Ohren, und der frische Geruch von Nebel kitzelte seine Nase. Er folgte seinen Sinneswahrnehmungen zu dem Becken, wo die Wasserfälle spritzend in den breiten Fluss fielen, der den Wald versorgte. Um das Becken konnte man im schwarz-blauen Schatten der mondlosen Nacht hohe Nadelbäume erkennen. Der Himmel über ihnen war durch graue Wolken verhangen.

»Wach auf, Lady.« Er setzte Anya in der Nähe des Ufers am Boden ab.

Sie rührte und streckte sich, dann zuckte sie zusammen.

»Keine Angst. Hier.“ Er drückte ihr seinen Trinkbeutel in die Hände, und half ihr, sich aufzusetzen, damit sie trinken konnte. Dann tastete er ihr linkes Bein ab und musste feststellen, dass das Knie beinahe so geschwollen und heiß war wie zuvor. »Wir werden hier Rast machen. Ich werde auf die Jagd gehen. Zieh deine Hosen aus, während ich weg bin, und kühl deine Beine im Wasser. Das wird die Schwellung mindern.«

Sie gab ihm nickend den Trinkbeutel zurück. Er war fast leer. »Bringst du Fleisch zurück?« Ihre Stimme klang hoffnungsvoll.

Er verabscheute es, sie zu enttäuschen, doch … »Es ist zu gefährlich, Feuer zu machen.« Falls Fährtensucher in der Nähe waren, würde der Geruch nach Feuer und Fleisch sie anziehen wie ein Leuchtturm.

»Kein Feuer?«, sagte sie betrübt.

»Ich werde Fleisch für dich garen, wenn wir in meiner Höhle sind. Vorläufig musst du hiermit Vorlieb nehmen.« Er hielt ihr einen halben Laib Brot hin.

Sie sah ihn nicht an.

»Nimm es,« sagte er, indem er es in ihren Schoß legte.

Sie berührte es und sagte, »Schon wieder Brot.«

»Du magst mein Brot.« Er würde nie ihren entzückten Seufzer vergessen, als sie den ersten Biss davon gekostet hatte.

»Aye, aber ich hatte die letzten zwei Tage nichts anderes zum Essen. Mädchen mögen Abwechslung.« Sie wandte sich ihm beim Sprechen zu, sah aber nur bis zu seinem Kinn zu ihm auf. Würde sie ihm je wieder in die Augen blicken?

»Ich werde Fleisch für dich garen, sobald es geht.« Hatte sie ihn das erste Mal nicht gehört?

Seufzend hob sie den halben Laib Brot an ihren Mund. Ihre stumpfen Zähne bissen kräftig zu, bis sich die Aromen von würzigen Körnern, Mehl und der Honigbutter, mit der er das Brot bestrich, bevor er den Brotstein in den Ofen schob, in ihrem Mund entfalteten. Nachdem sie geschluckt hatte, murmelte sie: »Ich hätte diese Pilze sammeln sollen, solange ich Gelegenheit dazu hatte.« Dann riss sie ein weiteres Stück ab.

»Pilze?« Sie aß also Pflanzen? Hätte er das nur früher gewusst. Sie waren an einem ganzen Feld herbstreifer Pitbeeren vorbeigekommen, während sie schlief. Er hätte welche für sie pflücken können.

Sie sah erschreckt zu ihm auf, als hätte sie seine Anwesenheit vergessen.

Er lehnte sich vorwärts und rückte ihr auf die Pelle, damit sie ihn nicht wieder vergaß.

»Aye, Pilze«, sagte sie schnippisch, während sie mithilfe ihrer freien Hand und ihres rechten Beins von ihm abrückte.

Inmitten der Gerüche von Brot und Speichel roch er etwas Würziges und Betörendes, etwas, das er zuvor an ihr gerochen hatte, und das Instinkte in ihm wachrief, die er zu unterdrücken versuchte. Er musste diese Instinkte verleugnen, wenn er seinen König nicht hintergehen wollte.

»Sie wuchsen unter dieser Tanne«, fuhr sie fort. »Ihretwegen bin ich hingefallen. Ich wollte sie sammeln, aber meine Beine haben nicht mitgemacht.« Sie rieb mit der einen Hand ihr linkes Knie, während sie die andere an den Mund führte, um einen weiteren Bissen zu nehmen.

Beim Mond, seine Lady hatte schon vor Stunden etwas essen wollen und hatte nichts bekommen. Sie machte ihre Beine dafür verantwortlich, doch die Pilze wuchsen an der Stelle, wo sie gefallen war, überall. Sie hatte sie nicht sammeln können, weil er mit ihr geschimpft und dann darauf bestanden hatte, sofort weiterzuziehen. Er war ein Arsch, weil er nicht gemerkt hatte, dass sie hungrig war.

»Ich werde Pilze für dich suchen.« Er stand auf und vergewisserte sich, dass er sein Jagdmesser dabei hatte. Ein Fuchs oder ein Kaninchen für ihn selbst wäre ihm willkommen, wenn er schnell genug etwas fand, aber er würde nicht ohne eine ansehnliche Menge an Pilzen für seine Lady zurückkehren.

»Das musst du nicht tun«, antwortete sie etwas zu schnell, mit schriller Stimme. Hatte sie Angst, allein zu bleiben?

»Ich werde nicht lange weg sein.« Er beschloss, auf die Jagd für seine eigenen Bedürfnisse zu verzichten, um schneller zu ihr zurückkehren zu können. Er würde sich für den heutigen Abend mit Brot begnügen. »Soll ich dir helfen, an das Becken zu kommen?«

»Nay. Ich kann es hören.«

»Kannst du es nicht sehen?«

»Es ist dunkel, verdammt nochmal. Wie soll ich es da sehen?«

Sie konnte in der Dunkelheit nicht sehen? Noch nicht einmal genug, um die Wasserfälle und das Becken erkennen zu können?

Die zarte Kreatur war nachtblind. Er konnte sie den Weg zum Becken nicht allein finden lassen. Sie konnte dabei ertrinken.

Sich um die Lady des Königs zu kümmern umfasste Dinge, mit denen er nicht gerechnet hatte. König Magnus würde hoffentlich besser wissen als er, was Anya brauchte. Bis dahin musste sie mit einem unbeholfenen Pelzjäger zurechtkommen.

Er ging neben ihr in die Hocke. »Ich werde dir ins Wasser helfen.« Er griff nach ihrem Gürtel.

Sie schlug seine Hände weg. »Ich kann mich alleine ausziehen. Hör auf, mir auf die Pelle zu rücken.«

Wenn sie so aufbrauste, musste er immer unwillkürlich lächeln. »Ich dachte, du könntest nichts sehen.«

»Ich muss nichts sehen können, um zu wissen, wo du dich aufhältst. Du nimmst mir wie ein verdammter Berg das ohnehin schwache Licht. Und du riechst wie… du.«

Der würzige Duft, den sie ausströmte, wurde intensiver. Er war geheimnisvoll. Verführerisch. Er sandte seinem Körper eine ganz andere Nachricht als ihr barscher Tonfall.

Es war klüger, sich um den Inhalt dieser Nachricht nicht zu kümmern. Sie war für den König bestimmt. Sobald er sie sicher zum Palast gebracht hatte, würde er in seine Hütte zurückkehren und sein gewohntes Leben wieder aufnehmen. Das würde er jedoch nicht tun können, wenn er in Chroina im Gefängnis saß, weil er eine Lady begattet hatte, ohne einen Zeugungsvertrag mit ihr zu haben.

Anya legte sich auf den Rücken und hob ihre Hüften an, um sich der Hosen zu entledigen. Augenblicklich wurde er erneut von ihrem Duft überwältigte, diesmal stärker als zuvor. Seinen besten Absichten zum Trotz sammelte sich das gesamte Blut seines Körpers zwischen seinen Beinen. Es wäre so einfach, sich auf sie zu legen, die Arme um sie zu schlingen und sich den Rest der Nacht an ihrem Duft zu ergötzen.

Er stand auf und entfernte sich mit steifen Schritten von ihr, was die Sache nicht besser machte, da sie ihm aus der Entfernung nun einen Anblick bot, von dem er beim besten Willen nicht die Augen wenden konnte. Unter dem Saum ihres Hemds ragten auf dem felsigen Grund ihre nackten Beine wie zwei graziös geformte Säulen hervor. Im Dunkeln waren die Schwellung und die sonderbare Biegung ihres linken Beins nicht zu sehen. Im Dunkeln wirkte sie nicht verkrüppelt. Sie sah wunderschön aus, wie sie ihre winzigen Zehen in die Kiesel grub.

Ihre wackelnden Zehen lenkten ihn dermaßen ab, dass er beinahe verpasst hätte, wie ihre Finger die Bänder ihres Kragens lösten. Als sie das Hemd über den Kopf zog und neben ihrer Hose auf den Boden legte, hielt er den Atem an. Zwischen ihrer Haut und seinen Händen gab es nichts anderes mehr, als ein paar klägliche Überbleibsel seiner Zurückhaltung.

Ihre Brüste waren so haarlos, wie er sie sich ausgemalt hatte, doch die Wirklichkeit war tausendmal aufregender als seine wildesten Fantasien. Er hatte die Tauschkarten mit gemalten Bildern von mehr oder weniger bekleideten Ladys gesehen, die von Männern gesammelt wurden. Es gab keinen Mann, der nicht davon geträumt hätte, mit seinen Händen die üppige Behaarung der Brüste von Maranns hochgeachteten Ladys zu streicheln. Doch diese Brüste waren viel besser als alle Bilder, die er je gesehen hatte. Ohne Behaarung schienen sie für die Hände eines Mannes so viel zugänglicher und einladender zu sein. Der Einladung unwillkürlich folgend, machte er einen, dann zwei Schritte auf sie zu. Er setzte zu einem dritten an, als es ihm endlich gelang, stehen zu bleiben.

Sie drehte ruckartig den Kopf zu ihm um. Dann kreuzte sie die Arme über der Brust, um ihre Brüste zu verbergen. Anschließend schlang sie die Arme um ihre Schienbeine und spreizte die Finger über die unnatürliche Biegung ihres linken Beins.

Sie sagte etwas, doch er konnte sie nicht verstehen.

»Nimm deinen Edelstein«, sagte er zu ihr.

Sie konnte seine Worte höchstwahrscheinlich nicht verstehen, doch ihre sich weitenden Augen zeigten an, dass sie ihn verstanden hatte. Sie wühlte in der Tasche ihrer Hosen und umschloss ihren kostbaren Schatz mit der Faust, als sie die Hand wieder herauszog.

»Wie gut kannst du mich sehen?«, fragte sie.

»Ich kann deine Silhouette erkennen«, antwortete er, obwohl er in Wirklichkeit viel mehr sehen konnte. Er konnte das Weiße ihrer Augen sehen, als sie, nach ihm Ausschau haltend, in die Dunkelheit starrte. Er konnte die Sehnen ihres Nackens unter der Haut spielen sehen, als sie die Schultern senkte.

Sie rieb sich wegen der Kälte die Arme, dann ließ sie sie, seine vage Antwort akzeptierend, hängen.

Schuldbewusst erhob er sich.

Mit der einen Hand hielt sie den Edelstein, während sie die andere blind in seine Richtung ausstreckte. »Hilfst du mir jetzt, oder muss ich auf allen Vieren zum Wasser kriechen?«

Er biss die Zähne zusammen, um dem Schmerz in seiner Leistengegend Herr zu werden, ging zu ihr und nahm ihre Hand.

Sie hielt sich daran fest und zog sich mit einem langen, leisen Stöhnen auf die Beine. Ihr Stöhnen erinnerte ihn daran, wie stark ihre Schmerzen sein mussten, und ließ seine Begierde etwas abflauen. Er verabscheute sich dafür, sie so zu begehren.

Sie stützte sich schwer auf seinen Arm, als er sie zum Ufer hinab geleitete. Am Wasser angekommen, fragte er: »Willst du mir solange deinen Edelstein anvertrauen? Du könntest ihn im Wasser verlieren.«

»Aye. Wir werden einander genauso gut verstehen, wenn du ihn bei dir trägst.« Sie drückte ihm den Stein in die Hand.

Er verwahrte ihn tief in seiner Tasche und umfasste ihre Taille. »Pass jetzt auf. Hier ist das Wasser.«

Sie zuckte zusammen. »Ist das kalt!« Er spürte, dass sie eine Gänsehaut bekam.

Zu seiner Scham fand er sogar das erregend! Sie musste leiden, weil er nicht imstande gewesen war, zu bemerken, dass sie Schmerzen hatte und hungrig war.

Er räusperte sich. »Es wird die Schwellung lindern. Geh tief genug hinein, dass du sitzen kannst und das Wasser deine Beine bedeckt.« Er beaufsichtigte sie, während sie sich zitternd und jammernd Zentimeter für Zentimeter ins Wasser schob. Er wäre so gern bei ihr gewesen und hätte sie gewärmt, damit ihre Zähne nicht so klapperten, doch das hätte sie nie zugelassen. »Ich breite meinen Umhang für dich aus. Du kannst dich damit abtrocknen, wenn du wieder herauskommst.«

»D–du hast ei–einen Umhang?«

»Im Rucksack. Die Nächte werden kalt sein. Er wird dich warmhalten.«

Sie nickte ruckartig und begann, sich ins Wasser gleiten zu lassen. Sie war noch nicht weit gekommen, als sie ausglitt und einen Schrei ausstieß.

Er stürzte ihr nach, erwischte sie und hielt sie fest an sich gepresst. Kaltes Wasser drang in seine Stiefel. Er kümmerte sich nicht darum. Viel wichtiger war, dass seine Lady in seinen Armen vor Schmerzen keuchte. Ihre Gänsehaut war so stark, dass die Haut ihres Rückens und ihrer Arme sich so rau wie Sandstein anfühlte.

Sie sollte es besser haben. Sie hatte die besten Ärzte und den Luxus von Chroina verdient und nicht, sich halb tot zu frieren, um ihre schmerzenden Beine zu behandeln. Doch es ging jetzt nicht anders. In einer halben Stunde würde sie wieder aus dem Wasser sein, sein Umhang würde sie wärmen und ihre Beine würden weniger schmerzen. Wenn sie es zuließe, würde er sie ihr sogar rubbeln. Wenn es half, seinetwegen sogar die ganze Nacht.

Er verfluchte die Fährtensucher. Er würde jedem, der ihr zu nahe kam, die Kehle durchtrennen.

»Keine Angst. Wir machen ganz langsam.« Er hob sie hoch und senkte sie ins Wasser ab, wobei seine eigenen Arme und Beine ebenfalls nass wurden. Als sie sich gesetzt hatte, hockte er sich in dem seichten Wasser hinter sie. Seine Sinne konnten in der nahen Umgebung keinerlei Verfolger ausmachen. Er konnte mit gutem Gewissen auf die Jagd gehen. Doch er hatte keine Lust, sie alleinzulassen. Nicht einmal für eine Sekunde.

»I–ich weiß d–dass meine B–b–beine das hier brauchen, aber ich hä–hätte lieber im So–sommer hier gebadet. Und b–bei Tag.« Je mehr sie sich an das kalte Wasser gewöhnte, desto weniger schnatterte sie.

Ihre geistige Stärke wärmte ihn. Er konnte nur hoffen, dass sie ebenfalls Wärme in ihr finden würde. »Ich gehe Pilze für dich sammeln, während du dich kühlst.«

»Das B–brot hat mir gereicht. Wir können morgen Pilze sammeln, wenn wir welche finden. Aber d–du solltest dir etwas jagen. Du musst hungrig sein, nachdem du mich den ganzen Tag getragen hast.«

Jetzt konnte er nicht anders. Er strich ihr mit der Hand übers Haar. Der Knoten, in dem sie es getragen hatte, hatte sich gelöst. Die bis zu ihrer Taille reichenden Strähnen ihres Haars waren oberhalb des Wassers warm und trocken, doch unterhalb waren sie kalt und klebten aneinander. Ihre Arme zuckten in einem heftigen Schauder zusammen, von dem er sich fragte, ob seine Berührung ihn ausgelöst hatte. Was sie ihm durch ihre bloße Nähe antat, war weitaus schlimmer.

»Ab in den Wald mit dir«, sagte sie, über die Schulter blickend. »Ich schaffe es.«

»Falls du etwas brauchst, musst du mich nur rufen. Ich bleibe in Rufweite.«

Sein Verlangen brachte ihn fast um, während er das Becken hinter sich ließ und mit staksigen Schritten im Wald verschwand.

Kapitel 7

HOCH OBEN AM Himmel trällerte ein einsamer Vogel. Anya öffnete die Augen und sah, dass sich im Wald das erste Morgengrauen ausbreitete. Ein zweiter Vogel antwortete dem ersten. Innerhalb von Minuten erwachte der Wald im grauen Morgenlicht zu musikalischem Leben.

Der Gedanke erschien ihr eigenartig optimistisch. Das lag vielleicht an den saftigen, sättigenden Pilzen, die Riggs ihr am Vorabend gebracht hatte, obwohl sie ihm gesagt hatte, er solle sich die Mühe nicht machen. Vielleicht verdankte sie ihre gute Laune auch der Tatsache, dass sie zum ersten Mal seit drei Monaten anstatt vom Brennen der verkrampften Muskeln ihrer Beine von Vogelsang geweckt wurde. Das hatte sie auch Riggs zu verdanken, der ihre Bitte, sie in Ruhe zu lassen, nicht beachtet und durch ihre Hosen hindurch ihre Beine geknetet hatte, und dabei Verhärtungen löste, an die sie selbst nie herangekommen war. Vielleicht lag es auch an der wohligen Wärme, die sie empfunden hatte, als sie Rücken an Rücken auf dem Waldboden lagen, und sie sich mit ihm so sicher fühlte wie nie zuvor.

Seine tiefen Atemzüge änderten sich. Sein Rücken spannte sich an. Seine Energie und plötzliche Einsatzbereitschaft durchdrangen selbst den dicken Wollumhang, in den sie eingewickelt lag. Er hielt den Atem an und blieb einige Herzschläge lang absolut bewegungslos. Er horchte.

Sie hielt ebenfalls den Atem an und spitzte die Ohren. Sie hörte nichts als die gewöhnlichen Geräusche des Waldes.

Riggs nahm einen tiefen Atemzug und sprang mit animalischer Schnelligkeit auf. Seine Ohren waren anscheinend besser als ihre. Er hatte etwas gehört.

Sie drehte sich zu ihm um und sah ihn am Boden hocken, die Hand auf der Axt, neben der er geschlafen hatte. Sein Blick ging in Richtung Süden, von wo sie gekommen waren.

»Fährtensucher?«, fragte sie, während ihr klopfendes Herz sie endgültig wach machte.

Sie hatte die Frage kaum ausgesprochen, als er sie hochhob und zu rennen begann. Einfach so. Er rannte. Schneller, als sie ihn je hatte rennen sehen. Außer der Axt und den Kleidern, die sie auf dem Leib trugen, ließen sie alles zurück.

Er legte sie über seine Schulter und hielt sie mit einem Arm um ihre Schenkel fest. Sein anderer Arm hielt die Axt und schwang im Rhythmus seiner Schritte.

Der Wald fegte an ihr vorbei. Graue Stämme, dunkle Tannen, trockenes Laub am Boden. Riggs Stiefel stampften, stampften, stampften. Dennoch war sein Lauf geschmeidig, wie der Galopp eines Pferdes, selbst wenn er nach rechts oder links ausbrach, wahrscheinlich, um Hindernissen aus dem Weg zu gehen.

Mit dem Kopf nach unten auf seinem Rücken zu hängen, war verdammt verwirrend, doch sie hielt der Versuchung stand, die Augen zu schließen. Stattdessen hob sie den Kopf, um nach Anzeichen einer Verfolgung Ausschau zu halten. Sie sah nichts dergleichen. Allerdings stand der Wald hier dichter, als um Riggs Hütte herum.

»Wie nah?«, fragte sie.

»Zu nah.«

»Wie viele Männer?«

»Keine Männer«, antwortete er zwischen zwei keuchenden Atemzügen. »Wölfe.«

»Wölfe!«

»Spürwölfe. Vier. Vielleicht auch fünf.«

Sie fühlte Grauen in sich aufsteigen. Es war klüger, ihn jetzt nicht mit weiteren Fragen abzulenken. Sie krallte sich an seinem Hemd fest und schmiegte sich so gut wie möglich an seine Schulter, um nicht wie ein verdammter Fisch auf und ab zu wippen.

Der Wald öffnete sich auf eine Wiese, die im Licht des frühen Morgens golden erstrahlte. Sie hoffte, lange genug am Leben zu bleiben, um die Wärme der Sonne heute noch genießen zu können.

Der Saum des Waldes hinter ihnen wurde kleiner, je weiter Riggs sich auf die offene Fläche hinaus bewegte. Das offene Land hatte seine Tücken. Einerseits konnte Riggs schneller laufen, andererseits würden die Wölfe ebenfalls schneller rennen können, sobald sie den Waldsaum durchbrachen. Würde er imstande sein, einem Wolfsrudel zu entkommen? Und was würde das Wolfsrudel mit ihnen machen, wenn es sie einholte?

Sie hielt den Kopf hoch, um die Bäume zu überwachen. *Bitte, keine Wölfe. Keine Wölfe.*

So. Eine graue Bestie stürzte auf die Wiese. Das Geschöpf war so groß wie ein Zugpony, größer als jeder Wolf, von dem sie je gehört hatte und eher ein Wolfshund, aber mit einem noch massigeren Körper. Es senkte den Kopf und schoss auf langen Läufen, die ihren Vorsprung zunichtemachten, auf sie zu. Dann kamen zwei weitere Wölfe aus dem Wald.

«Sie kommen“, rief sie.

»Ich kann sie hören. Wie viele sind es?«

»Drei. Nein vier, fünf. Jesus, sechs! Der sechste ist kleiner.« Ihr langhaariges Fell hatte Schattierungen von Grau bis Braun. Jeder von ihnen besaß gefährlich aussehende Fangzähne. Und sie kamen näher.

Riggs tauchte wieder in den Wald ein.

Das Licht wurde dämmrig. Von seinen stampfenden Schritten abgesehen herrschte unheimliche Stille, bis die Wölfe die Bäume erreichten. Das Trommeln mehrerer Dutzend schneller Pfoten schwoll in ihren Ohren zu gedämpftem Donner an.

Riggs machte eine Vollbremsung.

Das war es dann wohl. Es machte ihr nichts aus zu sterben, doch Riggs mit in den Tod zu nehmen, zerriss ihr die Seele.

»Werfe mich ihnen einfach vor!«, schrie sie. Ohne sie konnte er schneller rennen. Es war besser, wenn nur einer von ihnen getötet wurde, und nicht alle beide. »Mach, dass du fortkommst! Lauf!«

Riggs hob sie in die Luft. »Halt dich fest!«, schrie er.

Über ihrem Kopf erschien ein kräftiger Ast. Sie griff mit beiden Händen danach und schlang ihr heiles Bein um ihn. Sobald Riggs sie losgelassen hatte, stürzte der riesige graue Wolf sich auf ihn.

Riggs wirbelte mit der Axt herum und konterte. Er würde im Kampf sterben. Ihr Beschützer. Ihr tapferer, furchtloser Wolfsmann.

Er schwang seine mächtige Axt, während er den Fängen des Leitwolfs seitlich auswich. Die Axt zischte haarscharf an den Lenden der Bestie vorbei. Riggs ging mit einem Grunzen zu Boden, war jedoch rechtzeitig wieder auf den Beinen, um einer zweiten Attacke des Wolfs mit der Axt zu begegnen. Ihre Klinge hob den Wolf, von einem ekelhaften Geräusch brechender Rippen begleitet, vom Boden. Blut spritzte.

Er würde zumindest einen der Wölfe in das Leben nach dem Tod mitnehmen. Doch den fünf restlichen Wölfen konnte er nicht standhalten.

Vier von ihnen hatten zähnefletschend einen wabernden Kreis um ihn gebildet. Der kleinere Wolf war nirgends zu sehen. Verkehrt herum am Baum hängend, sah sie, wie Riggs sich breitbeinig aufbaute. Ruckartig von einem der Wölfe zum anderen blickend, schätzte er sie ein. Welcher würde als erster angreifen?

Sie musste nicht lange auf die Antwort warten. Ein stämmiger brauner legte die Ohren an. Riggs zog sein Jagdmesser und war nun doppelt bewaffnet. Der Wolf duckte sich zum Sprung.

Ein scharfer Schmerz schnitt ihr in den Hals.

Och, Riggs Umhang*!* Sie hatte vergessen, dass sie ihn immer noch trug. Etwas zog an dem schweren Wollstoff, der unter ihr herabhing.

Sie riss mit einer Hand an den Bändern, um sie zu lösen, während sie sich mit der anderen am Ast festhielt.

Na endlich! Die Bänder gaben nach. Der Umhang fiel ihr vom Hals. Sie drehte sich um und sah, wie der kleine Wolf sich von dem Mantel zu befreien suchte, der ihm auf den Kopf gefallen war. Vorläufig konnte er nichts sehen, doch das würde nicht lange anhalten.

Sie ließ den Ast los und fiel.

Der Aufprall nahm ihr die Luft und ließ ihre Zähne aufeinanderschlagen. Zu betäubt, um Schmerz zu spüren, zog sie das Jagdmesser, das Riggs ihr gegeben hatte.

Der kleine Wolf stand über ihr und sah aus diesem Blickwinkel viel größer aus. Er schüttelte den Umhang ab.

Sie gab ihm keine Chance, sie, oder was noch schlimmer wäre, Riggs anzugreifen. Sie schwang ihren Arm in einer bogenförmigen Bewegung. Die Klinge zog sich durch die Kehle des Wolfs. Blut sprudelte auf seine Brust. Mit aufgerissenen Augen stand er über ihr. Würde er angreifen oder verbluten?

Sie hielt das Messer bereit, musste jedoch kein zweites Mal zustechen. Das Tier taumelte und ging zu Boden.

Hinter ihr erklang ein Aufprall. Dann ein Winseln.

Sie rollte auf die Seite und sah Riggs schwer atmend und blutüberströmt auf sie zueilen. Er hockte sich neben sie und umfing ihr Gesicht mit beiden Händen.

»Es ist vorbei«, sagte er. »Komm.«

Sie konnte es nicht glauben. Wie konnte es vorüber sein? Hatte er wirklich fünf riesige Wölfe erledigt, während sie mit dem kleinsten kämpfte?

Er hob sie hoch und drückte ihr den lädierten Umhang in die Arme, dann nahm er seine Axt. Seine kräftigen Beine nahmen ihren Lauf wieder auf. Sie machte einen langen Hals, um zurückzublicken. Der Waldboden war mit grauen und braunen Kadavern übersät.

Er hatte es vollbracht. Und war immer noch so gut in Form, dass er rennen konnte.

Ihr Herz schöpfte neue Hoffnung. Und füllte sich gleichzeitig mit etwas, das mehr war als bloße Erleichterung und Zuneigung. Es war mit Dankbarkeit nicht zu vergleichen und stärker als sinnliches Begehren. Aber es verursachte ihr größere Angst als ein ganzes Rudel Wölfe.

§

RIGGS HIELT ANYA eng an seine Brust gepresst, während er sich einen Weg durch den Wald bahnte, froh, das noch erleben zu dürfen. Es war knapp gewesen. Verdammt knapp. Er verfluchte sich dafür, in der vergangenen Nacht der Versuchung nachgegeben zu haben, neben ihr zu liegen. Er hätte weiterrennen und sie in seinen Armen schlafen lassen sollen, doch sie hatte im Mondlicht so wunderschön ausgesehen, und er war vom Jagen so erschöpft gewesen. Er hatte vorgehabt, sich nur eine Stunde lang auszuruhen.

Was für ein Narr er doch war.

Diesen Fehler würde er nicht wieder begehen. Und wenn er dafür wach bleiben musste, bis sie in Chroina waren.

»Was ist dann geschehen?« fragte sie mit zitternder Stimme. »Wie hast du es geschafft, sie alle zu töten? Bist du verletzt?«

Er blickte sie prüfend an, um sicherzustellen, dass sie unversehrt war, und wandte seine Aufmerksamkeit wieder dem Pfad zu – es wäre alles umsonst gewesen, wenn er jetzt gegen ein Hindernis krachte und sie damit umbrachte. Dabei bemerkte er, dass sie ihm mit sorgenvoll zusammengezogenen Brauen ins Gesicht sah. Sie machte sich Sorgen um ihn. Seine Angst um sie legte sich etwas.

»Mir geht es gut«, teilte er ihr mit. »Aber wie geht es dir? Du bist tief gefallen.«

Ihm wäre beinahe das Herz in der Brust zersprungen, als er aus dem Augenwinkel gesehen hatte, wie sie vom Baum fiel. Er hatte sich umgedreht, um ihr zu helfen, aber einer der verdammten Spürwölfe hatte die Gelegenheit genutzt, seine Zähne in seine Wade zu schlagen, und ein anderer hatte ein Stück aus seinem Arm gerissen, der die Axt führte. Da war in ihm schlagartig etwas zum Leben erwacht, ein wilder Instinkt, der schon in ihm gelauert hatte, als er mit Anya in seiner Hütte war. *Töte!,* hatte der Instinkt ihm geheißen, und dann hatte es sich angefühlt, als würde alles um ihn her sich verlangsamen. In seine Glieder war Kraft geströmt. Der Schmerz seiner Wunden war so gut wie verflogen.

Seine Axt und sein Jagdmesser hatten mit nie erlebter Genauigkeit ihr Ziel getroffen. Er hatte nie zuvor mit solchem Willen und solchem Einsatz gekämpft. Es hatte ihn in eine Art Rausch versetzt.

Als es dann vorbei war, lautete der nächste Befehl des Instinkts: Lauf! Wo es Spürwölfe gab, würden die Fährtensucher nicht weit sein. Er hatte sie hochgehoben, war gerannt und würde nicht rasten, bis er den See erreicht hatte. Er würde seine Lady nicht im Stich lassen.

Nein, nicht seine. Des Königs Lady.

Sein innerer Instinkt gab ein Knurren von sich.

Anya rieb sich den Hinterkopf. »Ich bin unversehrt. Ich werde wahrscheinlich Kopfschmerzen bekommen, aber es hätte schlimmer kommen können.«

Viel schlimmer, damit hatte sie Recht. Er zog sie noch fester an sich. Sie war so kostbar. Und so tapfer. Diese Frau war eine echte Kriegerin. Sie trug das Blut ihres Opfers an ihrem Arm, der das Messer geführt hatte, wie ein Ehrenabzeichen. Dieser sechste Wolf hätte für ihn den Unterschied zwischen Sieg und Niederlage ausmachen können. Es konnte gut sein, dass Anya ihm das Leben gerettet hatte.

»Sag, was ist passiert?«, fragte Anya. »Wie ist es dir gelungen, fünf Wölfe zu besiegen? Und warum rennst du, als hätten wir die Höllenhunde auf den Fersen?«

Er hatte ihre Fragen nicht beantwortet. Einerseits, weil er immer noch kaum glauben konnte, dass er es geschafft hatte. Andererseits, weil er sich darauf konzentrieren musste, wo er die Füße hinsetzte.

»Ich habe gut gekämpft«, antwortete er, um seinen Atem zu sparen. »Du hast mir geholfen. Die Fährtensucher sind nicht weit hinter uns.«

Sie zog bekümmert die Brauen zusammen. »Warum? Warum sind sie hinter dir her?«

Sie waren nicht hinter ihm her. Sie wollten *sie*. Das hatten die Wölfe bewiesen, indem sie versuchten, ihn zu töten. Spürwölfe wurden dazu erzogen, die Beute, deren Witterung ihr Herr ihnen zeigte, in die Enge zu treiben. Und dabei alles zu töten, was sich ihnen in den Weg stellte. Sie waren ihrer Witterung gefolgt. Die Fährtensucher mussten sie an dem Ort aufgenommen haben, wo er sie gefunden und die Leichen der Larnier liegengelassen hatte, die sie angegriffen hatten. Der Geruch einer Frau mitten im Wald war auffällig. Der Geruch einer Frau war überall auffällig, nur nicht in Chroina.

Er war nicht genug bei Atem, um ihr das alles jetzt erklären zu können. »Später«, sagte er, den stechenden Schmerz in seiner Lunge und das Brennen seiner frischen Wunden missachtend.

Sie setzte zu einer weiteren Frage an, doch er brachte sie zum Schweigen. »Ich werde nicht zulassen, dass sie dich kriegen. Keine Fragen mehr.«

Sie verstummte. Doch es hielt nicht lange an. »Dein Arm«, sagte sie, und er spürte, dass sie den zerfetzten Leinenstoff über seinem Bizeps berührte. Die Wunde brauchte einen festen Verband, doch er konnte es sich nicht leisten, sich jetzt darum zu kümmern.

»Das macht nichts.«

»Es ist der Arm, mit dem du die Axt führst.«

»Ich kann mit beiden kämpfen.« Als sie ihn zweifelnd anblickte, fügte er hinzu: »Ich werde dich beschützen. Wir müssen nur außer Reichweite der Fährtensucher bleiben.«

»Können wir das? Aus ihrer Reichweite bleiben? Sind sie zu Fuß? Oder haben sie Pferde? Wie viele sind es? *Och*, schon gut. Ich sehe, dass es dir schwerfällt, auf den Beinen zu bleiben. Außerdem hinkst du. Spar deine Kräfte. Aber du wirst meine Fragen so bald wie möglich beantworten müssen.«

Ihr Vertrauen in ihn, und ihr Bemühen, ihre Neugierde im Zaum zu halten, ließen ihn grinsen. Ihre Tapferkeit lenkte ihn von seinen Schmerzen ab.

Der Wind pfiff in seinen Ohren. Die Düfte von Kiefern, Lehm und modernden Blättern stiegen ihm in die Nase und überlagerten den mit Ysop gepaarten Moschusduft, der sich ihm eingeprägt hatte, seitdem er Anya gefunden hatte. Er hielt sich an die Orientierungshilfen, die er als Welpe zu benutzen gelernt hatte, als er seinem Vater zum See folgte, um dort zu fischen und die langhaarigen Ziegen zu fangen, die in den nördlichen Ausläufern lebten. Sie hatten süßes Fleisch gehabt, diese Ziegen, und schöne Felle, für die man auf dem Markt gutes Geld bekam.

Der See war sein zweites Zuhause. Er konnte mit geschlossenen Augen durch die nördlichen Buchten und Täler wandern und wusste, wo jeder Stein und jeder umgestürzte Baum lag. Wenn sie erst mal dort waren, würden die Fährtensucher sie nicht so leicht aufspüren, insbesondere jetzt, wo sie ihre Wölfe nicht mehr hatten. Anya und er würden sich mindestens einen Tag und eine Nacht an einem sicheren Ort ausruhen können. Er würde jagen und Fleisch für sie braten können. Er würde ihre schmerzenden Beine rubbeln und neben ihr schlafen, bis sie sich erholt hatten.

Sobald sie ausgeruht und gut gesättigt waren, nähmen sie die nördliche Route nach Chroina. Wo er die Verantwortung für sie an König Magnus abtreten würde. In seinem Bauch loderte ein Brennen auf, das sich nicht legte, bis sie am See waren.

§

ANYA HATTE ÜBERALL Schmerzen. Ihr Arm, den sie den ganzen Tag um Riggs Nacken geschlungen gehalten hatte, wollte sich nicht mehr entspannen. Ihre Beine waren verkrampft, da sie sie den ganzen Tag nicht gebraucht hatte. Ihr Hals und ihre Schultern schmerzten von ihrem Sturz. Und ihr Magen war so leer, dass er sich anfühlte wie eine geballte Faust. Doch sie war am Leben. Und relativ unversehrt.

Das war für einen Kampf gegen übergroße Wölfe kein schlechtes Ergebnis. Leider konnte sie von Riggs nicht dasselbe behaupten. Nun gut, er war gottseidank auch am Leben. Doch ein stechender, kupferartiger Blutgeruch erinnerte sie daran, dass er am rechten Arm eine offene Wunde hatte. Außerdem verschlimmerte sich sein Hinken. Er musste hungriger sein als sie, und auch durstiger. Schließlich war er vom Morgen bis zum Abend gerannt.

Sein kräftig ausholender Laufstiel war einem schlurfenden Humpeln gewichen, doch er machte weiter. Sie hatte noch nie einen so fähigen und entschlossenen Mann gesehen. Er hatte für sie mit Wölfen gekämpft. Er hatte sie meilenweit getragen, ohne zu murren. Sie war noch nie solcher Gefahr ausgesetzt gewesen. Und hatte sich noch nie so sicher gefühlt.

Sie begann, die Idee, nach Chroina zu gehen, zu verabscheuen. Riggs sprach mit offensichtlicher Bewunderung von der Stadt, doch sie verstand immer noch nicht, warum er dachte, er müsse sie dorthin bringen. Warum konnte er sie nicht bei sich in seiner Hütte behalten? Einem Mädchen konnte Schlimmeres passieren, als sich um einen ruppigen Wolfsmann zu kümmern, der in einer gemütlichen Hütte im Wald lebte. Aye, da war noch die Sache mit den Fährtensuchern. Doch Riggs wirkte wie jemand, der den Wald wie seine Westentasche kennt. Er war doch sicherlich in der Lage, sie irgendwo zu verstecken und zu seiner Hütte zurückzubringen, sobald ihn niemand mehr verfolgte.

Das war eine weitere Sache, die sie ihn fragen wollte. Warum wurde er verfolgt? Etwa, weil er diese Larnier getötet hatte?

Riggs verlangsamte seinen Lauf und fiel in den Schritt. Vor ihnen lichtete sich der Wald, während sie sich einem See näherten. Sie konnten den weiten, hyazinthenblauen Abendhimmel sehen. In der Ferne erstreckten sich lavendelfarbene Berge mit weißen Spitzen, die sich in majestätische Höhen reckten. Ihre Brust zog sich vor Heimweh nach ihren Highlands zusammen.

Dieser Ort ist genauso wild. Genauso schön.

Doch er war nicht ihr Zuhause. Sie hatte kein Zuhause. Und Riggs brachte sie immer weiter von dem einzigen Ort fort, den sie gerne ihr Zuhause genannt hätte.

Würde sie sich in Chroina jemals zuhause fühlen? Wie würde es in einer von Wolfsmenschen bevölkerten Stadt sein? Warum brachte er sie dorthin? Sie fühlte, dass er ihr etwas verheimlichte, doch sie konnte sich nicht dazu durchringen, ihn jetzt danach zu fragen. Nicht, solange es ihr in den Fingern juckte, endlich seine sickernde Wunde am Arm zu verbinden. Nicht, solange sie beide weder gegessen, noch getrunken und geschlafen hatten.

Riggs ging zwischen den letzten Bäumen hindurch und einen sanften Abhang hinab. Seine Stiefel bewegten sich knirschend über kleine Kiesel und feuchten Sand. Meilenweit erstreckte sich glasklares Wasser. Der See beschrieb einen Bogen um einen Hügel, der sich im Osten erhob. Seine Oberfläche spiegelte im Dämmerlicht die Berge und den noch blassen, vollen Mond wider.

»Wirf den Umhang hier ab«, sagte er.

Das tat sie augenblicklich. Sie war froh, sich des warmen, schweren Mantels zu entledigen. Der Umhang und Riggs erhitzter Körper hatten bewirkt, dass sie ordentlich schwitzte. Das Geräusch eines doppelten Aufpralls musste von seiner Axt verursacht worden sein, als sie erst mit dem Kopf, dann mit dem Griff auf den Kieseln landete. Fast ohne seine Schritte zu verlangsamen, ging er ins Wasser.

»Was machst du da?« Sie umklammerte ihn fester denn je und versuchte, sich an ihm hochzuziehen, um dem Wasser fernzubleiben, das in Strudeln um seine Beine wirbelte.

Anstatt ihr zu antworten, tunkte er sie ein. Viel zu schnell. Sie zuckte zusammen, als das eiskalte Wasser ihre Hosen aufbauschte und sie bis zur Taille durchnässt wurde. Er hatte wohl angenommen, ihre Beine könnten erneut eine Abkühlung gebrauchen. Aber er hätte sie zumindest warnen können!

Sie war drauf und dran, ihn zu beschimpfen, doch er schloss sie fest in die Arme, presste seinen Körper an sie, so dass sie sein Gewicht spürte, und vergrub die Nase in ihrem Haar.

Sie rührte sich vor Schreck kein bisschen, als er seine große, warme Hand um ihren Kopf legte. Mit der anderen zog er sie so nah an sich, dass sie nach hinten geneigt wurde. Doch sie fiel nicht ins Wasser. Seine starken Arme hielten sie fest.

Sie spürte, wie er, an ihren Busen gepresst, nach Luft rang. Er musste nach dieser anstrengenden Reise erst einmal wieder zu Atem kommen. Seine Atemzüge beruhigten sich nach und nach, bis sie wieder normal wurden. Sonderbarerweise hatten ihre sich beschleunigt.

Seine Hand bewegte sich über ihr Haar und strich ihr in einer unbeholfenen, jedoch eigenartig beruhigenden Geste immer wieder über den Kopf. Ihr Inneres zog sich zusammen, als sie erkannte, dass sie es mit Zärtlichkeit zu tun hatte. Und mit seinem Beschützerinstinkt.

Nein. Das konnte sie nicht ertragen. Ihr Verlangen nach ihm war bereits viel zu groß, wenn man bedachte, dass er vorhatte, sie in einer fremden Stadt sich selbst zu überlassen, und wie verkrüppelt sie war. Seine Zärtlichkeit würde sich mit Sicherheit in Mitleid wandeln, wenn er sie unbekleidet bei Tageslicht sehen würde. Sie war nichts als ein Krüppel. Sie wollte sein Mitleid nicht. Lieber blieb sie alleine.

»Riggs«, sagte sie warnend.

Er richtete sich soweit auf, dass er sie mit seinen klaren, braunen Augen ansehen konnte. Die goldenen Flecken in ihnen ließen sie an Stellen schmelzen, an denen sie nicht schmelzen wollte. Dann atmete er geräuschvoll aus und legte seine Wange an ihre. Er rieb mit seinem Bart über ihre Haut. Dann wechselte er die Seite und rieb sich erneut an ihr. Es scheuerte, doch es machte ihr irgendwie nichts aus. Es bewirkte, dass sie sich lebendig fühlte, wie bei einem wilden Kuss, bei dem die Lippen sich an den Zähne wundstießen, und man nach Luft ringen musste.

Sie rang nach Luft.

Das tat er ebenfalls, obwohl er wieder zu Atem gekommen war. Dieses schwere Atmen war ihr nicht unbekannt. Er war erregt.

Sie hätte ihn wegstoßen sollen. Doch ihre Hände versagten ihr den Dienst. Ihre Arme waren von selbst nach oben gewandert und hatten sich um seinen schweißbedeckten Nacken gelegt. Die von ihm ausgehende Hitze machte die Kälte des Wassers wett. Ihr war überall warm. Und sie wurde immer feuchter. Am wärmsten war ihr an der Stelle, wo sein erigiertes Glied sich wie ein harter Riegel an ihren Bauch presste, so dass sie es durch drei Lagen ihrer Kleidung hindurch glühen fühlte.

Während er die Nase an ihrem Genick in ihrem Haar vergrub, steckte sie ihre in die dunklen Locken hinter seinem Ohr. *Och*, wie er dort duftete! Nach Holz und Schweiß. Nach Wärme und Ergebenheit.

Sie konnten schnell hier am Ufer miteinander vögeln. Sie konnten einander befriedigen und dann ihre Flucht fortsetzen. Doch das ging nicht. Wenn er vorhätte, sie als seine Gefährtin in seiner Hütte zu behalten, dann könnte sie ihm erlauben, ihr so nahe zu kommen, dass sie ihn mit ihren Beinen umschlang. Doch er wollte sie nicht behalten. Sie würde ihren Stolz nicht riskieren, nur damit er sie in einer fremden Stadt ablieferte, mit einem satten Lächeln auf seinem Gesicht davonstolzierte und sie vergaß. Sie war sich viel zu sicher, dass sie ihn niemals würde vergessen können.

»Wir sollten uns nicht zu lange aufhalten«, unterbrach er ihre Gedanken, an ihrem Nacken sprechend. »Kannst du bis zum Essen noch ein paar Stunden warten? Ich brate dir Fleisch, sobald wir in meiner Höhle sind.«

Bei dem Gedanken an Fleisch lief ihr augenblicklich das Wasser im Mund zusammen. Und noch mehr bei dem Gedanken, dass Riggs es für sie jagen und sich in seiner Höhle an ihre Seite betten würde. Doch solange er so erschöpft und blutend vor ihr stand, wollte sie nicht, dass er sie umsorgte.

»Sieh dich doch an, du dummer Kerl. Du bist nicht in der Verfassung, auf die Jagd zu gehen.« Sie strich mit der Hand über seine breite Schulter und bis zu dem Riss in seinem Hemd hinab. Das Hemd war dahin. Die Wunde in seinem Arm sah noch schlimmer aus. »Womit soll ich das nähen? Wir haben keine Nähsachen dabei.«

»Es ist doch bloß ein Hemd.«

Sie trommelte an seine Brust. »Ich meinte deinen Arm.«

»Ich weiß.«

Och, dieses Grinsen würde noch ihr Verderben sein.

»Er muss nur verbunden werden. Ich kümmere mich schon noch darum.« Er tat so, als hätte er nur einen Splitter, anstelle einer bösen Wunde, die spitze Zähne in seine Haut und seine Muskeln gerissen hatten. Er zeigte ihr ganz klar, wie schon in seiner Hütte, dass er nicht von ihr verzärtelt werden wollte.

Sie fühlte sich zu nichts nütze. »Na gut.« Sie entzog sich seinen Armen und begann, mit den Händen Wasser zu schöpfen, um ihren Durst zu stillen.

Riggs tat es ihr gleich. Als sie beide genug hatten, sagte er, »Bleib hier« und watete einige Schritte am Ufer entlang, bis er hinter einem Felsvorsprung verschwand.

»Riggs?« Verflucht noch mal, jetzt klang sie auch noch ängstlich.

»Ich laufe nicht weg.« Seine Stimme schallte über den See. »Ich will nur etwas holen, das wir brauchen.«

Einige Minuten später erschien er wieder und führte geräuschlos einen Einbaum durchs Wasser. Er war fast so lang wie seine Hütte und in der Mitte doppelt so breit wie die Schultern eines Mannes. Seine Flanken reflektierten das Dämmerlicht. Sie waren mit Pech versiegelt und poliert, um ihn wasserdicht zu machen. Ein solides Boot, so schien es, zumindest für die Fahrt auf einem stillen See.

»Du bist ein wahrer Zauberer! Wo hast du das her?«

»Selber gebaut. Mit meinem Vater. Zum Fischen. Schöne Forellen hier.« Er zeigte mit dem Kinn auf den See. »Wir werden im Schutz der Dunkelheit um die Nordspitze rudern. Die Fährtensucher werden unsere Witterung verlieren. Das sollte uns zu einem Vorsprung verhelfen, damit wir uns ausruhen können.« Er überließ ihr den Einbaum und watete ans Ufer, um seine Axt und seinen Umhang zu holen. Sie über dem Wasser haltend, brachte er sie ins Boot.

»Hinein mit dir«, sagte er, indem er sie ins Boot hob.

Von ihren Hosen troff Wasser, als sie auf eine der Sitzbänke krabbelte. Die kühle Nachtluft ließ sie mit den Zähnen klappern.

»Zieh die Hose aus und wickle dich in den Umhang«, sagte er. Der Einbaum schwankte gefährlich, als er sich selbst über die Bootswand hievte.

Sie lehnte sich in die entgegengesetzte Richtung, um das schmale Fahrzeug auszubalancieren. Während Riggs sich auf der anderen Bank niederließ, schälte sie sich aus ihren am Körper klebenden Hosen und umwickelte ihre Beine mit dem trockenen Umhang. Von ihren Rippen abwärts war ihr Hemd durchnässt, doch es würde unter dem Umhang an ihrem Körper trocknen. Es gab Schlimmeres, als nass zu sein.

Bluten, zum Beispiel. Sie blickte auf, und sah, dass Riggs das Paddel ins Wasser tauchte. Sie begannen sich fortzubewegen.

»Was machst du da, um Himmels Willen?«

»Ich paddle.«

»Mit einem verwundeten Arm? Nachdem du den ganzen Tag mit einer Last gerannt bist?«

»Ich schaffe es schon.« Seine Stimme klang angestrengt, als er einen weiteren, kräftigen Paddelzug vollzog.

»Gib mir das Paddel.« An Land konnte sie nicht mit ihm Schritt halten, doch Paddeln konnte sie bestimmt besser als ein verwundeter Mann. Sie hatte schon immer starke Arme gehabt.

Er antwortete ihr nicht.

Sie steckte den Umhang um ihre Taille fest und bewegte sich auf ihn zu, wobei sie sich mit den Händen an den Seiten des Boots abstützte.

Er spannte sich an, als sie näher kam.

»Gib. Mir. Das. Paddel.«

»Nein. Du sollst dich ausruhen, Lady.«

Sie kniete sich zwischen seine gespreizten Schenkel. Das von seinen Kleidern tropfende Wasser machte durch den Umhang hindurch ihre Knie feucht.

Er riss die Augen auf, paddelte jedoch weiter und blickte an ihr vorbei. Er wirkte beinahe schüchtern. Ihr großer, starker Wolfsmann benahm sich schüchtern, nachdem er sein Gesicht an ihrem gerieben hatte. Nachdem er sie festgehalten hatte wie ein Ertrinkender ein Stück Treibholz.

Sie legte die Hände auf seine Schenkel. Seine Muskeln zuckten unter ihren Fingern zusammen.

»Lady.« Er sagte es mit einem unterschwelligen Knurren. Er warnte sie, wie sie ihn zuvor gewarnt hatte.

Sie achtete nicht darauf, sondern drückte mit ihren Händen an seinen festen Muskeln entlang, um die Knie herum und bis zu den Waden hinunter. Da war er, der Grund für sein Hinken. Eine heiße, angeschwollene Wunde, die unter dem zerrissenen Stoff seiner Hose mit geronnenem Blut verkrustet war. Sie tastete die Wunde ab, um zu erkennen, wie schwer sie war. Sie war nicht sehr tief, doch sie musste jetzt verbunden, und gut gesäubert werden, sobald sie Material und Licht zur Verfügung hatten. »Du bist hier verletzt.« Sie richtete sich auf den Knien auf und hinderte ihn am Paddeln. »Und hier.« Sie berührte seinen Arm über dem Riss in seinem Hemd. »Verbinde deine Wunden, Riggs. Ich kann paddeln.«

Er schüttelte ablehnend den Kopf. »Erst, wenn du in Sicherheit bist. Bis dahin werde ich dir dienen.«

»*Och*, du hast mir die ganze Zeit gedient. Du hast tagelang alles für mich getan. *Einfach alles.* Ich fühle mich unnütz. Ich habe es satt, dir eine Bürde zu sein. Ich muss etwas *tun* können. Kannst du das verstehen?« Was hatte dieser Mann an sich, dass sie sich ihm offenbarte, anstatt ihn schlechtzumachen und zu peinigen, bis er ihr ihren Willen ließ? Seit Seona war er der erste Mensch, mit dem sie so ehrlich gesprochen hatte. Es fühlte sich fast an, als hätte sie in ihm einen Freund gefunden.

Dummes Mädchen. Der Tag war so anstrengend gewesen, dass ihr Urteilsvermögen gelitten hatte. Emotionen, die auf eine Gefahr folgten, durfte man nicht trauen.

Sie räusperte sich und legte die Hände um das Paddel. Das glatte Holz an ihren Handflächen erinnerte sie an sorglose Sommerabende, an denen sie auf den Seen zwischen Ackergill und Wick geangelt hatte.

Riggs ließ das Paddel los.

Sie unterdrückte ihr siegreiches Lächeln. »Aufgestanden. Dieser Platz gehört heute Nacht mir.«

Kapitel 8

DER EINBAUM SCHAUKELTE, als Riggs sich an Anya vorbeidrückte und vorsichtig zur gegenüberliegenden Bank bewegte. Er ließ sich mit einem Seufzer auf ihr nieder. Beim Mond, was war er müde! Er hatte die letzten zwei Tage nicht genug Essen und Schlaf bekommen. Und er hatte zu viel Blut verloren.

Zumindest ging es Anya besser als ihm. Er sollte sich schämen, sie ihm auf diese Weise dienen zu lassen, doch er tat es nicht. Stattdessen erfreute er sich an dem gelösten Lächeln, mit dem sie das Paddel ins Wasser tauchte und sie nordwärts bewegte. Ihre Schönheit erstrahlte heller als der zunehmende Mond und hatte tausendmal größere Wirkung auf seinen Gemütszustand. So sah Anya aus, wenn sie Frieden empfand, und sie fand ihn, indem sie sich nützlich machte. Er würde dafür sorgen, dass sie sich oft so fühlen konnte.

Alle paar Paddelschläge wechselte sie die Seite, um geradeaus zu fahren. Es erstaunte ihn, dass die Lady paddeln konnte. Sie tat es offensichtlich nicht zum ersten Mal. Jemand musste es ihr beigebracht haben. Ihr Vater? Ihre Mutter? Ein Liebhaber?

Bei dem Gedanken, dass ein anderer Mann es sie gelehrt haben konnte, zog sich ihm der Magen zusammen. Er tat sein Bestes, seinen Unwillen zu überspielen. Er hatte kein Recht, auf den Mann, der sie berührt, mit ihr ausgetauscht und sie geliebt hatte, eifersüchtig zu sein. Wenn es einen Mann gab, der wegen Anya eifersüchtig sein durfte, war es König Magnus.

Ein Knurren entrang sich seiner Brust.

»Was gibt es zu murren? Machen deine Wunden dir zu schaffen?«

»Nein.«

»Nun, das wundert mich. Du sitzt hier wie ein Tölpel und blutest dein schönes Boot voll. Deine Wunden werden sich nicht von alleine verbinden.«

Er ließ ein weiteres, grollendes Geräusch ertönen. Diesmal ein Lachen. Es war neu für ihn. Und äußerst willkommen. »Womit soll ich sie denn deiner Ansicht nach verbinden? Unter meiner Bank gibt es Fischernetze, aber die werden das Blut wohl kaum zurückhalten können.«

»Nimm dein Hemd. Schneide unten Streifen ab.«

»Das wird mein Hemd ruinieren.«

Sie grinste. »Da wo ich herkomme, tragen viele der besten Krieger absichtlich keine Hemden. Damit bleibt man nur im Farnkraut hängen und bietet dem Feind etwas zum Greifen.«

»Ist ihnen im Winter nicht kalt?«

»Aye. Sehr kalt sogar. Aber nach getaner Arbeit und überstandenem Scharmützel gehen sie heim zu ihren Frauen und Geliebten, mit denen sie es dann sehr sehr warm haben.« Ihr frivoles Grinsen deutete an, dass sie im Wärmen solcher Männer einige Erfahrung besaß.

Beim Mond, diese Frau hatte viele Liebhaber gehabt. Es machte ihn rasend. Und es erregte ihn. Beim Gedanken an ihre große Erfahrenheit fuhren Hitze und Energie in seinen Bauch.

Und nach dem gleichzeitig verrucht und schelmisch wirkenden Glanz ihrer Augen zu urteilen, wusste sie ganz genau, was sie ihm da antat.

Er stellte sie sich nackt auf seinen Bettpelzen vor, wie ihre göttlichen Brüste sich bei ihren heftigen, verlangenden

Atemzügen hoben und senkten, während er sie mit seinem Körper und seinem Geruch bedeckte. Das drohende Gefängnis, der wichtigste Grund, einer Paarung mit ihr zu widerstehen, rückte immer weiter in den Hintergrund und verlor an Bedeutung.

Er hatte nicht in der Lotterie gewonnen. Er hatte nicht für einen Zeugungsvertrag bezahlt. Demnach war es ihm nach marannischem Zeugungsrecht verboten, sich mit ihr zu paaren. Wenn er seinen Samen in ihren Schoß pflanzte, würde er zehn Jahre bekommen. Zehn Jahre fern von seiner Hütte und seiner Pelzjägerei. Zehn Jahre, in denen er dazu verdammt sein würde, auf kaltem Steinboden zu sitzen, Brot und Ungeziefer zu essen und in Erinnerungen an ihren Körper unter seinem zu schwelgen, an die Hitze ihrer Umarmung und ihren Atem, der die Haare hinter seinem Ohr bewegte, wie er es vor einigen Minuten getan hatte, als sie zusammen im Wasser standen.

Wenn das die einzigen Konsequenzen wären, würde er es tun. Er würde sich mit ihr paaren. Noch heute Nacht. In seiner Höhle. Nachdem er ihr gegartes Fleisch zu essen gegeben und sie auf das weiche Lager gebettet hatte, das er dort bereithielt. Er würde sie mit seinem Samen füllen und Lust erfahren und ihr im Gegenzug Lust bereiten, wie er es sich immer erträumt hatte. Sie würden für diese Nacht miteinander verschmelzen. Und für die nächste auch und die übernächste, und die überübernächste, bis sie in Chroina anlangten. Er würde ihren weichen, lilienkühlen Körper fest an sich gedrückt halten, während sie schliefen, anstatt sich damit zu begnügen, dass sie ihren Rücken an seinen presste. Sie würde ihm gehören, und sei es auch nur für eine kurze Zeit. Es würde sich gelohnt haben. Er würde seine Gefängniszelle mit einem stolzen Lächeln betreten, weil niemand ihm seine Erinnerungen nehmen konnte.

Doch seinem Drang nachzugeben, würde mehr als eine Gefängnisstrafe zur Folge haben. Er würde sich dafür schämen müssen, seinen König betrogen zu haben. Magnus war ein guter

König und stammte von einer Reihe guter Könige und Königinnen ab. Er hatte Riggs' Treue verdient. Wenn er sich mit Anya gehenließ, wäre dies ein äußerst persönlicher Betrug. Sie war mehr als nur ein weiteres Weib, mit dem der König sich in der Hoffnung, einen Erben zu zeugen, paaren würde. Anya war etwas Besonderes. Der König hatte, lange bevor Riggs sie fand, öffentlich Anspruch auf sie erhoben. Und er hatte sich damit dem Spott des halben Landes ausgesetzt, inklusive Riggs'. Doch der anderen Hälfte hatte es Hoffnung gebracht.

Natürlich waren die meisten derer, die sich die Bekanntmachung des Königs zu Herzen genommen hatten, inzwischen an Danus Brust gegangen wie sein Vater, doch wenn es ihm gelang, Anya heil nach Chroina zu bringen, konnte es sein, dass diejenigen, die König Magnus immer noch verspotteten, ihre Meinung änderten.

Ganz Marann würde erfahren, dass sie wie durch Zauberhand in ihrer Mitte erschienen war. Wie Riggs würden sie keine andere Wahl haben, als zu glauben, dass Danu sie vielleicht doch nicht vergessen hatte. Vielleicht war König Magnus nicht verrückt. Vielleicht konnte durch diese Wunder-Lady neues Leben in ihrer Welt entstehen.

Von den nächsten Tagen hing eine Menge ab. Er musste dem Drang seines Körpers widerstehen. Er musste sich darauf konzentrieren, ihre Sicherheit zu gewährleisten. Sie zu verstecken. Es durfte nicht schiefgehen.

»Wirst du diesen Arm jetzt verbinden, oder muss ich alles an deiner Stelle tun?« Anyas Stimme nahm ihm das Gewicht der Verantwortung, das ihn zu erdrücken drohte. »Es würde mir nichts ausmachen. Ich habe schon viele Männer ausgezogen. Manche auch verarztet. Aber ich kann dich nicht verarzten und gleichzeitig paddeln. Ich habe nur zwei Hände.«

Er fühlte, wie sich seine Mundwinkel nach oben zogen. Sie flirtete mit ihm. Das konnte er auch. »Ich mag dieses Hemd.

Vielleicht sollte ich lieber deins nehmen. Schließlich hast du ja noch den Umhang.«

Anyas fröhliches, melodiöses Gelächter schallte durch die Nacht. »*Och*, das könnte dir so passen, was? Pech gehabt. Ich habe nicht vor, mich in deiner Anwesenheit meines Hemds zu entledigen.«

Sie war ein schlaues Mädchen.

»Schneid' Streifen vom Saum«, sagte sie, wieder ernst geworden. »Du wirst es immer noch in deine Hosen stecken können. Niemand wird es bemerken.«

Und vernünftig war sie auch.

Er löste die Schnüre des Hemds und auch seinen Gürtel, um das Hemd besser aus der Hose ziehen zu können. »Behalte den Mond links von dir«, befahl er ihr, während er sein Jagdmesser zog und das Hemd flach auf seinen Knien ausbreitete. Er stieß die Klinge durch den Stoff. »Und halte auf die Baumgruppe auf dem Vorsprung zu.« Er zeigte mit dem Finger auf die in der Ferne liegende Orientierungshilfe für den versteckten Zugang zu seiner Höhle.

»Ich kann sie nicht sehen. Es ist stockfinster. Aber ich kann geradeaus paddeln, indem ich mich am Mond orientiere. Du musst mir nur Bescheid sagen, wenn ich abdrifte.« Sie sah dabei allerdings nicht den Mond an. Sie blickte direkt auf seine nackte Brust.

Er lächelte beim Verbinden seiner Wunden vor sich hin, während die Dame des Königs, nicht annähernd so nachtblind wie sie vorgab, unter dem Dreiviertelmond errötete.

§

ANYA STARRTE DEN Mond an, während Riggs sie eine steile Anhöhe hochtrug. Seine kühle weiße Scheibe stand hoch und strahlte. In zwei oder drei Nächten würde er voll sein. Unter seinen Stiefeln knirschten Kiesel und sie hörte seine Atemzüge an ihrem Ohr. Die Luft der Herbstnacht roch nach frischem Wasser und Kiefern und biss in ihr Gesicht. Doch sie lag warm in Riggs schweren Umhang gewickelt an seine Brust geschmiegt.

Es war eigentlich gar nicht so übel, durch die Gegend getragen zu werden. Es mangelte an Würde, aye, aber sie gab gerne ein kleines bisschen Würde für das Privileg her, diese von der Arbeit gestählten Arme um sich zu spüren, und ihre Wange an eine so verlässliche Schulter legen zu können. Sie hatte ihm zumindest heute Nacht dienen können, anstatt immer alles ihm zu überlassen.

»Wir sind fast da«, sagte er. Seine Stimme klang leiser als sonst, als bekäme er keine Luft. Er musste mehr als erschöpft sein. Er sollte sich hüten, sich um ihre Bedürfnisse zu kümmern, bevor er sich um sich selbst kümmerte. Ein paar Stunden zu paddeln war nichts im Vergleich dazu, den ganzen Tag zu rennen und zu kämpfen.

Das Geräusch seiner Schritte und seiner Atemzüge wurde lauter und hallte schwach wieder. Sie betraten eine Höhle. Zu seiner Höhle. Er hatte ihr davon erzählt, während sie paddelte. Er war schon mit seinem Vater hergekommen, als er noch ein Kind war. Obwohl sein Vater, genau wie ihrer, von ihm gegangen war, kam er jeden Frühling und Sommer zum Fischen und der schönen Pelztiere wegen her, die es nur hier und nirgendwo anders auf der Insel gab.

Pechschwarze Dunkelheit senkte sich über sie wie ein zweiter Umhang.

»Ich bin am Verhungern«, sagte er, als er sie auf einem weichen Lager absetzte.

Sie hörte Blätter knistern, als ihr Gewicht die einladende Polsterung zusammendrückte, die aus Fellen und Farnkraut bestand. Sie machte es sich mit einem wohligen Seufzer inmitten des Geruchs nach Bettfellen und nach Riggs gemütlich. *Och*, sie wünschte sich nichts anderes mehr, als eine ganze Woche hier liegen zu bleiben.

»Ich werde zuerst für mich jagen gehen.« Seine Stimme klang ganz nah. Sie konnte nichts sehen, doch er musste ihr so wunderbar nah sein, dass sie seine Wärme spüren konnte. »Danach werde ich Fleisch für dich braten. Kannst du noch ein bisschen warten?«

Umso besser. Er würde sich zuerst um sich selbst kümmern. Wie ein guter Beschützer es tun sollte. Man konnte niemanden beschützen, wenn man nicht dafür sorgte, dass man stark blieb.

»Ich habe es in der Vergangenheit schon länger als einen Tag ohne Essen ausgehalten. Ich werde es überleben. Aber du hast heute gekämpft und geblutet. Du brauchst frisches Blut, um das zu ersetzen, was du verloren hast.«

Zuvor hatte es sie verstört, Riggs blutüberströmt vom Jagen zurückkommen zu sehen. Doch jetzt dürstete es sie stellvertretend für ihn nach Blut. Als er den Einbaum in sein Versteck gezogen hatte, hatte das Mondlicht sich in seinen vom Hunger glasig gewordenen Augen gespiegelt, und seine Haut hatte über seinen Wangenknochen gespannt. Er brauchte frisches Fleisch. Blut. Eingeweide. Was immer ein Wolfsmann aß. Er sollte alles bekommen, was er brauchte. Immer.

»Geh. Nimm dir alle Zeit, die du brauchst. Ich bin so müde, dass ich wahrscheinlich schon eingeschlafen sein werde, bevor du auch nur einen Fuß aus der Höhle gesetzt hast.«

Sie knetete den brennenden Muskel zwischen ihrem Nacken und ihrer Schulter. Das Paddeln war eine willkommene Aktivität gewesen, doch sie würde es morgen mit Muskelkater bezahlen. Zumindest konnten sie sich am nächsten Tag ausruhen – Riggs hatte ihr versichert, dass sie mindestens einen Tag lang in Sicherheit sein würden.

»Ich komme zurück, sobald ich kann.« Sie hörte das reibende Geräusch seiner Kleidung, als er sich von ihr fortschob. »Es kann sein, dass ich mich beim Jagen ziemlich weit entferne. Behalte dein Messer in der Hand. Und benutze es im Notfall.« Ein dumpfes Geräusch musste von seiner Axt herrühren, die auf den Steinboden traf. »Verhalte dich lautlos. Und verlasse die Höhle unter keinen Umständen.«

»Du hast gesagt, die Fährtensucher würden diesen Ort nicht finden. Zumindest nicht so schnell.«

»Es sind nicht die Fährtensucher, die mir Sorge machen. Es gibt in dieser Gegend Wölfe und Luchse. Und ich habe nicht weit von hier Bären gesehen. Ich will dich nicht an ein wildes Tier verlieren.«

Sie streckte die Hand aus und legte sie an seine Wange. Sein Bart war kühl und dicht, so herrlich männlich. Sie strich mit dem Daumen immer wieder über seine Wangenknochen. Obwohl sie nichts sehen konnte, konnte sie fühlen, dass sie mehr herausstanden als sie sollten. »Raus mit dir. Ich komme schon zurecht.«

Riggs legte seine Hand über ihre, um sie fester an sein Gesicht zu schmiegen. Er machte sich nicht auf den Weg. Er bohrte die Nase in ihre Hand und lehnte sich näher zu ihr herüber.

Sie schob ihre Finger in sein Haar und hob das Gesicht zu ihm. Seine Zuneigung zu ermutigen war so natürlich wie zu atmen. Das sollte es nicht sein, da sie wusste, dass er sie in weniger als einer Woche verlassen würde. Aber *och,* das war es.

Er rieb mit seinem Bart über ihre Stirn. In einer sanften, trägen Geste. »Du hast dich heute tapfer gehalten, Lady.« Sie fühlte seinen Atem an ihrer Haut, als er sprach.

»Genau wie du.«

Sie hörte ihn schlucken. Er rückte noch näher an sie heran, bis er über ihr war und sie mehr mit seiner Anwesenheit als mit seinem Gewicht in die Felle drückte.

Wenn sie jetzt den Rücken durchdrückte, würden ihre Brüste seine Brust berühren. Doch sie tat es nicht. Er musste jagen. Aber sie konnte nicht von seinem Bart, seinen Wangen, seiner kräftigen Kinnlade und seinem Mund lassen. Seine Lippen waren inmitten ihres dichten Nestes sauberen Haars sanft und warm.

Er war ein Wolfsmann, der einsam in der Wildnis lebte, doch er stutzte seinen Bart. Er hielt sich sauber. Trotz seiner rauen Art war er in jeder Hinsicht ein Gentleman. Er mochte sein Fleisch von eigener Hand töten und es roh essen, doch seine Sauberkeit und seine guten Manieren konnten so manchen Highlander in den Schatten stellen.

Sie wollte diese Lippen küssen, diesen Mund auf ihrem Körper spüren. Sie verlangte auf jede erdenkliche Art und Weise nach ihm. Sie konnten zusammen leben. Hier, in dieser Höhle. Sie konnten sich vor den Fährtensuchern verstecken, und, sobald man ihnen nicht mehr auf den Fersen war, in seine Hütte zurückkehren.

»Warum musst du mich nach Chroina bringen?«, stieß sie hervor.

»Das habe ich dir bereits gesagt. Du wirst nirgendwo anders in Sicherheit sein.«

Sie konnte sich daran erinnern. In Sicherheit wovor? Von wem? Was konnte Riggs, der imstande war, sie vor einem Rudel Wölfe zu beschützen, befürchten? »Das kann ich nicht glauben. Bis jetzt hast du mich vor allem beschützt.« Sie legte die Hand an seinen Hals, direkt unter seiner Wange, und rieb mit dem Daumen über sein Ohr. »Bring mich nicht nach Chroina.«

Er blieb still und bewegungslos, von seinem Atem abgesehen. Sie konnte an seinem Hals seinen Pulsschlag fühlen, und die Bewegungen seiner Brust, wenn sein Hemd bei jedem Atemzug ihren Umhang streifte.

»Behalt mich hier. Bei dir.«

Och, was tat sie da? Einen Mann zu bitten, sie zu behalten, hatte sich noch nie als gut erwiesen. Sie hatte Aodhan darum gebeten, und er hatte nur gescherzt und sie mit seinem verführerischen Mund von ihren Heiratsplänen abgelenkt. Sie hatte Steafan darum gebeten, und er hatte sie eine Hure genannt, obwohl sie damals noch gar nicht im Freudenhaus gearbeitet hatte. Und jetzt bat sie Riggs. Würde er ihre Hoffnungen zerstören, wie die anderen? Sie hielt den Atem an.

»Es gibt nichts, was ich lieber täte.«

Sie stieß einen Seufzer der Erleichterung aus. Sie schlang die Arme um seinen Hals und zog ihn über sich. Spielte sie wirklich mit dem Gedanken, mit ihm zu vögeln? Konnte sie es wagen, ohne seine Reaktion fürchten zu müssen, wenn er ihr verkrüppeltes Bein sah? Ja. Hier im Dunkeln, wo er es nicht sehen konnte, konnte sie es wagen. *Och*, ja.

Riggs rückte nicht von ihr ab, hielt jedoch eine Handbreit Abstand. Sein Nacken spannte sich an. »Aber ich kann nicht.«

Diese Worte versetzten ihr einen solchen Schlag, dass es sich anfühlte, als sei sie von einem Maultier getreten worden. Wie hatte sie es so weit kommen lassen, dass seine Ablehnung sie so sehr verletzte? Sie packte ihn an den Schultern und versuchte, ihn von sich zu schieben.

Er blieb unbeweglich wie ein Felsbrocken.

»Lady«, hauchte er. »Süße Lady.« Er rieb seine Wange an ihrer, wie er es in der Abenddämmerung getan hatte. Erst auf der einen Seite, dann auf der anderen. Die wärmende Reibung an ihrer Wange entfachte tief in ihrem Bauch ein dazu passendes Feuer.

Sie verfluchte ihren Körper dafür, sie hoffen zu lassen, obwohl seine Worte jede Hoffnung zunichte gemacht hatten. Er wollte sie nicht. Der einzige Mann, dem sie eventuell zutrauen würde, sich an ihrer Verkrüppelung nicht zu stören, wollte nichts mit ihr zu tun haben. Sie hätte ihn verachten und mit Worten entmannen sollen. Das war die Strafe, die sie für alle, die sie abgewiesen hatten, bereithielt.

Doch das konnte sie ihm nicht antun. Schließlich hatte er heute für sie geblutet. Also biss sie sich auf die Zunge, um sie im Zaum zu halten.

»Ich muss jagen.« Seine Worte klangen gepresst. Sein Arm, mit dem er sich über ihr abstützte, zitterte und zeigte, wie hungrig er sein musste.

Sie schwiegen mit klopfendem Herzen.

»Geh. Geh essen.« Sie wälzte sich auf die Seite und drehte ihm den Rücken zu.

Er erhob sich, stand am Bett und schwieg. Doch sie konnte seine Atemzüge hören.

»Ich komme zurecht. Geh.« Sie gab ihrer Stimme einen leichtfertigen Tonfall, als fühle sie keinen Schmerz.

Er verließ sie ohne ein Wort.

Kapitel 9

RIGGS STOLZIERTE AUS der Höhle, in der Anya warm und einladend auf seinem Bett lag und es mit ihrem köstlichen Duft überströmte. Es brachte ihn fast um.

Er schlidderte den felsigen Abhang hinab, den er ein paar Minuten zuvor hochgekraxelt war. Als er auf ebenem Boden angelangt war, zog er die Stiefel aus. Seine Hände zitterten, als er die Bänder seines Hemds löste. Sein Körper war vor Verlangen so angespannt, dass es ihn schmerzte, seine Hose auszuziehen.

Es war mehr als physisches Verlangen. Sein Körper verlangte unbestreitbar nach ihr, doch sein Verlangen ging noch viel tiefer. Wenn er mit Anya zusammen war, fühlte er straff gespannte Saiten an seinem Herzen ziehen. Wenn er nicht mit ihr zusammen war, fühlte es sich an, als würde jemand zu fest an diesen Saiten zupfen und sie scheppern lassen.

Er fühlte sich mit ihr verbunden. Die Macht dieser Verbindung bereitete ihm große Angst.

Der Drang, sie für sich zu beanspruchen, war etwas Lebendiges, ein Instinkt, der demselben Ort entsprang, aus dem er heute die Kraft geschöpft hatte, die Wölfe zu besiegen. Doch man hatte bereits Anspruch auf sie erhoben. Sie war ein Schatz, der dem König bestimmt war. Er durfte diesen Schatz nicht plündern, sondern musste ihn beschützen.

Er durchquerte knurrend den Bach und schlug sich in den Wald. Das Unterholz war hier dichter als das in der Nähe seiner

Hütte. Dornbüsche und nach ihm greifende Äste versetzten seiner Haut Kratzer, deren stechender Schmerz ihn von seinem unlösbaren Problem ablenkte. Seine Füße trafen auf den harten Boden und stießen sich an Stöcken und Steinen, doch der dumpfe Schmerz verflog nur allzu schnell.

Er sog die kühle Luft in seine Lungen und versuchte, unter den Düften von Kiefern, Zedern und Moos die scharfe Witterung eines Beutetiers auszumachen. Da. Er wandte sich nach rechts und folgte der beißenden Spur eines jungen Rehbocks.

Die Luft veränderte sich. Ein kaum hörbares Trippeln in seinen Ohren bedeutete, dass der Bock ihn gehört hatte und vor ihm floh. Er konzentrierte sich auf die Jagd. Er verringerte leichtfüßig die Distanz zu seiner Beute.

Nachdem er eine Gruppe Kiefern umrundet hatte, sah er ihren weißen Spiegel zwischen den Bäumen verschwinden. Er legte noch an Tempo zu, ohne auf das Brennen seiner Muskeln und seine schmerzenden Wunden zu achten.

Der Rehbock war schnell und anmutig, doch Riggs war stark und ausdauernd. Und hungrig. Äußerst hungrig. Das leere Ziehen in seinem Magen ließ seinem Instinkt die Oberhand. Seine Gedanken reduzierten sich auf das Allernotwendigste. *Fang. Töte. Iss.*

Versorge.

§

ANYA DREHTE UND wendete sich auf Riggs Bettfellen, doch sie konnte nicht schlafen. Er hatte ihr bewiesen, dass sie ihm nichts bedeutete. Die Demütigung brannte in ihrem Bauch und sie hätte sich am liebsten im Schutz der Dunkelheit weggeschlichen, um Riggs nie wieder zu belästigen.

Doch sie würde sich nicht davonstehlen. Er mochte sie vielleicht nicht so begehren, wie sie ihn begehrte, aber der Gedanke, ihn zu verlassen und nie wieder zu sehen, schmerzte mehr als sich die Knochen zu brechen. Sie würde sich trotz ihres anscheinend ungleichen Verlangens an ihn klammern, solange er da war. Denn obwohl er sie gerade verletzt hatte, würde es sie trösten, ihm nahe zu sein. Bis sie dieses verfluchte Chroina erreichten.

Sie benahm sich lächerlich.

Doch das war nichts Neues. Sie würde darüber hinwegkommen. Bis dahin würde sie sich so nützlich machen, wie sie konnte. Riggs musste sie bereits tragen und mit Fleisch versorgen. Das Mindeste, was sie tun konnte, war, ihr Grünzeug selbst zu sammeln und Feuer zu machen, damit sie ihr Fleisch bei seiner Rückkehr selbst braten konnte.

Sie stand auf und tastete sich bis zu dem Halbkreis blauen Nachthimmels durch die dunkle Höhle. Da der Mond schien, konnte sie den sich unterhalb windenden Fluss und die dicht bewaldeten umgebenden Hügel sehen, die das Tal mit der Höhle gut versteckten. Weit in der Ferne glitzerte der See wie ein dunkler Edelstein.

Irgendwo da draußen gab es Männer, die nach Riggs suchten. Waren es so brutale Kerle wie die, die sie gefunden hatten? Würden sie versuchen, ihn wegen Mordes zu verhaften?

Sie konnte sich dafür verbürgen, dass der Tod der Larnier gerechtfertigt war, aber woher sollte sie wissen, was das Wort einer Frau an diesem Ort wert war, besonders das einer verkrüppelten Frau? Es konnte Riggs mehr schaden als helfen, wenn sie sich für ihn einsetzte.

Hör auf, dich einmischen zu wollen, wenn du nicht alles noch schlimmer machen willst, Mädchen.

Sie wandte ihre Aufmerksamkeit ihrer gegenwärtigen Aufgabe zu. Den warmen Umhang in der kühlen Nachtluft fest um sich ziehend, humpelte sie den Abhang hinunter, um Feuerholz zu suchen. Riggs hatte sie davor gewarnt, die Höhle zu verlassen, weil es gefährliche Tiere gab, doch sie war darin geübt, die Spuren von Wölfen und Bären zu erkennen. Sie hatte sich auf der Suche nach Kleinholz für Gravois' Zigeunerlager in genauso wilde Gegenden gewagt, und war den Raubtieren erfolgreich aus dem Weg gegangen. Außerdem trug sie das Jagdmesser an der Hüfte. Die Axt hatte sie in der Höhle gelassen. Sie war viel zu groß für sie. Sie würde sie nicht richtig schwingen können.

Der schmale Streifen zwischen Fluss und Wald schien eine gute Feuerstelle abzugeben. Sie begann, Zweige zu sammeln und sie kegelförmig aufzuschichten. Sie wagte sich in den dunklen Wald, ging aber nie so weit, dass sie den Fluss nicht mehr hören konnte. Sie tastete mit Händen und Füßen nach Ästen, die klein genug waren, um sie sie tragen zu können. Nach einer Stunde Arbeit hatte sie einen ansehnlichen Haufen Holz zusammengetragen, den sie mit ihrem Feuerstein entzünden konnte, sobald Riggs zurück war.

Da sie vom Arbeiten großen Durst bekommen hatte, ließ sie sich auf dem Kies des Ufers nieder und stützte sich mit den Ellenbogen ab. Sie musste dabei mehrmals vor Schmerz stöhnen und war froh, dass Riggs nicht da war, um sie zu hören. Den Arm nach dem Wasser ausstreckend schöpfte sie einige Handvoll.

Ah. Kalt, frisch. Wundervoll.

Das kalte Wasser ließ ihre Arme von oben bis unten mit einer Gänsehaut erschauern. Es hinterließ eine eisige Spur, die von ihrer Kehle zu ihrem leeren Magen führte. Nachdem sie den ganzen Tag nichts gegessen hatte, würde ihr das Fleisch sehr willkommen sein.

Ein Rascheln im Blattwerk auf der anderen Seite des Flusses ließ sie ruckartig aufblicken. Eine riesige schwarze Gestalt trat unter den Bäumen hervor. Sie war zu groß, um Riggs zu sein. Sie sog scharf die Luft ein und krabbelte hastig vom Ufer weg.

Stechender Schmerz fuhr ihr in die Beine. *Och*, es gelang ihr nicht, hochzukommen und zu fliehen!

Als sie versuchte, das Messer an ihrer Hüfte zu ziehen, blieb die Klinge an der Scheide hängen. In ihrer Panik kämpfte sie damit und schnitt sich dabei in die Haut zwischen Zeigefinger und Daumen.

Sie zuckte vor Schmerz zusammen und versuchte es noch einmal, zog das Messer heraus und hielt es dem Riesen entgegen, der nun durch das hüfthohe Wasser watete. Direkt auf sie zu.

»Was machst du hier draußen?«, dröhnte eine brummige Stimme. Riggs' Stimme.

Er stieg das Ufer hinauf wie ein nordischer Eroberer. Das Mondlicht reflektierte sich auf seinen nassen Muskeln, während sich hinter seinen Augen Gewitterwolken sammelten. Als er näherkam, sah sie, dass seine bereits beachtliche Größe noch beeindruckender erschien, weil er den bereits halb verzehrten Körper eines Rehbocks über seine Schultern hängend trug. Als er seine Last aufs Ufer warf, hörte sie den Bock dumpf auf den feuchten Sand prallen. An Riggs rieselte Wasser herunter und bildete Pfützen um seine Füße.

Sie atmete erleichtert auf. Er wirkte zwar verärgert, doch er war zumindest kein hungriger Bär oder ein Fährtensucher aus Larna.

»Ich habe dir gesagt, du sollst die Höhle nicht verlassen. Du hättest von einem Raubtier gefressen werden können. Man hätte dich gefangen nehmen können! Beim Mond, kann ich dich denn nicht mal für eine Stunde allein lassen?« Er schrie so laut, dass seine Stimme im ganzen Tal widerhallte.

»Hör mit deinem Gejaule auf!« Sie saugte verlegen an der Wunde an ihrer Hand. Er hatte Recht. Wäre er ein Raubtier gewesen, hätte sie sich nicht wehren können. Sie war zu langsam und verkrüppelt. »Ich bin kein Kleinkind, das man ständig umsorgen muss. Ich will deine Fürsorge noch nicht mal. Du musst mir bloß sagen, wo dieses verdammte Chroina liegt, dann mache ich meinen Weg allein. Ich habe genug von dir, du, – du Rohling.«

»Du wirst nirgendwo allein hingehen.« Er hatte mit dem Schreien aufgehört, wie sie es verlangt hatte. Er sprach jetzt leise. Gefährlich leise.

Im Gegensatz zu seinem lauten Gebrüll hörte er sich jetzt bedrohlich an. Vielleicht wirkte er aber auch nur gefährlicher als zuvor, weil er von der Jagd nach Blut roch. Wie auch immer, sie hatte den Appetit verloren.

Sie dummes Mädchen. Sie hätte sich davonstehlen sollen, solange die Gelegenheit dazu bestand.

§

RIGGS WAR VERÄRGERT. Über Anya, weil sie ihm nicht gehorcht hatte. Und über sich selbst, weil er sie allein gelassen hatte. Vor seinen Augen erschienen Bilder, wie sie von wilden Tieren zerrissen oder von Fährtensuchern aus Larna gefangen genommen wurde, und schnürten ihm die Luft ab. *Beschützen!* brüllte sein Instinkt. Das war seine höchste Pflicht, und er konnte von Glück sagen, dass er heute Abend nicht an ihr gescheitert war.

Seine Lungen füllten sich, um sie erneut anzuschreien, doch er hielt inne, als er sie einen Schrei ausstoßen hörte. Sie versuchte unter Schmerzen, sich vom Boden zu erheben.

»Komm.« Er ging auf sie zu und umfasste ihren schlanken Arm mit der Hand.

Sie schüttelte ihn ab. »Fass mich nicht an!«

»Ich will dir nur helfen.«

»Ich brauche deine Hilfe nicht.« Mit einer Grimasse gelang es ihr, wieder auf die Beine zu kommen. Ohne ihn eines Blickes zu würdigen, hinkte sie auf den Abhang zu.

Er folgte ihr mit dem Blick. Wenn er ihr nachging, lief er Gefahr, sie bis zur Besinnungslosigkeit durchzuschütteln – oder zu liebkosen.

Sie ging an einem Stapel Holz vorüber, der dort nicht gelegen hatte, als er auf die Jagd gegangen war. Er war halb so hoch wie sie und hatte ungefähr den Durchmesser eines einrädrigen Karrens. Er würde lange genug brennen, um die Keulen des Rehbocks zu garen, den er ihr mitgebracht hatte. Und seine Kleider, die er in einem Haufen hatte liegenlassen, lagen sauber gefaltet auf einem flachen Stein. Seine Stiefel standen wie Soldaten aufgereiht davor.

Er war ein echter Scheißkerl.

Sie hatte sich seinem Befehl nicht böswillig widersetzen wollen, indem sie hier herunterkam. Sie hatte ihn nur missachtet, weil sie ihm helfen wollte. Sie war hungrig und müde und hatte höchstwahrscheinlich Muskelkater, da sie den ganzen Tag gepaddelt hatte, und dennoch hatte sie gearbeitet, um ihm Zeit und Mühe zu ersparen und so gut wie möglich für sich selbst zu sorgen.

Er strich sich mit der Hand übers Gesicht.

Einer Frau wie Anya war er noch nie begegnet. Sie war unabhängig, arbeitete hart und war für jemanden, der so klein und so verletzt war, unglaublich fähig. Sie war gerne aktiv und traf ihre Entscheidungen allein. So schwer es ihm fiel, es zuzugeben: in Anbetracht dessen, was er ihr gesagt hatte – und das war nicht viel – hatte sie durchaus vernünftig gehandelt. Wie konnte er von ihr erwarten, sich selbst um ihre Sicherheit zu kümmern, wenn sie nicht wusste, worin die Gefahr bestand?

Es wurde Zeit, sie über alles aufzuklären.

Er zerrte sich seine Hosen über und lief ihr nach. Sie war gerade dabei, die Höhle zu betreten, als er sie mit der Hand an der Schulter zurückhielt. Der kupferartige Geruch von Blut stach ihm in die Nase. Sein Magen zog sich zusammen.

»Du blutest ja!« Es war ihm nicht aufgefallen, als sie neben dem Rehbock gesessen hatte.

Sie schüttelte seine Hand ab. »Das geht dich nichts an.«

Er trat um sie herum und verstellte ihr den Weg. »Lady.« Er legte beide Hände auf ihre Schultern.

Sie sah an ihm vorbei.

»Es tut mir leid. Ich hätte dich nicht anschreien sollen.« Es war bestimmt zu ihrem Besten, dass er nicht vorhatte, sie für sich zu behalten. Ein herzloser Tölpel wie er hatte einen solch verletzlichen Schatz nicht verdient. Er würde sie nur immer wieder verletzen, wie er es heute Abend und gestern getan hatte, als sie bei den Pilzen gestürzt war. König Magnus würde wissen, wie man mit einer Lady umging. Bei König Magnus würde sie nicht ihr Gesicht verbergen und vor einer Berührung zurückschrecken.

»Ich möchte nicht darüber reden. Lass mich in Ruhe. Ich bin müde.« Sie versuchte wieder, seine Hände abzuschütteln, doch dieses Mal hielt er ihre graziösen Schultern fest. Ihre Muskeln dort fühlten sich durch den Umhang und ihr Hemd hindurch zu warm an. Er schob den schweren Stoff des Umhangs beiseite, um der Hitze tastend auf den Grund zu gehen. Er fühlte Verhärtungen und begann, sie zu kneten, wie er es letzte Nacht an den Aine-Wasserfällen an ihren Beinen getan hatte.

Die harten Muskelstränge ihrer Schultern entspannten sich kaum merklich.

»Wo blutest du? Was ist passiert?«

»Wenn du es genau wissen willst: ich dachte du seist ein Bär und habe mich beim Versuch, dein verdammtes Jagdmesser zu ziehen, geschnitten.«

Er verfluchte sich. »Es tut mir leid.« Er tastete sich an ihren Armen hinab, bis er ihre Hände in seinen hielt.

»Du wiederholst dich.«

»Ich werde es tausendmal wiederholen, wenn ich damit erreichen kann, dass du mir verzeihst.« Er hob ihre Hände näher an seine Augen. So. An der rechten Hand klaffte ein Schnitt in der zarten Haut zwischen Zeigefinger und Daumen. Er nahm die Wunde in den Mund und leckte sie, wie er es bei sich selbst tat, wenn er blutete. Ihr Blut schmeckte süß und salzig und sauber. Der Geschmack ließ ihn genüsslich die Augen verdrehen.

Sie sog scharf die Luft ein und verhielt sich völlig still. »Nur tausendmal?«, fragte sie mit schwankender Stimme. Sie räusperte sich. »*Och*, es würde dir recht geschehen, wenn ich verlangen würde, dass du es zehnmal so oft sagst.«

Er leckte immer noch sanft ihre Wunde. Sie war nicht tief und musste nicht genäht werden. Die Blutung war bereits fast völlig gestillt. »Ich muss dich also zehntausendmal um Entschuldigung bitten?«, murmelte er mit den Lippen auf ihrer Hand. »Das kann ich tun. Ich werde es vielleicht sogar schaffen, bevor wir in Chroina sind.«

Sie versteifte sich bei der Erwähnung ihrer Reise und entzog ihm ihre Hand.

Er ließ sie ungern gehen. »Es ist an der Zeit, dir zu sagen, warum ich dich dorthin bringe. Und was auf dem Spiel steht, falls es mir nicht gelingt.«

In der darauffolgenden Stille fühlte er sich, als laste das Gewicht der Welt auf seinen Schultern. Vielleicht tat es das wirklich. Ohne sie würde seine Welt untergehen. Davon musste sie in Kenntnis gesetzt werden. Er konnte nicht ständig an ihrer Seite sein. Sie musste erfahren, wie wichtig und gefährdet sie war.

Sie würde ihn wahrscheinlich hassen, sobald er ihr die Wahrheit gesagt hatte. Seine stolze Lady würde es nicht begrüßen, gesagt zu bekommen, sie müsse einen Erben für den König liefern. Andererseits wäre es vielleicht das Beste, wenn sie ihn hassen würde. Sein Geruch, der an ihr hängengeblieben war, als er sie früher am Abend liebkost hatte, war bereits verflogen. Es fiel ihm schwer, damit aufzuhören, sie zu berühren, um sie mit seinem Geruch zu behaften. Sein Instinkt befahl ihm, sie nach ihm riechen zu lassen, um sie als sein Besitztum zu kennzeichnen.

Doch das war sie nicht. Sein Instinkt täuschte sich.

Sie sollte ihn ausreichend hassen, um sich nicht wieder von ihm berühren zu lassen, doch nicht so stark, dass sie sich weigern würde, das zu tun, was sein Volk brauchte.

Mist. Frauen waren kompliziert.

Er bot ihr seine Hand. »Komm. Ich habe keine Ahnung, wie ich dein Essen zubereiten soll. Du zeigst mir, was ich tun soll, und ich erzähle dir alles über König Magnus.«

Anya musterte ihn argwöhnisch. Dann legte sie ihre Hand in seine und ließ sich von ihm von der Höhle wegführen. »Du hast Recht«, sagte sie. »Es ist verdammt noch mal an der Zeit.«

Kapitel 10

RIGGS HOCKTE AM Ufer und häutete die Keulen des Rehbocks.

Anya stand am Holzstoß und zog eine Feuersteinschachtel aus der Tasche. Die Lady war so schlau, sie immer bei sich zu tragen. Seine, mit der er Lagerfeuer machte, um sich Tee zu kochen, steckte in dem zurückgelassenen Rucksack, den inzwischen die Fährtensucher in den Händen haben mussten.

Als sie sich niederkniete, gab sie keinen Piepser von sich, doch er sah an der Art, wie sie die Augen zusammenkniff, dass es sie schmerzte.

Er wollte ihr zur Hilfe eilen, doch ihr warnender Blick hielt ihn davon ab. Er häutete also den Bock fertig und tat so, als ließe ihre stolze und dennoch zerbrechliche Schönheit ihn völlig kalt.

Es gelang ihr im Handumdrehen, das kegelförmig aufgeschichtete Anmachholz im Inneren des Stoßes zu entzünden. Als das Feuer aufflammte, verwandelte es die Narben in ihrem Gesicht in böse rote Striemen. Er hatte Lust, sie mit Händen und Lippen zu liebkosen. Er wollte dieser Frau zeigen, dass es keinen Teil ihres Körpers gab, den er nicht liebreizend gefunden hätte.

Doch das stand ihm nicht zu. König Magnus war der Einzige, der ihr solche Dinge würde beweisen können.

Mit einem Gefühl der Verlorenheit zog er das letzte Fell vom Fleisch. Wo sollte er mit dem Messer ansetzen, um Fleischportionen für einen Menschen zu schneiden? Wie sollte er ihr die Wahrheit beibringen? Wie die Keulen des Rehbocks konnte er sie ihr nicht in einem Stück servieren. Das wäre zu viel auf einmal.

»Komm, lass mich machen.« Ihren Schmerz hinter einer ungeduldigen Miene verbergend, erhob sie sich vom Feuermachen. Sie kam zu ihm herüber und sah auf ihn nieder, wie er am Boden hockte. Sie musterte ihn von Kopf bis Fuß.

Er hatte sein Hemd nicht wieder angezogen. Er hatte sich noch nicht einmal die Spuren der Jagd vom Leib gewaschen. Das Blut des Bocks bildete Streifen auf seinen Schultern. Seine Arme waren mit Erde und Blut besudelt. Als er den Kopf hob, um ihr in die Augen zu sehen, lösten sich Reste seines Mahls von seinem Hals und fielen ab.

Ihre Lippen öffneten sich und sahen aus wie weiche Kissen. Dann pressten sie sich zu einer harten Linie zusammen. Sie streckte die Hand nach seinem Messer aus, und er legte es hinein. Wortlos ließ sie sich neben ihm nieder und begann, das Fleisch mit raschen Bewegungen in Würfel zu schneiden, als habe sie es schon hundertmal getan.

»Die Fährtensucher sind nicht hinter mir her,« stieß er hervor, »sondern hinter dir.« Es war schrecklich, an dieser Stelle damit zu beginnen, aber er hatte zumindest das Messer angesetzt.

Sie sah auf. »Wie bitte? Woher weißt du das?«

Jetzt musste er die Wahrheit in mundgerechte Stückchen schneiden. »Von den Wölfen. Sie haben versucht, mich zu töten. Das heißt, dass sie deiner Witterung folgten, anstatt meiner.«

Sie zog die Brauen zusammen. »Dann hätten sie mich also nicht getötet?«

»Nein. Sie hätten dich in die Enge getrieben und auf ihre Herren gewartet.«

Beim Ausatmen ging ihr Atem unregelmäßig. »Wieso mich? Ich bedeute ihnen nichts. Ich bin nur ein Eindringling, eine Fremde.« Sie hörte mit dem Schneiden auf und häufte die Würfel auf die Tierhaut, um sie vor dem Sand zu schützen. »Hol mir ein paar Äste, auf die ich die Würfel stecken kann.«

Er half ihr, das Fleisch zum Grillen vorzubereiten.

Sie schien sich ganz auf ihre Tätigkeit zu konzentrieren und drängte ihn nicht, ihr zu antworten. Das passte ihm, da er nicht wusste, wie er es ihr sagen sollte. Sie sollte nicht denken, er wolle ihr die Wahl nehmen, obwohl es genau darauf hinauslief, es sei denn, sie beschloss aus eigenem Willen, seinem Volk zu helfen. Würde es ihm gelingen, ihr die Wahrheit so zu servieren, dass sie von sich aus wählte, was er wollte?

Sein Inneres zog sich zusammen. Er wollte sie nicht manipulieren. Er wollte sie glücklich sehen, das war der Kern der Wahrheit. Doch er wollte auch, dass sein Volk überlebte.

»Wieso mich?«, fragte sie erneut, nachdem Sie die Spieße um das Feuer gelegt hatten.

Er fühlte ihren Blick auf sich lasten. Er verspürte plötzlich den Drang, sich zu waschen. Während der herzhafte Duft bratenden Fleischs sich um sie verbreitete, entledigte er sich seiner Hosen und stapfte in den Fluss, weit genug, dass das Wasser den Beweis seines Begehrens verbarg, bevor er sich halb zu ihr umwandte, um sie im Auge zu behalten. Er war womöglich ein Feigling. Vielleicht brauchte er aber nur ein wenig Zeit, um seine Gedanken zu ordnen.

Er rubbelte mit den Handflächen seine Arme und seine Brust. Das Wasser rieselte über seinen Nacken und seinen Rücken und nahm den Geruch nach Wildbret und Wald mit sich. Obwohl sie es nie zugegeben hätte, hatte sie ihn schon beim Waschen gesehen. Auch jetzt tat sie so, als beobachte sie ihn nicht, doch er konnte sich aus dem Augenwinkel vom Gegenteil überzeugen. Als er ruckartig den Kopf wandte und sie anblickte, sah sie weg und machte sich an den Fleischspießen zu schaffen.

»Du solltest deine Beine kühlen, während das Fleisch gart«, sagte er.

Sie schüttelte den Kopf. »Das Wildbret wird schneller durch sein, als ich aus meinen Hosen komme. Außerdem bin ich in guter Form. Ich bin heute fast gar nicht gelaufen.«

In guter Form, so ein Quatsch. Sie kam vor Schmerzen fast um. Er sah es an ihren steifen Bewegungen und Ihrem angespannten Gesichtsausdruck. Vielleicht gelang es ihm nach dem Essen, sie für ein paar Minuten ins Wasser zu locken, wie er es bei den Wasserfällen von Aine getan hatte.

Aine.

Das war es!

Er wusste auf einmal, wie er es auffädeln musste.

Er wusch sich fertig und kehrte ans Ufer zurück.

Anya blickte ihn nicht an, als er seine Hosen wieder anzog, doch ihre Wangen färbten sich dunkelrosa. Ihre Reaktion auf seine nackte Gestalt machte ihn stolz. Selbst wenn er sie nicht haben konnte, tat es ihm gut zu wissen, dass er ihr gefiel. Beim Mond, er gefiel ihr!

Wie würde es sein, ohne sie in seine Hütte zurückzukehren, nachdem er sie nach Chroina gebracht hatte? Wie sollte er es schaffen, bei Verstand zu bleiben, wenn er sie im Bett eines anderen wusste? Mist. Er hatte keine Lust mehr, Lotteriescheine zu kaufen. Wenn er Anya nicht haben konnte, wollte er auch keine andere Frau.

Seine Glieder fühlten sich bleischwer an, während er sich ankleidete und neben sie ans Feuer setzte.

»Nun«, sagte sie schnippisch. »Wirst du mir jetzt antworten, oder nicht?«

»Ich werde dir antworten. Doch zuerst muss ich dir eine Geschichte erzählen.«

»Ich dachte, du erzählst nicht gerne Geschichten.«

Der würzige Geruch des garenden Fleischs wurde scharf und rußig. Es begann, anzubrennen. War es immer noch essbar, nachdem es derart verkohlt war?

»Ich habe nie gesagt, dass ich nicht gerne welche erzähle. Ich sagte, dass mein Vater der Geschichtenerzähler war. Ich habe dir eine Geschichte zu erzählen, die er oft erzählt hat. Rette dein Fleisch, dann werde ich versuchen, ihr gerecht zu werden.«

§

ANYA BLIES AUF ihren Spieß, um das Fleisch zu kühlen. Sie mochte ihr Fleisch so. Außen verkohlt und innen hoffentlich noch zart. Sie nahm einen Biss. *Och.* Himmlisch. Würzig wild mit einer leichten Kruste, die wahrscheinlich unansehnliche schwarze Flecken auf ihren Lippen hinterlassen würde. Um dem vorzubeugen, leckte sie sie zwischen den Bissen.

Riggs konnte den Blick nicht von ihrem Mund wenden. In seinen Augen stand Hunger, doch nicht von der Art, die man mit Fleisch besänftigen kann. Ihr wurde von seinem Blick warm in ihren Hosen. Sie sollte ihn nicht begehren. Er gehörte einer anderen Rasse an. Er aß sein Fleisch roh. Er schrie sie an wenn Sie nicht tat, was er ihr befahl.

Er hatte ihr gesagt, dass er sie nicht wolle.

Warum sah er sie so an, obwohl er klargestellt hatte, dass sie nicht für ihn geeignet war? Männer konnten so unverständlich sein. Sie waren es allerdings nicht immer. Manchmal waren sie so geradeheraus wie ein Pfeil, den man vom Bogen schießt. Dann wieder… *och,* sie würde sie nie verstehen.

Sie konzentrierte sich auf das Wildbret, fest entschlossen so viel davon zu essen wie sie konnte. Sie wusste ja nicht, wann sie wieder Fleisch bekommen würde.

In der Zwischenzeit lehnte Riggs sich auf einen Ellenbogen gestützt zurück und beobachtete sie. Das herunterbrennende Feuer ließ goldene Flecken in seinen Augen tanzen. Er zwirbelte gedankenverloren ihren abgegessenen Spieß in den Fingern und begann zu erzählen: »Es war einmal ein Mann, der Gregor hieß.«

Sie bemerkte eine Veränderung an ihm, eine Art versonnene Schlichtheit anstelle seiner gewohnten selbstbewussten Ruppigkeit. Die Fältchen um seine Augen wirkten tiefer. Im Feuerschein erschien er ihr älter. Sie fragte sich zum ersten Mal, wie alt er sein mochte.

»Er war der Statthalter von Figcroft«, fuhr Riggs fort. »Es war damals eine blühende Stadt. Er teilte sich mit drei anderen Männern eine Frau namens Aine. Die Wasserfälle, bei denen wir Rast gemacht haben, sind nach ihr benannt.«

»Warte mal«, unterbrach sie ihn. »Er teilte sie? Wie meinst du das?« Sie hatte einen Spieß saubergenagt und streckte die Hand nach einem weiteren aus.

Riggs nahm einen der übrigen Spieße von dem Baumstamm, auf den sie sie gelegt hatte und schnupperte mit gerümpfter Nase an dem Fleisch. Er legte den Spieß wieder hin und klaubte stattdessen einen langen, glatten Kiesel aus dem steinigen Sand. Er begann, ihn geschickt zwischen den Fingern zu drehen. Sein Trick faszinierte sie. Wie konnten so kräftige Finger so gelenkig und schnell sein? Wie kam es, dass er den Stein nicht fallen ließ, obwohl er ihn nicht einmal ansah?

Sein Blick ruhte auf ihr, als er ihr antwortete. »Zu jener Zeit war es üblich, dass mehrere Männer sich eine Frau teilten.« Er zuckte die Schultern und schob die Unterlippe vor, als wäre es das Natürlichste der Welt. »Um auf Gregor zurückzukommen –«

»Warum haben mehrere Männer sich eine Frau geteilt?«

»Wenn du mir ständig Fragen stellst, werde ich die ganze Nacht für meine Geschichte brauchen.« Er zwinkerte ihr zu, und brachte damit ihr törichtes Blut in Wallung.

»Na gut. Dann erzähl deine verdammte Geschichte. Ich werde dich nicht unterbrechen.« Sie nahm einen riesigen Biss, um den zweiten Spieß zu beenden.

»Umso besser.« Er reichte ihr den Spieß, an dem er geschnuppert hatte. »Jahrhunderte vor Gregors Zeit kippte die Geburtenrate in Richtung der männlichen Geburten. Als Gregor Statthalter von Figcroft wurde, bekamen die meisten Männer nur dann eine Chance, ein Kind zu zeugen, wenn eine Frau sie dazu einlud, einen Zeugungsvertrag mit ihr einzugehen. Wenn eine Frau das geburtsfähige Alter erreicht hatte, war sie verpflichtet, sich innerhalb eines Jahres mindestens drei Männer für einen solchen Vertrag auszusuchen.«

Sie füllte ihren Mund erneut, um ihn nicht mit Fragen zu überhäufen. Zum Beispiel, wie wenig Frauen es gegeben haben musste, damit ein solches Verfahren üblich wurde? Und wie man, so kurz nachdem sie zur Frau geworden waren, von den jungen Mädchen erwarten konnte, sich drei Männer auszusuchen, mit denen sie das Bett teilen sollten? Waren diese Verträge so etwas wie Eheschließungen? Konnte ein Mädchen sich scheiden lassen, wenn die Männer sie nicht gut behandelten, wie es den Ehefrauen der Highlands in den Clans möglich war, die von einem Laird allein regiert wurden?

Riggs warf den Kiesel ins Feuer und suchte sich einen anderen, um ihn zwischen den Fingern zu rollen. »Aine hatte sich ihre drei bereits ausgesucht, doch dann begegnete sie Gregor. Sie wählte ihn ebenfalls. Daran war nichts auszusetzen. Es gab kein Gesetz, dass die Frauen auf nur drei Männer beschränkte. Es gab im Grunde keine Grenze nach oben, solange eine Frau ihre Zeit gerecht zwischen ihren Vertragspartnern aufteilte.

Doch Aine teilte sie nicht gerecht auf. Als Statthalter hatte Gregor sein eigenes Zuhause, ein schönes Haus. Aine verbrachte dort mehr Zeit als in dem Haus, das sie mit ihren anderen Vertragspartnern teilte. Diese wurden schon bald eifersüchtig, doch da sie einsahen, dass sie große Zuneigung zu Gregor empfand, hielten sie ihre Zungen. Sie wollten sie nicht verärgern. Das ging so, bis die ganze Saison vorübergegangen war, ohne dass sie in das gemeinsame Haus zurückgekehrt war. Da sind die drei zum Haus des Statthalters gegangen, um ihn aufzufordern, Aine zu ihnen zu schicken. Es war höchste Zeit, dass sie ebenfalls den Versuch machten, mit ihr ein Kind zu zeugen.

Die ganze Stadt stand hinter den dreien vor dem Tor des Statthalters und regte sich über die Eigennützigkeit ihres Oberhauptes auf. Wie konnte er bei Streitigkeiten bezüglich der Zeugungsverträge Recht sprechen, wenn er selbst die Rechte seiner Vertragspartner missachtete?«

Anya fühlte sich zustimmend nicken, weil sie im Namen der Vertragspartner wütend auf Gregor war. »Was ist dann geschehen?« Sie zupfte mit den Fingern am dritten Spieß. Riggs Geschichte war so spannend, dass sie zu essen vergaß.

Er begann, mit dem Stein tiefe, gerade Linien in den Sand zu zeichnen. »Gregor kam ans Tor, um mit der Stadtbevölkerung zu sprechen. Er behauptete, Aine sei krank und könne nicht herauskommen. Die Vertragspartner drängten sich ins Haus. Sie fanden Aine zu Hause vor, die stark nach Gregors Paarungsduft und etwas anderem, Scharfem und sehr viel Selteneren roch. Jeder der anwesenden Männer wusste sofort, was dieser Duft zu bedeuten hatte, obwohl sie ihn nie zuvor gerochen hatten. Gregor hatte Aine zu seiner Lebensgefährtin gemacht.«

Riggs hatte eine kastenartige Form in die Erde geritzt.

»Zu seiner Lebensgefährtin?« Der Spieß wackelte in ihrer Hand.

Das Feuer war fast heruntergebrannt. Riggs' Gesicht lag halb im Schatten und halb in flackerndem Licht. »Die Legende sagt, dass Danu ein wenig von der Macht des Mondes in unsere Seelen gefüllt hat, als sie uns erschuf. Es sollte vorkommen können, wenn auch selten, dass ein Mann in einer Frau ein Stück Mondseele erkannte, das perfekt zu seiner eigenen passte. Wenn er die Göttin darum bat und ihren Segen erhielt, konnte er sich mit seiner auserwählten Frau unter dem Vollmond paaren und die

Göttin würde ihre Seelen dauerhaft und unwiderruflich miteinander verbinden. Sie würden dann zu Lebensgefährten.

Es wurde gesagt, Lebensgefährten seien unzertrennlich, selbst im Tod. Jedes Mal, wenn sie sich paarten, würde der Mann die Frau mit einem besonderen Duft behaften, der die Eigenschaft besaß, ihre Bindung zu stärken und andere Männer abzustoßen.«

Sie schnaubte. »Ich habe noch nie von einem Mann gehört, der sich von so etwas wie dem Geruch einer Frau abhalten lassen würde, es mit ihr zu treiben, wenn ihm der Sinn danach steht. Es gibt verdammt wenige Dinge, die einem Mann mit einem Ständer die Lust nehmen können.«

Riggs blieb still, von seiner rechten Hand abgesehen. Er begann, den Stein wieder über und unter seinen Fingern zu rollen, doch langsamer als zuvor. Dabei blickte er ihr mit eigenartiger Intensität in die Augen.

»Außerdem sollte die Frau sich dann für keinen anderen Mann mehr interessieren«, fuhr er fort, als hätte sie ihn nicht unterbrochen. »Es wurde gesagt, dass kein anderer als ihr Lebensgefährte sich mit ihr würde fortpflanzen können, da ihr Schoß sich für seinen Samen allein öffnen würde.«

Sie verdrehte die Augen. Die Geschichte hatte sie gefesselt, bis er mit diesem Mondseelen-Unsinn anfing. »Jetzt soll ich Gregor wahrscheinlich selbstsüchtig finden, weil er Aine zur Lebensgefährtin genommen hat.«

Die Sache mit den Lebensgefährten hörte sich an wie die Geschichten, die Männer ihren Frauen erzählen, um sie vom Fremdgehen abzuschrecken. Was dieselben Männer nicht davon abhielt, ohne Gewissensbisse ein Freudenhaus zu besuchen. Sie hasste diese Art Männer. Wenn ein Mann untreu war, sollte er den Anstand besitzen, diskret wegzublicken, wenn seine Frau es ihm gleichtat.

»Selbstsüchtig, jawohl. Und niederträchtig.« Riggs wandte sich wieder seiner Zeichnung zu. Er fügte der Vorderseite des

Kastens vertikale Linien hinzu. »Als die Zeugungsverträge eingeführt wurden, wurden ausschließliche Paarungen jeglicher Art verboten. Frauen im gebärfähigen Alter waren zu selten, um einem Mann allein anzugehören. Das Gesetz wurde hauptsächlich auf Zugeschworene angewandt. Einer alten Tradition gemäß schworen sich Paare auf Lebenszeit einander zu. Man ging davon aus, dass das Gesetz auch für Lebensgefährten galt, doch die waren so selten, dass niemand sich damals die Mühe gemacht hatte, sie im Gesetz schriftlich zu erwähnen.

Gregor behauptete, er habe Danu nicht darum gebeten, Aine zu seiner Lebensgefährtin zu machen. Er hatte sich ihr noch nicht einmal zugeschworen. Die Bindung war von selbst entstanden. Aine schwor das Gleiche. Sie hatten es nicht absichtlich getan. Doch niemand konnte abstreiten, dass es zum ersten Mal seit Generationen tatsächlich stattgefunden hatte.

Die Bewohner von Figcroft waren wütend. Sie setzten Gregor ab und brachten ihn nach Chroina, damit der König über ihn richte. Der König hörte sich den Fall an und entschied, dass Gregor Aine nicht unbeabsichtigt zu seiner Lebensgefährtin hatte machen können. Ein neues Gesetz wurde niedergeschrieben und Gregor wurde verurteilt. Er bekam lebenslang, weil er Aines Vertrag mit den drei anderen missachtet hatte.« Er tippte mit dem Finger auf den Sand. Aus dem Kasten war ein Käfig geworden.

»Doch das half den Vertragspartnern nicht«, erwiderte sie. »Wenn sie sie nicht befruchten konnten, musste der Vertrag doch gegenstandslos geworden sein?«

Riggs nickte zustimmend. »Er wäre gegenstandslos geworden, wenn dies das Ende der Geschichte wäre. Doch es gab Leute, die glaubten, dass sich der Duft des Lebensgefährten mit der Zeit verflüchtigen würde. Dann bestand die Möglichkeit, dass Aine sich nicht mehr nur für Gregor, sondern auch für ihre Vertragspartner interessieren, und vielleicht sogar von einem von ihnen geschwängert werden könnte.«

»Das *glaubten* sie also? Ohne es mit Sicherheit zu wissen? Wenn es wirklich so war, warum haben die Leute dann nicht verstanden, wie es funktionierte?«

»Zu Gregors Zeiten gab es keine Lebensgefährten mehr, deren Rat man hätte einholen können. Es gab noch nicht einmal mehr Zugeschworene. Ausschließliche Partnerschaften gehörten der Vergangenheit an. Die Leute hatten nichts als ein paar historische Aufzeichnungen als Richtlinie.«

Wie seltsam. Wie mochte es gewesen sein, in einer solchen Welt zu leben? »Jetzt lass mich nicht warten. Hat Gregors Duft sich von Aines Körper verflüchtigt? Hat sie letztendlich ihre Vertragspartner in ihrem Bett willkommen geheißen?«

»Es dauerte nur einen Monat, bis Gregors Duft dahingeschwunden war, doch er war nicht das Einzige, was dahinschwand.« Riggs begann eine zweite Zeichnung neben der ersten. »Aine schien ihre Lebenssubstanz zu verlieren. Ihre Haut wurde schlaff. Ihr Haar wurde strähnig. Der Glanz ihrer Augen wich Traurigkeit. Sie aß und trank nicht mehr und schwand dahin.

Ihre Vertragspartner waren verzweifelt. Sie taten alles, was sie konnten, um sie fröhlich zu stimmen. Sie brachten ihr selbstgemachte Geschenke, überhäuften sie mit Zuneigung, sangen ihr Lieder vor und ließen sie an nichts mangeln. Es half nicht. Sie blühte einfach nicht mehr. Am Ende hörte sie auf zu sprechen, lag nur noch im Bett und starrte die Wand an.«

Mit aufwallendem Mitgefühl erinnerte Anya sich daran, wie sie nach ihrem Sturz auf ihrer Pritsche im Wagen der Ladys gelegen hatte. Auch sie hatte stundenlang an die Wand gestarrt. Auch sie hatte sich geweigert, zu essen und zu trinken. Sie war ihrer Schönheit beraubt worden, wurde von Schmerzen geplagt und war sich bewusst, dass sie von nun an ein Krüppel sein würde. Sie wollte nur noch sterben. Sie hatte Gravois stündlich dafür verflucht, sie gerettet zu haben.

Wieviel von Aines Zustand war dieser geheimnisvollen Bindung zu ihrem Lebensgefährten zuzuschreiben, und wieviel dem berühmten Selbstmitleid?

»Am Ende ihrer Kunst, brachten sie sie nach Chroina. Sie hofften, dass ihr Zustand sich verbessern würde, wenn sie Gregor im Gefängnis besuchen konnte. Doch als sie dort ankamen, teilte der Gefängniswärter ihnen mit, dass Gregor sich Wochen zuvor in seiner Zelle erhängt hatte. Mit seinem Blut hatte er an die Wand geschrieben: Meine Aine, mein Leben.«

Das Feuer ging aus. Das einzige Licht kam jetzt vom Mond und ein paar glühenden Kohlen. Es war gerade hell genug, dass sie die dunkle Form erkennen konnte, die er neben den Käfig gezeichnet hatte. Eine Galgenschlinge.

Sie legte die Hand an ihren Hals. »Was ist passiert, als Aine es erfuhr?«

»Sie zeigte keine Reaktion. Man sagte, sie habe es irgendwie gewusst. Es hieß, Gregor habe bei seinem Tod ihre Seele mit an Danus Brust genommen, wo sie endlich mit dem Segen der Göttin vereint sein konnten.« Er zog die Finger wie einen Rechen durch den Sand und zerstörte seine Bilder. »Sie starb auf dem Rückweg nach Figcroft. Sie hörte eines Nachts, als sie zwischen ihren Vertragspartnern im Wagen schlief, einfach zu atmen auf.«

»Wie schrecklich.« Sie erschauderte. Ihr war plötzlich kalt. Das Fleisch war ebenfalls kalt. Umso besser. Sie hatte sowieso keinen Hunger mehr. Die Überreste würden sich halten und ein anständiges Frühstück abgeben. Sie wickelte sie in ein Stück Tierhaut und zog sich den Umhang um die Schultern. Es musste spät sein. Sie sollte in die Höhle gehen und sich schlafen legen, doch nach Riggs' Geschichte würde der Schlaf nicht so leicht kommen. »Warum hast du mir das alles erzählt?«

»Du hast mich gefragt, warum die Fährtensucher hinter dir her sind, anstatt hinter mir.« Seine Stimme drang leise murmelnd durch die Dunkelheit. Auf die Asche des Feuers starrend, seufzte er, als müsse er sich einen Pfeil aus einer Wunde ziehen. »Aine und Gregor lebten vor mehr als tausend Jahren«, sagte er, langsam den Kopf zu ihr drehend, um sie anzublicken. »Seit jener Zeit hat es immer weniger Frauen gegeben. Heute gibt es nur noch einhundertdreiundfünfzig. Sie leben alle in Chroina, unter dem Schutz von König Magnus. Seit elf Jahren hat keine von ihnen mehr ein Kind geboren. Es ist die längste geburtenlose Periode, die wir bisher erlebt haben. Manche Leute behaupten, es sei das Ende der Welt. Ich bin nichts als jemand, der ein paar Larnier getötet hat, die nichts Gutes im Schilde führten. Du hingegen bist eine Frau. Ein Wunder.«

Kapitel 11

ANYA WARTETE DARAUF, dass Riggs in Gelächter ausbrechen und ihr sagen würde: »Das war natürlich ein Scherz«. Doch er tat es nicht. Er hörte auf zu reden, und das Schweigen legte sich über sie wie eine eisige Decke.

Da er nicht loslachte, tat sie es an seiner Stelle. Sie kicherte los wie eine hysterisch gewordene Hyäne. Sie lachte so heftig, dass sie sich mit einer Hand am Boden abstützen musste. Sie lachte, bis ihr die Tränen herunterliefen.

Als ihr Gelächter erstarb und sie sich aufrichtete, sah sie Riggs neben sich. Er war so nah an sie herangerutscht, dass die von ihm ausströmende Hitze ihren Umhang besser durchdrang als jedes Feuer. Im Mondlicht erschienen seine Gesichtszüge hart. Die goldenen Flecken in seinen Augen hatten sich zu silbernen Splittern gewandelt.

»Das Ende der Welt?«, fragte sie kichernd. »Allen Ernstes? Glaubst du wirklich, das Ende der Welt steht bevor?«

Er antwortete nicht.

»Die Welt kann nicht einfach *end*en. Das ist unmöglich! Alles wird ewig weitergehen.«

»Nicht ohne Frauen.«

»Nun, ohne Frauen geht es natürlich nicht. Aber du hast dich bestimmt in ihrer Anzahl getäuscht.«

»Das wäre nur der Fall, wenn seit dem letzten Bericht aus Chroina eine der Frauen an Danus Brust gegangen wäre.«

Er meinte damit, wenn eine der Frauen gestorben wäre. Sollte die Anzahl nicht stimmen, so wäre sie kleiner, anstatt größer.

»Einhundertdreiundfünfzig?« Das war eine eigenartige Zahl. Wenn es wirklich so wenige Frauen gab, war es nicht verwunderlich, dass die genaue Anzahl bekannt war. Jede der Frauen war kostbar. Und jeder Tod wurde tief betrauert.

»Einhundertdreiundfünfzig«, bestätigte er.

Das waren weniger Frauen, als zwischen Ackergill und Wick ansässig waren. So wenige Frauen für ein ganzes Land voller Männer? Das konnte nicht sein. Es sei denn, Marann war ein winziges Land, obwohl es in Anbetracht der Strecke, die sie zurückgelegt hatten, so klein nicht sein konnte, und sie hatten noch nicht einmal den halben Weg bis Chroina geschafft. »Wie viele Männer gibt es hier?«

»Bei der letzten Volkszählung waren es etwa sechstausend.«

Das waren nicht viele Männer. Sie hatte von Armeen gehört, die zehnmal so viele Männer zählten. »Sechstausend«, wiederholte sie. »In ganz Marann?«

Er schnaubte spöttisch. »Nein.«

Sie entspannte sich. Jetzt würde er ihr erklären, wie er es wirklich meinte, und sie beruhigen. Es gab offensichtlich ein Missverständnis zwischen ihnen.

»Auf der Welt.«

Sie fühlte eine Gänsehaut im Nacken.

Riggs war ihr nie verrückt erschienen, doch jetzt machte sie sich Sorgen um seinen Geisteszustand. Sie rutschte von ihm weg und sagte in ihrem sanftesten Tonfall: »Das kann nicht stimmen. Was ist mit Larna? Und mit dem Land jenseits des Meeres?«

»Zwölf der Frauen in Chroina gehörten zu den Frauen, die im letzten Krieg aus Larna gerettet wurden. Sie sind jetzt alle alt. Seit unsere Soldaten sie evakuiert haben, gibt es in Larna keine Frauen mehr. Und jenseits des Meeres auch nicht.«

»Wie kannst du dir dessen so sicher sein? Hast du nachgesehen?«

»Natürlich haben wir nachgesehen.« Er hörte sich an, als würde er die Augen verdrehen.

»Nun, woher soll ich das wissen? Vielleicht haben die Wolfsmenschen noch nie etwas von Booten gehört.«

Nach längerem Schweigen begann Riggs, zu kichern.

Dann überkam es auch sie wieder.

Bald hielten sie sich beide vor Lachen den Bauch, um das Gewicht dessen, was er ihr eben offenbart hatte, ertragen zu können. Konnte es wahr sein? Hatte das verfluchte Kästchen sie an einen Ort gebracht, wo Frauen kostbarer als Diamanten waren?

»Du hast in meinem Boot gesessen«, sagte er, wobei er sich eine Träne aus dem Auge wischte. »Du weißt, dass es mindestens einen Wolfsmenschen gibt, der das Wasser überqueren kann.«

»Vielleicht bist du ja der Einzige. Vielleicht sollte dein König dich dazu einstellen, den anderen beizubringen, wie man es macht.«

»Das wäre eine jämmerliche Armada, wenn die Schiffe des Königs aus ausgehöhlten Baumstämmen bestünden.«

Sie bekamen erneut einen Lachanfall.

»Wie konnte das passieren? Wohin sind all die Frauen verschwunden?« Sie konnte sich eine Welt, wie Riggs sie beschrieb, nicht vorstellen. Ihre Gedanken sprangen in einer logischen Folge zum nächsten Punkt. Wenn es keine Frauen gab, mussten die Männer alles selber machen: Kochen, Saubermachen und Nähen. Und Vögeln. Ohne warme Muschis mussten die Männer sich miteinander begnügen.

Hatte Riggs es schon mit einem anderen Mann getan? Sie würde es ihm nicht verübeln, wenn er es getan hätte. Dem Drang musste schließlich abgeholfen werden. Eins war ihr jetzt jedoch klar. Er hatte noch nie mit einer Frau geschlafen.

Während sie ihren Gedanken nachhing, war er näher gerückt. Sie spürte wieder seine Wärme, und obwohl sie ihm nicht ganz über den Weg traute – er konnte ja auch verrückt sein und das alles erfunden haben – beruhigte seine Nähe sie.

»Es wurden immer weniger Mädchen geboren«, sagte er. »Es geschah nach und nach. Einige denken, dass es um Jilkens Zeit herum begann, seiner grausamen Taten wegen. Schließlich verstrich ein ganzes Jahr, ohne dass ein Mädchen geboren wurde. Dann zehn. Dann …« Er blickte auf das heruntergebrannte Feuer. »Die jüngste der Frauen ist dreiundachtzig Jahre alt. Sie heißt Diana. Sie ist eine der fünfunddreißig Frauen, die noch im gebärfähigen Alter sind. Doch ihre Zeit läuft ab. Selbst Diana wird nur noch zehn oder zwölf Jahre lang gebärfähig bleiben.«

»Dreiundachtzig?«, unterbrach sie ihn. »Seit Abraham und Sarah hat keine so alte Frau ein Kind bekommen. Wenn die Hoffnung der Wolfsgattung auf einer Dreiundachtzigjährigen beruht, seid ihr so gut wie tot.«

Er runzelte die Stirn. »Dreiundachtzig ist nicht alt. Es gibt Frauen, die bis zum Alter von neunzig, manchmal sogar hundert Jahren gebärfähig bleiben. Und unsere Hoffnung beruht jetzt nicht mehr auf Diana und den anderen Frauen im gebärfähigen Alter. Sie beruht auf dir.«

Ihr lief es kalt über Hals und Brust. Es fühlte sich an, als habe er gerade einen großen Eimer Flusswasser über sie geleert. Sie wollte sich die Ohren mit den Händen zuhalten, um das Gehörte rückgängig zu machen.

Er nahm ihre Hände in seine und hielt sie fest. Sie versuchte sich ihm zu entziehen, doch er ließ es nicht zu. Er zwang sie, ihn anzublicken. Sie hatte ihn noch nie so ernst gesehen. »König Magnus braucht einen Erben. Keine der Frauen hat ihm ein Kind geboren. Doch du wirst es tun. Ich weiß, dass du es tun wirst. Du wirst Leben nach Marann bringen. In die ganze Welt. Deswegen bringe ich dich nach Chroina. Damit du uns alle retten kannst.«

Sie schüttelte den Kopf. »Nay. Das kann ich nicht.« Sie versuchte erneut, sich von ihm loszumachen, doch er zog sie in seine Arme und hielt sie fest an seine Brust gepresst.

»Bitte«, sagte er leise. »Tue es für mich. Für mein Volk. Wir brauchen dich.«

Seine Bitte war herzergreifend. Sie krallte ihre Finger in sein Hemd. Verdammt. Sie wünschte ihn zur Hölle.

Sie sollte wütend auf ihn sein, weil er seine wahren Absichten so lange vor ihr verborgen hatte. Sie sollte ihn dafür hassen, dass er zugelassen hatte, dass sie sich etwas aus ihm machte, während er vorhatte, sie einem anderen Mann zu übergeben.

Sie sollte begeistert sein, denn nach Jahren der Sehnsucht nach einem Ehrenplatz im Bett des Lairds wurde ihr nun etwas noch Besseres angeboten: das Bett eines Königs.

Doch sie empfand keines der Gefühle, die man von ihr hätte erwarten können. In ihrer Brust brannten Wut und Hass wie Zwillingsfeuer, doch diese Hitze richtete sich ausschließlich gegen sie selbst. Sie war wütend, denn hätte sie sich das alles früher zusammengereimt, hätte sie sich nie derartig in diesen ruppigen Wolfsmenschen verliebt, und würde sein Vorhaben nicht wie einen Verrat empfinden. Sie empfand Hass, denn selbst wenn sie gern getan hätte, worum Riggs sie bat, indem sie seinem König für das Überleben seines Volkes ihren Schoß lieh, konnte sie es nicht tun. Ihre Beine waren nicht das Einzige, was bei ihrem Sturz Schaden genommen hatte. Seit dem Sturz waren fünf Monate vergangen, und sie hatte kein einziges Mal ihre Regel gehabt. Ihr Schoß war zerstört worden. Sie konnte keine Kinder bekommen.

»Lass mich gehen«, sagte sie. Sie ließ sein Hemd los und versuchte, sich aus seinen Armen zu befreien.

»Nein.« Er hielt sie fest und strich ihr übers Haar. Die stumpfen Spitzen seiner Fingernägel streiften sanft über ihre Kopfhaut. »Nicht, bevor wir in Chroina angelangt sind.«

Obwohl er die Worte zärtlich aussprach, wirkten sie auf sie wie ein Schlag ins Gesicht. »Ich hasse dich.«

»Ich weiß«, sagte er und hielt sie noch fester.

§

»WIE BITTE? ICH soll *was* machen?« Anya kreischte. Ihre Stimme hallte durch das winzige Tal. Sie hatten sich eine ganze Nacht und einen Tag ausgeruht. Es war der zweite Morgen, seitdem sie die Höhle erreicht hatten, und Riggs hockte mit dem Rücken zu ihr am Fluss.

»Steig auf. Ich werde dich heute auf dem Rücken tragen.«

Sie schüttelte den Kopf, doch es nützte nichts, da er es nicht sehen konnte. »Wie soll ich denn oben bleiben?«

»Du hältst dich um meinen Hals fest, und ich stütze deine Beine ab.« Er wackelte neben seinen Hüften einladend mit den Fingern. »Hat dein Vater dich nie auf dem Rücken getragen?«

»Nay. Hat er nicht.« Sie verschränkte die Arme vor der Brust.

Riggs drehte sich halb zu ihr um und warf ihr einen Blick zu. Er feixte. Dieser verdammt gutaussehende Kerl verstand sich darauf, sie in Harnisch zu bringen.

Nach seinem vollen Geständnis der vergangenen Nacht hatte sie nur noch von ihm weg gewollt. Sie hatte geglaubt, sie könne seinem törichten Vorhaben entgehen, indem sie sich in die Wildnis von Marann schlug, doch er war ihr nicht von der Seite gewichen.

»Ich erwarte nicht, dass du mir verzeihst«, hatte er gesagt, als er sich im Bett hinter sie gelegt und sie fest an sich gezogen hatte. *»Aber erlaube mir bitte, mich an deiner Gegenwart zu erfreuen. Ich werde wahrscheinlich nie wieder die Gesellschaft einer Frau genießen. Ich werde mich mein ganzes Leben lang an die Tage mit dir erinnern. Sie werden die schönsten meines Lebens sein.«*

Wie sollte ein Mädchen einem Mann davonlaufen, der ihr so etwas sagte? Wie sollte sie ihm beibringen, dass sie beim besten Willen nicht sein konnte, was er von ihr erwartete?

»Hast du Angst, ich könnte dich fallenlassen?«, fragte er.

»Ich habe Angst, für einen verdammten Affen gehalten zu werden.«

»Wenn jemand uns sehen sollte, ist der Vergleich mit einem Affen das Letzte, was ich fürchten würde.«

Sie hatten am Vortag nichts anderes getan, als sich auszuruhen und miteinander zu reden. Er hatte ihr seinen Plan dargelegt, in ein nahegelegenes Dorf namens Valeworth zu gehen, wo sie Pferde mieten konnten. Den Rest des Wegs nach Chroina zu reiten, würde schneller und sicherer sein, da es ihnen die einzige Chance bot, die Fährtensucher abzuhängen, die wahrscheinlich ebenfalls Pferde hatten. Sie hatte es zwar nicht eilig, zu Riggs vermaledeitem König zu gelangen, doch die Bekanntschaft der Männer zu machen, die diese Wölfe auf sie angesetzt hatten, war auch nicht sonderlich erstrebenswert. Leider würde das Mieten von Pferden bedeuten, ein Dorf zu betreten, in dem sie ihre Identität als Frau geheim halten musste, damit die dort lebenden Männer sich nicht mit ihr davonmachten.

»Würden sie mich nicht zu deinem König bringen, wie du es tust?«, hatte sie ihn gefragt, während sie ihr kaltes Wildbret aß.

»Das würde ich doch hoffen«, hatte Riggs Antwort gelautet. *»Aber ich will mit dir kein Risiko eingehen.«*

»Es scheint außerhalb von Chroina wirklich keine Frauen zu geben«, sagte sie in düsterem Tonfall, der zu Riggs' Gesichtsausdruck passte.

»Du bist die Einzige.«

Verzweifelte Männer waren gefährliche Männer. Sie konnte dem Himmel danken, dass sie auf einen anständigen Kerl gestoßen war.

So schwer es ihr fiel, es zuzugeben, war Chroina in Anbetracht von Riggs' Erzählungen wirklich der sicherste Ort für sie. Und wenn sie schon nach Chroina ging, konnte sie genauso gut im Luxus des Palastes leben. Es war der höchste Preis, den sie bisher für ihren Körper erzielt hatte: Besitz und Privilegien als Gegenleistung dafür, das Bett mit einem König zu teilen. Die Aussicht war weitaus besser als alles, was sie in Zukunft von Männern erwarten konnte.

Der König konnte sie natürlich nach einem Blick auf ihr Hinken und ihre Narben auch ablehnen. In diesem Fall würde Riggs sie vielleicht doch bei sich behalten wollen.

»Komm schon«, sagte er. »Wir haben eine lange Strecke vor uns. Ich will mit genügend Kräften im Dorf ankommen, um mit dir fliehen zu können, falls es schiefgehen sollte.«

Sein unheilschwangerer Tonfall verursachte ihr ein Prickeln im Nacken. »Falls ein Mann versuchen sollte, mich dir zu stehlen, steche ich ihm die Augen aus.«

»Gut.« Er wackelte wieder mit den Fingern, um sie zum Aufsteigen aufzufordern. »Der beste Moment für unsere Ankunft wird der Feierabend sein. Dann sind die Männer müde und freuen sich zu sehr auf ihr Bier, um sich um einen Mann zu scheren, der mit seinem Sohn zum Doktor nach Haletown reist.«

Sie kletterte auf Riggs' Rücken und umfing seine muskulösen Hüften mit ihren Schenkeln. Er hielt sie mit den Händen unter den Knien. Sie hielt die Arme um seinen Hals geschlungen und fühlte sich so ziemlich sicher.

Ihrer Körperhaltung mangelte es zwar an Würde, sie hatte jedoch ihre Vorteile. Sein Rücken wärmte ihren Bauch und ihren Busen. Ihre Nase versank in den Locken an seinem Kragen. Sein holziger Duft würde sie betören, wenn sie es zuließ. Doch was ihr am meisten gefiel, war, dass sie mit der Kraft ihrer Arme einen Teil ihres Körpers selbst stützen konnte, und Riggs es deshalb etwas leichter hatte. Sie fühlte sich nützlicher, wenn sie sich an ihm festhielt, anstatt in seinen Armen zu faulenzen. Was seine Arme anging ...

Sie besah sich den Riss in seinem Hemd, unter dem der blutbefleckte Verband hervorsah. Seine Wunden heilten beachtlich schnell, doch sie waren noch empfindlich. »Tut es dir weh, mich so zu halten?«

»Nein. Halte dich fest.« Mit einem kräftigen Ruck erhob er sich. Er steckte die Axt in den Gürtel und machte sich nach Osten auf den Weg, einen Abzweig des Tals entlang, der sich zwischen bewaldeten Hügeln wand. Sein von der Wunde an seiner Wade herrührendes Hinken war verschwunden. Entweder war Riggs außergewöhnlich hart im Nehmen, oder er besaß wirklich Feenblut. Wenn seine Leute von Unsterblichen abstammten, erklärte dies auch, warum sie so lange lebten.

»Erzähl mir mehr über dein Volk«, bat sie. »Du sagtest, die jüngste der Frauen sei dreiundachtzig Jahre alt. Und sie ist immer noch im gebärfähigen Alter. Das kann ich mir nicht vorstellen. Und wie kommt es, dass deine Wunden so schnell heilen? Liegt es an deinem Feenblut?«

»Ich heile nicht schneller als jeder andere.«

Sie schnaubte. »Vor drei Tagen wurde dein Schenkel durchstoßen. Vor zwei Tagen haben Wölfe dir Wunden gerissen. Und heute läufst du herum, als seist du nie verwundet worden. Ein Mensch würde mit diesen Wunden bestenfalls hinken und schlimmstenfalls mit Blutfieber im Bett liegen, insbesondere, wenn die Bisswunden nicht richtig gereinigt wurden.«

Er zuckte mit seiner breiten Schulter. »Die Wunden sind geringfügig.«

»Für jemanden wie mich wären sie das nicht.«

Er grunzte, wenig interessiert.

»Wie alt bist du?«, fragte sie.

»Dreiundsechzig.«

»Was?«, kreischte sie.

Riggs zuckte zusammen. »Nicht so laut, Lady, dein Mund ist direkt an meinem Ohr.«

»Sorry. Aber dreiundsechzig? Mein Vater war nur dreiundfünfzig als er starb, und kein vernünftiger Mensch hätte ihn als jung bezeichnet. Du kannst keine dreiundsechzig Jahre alt sein. Das ist unmöglich.«

Er drehte seinen Kopf so weit, dass sie seine Wange mit den Lippen hätte streifen können, wenn sie gewollt hätte. Sein Haar war vom Schwitzen feucht geworden, und sein Ohr schaute zwischen den seidigen schwarzen Strähnen hervor. Es lief oben spitz zu.

Sie verspürte den Drang, das Haar beiseite zu schieben, um dieses Ohr mit dem Finger zu umrunden. Warum störte diese fremdartige Form sie nicht?

»Für wie alt hältst du mich denn?«, fragte er und lenkte sie mit seinem frechen Grinsen von seinem Ohr ab.

Wie traurig, dass er nie eine Frau gehabt hatte. Ein so gut aussehender, männlicher, freundlicher und fähiger Kerl wie er sollte sich vor Frauen nicht retten können. »Ich würde dir keinen Tag mehr als fünfundzwanzig Jahre geben.«

»Ein Welpe wird mit fünfundzwanzig zum Mann. Ein Fünfunddreißigjähriger bekommt gerade erst einen Bart. Weißt du, wie alt König Magnus ist?«

»Ich weiß nicht, ob ich es wissen möchte.«

»Fünfundsiebzig.«

»Die meisten Menschen können sich glücklich schätzen, wenn sie das Alter von fünfundsiebzig überhaupt erreichen«, sagte sie leise. Riggs' Volk war von ihrem sehr verschieden. »Ich nehme an, König Magnus ist nicht alt.«

»Er ist in den besten Jahren. Er ist stark, in guter Form und weise. Er ist ein guter Herrscher und ein guter Mann. Du wirst ihn mögen.«

Sie schnaubte spöttisch.

»Doch, das wirst du. Alle Ladys mögen König Magnus.«

»Natürlich tun sie das. Er ist schließlich ein König.« Auch sie hatte sich von Macht und Reichtum angezogen gefühlt. Das war nun nicht mehr der Fall. Sie würde sich glücklich schätzen, ihr lächerlich kurzes Menschenleben in einer gemütlichen Hütte im Wald mit einem tüchtigen, ruppigen Wolfsmenschen verbringen zu dürfen. Doch der Wolfsmensch, auf den sie ein Auge geworfen hatte, wollte sie leider nicht.

»Ein guter König«, insistierte Riggs.

»Bist du ihm begegnet?«

»Nein. Doch in den fünfzig Jahren, die er bis jetzt auf dem Thron sitzt, hat er immer gerecht geherrscht und viel für Marann getan. Er hat die Lotterie geändert, so dass jetzt fast jeder sich ein Los leisten kann. Er hat Larna unterworfen. Das war noch keinem König und keiner Königin vor ihm gelungen. Und er hat die Archive, die seine Mutter, Königin Abigail, begonnen hatte, weiter ausgebaut. Da die Bevölkerung sich so stark verringerte, bestand das Risiko, dass viele Handwerke verloren gingen. König Magnus hat eine große Bibliothek mit Berichten zusammengestellt, damit alle Handwerke wieder erlernt werden können. Er hat die Hoffnung nie aufgegeben.«

Sie stieß ein unverbindliches Brummen aus. Riggs war natürlich daran gelegen, dass sie seinen König mochte, deshalb lobte er ihn über den grünen Klee. Sie würde sich ihr eigenes Urteil bilden, wenn sie ihm begegnete. »Die Lotterie hast du bereits gestern erwähnt. Wie funktioniert sie?«

»Jede Saison können die Männer Lose kaufen, die jede der fünfunddreißig Frauen im gebärfähigen Alter repräsentieren. Dann wird ausgelost, welche Männer die Ehre haben werden, einen Zeugungsversuch zu machen. Vor König Magnus waren die Lose so teuer, dass die meisten Männer sie sich nicht leisten konnten. Mein Vater hat fünfundzwanzig Jahre lang gespart, um sich eins leisten zu können. Er hat Glück gehabt. Er hat für eine

Saison Hilda, meine Mutter, gewonnen, und mich mit ihr gezeugt. Ich bin einer der wenigen Männer, die zu jener Zeit von einem gewöhnlichen Bürger gezeugt wurden. Heutzutage kann sich dank König Magnus fast jeder Mann jede Saison ein Los leisten, und keiner darf mehr als zehn pro Ziehung kaufen. Das heißt, dass so gut wie jedem Mann die Chance offensteht, ein Kind zu zeugen.«

Wie viele Lose hatte Riggs im Laufe der Jahre wohl gekauft? Wie oft hatte er gehofft, so viel Glück zu haben wie sein Vater? Sie hätte es ihn gerne gefragt, doch sie tat es nicht.

Er lief einen sanften Abhang hinunter. Seinem Nacken entströmte Hitze bei seinem schnellen Lauf. Sie fühlte in ihren Armen immer noch leichten Muskelkater vom Paddeln der vorletzten Nacht. Er verdoppelte sich nun, da sie sich an seinem Hals festklammern musste, doch es war ein willkommener Schmerz.

Sie dachte über die Zeugungslotterie nach. In Anbetracht der schwindenden Bevölkerung schien sie vernünftig, doch sie sah sehr nach Hurerei aus. Der einzige Unterschied war, dass die Männer von Marann die Frauen nicht für ein paar Stunden, sondern für eine ganze »Saison« kauften.

»Eine Saison«, sagte sie, »Ist damit die fruchtbare Periode einer Frau gemeint?«

»Es ist eine Jahreszeit«, antwortete er. »Wie Frühling, Sommer, Herbst und Winter, verstehst du? Die Winter-Ziehung wird bald stattfinden. Wir werden dann vielleicht schon in Chroina sein.«

»Aha, dann haben die Gewinner also innerhalb einer Saison zwei oder dreimal eine Chance, ein Kind zu zeugen.«

Riggs drehte ruckartig den Kopf und schüttelte ihn dann. »Nein, eine Chance. Frauen haben normalerweise eine fruchtbare Periode pro Saison.«

Das war ein weiterer Unterschied zwischen der Wolfsgattung und den Menschen. »Menschenfrauen haben mehr«, sagte sie.

Er reckte den Hals, um ihr kurz in die Augen zu sehen. »Zwei oder drei?«

Sie nickte. »Viele Frauen haben jeden Monat eine Chance, schwanger zu werden.« Das machte es den Huren, die das nicht wollten, so verdammt schwer. Sie war nie in Schwierigkeiten geraten. Die meisten Huren, selbst die vorsichtigsten, hatten dieses Glück nicht gehabt. Sie hatte sich deshalb manchmal gefragt, ob bei ihr da unten alles in Ordnung war, selbst vor ihrem Sturz.

Riggs blickte geradeaus. Sein Rücken versteifte sich. »Bist du jemals … schwanger worden?«

»Nein.«

Seine Schultern entspannten sich. »Du wirst es werden«, sagte er. »Für König Magnus wirst du es werden.« Er nickte selbstsicher.

Sie wusste nicht, wie sie ihm sagen sollte, dass er sich täuschte.

»Wie alt bist du?«, brachte er sie von ihren Überlegungen zu Zeugungslotterien und Königen, die einen Erben brauchten, ab.

»Fünfundzwanzig. Das heißt, dass ich eine erwachsene Frau bin. Menschen werden im Alter von fünfzehn oder sechzehn als erwachsen angesehen.«

»So jung!« Er plantschte durch einen kleinen Bach, stieg die Uferböschung hinauf und betrat wieder den Wald. Sie fragte sich, wie er den Weg erkennen konnte. Sie sah nichts als Wildnis um sich her. »Wie lange leben Menschen?«

»Wie ich dir gesagt habe, ist fünfundsiebzig bereits ein reifes Alter. Ich habe Männer und Frauen gekannt, die über achtzig geworden sind, doch das ist selten.«

Er setzte seinen Weg für eine gute Weile schweigend fort. Dann sagte er: »Mir bleiben noch fünfzig Jahre Lebenszeit. Und König Magnus auch. Das passt dann gut zu dir.«

Der König würde sie höchstwahrscheinlich verstoßen, sobald offensichtlich wurde, dass ihr Schoß so unnütz war wie ein Maultier ohne Karren. Ihr einziger Trost war, dass Riggs ihre unvermeidliche Entehrung nicht mitbekommen würde. Er würde ein friedliches Leben in seiner Hütte fristen, Pelze verkaufen, Jagen, sein mit Honig gesüßtes Brot backen und es allein an seinem Arbeitstisch essen.

»Erzähl mir von Larna«, bat sie ihn, um sich von dieser traurigen Vorstellung abzulenken. Am Vortag hatte er ihr über den zwanzig Jahre zurückliegenden Krieg erzählt. Unter König Magnus' Führung hatte Maranns Armee Larna unterworfen. »Womit hat der letzte Krieg begonnen?«

»Unsere Spione hatten herausgefunden, dass Bantus, Larnas Witzfigur von einem König, Frauen zu seinem persönlichen Gebrauch gehortet und sie wie Dreck behandelt hatte.«

Bantus. Der Name kam ihr bekannt vor. *»Muss aus Bantus' Harem geflohen und aus Saroc bis hierher gelaufen sein«*, hatten die Männer, die sie zuallererst getroffen hatte, gesagt. Sie bekam eine Gänsehaut.

»Er hatte einen Harem voller Wölfinnen?«, fragte sie.

»Voller Wolfsmenschfrauen«, korrigierte Riggs sie. »Aber einen Harem konnte man es schon nennen. Er weigerte sich, andere Männer einen Zeugungsversuch mit ihnen machen zu lassen, bis eine von ihnen ihm einen Erben geboren hätte. Aber das hat natürlich keine von ihnen getan.«

»Und das war vor zwanzig Jahren?«

»Ja.«

Warum hatten diese Männer dann vermutet, sie sei König Bantus' Harem entkommen? »Bist du sicher, dass alle Frauen befreit wurden?«

»Absolut sicher. König Magnus ernannte seinen Cousin und Zweiten in der Thronfolge zum Gouverneur von Larna. Bantus besitzt immer noch den Königstitel, doch er kann noch nicht einmal seinen Arsch abwischen, ohne dass es von Ari an König Magnus gemeldet wird. Wenn es dort noch weitere Frauen gegeben hätte, hätte Ari es herausgefunden. Außerdem hat König Magnus Spione hingeschickt. Es wurden keine Beweise dafür gefunden, dass Frauen in Saroc festgehalten wurden.«

»Wie lange waren die Spione dort eingesetzt?«

»Ein paar Jahre lang«, antwortete er mit einem Schulterzucken.

»Dann waren in letzter Zeit keine Spione mehr in Larna?«

»Nein, aber Ari hält ein Auge auf alles. Warum fragst du?«

»Die Larnier, vor denen du mich gerettet hast, haben Bantus erwähnt. Sie nahmen an, ich sei seinem Harem entflohen und habe lange Zeit dort verbracht, da ich ihre Sprache sprach. Ich konnte ihre Sprache natürlich nur wegen des Edelsteins verstehen und sprechen. Ich war gerade erst angekommen. Doch nach dem, was du mir erzählt hast, hätten sie überrascht sein sollen, in Larna auf eine Frau zu stoßen. Sie wirkten jedoch nicht sonderlich überrascht. Sie waren begeistert und konnten ihr Glück kaum fassen.«

Riggs' Rücken versteifte sich. Er packte sie fester unter den Knien.

»Meinst du, es könnte in Larna noch Frauen geben?«, fragte sie.

Er schüttelte den Kopf. »Das ist völlig unmöglich«. Er klang allerdings nicht sehr überzeugend.

Kapitel 12

RIGGS WANDERTE MIT Anya auf seinem Rücken immer tiefer in die nördlichen Ausläufer der Berge. Während der westliche Wald um sein Zuhause nach altem Holz und trockenen Blättern roch, roch der nördliche Wald nach Moos und frischer Feuchtigkeit. Es regnete hier oben mehr. Es gab hier oben viel Wild. Aber heute blieb keine Zeit zum Jagen. Er musste nach Valeworth gelangen, Pferde mieten und sich aus dem Staub machen. Erst, wenn er Anya weit genug vom Dorf weggebracht hatte, konnte er daran denken, sie zum Jagen alleinzulassen. Vielleicht würde er sich aber auch nur in Valeworth mit Brot eindecken und damit überleben.

Sie war kostbar. Sie war es wert, auf Fleisch zu verzichten.

Doch besaß sie auch den Seltenheitswert, den er ihr zusprach? *»Meinst du, es könnte in Larna noch Frauen geben?«,*

Das konnte nicht sein. Oder doch?

Er sollte es wissen. Er war einer der Spione, die sich nach Ende des Kriegs in Saroc eingeschlichen hatten, um zu bestätigen, dass es nirgends mehr die Geruchsspur einer Frau gab. Sein Onkel Neil, König Magnus' Feldherr, hatte die großangelegte geheime Untersuchung geleitet. Sie hatten sogar zwei von König Magnus' besten Spürwölfen mit sich geführt, die man die Witterung der aus Larna evakuierten Frauen hatte aufnehmen lassen. Die Wölfe und Spione hatten alle Räume, Gänge und Nebengebäude von Schloss Blackrock durchsucht.

Riggs hatte die Kerker selbst durchsucht und mit Bestürzung Beweise für die frühere Anwesenheit von Frauen festgestellt: Bettlager, die aus Haufen schimmeligen Heus bestanden, Kämme, die vergessen auf dem Boden lagen und Strähnen langer Haare, die wie Spinnennetze an den rauen Stellen der Steinwände hingen. Doch es gab keine frischen Geruchsspuren. Es hatte in Saroc keine Frauen mehr gegeben.

Da alle verbleibenden Frauen in Chroina registriert und sicher verwahrt waren, gab es keinen Ort, woher man Frauen hätte bekommen können, und eine weitere Suche erübrigte sich. Doch Anya war durch Zauberkraft aus einer anderen Welt gekommen. Und sie gehörte nicht zur Gattung der Wolfsmenschen. Dass die von ihm getöteten Larnier sich nicht gewundert hatten, sie zu finden, verhieß nichts Gutes.

Konnte es sein, dass es in Larna noch andere Frauen gab, die durch Zauberkraft dorthin gebracht wurden? Frauen wie Anya? *»Nicht so hübsch wie die Weibchen, mit denen Bantus gerne prahlt«*, hatte er einen der Larnier sagen hören. Riggs hatte angenommen er rede von Wölfinnen, aber es konnte sich genauso gut um Frauen wie Anya handeln.

Der Gedanke war ihm unerträglich, doch es war möglich. Als er sich schließlich mit den Schultern einen Weg durch die Kiefern auf dem Kamm über Valeworth bahnte, wusste er, was er zu tun hatte.

Der Mond lag hinter Wolken verborgen, die sein Licht stahlen. Unten kauerten dunkle Hütten verstreut um die Block- und Lehmbauten, in denen sich der Pub, der Gasthof und der Laden des kleinen Dorfes befanden. Er war schon über ein Jahr lang nicht mehr durch Valeworth gekommen und war sich nicht sicher, ob es hier noch Bewohner gab, doch in den zentralen Gebäuden brannte Licht. Wie viele Männer wohnten hier noch? Dreißig? Zwanzig? Oder noch weniger? Waren sie gesetzestreu oder verzweifelt genug, um sich gegenseitig zu betrügen und ahnungslose Reisende auszunehmen?

Er hoffte, dass es genug Männer gab, um die Bereithaltung von ein paar Mietpferden zu rechtfertigen. Er musste sehr darauf achten, wie er sie danach fragte. Wenn er verzweifelt wirkte, würden sie ihm sein letztes Hemd abverlangen. Wenn er bezahlte, was sie verlangten, konnten sie annehmen, er habe noch mehr Geld, und versuchen, es ihm zu stehlen. Dieser Halt in Valeworth versprach, ein Balanceakt zu werden.

Er drückte Anya die Knie. »Bist du bereit zu laufen?«

Er fühlte, wie sie an seiner Schulter nickte. «Aye. Meine Arme sind so müde, dass sie sich wie durchtränkte Seile anfühlen.«

Er hockte sich nieder und begann ihre Wärme an seinem Rücken zu vermissen, sobald sie ihn losgelassen hatte.

»Och, ich kann sie noch nicht einmal strecken. Ich sehe aus wie eine verdammte Gottesanbeterin.«

Er legte seine Axt hin und nahm sich ihre Arme einen nach dem anderen vor, um ihre verhärteten Muskeln durch Reiben mit den Fingern zu lockern. »Besser?«

Sie nickte, ohne ihn anzublicken. Seitdem er ihr die Wahrheit darüber eingeschenkt hatte, was er mit ihr vorhatte, hatte sich ihr Verhalten ihm gegenüber geändert. Sie war nicht wirklich misstrauisch, doch zurückhaltender und nicht mehr so offen wie zuvor. Er vermisste ihre zwanglose Art.

Umso besser. Es machte die Sache leichter. Welchen Schmerz er ihr auch immer bereitet hatte, sie würde in König Magnus' Armen Trost finden.

Er knirschte so stark mit den Zähnen, dass seine Wangenmuskeln schmerzten. »Zieh dir die Kapuze über«, brummte er. »Und behalte sie unter allen Umständen auf. Versteck deine Hände.«

Sie versteckte sich hinter dem Umhang. Ihre leuchtenden Augen verschwanden in seinem Schatten. Er konnte ihr Gesicht nicht mehr sehen. Der dicke Wollstoff vertuschte die Zartheit ihrer Schultern. Seine Falten verbargen ihre wundervollen Kurven. Unter dem Saum, den er gekürzt hatte, damit der Umhang nicht am Boden schleifte, sahen die Stiefel hervor, die für sie zu groß, aber für einen Jungen ihrer Größe genau richtig waren. Sein Junge.

Seine Brust schnürte sich zusammen, als er sich vorstellte, ein eigenes Kind zu haben. Sich eine Tochter zu wünschen wäre anmaßend, doch einen Sohn … Er besaß immer noch genug Geld, um sich seine zehn Lotterielose kaufen zu können, wenn sie in Chroina ankamen. Doch er hatte keine Lust mehr, es zu tun. Wenn er Anya nicht haben konnte, wollte er auch keine andere Frau. Dass hieß dann wohl, dass er die Hoffnung aufgeben musste, ein eigenes Kind aufzuziehen.

»Was starrst du mich so an? Kannst du mich sehen, oder nicht?«

Er räusperte sich. »Du bist gut verborgen. Halte den Kopf geneigt. Die Männer werden alle größer sein als du. Auf diese Weise können sie keinen Blick auf dich erhaschen.«

Er beugte sich zu ihr, um an ihr zu riechen.

Sie zog das Kinn ein, damit er ihrem Gesicht nicht zu nahe kam, doch es entging ihm nicht, dass ihr Körper sich ihm kaum merklich entgegenlehnte. »Was machst du da?«, fragte sie ihn mit heiserer Stimme.

»Du riechst immer noch … nach dir. Wenn jemand deinen Duft bemerkt, wird er Verdacht schöpfen. Komm her. Ich muss dich mit meinem Geruch behaften.«

»Es wundert mich, dass ich nicht nach dir rieche, nachdem ich den ganzen Tag auf deinem Rücken geritten bin.«

»Es reicht nicht. Komm her.«

Sie reagierte nicht. Also zog er sie in seine Arme und hielt sie fest, während er seinen Bart und seinen Hals über die Kapuze ihres Umhangs rieb. Er drückte sie sogar noch fester an sich und stellte sicher, dass der Wollstoff um ihre Schultern den Geruch seiner Armbeugen annahm. Er beugte sich über sie und hüllte sie in seinen Duft.

Sie lehnte sich nicht dagegen auf, dass er ihren Duft mit seinem Geruch überlagerte. Sie legte ihm sogar die Arme um die Taille. Sie krallte die Hände in den Stoff seines Hemds und vergrub ihre Nase an seinem Hals. »Bist du endlich fertig?«, fragte sie, ohne im Geringsten ungeduldig zu klingen. Ihr Atem kitzelte seine Haut, ihm wurde heiß.

Er ließ seine Hand von ihrer Taille abwärts gleiten. Sie an sich ziehend, presste er seine Hüften an sie. Er tat es ohne nachzudenken, folgte nur dem Drang der Stelle, an der sie ihn so hart gemacht hatte, und wollte ihr so nah wie möglich sein.

Ein erregendes Glücksgefühl durchfuhr ihn. Alles in ihm drängte ihn weiterzumachen, sich an ihr zu reiben bis die Lust seine Angst vor einer Zukunft ohne sie ausgelöscht hätte.

Ihr weiblicher Duft verstärkte sich, um ihn zu verführen. Er bat ihn, bloß nicht aufzuhören. Doch er kühlte ihn gleichzeitig augenblicklich ab. Sie waren im Begriff, sich in ein Dorf zu begeben, wo Männer lebten, die sich nicht unbedingt um Gesetze scherten. Sie hätte sich keinen schlechteren Moment dafür aussuchen können, so verführerisch zu duften.

»Lady«, sagte er. Seine Stimme klang heiser. Er schob sie sanft von sich. So schwer war ihm noch nie etwas gefallen. Selbst mit zwei Schritten Abstand konnte er ihren himmlischen Duft noch riechen. Die Männer in Valeworth würden ihn ebenfalls bemerken. »Mist. Ich kann dich nicht nach dort unten mitnehmen, solange du wie eine läufige Hündin riechst.«

Anyas Hände ballten sich an ihren Hüften zu Fäusten. »Du verfluchter Hundesohn! Das darf doch nicht wahr sein! Daran bist du schuld, du und deine – deine Handgreiflichkeiten!«

Er beeilte sich, ihr den Mund zuzuhalten. »Psst. Willst du, dass man uns hört?« Er zeigte auf das Dorf unter ihnen. »Beim Mond, ich muss verrückt sein, dich da runter bringen zu wollen. Wenn du so weitermachst, werden sie mich umbringen und dich gefangen nehmen. Kannst du dich nicht beherrschen?«

Ihre Augen schleuderten Blitze unter ihrer Kapuze hervor. Ihr verführerischer Duft verflüchtigte sich und wich einem fast männlichen, würzigen Geruch.

»Gut. So ist es besser. Jetzt riechst du wie ein wütender Krieger. Bleib dabei.«

Sie stieß ein angewidertes Fauchen aus. Mit einem letzten Blick in seine Richtung machte sie sich auf den Weg durch die Bäume, humpelte den Hügel hinunter und grummelte etwas über Wolfsmänner und ihre verfluchten Nasen.

Trotz der Gefahr, in die sie sich mit großer Wahrscheinlichkeit begaben, verzog sein Mund sich zu einem Grinsen, als er ihr folgte.

§

ANYA HIELT SICH dicht bei Riggs, als er eine schmale, ausgefahrene Straße betrat. Sie war noch nie in ihrem Leben so vollständig von jemandem abhängig gewesen, der sie so wütend machte. Sie hatte noch nicht einmal das Recht, mit ihrer Erregung so umzugehen, wie sie es für richtig hielt. *Neiiin, das wäre ja noch schöner!!* Da konnte sich anscheinend jeder verdammte Wolfsmensch einmischen, solange er eine Nase besaß, mit der er an ihr schnüffeln konnte.

Och, zumindest roch sie nicht wie ein staubiger, wilder Bastard. Warte mal, doch, das tat sie, da Riggs praktisch jeden Teil seines Körpers über praktisch jeden Teil ihres Körpers gerieben hatte.

Wie sollte eine Frau nicht erregt werden, wenn ein riesiger, keuchender Wolfsmann so rau und leidenschaftlich mit ihr umging? Wie sollte sie anders reagieren, wenn er sie an seinen bereitwilligen Körper gepresst hielt?

Er beabsichtigte noch nicht einmal, seiner – oder ihrer – Bereitwilligkeit Folge zu leisten. *Neiiin, das wäre ja noch schöner!!* Er hatte vor, sie seinem kostbaren König zu bringen.

»Räudiger Köter«, murrte sie, während sie die dunkle Straße entlangging.

Riggs stolzierte mit der Hand an der Axt neben ihr her und hielt rechts und links nach Gefahren Ausschau. Seine angespannte Haltung erinnerte sie daran, wie brenzlig ihre Situation war. Sie schloss den Mund und hoffte, dass sie so ärgerlich roch, wie sie sich fühlte.

Die Straße wurde von Kiefern überragt. Der Wald stand hier dichter als bei Riggs' Hütte, und das Gelände war hügeliger. Der Himmel über ihnen war schwarz, von einem schwachen blauen Schimmer abgesehen, der vom fast vollen Mond hinter den Wolken herrührte. Vom Kamm aus, wo Riggs Rast gehalten hatte, hatte sie im Dorf noch hie und da Licht gesehen, doch jetzt, wo sie unten waren, sah sie nichts dergleichen. Zu hören war ebenfalls nichts. Der Ort wirkte völlig ausgestorben. Doch Riggs war auf der Hut, als ob er Gefahr spürte.

Ihre Finger zuckten zu ihrem Jagdmesser. *Keine Sorge, Mädchen. Er wird dich beschützen.* Sie mochte wütend auf ihn sein, doch sie wusste, dass er nicht zulassen würde, dass man ihr auch nur ein Haar krümmte.

Der Wald lichtete sich. Große, dunkle, wie riesige Ameisenhaufen wirkende Erdhügel tauchten auf und breiteten sich bis auf die Straße aus. Um sie herum wuchs hohes Gras. An ihren Seiten kletterten Moos und Unkraut an ihnen hoch. »Was sind das für Dinger?«, fragte sie mit verhaltener Stimme.

»Hütten. Sie sind schon lange verlassen.«

»Haben darin Leute gelebt? Woraus sind sie gebaut?«

»Aus Ästen und Lehm.«

»Mir gefällt deine Hütte besser.« Sie warf Riggs einen Seitenblick zu und sah, dass er geradeaus blickte, doch kleine Fältchen in den Augenwinkeln hatte, die beinahe wie ein warmes Lächeln wirkten. Sie verfluchte sich dafür, ihn zum Lächeln gebracht zu haben. Sie vergaß immer wieder, böse auf ihn zu sein.

Hinter ihnen erklang der gleichmäßige Rhythmus eines trabenden Pferdes. Ein Reiter näherte sich. Sie blickte nervös über die Schulter. Es konnte ein Fährtensucher sein.

Riggs ließ ein scharfes, warnendes Räuspern ertönen.

Sie fing sich wieder, neigte den Kopf und blickte zu Boden, als Pferd und Reiter sie überholten. Erst als der Reiter mehrere Schritte vor ihnen war, riskierte sie einen Blick auf ihn. Er war groß und trug einen Umhang, dessen Kapuze er nicht über den Kopf gezogen hatte, so dass sie sein schwarzes, lockiges Haar sehen konnte, dass er etwas kürzer als Riggs trug. Auch das Pferd war schwarz, und so groß wie ein Percheron. Sie hatte noch nie gesehen, dass ein so großes Pferd für etwas anderes als zum Ziehen von Karren oder zum Pflügen verwendet wurde.

»Ein Fährtensucher?«, fragte sie, nachdem der Reiter außer Hörweite war.

Riggs schüttelte den Kopf. »Nur ein Reisender. Oder ein Bote. Fährtensucher treten in Gruppen auf.«

Die Lehmhütten wichen trostlosen Gebäuden mit schiefen Vordächern und dunklen Innenräumen. Sie horchte nach einem Lebenszeichen, hörte jedoch nur das Geräusch ihrer eigenen Schritte und das Wispern des Grases im Wind.

Sie folgte Riggs um eine Straßenbiegung, und das zuvor gesehene große Pferd kam wieder in Sicht. Es stand vor einem weiteren baufälligen Gebäude an einen Pfosten gebunden. Es scharrte mit einem Hinterhuf im Dreck. Es beachtete sie nicht, als sie sich näherten.

Auf der anderen Straßenseite stand ein zweistöckiges Gebäude aus Holzbalken und Stein, das in besserem Zustand war als das restliche Dorf. Hinter halbgeschlossenen Fensterläden schien Laternenlicht. Als sie näher kamen, drangen gedämpfte Stimmen nach draußen.

Ihr Herzschlag beschleunigte sich. Von den Larniern und Riggs abgesehen, waren dies die ersten Männer dieser Welt, denen sie näher kam.

»Das ist der Pub«, sagte Riggs. »Wir werden etwas essen und ein Zimmer für die Nacht mieten.« Er nickte in Richtung des oberen Stockwerks. Sich zu ihr neigend, sagte er leise: »Wenn wir uns unauffällig verhalten, sollte man uns in Ruhe lassen.«

Sie schluckte und versuchte, dem Vorhaben, einen mit Wolfsmännern gefüllten Raum zu betreten, furchtlos zu begegnen.

Ein paar wackelige Stufen führten zum Vordach. Sie klammerte sich am Geländer fest und zog sich unter Schmerzen Stufe für Stufe daran hoch, während Riggs ihr nicht von der Seite wich. Als sie auf dem Bretterboden unter dem Vordach angelangt waren, konnten sie die Stimmen im Inneren besser hören. Es gab keine Musik. Auch kein Gelächter. Nur ein paar leise murmelnde Stimmen.

Riggs zog die in den Angeln quietschende Tür auf und hielt sie, während sie hineinhumpelte. Unter ihrer Kapuze hervor konnte sie vier lange Holztische ausmachen, die in einem Raum mit niedriger Decke standen. Fünf Männer hatten sich um den Tisch geschart, der dem flackernden Kamin am nächsten stand. Einer von ihnen war der dunkelhaarige Reiter. Jeder von ihnen hielt einen Humpen in der Hand und trug eine glänzende Axt an der Hüfte. Sie wusste nicht, ob es daran lag, dass sie sich an die gute Waffe oder den Mann, der sie führte, gewöhnt hatte, aber sie fand, dass die Axt in Riggs' Hand gefährlicher wirkte. Ihn dabei zu haben, ließ sie etwas aufatmen.

Das Tischgespräch erstarb. Alle fünf Köpfe wandten sich ihnen zu.

Sie blickte augenblicklich auf ihre Stiefel.

Riggs führte sie mit fester Hand an der Schulter zum Tresen.

Eine raue Stimme fragte ihn, was er wünschte.

»Ein Zimmer für mich und den Jungen. Und Abendessen.« Sie hörte Münzen klirren, als Riggs sie auf den Tresen legte.

Nach und nach fing das Gemurmel im Raum wieder an. Riggs behielt die Hand auf ihrer Schulter. Sie konnte seine Anspannung spüren, als Fetzen eines Gesprächs in ihrem Rücken ihre Ohren erreichten.

»Wie alt, was meinst du … Wer ist die Mutter … Lotteriegewinner … Glückspilz… So glücklich nun auch wieder nicht. Hast du gesehen, wie sein Welpe hinkt? Glaubst du, er ist verletzt oder lahm?«

Eine Minute später schoben knorrige Hände ihnen zwei Teller über den Tresen zu. Auf jedem lag ein Laib Brot und ein geköpftes Frettchen. Dazu kamen zwei Humpen und ein großer Eisenschlüssel. »Zimmer zwölf«, sagte die raue Stimme. »Wie alt ist der Welpe?«

»Neunzehn«, antwortete Riggs ohne Zögern. »Habt ihr Pferde in den Ställen? Je schneller wir nach Haletown kommen, je besser.«

»Mein Vetter Len hat zwei Stuten, die er euch vermieten könnte. Sie sind nicht beschlagen, doch sie werden euch hinbringen, wo ihr hinwollt. Ihr findet ihn im Laden.«

Es gab eine Pause, in der Riggs wahrscheinlich nickte. »Hast du ein Tablett, damit wir unser Essen mit aufs Zimmer nehmen können? Und wie oft kommen hier Boten vorbei?«

Die knorrigen Finger fummelten auf dem Tresen herum. »Wer ist die Mutter?«

»Hilda«, antwortete Riggs sofort, als habe er mit der Frage gerechnet. »Wenn du uns das Tablett vor morgen früh geben könntest, wäre das nett.«

Der Schankwirt entfernte sich mit einem Grunzen. Während seiner Abwesenheit händigte Riggs ihr seine Axt aus, um die Hände frei zu haben.

Darauf achtend, ihre Hände nicht länger als eine Sekunde zu zeigen, steckte sie sie unter ihren Umhang.

Riggs nickte zustimmend, und sie neigte wieder den Kopf, als sie den Wirt zurückkehren hörte.

Ein Holztablett landete klappernd neben ihrem Essen auf dem Tresen. Der Schankwirt brüllte: »Bilkes! Der Mann hier hat Arbeit für dich.«

Das Murmeln hinter ihnen brach ab. Eine Bank scharrte über den Holzboden. Einer der Männer hatte sich wohl vom Tisch erhoben.

»Soll ich etwas liefern?« Ein großer Mann mit Tenorstimme erschien neben ihr und stellte seinen Humpen auf den Tresen. Das musste Bilkes sein. Er sprach über ihren Kopf hinweg mit Riggs. Sie fühlte seinen Blick auf sich ruhen und widerstand dem Drang, zu ihm aufzublicken.

Riggs sagte: »Ich möchte eine Nachricht nach Chroina schicken.«

Der Mann trank einen Schluck von seinem Bier. »Ich hatte nicht vor, vor übermorgen dorthin zurückzukehren. Wie schnell soll es denn gehen?«

»Die Nachricht muss bis spätestens morgen Abend unterwegs sein.«

Bilkes pfiff zwischen den Zähnen. »Das wird teuer. An wen geht sie denn?«

»An Neil, in der Waffenkammer.«

»An den Feldherrn?«, fragte Bilkes überrascht. »Das wird dich noch teurer kommen, und du musst mir garantieren, dass dieser brutale Kerl mir nicht die Gurgel durchtrennt, wenn ich ihn aufsuche.«

»Nenn ihm meinen Namen, dann tut er dir nichts. Ich bin Riggs, der Pelzjäger.«

Sie fragte sich, woher er Maranns Feldherrn kannte. Sie durfte nicht vergessen, ihn danach zu fragen, sobald sie in ihrem Zimmer in Sicherheit waren.

»Das macht sieben Kronen«, sagte Bilkes.

Riggs freie Faust öffnete und schloss sich auf dem Tresen. »Sieben kann ich mir nicht leisten. Ich kann dir fünfeinhalb geben. Ich bringe dir die Nachricht, wenn mein Sohn und ich zu Abend gegessen haben.«

»Für weniger als sechseinhalb ist es meine Zeit nicht wert.« Bilkes' Stimme klang so nah, dass sie wusste, dass er von oben auf ihren unter der Kapuze verborgenen Kopf blickte. Er sog lang und tief die Luft ein.

Ärgerlich. Sei ärgerlich. Denke an Wolfsmänner und ihre verdammten Nasen.

»Macht nichts. Ich gehe, sobald wir in Haletown waren, selbst nach Chroina.«

»Immer langsam«, sagte der Bote. »Ich kann es vielleicht sogar für sechs machen. Geht erst mal essen. Ich werde in einer Stunde noch hier sein, um die Nachricht entgegenzunehmen.« Er begann, sich vom Tresen fortzubewegen. Dabei streiften seine Fingerknöchel ihren Arm.

Sie spannte die Muskeln an, verbot sich jedoch, vor ihm zurückzuschrecken.

Riggs griff nach Bilkes Ellenbogen. Hatte er gesehen, dass er sie berührt hatte? Hatte er bemerkt, dass Bilkes an ihr geschnüffelt hatte? Würde man ihre Verkleidung jetzt aufdecken? Sie bereitete sich innerlich auf Riggs' Reaktion vor.

»Kannst du mir Papier und Feder besorgen?«, fragte er.

»Für jemanden, der eine Nachricht versenden will, bist du nicht gerade gut vorbereitet, was? Das macht eine weitere Viertelkrone.«

Aus Riggs' Kehle ertönte ein tiefes Grollen. »Sechs und ein Zehntel, und keinen Heller mehr. Und für den Preis will ich Siegelwachs obendrein.«

Bilkes stieß ein kurzes Lachen aus. »In Ordnung. Wie ist eure Zimmernummer? Ich werde dir bringen, was du brauchst, und es dir vor die Tür legen.«

Riggs sagte ihm die Zimmernummer und schob sie die Treppe hoch.

Ihr enges Zimmer roch modrig, als habe es lange niemanden beherbergt, bis der Duft von warmem Brot, würzigem Bier und Laternenöl überhandnahm. Sie legte Riggs Axt auf die abgewetzten Felle auf dem Bett und starrte das Tablett mit Essen an, das er auf einem wackligen Tisch abgesetzt hatte. Das Brot sah lecker aus, doch das Blut, das aus dem Hals des Frettchens sickerte, verdarb ihr den Appetit.

»Nimm die beiden Laibe Brot«, forderte Riggs sie auf. »Ich esse das Fleisch.« Er nahm einen langen Zug aus seinem Humpen. Eine dünne Schweißschicht bedeckte seine Wangen. Er sah aus, als habe er gerade einen Spießrutenlauf hinter sich.

Gottseidank hatte sie am Nachmittag ein paar Blätter Löwenzahn und Kamille zum Knabbern gefunden. Wolfsmenschen aßen anscheinend gar keine Pflanzen. Nichts als Fleisch und Brot. Sie strich sich die Kapuze vom Kopf und rettete einen Laib Brot von dem Teller, auf dem am wenigsten Blut schwappte. Als sie das Brot an einer Ecke anhob, troff Blut von seiner Unterseite. Sie zupfte die durchtränkten Teile ab und hockte sich zum Essen auf die Bettkante. Die Felle waren steif und glanzlos, und rochen nach zerbröckelndem Leder und mottenzerfressener Bettwäsche. Nicht zu vergleichen mit den weichen Fellen, die Riggs überall in seiner Hütte und auf dem Bett in seiner Höhle hatte. Die Nase über die schlecht gegerbten Felle rümpfend, biss sie herzhaft in ihr Brot.

Riggs nahm den am Tisch stehenden Stuhl und drehte ihn zum Bett. Er setzte sich und fuhr sich mit beiden Händen durchs Haar, ohne die Frettchen zu beachten.

»Sie haben uns nicht in Verdacht, oder?«, fragte sie zwischen zwei Bissen.

»Ich glaube nicht. Der Bote hat zwar an dir geschnüffelt, wirkte jedoch nicht sonderlich interessiert. Du riechst nicht weiblich. Er hat sich vielleicht gewundert, dass du so sehr nach mir riechst, aber wenn du mein Sohn bist, ist das doch normal, oder?«

Sie zuckte die Schultern. »Er hat sich vielleicht gefragt, warum du eine Nachricht an den Feldherrn schicken willst.« Sie schob Brot nach und spülte es mit einem Schluck Bier hinunter. »Warum tust du es?«

Sein Blick richtete sich auf die Tür. Er fuhr erneut mit den Händen durch sein Haar, bis seine Locken aufrecht standen. »Neil ist mein Onkel. Ich muss eine Vertrauensperson über dich unterrichten. Falls mir etwas geschehen sollte, bevor wir Chroina erreichen.«

Sie hörte zu kauen auf. Auf Riggs' Schultern lastete schwere Verantwortung. Und er trug sie alleine.

Sie schluckte den letzten Bissen hinunter und schüttelte den Kopf. »Nein«, sagte sie leise. »Du solltest keine Nachricht schicken. Alles was du schreibst, kann der Bote lesen.«

»Das kann er nicht. Ich werde das Schreiben versiegeln. Ein Siegel unberechtigt zu brechen ist strafbar.«

Sie schnaubte. »Aye, du versiegelst es. Mit Wachs und einem Siegel, das er dir bringt. Wie willst du wissen, ob er nicht eine Kopie des Siegels in der Tasche hat, mit der er es ersetzen kann?«

Riggs zog etwas aus seiner Tasche und hielt es ihr hin.

Sie nahm es entgegen. Es war ein Siegelring. Er war aus schwerem Messing gefertigt und groß genug für eine kräftige Männerhand. Auf dem Ring waren eine Sense neben einer Weizengarbe und ein von mehreren Sternen umringter Sichelmond eingraviert.

»Als ich erwachsen wurde, hat meine Mutter ihn mir gegeben. Sie sagte, sie wäre mir gerne eine bessere Mutter gewesen, sei jedoch stolz auf meinen Vater, der seine Sache sehr gut gemacht habe. Dieser Ring und ein zweiter mit der gleichen Gravur gehörten ihrem Vater. Den einen hat er auf seinem Sterbebett ihr, und den anderen seinem Sohn, meinem Onkel Neil, gegeben. Ich verwende dieses Siegel für alle meine Briefe. Wenn der Bote es fälscht oder gegen ein anderes austauscht, macht mein Onkel ihn einen Kopf kürzer, bevor er damit fertig ist, die Nachricht auszuhändigen.

Das Metall des Rings war warm, weil er in Riggs' Tasche gesteckt hatte. Sie hielt ihn gerne in der Hand und strich mit den Fingern über das Siegel. Es war eine Ehre, einen so persönlichen Gegenstand von ihm berühren zu dürfen. Sie gab ihn widerstrebend zurück.

»Er ist schön. Wirklich. Aber er ist immer noch keine Garantie dafür, dass dein Brief sicher sein Ziel erreicht. Der Bote könnte die Nachricht auch ganz einfach lesen und anschließend zerstören.«

Riggs blickte sie zweifelnd an. »Ein unehrlicher Bote behält seine Arbeit nicht lange. Die meisten sind ehrlich. Ich verwende sie oft, und habe nie Probleme mit ihnen gehabt.«

Sie brummte: »Du hast mir gesagt, diese Dörfer würden mehr und mehr der Gesetzlosigkeit verfallen. Vielleicht war er bis jetzt ehrlich. Aber du hast ihm erzählt, dass du den Feldherrn kennst, und da du gesagt hast, die Nachricht sei eilig, muss sie wichtig sein. Er könnte versuchen, die Lorbeeren für deine Neuigkeiten selbst einzuheimsen, und dabei herausfinden, dass du eine Frau in deiner Obhut hast.« Sie spreizte die Hände.

»Mist. Du hast Recht.« Er fuhr sich wieder mit den Händen durchs Haar.

»Ich sage nicht, dass du deinem Onkel nicht schreiben sollst. Ich denke nur, dass du mit dem, was du ihm schreibst, vorsichtig sein solltest. Du musst davon ausgehen, dass die Nachricht von fremden Augen gelesen wird. Und du solltest dich nicht darauf verlassen, dass sie ihr Ziel erreicht.«

Riggs lehnte sich vor und stützte den Kopf in die Hände. Er rieb seine Schläfen mit den Fingerspitzen und warf ihr einen kleinlauten Blick zu. »Wie bist du zu solcher Weisheit gelangt? Du denkst so viele Schritte voraus.«

Sie stieß ein freudloses Lachen aus. »Ich bin nicht weise. Ich bin ein verdorbenes Luder, das viel Böses getan hat. Wenn man selbst schlecht ist, fällt es nicht schwer, die Schlechtigkeit anderer vorauszusehen.« Erinnerungen an das, was sie ihrem Laird, ihrem Clan und Darcy angetan hatte, sprangen sie an. *Ich hätte beinahe ein kleines Kindchen umgebracht, wie die Larnier, die Riggs so verachtet.*

Er blickte sie mit gerunzelter Stirn an. »Das kann ich nicht glauben.«

Es fehlte ihr an der nötigen Energie, ihm zu widersprechen. Sie sagte bloß: »Es stimmt. Ich habe viele abscheuliche Dinge getan.« Umso besser, dass er vorhatte, sie zu seinem König zu bringen. Mit ihrer Neigung zu Intrigen wäre sie an einem Königshof am richtigen Ort. Ihr Magen zog sich vor Bitterkeit zusammen. Es war dumm von ihr gewesen, sich nach allem, was sie verbrochen hatte, in den Gedanken zu versteigen, sie könne einen anständigen Mann wie Riggs verdient haben.

Er stand von seinem Stuhl auf und ging vor ihr auf die Knie. Er legte die Hände auf ihre Beine. Seine Daumen streichelten sie sanft und verursachten ihr wohlige Schauder. Sie hätte sie wegstoßen sollen. Sie hatte diesen Trost nicht verdient. Doch selbstsüchtig wie sie war, sog sie jede Einzelheit dieses Augenblicks in sich auf, um sich später, wenn Riggs fortgegangen wäre und sie sich nackt in den Armen eines Fremden befände, daran erinnern zu können. An das warme Gewicht seiner Hände, seinen holzigen Geruch, sein hübsch zerzaustes Haar und seinen innigen Blick.

»Ich habe Schlechtigkeit erlebt«, sagte er. »Ich habe ihr in die Augen gesehen und sie bekämpft. Ich kenne sie gut genug, um sie wiederzuerkennen, und ich kann dir versichern, dass in dir keine Schlechtigkeit ist.«

Sie schüttelte den Kopf. Er täuschte sich.

»Kein bisschen«, insistierte er. »Ich würde es dir ansehen. Wenn du schlecht wärst, würde ich dich nicht lie–«

Ein Klopfen an der Tür ließ sie beide aufhorchen.

Er stieß einen leisen Fluch aus. Ihr Herz tat es ihm gleich. Was auch immer er ihr hatte sagen wollen, der Verlust dieser Worte rasselte in ihrer Brust wie trockene Erbsen in einer Schüssel.

»Der Bote«, sagte Riggs. Er nahm seine Axt vom Bett und machte die Tür einen Spalt breit auf. Dann öffnete er sie, ging in die Hocke, um etwas vom Boden aufzulesen und schloss die Tür wieder. »Mein Papier und meine Feder.« Er schüttelte den Kopf. Seine Mundwinkel zuckten amüsiert, doch er sah ihr nicht in die Augen. »Die brauche ich jetzt nicht mehr. Ich habe meinem Onkel viel zu berichten, aber ich will nicht riskieren, dass andere einen Blick darauf werfen.« Er fuhr sich schon wieder mit der Hand durchs Haar. Dann begann er, ruhelos auf und ab zu gehen.

»Iss dein Essen«, befahl sie ihm. »Und kümmere dich dann um die Pferde.« Etwas zu tun würde ihn beruhigen. Sie hätte auch gerne etwas getan, doch sie war nicht so dumm, diesen Raum zu verlassen.

Er nickte und setzte sich, um die Frettchen zu verspeisen. Als er fertig war, nahm er die Feder und begann zu schreiben.

»Ich dachte du hättest beschlossen, es nicht zu riskieren, eine Nachricht zu versenden.«

»Ich werde dich nicht darin erwähnen«, antwortete er, ohne sie anzusehen. »Aber nachdem ich den Boten nun beauftragt habe, muss ich auch etwas schreiben. Es würde sonderbar aussehen, wenn ich ihm nichts zu liefern bringe. Ich werde aufpassen, was ich berichte.«

Och, er hatte Recht. Wenn er keine Nachricht nach unten brachte, machte er sich verdächtig.

Er strich ein paar Zeilen aus, machte eine gedankenvolle Pause und schrieb noch etwas.

»Wie oft schreibst du Briefe?«, fragte sie. Sie war selten gezwungen zu schreiben, und schrieb ziemlich langsam. Sie nutzte diese Fähigkeit hauptsächlich, um Parfümrezepte und Anweisungen zur Ernte und Zubereitung von Kräutern zu kopieren.

»Ich schreibe meiner Mutter jede Saison einen Brief, und sie schreibt mir zurück.« Er lächelte sie stolz an, bevor er sich wieder seinem Brief zuwandte. »Und ich korrespondiere gelegentlich mit meinem Onkel. Als mein Vater noch lebte, ließ er mich einen ganzen Band über Pelzjägerei und Gerberei für die Archive des Königs schreiben. Ich musste das verdammte Ding so oft schreiben, bis es fehlerfrei war.« Sein humorvoller Ton strafte die brummigen Worte Lügen.

Riggs war anständig, fähig und gebildet. Wenn es nötig war, konnte er kämpfen und war gut darin. Sie tat besser daran, das Bett eines Mannes zu wärmen, der sie nie lieben würde, anstatt zu versuchen, die Zuneigung eines so fabelhaften Mannes wie diesem zu gewinnen. Seufzend betrachtete sie seinen kräftigen Arm, der geübt die Feder führte.

Nachdem er die halbe Seite vollgeschrieben hatte, faltete er den Brief zusammen und stellte den Topf mit grünem Siegelwachs, den der Bote gebracht hatte, auf die Öllampe, um das Wachs zu schmelzen.

»Was hast du geschrieben?«

Er drehte sich halb auf seinem Stuhl um, um sie anzusehen. »Nur, dass ich ein geflecktes Wildschwein bis nach Larna hinein verfolgt und Dinge mitgehört habe, die den König interessieren könnten. Und dass ich ihn besuchen käme, sobald ich mit meinem Sohn beim Doktor in Haletown gewesen sei.« Er lächelte hinterhältig. »Ich habe ihm geschrieben, er habe jetzt, wo der Winter kommt, solche Schmerzen in seinen Beinen und wir würden darauf hoffen, bessere Arznei für ihn zu finden.«

»Gut. Das ist schlau. Er weiß ja, dass du keinen Sohn hast und wird daraus schließen, dass du nicht allein reist. Und wenn der Bote es liest, wird er sich nichts dabei denken, er hat ja gesehen, wie ich hinke.«

Er ließ einige Tropfen Wachs auf den Brief fließen und presste seinen Ring hinein. Ihn in Position haltend, sagte er: »Und falls wir es nicht nach Chroina schaffen, wird Neil wissen, dass ich auf dem Weg dorthin war und Nachrichten überbringen wollte, die zu wichtig waren, um sie einem Boten anzuvertrauen. Ich hoffe zumindest, dass er es so verstehen wird. Er kann natürlich auch denken, ich hätte zu tief ins Glas geschaut, bevor ich den Brief schrieb.«

»Wir schaffen es«, sagte sie.

Er sah sie mit einem sanften, müden Blick an, als er sich zum Gehen erhob. Sein Blick hatte ihr so vieles zu sagen. *Ich hoffe, du behältst Recht. Es ist gut, dass du daran glaubst. Ich würde dich lieber für mich behalten.* Das Letztere hatte sie sich vielleicht nur eingebildet.

»Ich bin gleich wieder zurück.« Er verließ das Zimmer und sie hörte, wie er den Schlüssel drehte, bevor er den Boten suchen ging.

Den Moment des Alleinseins nutzend, fand sie eine zerbeulte Pfanne unter dem Bett, die anscheinend als Nachttopf diente, und erleichterte sich rasch. Sie ging zum Fenster, um die Pfanne zu leeren, traute sich jedoch nicht, die Läden zu öffnen. Sie wollte nicht gesehen werden. Doch die Nacht in diesem engen Zimmer mit einem vollen Nachttopf zu verbringen, noch dazu, wo Riggs eine so empfindliche Nase hatte, ging auch nicht.

Ach ja, der Umhang. Sie warf ihn um ihre Schultern und zog die Kapuze über. So konnte sie es wagen, die Läden zu öffnen. Ihr Zimmer ging auf die Straße hinaus, auf der sie ins Dorf gekommen waren. Das große schwarze Pferd stand immer noch auf der dem Pub gegenüberliegenden Seite. Während sie den Inhalt der Pfanne in den Rinnstein goss, öffnete sich die Eingangstür.

Sie hörte ärgerliche männliche Stimmen, dann polterten mehrere Gestalten aus dem Pub und die Treppe hinunter. Inmitten des lärmenden Trupps ragte ein Kopf mit schwarzen Locken hervor. War es der Bote? Sie konnte sein Gesicht nicht sehen.

Der Mann holte aus und streckte einen der anderen Männer mit einem Faustschlag zu Boden. Er drehte ruckartig den Kopf und blickte suchend am Gebäude entlang, bis er sie am Fenster sah. Braune Augen mit Flecken aus geschmolzenem Gold starrten sie an.

Riggs!

Ihr Herz begann einen wilden Trommelwirbel zu schlagen, als die Männer aus dem Pub einen Kreis um ihn bildeten und ihre Äxte zogen. *Och*, hatte Riggs seine Axt mitgenommen, als er hinuntergegangen war? Sie konnte sich nicht erinnern. Sie drehte sich um, durchsuchte den Raum mit dem Blick und stellte erleichtert fest, dass sie nicht da war.

Sie wollte sich gerade wieder dem Streitgemenge zuwenden, als sie hörte, wie leise ein Schlüssel ins Schloss der Zimmertür geschoben wurde. Das Schloss gab nach. Die Tür öffnete sich.

Zwei Männer schoben sich in den Raum. Der eine hatte Hängebacken und graues Haar und starrte sie an, als wäre sie ein Gespenst. Der andere musste Bilkes, der Bote, sein. Er hatte scharf geschnittene Züge wie ein Adler, und durchbohrte sie mit dem Blick seiner grünen Augen. »Du armes Lämmchen«, säuselte er mit seiner Tenorstimme. »Ich habe Arznei für dich, damit du nicht mehr an deine Beine denkst.« Er umfasste mit einer Hand durch seine Hosen hindurch sein Gemächt und warf mit der anderen Riggs' zusammengeknüllte Nachricht aufs Bett.

Der grauhaarige Mann gab Bilkes eine Kopfnuss. »Zeig der Lady gefälligst Respekt!« Sie erkannte die Stimme des Schankwirts. Er betrachtete sie mit zusammengekniffenen Augen und leckte sich dabei die Lippen. Sie konnte ihn praktisch Münzen zählen sehen, während er sie taxierte.

Sie tastete sich unter dem Umhang auf ihr Jagdmesser zu.

»Ich habe dich für verrückt gehalten, als du unten meintest, du habest eine Frau gerochen.« Der Schankwirt stieß dem anderen mit dem Ellenbogen in die Rippen. »Deine Nase muss besser sein als meine.« Damit berührte er seinen knollenförmigen Riecher mit dem Daumen.

»Ich hab's dir doch gesagt«, antwortete Bilkes grinsend. »Den Geruch einer Frau kann man kaum verwechseln. Und noch weniger den eines Menschen, selbst wenn ein dummer Pelzjäger versucht, ihn mit seinem zu überdecken.«

Sie rang nach Luft. Bilkes hatte Umgang mit Menschen gehabt. Das hieß etwas, doch was? Sie konnte nicht denken. Ihr Geist war vor Angst gelähmt.

»Mach schnell«, sagte der Schankwirt. »Bring sie weg, bevor die anderen mit dem Pelzjäger fertig sind. Ich sehe dich morgen früh in Ferndell, dann reden wir darüber, was mit ihr anzufangen ist.«

Sie fand das Messer und schloss die Hand um seinen Griff. Ihr Herz hämmerte bei dem Gedanken, dass die anderen Männer draußen versuchten, Riggs »fertigzumachen«.

Der Bote kam auf sie zu.

Sie holte tief Atem und stieß den lautesten, schrillsten Schrei aus, den sie zustande bringen konnte.

Kapitel 13

Wie Anya gehofft hatte, hielten die Männer sich mit beiden Händen ihre empfindlichen Wolfsmenschenohren zu.

»Bei Danu! Sieh zu, dass sie damit aufhört!«, schrie Bilkes.

Der Schankwirt holperte feixend und seine hervorstehenden gelben Zähne bleckend um das Bett herum auf sie zu. Er wedelte mit den Händen um seinen Kopf, als könne er ihr Geschrei verscheuchen. Sie machte weiter, obwohl sie sich dabei wie eine wild gewordene Banshee fühlte.

Sie zog ihr Messer und wich dem Wirt aus, als er nach ihr griff. Ihre Beine versagten den Dienst, so dass sie aufs Bett fiel. Bilkes hob sie hoch. Verdammter Mist!

Sie schrie wieder, diesmal so nah wie möglich an seinem Ohr.

Er brüllte und legte den Kopf schief, um sich das Ohr mit der Schulter zuzuhalten. »Halts Maul! Halts Maul!«

Sie hielt ihr »Maul« nicht. Sie kreischte weiter, während sie sich von ihm freistrampelte. Bevor sie als ein jämmerliches Häufchen am Boden landete, rammte sie ihm das Messer in den Bauch. Er stöhnte und krümmte sich.

Gütiger Himmel. Sie hatte einen Mann erstochen.

Darüber konnte sie später nachdenken. Sie hastete auf Händen und Knien zur Tür, wobei sie ihre Beine verfluchte, die so wertlos waren, dass sie sich noch nicht einmal vor diesen Mistkerlen retten konnte.

Am Ende des Flurs kam sie zur Treppe. Wie sollte sie hinuntergelangen? Was war mit Riggs passiert? Würde er sich gegen diese Männer behaupten können? Sie musste zu ihm.

Sie zog sich am Geländerpfosten hoch und begann, die Treppe hinabzusteigen, wobei sie sich am Geländer festklammerte.

Ein erbarmungsloser Arm legte sich von hinten um ihre Brust und zog sie mit einem Ruck an einen gestählten Körper.

Sie schrie wieder.

»Halts Maul, habe ich gesagt! Du wirst mit deinem Gekreische noch die Mächte des unteren Reichs aufschrecken!« Bilkes. Der Messerstich hatte nicht gesessen. Es sah so aus, als müsse sie es erneut versuchen.

Sie kreischte weiter, um ihn von dem Messer abzulenken, dass sie immer noch in der Hand hielt. Sie wollte versuchen, sich in eine bessere Position zu bringen, hatte jedoch kein Glück damit. Eine knorrige Hand griff nach ihrem Handgelenk und drückte zu, bis sie vor Schmerz das Messer fallenließ. Der Schankwirt.

Sie bugsierten sie gemeinsam die Treppe hinunter.

»Halt ihr den Mund zu«, sagte der Schankwirt. »Sie wird noch das ganze Dorf herbeischreien.«

»Um Danus Willen, Lady, ich werde dir nicht wehtun!«, sagte Bilkes, als sie den leeren Schankraum erreichten. Um sein Versprechen zu bekräftigen, gab er ihr eine laut klatschende Ohrfeige. Und die tat verdammt weh.

Er zog sie hoch, so dass sein Gesicht ihres beinahe berührte. Seine grünen Augen sprühten warnend Funken. Sie wusste, was es bedeutete, wenn Männer einander auf diese Weise anstarrten – sie taten es, wenn sie bereit waren, ihren Gegner ernsthaft zu verletzen. Sein Gesicht war rot angelaufen und die Adern an seinem Hals waren geschwollen. »Jetzt hör mir mal gut zu. Im Laden unten an der Straße befinden sich zwanzig Männer. Wenn die eine Frau wie ein Schaf blöken hören, kommen sie alle mit steifen Schwänzen hergelaufen. Entweder machen wir uns nett und ordentlich auf den Weg, ohne ein Rudel geiler Männer auf den Fersen zu haben, oder du machst mit deinem verdammten Geschrei weiter und holst sie alle her.

Sie klappte den Mund zu. Zwei Männern zu entkommen war einfacher, als zwanzig Männern zu entkommen.

Er zog sie nach draußen auf die Straße.

Sie machte sich absichtlich schwer, so dass er sie fast tragen musste.

Das schien ihm leider überhaupt nichts auszumachen. Diese Wolfsmänner waren verdammt widerstandsfähig. Wenn sie auf ihrer Seite waren, war das ein Gewinn. Doch wenn sie einen von ihnen außer Gefecht setzen wollte, war es bedauerlich.

Sie reckte den Hals nach dem Trupp kämpfender Männer. Einer lag bewegungslos am Boden.

Lass es nicht Riggs sein.

Die Männer schubsten einander herum. Da war er! Immer noch aufrecht, groß breitschultrig und mit gewölbter Brust, stand er breitbeinig da. Doch er hatte es immer noch mit drei Gegnern zu tun. Er kreuzte mit einem von ihnen die Axt, während die beiden anderen ihre Äxte fester griffen, um ihrem Freund bei Bedarf sofort Hilfestellung leisten zu können.

Gütiger Himmel, es war nur noch eine Frage der Zeit, bis er fiel. Er konnte dem nicht standhalten.

Sie musste etwas tun, um ihm zu helfen. Doch was? Was konnte eine verkrüppelte Hure schon unternehmen?

Och, es gab da einen Trick, den sie früher angewandt hatte, um alles zu bekommen, was sie wollte. Sie hatte es seit ihrem Sturz nicht mehr damit versucht, doch jetzt schien der geeignete Moment gekommen.

Bilkes schleppte sie zu seinem großen schwarzen Pferd.

»Wird es mit dem Reiten gehen?«, fragte der Schankwirt. Er stand da und hielt die Zügel in der Hand.

»Ich komme schon zurecht.« Bilkes drückte sie in die stinkenden Arme des Schankwirts und saß auf. »Ich hab nur einen Kratzer. Reich sie hoch und sieh zu, dass uns niemand folgt.«

»Ich werde sie aufhalten. Aber beeil dich. Sie werden mit dem Pelzjäger gleich fertig sein.« Der Schankwirt griff ihr unter die Arme und hob sie hoch. »Sieh zu, dass sie unversehrt bleibt. Sie wird mehr wert sein, wenn sie unberührt ist. Und jetzt mach schnell.«

Sie hatten vor, sie an den Meistbietenden zu verscherbeln. Diese räudigen Hundesöhne. Das würde sie verdammt noch mal zu verhindern suchen. Sie schlang die Arme um Bilkes Hals und kuschelte sich, seitwärts auf seinem Schoß sitzend, an ihn.

Seine Haltung versteifte sich. Sie konnte es ihm nicht verdenken, misstrauisch zu sein, nachdem sie ihn mit dem Messer gestochen hatte.

»Es tut mir leid, dich verletzt zu haben«, sagte sie, während er den Kopf des Pferdes herumzog und es zum Trab antrieb. »Ich hatte Angst. Doch jetzt sehe ich ein, dass ich es mit dir besser getroffen habe. Der Pelzjäger kann sich noch nicht mal gegen vier Trunkenbolde behaupten. Gottseidank habe ich einen starken Beschützer gefunden.« Die Lüge schmeckte bitter, doch sie würde es wert sein, wenn sie erst ein Messer an diesem Mann gefunden und ihn richtig erstochen hatte.

Während sie ihm ins Ohr gurrte, beobachtete sie über seine Schulter hinweg den Kampf. Ein Mann, der von hinten an Riggs heranging, ließ sie zusammenzucken. Riggs duckte sich, um der Axt des ihm gegenüberstehenden Mannes auszuweichen, während er mit dem Fuß nach hinten trat und den Mann hinter sich im hohen Bogen wegkickte. Der Stolz auf ihn besiegelte ihre Entschlossenheit. *Halte durch, Geliebter.*

Bilkes' Schultern entspannten sich. »Wenn er schlau wäre, hätte er dir verboten, oben im Zimmer auch nur ein einziges Wort zu sagen. Unten hatte mich dein Geruch misstrauisch gemacht, doch was dich verraten hat, war deine Stimme.«

Och, wie dumm von ihr. Sie hätte flüstern sollen. Es war ihr Fehler. *Ich werde es wieder gutmachen.* »Dann habe ich ja Glück gehabt, dass du mich gehört hast.« Sie schob eine Hand an seiner Seite entlang, um ihn nach der Scheide oder dem Griff eines Messers abzutasten.

»Was machst du da?«

»Ich sehe nach deiner Wunde. Wo ist sie? Dem Himmel sei Dank, dass es nur ein Kratzer ist. Du lässt sie mich hoffentlich verbinden, wenn wir an unserem Ziel angelangt sind.« Ihr kleiner Finger streifte über den rauen Rand einer Messerscheide. Er trug ein Messer.

Er schob ihre Finger ein Stückchen weiter zu der sickernden Wunde. »Das ist das Mindeste, was du tun kannst. Vielleicht lasse ich dich dann auch in anderer Hinsicht deine Dienste erweisen, um mich dafür zu entschädigen.«

Dazu würde es verdammt noch mal nicht kommen. Er zuckte zusammen, als sie die Wunde sanft abtastete.

»Mmm. Schmerzhaft, aye? Keine Angst. Ich werde dich gebührend entschädigen.« Sie bereitete sich darauf vor, die Finger in sein klaffendes Fleisch zu bohren und gleichzeitig mit der anderen Hand sein Messer zu ziehen.

Ein plötzlicher Richtungswechsel des Pferdes brachte sie aus dem Gleichgewicht, als Bilkes es um eine Ecke lenkte. Sie musste sich an seinem Hemd festhalten, um oben zu bleiben. Verdammt. Jetzt musste sie versuchen, wieder in die richtige Position zu kommen.

Er trieb das Pferd zum Galopp an. Sie waren dabei, ein Gebäude zu umrunden, das ihr die Sicht auf den Kampf versperren würde. Sie bemühte sich, einen letzten Blick auf Riggs zu erhaschen, und sah ihn inmitten gefallener Dorfbewohner auf der Straße stehen. Seine Augen blitzten im Dunkeln, als er ihr nachblickte. Er sah nicht, dass sich hinter ihm ein Mann auf die Füße rappelte, seine Axt hob und sie mit Schwung auf ihn niedersausen ließ.

Ihre Sicht wurde durch das dunkle Holz eines verlassenen Hauses verstellt. Ihr schlug das Herz bis zum Hals. Sie schrie auf, um Riggs zu warnen, doch das Wiehern eines Pferdes erstickte ihren Schrei.

Bilkes fluchte und zog die Zügel. Auf der Straße waren mehrere dunkle Formen auszumachen. Pferde mit Reitern.

Bilkes' Pferd bäumte sich auf. Er fiel rückwärts mit ihr herunter.

Während des Augenblickes der Schwerelosigkeit auf ihrem Weg zum Boden spürte sie ein leeres Gefühl im Magen. *Och*, sie hasste es, zu stürzen!

Sie schlug hart auf. Ihre Knochen krachten. Es verschlug ihr den Atem.

Um sie herum klapperten überall Hufe. Sie waren viel zu nah! Sie würden sie zertrampeln! Sie schützte ihren Kopf mit den Armen und rollte sich zusammen.

Das Grunzen und Wiehern der Pferde schallte durch die Nacht. Männer schrien.

»Da ist sie! Fangt sie!«

»Pass mit deinem Pferd auf! Zertrample sie nicht!«

Sie hatte es satt, furchtsam die Glieder einzuziehen wie eine verdammte Schildkröte. Wenn sie schon zertrampelt werden sollte, wollte sie den Dingen ins Auge sehen, wie es sich für eine Keith gehörte. Sie wälzte sich auf die Seite und blickte hoch. Ein Paar großer Hufe erschien über ihr. Bilkes' schwarzes Pferd, das sich reiterlos aufbäumte.

Ein Körper legte sich über sie.

»Achtung!«

Bilkes. Er beschützte sie. Er rollte mit ihr seitwärts.

Sie konnte nicht an seinen breiten Schultern vorbeisehen, doch sie fühlte die Hufe herunterkommen. Sie trafen auf Bilkes, der sie außer Reichweite gebracht hatte. Er zappelte und grunzte. Seine Arme verkrampften sich um sie.

Er hatte den Hieb an ihrer Stelle abgefangen.

Sie schrie.

Ein Paar Stiefel traf neben ihr hart auf den Boden. Eine Hand mit schwarzen, spitzen Fingernägeln streckte sich nach ihr aus und packte sie am Rücken ihres Umhangs. Sie wurde an die Brust eines bärtigen Mannes mit eisblauen Augen gezogen. Aodhan hatte solche Augen gehabt, doch sie hatte oft Wärme in ihnen gesehen, wenn der Feldherr sie betrachtet hatte. In diesen Augen hatte nie die geringste Wärme gestanden. Niemals.

»Ich habe nach dir gesucht.« Seine Stimme war so tief, dass sie wie ein Knurren klang.

Die Fährtensucher.

Ihr gefror das Blut in den Adern.

Riggs war sicherlich tot, und sie war in den Händen der Fährtensucher, vor denen er sie unbedingt hatte beschützen wollen.

§

EIN KALTER, NEBLIGER Morgen brach an. Anya saß rittlings auf dem größten und breitesten Pferd, auf dem sie je geritten war, vor dem Fährtensucher, der sie von der Straße hochgezogen hatte und von dem sie annahm, dass er der Anführer war. Die anderen drei gehorchten ihm, und er verhielt sich ihnen gegenüber äußerst selbstsicher und verächtlich, wie ein wichtiger Mann. Obwohl sie noch keinen richtigen Blick auf ihn hatte werfen können, erkannte sie seine Überlegenheit an der entspannten Art und

Weise, in der seine Hüften im Rhythmus des Pferdes schaukelten und daran, dass er seine Handgelenke unbekümmert auf ihren Oberschenkeln ruhen ließ und die Zügel locker in seinen Fäusten hielt. Er war ein hervorragender Reiter, dem es nicht das Geringste ausmachte, eine Frau aus einem Nachbardorf zu stehlen. Sein Benehmen zeigte ihr deutlich, dass er nicht damit rechnete, dass jemand es wagen könnte, ihm seine Beute streitig zu machen.

Sie hätte sich von der Nähe solcher Männer abgestoßen fühlen müssen, zumal Riggs sich so sehr darum bemüht hatte, sie vor ihnen zu schützen. Sie hätte sich wünschen müssen, seine Hände von ihrem Schoß stoßen und vom Pferd springen zu können. Sie hätte sich wünschen müssen, ihm um jeden Preis zu entkommen. Doch sie fühlte sich zu leer, um was auch immer zu fühlen. Ihre Seele war zu erschöpft, um irgendetwas zu unternehmen.

Sie hatte ihren Wolfsmann verloren.

Er war tot. Seine Landsleute hatten ihn umgebracht, während er versuchte, sie zu beschützen. Würde jemand ihn begraben? Würde jemand um ihn trauern? Es war eine Schande, dass er nicht für etwas Achtbareres hatte sterben können, wie zum Beispiel das Beschützen einer Frau, die seiner Zuneigung und seiner Hoffnung auch würdig war.

Ihr Körper schmerzte von ihrem Sturz, doch die Leere, die der Verlust von Riggs in ihrer Brust hinterließ, war ein unermesslich schlimmerer Schmerz. Ohne seine Anwesenheit, die ihr Halt gab, fühlte sie sich verloren. Sie trieb dahin.

Ihre Umgebung nahm sie nur vage wahr. Einen bekannten Felsbrocken hier, eine vertraute Wiese mit einer bröckelnden Mauer dort. Die Fährtensucher ritten den gleichen Weg zurück, den Riggs am Vortag mit ihr auf seinem Rücken gelaufen war. Das hieß, dass sie sich von Chroina entfernten.

Riggs hatte sie nach Chroina, zu König Magnus bringen wollen. Er hatte vielleicht zu Unrecht geglaubt, dass sie seinem Volk helfen konnte, doch es war sein höchstes Ziel gewesen, sie sicher zu seinem König zu bringen. Was für ein undankbares Weib wäre sie, wenn sie nicht alles in ihrer Macht stehende daran setzte, diesen Wunsch an seiner Stelle zu erfüllen?

König Magnus würde sie nicht wollen, wenn sie ihm gestand, dass sie nicht nur vernarbt und verkrüppelt, sondern noch dazu unfruchtbar war. Doch da Riggs anscheinend so viel von ihm hielt, würde er sie vielleicht beschützen. Diesen Männern schien es nicht wirklich um ihren Schutz zu gehen.

Außerdem gab es da noch die Nachricht, die Riggs seinem Onkel hatte überbringen wollen, über die Frauen, die es womöglich noch in Larna gab. Das war ein weiterer Grund für sie, nach Chroina zu gehen.

Sie würde es tun, oder bei dem Versuch, es zu tun, sterben. Etwas Geringeres hatte ihr Wolfsmann nicht verdient.

Nach und nach brannte sie wieder vor Entschlossenheit und Tatendrang. Jeder Schritt, mit dem die Pferde der Fährtensucher sich von Maranns Hauptstadt entfernten, wirkte auf sie wie ein Stock, der in einem Hornissennest stocherte und ihren Zorn anstachelte. Sie musste diesen Männern entkommen, und zwar schnell, wenn sie den Weg in die Stadt finden wollte, die einen Dreitageritt von Valeworth entfernt lag.

Sie begann, die Fährtensucher hinsichtlich ihrer Einsatzbereitschaft zu beobachten. Auf welche Art konnte sie ihnen entkommen?

Einer von ihnen öffnete den Weg. Zwei weitere ritten hinter ihnen. Jeder von ihnen bewaffnet mit einem Breitschwert und einem Dolch in einer Scheide an der Wade. Sie trugen dunkle Umhänge über Plaids, die einst vielleicht in einem satten Blau gefärbt, jetzt aber zu einem stumpfen Grau verblasst waren. Erst gestern hatte Riggs ihr erklärt, dass es seit Jahrzehnten keinen nennenswerten Handel mehr gab. Luxusgüter, wie schöne Seidenstoffe und Stofffarben aus fernen Ländern, gehörten der Vergangenheit an. Der gefaltete Wollstoff, der die Schenkel des Mannes bedeckte, mit dem sie ritt, war zwar weniger fadenscheinig als der der anderen Männer, doch der Unterschied war geringfügig.

Die Männer verhielten sich wie Soldaten. Sie mussten sich gut mit Waffen auskennen. Sie würde nicht in der Lage sein, mit ihnen zu kämpfen. Selbst wenn es ihr gelang, einem der Männer seinen Dolch zu stehlen und ihm die Kehle aufzuschlitzen, würden die restlichen drei ihr keine weiter Chance geben, sie zu überrumpeln. Sie konnte sich einem weiteren Mann durch Verführung nähern, um ihn umzubringen, doch auch das würde nur einmal funktionieren.

Wenn sie schlau waren, was sie vermutete, würden sie in Schichten schlafen. Sie würde keine Gelegenheit bekommen, sich nachts davonzustehlen, außerdem würde sie dazu eines ihrer Pferde benötigen, wenn sie sie abhängen wollte. Und wenn es ihr durch ein Wunder gelang, ihnen zu Fuß zu entkommen, würden sie ihre Spur aufnehmen und sie wieder einfangen.

Was blieb ihr also noch übrig?

Wenn sie nach Chroina gelangen wollte, musste sie sie töten, alle vier.

Sie fühlte Angst in ihren Magen sinken, wie einen Stein. Bilkes mit dem Messer zu stechen, war eine Sache, doch selbst wenn sie die Möglichkeit hätte, vier Männer zu töten, würde ihr der Mut dazu fehlen.

Och, Riggs, warum bist du von mir gegangen? Was soll ich tun?

Vielleicht würde sich von selbst eine Lösung ergeben, wenn sie mehr erfuhr. »Wo bringt ihr mich hin?« fragte sie den Anführer.

Seine Hände auf ihren Schenkeln spannten sich an. »Du solltest nicht in der Lage sein, unsere Sprache zu sprechen.«

»Ich bin es aber. Wo bringt ihr mich hin? Was habt ihr mit mir vor?«

Er lehnte sich vor, um ihr Kinn zu fassen und drehte ihr Gesicht zu sich um, um sie sich zu betrachten. »Du bist keine entsprungene Gefangene. Wie hast du unsere Sprache gelernt?«

»Ich habe eine Begabung für das Sprachenlernen«, log sie. »Wo bringt ihr mich hin?«

»Wie lange bist du schon in unserem Reich?«

Unserem Reich? Er würde das Wort nicht gebrauchen, wenn er nicht wüsste, dass es auch andere »Reiche« gab. Davon abgesehen hatte er ihr Gesicht betrachtet und würde festgestellt haben, dass sie keine Wolfs-Frau war. Und genau wie die Larnier, die sie gefunden hatten, schien ihn das nicht zu wundern. Er musste von der Existenz anderer Menschenfrauen wissen. Hatte er sie gesehen? Wo waren sie? Sie musste mehr darüber erfahren, und die Informationen Riggs' Onkel überbringen.

»Schon lange«, log sie erneut. Lügen fiel ihr leicht. Das hatte es schon immer getan. »Warum soll ich keine entkommene Gefangene sein? Vielleicht haben wir alle zusammengearbeitet, um mich zu befreien. Es ist erstaunlich, was Frauen zustande bringen können, wenn sie zusammenarbeiten.«

»Du lügst. Ich hätte dich wiedererkannt. Wenn du in Bantus' Harem gewesen wärst, hätte ich dich bereits gevögelt. Ich habe alle seine Haustiere gevögelt.«

»Oberleutnant zu sein, hat seine Vorteile«, brummelte der hinter ihnen reitende Soldat. »Der Rest von uns muss sich mit Wolfsmösen zufriedengeben.«

»Ruhe!«, bellte der Anführer.

Gütiger Himmel. Das waren böse Männer, die von Frauen sprachen, als wären sie Haustiere, die herumgereicht und benutzt wurden. Soweit zur Bestialität. Aber sie hatte zumindest etwas erfahren. Er hatte Bantus' Harem erwähnt und nicht mit der Wimper gezuckt, als sie von »Frauen« im Plural gesprochen hatte. Das hieß, dass es in Larna Menschenfrauen gab. Wie schrecklich für sie.

»Hmm, ich frage mich, ob unser kleines Maranner Wiesel dich vor König Bantus geheim gehalten hat. Bist du Aris Haustier? Hast du unsere Sprache bei ihm gelernt?«

Ari. Das war der Name von König Magnus' stellvertretendem Kommandanten. Er war derjenige, von dem Riggs ihr gesagt hatte, er hielte ein Auge auf König Bantus.

»Aye. Du hast es erfasst. Ich gehöre Ari.« Wenn sie diesen Ari finden könnte, konnten sie vielleicht gemeinsam versuchen, die anderen Frauen zu retten. Ari konnte ihr vielleicht helfen, nach Chroina und zu König Magnus zu gelangen. »Wenn du mich zu ihm zurückbringst, wird er dich großzügig belohnen.«

»Oh, meine Belohnung bekomme ich so oder so«, sagte er und rutschte im Sattel, so dass sie seinen harten Schwanz hinter sich fühlen konnte. »Ich werde sie bekommen, sobald wir in Saroc sind.«

»Ari teilt nicht gerne«, sagte sie kühl.

»Du lügst schon wieder. Er teilt sogar sehr gerne. Und er sieht gerne dabei zu. Genauso gerne wie Bantus.«

Och, um Himmels Willen! Es hörte sich an, als habe Ari bei dem, was in Larna vor sich ging, die Hand im Spiel. Dann war es besser, ihm nicht in die Hände zu fallen.

Sie musste fliehen, sobald sie Gelegenheit dazu fand. In Larna würden sie nichts als Schrecken über Schrecken erwarten. Es verdreifachte ihre Entschlossenheit, König Magnus und seinen Feldherrn über die anderen Frauen zu unterrichten.

»Ein Mädel sollte nichts unversucht lassen«, sagte sie leichthin, um sich gefügig zu geben.

Der Anführer stieß ein Schnauben aus, das einem Lachen glich. Selbst sein Lachen klang kalt und überheblich. »Versuchen kann sie es allemal. Ich mag durchtriebene Frauen. Bantus auch. Es macht mehr Spaß, sie fertigzumachen.«

Sie schluckte. Wenn ihre Entschlossenheit ihr zweites Ich wäre, hätte dieses dazu heftig genickt. Um dem Schicksal zu entgehen, dem diese Männer sie entgegentrugen, würde es ihr ein Vergnügen sein, sie allesamt zu töten. Und danach würde sie sehen, was sie für die in Larna gefangengehaltenen Frauen tun konnte. Sie konnte sich keine bessere Art und Weise vorstellen, die Erinnerung an Riggs zu ehren.

Sie tat so, als fiele sie in Schlaf, und wartete auf ihre Gelegenheit. Sie würde kommen, und wenn es soweit war, würde sie diesem Pferdearsch zeigen, wozu eine durchtriebene Frau fähig war.

Kapitel 14

NAGENDER HUNGER QUÄLTE Riggs, während er sich auf der Spur der Männer, die mit Anya fortgeritten waren, durch den immer finsterer werdenden Wald schleppte. Seine Beine brannten vom Rennen. Seine Arme schmerzten von dem Kampf mit den Dorfbewohnern auf der Straße. Sein Magen verkrampfte sich, er musste etwas essen. Die zwei Frettchen im Pub hatten ihn kaum gesättigt, und seitdem war fast ein ganzer Tag vergangen. Er sollte jagen und sich ausruhen, bevor er weiterlief. Doch er hielt nicht inne. Er würde nicht innehalten, solange Anya in Gefahr schwebte.

In Valeworth war er von den angreifenden Dorfbewohnern abgelenkt worden, als er sah, dass der Bote mit ihr davonritt. Einer von ihnen hatte die Gelegenheit ergriffen und versucht, ihm feige von hinten den Kopf abzuschlagen. Das verräterische Zischen des Stahls durch die Luft war so ungefähr das Letzte, was er gehört hatte, aber es war ihm gelungen, dem Schlag auszuweichen. Im Drang, Anya zur Hilfe zu eilen, hatte er den letzten Angreifer niedergehackt und war dem Boten nachgerannt, den er dann jedoch erblickte, wie er, vom Schankwirt gestützt, von der Straße humpelte. Anya war nirgends zu sehen. Doch in der Ferne verschwanden vier Reiter um eine Wegbiegung. Die Fährtensucher.

Er war ihnen zu Fuß auf den Fersen geblieben, hatte sich im Schatten gehalten und Abstand gewahrt, damit sie keinen

Verdacht schöpften. Er hatte einen Blick auf Anya erhascht, die vor einem der Männer im Sattel saß. Er hatte schnell herausgefunden, wohin sie ritten. Zu seiner Höhle. Umso besser. Sie würden wahrscheinlich die Nacht dort verbringen. Er hatte den Vorteil, den Ort gut zu kennen. Er konnte jeden Vorteil gebrauchen.

Nachdem er eine weitere Stunde gelaufen war, kam er zu dem vertrauten Fluss, der sich unterhalb seiner Höhle durch das Tal schlängelte. Er verlangsamte seine Schritte und ging auf leisen Sohlen, als er sich dem Feuerplatz näherte, den Anya zwei Nächte zuvor angelegt hatte. Er wollte die Fährtensucher auf jeden Fall töten, doch wenn sie ihr auch nur ein Haar gekrümmt hatten, würde er dafür sorgen, dass es schmerzhaft für sie verlief.

Es war dunkel, als er sich zu einem Dickicht schlich, das ihn von der Lichtung abschirmte. Er hob den Kopf und horchte. Unten murmelten zwei Stimmen, die beide männlich waren. Holz wurde aufgeschichtet.

»Beim Mond!«, sagte einer der Männer, dessen Stimme ihm verriet, dass er so weit von ihm entfernt war, wie eine ausgeworfene Angelschnur lang war. »Wie lange braucht eine Frau, um ihre Blase zu leeren?«

Riggs fand einen Durchlass im Dickicht, durch den er die Lichtung und den dahinter liegenden Fluss überblicken konnte. Der Mann, der gesprochen hatte, lehnte mit dem Rücken zu ihm an einem Baum. Er trug den Kriegskilt der Larnier, in ausgewaschenem Blau. Und er war voll bewaffnet mit Schwert und Dolch, während Riggs nur seine Axt und sein Jagdmesser hatte. Die Larnier mochten viele Fehler haben, doch mangelnde Einsatzbereitschaft gehörte nicht dazu. Die Soldaten waren für die Anwendung ihrer Waffen genauso gut trainiert wie Riggs für seine. Sie würden nicht so leicht zu Boden gehen wie die Dorfbewohner. Er ließ sich nieder, um sich von seinem Lauf auszuruhen und Informationen zu sammeln. Wenn er die

Bestätigung erhielt, dass die anderen zwei Jagen gegangen waren, würde er die Chance von zwei gegen einen nutzen und jetzt angreifen.

»Nicht so lang, wie sie dafür braucht«, sagte der Mann, der das Holz aufschichtete. »Geh mal nachsehen, was sie macht. Pass auf, dass sie uns nicht entwischt.«

»Ich habe keineswegs vor, euch zu entwischen. Haltet ihr mich für eine Närrin?« Anya.

Sein Herz setzte einen Schlag aus. Ihre Stimme klang vom Waldsaum herüber. Er musste seitwärts rutschen, um sie durch das Dickicht sehen zu können. Unversehrt und lieblich anzusehen wie immer humpelte sie auf den Holzstoß zu. Die Faust, die sich auf der Straße in Valeworth um sein Herz geschlossen hatte, löste sich für eine Sekunde.

»Auf diesen Beinen würdest du nicht weit kommen, was?«, sagte der am Baum lehnende Mann.

»Wetten, dass sie sie immer noch gut auseinander kriegt?«, schlug der andere vor.

Riggs unterdrückte das Knurren in seiner Kehle.

»Würdet ihr das gerne herausfinden?«, fragte Anya. »Dann müsst ihr aber verdammt lange darauf warten. Bantus kriegt mich zuerst. Das stimmt doch? Und dann Ari. Dann euer hübscher Kommandant. Und erst dann kommen die gewöhnlichen Soldaten an die Reihe. Ich glückliche Frau kann mich darauf freuen, eine verdammte Parade an Larniern und einen verräterischen Maranner in meinem Bett willkommen zu heißen.«

Die Männer feixten.

In Riggs' Kopf drehte sich alles, nach dem, was sie gerade gesagt hatte. Ari. Ari sollte ein Verräter sein? Und da sie wusste, in welcher Reihenfolge sie vergewaltigt werden würde, mussten die Männer darüber geredet und sie verspottet haben. Sie gab vor, es mit Humor zu nehmen, doch innerlich musste sie vor Angst vergehen. Seine arme Lady. Zum Glück hatte sie bis jetzt noch keiner von ihnen angefasst. Sie hoben sie für Bantus auf.

Dieser sadistische Scheißkerl würde keine Hand an sie legen. Genauso wenig wie diese Speckmaden. Das hieß, dass er sich keinen Fehlschlag erlauben konnte. Schließlich war er, abgesehen von dem verwundeten Boten und dem Schankwirt, der einzige Maranner, der von ihrer Existenz wusste. Wenn er sie heute Nacht verlor, gab es höchstwahrscheinlich keine Rettung mehr für sie. Das durfte nicht passieren.

»Ich warte gerne, bis ich drankomme, meine Süße«, sagte der Mann am Holzstoß. »Solange Bantus und Kommandant Lance nicht allzu ruppig mit dir umgegangen sind.«

Den würde Riggs zuerst töten.

»Wie bitte? Ari mag es nicht ruppig«, witzelte Anya. »Diese Rohheit muss eine Spezialität der Larnier sein.«

Die Männer feixten wieder, ohne es abzustreiten.

Er hielt seine Axt, als würde er sie erdrosseln. Anya mit Männern plänkeln zu hören, die sie in Bälde vergewaltigen würden, war unerträglich.

Weit hinter ihm zu seiner Linken hörte er ein Geräusch wie von einem Ochsen, der durch die Bäume brach. Er spannte sich an und drehte den Kopf. Seine Ohren spitzten sich in Richtung des Geräuschs, das aus dem Süden von der anderen Seite des Brombeerdickichts zu ihm drang, wo es leckere Waldhasen gab. Für ein wildes Tier waren die Geräusche zu laut. Es musste sich um einen der Fährtensucher handeln, der von der Jagd zurückkam. Er ließ seine Axt los und rutschte in Position, um durch das Dickicht zu spähen, als die Schritte näher kamen.

Ein nackter Mann, der unter jedem Arm einen toten Frischling trug, pflügte durch das Unterholz auf die Lichtung zu. Sein Gesicht und sein Oberkörper waren blutverkrustet. Er musste die Sau verspeist haben, die, nach der gleichmäßigen

Färbung des Fells der Frischlinge zu urteilen, der gewöhnlichen Sorte mit braunem, borstigem Haar angehört hatte.

Jetzt waren es drei Männer, mit Anya in ihrer Mitte. Nicht der richtige Moment für einen Angriff. Er konnte sich davonschleichen und nach dem vierten Fährtensucher Ausschau halten. Wenn der Mann auf der Jagd war, würde er nackt und unbewaffnet sein. Riggs konnte ihn ausfindig machen und diese magere Chance nutzen. Doch der Gedanke, Anya alleinzulassen, zog ihm den Magen zusammen.

Sie sah von ihrem Brennholz auf und sagte zu dem dazugekommenen Mann: »Einer davon ist hoffentlich für mich.«

Der Mann ging auf sie zu und warf ihr den größeren Frischling zu Füßen. »Das süßeste Fleisch für die hübscheste Lady.«

Sie schnaubte. »Hübsch wie ein lahmes Maultier mit meinem zerschundenen Gesicht. Woher wollt ihr wissen, ob euer König mich überhaupt will? Er wird euch vielleicht die Kehlen aufschlitzen, wenn ihr ihm so etwas Hässliches bringt.«

Der Mann hockte sich vor sie hin. Er streckte die Hand aus, um ihre Wange zu berühren, doch sie schlug sie mit einem finsteren Blick weg.

Gut gemacht, Lady!

»Wenn ich sage, dass du hübsch bist, dann bist du hübsch«, sagte der Fährtensucher. Seine Stimme klang gefährlich leise, doch er machte keinen weiteren Versuch, sie zu berühren. »Und es ist schade, dass du so hübsch bist, denn wenn du wirklich hässlich wärst, würde Bantus dich vielleicht nicht wollen. Vielleicht würde ich dann diese lausigen Säcke töten und dich für mich behalten.«

»Du kannst es ja mal versuchen«, sagte der Mann, der das Holz aufgeschichtet hatte. Er legte die letzten Äste auf und schlug Funken mit einem Feuerstein, um das Anmachholz zu entzünden.

»Aye, kämpft schön gegeneinander«, sagte Anya fröhlich. »Würde Kommandant Lance sich nicht freuen, bei seiner Rückkehr von der Jagd festzustellen, dass ihr euch gegenseitig umgebracht habt und ich auf einem eurer Pferde davongeritten bin?«

Demnach war der fehlende Mann der Kommandant, und er war in der Tat jagen gegangen. Anya schien nicht in unmittelbarer Gefahr zu schweben, also schlich Riggs sich zu den Bäumen, wo die Pferde angebunden waren, wobei er auf die Männer horchte, die um das auflodernde Feuer standen. Sie machten mit ihrem Geplänkel weiter, während er die Kleiderhaufen am Waldrand inspizierte, von wo aus die Jäger auf die Jagd gegangen waren. Der Kriegskilt auf dem einen Haufen hatte eine leuchtendere Farbe und sah neuer aus, als der auf dem anderen Haufen. Das obenauf liegende Leinenhemd wirkte frischer.

Er musste die Deckung hinter dem Baum verlassen, um an der Kleidung zu riechen. Er wartete auf eine Gelegenheit.

Der Mann, der die Frischlinge gejagt hatte, trug sie zum Ufer, um sie zu häuten. Er verschwand um ein paar Felsbrocken herum. Riggs konzentrierte sich auf die anderen beiden.

»Diese hier wird Bantus gefallen«, sagte der Mann, der am Baum lehnte. »Sie ist angriffslustig wie eine gerupfte Henne.« Er schob sich vom Baum weg und ging zu den Pferden, direkt auf Riggs zu.

Mist! Er machte sich hinter dem Baum klein.

Der Fährtensucher kam näher. Riggs hörte, wie er die Schnallen der Satteltasche löste. Eine Minute später entfernten sich die Schritte des Fährtensuchers wieder in Richtung des Feuers.

Riggs ließ leise den Atem heraus, den er angehalten hatte. Nach einer weiteren Minute spähte er hinter dem Baum vor.

»Ihr wollt also nicht miteinander kämpfen?«, fragte Anya. »*Och*, dann muss ich euch wohl Tee kochen, wenn ich schon für eine Weile in eurer Gesellschaft sein werde.« Sie erhob sich mit einem Schmerzenslaut, humpelte auf den Soldaten zu und streckte die Hand nach dem Teekessel aus, den er aus der Satteltasche geholt haben musste. Beim Mond, selbst mit Straßenstaub bedeckt und mit Falten der Erschöpfung um ihren Mund war sie immer noch eine Schönheit.

»Frauen bedienen nicht«, sagte der Soldat. »Ben wird dir Abendessen machen.« Er zeigte mit dem Kinn zum Ufer, wo der Jäger die Wildschweine häutete. »Ich mache den Tee.«

Riggs hätte fast geschnaubt. Die Larnier ließen nicht zu, dass sie Tee für sie kochte, doch es machte ihnen nichts aus, sie zu verspotten und sich darauf zu freuen, sie in der schlimmsten Weise zu benutzen. König Magnus hätte jeden männlichen Larnier umbringen sollen, solange er die Gelegenheit dazu besaß.

»Da, wo ich herkomme, ist es eine schwere Beleidigung für eine Frau, untätig herumzusitzen, während ein Mann Wasser schöpft«, sagte Anya.

Beide Männer am Feuer hörten ihr zu. Seine Chance war jetzt oder nie. Er schlich sich auf Zehenspitzen zu dem Haufen mit der frischer aussehenden Kleidung, grabschte sie sich und kehrte mit klopfendem Herzen in sein Versteck zurück.

»Jetzt gib mir schon den verdammten Teekessel, damit meine Hände etwas zu tun bekommen«, redete Anya weiter.

Der Mann mit dem Teekessel stieß ein kurzes Lachen aus. »Na gut, wenn du darauf bestehst. Ich lege derweil die Füße hoch und sehe dir dabei zu, wie du unnötigerweise herumhumpelst, ja?«

Uff. Die Fährtensucher hatten ihn nicht bemerkt. Als sein Puls wieder normal schlug, vergrub er die Nase in den Kilt und das Hemd, um den ekligen Geruch des Larniers tief in seine Lungen zu saugen.

»Der hält sich für einen echten Spaßvogel«, brummelte Anya.

Riggs ließ die Kleidung fallen und sah sie ein letztes Mal an, bevor er aufbrach, um sich um den Kommandanten zu kümmern. Sie nahm von dem Fährtensucher den Teekessel und die Büchse mit Teeblättern entgegen und trug sie zum Fluss. Er sehnte sich danach, sie in den Armen zu halten. Es würde geschehen, bevor die Nacht vorüber war.

Halte durch, Lady. Ich komme zurück, sobald es geht.

§

ANYA KNABBERTE DER Form halber an dem gebratenen Wildschwein, doch es schmeckte nach nichts. Ihr war schlecht. Ihre Hände zitterten. Sie zog die Ärmel ihres Hemds darüber, um ihr Zittern zu verbergen. Und um sich zu schützen. Obwohl sie ihre Hände sehr gründlich im Fluss gewaschen hatte, wagte sie nicht, ihr Essen damit zu berühren, nachdem sie mit ihnen Knollen des giftigen Wasserschierlings geerntet hatte, um sie ihren Entführern in den Tee zu mischen.

Jeder der drei Männer hatte seinen Tee geschlürft. Die Tat war vollbracht. Sie konnte nicht rückgängig gemacht werden. Alles, was sie tun konnte, war, abzuwarten.

Die Wirkung des Wasserschierlings konnte nach Minuten, aber auch erst nach einer Stunde eintreten. Sie hoffte, dass keiner der Männer die Anzeichen einer Vergiftung aufweisen würde, bevor der Anführer dazukam und sich auch von dem Tee bediente. Sie nannten ihn Kommandant Lance oder einfach Lance, ein Name, der einem so kaltblütigen, gefährlichen Mann gut stand. Wenn es nach ihr gegangen wäre, hätte sie ihn zuerst vergiftet, und es anschließend mit den drei anderen versucht, anstatt es andersherum zu machen, doch das Schicksal hatte ihr diese Wahl nicht gelassen.

Ihr Blick wanderte von einem der Männer zum anderen. Ihr gegenüber saß der Mann, den die anderen Ced nannten, am Feuer.

Ein aufgeblasener Scheißkerl. Gutaussehend, doch mit einem grausamen Zug um den Mund. Neben ihm lag, auf einen Ellenbogen gestützt, der Mann, den Lance Gord gerufen hatte. Den hasste sie am meisten. Jedes Mal, wenn er sie anblickte, tat er es mit einem anzüglichen Grinsen, bei dem es ihr kalt den Rücken hinunterlief. Sie hatte sich wahnsinnig zusammennehmen müssen, um sich ihm gegenüber natürlich zu verhalten – wenn sie sich nicht zurückgehalten hätte, verächtlich die Lippen zu schürzen, sobald sie mit ihm reden musste, hätte er ihr nicht genügend vertraut, um sie Tee kochen zu lassen. Neben ihr saß Ben, der den Frischling gejagt und für sie zum Abendessen zubereitet hatte.

Armer Ben. Er war kein schlechter Kerl, doch er war nicht mutig genug, sich seinen Kameraden zu widersetzen. Was sie mit ihr vorhatten, gefiel ihm nicht. Sie konnte es an dem mitleidigen Blick seiner bernsteinfarbenen Augen sehen. Da er jedoch wegblickte, sobald sie versuchte, ihm in die Augen zu sehen, wusste sie, dass er nicht das Risiko eingehen würde, sich mit ihr zu verbünden. Er hätte ihr vielleicht geholfen, wenn sie einen Weg gefunden hätte, die anderen unschädlich zu machen und ihn zu verschonen. Aber vielleicht auch nicht. Es war nicht der geeignete Zeitpunkt, es darauf ankommen zu lassen.

Sie hatte nur diese einzige Chance, ihnen zu entkommen. Sie hatte sie ergriffen und würde die Sache durchziehen. Für König Magnus und die Gattung der Wolfsmenschen. Für Riggs.

Sie beobachtete Ben aufmerksam. Er hatte am meisten getrunken. Die anderen zwei hatten in aller Ruhe Schlückchen genommen, während sie sich leise unterhielten, doch Ben hatte seinen Becher innerhalb von Minuten heruntergestürzt. Er würde als Erster Anzeichen der Vergiftung zeigen.

Wenn der Wasserschierling auf die Wolfsmenschen genauso wirkte wie auf Menschen, und wenn sie genug davon getrunken hatten, würden sie in Krämpfe verfallen und kurz darauf sterben.

Sie hatte es nie mit eigenen Augen gesehen, hatte jedoch gelernt, welche Pflanzen hilfreich waren, und welche Schaden verursachten. Wasserschierling sah zum Verwechseln der wilden Möhre ähnlich, deren Samen Frauen in ihren Tee taten, um eine Schwangerschaft zu verhüten. Es hatte viele arme Mädchen gegeben, die die Pflanzen miteinander verwechselt hatten und gestorben waren, nur um der Schande aus dem Weg zu gehen.

Ben saß an einen Sattel gelehnt und benutzte seinen Dolch dazu, den Dreck unter seinen Fingernägeln zu entfernen. Sie war ihm nah genug, um die Rillen in seinen dicken, spitzen Fingernägeln und seine im Licht des Feuers gesund wirkende Gesichtsfarbe sehen zu können.

Komm schon. Komm schon.

Ben blickte sie an. »Schmeckt es dir nicht?«

Sie blinzelte. »Was?«

»Das Wildschwein. Ist es nicht genügend gebraten?«

Sie schüttelte den Kopf. »Es ist in Ordnung. Ich danke dir.« Sie zwang sich, mehr davon zu essen.

Er begann plötzlich zu wimmern. Er hielt sich den Magen.

Gütiger Himmel, es geschah! Der Wasserschierling begann zu wirken.

Er blickte mit ängstlich aufgerissenen Augen auf seinen Becher und dann auf sie. Dann fiel er mit einem Grunzen um.

Gleichzeitig ertönte vom Waldrand her, wo die Pferde angebunden standen, lautes Geschrei. »Kommt mir helfen! Hier ist der dreckige Maranner, der meine Wölfe umgebracht hat!«

Sie erkannte Lances Stimme, und ihr blieb fast das Herz stehen. Sie kannte nur einen einzigen Maranner, der Wölfe umgebracht hatte, und den hatte sie tot geglaubt.

§

BEI DANU! VERDAMMT noch mal! Er hatte wieder mal Pech gehabt.

Als er das Geschrei hinter sich hörte, wirbelte Riggs herum und sah, wie Lance, der Kommandant der Larnier, durch die Büsche brach. Die blassblauen Augen im zerklüfteten Gesichts des Mannes, der von der Jagd immer noch nackt war, verengten sich zu Schlitzen, als er näherkam.

Nachdem er der Witterung des Kommandanten eine Stunde lang gefolgt war, hatte Riggs lediglich die Überreste seiner Mahlzeit, jedoch nicht den Mann selbst gefunden. In Sorge um Anya war er zum Lager zurückgehastet. Er hatte darauf gehofft, den Kommandanten bei seiner Rückkehr aus dem Hinterhalt angreifen zu können, doch jetzt sah es so aus, als habe der Spieß sich umgedreht. Der Jäger war zur Beute geworden. Jetzt würde er mit allen vier Männern kämpfen müssen.

Nun gut. Anya war auf ihn angewiesen.

Er nahm mit seiner Axt die Kampfstellung ein, doch Lance stürzte sich auf ihn und stieß ihm die Faust in den Magen, so dass alle Luft aus seinen Lungen wich. Es war ein Überraschungsangriff. Ein fieser. Und es tat verdammt weh.

Er krümmte sich über sein schmerzendes Zwerchfell, blockte jedoch gleichzeitig mit der Axt einen Fußtritt ab, der auf sein Gesicht zielte.

Raschelnde und klirrende Geräusche von der Lichtung her bedeuteten, dass die anderen Fährtensucher mit ihren Waffen gerannt kamen. Zumindest war Lance nicht bewaffnet. Riggs musste diesen kleinen Vorteil nutzen, da er bestimmt keinen anderen mehr bekommen würde.

Er kehrte dem unbewaffneten Mann den Rücken, sprang durch das Unterholz auf die Lichtung und stellte sich mit der Axt in der einen, und seinem Jagdmesser in der anderen Hand dem Kampf. Der präventive Zug sollte die Fährtensucher in defensive

Positionen zwingen, was ihm einen leichten Vorteil verschaffen würde, wenn er schnell genug war.

Er hatte erwartet, von drei Männern angegriffen zu werden, sobald er auf die Lichtung kam. Es waren aber nur zwei. Mit einem schnellen Blick erfasste er Anya, die am Feuer neben einem Mann stand, der sich am Boden in Krämpfen wand.

Er hatte keine Zeit, sich mit dem Gefühl der Erleichterung aufzuhalten, dass sie unversehrt zu sein schien.

Während Lances leichte Schritte von hinten nahten, stürzte er sich auf den kleineren der zwei anderen Fährtensucher.

Beschütze sie, wenn ich falle!

Während er die Axt schwang, wurde ihm bewusst, dass es seit Jahrzehnten das erste Stoßgebet war, das er an Danu geschickt hatte.

§

ANYA BETRACHTETE NERVÖS Ben, der versuchte, auf die Füße zu kommen. Ihr Blick folgte Ced und Gord, doch Ben würde Lances Ruf offensichtlich nicht folgen können. Es gelang ihm, ein paar Meter zu kriechen, bevor er auf die Seite sackte. Sie sah entsetzt und dankbar zu, wie seine Augen sich verdrehten und sein Körper in Krämpfe verfiel.

Mit einem Auge Ben überwachend, sah sie den anderen beiden nach, die mit gezogenen Schwertern den Waldrand erreichten. Bevor sie sich ins Unterholz stürzen konnten, sprang eine riesige Gestalt wie ein wild gewordener Bär aus dem Wald. Die zähnebleckende Bestie hatte wirres, schwarzes Haar und glühende Augen, und hielt ein Jagdmesser und eine Axt mit schwarzem Griff in den Händen.

Riggs!

Seine Kleidung war zerrissen und mit Blut besudelt, er war schmutzig und seine Gesichtszüge zuckten vor Kampfeslust. Doch er war am Leben! Sie traute ihren Augen kaum.

Hinter ihm stolzierte Lance aus dem Wald. Er war nackt und von seiner Jagd mit Blut bedeckt und sah verschlagener aus, als sie ihn je gesehen hatte. Seine blassblauen Augen funkelten böse. Sie glühten vor roher Gewalt. Er war ein Tier. Mehr Wolf als Mann.

Als Riggs seine Axt über Gord schwang, warf Ced Lance sein Breitschwert zu, das dieser mit Leichtigkeit auffing.

Riggs Angriff hatte Gord einige Schritte rückwärts gezwungen. Zwischen Ced und Lance hin- und herblickend, schätzte er sie, geschmeidig tänzelnd, ein. Er war doppelt bewaffnet. Doch würde das im Kampf gegen drei Soldaten genügen?

Bitte, lass es genügen!

Ced hatte nur den Dolch, den er aus der Scheide an seiner Wade gezogen hatte. Die anderen beiden Männer hatten Breitschwerter. Gord ließ seinen Dolch in der Scheide, doch er hatte ihn zur Hand, falls er ihn brauchte.

Gütiger Himmel, Riggs hatte gegen sie keine Chance.

Doch ihr tapferer Wolfsmann gab nicht auf. Er griff Gord an, schwang seine Axt in einem furchterregenden Bogen an seiner Seite, während er mit dem Messer Lance in Schach hielt.

Gord blockte seinen Schlag vor Anstrengung grunzend mit dem Schwert ab, wobei es ihm gelang, Riggs Arm aufzuschlitzen. Die Axt blieb in Gords Schenkel stecken, anstatt in seinen Rippen. Er brüllte.

Während Riggs seine Axt aus Gords Bein zerrte, stach er mit dem Messer nach Lance, doch dessen Reichweite konnte sich nicht mit der eines Breitschwertes messen. Lances Schwert versenkte sich in seine Flanke.

Nein!

Die Wunde war zu weit an der Seite, um sofort tödlich zu sein, doch das Schwert sank tief ein. Als Lance es herauszog, tropfte Blut von seiner Klinge.

Riggs krümmte sich schnaubend über seine Wunde.

Ced schoss heran, nahm seinen Arm, mit dem er das Messer führte, und verdrehte ihn ihm auf den Rücken.

Riggs ließ das Messer fallen.

Ced grinste.

Riggs benutzte seinen Hinterkopf wie einen Rammbock, um Ced die Nase zu brechen.

Ha! Gut gemacht!

Ced ließ Riggs los, um sich mit beiden Händen das blutende Gesicht zu halten.

Riggs verlor keine Zeit und schwang seine Axt erneut Gord entgegen, doch er bewegte sich langsamer als zuvor. Gord tänzelte außer Reichweite, trotz des Blutes, das an seinem Bein herunterrann.

Während Riggs sich zu einem neuen Schlag sammelte, gelang es Lance, von hinten einen Arm um Riggs' Hals zu legen. Ced und Gord kamen und entwaffneten Riggs. Gord warf die Axt weg. Sie schlug klappernd auf dem harten Sandboden auf.

Ihr schlug das Herz bis zum Hals, als sie Riggs ohne seine Axt von Feinden umzingelt sah.

Ced und Gord hielten ihm die Arme auf dem Rücken fest. Riggs wehrte sich, doch seine angestrengt wirkenden Gesichtszüge und die Art, in der er den Kopf hängen ließ, zeigten, dass seine Kräfte ihn verließen.

Lance trat vor Riggs und stand nun mit dem Rücken zu ihr. Er sagte etwas, das sie nicht hören konnte. Dann versetzte er Riggs zwei mächtige Faustschläge in den Magen.

Riggs öffnete den Mund wie ein Fisch auf dem Trockenen. Er sackte auf die Knie.

Die zwei Fährtensucher hielten ihn fest, während Lance Schläge auf Riggs' Körper und Gesicht regnen ließ.

»Ich lasse dich für meine Wölfe bezahlen, du Ziegenficker!« Darauf folgte ein gemeiner Fußtritt in Riggs' Bauch. »Sie waren preisgekrönte Spürwölfe!« Noch ein Faustschlag. Aus Riggs' Mund floss Blut. »Wegen dir musste ich bis in das verfluchte *Marann* kommen, um zurückzuholen, was rechtmäßig uns gehört!« Lance nahm den Arm zurück, um einen weiteren Faustschlag zu landen.

»Nein! Hört auf damit!«, kreischte sie.

Alle Fährtensucher blickten sie an. Während er sie mit seinen kalten, blassen Augen anschaute, versetzte Lance Riggs einen Aufwärtshaken, bei dem ihm die Zähne aufeinanderkrachten.

Riggs schwankte, doch er blieb stehen. Ced und Gord stützten ihn, damit die Bestrafung weitergehen konnte.

»Ihr bringt ihn noch um!« Sie zitterte an allen Gliedern. Dies durfte nicht passieren. Riggs hatte nicht die Dorfbewohner in Valeworth überlebt und war – ihretwegen – diesen ganzen Weg zu Fuß gelaufen, nur um jetzt vor ihren Augen von den Fährtensuchern ermordet zu werden.

Lance senkte den Blick auf den Mann, der bewegungslos neben ihr lag.

»Was ist mit Ben passiert?« Er ließ von Riggs ab und stolzierte auf sie zu. Er wirkte so bedrohlich, dass die Luft vibrierte.

Sie ließ sich besser eine annehmbare Erklärung einfallen. Sie sollte sich vor diesem Ungeheuer verkriechen und auf den Boden kauern. Doch sie konnte nichts tun, als auf Riggs zu starren. Sein Kopf hing herunter, Blut tropfte von seinem Gesicht. Als könne er ihren Blick auf sich spüren, sah er auf. Es schien ihn seine sämtliche Energie zu kosten.

Eines seiner Auge schwoll bereits zu. Mit dem anderen blickte er sie an. Voll brennender Reue. Sein Mund formte lautlos ein einziges Wort. »Lauf!«

Als ob sie das tun würde, selbst, wenn sie könnte. Sie würde nicht wie ein Feigling die Flucht ergreifen, während Riggs litt.

Lances Schatten legte sich über sie, als er zwischen sie und das Feuer trat. Die Angst lähmte sie. Sie konnte weder denken, noch sich bewegen. Sie würde nicht fliehen, doch kämpfen konnte sie auch nicht. Oder doch? Wie sollte eine verkrüppelte Hure sich gegen einen Mann wie ihn schon zur Wehr setzen?

»Was hast du mit ihm gemacht?«

Ihr Herz raste. »I – ich weiß nicht«, stammelte sie. »Es ging ihm auf einmal schlecht.«

Er packte sie vorne beim Hemd. Er zog sie an sich, bis ihre Bäuche sich berührten. Sie musste auf den Zehen stehen.

Sein Blick bohrte sich brennend in ihren. Vor Angst sah sie weg, auf Ben hinunter, egal wohin, um dem eisigen Blick zu entgehen. Das Licht des Feuers spiegelte sich auf dem polierten Griff von Bens Dolch wider, den er an der Wade trug.

Lance hielt sie immer noch am Hemd und schüttelte sie durch. »Was. Hast. Du. Mit. Ihm. Gemacht.«

Sie hob den Kopf, um ihm direkt in die Augen zu sehen. Mit Muskeln bepackt und von schrecklicher Schönheit blickte er auf sie nieder.

»Ich habe ihn getötet«, sagte sie mit einer Stimme, so kalt wie seine Augen. »Und dich werde ich ebenfalls töten.« Für das, was er Riggs angetan hatte. Für das, was er mit ihr vorhatte. Für die anderen Frauen, die in Larna gefangen gehalten wurden.

Hinter seinen eiskalten Augen begann Unsicherheit zu flackern.

Ein Geräusch, als würde jemand um Luft ringen, ließ Lance von ihr weg und zu seinen Männern blicken. Ced fiel zu Boden.

Er begann zu krampfen, wie Ben es getan hatte. Gord stand nach vornübergebeugt da und umklammerte seinen Magen.

Sie riss sich los und schnappte sich Bens Dolch.

Lance schien sich mehr wegen Riggs zu sorgen, der sich zu Boden warf, zur Seite rollte und dabei seine Axt aufhob. Im Handumdrehen war er wieder auf den Beinen. Ein einziger Axtschwung trennte Ceds Kopf von seinen Schultern. Ein zweiter Schwung ließ die Axt so tief in Gords Rücken versinken, dass Riggs sie freiruckeln musste. Er hatte sie erlöst. Er hatte beendet, was der Wasserschierling begonnen hatte.

Mit gesenktem Kopf blickte ihr Wolfsmann auf. Von seinem Kinn tropften Schweiß und Blut. Er grinste Lance an. Auf seinen Gesichtszügen stand der Tod für ihn geschrieben.

Lance bewegte sich nicht mehr. Entweder war er vor Angst gelähmt, oder er bereitete sich auf Riggs' Angriff vor. Wahrscheinlich tat es ihm jetzt leid, ihn nicht mit einem tödlichen Schwertstreich bedacht zu haben, als er die Gelegenheit dazu hatte.

Sie nutzte Lances Unachtsamkeit aus, um ihm Bens Dolch in den ungeschützten Rücken zu rammen, unten seitlich, an einer Stelle, von der ein ehemaliger Geliebter ihr gesagt hatte, dass sie am besten geeignet sei, einen Gegner außer Gefecht zu setzen, wenn es einem nichts ausmachte, hinterhältig zu kämpfen und einen Mann von hinten anzugreifen. Es hatte ihr noch nie etwas ausgemacht, hinterhältig zu kämpfen, und es würde ihr auch jetzt nichts ausmachen.

Sie legte ihr ganzes Gewicht in den Stoß und trieb den Dolch so tief hinein, wie sie nur konnte.

Lance versteifte sich und brüllte.

Riggs kam, seine Axt wie die sich drehenden Flügel einer Windmühle über seinem Kopf wirbelnd, um das Feuer gehinkt. Schon von dem Geräusch allein hätte sie sich in die Hose gemacht, wenn die Axt ihr zugedacht gewesen wäre.

Lance versuchte zurückzuweichen, doch Anya drehte die Klinge des Messers in seinem Rücken, so dass er sich wand und schrie.

Riggs schwang die Axt in hohem Bogen.

Sie wandte sich ab. Auf das Zischen der Stahlklinge, die die Luft durchschnitt, folgte ein dumpfes Tschock. Dann hörte man einen leblosen Körper auf den Sand fallen.

Sie drehte sich um und sah, wie Riggs seine Axt aus Lances Hals zog. Der Kopf des Mannes hielt nur noch an einem Fädchen.

»Ich habe dich nie darum gebeten, dich mit deiner dreckigen Larniervisage in mein Land zu verirren«, sagte Riggs und spuckte auf die Leiche des Fährtensuchers.

Dann sank er auf die Knie und in Anyas wartende Arme.

Kapitel 15

RIGGS BARG SEIN Gesicht an Anyas weichem Bauch und schlang die Arme um ihre Taille. Ihr Duft nach Blumen und Ysop umhüllte ihn und überlagerte den metallisch scharfen Geruch seines eigenen Blutes und den Gestank des toten Larniers.

Sie beugte sich zitternd über ihn. Ihre zarten Finger griffen in sein Nackenhaar. Sie rieb ihre Wange über seinen Scheitel, wie er es schon so oft bei ihr getan hatte. Sie markierte ihn mit ihrem Geruch und tröstete ihn. Ihm ging das Herz auf.

Anya.

Kein physischer Schmerz kam der Seelenqual gleich, die er auf dem ganzen Weg von Valeworth bis hierher erlitten hatte. Weder die Schläge ins Gesicht, noch die Stichwunde, die ihn beleidigen und vor dem letzten Todesstoß hatten schwächen sollen. Hätte er eine seiner Gliedmaßen verloren, hätte er diese weniger vermisst, als er Anya vermisst hatte. Ihre Abwesenheit hatte ihm mehr zugesetzt, als jede körperliche Verletzung es jemals könnte. Jetzt fühlte er sich wieder ganz.

Er hob den Kopf wie eine Blume, die sich der Sonne entgegenreckt, und hoffte, sie würde mehr mit ihm tun als ihn nur zu liebkosen, doch er wusste nicht, was.

Seine Lady wusste, was zu tun war. Federleicht berührte ihr Mund den seinen. Ihre kühle Hand legte sich sachte an seine heiße, geschwollene Wange. Ohne das Blut zu beachten, drückte sie ihre weichen Lippen auf seine und bewegte sie sanft und verführerisch.

Ein Kuss!

Das schönste Geschenk, das sie ihm machen konnte. Er hatte von Küssen gehört, hatte jedoch nie gewagt sich vorzustellen, dieses Glück könne ihm eines Tages persönlich widerfahren.

Ihre Lippen pressten sich auf seine und gaben nach, pressten und gaben nach in einem wiegenden Rhythmus, den er auf so natürliche Weise erwiderte, dass es ihn beinahe umwarf.

Glückseligkeit. Vollkommenheit. Anya.

Die Meine.

Der sanfte Druck ihres Kusses bewegte den Zahn, den der Kommandant mit seinem letzten Schlag gelockert hatte. Der Schmerz war nichts im Vergleich zu dem Lustgefühl, das ihn durchzog. Es erhitzte sein Blut und beruhigte seine Seele. Seine Augenlider schlossen sich flatternd.

Sich daran erinnernd, dass sie ihm gesagt hatte, er würde ihr schon nicht die Knochen brechen, zog er sie fester in seine Arme. War es wirklich erst ein paar Tage her, dass sie seine Hütte verlassen hatten und er, um ihr über einen schlüpfrigen Baumstamm zu helfen, zum ersten Mal ihre Hand gehalten hatte? Er kannte sie noch gar nicht lange, doch es fühlte sich an, als habe sein Leben erst wirklich begonnen, nachdem er sie gefunden hatte.

Ihre Lippen auf seinem Mund verzogen sich zu einer Grimasse. Sie gab ein Quieken von sich. Protestierte sie? Hatte er ihr doch wehgetan? Hatte er beim Küssen etwas falsch gemacht?

Er legte ihr die Hände auf die Schultern und schob sie von sich. Das Feuer war fast heruntergebrannt, doch es brannte noch hell genug, um ihren erschütterten Gesichtsausdruck wahrzunehmen. Ihr Kinn kräuselte sich, zitterte und war mit seinem Blut beschmiert. Ihre Wangen waren tränenüberströmt.

Mist. Er hatte ihr wehgetan. Ungeschickter Tollpatsch! »Was ist los?« Er tastete mit den Händen ihr Gesicht, ihren Kopf und ihre Schultern ab, auf der Suche nach Wunden, doch auch, weil er sie einfach *berühren* und ihr nah sein wollte. Er war sich nicht sicher, damit aufhören zu können, selbst, wenn sie ihn darum bitten würde.

»Du törichter Narr!« Sie schluchzte. »Sie hätten dich um ein Haar umgebracht. Und das zweimal!« Sie griff nach seinem Kopf und drückte ihn fest an ihre Brust. »Ich hätte dich beinahe verloren. Ich hätte dich beinahe verloren!«

Sein Magen flatterte.

»Ich bin ja da«, beruhigte er sie und legte wieder die Arme um sie. Ihr Herz schlug an seinem Ohr. Ihre großzügigen Brüste waren seinem Gesicht ein Kissen. Er fühlte sich bei ihr zuhause. »Ich bin jetzt da.«

»*Och*, aber du blutest wie ein angestochenes Wildschwein. Leg dich hin und lass mich dich ansehen.« Sie versuchte, sich aus seinen Armen zu befreien.

Er ließ sie nicht los. Er war noch nicht bereit dazu. Er würde nie bereit dazu sein.

Er zog sie noch fester an sich. »Mir geht es gut.« Solange er sie in den Armen hielt, ging es ihm besser als gut. »Komm her.« Er setzte sich auf den Boden, zog sie auf seinen Schoß und legte ihre Beine um seine Hüften.

Sie scheute sich nicht, ihm nahezukommen. Ihr seidiges Haar kühlte die Knöchel der Hand, die er um ihren Nacken gelegt hatte. Mit der anderen Hand stützte er ihr linkes Bein, das ihr am meisten wehtat, und drückte es an sich. Ihr leichtes Gewicht lastete auf seiner Erektion und verursachte ihm köstlichen Schmerz. Ihr Duft verdichtete sich zu dieser würzigen Note, die ihm den Kopf verdrehte.

Als sie ihm in die Augen blickte, fühlte er, wie eine tiefgreifende Bindung zwischen ihnen entstand. Ihre Augen weiteten sich, als fühle sie es auch. Ihren geöffneten Lippen entwich ein Atemstoß, der nach gekochtem Fleisch roch. Der Geruch störte ihn ausnahmsweise nicht, da er von ihr kam. Er bedeutete, dass sie zu Abend gegessen hatte.

Beschütze. Liebe.

Behalte.

Warme, dunkle Möglichkeiten durchzuckten ihn. Er zerbrach sich den Kopf auf der Suche nach einem sicheren Ort, an dem er sich für sein ganzes Leben mit ihr verstecken konnte.

»Der Kommandant hat dich mit dem Schwert verletzt«, unterbrach sie seine Gedanken. »Es geht dir nicht gut. Nach dem, was du durchgemacht hast, würde es niemandem gut gehen.«

»Mir ist schon Schlimmeres passiert. Es wird heilen.«

Sie schlang die Arme um seinen Hals und legte ihre süßen Lippen auf die schweißbedeckte Haut seiner Kehle. »Geht es dir jetzt besser?«, murmelte sie dort, während sein ganzer Körper vor Verlangen erbebte. »Wenn du auf mir stirbst, werde ich dich verdammt noch mal umbringen.«

Er lächelte und zuckte vor Schmerz zusammen, der zum einen von seinem losen Zahn, zum anderen jedoch von seinem Herzen herrührte. Er hatte kein Recht dazu, diesen Schatz für sich zu behalten. So sehr er sie auch begehrte, er konnte seinen König nicht betrügen.

Er schob sie sanft von seinem Schoß. Der Schmerz, den er dabei empfand, hatte nichts mit seinen Verletzungen zu tun.

Es ist zu ihrem Besten. Sie gehört mir nicht. Sie wird mir nie gehören.

Obwohl er für immer ihr gehören würde.

Er nahm sie bei der Taille und half ihr vorsichtig und langsam auf die Beine, die bei zu raschen Veränderungen der Position nicht standhielten. »Ist der Tee noch warm?«, fragte er mit zugeschnürter Kehle. Seinen Durst zu stillen würde ihm vielleicht helfen, das Gefühl des Verlustes, das ihm wie ein Stein auf der Brust lag, zu ertragen.

Sie riss die Augen auf. Aus ihrem Gesicht wich jegliche Farbe. »Wenn du diesen Teekessel anfasst, häute ich dich bei lebendigem Leibe.«

Das hatte er ganz vergessen. Anya machte sich gerne nützlich. Sie würde ihn heute Nacht bedienen wollen. Angesichts ihrer kämpferischen Art musste er grinsen. König Magnus konnte sich glücklich schätzen. «Na gut. Ich rühre keinen Finger. Du darfst mich bedienen.«

Er setzte sich wieder auf den Sand und prägte sich ein, wie ihre Hüften schwangen, als sie zum Feuer humpelte, und wie ihre Brüste hervorquollen, als sie sich aus dem Stand über die Feuerstelle beugte, wo der Teekessel stand. Das nur noch flackernde Feuer brachte die wundervollen Rundungen unter dem Leinen ihres Hemds auf herrliche Weise zur Geltung.

»Hoffentlich ist er schön stark«, sagte er. »Ich könnte heute Abend etwas Aufmunterndes in meinem Tee gebrauchen. Und sieh nach, ob du in den Satteltaschen der Fährtensucher Wundsalbe und Verbandszeug findest, nachdem du mir einen Becher voll eingeschenkt hast.«

Anya zog die Ärmel ihres Hemds über ihre Hände, um sie vor dem heißen Griff zu schützen.

Er freute sich darauf, den Blutgeschmack in seinem Mund mit gutem, starkem Tee wegzuspülen. Er war so durstig, dass er sich die Lippen leckte.

Doch Anya goss den Tee nicht in einen Becher, damit er ihn schlürfen konnte. Stattdessen humpelte sie ans Ufer und warf den Teekessel mit einem Schrei in den Fluss.

Platsch.

Er blickte blinzelnd auf die Ringe, die sich im Wasser bildeten, wo er versunken war. Dann sah er Anya an. Sie hielt beide Hände vor den Mund geschlagen.

Er stand auf und ging zu ihr. Mist, sie war ein leichtsinniges Mädchen. Er hätte diesen Tee jetzt wirklich gebrauchen können. Er würde sich mit Wasser begnügen müssen, doch zuvor musste er herausfinden, was mit Anya los war.

»Was ist mit dir, Lady?« Er legte ihr die Hand auf die Schulter.

Sie zitterte.

Er zog sie in seine Arme und beruhigte sie, indem er sanft immer wieder über ihr Haar strich. »Sag es mir. Haben die Fährtensucher dir wehgetan?« Was konnte es sonst sein?

»Ich habe *ihnen* Schaden zugefügt.« Sie blickte ihn an. »Ich habe ihren Tee vergiftet. Ich habe sie ermordet.«

Sie hatte die Fährtensucher vergiftet.

Es war nicht Danu gewesen, die ihm auf wundersame Weise zur Hilfe gekommen war, als er sie so dringend brauchte. Seine Lady hatte es vollbracht. Es kam nicht weniger einem Wunder gleich, von sterblichen Händen gerettet zu werden.

Er hatte Anya retten wollen, doch sie hatte ihn gerettet. Sie hatte sie alle beide gerettet.

Er war stolz auf sie. Doch sie schien nicht stolz auf sich zu sein. Mist. Er kannte diesen verwirrten Blick. Er konnte sich daran erinnern, wie er das erste Mal auf dem Schlachtfeld war und seine Axt dieses Mal nicht in eine Strohpuppe auf dem Übungsplatz, sondern in einen Mann gehauen hatte.

Sie hatte nie zuvor getötet.

»Es tut mir nicht leid«, sagte sie. »Macht das eine böse Frau aus mir?«

Er umfing sie fester. »Nein. Du bist nicht böse.«

»Aber was für eine Frau tötet, ohne Reue zu empfinden?«

»Eine tapfere Frau. Eine kluge Frau.« Seine Lady wirkte so zerbrechlich und war so stark. Er schob ihr den gekrümmten Finger unters Kinn und hob ihr Gesicht. »Eine schöne Frau.« Er küsste ihre Narben.

Sie schloss die Augen und genoss seinen Kuss. Ihm schwoll die Brust vor Glück.

»Du hast getan, was ein guter Soldat getan hätte«, murmelte er an ihrer Wange. »Du hast gekämpft. Du hast mir das Leben gerettet.«

Sie zog ihre Unterlippe durch die Zähne. Jetzt konnte er nicht anders. Er legte seinen Mund auf ihren und küsste diese vollen Lippen. Sie waren süß. So verdammt süß.

Sie krallte die Finger in den Rücken seines Hemds. Sie hielt sich an ihm fest.

Er wiegte seine Lippen auf ihren, wie sie es gerne mochte.

Sie wimmerte in hilfloser Hingabe. Das leise Geräusch heizte ihm von oben bis unten ein.

Dann tat er etwas anderes, das er nicht verhindern konnte. Er schob seine Zunge zwischen ihre Lippen, zwischen ihre Zähne. Er leckte tief in ihren Mund, während seine Lippen auf ihren lagen.

Sie klammerte sich noch fester an ihn und rieb mit ihrer Zunge über seine. Ihr würziger Duft umhüllte ihn. Sein Magen zog sich vor Lust zusammen, sein Blut sehnte sich nach ihr.

Der Boden unter seinen Füßen schien zu schwanken. Er dachte, er habe es dem Wunder zu verdanken, Anya so innig zu küssen, doch eine schwarze Wolke, die sich über ihn senkte, belehrte ihn eines Besseren. Er hatte zu viel Blut verloren. Die Wunde an seiner Flanke musste schlimmer sein, als er gedacht hatte. Er konnte sich gerade noch von ihr lösen, bevor er fühlte, wie er niedersank und das Bewusstsein verlor.

§

»DU TÖRICHTER KERL!«

Anya wischte sich die Tränen von den Wangen, während sie

auf den Wolfsmann niederblickte, der auf dem grobkörnigen Sand des Flussufers lag und zu verbluten drohte. Er hatte sie im Glauben gelassen, die Wunde an seiner Seite sei nicht der Rede wert. Das war für einen dickschädligen Krieger wie ihn typisch. Er hielt sich für unverwüstlich.

Angesichts dessen, was er ausgehalten hatte, seitdem sie sich begegnet waren, hatte sie fast selbst geglaubt, dass er nicht kleinzukriegen sei. Doch jetzt, wie er da mit zerrissenen Kleidern, totenbleich und mit Blutflecken auf dem Hemd auf dem Rücken lag, sahen die Dinge anders aus.

Ihr Brustkorb zog sich zusammen, bis das Atmen sie schmerzte. Warum konnte er nicht unverwüstlich sein?

»Wenn du heute Nacht vorhast zu sterben, dann nur über meine Leiche«, informierte sie ihn.

Ihre Lippen kribbelten immer noch von seinem leidenschaftlichen Kuss. Ihr Körper brannte immer noch vor Verlangen. Sie beachtete all dies nicht, und warf stattdessen mehr Holz auf das Feuer, um es wieder anzufachen. Sie hätte zum Verarzten eines verwundeten Mannes lieber Tageslicht gehabt, doch wenn sie es bei Nacht tun musste, brauchte sie besseres Licht als das eines ausgehenden Feuers.

Als die Flammen endlich ausreichend hochschlugen, fand sie in der Satteltasche, die Gord gehört hatte, Verbandszeug. Sie war versucht, zum Waldrand zu blicken, wo seine Leiche lag. *Nein. Sieh nicht hin.*

Es war verdammt schwierig, keinen toten Mann anzusehen – oder über einen zu stolpern –, wenn überall welche herumlagen. Ständig kamen mit Stiefeln bekleidete Füße oder Waffen, die aus leblosen Händen gefallen waren, in ihr Blickfeld. Und jedes Mal wurde ihr bei dem Anblick schlecht.

»Du hast getan, was ein guter Soldat getan hätte. Du hast mir das Leben gerettet.«

Es gab nichts zu bereuen. Und auch nichts zu fürchten.

Sie beschloss, nicht mehr daran zu denken, und humpelte mit dem Verbandszeug zu Riggs. Sie zog ihm das Hemd aus der Hose und inspizierte seine schlimmste Wunde. Sein Oberkörper war mit Muskeln bepackt und zur Mitte hin dicht behaart. Normalerweise hätte sie jetzt gerne mit den Händen über dieses dichte Fell gestrichen. Doch heute Nacht bestand ihre grausige Aufgabe darin, Blut wegzuwaschen, damit sie sehen konnte, womit sie es zu tun hatte.

Sie nahm ein sauberes Tuch und Wasser aus einem Trinkbeutel dazu, und sah, dass es sich um einen Schnitt handelte, der ungefähr so lang war, wie ihre Handfläche breit war. Er führte diagonal durch die Behaarung an seiner Seite, wo sie dünner wurde. Aus der Wunde tropfte immer noch Blut, was vermuten ließ, dass sie zu tief war, um einfach genäht zu werden. Sie hatte gesehen, wie Heiler solche Wunden mit einem Glüheisen ausbrannten, um die Blutung zu stoppen. Selbst wenn sie so ein Ding hätte, das man im Feuer erhitzen konnte, würde sie bestimmt nicht den Mut aufbringen, es Riggs in den Körper zu stecken. Das Einzige, was sie tun konnte, war, die Wunde fest zu verbinden, um die Blutung zu stillen. Sie hoffte, es würde ausreichen.

Nachdem sie die Wunde mit Whisky aus den Satteltaschen der Fährtensucher gespült, und mit Wundsalbeumschlägen verbunden hatte, wandte sie ihre Aufmerksamkeit dem Schnitt an seinem Unterarm zu. Den konnte sie nähen.

Ein paar weitere Äste, die sie ins Feuer warf, spendeten genügend Licht, um eine Nadel einfädeln und Riggs' Haut flicken zu können. Als das getan war, besah sie sich sein Gesicht. Eines seiner Augen war zugeschwollen und seine hochrote Wange wies einen kleinen Schnitt auf. Seine Wange war von seinem dichten Bart bedeckt, doch sie konnte die Hitze von Schwellungen durch das Haar hindurch spüren. Seine Haut würde am nächsten Tag dunkler als ein Gewitterhimmel aussehen, doch keine dieser Verletzungen war ernst.

Was ihr mehr Sorgen machte, waren seine Blässe und seine eingesunkenen Augen. Er sah aus wie jemand, der seit Tagen nichts gegessen hatte. Es war möglich, dass die lumpigen Frettchen im Pub von Valeworth das Letzte gewesen waren, was er gegessen hatte. Und seitdem war er meilenweit gelaufen und hatte hart gekämpft. Er musste etwas essen, doch das ging nicht, solange er bewusstlos war.

Sie würde dafür sorgen, dass er etwas zu essen neben sich fand, wenn er aufwachte – und er würde aufwachen. Sie würde ihm nicht erlauben, in der Nacht zu sterben. Der Tod durfte ihn nicht haben. Er gehörte ihr.

Dieser besitzergreifende Gedanke war neu. Doch sobald er ihr gekommen war, wurde sie ihn nicht mehr los. Egal, wie lächerlich er war.

Sie verstand die Sachlage jetzt besser als je zuvor. Es gab außerhalb von Chroina keinen sicheren Ort für Frauen. Und sie würde Riggs nicht damit in Gefahr bringen, dass sie das Gegenteil behauptete.

Sie sammelte die Überreste des gebratenen Frischlings zusammen, von dem noch reichlich vorhanden war, da sie so wenig Appetit gehabt hatte, wickelte sie ein und legte sie neben Riggs. Er aß sein Fleisch lieber roh, doch wenn er hungrig genug war, würde er für alles Fleisch dankbar sein, das er kriegen konnte. Neben das Fleisch legte sie einen gefüllten Wasserbeutel und eine Flasche Whisky, falls er beim Aufwachen Schmerzen hatte. Als sie nach dem Verbandszeug gesucht hatte, hatte sie in den Satteltaschen der Fährtensucher harte Rundbrote gefunden. Von denen legte sie Riggs auch noch ein paar hin, falls er das Fleisch nicht mochte.

So. Mehr konnte sie nicht tun.

Das Feuer erlosch und ließ die kalte Nacht an sie heran. Sie würde Riggs nicht erfrieren lassen, während sein Körper hart arbeitete, um seine Wunden zu heilen. Sie band Lances gerollte Felldecke auf und breitete sie mit der Lederseite nach unten neben Riggs aus. Dann wälzte sie ihn kurzerhand auf das weiche Pelzfutter und war danach so erschöpft, dass sie eine Woche lang hätte schlafen können.

Bevor sie zu ihm hineinkletterte, um ihn mit ihrem Körper zu wärmen, warf sie einen Blick über das Lager. Am Waldrand standen vier Pferde an ein Seil gebunden und ruhten sich aus. Vier Leichen lagen hier und da herum. Und ein bewusstloser Wolfsmann.

Lass es ihm morgen gut genug gehen, dass er nach Chroina reiten kann.

Sie war sich nicht sicher, an wen sie ihr Gebet richtete. An den lieben Gott? An Danu? Hörte da oben überhaupt jemand zu?

Wahrscheinlich nicht, sonst wäre Riggs' Volk nicht an einem Punkt angelangt, an welchem seine einzige Überlebenschance der unfruchtbare Schoß einer verkrüppelten Frau war.

Sie musste Riggs sagen, dass sie sein Volk nicht retten konnte. Doch wenn sie ihm die Wahrheit sagte, würde er sie nie wieder so zärtlich anblicken.

Sie hatte ihn beinahe verloren. Sie würde es nicht ertragen, seine Zuneigung zu verlieren, selbst wenn sie auf Lügen basierte. Es hatte keinen Sinn, die ihnen verbleibende gemeinsame Zeit damit zu verderben, dass sie ihm Dinge mitteilte, die ihn unglücklich machen würden. Er würde sie nach Chroina bringen, und bei der Rückkehr in seine Hütte Hoffnung im Herzen tragen. Diese Hoffnung würde ihr letztes Geschenk an ihn sein.

Seufzend hob sie den Zipfel der Schlafdecke an und legte sich neben ihn. Die Müdigkeit übermannte sie, sobald sie die Decke gut um sie herum festgesteckt hatte.

Kapitel 16

RIGGS WURDE VON nagendem Hunger geweckt. Er öffnete die Augen und erblickte den blauen Schimmer der beginnenden Morgendämmerung. Die Gerüche von Wald, Fluss, verkohltem Holz und Larniern brachten die Erinnerung an die vergangene Nacht mit einem Schlag zurück.

Die Fährtensucher. Der Kampf. Der Teekessel. Anya auf seinem Schoß Anya, die ihn küsst und sich an ihn klammert. *Anya.*

Ihr Duft war ebenfalls da. Blumen, Ysop und Weib. Er drehte sich auf die Seite und sah, dass sie an ihn gepresst in eine Schlafdecke gewickelt lag, die, dem Gestank des Felles nach zu schließen dem Kommandanten gehört haben musste, und friedlich schlief.

Er beschloss, den ungebetenen Geruch nicht zu beachten und vergrub seine Nase in Anyas glänzendem Haar. Sie roch süß, rauchig vom Lagerfeuer und ein wenig salzig, weil sie geschwitzt hatte. Er musste immer wieder mit seiner Wange über ihren Kopf reiben, um etwas von ihrem Duft mitzunehmen, und ihr seinen zu geben.

So wollte er jeden Morgen aufwachen: mit seiner Lady an seiner Seite.

Nein. Sie war nicht die Seine. Er vergaß es immer wieder.

Er zwang sich, damit aufzuhören, sie mit seinem Duft zu markieren.

Seine Zärtlichkeiten hatten sie nicht geweckt, doch als er damit aufhörte, bewegte sie sich im Schlaf und schmiegte sich enger an ihn. Ihr schlanker Arm legte sich um seine Taille und lenkte seine Aufmerksamkeit auf die Bandagen, mit denen er an dieser Stelle auf unbequeme, jedoch wirkungsvolle Weise fest umwickelt war. Er hob die Hand, um ihr Haar zu streicheln und merkte, dass er auch an seinem Arm einen Verband trug. Seine Wunden schmerzten, doch sie heilten. Er würde es überstehen. Sie würden es überstehen.

Das war Anyas Verdienst.

Sie schob ihr Knie zwischen seine Beine und wühlte ihre Nase in seinen Nacken. Ihr Atem wärmte seine bereits überhitzte Haut. Der nagende Hunger in seinem Magen wandelte sich in einen tiefer gehenden Heißhunger. Er fühlte sich schwach wie ein neugeborener Welpe, doch das hielt seinen Körper nicht davon ab, auf diese Frau in seinen Armen zu reagieren.

Sie knabberte mit den Lippen an seiner Kehle.

Er schloss die Augen, um eine Welle des Verlangens zu bekämpfen. »Anya.« Er flüsterte ihren Namen, um sie aufzuwecken.

»Riggs«, hauchte sie seufzend. Ihre Augen waren geschlossen. Sie schlief immer noch. Doch ihr Körper zeigte Erregung, genau wie seiner. Ihr weiblicher Duft verdichtete sich zu der würzigen Note, die ihn immer verrückt machte.

Mist.

Sie küsste seinen Nacken und stöhnte leise.

Wenn sie noch eine Minute länger so weitermachte, würde er sie ausziehen und sich mit ihr vereinen, egal, wie schwach und hungrig er war, und wie sehr er seinen König damit verraten würde.

»Anya.«

Sie schrak auf. »Hm?« Sie öffnete die Augen, blinzelte zweimal, während ihr Blick sich auf sein Gesicht konzentrierte, und lächelte. Ihr Lächeln war wie die aufgehende Sonne nach Monaten der Finsternis. Sie legte sanft ihre Hand an seinen Bart. »Mein Wolfsmann«, sagte sie mit so zärtlicher Stimme wie nie zuvor.

Ihr Wolfsmann. Ja. Er gehörte ihr. Doch sein Herz durfte nicht glauben, dass sie ihm gehörte, so sehr er es sich auch wünschte.

»Du wurdest mir gesandt«, sagte sie.

Er hielt ihre Hand an seiner Wange, dann küsste er ihre Handfläche. Dies war der letzte Kuss, den er ihr jemals geben würde. Es musste so sein. Es stand ihm nicht zu, dieser außergewöhnlichen Lady seine Zuneigung zu zeigen. Der Einzige, dem dies zustand, war König Magnus. Und sonst niemand.

Von allen Frauen würde sie die Einzige sein, die einem einzigen Mann angehörte. Diesen Status wollte er nicht besudeln, indem er sich einen Platz anmaßte, der nicht der seine war.

Er prägte sich ein, wie vertrauensvoll ihre Augen glänzten, während ihre vollen Lippen sich zu einem beinahe katzenhaften Lächeln verzogen. Ihre Schönheit raubte ihm den Atem.

Er musste der zärtlichen Zuneigung, die sie ihm zeigte, jetzt ein Ende machen. Es ging nicht anders.

Er räusperte sich. »Natürlich wurde ich dir gesandt. Du stehst unter meiner Obhut, bis ich dich zu König Magnus gebracht habe.«

Ihr Blick erlosch. Sie zog die Hand von seinem Gesicht weg und krabbelte langsam aus der Felldecke. Ihre Beine schmerzten morgens immer. Er half ihr nicht, obwohl es ihn in den Fingern juckte, es zu tun.

Als sie auf den Beinen war, fragte sie ihn: »Wie fühlst du dich?« Ihre Stimme hatte jede Sanftheit verloren. Sie sah ihn nicht an, während sie einen Wasserbeutel aus einer der Satteltaschen kramte und damit zum Fluss humpelte.

Es war besser so. Sie waren nichts weiter als Reisegefährten.

Er wickelte sich ebenfalls aus der Decke und sah, dass neben ihm ein voller Wasserbeutel und eine aus gegartem Wildschwein und Brot bestehende Mahlzeit warteten. Das musste sie alles in der Nacht für ihn bereitgestellt haben. Sie hatte natürlich kein frisches Fleisch für ihn jagen können, hatte jedoch einen Teil ihrer eigenen Ration für ihn aufgehoben. Hatte sie sich das Fleisch vom Mund abgespart, damit er etwas zum Frühstück hatte? Sein Herz zog sich zusammen.

Er spülte den Kloß in seinem Hals mit dem Inhalt des Wasserbeutels herunter. Das Wasser tat so gut, wenn man solchen Durst hatte! »Gut genug, um reiten zu können«, antwortete er und wischte sich dem Mund mit dem Ärmel ab. Er wickelte das Fleisch aus. Sie hatte die verkohlte Außenschicht abgeschält und ihm ausschließlich das innere Fleisch hingelegt, das zwar gegart war, jedoch immer noch nach Blut roch. Er war so heißhungrig, dass er sich darauf stürzte, ohne auf die Trockenheit und den veränderten Geschmack zu achten.

Beim Essen bemerkte er, dass Anya ihn aus dem Augenwinkel beobachtete, während sie flussaufwärts von der Stelle, wo sie den Teekessel ins Wasser geworfen hatte, am Ufer kniete, um ihren Wasserbeutel zu füllen. Er verschlang alles bis auf den letzten Bissen. Es gefiel ihm, ihr zu zeigen, wie sehr ihr Geschenk ihn erfreute, indem er es aß. Außerdem wäre er mit seiner verletzten Flanke, die ihn bei der geringsten Bewegung schmerzte, am heutigen Morgen ein schlechter Jäger gewesen. Wieder einmal hatte Anya ihm geholfen.

Jetzt wo er gesättigt war, wurde es Zeit, dass er sich nützlich machte. Er erhob sich und ließ den Blick über das Lager schweifen. Die Leiche des Kommandanten lag auf der einen Seite der nun erkalteten Feuerstelle. Neben dem Feuer lag noch eine zweite Leiche, und zwei andere lagen bei den Pferden.

»Was machen wir mit den Fährtensuchern?« Anyas Stimme verlangte nach seiner Aufmerksamkeit. Sie stand mit in die Hüften gestemmten Händen da und besah sich stirnrunzelnd das Lager. Sie war voller Tatendrang. Er würde sie machen lassen. Heute brauchte er ihre Hilfe. Doch es kam nicht in Frage, dass sie beide ihre Energie damit verschwendeten, Larnier zu begraben.

»Ich werde sie in den Wald schleifen. Dort können die Tiere sich um sie kümmern.«

Sie nickte und begann, die Leichen zu durchsuchen. »Man sollte nützliche Dinge nicht verschwenden. Nehmen wir alle vier Pferde mit?«

»Nein. Wir werden mit leichtem Gepäck reisen und so schnell wie möglich nach Chroina reiten. Neil und König Magnus müssen über diese Frauen aufgeklärt werden. Die Nachricht könnte einen neuen Krieg auslösen.«

Anya wurde ruhig. Sie atmete vernehmbar aus. »Wir müssen ihnen helfen. Ich weiß nicht, wie viele Frauen es dort geben mag, aber ich bin mir sicher, dass es mehr als eine ist.«

Nach dem zu urteilen, was er mitgehört hatte, befürchtete er dasselbe.

Während sie zwei der Pferde sattelten, tauschten sie Informationen aus. Über Ari und die Rolle, die er spielte, wussten sie herzlich wenig, doch sie waren sich darüber einig, dass er König Magnus verraten haben musste.

»Was denkst du, wie sie zu den Frauen kommen? Ich bin durch die Einmischung eines Zauberkästchens hier gelandet. Vielleicht wurden sie ebenfalls durch Zauberkraft hergeholt.«

Er zuckte die Schultern. »Wer weiß? Jilken hat vor einer Ewigkeit Zauberkraft benutzt, um die Kreuzung mit Wölfen zu ermöglichen. Du besitzt einen Zauberstein, mit dessen Hilfe du unsere Sprache sprichst. Ich kann mir vorstellen, dass Zauberkraft imstande ist, Leute in ein anderes Reich zu transportieren.«

Er nahm die zwei Rundbrote, die Anya neben ihre Schlafstelle gelegt hatte, und gab sie ihr. »Geh hoch in die Höhle«, befahl er ihr. »Iss. Ruh dich aus. Wir reiten in einer halben Stunde.« Es war an der Zeit, die Leichen fortzuschaffen. Er wollte nicht, dass sie ihm dabei zusah oder ihre Hilfe anbot.

Sie sah aus, als wolle sie etwas sagen, doch sie nahm schweigend das Brot und humpelte davon. Am Fuß des Hügels, wo sich die Höhle befand, hielt sie inne und blickte über die Schulter zu ihm hinüber. Ihr Mund war zu einer harten Linie zusammengepresst. »Pass auf, dass du dich nicht verletzt. Wir haben keine Bandagen mehr, um dich zusammenzuhalten.« Dann begann sie den Aufstieg, stolz wie die Königin, die sie zweifellos in ein paar Tagen werden würde.

§

ANYA TRIEB IHREN schwarzen Wallach mit einem Schnalzen an und drückte ihm die Hacken in die Rippen. Das Pferd ließ sich zu einem wiegenden Galopp herbei, legte jedoch genervt die Ohren an. Hinter einer Biegung des Waldwegs kam Riggs in Sicht. Er ritt den Apfelschimmel-Wallach, auf dem Lance geritten war. Jedes Mal, wenn sie auf ein paar Schritte an ihn herankam, trieb er sein Pferd an, während ihres das Interesse daran verlor, sich zu beeilen und in einen Trab verfiel, der sie kräftig durchschüttelte. Es war auch diesmal wieder so. Ihr Pferd wurde langsamer und Riggs verschwand in der Ferne einen Hügel hinunter.

Sie knurrte frustriert und trat dem trägen Klumpen Pferdefleisch unter ihr in die Seiten. »Du verdammtes Biest!« Das galt sowohl für das Pferd als auch für den Mann, der es anscheinend darauf anlegte, ihr aus dem Weg zu gehen.

Sie hatten nur noch zwei Tage gemeinsam zu verbringen, bis sie in Chroina waren. Nur zwei Tage! Und er schien sie damit vergeuden zu wollen, sie auf möglichst großem Abstand zu halten. Und das, nachdem er beinahe bis an den Tod um sie gekämpft und sie leidenschaftlicher geküsst hatte, als je ein Mann zuvor, und mit einem Blick voll unendlicher Zärtlichkeit neben ihr aufgewacht war.

Ihr Pferd galoppierte wieder, verlangsamte jedoch den Schritt, sobald Riggs zu sehen war. Schon wieder.

Verfluchter Gaul!

Riggs hatte die Pferde für die Reise ausgesucht. Hatte er gewusst, dass dieses ein Faulpelz war? Wenn dem so war, konnte er sich zu seiner Wahl beglückwünschen.

Dieser blöde Hund.

Das Einzige, was sie davon abhielt, ihm eine Standpauke zu verpassen, waren die nun verheilenden Wunden, die ihm ihretwegen zugefügt worden waren. *Och*, nicht ihretwegen, sondern König Magnus' wegen. Was er am Morgen zu ihr gesagt hatte, war klar wie Quellwasser. Er hatte aus Pflichtgefühl um sie gekämpft. Das war alles.

Na gut. Er wollte also so tun, als brenne kein Feuer zwischen ihnen? Das konnte sie genauso gut wie er. Er wollte Abstand von ihr gewinnen? Den konnte er haben.

Sie würde sich den ganzen Weg nach Chroina mit diesem verdammten trägen Gaul herumschlagen, ohne Riggs gegenüber auch nur ein Wort darüber zu verlieren. Sie würde kein verdammtes Wort mehr an ihn richten. Die Zeiten der freundschaftlichen Gespräche mit ihm waren vorüber. Er hatte absichtlich allem, was darüber hinausging, dass sie den gleichen Weg benutzten, einen Riegel vorgeschoben.

Den Weg nach Chroina. Zu ihrem neuen Zuhause und ihrem neuen Status als Zuchtstute eines Königs.

Eine Zuchtstute, die noch nicht einmal fruchtbar war.

Riggs zufolge würde König Magnus sie mit offenen Armen empfangen. Doch würde er seine Begeisterung auch beibehalten, wenn sie ihm Monat für Monat und Jahr für Jahr nicht geben konnte, was er sich am meisten wünschte? Riggs würde zu seinem Leben dort draußen an der Grenze von Larna zurückkehren. Und er würde ständig darauf hoffen, Nachricht von einer königlichen Geburt zu bekommen. Wie viele Jahre würde es dauern, bis er jegliche Hoffnung verlor?

Ihr Pferd wurde schon wieder langsam. Sie musste die Zähne zusammenbeißen, damit sie bei dem ruckeligen Trab nicht aufeinanderschlugen. Riggs verschwand hinter der Rundung eines Hügels. Sie trieb ihr Pferd nicht an. Sie hatte jetzt keine Lust, Riggs zu sehen. Stattdessen ließ sie den Gaul im Passgang gehen.

Ein Gefühl der Einsamkeit überkam sie. Sie hieß es willkommen. Es würde von nun an zu ihrem Leben gehören. Sie würde der einzige Mensch in einer Welt voller Wolfsmenschen sein. Und sie würde diese Welt, die so dringend Hoffnung brauchte, bitter enttäuschen.

Der Wald lichtete sich. Schlanke Bäume, jetzt im Spätherbst nur noch spärlich belaubt, umgaben sie mit düsteren von Grau- und Brauntönen. Der bedeckte Himmel ließ die Sonne nicht durch, doch das schwindende graue Licht ließ vermuten, dass sie niedrig stand. Es musste ungefähr eine halbe Stunde vor der Abenddämmerung sein. Weit voraus kam Riggs kurz in Sicht und verschwand wieder, als sein Pferd einen Hügel hinunterlief.

Mehrere Minuten später ritt sie denselben Hügel hinunter. Der Wald endete, als eine weite, hügelige Ebene sich vor ihren Augen erstreckte. So weit das Auge reichte, wiegte hohes Gras sich wellenförmig im Wind. Riggs war nur noch ein kleiner Punkt, der den nächsten Hügel umrundete. Während sie ihm nachsah, zügelte er sein Pferd und blickte zurück. Mit erhobenem Kinn signalisierend, dass er sie gesehen hatte, ritt er weiter, ohne darauf zu warten, dass sie ihn einholte.

Seine Gleichgültigkeit verletzte sie zutiefst.

Welche Traurigkeit auch immer von ihr Besitz ergriff, ihr Pferd schien das Gegenteil zu fühlen. Es spitzte die Ohren und begann, ausgreifende Schritte zu machen.

»*Och*, du scheinst weites, offenes Land vorzuziehen, was?« Vielleicht war der Wallach gar nicht faul, sondern mochte einfach den Wald nicht. Sie ließ ihn gewähren und berührte ganz leicht seine Flanken mit den Fersen. Er begann zu galoppieren und rannte die Spur entlang, die Riggs' Pferd im Gras hinterlassen hatte.

Der Wind riss ihren Umhang los und zerzauste ihr flatterndes Haar. Sie hielt sich an der Mähne ihres Reittiers fest, lehnte sich über seinen Hals und fühlte sich so leicht wie schon lange nicht mehr. Sie hatte noch nie ein so großes und starkes Pferd wie dieses geritten, und schon gar nicht im Galopp. Es war berauschend.

Ihre Lunge füllte sich mit nach Gras duftender Luft, die Regen verhieß. Sie schrie vor Freude an der Geschwindigkeit, der Freiheit und der Landschaft, die ihrem Heimatland Scotia so sehr ähnelte, obwohl dieses einer anderen Welt angehörte. Sie fühlte sich, als habe sie alle ihre Sorgen im Wald hinter sich gelassen.

Sie holte den Abstand zu Riggs auf.

Er blickte zurück und riss erschrocken die Augen auf.

Als sie an ihm vorbeiraste, rief er: »Was machst du da, um Himmels willen?« Er trieb sein Pferd in den Galopp und hielt mit ihr Schritt, wobei ihre Schenkel sich beinahe berührten. Er griff nach ihren Zügeln.

»Hüa!« Ihr Pferd legte an Tempo zu. Riggs fluchte.

Er rief ihr nach, doch seine Rufe wurden leiser, je weiter sie und ihr Pferd sich ihren eigenen Weg über die hügelige Ebene bahnten. Zu entdecken, dass ihr Pferd schneller war als das von Riggs, ließ sie kichern wie eine Irrsinnige. Es war gut so. Jetzt würde er mal sehen, wie es sich anfühlte, abgehängt zu werden.

Pferd und Reiterin wurden eins, sie flogen, hielten sich in den Niederungen, umrundeten graziös die sanften Hänge und übersprangen kleine Bäche. Sie achtete auf unebenen Boden und Hindernisse, doch das Pferd bewies, dass es nicht nur schnell, sondern auch trittsicher war. Ihr wurde klar, dass es sich um ein Schlachtross handelte. Es würde sich inmitten des Gedränges eines von Kanonenkugeln verwüsteten Schlachtfelds wie zu Hause fühlen. »Du bist ein störrischer Bursche, aber ich mag dich!«, schrie sie.

Als sein glänzendes Fell begann, sich mit Schweiß zu bedecken, zügelte sie ihn. Sie musste seine Kräfte sparen. Sie konnten die Pferde schließlich nicht gegen frische eintauschen.

Ihr Wallach hob und senkte den Kopf und tänzelte. Er wäre gerne noch länger gerannt, doch sie fühlte sich ein kleines bisschen schuldig, Riggs so weit hinter sich gelassen zu haben. Obwohl er es verdammt noch mal verdient hatte.

Er brauchte einige Minuten, um sie einzuholen.

Er überholte sie und stellte sein Pferd vor ihrem quer, um sie zum Halten zu zwingen. Unter den blauen Flecken war sein Gesicht rot angelaufen und in seinen Augen brannte mörderische Wut.

Trotz des beeindruckenden Anblicks, den er in seinem Zorn bot, reckte sie das Kinn vor und lenkte ihr Pferd um ihn herum.

Er sprang aus dem Sattel, griff nach ihren Zügeln und brachte das Pferd zum Stehen. »Bist du verrückt geworden?« Seine Stimme klang wie ein leises Fauchen. Sie ließ sie erschaudern. *Och*, sie hatte sie heute den ganzen Tag über vermisst.

Ihre Bewegtheit überspielend, blickte sie auf ihn hinunter. »Halt die Klappe. Du hast gesagt, wir müssten so schnell wie möglich reiten. Ich habe lediglich getan, was mir befohlen wurde.«

»Das war kein schnelles Reiten. Das war leichtsinniges Reiten. Du hättest tödlich verunglücken können.« Er strich sich mit der Hand durch das windzerzauste Haar, was sie daran erinnerte, wie sehr er sich im Gasthaus von Valeworth um ihre Sicherheit gesorgt hatte. Doch wo war seine Sorge um sie heute geblieben, wo er sie so weit abgehängt hatte, als habe er sie vergessen?

»Ich bitte dich! Ich wollte nur so schnell wie möglich nach Chroina kommen. Dort gibt es einen König, der mir unbedingt ein Kind in den Leib pflanzen will. Den möchte ich nicht warten lassen.«

Er packte sie um die Taille und holte sie so schnell herunter, dass sie vor Überraschung nach Luft schnappte. Sie an seine Brust pressend, ohne dass ihre Zehen den Boden berührten, sagte er: »Mir ist egal, wie schnell wir nach Chroina gelangen. Ich werde nicht zulassen, dass du dir beim Reiten den Hals brichst. Von jetzt an reitest du mit mir.«

Sie stemmte sich von seiner Brust weg. »Lass mich los, du grober Tölpel! Du kannst mich nicht den ganzen Tag missachten und dann wegen ein paar Minuten Spaß mit mir schimpfen. Ich weiß, wie man ein verdammtes Pferd reitet!«

Er ließ sie nicht los. »Glaubst du, dass es mir leichtfällt, dies zu tun?«, knurrte er. »Glaubst du, dass es meinem Willen entspricht? Dich einem anderen Mann zu geben, wo doch alles in mir – « Er brach ab und fuhr sich erneut mit der Hand durch die Locken, während er sie mit der anderen festhielt. Seine Nasenflügel bebten. Er beruhigte sich. »Es wird mich umbringen, dich ihm zu geben. Das muss dir doch inzwischen klar sein? Mir dich in seinem Bett vorzustellen macht mich wahnsinnig.« An seiner Schläfe klopfte eine Ader, doch seine Augen blickten sie zärtlich an.

Sein Geständnis erschütterte sie zutiefst. Nach all der Distanz, die er ihnen heute auferlegt hatte, gab er zu, dass er sie immer noch wollte. *»Es wird mich umbringen, dich ihm zu geben.«* Wusste er nicht, dass es sie ebenfalls umbringen würde?

Ein Teil von ihr, der ihr bisher unbekannt war, war durch Riggs Anwesenheit ans Tageslicht gekommen. Ein hoffnungsvoller Teil. Ein verletzlicher Teil. Ein Teil, der bewirkte, dass sie sich trotz ihrer Narben schön, und trotz ihres unfruchtbaren Leibes weiblich fühlte. Dieser zerbrechliche, neue Teil von ihr würde verkümmern und sterben, wenn Riggs sie für immer verließ.

Und das würde er tun. Es war nicht zu ändern.

Wenn sie ihr Geheimnis für sich behielt, würde er sie in dem Glauben verlassen, sie könne sein Volk retten. Doch er würde sie ebenfalls verlassen, wenn sie ihm gestand, dass ihr Schoß so nutzlos war wie ein Karren ohne Maultier. Selbst wenn der König sie nicht wollte, würde sie keine andere Wahl haben, als in Chroina zu bleiben, dem einzigen Ort, an dem Frauen sicher waren, und wenn Riggs sie wollte, müsste er ebenfalls in Chroina bleiben. Doch welcher vernünftige Mann würde schon sein Land und seine Lebensgrundlage einer Frau opfern, die keine Kinder bekommen konnte, noch dazu, wo so dringender Bedarf an Kindern bestand? *Och*, wenn sie ihm die Wahrheit sagte, würde sie ihm zu einer Last werden. Oder er würde Mitleid mit ihr haben.

Wenn sie die Wahrheit für sich behielt, würde sie für eine Weile mit Reichtum und Ehren überschüttet werden, bis ihr unfruchtbarer Leib sie verriet. Doch zu dem Zeitpunkt würde Riggs schon lange fortgegangen sein.

Sie hatte nichts zu verlieren, wenn sie ihre Geheimnisse bewahrte, und konnte zumindest ein paar Jahre luxuriösen Lebens erhoffen.

Warum also zog sich ihr der Magen zusammen, wenn sie daran dachte, diese Nacht verstreichen zu lassen, ohne Riggs alles zu gestehen?

»Lass mich runter«, sagte sie. »Bitte.« Sie brauchte festen Boden unter den Füßen, um ihre flatternde Seele zu beruhigen.

Er rieb mit der Wange über ihren Kopf. »Und wenn ich es nicht tue?« Der Arm in ihrem Rücken glitt tiefer. Er griff nach ihrem Hintern und hielt sie nun auf diese Weise an sich gepresst.

So gehalten zu werden, verursachte ihr Schmetterlinge im Bauch. Es wirkte so stark und besitzergreifend. Es war zu viel. Sie hatte es nicht verdient, sich so begehrenswert zu fühlen.

Sie stemmte sich wieder von seiner Brust weg, und dieses Mal ließ er sie gehen. Ohne seinen soliden Halt und seine Wärme fühlte sie sich mit einem Mal verloren.

Ihr Pferd war zu einem Bächlein gegangen, das sich durchs Gras schlängelte. Sie ging hin und klopfte ihm den Hals, während es trank. »Nicht zu viel, Junge. Lass uns ein bisschen gehen, bevor du deinen Durst stillst.« Sie nahm die Zügel und führte es am Bach entlang, um es abzukühlen. Riggs folgte ihr nicht. Das war gut. Sie brauchte Zeit, um sich für das, was sie tun musste, zu wappnen. Nur ein Feigling würde es noch länger hinausschieben.

Das kalte, graue Licht der Abenddämmerung küsste die Ebene, als sie ihr Pferd zu Riggs zurückführte.

Er war dabei, sein Pferd abzuzäumen. »Wir werden hier übernachten«, teilte er ihr mit.

Sie waren inmitten dieser niedrigen Hügel recht gut versteckt, und es gab Wasser. Es war ein guter Rastplatz. So gut wie jeder andere Ort, um die Hoffnungen eines Mannes zu zerstören.

»Ich kann keine Kinder bekommen«, zwang sie sich, zu sagen.

Er hielt beim Lösen des Sattelgurts inne. Sein Blick bohrte sich in ihren. Sie standen einander heftig atmend gegenüber.

»Mein Sturz hat nicht nur meine Beine verletzt. Ich habe seitdem meine Regel nicht mehr gehabt. Ich kann nicht sein, was ich für dich sein soll.«

Seine Augen weiteten sich, als er zu verstehen begann, was sie damit meinte.

Sie blickte auf ihre Stiefel. Sie wollte nicht zusehen, wie seine Bewunderung in Enttäuschung umschlug. »Ich bin zerstört. Ich bin durch und durch zerstört.« Die Wahrheit hieb Kerben in ihren Stolz wie die Klinge einer Axt. Sie hieb sie in Stücke. Sie drehte ihm den Rücken zu und humpelte davon. Sie wollte allein sein, weil ihr die Tränen kamen.

Er half ihr, indem er ihr nicht folgte.

Sie fand zwei Felsblöcke, zwischen die sie sich zitternd hockte. Sie hörte aus der Ferne, wie er sich um die Pferde kümmerte. Etwas später sprach er aus der Nähe zu ihr. »Ich gehe jagen.« Seine Stimme klang rau und ruhig. »Es sei denn, du brauchst mich.«

Sie wischte sich mit dem Ärmel die Tränen ab. »Geh. Mir geht es gut. Geh.«

Er ging.

Sie hätte sich am liebsten zu einem Knäuel zusammengerollt und wäre gestorben. Riggs hatte geglaubt, er sei im Besitz eines großen Schatzes. Jetzt wurde ihm bewusst, dass er all diese Mühen umsonst auf sich genommen hatte.

§

RIGGS HOCKTE AUF der Spitze eines Hügels und blickte in Richtung ihres Lagers. Kalter Wind strich durch sein Haar und das hohe Gras, das ihn umgab. Der Mond lag hinter einer dicken Wolkenbank verborgen, doch er konnte genau fühlen, wo er stand. Der Vollmond sprach zu seiner Seele. Es würde bald Regen geben.

Anya hatte es auch gespürt. Sie bereitete dort unten alles darauf vor und trieb mit rhythmischem Tock-tock-tock Stöcke in den Boden, um mit den Sachen der Fährtensucher ein Zelt zu bauen, unter dem sie liegen konnten.

Er sah sie einen wuchtigen Stein als Hammer benutzen. Ihre Beine waren verkrüppelt, doch ihre Arme waren stark. Er war nie einer anderen Frau als seiner Mutter so nah gekommen, dass er ihr Verhalten hätte studieren können, doch Männer tauschten sich untereinander aus. Frauen wollten in der Regel, dass Männer alles an ihrer Stelle taten, und die Männer rissen sich die Beine aus, um ihren Wünschen nachzukommen. Anya war da anders. Sie arbeitete gerne. Sie machte sich gerne nützlich.

»Ich kann keine Kinder bekommen… Ich bin durch und durch zerstört.«

Er sollte auf der Jagd sein. Noch nie hatte er so wenig Lust dazu verspürt. Er schnupperte halbherzig nach einer Witterung, der er folgen konnte, doch der salzige Geruch von Anyas Tränen hing ihm immer noch in der Nase.

Hatte er sich in ihr getäuscht? Ähnelte sie dem Porträt von König Magnus nur zufällig? Hielt Danu noch eine weitere zarte Schönheit mit kastanienbraunem Haar parat?

Der Geruch eines Feldhasen kitzelte seine Nase. Er erhob sich nicht, um ihm zu folgen.

Anya begann, Farnkraut für das Feuer zu sammeln. Der Kälte wegen fest in ihren Umhang gewickelt lud sie ihre Arme so voll, wie es irgend ging, bevor sie mit ihrer Last zu ihrem Lager zurück humpelte. Es gab keine großen Bäume, deren abgestorbene Äste sie hätte sammeln können, nur Büsche und trockenes, armseliges Gestrüpp. Mit in die Hüften gestemmten Händen blickte sie stirnrunzelnd auf den Haufen, den sie zusammengetragen hatte. Er würde nicht lange genug brennen, um den Hasen zu braten, den er gerochen hatte, und schon gar nicht ein Festmahl, wie er es heute Abend und jeden folgenden Abend so gerne für sie zubereitet hätte. Sie besah sich seine Axt, nahm sie auf und prüfte ihr Gewicht. Als sie damit zu einem Busch ging und begann, ungeschickt in seinen Stamm zu hacken, musste er lächeln.

Die Frau, von der König Magnus geträumt hatte, sollte den Abdruck einer Pfote auf der Wange haben. Anyas Narben waren zackige Linien, die von Klauen hätten herrühren können, doch sie waren von den Felsen in ihre Wange geschürft worden und stammten nicht von einem Wolf. Die Frau auf dem Bild trug einen Edelstein, ein Geschenk der Göttin, an einer Kette um den Hals. Anya hatte ihren Stein in der Tasche, und er war ihr nicht von der Göttin, sondern von einem Mann geschenkt worden.

Er hatte das Porträt nie mit eigenen Augen gesehen, sondern hatte nur von Vorish und dem Schankwirt in Figcroft, und später in einem Bericht aus dem Palast davon gehört. König Magnus hatte es beschrieben, damit die ganze Nation nach der Retterin Ausschau halten konnte, die Danu dem Volk versprochen hatte. Der Bericht erwähnte eine Einzelheit, von der er im Pub nicht gehört hatte. Die Frau, von der König Magnus geträumt hatte, hielt ein Baby in den Armen, das eine Krone trug.

Der Geruch des Hasen wurde vom Wind verweht. Er pflückte einen Grashalm und zwirbelte ihn zwischen Zeigefinger und Daumen.

Anya konnte keine Kinder bekommen. War das nicht deutlich genug? Sie konnte nicht die Frau sein, von der König Magnus geträumt hatte. Sie war nicht die Retterin, die Danu versprochen hatte.

Er hätte ihm leidtun sollen. Sein Volk konnte immer noch keine Hoffnung schöpfen.

Doch er fühlte nichts als Hunger. Hunger auf sie. Seine Arme schmerzten vor Verlangen, sie zu halten. Sein Körper konnte es kaum erwarten, sich mit ihr zu vereinigen. Sein Herz sehnte sich nach ihrer Hingabe. Er würde sich für den Rest seines Lebens bemühen, ihrer würdig zu sein.

Sie erschien ihm nicht wie eine Frau, die zerstört war. Für ihn war sie ganz und gar vollkommen. Voller Liebreiz. Und unglaublich begehrenswert.

Sie hatte es aufgegeben, den Stamm des Busches durchtrennen zu wollen, und hieb lieber die dünneren Seitenäste ab, wobei sie die Axt viel zu nah am Kopf fasste. Er brummte zustimmend, als er sah, dass sie sich nicht entmutigen ließ.

Sie war der Inbegriff der Schönheit und des Lebens. Sie war das Einzige, wofür es sich zu leben lohnte. Und jetzt konnte ihn nichts mehr davon abhalten, sie für sich zu beanspruchen. Es würde kein Verrat sein. Er würde nicht eingesperrt werden. Es war nicht verboten, ohne Vertrag mit einer Frau zu schlafen, deren gebärfähige Zeit abgelaufen war, solange sie damit einverstanden war.

Anya konnte keine Kinder bekommen. Das machte ihm nichts aus. Er liebte sie. Sie würde ihm gehören. Noch heute Nacht. Jede Nacht. Bis zum Ende aller Tage.

Er stand auf und schlenderte zu seiner Lady hinunter.

Sie hörte ihn, bevor sie ihn sah. Ihre Schultern zuckten zusammen. Sie wirbelte überrascht zu ihm herum.

Er nahm ihr die Axt aus der Hand und warf sie ins Gras. Dann schloss er sie in die Arme und legte seine Lippen auf ihren Mund.

Kapitel 17

GERADE WAR ANYA noch dabei gewesen, zwischen den Zähnen zu fluchen, weil es so erstaunlich schwierig war, einen Busch mit einer Axt zu zerkleinern – waren diese verdammten Dinger nicht dazu geschaffen, Holz zu hacken? Und jetzt hörte sie auf einmal das Gras hinter sich rascheln und erschrak beinahe zu Tode. Sie hatte gedacht, es sei ein wildes Tier oder ein Dörfler, der sich an sie heranschlich, um sie Riggs erneut zu entführen. Während sie herumwirbelte und Riggs erblickte, der sich mit in der Nacht funkelnden Augen über sie beugte, öffnete sie den Mund, um ihn zu fragen, warum er nicht jagte. Doch die Frage schaffte es nicht über ihre Lippen.

Er hatte ihr die Axt aus der Hand gerissen und ihre Lippen mit seinen verschlossen, so dass sie weder reden noch denken konnte. Bis ihr einfiel, dass sie ihm gerade jede Hoffnung genommen hatte. Er sollte ihr keine Zuneigung zeigen. Er sollte sie hassen, oder zumindest enttäuscht von ihr sein.

Sie zog angespannt die Schultern bis zu den Ohren hoch und ballte ihre Hände, die sich an sein Hemd klammerten, zu Fäusten. Sie versuchte, ihn wegzuschieben, konnte ihn jedoch keinen Zentimeter von der Stelle bewegen. Sie entzog ihm ihren Mund. »Was machst du da, verflucht noch mal? Warum trägst du Kleider?«

Er vergrub das Gesicht in ihrem Nacken und küsste sie dort, so dass sie wohlig erschauderte. »Hättest du mich lieber nackt, Lady?«

Aye, das stimmte. Ein Mädchen musste schon blind sein, um Riggs nicht nackt vorzuziehen, doch das würde sie jetzt nicht zugeben. Sie hatte für heute Abend genug zugegeben. »*Och*, du weißt schon, was ich meine. Du solltest auf der Suche nach unserem Abendessen sein.«

»Das mache ich später.« Er hob sie hoch und trug sie zu dem Unterschlupf, den sie mit den Schlafdecken der Fährtensucher gebaut hatte. »Es sei denn, du bist hungrig.« Er duckte sich unter das Dach und bettete sie auf die Decken. Er knabberte mit den Lippen an ihrem Nacken und ihrer Schulter. Seine großen Hände lösten den Gürtel ihrer Hosen. »Bist du hungrig, Anya?« Seine Stimme klang wie ein leises Rollen. Er redete nicht von Essen.

Ihr drehte sich alles. Was geschah hier? Er benahm sich wie ein Mann, der die Absicht hatte, mit ihr zu vögeln, obwohl er bis jetzt immer nur zärtlich, jedoch nie deutlich fordernd gewesen war.

Sich dessen bewusst zu werden, versetzte ihr einen Stoß wie der Tritt eines Maultiers. Er hatte sich aus Respekt vor seinem König dagegen gewehrt, mit ihr zu vögeln. Doch nun wusste er, dass sie als Geschenk für den König nicht geeignet war. Jetzt wollte er sie gebrauchen, wie man eine Hure eben gebrauchte.

Nun gut. Sie wollte es ja. Und er hatte es verdient. Er hatte um sie gekämpft und wäre beinahe für sie gestorben. Was konnte eine verkrüppelte Hure Besseres erwarten, als solch wackeren Schutz? Er sollte bekommen, was er sich wünschte. Darin war sie gut. *Dafür* war sie gut, wenn auch für nichts anderes mehr.

Er zog ihr das Hemd aus der Hose. Der Stoff kratzte etwas. Seine Handfläche war noch rauer als der Leinenstoff, als er sie an ihr hochschob und ihre Brust umfasste. *Och*, wie schön sich das anfühlte! Es ging ihr richtig unter die Haut. Es ließ sie dahinschmelzen, bis ins Herz.

Erlaube deinem Herzen solche Gefühle nicht, Mädel. Hab Spaß mit ihm, aber nicht zu viel, sonst wirst du es bereuen, wenn er dich in Chroina verlässt.

Er hob ihr Hemd und schmuste mit ihrer Haut. Sie spürte die Hitze seiner blau angelaufenen Wange. Sein Bart kratzte auf köstliche Weise. Aye, das war es, was ihr gefehlt hatte – zärtliche Zweisamkeit mit ihrem Wolfsmann.

Och, jetzt dachte und *fühlte* sie schon wieder, dass er ihr gehörte. *Sie dummes Mädchen.*

Doch wie sollte sie sich den *Gefühlen* entziehen, wenn er sie mit Zuneigung überschwemmte wie eine Flutwelle? Wenn er so war, wie er war? Ihr Freund, ihr Retter, ihr *Geliebter*.

Sie konnte sich nicht selbst belügen. Sie hatte ihr Herz an ihn verloren. Ganz und gar. Schon als sie ihn zum ersten Mal erblickt hatte. Sie hatte es sich nur nicht eingestehen wollen, weil der Gedanke, er könne sie zurückweisen, unerträglich war.

Ein Brummen tönte aus seiner Kehle. »So weich«, sagte er. »So schön.«

Er wies sie nicht zurück. Er wollte sie. Doch für wie lang? Nur für heute Nacht? Zum ersten Mal in ihrem Leben war die Frage, ob er sie immer noch wollen würde, nachdem sie seinen Steifen geheilt hatte, von Bedeutung.

Sie grub die Finger in sein Haar und zog ihn hoch. »Was machst du da?«

»Siehst du das nicht? Ich werde mich mit dir paaren.« Er drückte ihre Schenkel auseinander und legte sich zwischen sie.

Ein Flattern der Erregung machte sich in ihrem Bauch breit, doch es reichte nicht. »Warum? Weil ich zu nichts anderem tauge? Du nimmst mich also heute Nacht, und was dann? Gehen wir dann immer noch nach Chroina, als sei nichts geschehen?

Dann wirst du mich dort verlassen und in deine Hütte zurückkehren.«

Er wurde ernst. »Glaubst du das wirklich? Dass ich dich für eine oder zwei Nächte will und dich danach in einer Stadt allein lassen werde, wo du niemanden kennst?«

»Genau das hattest du vor einer Stunde noch mit mir vor.« In Anbetracht der Notlage seines Volkes war es das Naheliegende gewesen. Und wenn sie seinem König hätte von Nutzen sein können, wäre sie aus freiem Willen zu ihm gegangen. Riggs zuliebe.

Sie hörte seine Atemzüge an ihrem Ohr. Er stützte sich auf seine Ellenbogen und nahm ihren Kopf in seine Hände. »Anya. Süße Anya.« Er seufzte. »Ich werde dich immer noch nach Chroina bringen, weil du nirgendwo anders in Sicherheit sein würdest.«

Sie schloss die Augen. Etwas anderes hatte sie nicht erwartet. Doch sie fühlte sich auf unpassende Weise enttäuscht.

Sein Daumen streichelte ihr Ohr. »Aber ich werde dich nicht verlassen. Niemals.«

Sie blinzelte. Sie suchte im Dunkeln nach seinen Augen. Da waren sie. Dunkel, nah und ernst. Sie hatte sich bestimmt verhört. »Was hast du gesagt?«

»Dass ich dich nicht verlassen werde. Ich werde mit dir in Chroina bleiben. Wenn du mich willst.«

»Für wie lang?«

»Für immer.«

»Aber deine Hütte, deine Gerberei.« Er wollte alles hinter sich lassen? Ihretwegen?

»Ich werde mich als Soldat melden. Ich werde für dich sorgen. Nicht so gut wie ein König, aber gut genug. Es wird dir an nichts fehlen.«

Sie schnaubte. Besitztum war ihr nicht wichtig. Ihr war wichtig, dass er glücklich war. »Aber du hast dort mit deinem Vater gelebt. Es ist dein Zuhause. Dein Land.«

»Du bist mein Zuhause.«

Gütiger Himmel. Er war sich seiner Sache so sicher, dass es ihr den Atem nahm.

»Aber da sind doch diese Gesetze. Du hast mir gesagt, ausschließliche Partnerschaften seien verboten.«

»Das gilt nur für Frauen, die noch ihre Regel haben. Die meisten der Frauen sind jetzt zu alt. Viele von ihnen haben sich einen ständigen Liebhaber zugelegt, manche auch mehrere. Wenn die Jahreszeiten einer Frau zu Ende sind, kann sie sich ihre Männer selbst aussuchen. Deine Zeit ist um. Du hast freie Wahl. Wähl mich. Leiste mir deinen Schwur. Meinen Schwur hast du bereits.«

Seinen Schwur? »Du meinst, wie die Zugeschworenen?« Wie in der Geschichte, die er ihr über Aine und Gregor erzählt hatte. Es schien bei den Wolfsmenschen das zu sein, was man unter einer Eheschließung verstand.

Er rieb sich zärtlich an ihrer Wange. »Ja.«

Er wollte sie für sein ganzes Leben. Er wollte viel mehr, als nur mit ihr zu vögeln. Er wollte *sie*. Ihr Herz klopfte wild. »Aber ich kann dir keine Kinder schenken.« Welcher Mann mit gesundem Verstand würde sich eine Frau nehmen, die unfruchtbar war?

»Wenn du es könntest, müsste ich dich meinem König geben. Da du es nicht kannst, kann ich dich haben. Beim Mond, ich will dich so sehr. Sag ja. Sag einfach ja.«

Seine Hände zitterten leicht. Er war nervös. Er fürchtete, sie könnte nein sagen.

Es wäre schön blöd von ihr, nein zu sagen.

Ihr ganzes Leben lang war es ihr höchstes Ziel gewesen, gewollt zu werden. Sie hatte sich das Ziel hoch gesteckt, hatte um die Zuneigung ihres Lairds gebuhlt und den Feldherrn der Keiths verführt, weil der Laird sie abgewiesen hatte. Wenn ein mächtiger Mann sie wollte, würde das bedeuten, dass sie wirklich liebenswert war. Die Liebe eines mächtigen Mannes würde den Schmerz darüber, dass ihre Mutter sie verlassen hatte, wettmachen. Das hatte sie zumindest gehofft. Leider hatte bisher auch die größte männliche Zuneigung das Loch in ihrem Herzen nicht füllen können.

Riggs war kein Laird und auch kein Feldherr. Er besaß weder Reichtum, noch Macht. Doch er besaß ihr Herz. Und es sah so aus, als besäße sie seins. Das Ausmaß der Liebe zwischen ihnen nahm der Tatsache, dass ihre Mutter fortgegangen war, ihren Stachel, so dass sie kaum noch schmerzte.

Unabhängig davon, was sie in der Vergangenheit begehrt hatte, war die Liebe zu diesem einfachen Pelzjäger alles, was sie sich je gewünscht hatte. Durfte sie daran glauben, dass sie ihn haben konnte?

Sie hatte ihren Stolz so oft aufs Spiel gesetzt und dabei verloren. Doch sie hatte nie wirklich ihr Herz aufs Spiel gesetzt. Wenn sie Riggs' Vorschlag zustimmte, würde sie ihm damit mehr Macht über sich gewähren, als je einem Mann zuvor. Konnte sie darauf vertrauen, dass er diese Macht nicht missbrauchte?

Die Nacht war ruhig. Ein schwerer Duft lag in der Luft. Der Mond war hinter Wolken versteckt, doch sie konnte ihn deutlicher spüren als je zuvor, wie ein erhabenes Ziehen in der Brust.

»Sag es«, drängte er sie.

Er war Riggs. Ihr tapferer, furchtloser, treuer Wolfsmann. Er hatte ihr Vertrauen mehr als verdient.

Sie legte ihre Hände um sein Gesicht. »Wenn du mich willst – was ich schlecht verstehen kann – dann sollst du mich haben. Nimm mich.«

Riggs stieß den Atem aus, den er anscheinend angehalten hatte. Er öffnete die Lippen. Er näherte sie ihren.

Seine Muskeln waren angespannt, doch sein Kuss war zart. Er neckte ihre Lippen und bewegte seinen Kopf in einer sanften Schaukelbewegung, als würde er den Liebesakt mit ihrem Mund vollziehen. Sie war die erste Frau, die er je geküsst hatte, und er küsste besser als jeder Mann zuvor. Er küsste sie mit Leidenschaft und Ernst. Er küsste sie, als sei ihr Mund ein Geschenk und nicht etwas, worauf er ein gutes Recht hatte.

Es begann zu regnen. Erste Tropfen prasselten weich auf das Wolltuch über ihnen.

Riggs' Geruch nach Wald und staubigem Hund vermischte sich mit dem frischen Duft von windzerzaustem Gras. Ihn über sich zu sehen war ganz einfach ein überwältigender Anblick.

Er schob ihr das Hemd hoch und zog es ihr über den Kopf. Ihre Arme festhaltend, die immer noch in den Ärmeln steckten, blickte er an ihr auf und ab. Es war zu dunkel, um seinen Gesichtsausdruck erkennen zu können, doch sie konnte seinen Blick wie ein sanftes Streifen seiner Lippen auf sich spüren, als er über ihren mit Gänsehaut überzogenen Bauch, ihre Brüste, ihre Schlüsselbeine, ihren Hals, ihr Gesicht und wieder zu ihren Brüsten wanderte.

»Du bist die Meine«, sagte er mit einer Stimme, die noch tiefer klang als gewöhnlich.

Aye. Sie war die Seine.

Das Bedürfnis, mit ihm zu verschmelzen, war so stark und unleugbar, dass sie meinte, es greifen zu können. Noch nie zuvor hatte sie Leere erlebt, als sei sie gegenständlich.

Mit einem Arm hielt er sich über ihr. Mit dem anderen schob er sich die Hosen herunter.

Aye!

Er hatte es so eilig, dass seine Bewegungen hastig wurden, doch als er ihr die Hosen von den Beinen zog, ging er ganz vorsichtig vor. Er löste geduldig die Senkel an ihrem rechten Stiefel und zog ihn ihr aus, bevor er ihr gutes Bein von dem Segeltuchstoff befreite, an den sie sich gewöhnt hatte. Er ließ sie teilweise bekleidet und presste ihr verletztes Bein, an dem noch ihre Hose hing, um seine nackte Hüfte. Der Absatz ihres Stiefels ruhte auf seinem Hintern.

Och, *aye. Aye. Jetzt.*

Er hielt inne.

Sie drückte ihm ermunternd die Hüften entgegen. Noch nie war sie so bereit für einen Mann gewesen.

Er wartete. Worauf?

»Ich leiste dir meinen Schwur, Lady Anya«, sagte er und drang mit einem einzigen, langsam gleitenden Stoß in sie ein, der sie nach Luft schnappen ließ.

Er war kräftig gebaut. Und es war für sie schon so lange her. Doch ihr Körper machte es ihm leicht. Mit ihrem Wolfsmann brauchte sie keine Öle. Sie hieß das sanfte Brennen und das damit einhergehende tiefgreifende Lustgefühl freudig willkommen.

Als er ganz in sie eingedrungen war, hielt er inne. »Es fühlt sich so gut an«, murmelte er an ihrem Ohr.

»Aye. Das tut es.« Und das Versprechen, das er ihr mit seinem Schwur gegeben hatte, machte es noch schöner. Sie hielt ihn fest an sich gedrückt und sagte: »Ich leiste dir meinen Schwur, Riggs. Habe ich es richtig gesagt?«

Er gab eine Mischung aus Kichern und Stöhnen von sich. »Absolut richtig«, sagte er, an ihrem Ohrläppchen knabbernd. Dann begann er, sich in ihr zu bewegen.

Ihr Wolfsmann war kein sanfter Liebhaber. Und auch kein leiser. Sie hätte nicht zufriedener sein können. Während er mit seinem kraftvollen Körper Anspruch auf sie erhob, vergaß er nicht, Rücksicht auf sie zu nehmen. Er hielt mit einem Arm ihr linkes Bein in einer bequemen Stellung, während er ihr und sich zu großer Lust verhalf.

Sie hielt ihn besitzergreifend fest, während sie sich miteinander bewegten. Die Küsse der Nachtluft waren kalt auf ihrer freiliegenden Haut, doch ihr Inneres war so heiß, das es schmolz. Sie war eine Esse, und ihr Feuer brannte für einen einzigen Mann, *ihren* Mann.

Riggs' Atmung beschleunigte sich. Er legte seinen Mund auf ihren, als wolle er sie küssen, war jedoch schon zu weit gegangen, um sein Vorhaben durchzuführen. Er stöhnte in ihren Mund, während sein Bauch sich an ihrem zusammenzog und er seine Erfüllung fand.

Sie antwortete mit ihrem eigenen Stöhnen, als der Druck in ihr anschwoll, bis er unerträglich wurde und sich auflöste. Ihre Finger bohrten sich wie Sporen in sein Fleisch. Ihr Körper wurde von Flammen geleckt, deren Brennen sich so gut anfühlte wie nie zuvor.

Er umfasste ihren Kopf mit der Hand und führte ihre Nase an seinen Hals. Sein Duft trieb ihre Lust in ungeahnte Höhen. Als es zu Ende hätte sein sollen, brannte ihr Körper immer noch lichterloh.

Sie hatte den Höhepunkt mit einem Mann schon hundertfach erlebt. Sie gehörte zu den glücklichen Frauen, die den Gipfel mit beinahe jedem Partner erreichten. Das hatte sie zu einer gefragten Hure gemacht, und ihr die Arbeit im Freudenhaus erträglich gestaltet. Doch was sie hier erlebte, überstieg alle ihre bisherigen Erfahrungen. Während sie normalerweise beim Vögeln einen erfreulichen Gipfel erreichte, entdeckte sie mit Riggs ein Hochplateau der Glückseligkeit, das sich immer weiter und weiter ausbreitete.

Es erschien ihr unermesslich groß. Kam es daher, dass sie ihm ihr Herz geschenkt hatte? Oder lag es daran, dass er ein Wolfsmensch war? Egal. So etwas Schönes wollte sie nicht hinterfragen. Sie wollte sich lieber mit ihrem Geliebten, ihrem Zugeschworenen, daran erfreuen.

Die Wogen des Höhepunktes ebbten zu sanften Strömungen ab. Sie zitterte am ganzen Körper. Riggs atmete schwer, als sei er meilenweit gerannt.

Er rieb mit seinem Bart über ihren Kopf, rau und zärtlich. Bildete sie es sich ein, oder wirkte sein Duft dichter als gewöhnlich?

Sie war zu durcheinander, um Worte zu finden, und tätschelte stattdessen seinen Rücken und seine unter seinem Hemd schweißnassen Schultern, um ihm zu versichern, dass er ihr größte Lust bereitete hatte. Größer als sie es mit einem Mann je für möglich gehalten hätte.

»Beim Mond«, sagte er schließlich und legte seine Stirn an ihre. »Ist es mit einer Frau immer so?«

§

ANYAS WOHLIGES SCHNURREN übertrug sich auf Riggs' Brustkorb. »Ich wollte dich gerade fragen, ob es mit einem Wolfsmann immer so sei.«

Er rückte von ihr ab, um sie anzublicken. In der Dunkelheit hatte ihre Haut einen blauen Schimmer, wie ein Saphir im Mondlicht. Ihre Augen glänzten wie Onyx unter ihren schweren Lidern. Ihre Lippen zeigten ein befriedigtes Lächeln. Sie war das Schönste, was er je gesehen hatte.

Er konnte es kaum glauben. Er hatte sich mit einer Frau gepaart.

Alles, was er darüber gehört hatte, wie man einer Frau Lust bereitet, war seinen Gedanken entflogen, sobald er ihre Brüste gesehen hatte. Es hatte nichts anderes mehr gegeben, als den Drang, sie zur Seinen zu machen. *Die Meine, paaren, die Meine* ... Die Litanei hatte sich mit jedem seiner Liebesstöße in seinem Kopf wiederholt. Er hätte es langsamer und sanfter angehen lassen sollen, hätte es viel länger andauern lassen und sich vorrangig um ihr Vergnügen kümmern sollen.

Doch sie hatte trotz seiner Gedankenlosigkeit ihren Höhepunkt erreicht. Daran bestand kein Zweifel. Mit stolzgeschwellter Brust erinnerte er sich an ihre Schreie und ihre klammernden Hände.

»Was war das, am Ende?«, fragte sie mit sanfter, verführerischer Stimme. Sie zog mit dem Finger eine Spur seinen bekleideten Arm entlang, worauf sein Körper reagierte, obwohl er sie gerade gehabt hatte. »Es hörte gar nicht mehr auf. Ist das für Wolfsmenschen typisch?«

Demnach war die Erfahrung auch für sie einzigartig gewesen. »Es war mir noch nie zuvor passiert. Aber ich hatte auch nie zuvor mit einer Frau geschlafen. Wir sollten es vielleicht erneut versuchen. Um zu sehen, ob es sich wiederholt.« Immer noch in ihr, stieß er versuchsweise zu.

»Aye. Das ist eine hervorragende Idee.« Sie packte seinen Hintern und knetete ihn, damit er weitermachte.

Er schüttelte den Kopf. Dieses Mal wollte er es richtig machen. Er wollte ihr zeigen, wozu ein ehrenhafter Zugeschworener fähig war. Ohne ihr Murren zu berücksichtigen, glitt er aus ihr heraus und nahm sich die Zeit, sie auszuziehen.

Unbekleidet war sie schöner als der Vollmond. Er hockte sich auf die Fersen und nahm ihren Anblick in sich auf. Die Form ihres Körpers erinnerte ihn an eine Sanduhr, an der Taille schlank, und mit großzügigen Kurven oberhalb und unterhalb. Ihre Schenkel waren so weiß wie Sahne, und weich, so weich! Zu spüren, wie diese Schenkel seine Hüften umfingen, war ein unvergleichliches Erlebnis. Doch das Beste waren ihre Brüste, so lieblich wie Rosenblüten und so groß, dass er sie nicht mit der Hand umfassen konnte. Er drückte einen ehrfurchtsvollen Kuss auf das verführerische Tal zwischen ihnen.

Sie wand sich und sagte etwas, das mit »*Och*« begann. Den Rest konnte er nicht verstehen. Ihr Edelstein. Er war in der Tasche ihrer Hose, sie trug ihn nicht mehr am Körper.

»Ich weiß zwar nicht, was du gerade gesagt hast, Lady, aber ich schwöre, dass ich dir heute Nacht so viel Lust bereiten werde, wie du aushalten kannst.« Dann begann er, seinen Schwur in die Tat umzusetzen. Ihre Körper brauchten keine Sprache, um miteinander zu kommunizieren.

Während der Regen auf ihren Unterschlupf tropfte, erkundete er seine Zugeschworene. Er spielte mit ihr. Er liebte sie mit seinen Händen und seinem Mund, bis er sich ihren betörenden Duft und ihren Geschmack eingeprägt hatte.

Die Meine.

Ihre Finger schoben sich in sein Haar, und sie führte ihn zu ihrem Mund, um ihn zu küssen.

Er folgte ihr.

Nachdem sie sich für lange Minuten aneinander gelabt hatten, zog sie ihm das Hemd über den Kopf und legte ihn auf den Rücken. In dieser Position war er ihr unterlegen. Er ließ sie vertrauensvoll gewähren und lag mit ungeschützter Brust und verletztem Bauch unter ihr. Er gestattete ihr, ihn an diesen Stellen zu küssen und ihn zu erkunden, wie er sie erkundet hatte. Er sah ihr dabei zu, bis seine Lider sich unter ihrer Berührung vor Lust flatternd schlossen.

Sie öffneten sich blitzartig, als sie seine Brustwarze mit einem wohlgezielten Zungenschlag neckte. Seine Zugeschworene schenkte ihm einen schelmisch funkelnden Blick.

»Wenn du das noch mal machst«, warnte er sie, »werde ich keinen Augenblick länger passiv bleiben können.«

Sie machte es noch mal, wobei das Blitzen ihrer Augen ihm zeigte, dass sie ihn auch ohne ihren Stein verstanden hatte.

Ihre Verwegenheit und ihr sinnliches Necken nahmen ihm den Atem. Er wälzte sich auf sie und nahm sie von neuem. Er nahm sich, was ihm gehörte, und sie gab es ihm bereitwillig. Sie schenkten sich einander, bis sie in Schweiß gebadet und am Ende ihrer Kräfte waren. Und wie zuvor nahm das Ende kein Ende und dauerte auf unerhörte, wunderbare Weise an.

Mit seiner nackten Zugeschworenen in den Armen und tiefer Befriedigung im Herzen schlief er ein.

Anya. Liebste.

Nach einer friedlichen Nacht wurde er von im Gras gurrenden Fasanen geweckt. Ein lavendelfarbener Schein am Horizont kündigte die Morgendämmerung an. Die Regenwolken waren davongezogen. Der Tag versprach schönes Wetter mit blauem Himmel.

Er schmuste mit seiner Zugeschworenen, nicht um sie zu wecken, sondern einfach nur, um sich an ihr zu erfreuen. Er hatte es nicht mehr eilig, nach Chroina zu kommen. Obwohl es immer noch der sicherste Ort für sie war, würde ihre Ankunft dort sich schwierig gestalten. Da sie unfruchtbar war, hatte er sich nichts zu Schulden kommen lassen, indem er ihr seinen Schwur leistete, doch das würde nicht sofort zu erkennen sein, wenn sie die Stadt betraten. Ganz im Gegensatz zu dem Geruch ihrer Paarung.

Das war ein Problem, mit dem er sich später befassen würde. Vorläufig sank er, mit der Hand auf ihrem weichen Bauch, wieder in den Schlaf. Hatte je ein Mann solche Glückseligkeit erlebt?

Wieder im Land der Träume, dankte er der Göttin, die er jahrzehntelang vernachlässigt hatte, für das Geschenk, das sie ihm gemacht hatte. Er hätte schwören können, dass der Morgenwind ihm »*Gern geschehen!*« zuflüsterte.

Kapitel 18

NACHDEM ER EINE Stunde auf der Grasebene zugebracht hatte, brachte Riggs Anya zwei Hasen, die zwei fettesten aus einer gut bevölkerten Mulde. Es war bereits Nachmittag. Sie hatten fast den ganzen Morgen gedöst, hatten sich beim Aufwachen geliebt und saßen nun am Feuer ins Gespräch vertieft, während der Duft gebratenen Fleischs über sie hinwegwehte.

Anya hob einen Spieß mit Hasenstückchen aus der abgekühlten Glut und blies darauf. Sie warf ihm einen Blick zu und ihre Lippen verzogen sich zu einem verschwörerischen Lächeln, während sie das Fleisch kühlte. Er kannte ihr Geheimnis. Es war auch das seine. Es gehörte ihnen beiden.

Paaren. Die Meine.

Er konnte es immer noch nicht glauben. Er zog sie an seine Seite und roch an ihrem Haar, während sie aß.

»Was passiert, wenn wir in Chroina ankommen?«, fragte sie.

»Zuerst bringe ich dich zu meinem Onkel.« Jeder andere könnte in Versuchung geraten, ihn festzunehmen, wenn man den Paarungsgeruch an ihr feststellte. Sein Onkel würde ihm eine Chance einräumen, zu erklären, warum sie nicht die Frau sein konnte, auf die der König gewartet hatte. Dann konnte Neil es König Magnus erklären. Der König war gerecht und weise. Er würde zuhören. Er würde verstehen.

Er musste Neil auch seine Vermutungen mitteilen, dass die Larnier Frauen gefangen hielten und Ari ein Verräter war. »Der

König wird dich sicherlich sehen wollen, doch ich wette, dass die Neuigkeiten über die Menschenfrauen Vorrang haben werden.«

»Wo werden wir leben?«

»Die von der Lotterie betroffenen Frauen leben alle in *Fiona Blath.*« Dieses fünfstöckige Haus gehörte zum Schloss und wurde besser als dieses bewacht. »Doch du wirst nicht von der Lotterie betroffen sein. Frauen, die nicht mehr gebärfähig sind, dürfen im Gemeinschaftshaus leben, doch die Frauen, die sich Liebhaber nehmen oder einem Mann ihren Schwur leisten, leben in privaten Häusern. Selbstverständlich unter Bewachung.«

Anya hatte zu essen aufgehört. Sie schien weit weg zu sein.

»Was hast du, Lady?«

Sie blickte zu ihm auf. Ihr Mund verzog sich. »Du nennst mich immer noch Lady«, bemerkte sie.

»Mmm. So wirkst du auf mich. *Lady.* Manchmal bist du *Anya*, aber meistens meine *Lady.*« Oder ganz einfach *die Meine.* Er strich ihr ein paar Strähnen von der Wange. »Du warst auf einmal woanders, als ich von den Lebensumständen der Ladys geredet habe.«

Sie schüttelte den Kopf. »Das hat nichts zu bedeuten.«

»Doch, das hat es. Sag es mir.«

Sie aß noch etwas mehr Fleisch. »Es ist nur, weil du das Gemeinschaftshaus *Fiona Blath* genannt hast. Das war der Vorname meiner Mutter. Fiona.«

»Erzähl mir von ihr.«

»Es gibt nicht viel zu erzählen. Sie ging fort, als ich sechs Jahre alt war. Seona war acht.«

»Seona?«

»Meine Schwester.«

»Schwestern.« Zwei Mädchen, die denselben Vater hatten. Unglaublich. Doch sie hatte ihm bereits erzählt, dass in ihrem Volk Frauen keine Seltenheit waren. Er konnte sich eine Welt, in der es die gleiche Anzahl von Männern und Frauen gab, nicht vorstellen, geschweige denn zwei Weibchen aus derselben Brut.

Anya knabberte noch etwas Hasenfleisch, jedoch ohne Begeisterung. Er brauchte einen Moment, um herauszufinden, warum. Schwestern. Brüder zu haben war in seinem Volk die Regel. Er hatte zwei jüngere Brüder, Garryn, der in der Armee des Königs diente, und Jonoc, der noch jung genug war, um als Diener der Ladys in *Fiona Blath* zu arbeiten. Doch eine Schwester zu haben war etwas Außergewöhnliches. Die meisten geachteten Ladys von Marann waren die einzigen Kinder ihrer Eltern. Hilda und Neil waren allgemein bekannt, da sie denselben Vater und dieselbe Mutter hatten. Sie waren eins der drei gemischten Geschwisterpaare, die es in Marann noch gab. Und sie waren einander sehr nah. Wenn sie für immer voneinander getrennt würden, wie Anya von ihrer Schwester, als sie durch Zauberkraft hergekommen war, würden sie dies zutiefst betrauern. Es musste sich anfühlen wie der Verlust eines geliebten Menschen, der an Danus Brust gegangen war.

»Du vermisst sie«, sagte er.

Sie nickte und zupfte an ihrem Fleisch herum. »Das packe ich lieber ein, dann habe ich es zum Abendessen.«

Er half ihr, das Hasenfleisch einzuwickeln und wünschte, er könne mehr zur Linderung ihres Schmerzes beitragen. Sie packten gemeinsam ihre Sachen. Er stellte sich neben ihren Wallach, um ihr hochzuhelfen.

»Traust du mir heute genug, um mich allein reiten zu lassen?« Ihre Lippen verzogen sich übermütig. Sie erinnerte ihn schelmisch daran, dass er nach ihrem wilden Galopp vom Vortag beschlossen hatte, dass sie mit ihm reiten würde. Es freute ihn, dass sie den Anflug von Traurigkeit anscheinend überwunden hatte.

Er überprüfte ihren Sattelgurt. »Wenn ich dich zu mir aufs Pferd nehme, wird es damit enden, dass ich mich wieder mit dir paare. Wenn wir vor dem nächsten Vollmond nach Chroina kommen wollen, reiten wir lieber getrennt.«

Sie gab sich nachdenklich. »Paarung auf dem Rücken eines Pferds. Das würde ich ganz gerne ausprobieren. Aber ich brauche eine Pause. Du hast mich wundgevögelt.«

Er warf ihr einen scharfen, sorgenvollen Blick zu.

»Keine Sorge.« Sie tätschelte ihm lachend die Brust. »Diese Art von Wundsein tut gut. Sehr gut sogar.«

Er zog sie in seine Arme und küsste sie innig, dann hob er sie auf ihr Pferd. Sie ritten Seite an Seite im Schritt. Er konnte nicht umhin, sie immer wieder zu sich herüberzuziehen, um sie zu küssen oder mit der Hand über ihr glänzendes Haar zu streichen. Sie wies ihn nicht darauf hin, dass sie vorhatten »so schnell wie möglich« zu reiten.

Sie schien zu spüren, dass es bei ihrer Ankunft in Chroina Schwierigkeiten für sie geben könnte. Doch er würde die Sache schon deichseln. Es konnte nur gut ausgehen. Sie waren Zugeschworene. Sie war unfruchtbar. Sie hatten nichts Verbotenes getan.

Nach einigen Stunden machten sie Rast und nahmen ein Mahl zu sich, das für Anya aus Löwenzahnblättern und Brot, und für ihn nur aus Brot bestand. Er hatte die Pilze und Pflanzen, die sie gerne aß, gekostet, doch von ein bisschen Dill oder Rosmarin abgesehen, den er zusammen mit Salz als Würze auf sein Brot streute, mochte er die pflanzliche Nahrung nicht.

Wenn sie bei ihrer gemächlichen Gangart blieben, würden sie den östlichen Wald nicht vor der Nacht erreichen. Er musste sich wieder auf die Suche nach Feldhasen für das Abendessen machen. Das war angesichts des Genusses, mit dem Anya das Fleisch der Hasen verspeiste, kein großes Opfer.

Sie saßen im Schatten einer ausladenden Eibe am Boden. Anya lehnte an ihm und fuhr mit dem Finger an seinem Schenkel auf und ab. Sein Schwanz baute augenblicklich ein Hosenzelt auf, wie jedes Mal, wenn sie ihm nahe kam. Ihr leichtes Streicheln näherte sich ihm, ohne ihn jedoch direkt zu berühren.

Seine Gefährtin versuchte schon wieder, ihn zu verführen.

Ihre Berührungen lösten ein lustvolles Kribbeln bei ihm aus. Er wurde spielerisch von einer Frau berührt. Von seiner Frau. Er schloss die Augen und erfreute sich daran, dass sie sich an ihm erfreute.

Er war der glücklichste Mann auf Erden, da sie ihm beschert worden war. Beschert. Hmm. Er begann vielleicht, wieder an Danu zu glauben. Sonderbar, wie er Hoffnung für sein Volk empfand, obwohl er wusste, dass Anya nicht die ersehnte Retterin war. Wenn die Göttin ihnen eine Frau bringen konnte, dann konnte sie auch eine zweite Frau bringen. Und das würde sie tun.

Anya kletterte über sein ausgestrecktes Bein und kniete sich zwischen seine Schenkel.

Er öffnete die Augen und versenkte seinen Blick in ihren.

»Ich bin immer noch hungrig«, sagte sie, wobei sie seine Hose aufknüpfte.

Er war in der Tat der glücklichste Mann auf Erden. »Nichts läge mir ferner, als meine Lady Hunger leiden zu lassen.«

»Ich habe das Glück, dass mein Zugeschworener eine köstliche Nachspeise für mich bereithält, die mich sättigen wird.« Sie begann, sich an ihm zu laben.

Sein Kopf fiel an den Stamm des Baumes zurück. Er gab sich der Lust hin. Es war, als schwebe er auf einer Wolke, aller Sorgen enthoben.

Als es vorüber war, umfasste er den Nacken seiner Lady mit der Hand und sagte ihr, dass er sie liebe.

Ihr zufriedenes Grinsen wandelte sich zu einem Ausdruck freudiger Überraschung. Ihre Augen strahlten.

»Komm her.« Er zog sie auf seinen Schoß und drückte ihr Gesicht an seine Kehle. »Ich liebe dich, Anya.« Er würde es ihr wieder und wieder sagen, bis es sie nicht mehr erstaunen würde, es zu hören.

Sie schniefte. »Und ich liebe *dich.*«

Sie hielten einander lange im Arm, dann zog er sie beide nackt aus und bettete sie neben sich.

»Ich dachte, wir müssten uns heute beeilen«, neckte seine Zugeschworene ihn. »Wir sollten so schnell reiten, wie möglich. Hattest du das nicht gesagt?«

Sie sollten wirklich nicht länger verweilen. Doch er konnte der Versuchung nicht widerstehen, sie für die Lust, die sie ihm bereitet hatte, zu entschädigen. Er entschädigte sie so gut, dass sie seinen Namen so laut schrie, dass ein Vogel aus dem Baum floh.

Er hatte keine Lust, es dabei zu belassen. Die Versuchung, den Rest des Nachmittags damit zu verbringen, sich mit ihr zu paaren, war groß, doch sie durften nicht länger trödeln. Sie würde erst in Sicherheit sein, wenn sie in Chroina waren. Wenn sie sich beeilten und ritten, bis es dunkel war, konnten sie es bis morgen Abend schaffen.

Er streckte sich neben ihr aus, während sie auf dem Rücken lag und ihr Atem sich nach und nach beruhigte. »Bist du bereit, zu reiten, Lady?«

Sie ließ ihren Kopf zur Seite rollen und blickte ihn ungläubig an. »Du erwartest von mir, mich nach so etwas auf dem Rücken eines Pferdes zu halten? Meine Knochen sind zu Wasser geworden. Du kannst mich über den Rücken meines Pferdes hängen und wie einen Sack Getreide transportieren lassen.«

Er vergrub kichernd die Nase an ihrem Nacken. Bevor er sie traf, hatte er selten gelacht. Seit sein Vater an Danus Brust gegangen war, nicht mehr. Jetzt lachte er täglich. Er war glücklich. Das Lächeln auf Anyas Gesicht bestätigte ihm, dass er sie ebenfalls glücklich machte. Von allen Dingen, die er in seinem Leben vollbracht hatte, erfüllte ihn dies mit dem größten Stolz. Er hatte eine Zugeschworene und machte sie glücklich.

Anya zog mit dem Finger Kreise auf seiner Brust. Obwohl sie wussten, dass sie aufsitzen sollten, machte keiner von ihnen Anstalten, sich anzukleiden. »Dein Höhepunkt war heute kurz, nicht wie gestern Nacht und heute Morgen«, sagte sie.

Er hatte es bemerkt. So wunderbar es sich am Nachmittag angefühlt hatte, als seine Zugeschworene ihn mit ihrem Mund beglückte, war es innerhalb von Sekunden vorüber gewesen. Wenn er sich mit dem ganzen Körper mit ihr paarte, dauerte es länger und fühlte sich noch wunderbarer an.

»Was meinst du, woran das liegt?« Sie spielte an seinem Schwanz herum und untersuchte ihn, als hielte er die Antwort parat.

»Das weiß ich nicht. Ich habe so etwas noch nie zuvor erlebt. Aber eins weiß ich: wenn du mich noch länger so anfasst, muss ich dich noch einmal haben, bevor wir uns auf den Weg machen.«

»Hmm.« Sie gab ihre Untersuchung auf und setzte sich rittlings auf ihn. »Wir sollten es vielleicht noch einmal versuchen.«

Ihr Haar fiel ihr in kastanienbraunen Wellen ums Gesicht. Mit einem Augenzwinkern ließ sie sich auf seinen Schaft sinken.

Oh. Ja. Wundervoll.

Sie wand ihre Arme unter seinen hindurch und hielt sich an seinen Schultern fest.

»Ja. Halt' dich an mir fest, Lady. Richtig so.« Er hielt sie ebenfalls fest. Sich an ihr Wundsein erinnernd, packte er sie bei den Hüften und unternahm mit seiner Lady einen gemächlichen nachmittäglichen Ritt, den sie nie vergessen würde.

§

AUF EINEM GALOPPIERENDEN Pferd zu sitzen, nachdem sie eine Nacht und einen Tag gevögelt hatte, war eine Tortur. Anyas Intimbereich brannte wie Feuer. Ihre Hüften schmerzten, weil sie die Beine gespreizt und um ihren Zugeschworenen gelegt hatte. Ihre Lippen waren wundgeküsst. Sie war vielleicht verrückt, da sie sich an all diesen Schmerzen erfreute. Nie zuvor hatte ein Mann so viel Leidenschaft für sie empfunden, dass er sie innerhalb so kurzer Zeit so kraftvoll und so oft hergenommen hatte.

Nie zuvor hatte ein Mann ihr gesagt, dass er sie liebe.

Sie war verheiratet.

Sie hatte ihn auf der ersten Etappe ihres Ritts an diesem Tag über den Status der Zugeschworenen ausgefragt. Er hatte ihr gesagt, dass dafür Dokumente in Chroina hinterlegt werden würden, dass verbal geleistete Schwüre bei seinem Volk jedoch Geltung hätten.

»Aber wir hatten keine Zeugen«, hatte sie gesagt.

»Danu war unsere Zeugin«, hatte er erwidert.

»Du glaubst doch nicht an Danu.«

»Ich kann meine Meinung ja geändert haben«, hatte er mit einem Lächeln geantwortet, das so ehrlich wirkte, dass es ihr ans Herz rührte.

»Man sollte einem Mann das Vergnügen lassen, seine Göttin neu zu entdecken, nachdem er gut gevögelt hat. «

Sie hatten beide gelacht. Sie liebte sein tiefes, herzliches Lachen und die dazugehörenden Fältchen in seinen Augenwinkeln.

Sie hatte sich nie so lebendig, so frei und so umsorgt gefühlt wie mit Riggs. Ihr sehnlichster Wunsch, wirklich von jemandem begehrt zu werden, war erfüllt worden. Das Schicksal hatte es endlich gut mit ihr gemeint. Sie konnte sogar an ihre fortgegangene Mutter denken, ohne wie gewöhnlich dabei zu fühlen, wie sich der Wurm der Bitterkeit in ihr Herz bohrte.

Riggs machte sie glücklicher, als sie es je gewesen war. Sie war fest entschlossen, das Gleiche für ihn zu tun. Er hatte ihretwegen sein Zuhause verlassen. Er hatte *sie* sein Zuhause genannt. Sie würde dafür sorgen, dass er diese Entscheidung nie bereute.

Es war ihr egal, wie wund sie war. Sie würde ihn zum Vögeln verführen, so oft sich die Gelegenheit bot. Es gab nichts Schöneres für sie, als den Ausdruck vollkommener Hingabe auf seinem Gesicht, wenn er kam. Nichts war schöner als zu wissen, dass sie die Erste gewesen war, der er sich geschenkt hatte. Und sie würde die Letzte sein.

Es war fast zu schön, um wahr zu sein.

Riggs lenkte vor ihr sein Pferd eine sanfte Steigung hinauf, um die Ebene zu überblicken. Sie trieb ihr Pferd an, ihm zu folgen, wobei sie anerkennend seine breiten Schultern betrachtete. Selbst verwundet und mit einem blutbefleckten, zerrissenen Hemd bekleidet, flößte er ihr Vertrauen ein. Es lag an der Art, wie er sich hielt: aufrecht, mit selbstbewusst vorgestrecktem Kinn und wachsamem Blick.

Sie war stolz auf ihn. Er war ihr Zugeschworener. Ihr Gefährte.

Sie gesellte sich zu ihm. Die Sonne stand hinter ihnen und sank, während sie nach Osten über die Ebene blickten, die meilenweit in ihrem goldenen Licht erstrahlte. Ein dunkler Streifen am Horizont musste der östliche Wald sein, von dem Riggs ihr erzählt hatte. Der wildreiche Wald war das Revier der Jäger, die Chroina mit Fleisch versorgten.

»Dort unten.« Riggs deutete auf ein glitzerndes Band, das sich in der Nähe durch ein sanftes Tal zog. »Wir werden heute an diesem Fluss übernachten.« Er blickte sie liebevoll an. »Wir werden den Wald morgen Abend erreichen. Ich kenne einen Rastplatz, von dem aus ich jede Gefahr nahen hören und dich in

Sicherheit bringen kann. Wir werden die Pferde gesattelt lassen und kein Lager aufschlagen.«

Riggs hatte sie darauf vorbereitet, dass der Wald voller Jäger sein würde. Sie würden sehr aufpassen müssen, nicht gesehen oder von den scharfen Ohren der Wolfsmenschen gehört zu werden.

»Dann vögelst du mich am besten, bis du es satt hast, bevor wir den Wald erreichen. Wir wollen morgen Nacht schließlich keine Aufmerksamkeit erregen.«

Er grinste. »Ich werde es nie satt haben, mich mit dir zu paaren. Wir werden es nur leise machen müssen.«

Sie erschauderte leicht. Der Schauder wandelte sich zu einem lustvollen Kribbeln, als Riggs die Hand um ihren Nacken legte und sie küsste.

Mit einem zärtlichen Blick ließ er sie los und begann, ins Tal hinunter zu reiten. Seine Haltung versteifte sich mit einem Mal. Er zügelte sein Pferd und hielt an. »Mist.«

Sie folgte seinem Blick zur Spitze eines Hügels, der eine Achtelmeile entfernt lag. Auf dem Kamm des Hügels zeichnete sich ein Reiter ab, dann zwei. Aus zweien wurden vier. Ihre Anzahl wuchs zusehends. Nicht weniger als zwanzig Männer kamen in Sicht. Die ersten Reiter trugen ein Banner. Selbst aus dieser Entfernung konnte sie erkennen, dass es purpurrot und golden war.

»König Magnus«, sagte Riggs.

»König Magnus? Was macht der hier draußen?«

»Weiß nicht.« Sein Ausdruck wurde hart, während er den Trupp des Königs näher kommen sah. Sie waren immer noch weit von ihnen entfernt, doch sie mussten sie gesehen haben. Sie wusste so gut wie Riggs, dass sie nicht fliehen oder sich verstecken konnten.

Eine dunkle Vorahnung kroch ihr den Rücken hoch. Ihr Pferd tänzelte. »Was machen wir?«

»Wir reiten ihnen entgegen«, antwortete er.

Sie schob ihre Finger in seine Hand und drückte sie. »Dann mal los!«

§

RIGGS WAR SO angespannt, dass er die Zügel zu straff hielt. Sein Pferd schüttelte den Kopf. Es ging ihm alles zu schnell. Er war nicht bereit, dem König mit Anya an seiner Seite entgegenzutreten.

Er hatte Angst.

Er hatte nichts Verbotenes getan, doch das würde nicht erkennbar sein, bis er Gelegenheit bekam, die Sache zu erklären. Während sie auf die Truppe zuritten, überlegte er sich, was er sagen würde.

Als nur noch die Breite eines Übungsfelds sie von der Truppe trennte, lösten sich zwei Reiter aus der Gruppe und galoppierten auf sie zu. Er erkannte den Reiter des Leitpferdes wieder, nicht, weil er den Mann persönlich kannte, sondern weil dieser die königlichen Insignien trug. Es war König Magnus. Er suchte unter den anderen Reitern nach Neils Kriegshelm, konnte ihn jedoch nicht ausmachen.

Ihm rutschte das Herz in die Hosen.

»Bleib hier«, befahl er Anya. Er war versucht gewesen, ihr zu sagen, sie solle fliehen, falls es schiefgehen sollte – ihr Pferd war so schnell, dass sie den Männern entkommen konnte. Aber das wäre töricht gewesen. Wohin hätte sie fliehen können? Es gab keinen Ort, an dem sie sicherer sein würde, als bei dem Trupp des Königs. Er sollte dankbar dafür sein, dass sich die Dinge so gewendet hatten. Anyas Sicherheit war so gut wie garantiert.

Er hoffte nur, dass man ihm gestatten würde, sich dieser Sicherheit an ihrer Seite zu erfreuen. Und das war keineswegs garantiert.

Mit einem Blick über die Schulter vergewisserte er sich, dass Anya die Kapuze übergezogen hatte und den Kopf gesenkt hielt. Man konnte sie nicht als Frau erkennen. Leider roch er am ganzen Körper nach ihrer Paarung. Wenn die Reiter näher kamen, würden sie es riechen. Falls es Riggs nicht gelang, seine Situation sofort zu erklären, würde man ihn nach seinem Zeugungsvertrag fragen. Ohne einen Vertrag, der ihm die Paarung mit Anya erlaubte, einer Frau, die offensichtlich im gebärfähigen Alter war, würde man ihn festnehmen.

Da er wusste, was er zu sagen hatte, trieb er sein Pferd mit den Fersen an.

Der König saß aufrecht und hoheitsvoll auf seinem reich verzierten Sattel. Er ritt mit königlicher Würde und brachte sein Pferd erst zum Stehen, als es Riggs' Wallach beinahe berührte. Zwei der übrigen Reiter flankierten Riggs und den König. Aus der Nähe konnte er die Broschen erkennen, mit denen ihr Kriegskilt über ihrer Lederrüstung befestigt war. Sie zeigten einen goldenen Löwen in einer Mondsichel. Sie gehörten beide den zwölf Rittern von der Mondsichel an, der Elitegarde, die Maranns König diente und aus den treuesten und besten Kriegern bestand. Ihre behandschuhten Hände ruhten auf den Griffen ihrer Schwerter.

König Magnus nahm den Helm ab und schüttelte sein schulterlanges, golden glänzendes Haar. Er wurde der große Löwenkönig genannt. Das passte zu ihm. Selbst mit verschwitztem und verfilztem Haar und Bart sah es aus, als habe er eine Löwenmähne.

Riggs neigte den Kopf tief und achtete darauf, dass seine beiden Hände gut zu sehen und weit vom Griff seiner Axt entfernt waren. Beim Anblick von Anya inmitten so vieler Männer juckte es ihn in den Fingern, nach seiner Waffe zu greifen, doch er ließ es lieber bleiben, da er nicht wollte, dass man ihm die Hand abschlug.

»Du darfst dich erheben.«

Seine Ehrerbietung wurde angenommen. Er blickte dem König kurz und respektvoll in die Augen und bemerkte, dass sie die goldene Farbe von gehärtetem Baumharz hatten.

Der Blick des Königs taxierte Riggs mit der Wachsamkeit eines Falken und registrierte, dass sein Gesicht zerschunden und sein Hemd zerrissen waren. Ihm würde nichts entgehen. Riggs dankte Danu dafür, dass Anya das Blut ausgewaschen hatte.

Riggs senkte den Blick auf das Kinn des Königs und wartete darauf, dass dieser das Wort an ihn richtete.

»Name und Beschäftigung.« Der König sprach wie ein Mann, der nicht daran zweifelte, dass sein Wort Gesetz war.

Von ihm angesprochen zu werden, gestattete ihm, den König direkt anzusehen. Riggs saß aufrecht im Sattel und sprach deutlich und laut. »Eure Majestät, ich bin Riggs, der Pelzjäger, Hildas Sohn. Ich lebe an der Grenze westlich von Figcroft und bin in Begleitung einer Frau – «.

»Das ist er, Sire.« Einer der vier Gardisten, der sich im Hintergrund gehalten hatte, schnitt ihm das Wort ab. Er hatte sagen wollen, *Frau, die das gebärfähige Alter überschritten hat*, war jedoch nicht dazu gekommen. »Es ist der Name, den der Bote genannt hat.«

Die anderen Gardisten horchten auf und schlossen den Kreis enger um ihn. Die zwei Ritter, die ihm am nächsten standen, zogen ihre Schwerter.

König Magnus hob gebieterisch die Hand. »Ich will seine Version der Ereignisse hören.«

Seine Version? Hatte man in Chroina von Anya gehört? Wie konnte das sein? Mit angespannten Muskeln wartete er darauf, dass die Männer den Paarungsduft an ihm rochen.

Der König wandte sich an ihn. »Gestern kam ein verwundeter Bote in die Stadt geritten. Er behauptete, gesehen zu haben, wie eine Frau von einer Patrouille von Larniern gefangen genommen worden war. Er sagte, ein Pelzjäger deines Namens habe ihnen geholfen.« Er spähte an Riggs vorbei. »Wer ist dein Begleiter?«

Beschützen. Paaren.

Er konnte das Knurren, dass seiner Kehle entwich, nicht zurückhalten. Er unterdrückte es, doch es hatte anscheinend die Ohren des Königs erreicht.

»Sie ist es, nicht wahr? Mein Wunder.« Die Nasenflügel des Königs bewegten sich, als versuche er, von seinem Standort aus ihren Geruch zu erkunden. Er erstarrte. Dann richtete er den Blick seiner Falkenaugen auf Riggs.

»Sie ist nicht Euer Wunder«, antwortete er. »Sie hat ihre – «

»Er lügt«, unterbrach ihn derselbe Gardist, der ihm das Wort abgeschnitten hatte. Dieser Scheißkerl. »Sie ist es. Sie muss es sein.«

»Ruhe!«, blaffte der König.

Riggs versuchte es erneut. »Sie hat die Zeit ihrer – «

»Ruhe, habe ich gesagt!«

Frustriert begann er wieder zu knurren, doch der König bedachte ihn mit einem Blick, der ihn den Mund zuklappen ließ, um nicht in Versuchung zu geraten, erneut unaufgefordert zu sprechen. Mist. Es sah übel aus.

Der König sog erneut tief die Luft ein, wobei er sich dieses Mal deutlich auf Riggs konzentrierte. Seine Pupillen verengten sich zur Größe von Stecknadeln. »Was hast du getan?« Seine Stimme dröhnte bedrohlich. Er war es offensichtlich gewohnt, seinen Feinden mit ihr Angst einzujagen.

»Sie hat ihre Zeit – «

Er schnippte mit den Fingern nach seinen Rittern. »Verhaftet ihn wegen Paarung mit einem Weib ohne Vertrag.«

Bei Danu! Verdammt noch mal!

Der König lenkte sein Pferd aus dem Kreis und näherte sich Anya. Die sechs Männer umringten ihn.

Er griff nach seiner Axt, um sich zu verteidigen. Er wollte die Gardisten des Königs nicht verletzen, doch er wollte sich nicht verhaften lassen, ohne seine Situation erklärt zu haben.

Einer der Ritter schrie: »Zurück, Pelzjäger!« und hieb mit dem Schwert zu, um ihn zu verwunden. Riggs hakte seine Axt in die Schwertklinge und wehrte den Schlag nach unten ab. Er verwundete sein Bein, doch das Schwert wurde nicht mehr gehoben. Der Ritter war erfahren genug um zu verstehen, dass er sich nur schützen wollte. Dem Mond sei Dank!

»Nein!« Anyas Schrei stellte ihm die Härchen im Nacken auf. Ihre Stimme klang zu nah.

Er hielt seine Axt in einer Verteidigungsposition und ließ sein Pferd sich im Kreis drehen, um die Gardisten auf Abstand zu halten. Er behielt sie alle im Auge, während er nach Anya Ausschau hielt. Da war sie! Sie lenkte ihr Pferd um das des Königs herum und kam direkt auf ihn zu.

Sie streifte die Kapuze von ihrem Haar und versuchte, den Kreis der Männer um ihn zu durchbrechen. »Lasst ihn in Ruhe!«

»Zurück!«, schrie er. Die Männer hatten alle ihre Schwerter gezogen! Sie würde verwundet werden!

Der König holte sie ein. Sein Schwert steckte in der Scheide. Er bot ihr versöhnlich seine Hand. »Langsam, Lady. Jetzt ist alles gut. Ihr seid in Sicherheit.«

Sie zog ihren Dolch. »Ruft sie zurück. Er hat nichts Verbotenes getan. Ruft sie zurück!«

Als er es nicht tat, schnaubte sie angewidert. Sie riss ihr Pferd herum und ritt zum zweiten Mal am König vorbei. Sie bahnte sich ihren Weg neben einen jungen Gardisten und streifte seinen geschützten Arm mit ihrer Klinge.

Riggs erkannte, dass sie es als Warnung gemeint hatte. Nicht so der Gardist. Er knurrte wütend und umschloss ihr Handgelenk mit der Hand.

Sie schrie auf und ließ den Dolch fallen.

In Riggs tobte die Wut wie eine Faust, die sich aus seiner Brust befreien wollte. Er brüllte ohnmächtig. Vier Schwertspitzen waren auf seine Kehle gerichtet, und einer der Ritter hatte ihm gerade seine Axt weggerissen.

»Zurück!«, schrie der König. »Zurück! Lasst sie los! Sie ist mein Wunder.«

Der Gardist ließ Anya los, als hätte er sich an ihr verbrannt.

Anya bahnte sich einen Weg in den Kreis, bis ihr Pferd Flanke an Flanke neben Riggs' stand. Ihre Schenkel berührten sich, und er atmete etwas auf.

Ihre Anwesenheit zwang zwei der Gardisten, sich zurückzuziehen, doch die zwei Ritter hielten immer noch ihre Schwertspitzen an seine Kehle. Er vertraute darauf, dass diese beiden Anya nichts antun würden, doch der Drang, sie dieser Gefahr zu entziehen und sie in Sicherheit zu bringen, pochte in seinen Adern wie ein Trommelwirbel.

»Er hat nichts Verbotenes getan!« Ihre Stimme klang überzeugend. Sie stellte sich furchtlos wie eine Sau, die ihren Wurf beschützte, sechs bewaffneten Männern entgegen, von denen einer ein König war.

Seine Brust schwoll vor Stolz.

»Wenn ihr ihn verletzt, verletzt ihr mich. Er ist mein Lebensgefährte.«

Es wurde still.

Lebensgefährte?

Er versuchte, ihrem Blick zu begegnen, doch sie hielt ihren trotzig auf König Magnus gerichtet.

Von den zwei Rittern abgesehen, die ihn immer noch mit ihren Schwertspitzen in Schach hielten, blickten alle anderen ebenfalls König Magnus an.

Die Augen des Königs glühten. Seine Nasenflügel bebten erneut, als er ihren Paarungsduft roch.

War das der Grund dafür, dass Riggs' Geruch stärker an ihr haftete, als er es erwartet hatte? Dauerte der Höhepunkt ihres Liebesakts deswegen so lange, wenn sie beieinander lagen? Hatte er sie zu seiner Lebensgefährtin gemacht? War das überhaupt möglich?

Sie gehörte nicht zur Gattung der Wolfsmenschen. Er hatte Danu nicht gebeten, sie ihm zu schenken. Er hatte Danu noch nicht einmal anerkannt. Oder besser gesagt, er hatte sie nicht anerkannt … bis letzte Nacht, als die Paarung mit Anya ihn gezwungen hatte, an die Göttin zu glauben.

Und letzte Nacht war Vollmond gewesen.

Staunend zog er die Möglichkeit in Betracht.

»Nein!«, widersprach der König ihr heftig.

»Aye!«, antwortete Anya mit vorgerecktem Kinn. »Gerade noch wolltet Ihr Euch Riggs' Version der Ereignisse anhören. Befragt uns doch einfach getrennt. Wenn wir die gleiche Geschichte erzählen, werdet Ihr wissen, dass wir die Wahrheit sagen. Doch ich weigere mich, irgendetwas zu sagen, solange mein Gefährte bedroht wird.«

»Zurück, habe ich gesagt«, sagte der König leise.

Die Ritter steckten ihre Schwerter in die Scheide.

»Hol Neil«, befahl er einem der Gardisten. »Er kann den Pelzjäger befragen. Die Lady kommt mit mir mit.«

Kapitel 19

ANYA SAẞ ZWISCHEN zwei Gardisten auf einem Stein und sah zu, wie König Magnus durch sein Auf- und Abgehen einen Trampelpfad in die Erde stampfte. Er war groß, doch immer noch einen halben Kopf kleiner als Riggs. Sein Oberkörper, seine Unterarme und Schienbeine waren mit einer ausgezeichnet gearbeiteten Rüstung geschützt, die zu seinem herrschaftlichen Auftreten beitrug. Er trug ein purpurrotes Plaid und einen Umhang, der so schwarz gefärbt war, wie die Nacht. Das Wappen auf dem Umhang zeigte einen goldenen Löwen im Profil, der auf den Hinterbeinen stand und dessen eine Pfote auf einem Buch lag, während er in der anderen eine Kugel präsentierte, bei der es sich um den Vollmond handeln konnte.

Dies war der große Löwenkönig, den Riggs so hoch gelobt hatte. Mit seine wilden Mähne blonden Haars und seinen bernsteinfarbenen Augen glich er seinem Wappentier auf beängstigende Weise, insbesondere jetzt, wo er erregt auf und ab lief und ihr immer wieder grüblerische Blicke zuwarf.

Er war eifersüchtig. Auf Riggs.

Das lag wohl daran, dass sie mit dem Erstbesten herausgeplatzt war, was ihrer Meinung nach das halbe Dutzend aufgebrachter Männer dazu bringen konnte, ihre Waffen von seiner Kehle zu nehmen.

Lebensgefährten. Als gäbe es so etwas nicht nur in Märchen und Legenden. Und als könne es so etwas zwischen einem Wolfsmenschen und einem Menschen geben.

Doch es hatte funktioniert. Die Garde hatte die Waffen weggesteckt. Sie hoffte nur, dass sie sich und Riggs damit nicht zu viele Schwierigkeiten bereitet hatte. Sie hätte sich vielleicht lieber an die Wahrheit halten und sagen sollen, sie seien Zugeschworene. Doch als sie Riggs von diesen Soldaten umzingelt sah, hatte sie einfach nach der sensationellsten Sache gegriffen, um ihre Aufmerksamkeit auf sich zu ziehen. Es hatte vielleicht etwas zu gut funktioniert.

Die Lüge lag ihr wie Blei im Magen. Sie musste sie gestehen. Sie musste ihre Lage erklären. Der König hatte keinen Grund, auf Riggs wütend zu sein. Sie war nicht die, für die er sie hielt. Sie würde es nie sein können.

Er hörte schließlich auf, herumzutigern und baute sich vor ihr auf. Mit den Fäusten auf den Hüften bohrte er seinen Blick in ihren und sagte: »Lebensgefährten.« Seine Nasenflügel bebten, als er schnupperte. Seine Lippe kräuselte sich. »Ein Ding der Unmöglichkeit. Ich kann jedoch riechen, dass es wahr ist.«

»Ich kann es erklären – was, Ihr könnt es riechen?« Wie konnte das sein? Aye, die Nase eines Wolfsmenschen konnte in der Lage sein, Riggs' Samen an ihr zu riechen, doch der Geschichte von Aine und Gregor zufolge war der Geruch von Lebensgefährten deutlich und unverwechselbar. Sie rochen nach mehr als nur nach Paarung. Der König, von dem Riggs gesagt hatte, dass er sich oft eine Geliebte nahm, würde den Paarungsduft nicht für etwas anderes halten.

Der König redete weiter, als hätte sie nichts gesagt. »Euer Geruch stößt mich ab. Er umweht Euch wie die stechende Ausdünstung einer Stinkblume. Ihr riecht nach mehr, als nur nach Paarung. Ihr riecht nach *ihm.*« Er wedelte ungeduldig mit der Hand in die Richtung, die Riggs mit dem Mann eingeschlagen hatte, der sein Onkel und der Feldherr des Königs sein musste. Dann machte er eine Handbewegung, die ihre ganze Person betraf. »An Eurem ganzen Körper.« Er verzog den Mund. »Ich sollte mich von Euch angezogen fühlen. Ihr wart für mich bestimmt, aber ich begehre Euch noch nicht einmal.« Er knurrte wütend und begann, wieder auf und ab zu gehen.

Sie schnupperte empört an sich, konnte jedoch nur ihren eigenen, zarten Duft und vielleicht ein bisschen von Riggs frischem Waldgeruch an sich feststellen. Sie begehrte König Magnus auch nicht, doch welches Mädel freut sich schon, als abstoßend bezeichnet zu werden?

»*Och*, Ihr seid auch nicht besonders anziehend, wie Ihr hier herumstapft und von Dingen faselt, von denen Ihr keine Ahnung habt.«

Er wirbelte zu ihr herum. Seine Augen wurden vor Zorn zu engen Schlitzen.

Sie bereute ihr Verhalten augenblicklich. Sie musste sich zerknirschter geben. Schließlich lag Riggs' Wohlergehen in den Händen dieses Mannes. Wenn er wirklich glaubte, sie seien Lebensgefährten, würde er Riggs vielleicht einsperren, wie es der König zu Gregors Zeiten getan hatte. Das durfte nicht passieren. Sie musste es abwenden. »Verzeiht mir. Ich – «

»Keine Ahnung? *Ich* soll keine Ahnung haben, was Lebensgefährten sind?« Er schlug sich mit der Faust an die Brust. »Ich habe jedes einzelne Wort studiert, das je zu der Sache geschrieben wurde, um zu wissen, was ich zu tun hätte, wenn ich Euch finden würde. Ich habe fünfzig Jahre lang auf Euch gewartet. Fünfzig! Ich habe Geschenke für Euch angehäuft, mit denen ich Euch überschütten wollte, wenn ich Euch meinen Schwur leistete. Ich habe seit meiner Krönung zu jedem Vollmond Danu gebeten, Euch zu mir zu bringen, damit ich Euch zu *meiner* Lebensgefährtin machen könnte. Der Geruch, mit dem Ihr behaftet seid, hätte *mein* Geruch sein sollen. *Mein* Duft hätte jeden Mann im Lager dazu bringen sollen, die Nase zu rümpfen. Ihr wart dazu bestimmt, *mein* Wunder zu sein, und seid hingegangen und habt Euch an einen Pelzjäger gebunden. Einen Niemand!«

Sie sprang von ihrem Stein auf. Ihre Beine protestierten, doch ihr Zorn war größer als der Schmerz. »Niemand? Ihr nennt ihn einen Niemand? Er hat mich davor gerettet, von zwei Larniern fortgeschleppt zu werden, als ich hier ankam. Er hat mich durch Euer halbes, verdammtes Königreich getragen. Er hat für mich gegen Wölfe gekämpft, hat Dörfler für mich getötet und Fährtensucher erledigt, die mich unbedingt zu König Bantus bringen wollten. Er hat um mich gekämpft. Hat für mich geblutet. Und wo wart Ihr?« Sie trat auf ihn zu und stieß ihm mit dem Zeigefinger an die gepanzerte Brust. »Was habt Ihr für mich getan? Warum sollte ich die Eure sein, während Riggs alles für mich geopfert hat? Warum sollte ich Euch gehören, obwohl mein Herz ihm gehört?«

König Magnus packte sie bei den Schultern. Schreckenerregend und grimmig überragte er sie.

Sie war zu weit gegangen. Er würde sie umbringen. Die Angst schnürte ihr die Kehle zu. Es geschah ihr recht, wenn sie von einem Mann getötet wurde, den sie verärgert hatte. Warum konnte sie auch ihre Zunge nicht im Zaum halten?

Die Glut in des Königs Augen erlosch. Seine Hände entspannten sich auf ihren Schultern. Er atmete kräftig durch die Nase aus. »Was tue ich da? Vergebt mir, Lady. Mein Zorn ist nicht gegen Euch gerichtet. Das wird er niemals sein.« Er legte seine Hand an ihre Wange und strich mit dem Daumen über ihre Narben.

Sie wich vor seiner Berührung zurück. Riggs allein durfte seine Hände auf sie legen. Ihr Zugeschworener. Ihr Ehemann.

Sie brachte sich außer Reichweite des Königs.

Seine Hand fiel herunter. Er war ein gut aussehender Mann. Er hatte hervorstehende Wangenknochen, eine gerade Nase und einen vollen Bart. Seine Haut war sonnengebräunt. Seine Augen waren von weisen Fältchen umkränzt. Er sah älter aus als Riggs, ohne alt zu wirken. Wenn er ein Mensch wäre, hätte man ihm knapp über vierzig Jahre gegeben, doch Riggs hatte ihr gesagt, er sei fünfundsiebzig. Wenn sie sich nicht in Riggs verguckt hätte und ihn vermissen würde, sobald sie ihn auch nur zwanzig Minuten lang nicht sah, hätte sie sich von diesem Prachtexemplar vielleicht angezogen fühlen können. Er hatte alles, was ihr gewöhnlich an einem Mann gefiel: er sah gut aus, war wichtig, besaß Macht und begehrte sie – oder würde sie begehrt haben, wenn seine empfindliche Nase eines Wolfsmenschen ihren Geruch nicht als eine Beleidigung auffassen würde. Doch sie empfand nichts anderes für ihn als eine sonderbare Sympathie. Er hatte geglaubt, in ihr sein Wunder gefunden zu haben, doch er hatte nur sie gefunden.

Sie war niemandes Wunder. Doch sie war jetzt Riggs' Ehefrau. Sie hatte ihr Herz und ihren Körper, so wie er war, dem Mann geschenkt, der sie verdient und mehr als verdient hatte. Dafür würde sie sich nicht entschuldigen. Noch nicht einmal einem König gegenüber.

Sein Blick schweifte über sie, diesmal ohne die Glut seines Zorns. Er verweilte auf ihrer vernarbten Wange. »Ihr seid nicht, was ich dachte«, sagte er leise, mehr zu sich selbst. »Es sollte der Abdruck einer Pfote sein und nicht die Spuren von Krallen.«

»Es sind keine Spuren von Krallen. Es sind Kratzer, die davon herrühren, dass ich in eine Felsspalte gefallen bin. Und sie stellen nur einen Teil meiner Verletzungen dar. Ich kann kaum laufen. Und ich kann keine Kinder bekommen. Ich bin nicht diejenige, auf die Ihr gehofft hattet. Wenn ich es wäre – oder es jemals hätte sein können – wäre ich zu Euch gekommen. Riggs hätte mich nicht zur Frau genommen. Habt bitte Erbarmen mit ihm. Er hat nichts Schlechtes getan.« Es verletzte ihren Stolz kein bisschen, um Riggs' Wohlergehen zu betteln. Sie hätte alles getan, um ihren Zugeschworenen zu schützen.

Der König betrachtete sie mit schiefgelegtem Kopf. Würde er Riggs dafür bestrafen, sie zu seiner Lebensgefährtin gemacht zu haben, obwohl sie unfruchtbar war? Würden die Maranner von nah und fern einander bald die tragische Geschichte von Anya und Riggs erzählen?

Nach einer langen Weile sagte er: »Über die Schuld des Pelzjägers wird noch beschieden werden. Setzt Euch.« Er deutete auf den Stein. Zu einem der Gardisten sagte er: »Sag den Männern, sie sollen das Lager aufschlagen. Und bring auf dem Rückweg Tee für mich und die Lady mit.«

Der Gardist verschwand. Der zweite stellte sich seitlich zwischen den König und sie, während sie gehorsam zu ihrem Platz auf dem Stein zurückkehrte.

»Erzählt mir alles von Anfang an«, befahl der König. »Ohne etwas auszulassen.«

Er stand mit auf dem Rücken gefalteten Händen wie verwurzelt da, während Anya mit dem Schwindelgefühl begann, dass sie im Cottage ihres Vaters ergriffen hatte. Er musste ein Meister der Diplomatie sein, da er sich ihre unglaubliche Geschichte mit unbewegtem Gesicht anhörte. Er wirkte so kalt und erstarrt wie ein zugefrorener schottischer See. Fand er ihre Geschichte glaubwürdig, beunruhigend oder vielleicht sogar verdammt interessant? Die einzigen Anzeichen dafür, dass er ihr zuhörte, waren ein gelegentliches Zusammenpressen seines Kiefers oder ein Funke in seinen Augen.

»Wir haben uns gestern Abend einander zugeschworen, *nachdem* ich ihm gestanden hatte, dass ich unfruchtbar bin. Dann sind wir über die Ebene weitergeritten, und den Rest kennt Ihr, da Ihr uns bald darauf gefunden habt.« Sie war sehr erleichtert, ihre Erzählung beendet zu haben, und wartete ungeduldig auf seine Antwort.

Sein Blick bohrte sich in ihren, während Schweigen sich wie eine Wand zwischen ihnen erhob.

Sie rutschte auf ihrem Sitz herum. Ihr Hintern war vom Sitzen auf dem Stein halb eingeschlafen.

Schließlich sagte er: Es ist also letzte Nacht passiert. Er hat die Göttin gebeten, dich ihm zu schenken, und sie …« Er blinzelte, sah weg und beendete seine Rede nicht. Für den Bruchteil einer Sekunde huschte überraschend Sanftheit über seine Züge. Dann wandte er sich ihr wieder zu, mit dem strengen Blick eines Königs. Er streckte die Hand aus und sagte: »Zeigt mir den Edelstein.«

Von all den Dingen, von denen sie ihm erzählt hatte – die Wölfe, die Dörfler, die Fährtensucher – sollte dies das Einzige sein, das ihn interessierte? Sie zog ihn aus der Tasche. Ein Funkeln in seinen Augen ließ sie zögern, als sie ihn ihm reichte, doch sie konnte ihn ihm schlecht verweigern. Er war Riggs' König, und jetzt auch ihrer. Sie legte ihn in seine Hand.

Die harte Linie seines Mundes wurde weich, während er ihn inspizierte. Er schloss langsam die Augen, öffnete sie dann wieder und blickte sie an. »Er ist es.«

»Wie bitte?«

»Es ist der Stein, den die Göttin mir gezeigt hat.«

»Wovon redet Ihr?« Sie blickte von seinen nüchtern blickenden Augen auf den Stein und wieder zu ihm auf.

Er händigte den Edelstein einem Gardisten aus, der mit seinem grauen Bart älter wirkte, als der König. Dann sprach er zu ihr.

Sie konnte ihn nicht verstehen. Seine Sprache war nichts als ein einziges Durcheinander. Ihr Herz begann, schneller zu klopfen. Sie fühlte sich mit einem Mal verletzlich, wie sie so vor diesem Mann mit dem strengen Blick auf dem Stein saß. Hinter ihr ragten vier Gardisten auf. Der eine, dessen Schatten links an ihr vorbei fiel, hielt ihre einzige Kommunikationsmöglichkeit in der Hand. Aus dem Bedürfnis heraus, ihm den Stein wieder wegzunehmen, bewegte sie unbewusst die Finger.

Der König machte eine Pause, um ihre Reaktion zu beobachten. Er sprach mit dem Gardisten.

Dieser kam auf sie zu und fragte: »Habt Ihr irgendetwas von dem verstanden, was der König gesagt hat?«

Sie starrte ihn an und schüttelte den Kopf.

»Seine Majestät sagte, dass Danu ihm die Vision einer Frau mit kastanienbraunem Haar gesandt hatte, die den Abdruck einer Pfote auf der Wange hatte und diesen Edelstein an einer mit Juwelen besetzten Kette um den Hals trug. In ihren Armen hielt sie ein Baby. Seinen Erben. Euer Pelzjäger musste davon gehört haben. Jeder kennt diese Vision. Er fragte sich, warum Euer Pelzjäger Euch nicht über diese Dinge informiert hat.«

Sie rang nach Luft. Sie versuchten, es so aussehen zu lassen, als habe Riggs ihr Dinge verheimlicht. Aye, das hatte er anfangs getan. Doch in seiner Höhle hatte er ehrlich mit ihr gesprochen. Er hatte ihr vielleicht nicht gesagt, wie sehr sie der angeblichen Vision des Königs ähnelte, doch er hatte nie einen Hehl daraus gemacht, dass er sie zu seinem König bringen wolle, damit sie ihm einen Erben gebar. Was änderte es, ob es eine Vision gegeben hatte oder nicht? Es kam aufs Gleiche hinaus. Was dem König mehr Sorgen bereiten sollte als Riggs' Ehrlichkeit war der Grund, aus welchem er sich die Freiheit hatte nehmen dürfen, sie für sich selbst zu beanspruchen. Sie war unfruchtbar, verdammt noch mal! Hatte er das nicht mitbekommen, obwohl sie es ihm fünfzig Mal gesagt hatte?

Der König streckte die Hand nach dem Stein aus, und der Gardist legte ihn hinein.

»Er war nicht ganz ehrlich mit Euch, wie ich sehe.« Selbstzufriedener Mistkerl.

»Ihr täuscht Euch«, sagte sie.

»Ihr habt gesagt, er habe den Stein gesehen. Aus ihm und aus Euren Narben hat er unweigerlich schließen müssen, dass Ihr diejenige wart, die Danu mir versprochen hatte. Nicht ich habe mich getäuscht. *Er* hat sich getäuscht. Euer Pelzjäger ist nichts anderes als ein Dieb.«

Was Diebe anging ... Sie beobachtete, wie er den Stein in seiner Hand umdrehte. Ihre Tasche fühlte sich ohne ihn zu leicht an. Es brachte sie aus dem Gleichgewicht. Doch ihre größte Sorge galt dem, was der König mit Riggs vorhatte. »Das ist er nicht. Er ist Euch treu ergeben.«

»Nur ruhig, Lady.« Der König ließ sie nicht ausreden. »Macht Euch keine Sorgen um Euren Pelzjäger.« Seine Stimme klang sanft, doch sein Blick blieb streng. »Ihr seid Lebensgefährten. Würden wir Euch von ihm trennen, würde es Euch schaden.«

Jetzt fing er wieder von den Lebensgefährten an. Sie konnte es sich nur mit Mühe verkneifen, die Augen zu verdrehen. Am besten ließ sie ihre Lüge vorläufig im Raum stehen, da sie den König davon abzuhalten schien, Riggs zu bestrafen.

»Ich werde Euch niemals Schaden zufügen«, fuhr er fort. »Es war schon immer mein Ziel, Euch glücklich zu sehen. Jetzt teilt mir Euren Namen und Eure Abstammung mit. Ihr gehört offensichtlich nicht der Wolfsgattung an.«

Er hatte ihr bereits dadurch geschadet, dass er ihr den Edelstein genommen hatte. »Ich werde Eure Fragen erst beantworten, wenn Ihr mir mein Eigentum zurückgegeben habt.« Sie erhob sich von dem Stein, wobei ihr linkes Knie sie fast umbrachte. Sie unterdrückte den Schmerz und humpelte zwei Schritte auf den König zu.

Er warf noch nicht einmal einen Blick auf ihre ausgestreckte Hand. »Das ist kein angenehmes Gefühl, nicht wahr? Wenn einem sein Eigentum weggenommen wird.«

»Ich bin nie die Eure gewesen.«

»Doch Ihr werdet es sein. Danu hat Euch mir versprochen. Vor vielen Jahren.«

Er klang so überzeugt, dass es ihr kalt den Rücken hinunter lief. Er wollte sie immer noch für sich haben. »Aber Ihr habt mir versprochen, mich nicht von Riggs zu trennen.«

»Das werde ich auch nicht. Doch jetzt hört zu. Ich werde Euch kriegen. Ihr werdet in meinem Bett liegen und meinen Erben in Euch tragen. Ihr werdet die Meine sein.«

»Wie könnt Ihr so etwas behaupten, Ihr verdammter, arroganter – «

»Schweigt!«

Sie hasste ihn dafür, mit so gebieterischer Stimme zu sprechen, dass sie ihm augenblicklich gehorchte.

»So wird es sein.« Er hielt den Stein zwischen Zeigefinger und Daumen. »Den hier behalte ich. Euer Lebensgefährte wird in Glendall in einer bewachten Wohnung leben. Ihr werdet das Recht haben, ihn zu sehen, doch sein Samen darf keinen Teil Eures Körpers berühren, bis Ihr mir einen Erben geschenkt habt. Erst dann werde ich ihm das Paarungsrecht mit Euch gewähren und Euch den Stein zurückgeben. Habt Ihr das verstanden?«

Ihr blieb vor Schreck die Luft weg. Riggs würde ein Gefangener sein. Bis sie das Unmögliche vollbrachte und dem König einen Erben gebar. Und er würde ihren Stein behalten, so dass sie nicht miteinander würden reden können. »Aye, ich habe es verstanden«, presste sie zwischen zusammengebissenen Zähnen hervor. »Und ich habe vor allem verstanden, dass Ihr nicht der weise, gerechte Herrscher seid, den Euer treuester Untertan mir beschrieben hat. Das habe ich nur allzu gut verstanden.«

Er strich mit den Knöcheln seiner Hand über ihre Wange. »Ihr seid schlagfertig«, sagte er. »Von der Mutter meines Erben hätte ich auch nichts anderes erwartet.«

§

DER KREIS DER Gardisten um Riggs teilte sich, um ein Schlachtross mit seinem Reiter zu ihm durchzulassen, die ihm beide bekannt waren. »Bei Danus Titten, Riggs! Was muss ich da hören? Du hast die Lady des Königs gefickt?«

Neil war der Bruder seiner Mutter und hatte wie Hilda waldgrüne Augen und dunkles Haar, dessen Locken unter seinem Helm hervorquollen. Sein Bart war länger als das letzte Mal, als Riggs ihn gesehen hatte, und sein wettergegerbtes Gesicht war von tieferen Falten durchfurcht, doch als dieses Gesicht sich zu einem entnervten Grinsen verzog, ließ seine Anspannung ein wenig nach.

Neil lenkte sein Pferd an Riggs' heran und sie drückten einander den Arm, während der Kreis der Gardisten sich wieder um sie schloss.

»Sie ist nicht die Lady des Königs. Sie ist meine Zugeschworene«, teilte er seinem Onkel mit.

Neil lehnte sich mit einem belustigten Zug um den Mund im Sattel zurück. »Das war aber noch nicht alles. Ihr seid Lebensgefährten, habe ich gehört. Stimmt das?«

Er zog die Schultern hoch. »Weiß nicht. Kann sein.« Als Anya diese Worte von sich gegeben hatte, war es ihm unmöglich erschienen. Doch je mehr er darüber nachdachte, umso plausibler wurde es. Da war ihr neuer Duft, der ausgedehnte Höhepunkt, wenn sie sich paarten, und dieses Gefühl, einen Teil seines Körpers verloren zu haben, wenn er nicht bei ihr war, so wie jetzt. Anya, seine Lebensgefährtin. »Ja.« Er seufzte. »Ich hatte es nicht beabsichtigt.«

»Es stimmt, Sir«, sagte einer der Gardisten. »Ich glaube es zumindest. Ich war nah genug, um sie riechen zu können.«

Riggs funkelte den Gardisten wütend an. Es war derselbe, der ihn unterbrochen hatte, als er dem König seine Situation erklären wollte. Ein Knurren erhob sich in seiner Kehle.

»Sachte«, sagte Neil warnend. »Wie roch sie?«, fragte er den Gardisten, offensichtlich neugierig.

»Wie nach der Paarung, aber stärker. Es kitzelt in der Nase. Wie eine Beleidigung. Es stößt mich auf jeden Fall ab.«

Riggs' Brust schwoll vor selbstherrlicher Zufriedenheit. *Die Meine.*

»Ich nehme an, dass der Geruch sich verflüchtigen wird, sobald dieser hier im Gefängnis sitzt.« Der Gardist grinste Riggs hämisch an. »Der König hat fünfzig Jahre lang auf sie gewartet. Ein Geruch wird ihn nicht davon abhalten, sich zu nehmen, was ihm gehört.«

Riggs knurrte und suchte mit der Hand nach seiner Axt, die nicht mehr an seiner Hüfte hing.

»Niemand geht ins Gefängnis«, sagte Neil. »Zumindest jetzt noch nicht.« Sein Blick wurde schärfer und strenger. »Du lässt dir besser eine gute Erklärung für diese Sache einfallen. Ich bin dein Onkel, aber ich bin vor allem der Feldherr des Königs. Manchmal bittet er mich um meine Meinung. Und manchmal nicht. Wenn er beschließt, dass du mehr Ärger machst, als du wert bist …« Er spreizte die Hände.

Riggs hatte verstanden. Neils Treue galt zuallererst König Magnus. So, wie es sein sollte. Wenn der König befahl, ihn ins Gefängnis zu stecken oder noch Schlimmeres mit ihm vorhatte, würde Neil den Befehl blind ausführen lassen.

Zum Glück konnte Riggs einen triftigen Grund angeben. »Sie ist unfruchtbar«, sagte er.

In die Gardisten kam Bewegung.

»Das kannst du nicht wissen«, sagte der eine, der sich so beredt über Anyas Geruch ausgelassen hatte. »Du bist zu weit gegangen, Pelzjäger. Du hättest deinen Schwanz nie in das Eigentum des Königs stecken sollen.«

Wut schoss wie Feuer durch Riggs' Adern. Es saß ab, packte den Gardisten bei seinem Brustpanzer und holte ihn vom Pferd. Er hieb ihm mit der Faust in sein überraschtes Gesicht. Seine Nase gab mit einem zufriedenstellenden Knirschen nach.

Der Mann taumelte und fiel auf den Arsch.

Um ihn herum tänzelten Pferde. Schwerter wurden gezückt.

»Nehmt die Waffen runter!«, rief Neil. Er saß ab und stellte sich über den gefallenen Gardisten. »Das nächste Mal, wenn du einen Mann mit einer Lebensgefährtin verhöhnst, sieh zu, dass du deine Waffe gezogen hast. Geh und mach dich sauber. Du kannst vorläufig wegtreten.«

Der Gardist wischte sich die blutende Nase und führte mit einem mordlustigen Blick auf Riggs sein Pferd aus der Runde.

Er setzte ihm nach, um dem überheblichen Scheißkerl noch eine zu verpassen, doch Neil hielt ihn an der Schulter zurück.

»Unfruchtbar?« Die Stimme seines Onkels holte ihn aus den roten Nebeln der Gewalttätigkeit zurück.

Er zwang sich, die Faust zu öffnen. »Du weißt, dass ich mich sonst nicht mit ihr gepaart hätte.«

Neil nickte. Er zog die Brauen zusammen, während er an Riggs vorbei zum König hinübersah, der mit Anya sprach. Er zog enttäuscht die Mundwinkel herunter. Genau wie Riggs hatte er wahrscheinlich gehofft, sie sei die Retterin. Er seufzte. »Ich weiß es. Doch der König weiß es nicht. Und seine Meinung ist die einzige, die zählt. Fang lieber beim Anfang an. Erzähl mir, wie du sie gefunden hast. Ich habe keinen Augenblick an das geglaubt, was der Bote uns erzählt hat. Du hättest dir lieber beide Beine abgehackt, als Larniern zu helfen.«

Riggs erzählte seinem Onkel alles, angefangen mit der Jagd auf das gefleckte Wildschwein bis nach Larna hinein, und den Schreien Anyas, die er gehört hatte. Dass er Ari des Verrats verdächtigte, und dass Menschenfrauen in Larna gefangen gehalten wurden, ließ er vorläufig aus. Diese vertraulichen Informationen mussten warten, bis er mit Neil allein war. Er endete mit: »Ich habe ihr gestern Abend meinen Schwur geleistet. Sollte ich mehr als das getan haben, so war es nicht beabsichtigt, doch ich bereue es nicht. Ich liebe sie. Sie gehört zu mir, damit ich sie beschütze. Damit ich sie liebe. Sie ist die Meine.«

Neil blickte über Riggs' Schulter. »Eure Majestät«, sagte er, und neigte den Kopf.

Riggs drehte sich um und sah, wie König Magnus sich ihm näherte, bis er direkt vor ihm stand. Mist. Wieviel hatte er mitbekommen? Mit den Männern, die geräuschvoll das Lager aufschlugen, und dem Wind, der aus der falschen Richtung blies, hatte er den König nicht kommen hören. Er warf seinem Onkel einen bösen Blick zu. Er hätte ihn warnen können.

Neils Gesicht zeigte keine Regung. Da hatte er einen schönen Verbündeten!

Riggs ging auf ein Knie nieder. »Eure Majestät.«

Der König forderte ihn nicht auf, sich zu erheben. »Was ist das für eine Geschichte?«, fragte er Neil.

Riggs hielt den Kopf gesenkt, während sein Onkel seine Erzählung zusammenfasste, wobei er länger bei den Punkten verweilte, die den König betrafen, insbesondere bei der Tötung der Fährtensucher aus Larna bei seiner Höhle. Er wünschte, sein Onkel würde dem König von Anyas Tapferkeit und Einfallsreichtum berichten. Seine Lady verdiente es, dass ihr Beitrag zu der Geschichte bekannt wurde. Während Neil sprach, blickte Riggs, in der Hoffnung, Anya zu sehen, verstohlen in die Richtung, aus der der König gekommen war. Sie war nirgends zu sehen. Seine Unruhe wuchs mit jeder Minute, die sie getrennt waren.

Als Neil geendet hatte, hörte man auf der ganzen Ebene nichts als den Wind, der über das Gras strich. Das ganze Lager hatte innegehalten, um zuzuhören.

Er hob den Kopf nicht. Die Schicklichkeit verlangte, dass er darauf wartete, vom König angesprochen zu werden. Stattdessen heftete er seinen Blick auf die feinen Rehlederschuhe des Königs. Der Wind drehte sich und brachte ihm Anyas verführerischen Duft. Der König hatte seine Gefährtin berührt.

Er hörte ein Rauschen in seinen Ohren. *Gefährtin. Beschützen.* Er ballte die Hände zu Fäusten, um seinen König nicht zu erwürgen.

»Sie hat dasselbe erzählt«, sagte der König. »Über die toten Larnier sprechen wir später in meinem Zelt. Nach dem alten Abkommen, das erlaubt, eine Frau, die über die Grenze entführt wurde, zurückzuholen, waren sie in ihrem Recht. Wenn ich es für möglich gehalten hätte, dass sie je wieder eine Frau mit ihren dreckigen Pfoten belästigen könnten, hätte ich das verdammte Abkommen aufgelöst. Was dich angeht, Pelzjäger.« Er machte eine Pause. Sein Schweigen lastete auf der Versammlung. Alle warteten auf das Urteil. »Du darfst dich erheben.«

Er atmete erleichtert auf, obwohl er den Drang verspürte, den Mann zu erdrosseln. Er stand auf und blickte auf das Kinn des Königs. *Lass die Hände von deinem König. Lass die Hände von deinem König.*

»Glückwunsch! Du bist der erste Mann in einem Jahrtausend, der mit einer Lebensgefährtin gesegnet ist.«

Er riskierte einen Blick auf die Augen des Königs. Sein Blick wirkte streng und zornig. Doch sein Ton war höflich.

»Und du wirst der erste Bürgerliche in der Geschichte sein, der einen Zeugungsvertrag mit einem König eingeht.«

Das Rauschen in seinen Ohren wurde zu einem dumpfen Stampfen. »Einen Zeugungsvertrag?«

»Es wird der erste dieser Art sein. Normalerweise gehören Kinder eines Zeugungsvertrags allen Vertragsmitgliedern gleichermaßen an. Die Stammbäume wurden nicht ausgearbeitet, weil dies oft ein schwieriges Unterfangen war, wie du dir vorstellen kannst. Ich als König muss dagegen sicher sein, dass mein Erbe von meinem Blut ist. Deshalb behalte ich mir das ausschließliche Zeugungsrecht mit Anya vor, bis sie mir einen Erben geboren hat. Danach geht das Zeugungsrecht auf dich über, bis sie dir ein Kind geboren hat. Und dann wieder auf mich, und so weiter. Da du sie vor den Larniern gerettet und sicher zu mir gebracht hast, werde ich dir vergeben, dich unüberlegt mit ihr gepaart zu haben. Unter der Voraussetzung, dass sie davon nicht schwanger geworden ist. Sollte dies der Fall sein, gehört das Kind dir, sobald es abgestillt ist, und du verlierst alle zukünftigen Zeugungsrechte mit ihr. Du wirst Gelegenheit haben, den Vertrag durchzulesen, bevor du ihn unterschreibst. Mein Bote ist dabei, ihn aufzusetzen, während wir uns unterhalten.«

Der König wollte Anya mit ihm teilen.

Ihm blieb die Luft weg, als habe man ihm mit einer Keule in den Bauch geschlagen. In seinem Kopf wirbelten Wut und Verwirrtheit durcheinander, doch es gelang ihm, hervorzustoßen: »Warum? Warum wollt Ihr sie haben? Sie ist unfruchtbar. Hat sie Euch das nicht gesagt?«

Der König reckte das Kinn vor. »Sie ist mein Wunder. Ein unfruchtbarer Schoß ist für die Göttin, die uns das Leben schenkte, kein Problem.« Seine Augen funkelten herausfordernd. Sein Blick wirkte wie ein zweischneidiges Schwert. Die eine Schneide tadelte Riggs für das Zweifeln an der Göttin, der sich der König seit seiner Kindheit öffentlich geweiht hatte. Und die andere Schneide warnte ihn davor, zu protestieren. *Liefere mir einen Grund*, meinte der Blick. *Sag das Falsche, und ich lasse dich im Gefängnis verrotten und beanspruche die alleinigen Rechte an ihr.*

Wenn er und Anya wirklich Lebensgefährten waren, würde es ihnen beiden schaden, voneinander getrennt zu sein. Der König hatte die Macht, sie zu trennen, doch er behauptete, dass er es nicht tun würde. Riggs biss sich auf die Zunge bis aufs Blut, damit sein Mund dem König keinen Grund lieferte, seine Meinung zu ändern. »Natürlich, Sire«, quetschte er hervor.

»Du kannst von Glück sagen, Pelzjäger«, sagte der König. »Ich habe mir nämlich die Lehre, die uns Aine und Gregor erteilt haben, zu Herzen genommen. Obwohl das Zeugungsrecht für die erste Laufzeit des Vertrags ausschließlich mir gehören wird, wird deine Lebensgefährtin dich sehen dürfen, wenn ich ihre Anwesenheit nicht benötige. Sollte sie jedoch von dir zurückkommen und an irgendeinem Teil ihres Körpers den Geruch deines Samens tragen, werde ich dies als Vertragsbruch ansehen. In diesem Fall verlierst du alle zukünftigen Zeugungsrechte mit ihr.«

Riggs Kehle war zugeschnürt. Sein Gesicht brannte vor Entrüstung. Da maß ein anderer Mann sich an, ihm zu befehlen, was er mit seiner Gefährtin tun oder lassen sollte. Das war unerhört! Doch dagegen zu protestieren würde ihn und Anya verurteilen. Er unterdrückte seinen Zorn, vergrub ihn in seinem Inneren, wo er seinen König nicht beleidigen konnte, der bald sein Vertragspartner sein würde.

Den Vertrag zu akzeptieren betäubte ihn wie eisiges Seewasser. »Darf ich sie sehen?«

Der König neigte gestattend den Kopf. »Selbstverständlich.« Ein hämisches Grinsen, das Riggs nicht verstand, verzog den Mund des Königs. Dann stolzierte er mit seiner Garde davon und ließ Riggs und Neil mit einem halben Dutzend gaffender Soldaten zurück, die sich beeilten, sich anderen Dingen zuzuwenden.

»Er ist nicht er selbst«, sagte sein Onkel. »Noch nie habe ich ihn so boshaft gesehen.« Nie zuvor. Sei vorsichtig, Junge. Sehr vorsichtig.«

Er brauchte ihm nicht zu sagen, dass er sich auf dünnem Eis bewegte. Was ihn wütend machte, war, dass es keinen Grund dafür gab. Keinen einzigen. Der König hatte sie nicht zu begehren. Riggs hatte nichts Verbotenes getan, verdammt noch mal.

Er entfernte sich mit steifen Schritten von Neil und umrundete einen niedrigen Hügel. Anya saß am Boden, packte das hohe Gras mit den Fäusten und hielt den Kopf gesenkt. Um sie herum standen vier Gardisten; zwei von ihnen waren Ritter. Einer der Ritter hielt seinen Blick auf sie geheftet, als könne sie davonlaufen. Die drei anderen blickten nach außen, um sie vor Angriffen zu schützen. Der salzige Geruch ihrer Tränen stach ihm in die Nase.

Ohne auf die Gardisten zu achten, lief er auf sie zu, kniete sich vor sie und zog sie in seine Arme. Der Anblick ihrer vom Weinen geschwollenen, jedoch wütend funkelnden Augen wühlte ihn auf, obwohl er sich wieder als Ganzes zu fühlen begann und ihre Anwesenheit in seinen Armen genoss, wie herrlichen Sonnenschein.

»Oh Anya, süße Anya. Was ist passiert? Was hat er zu dir gesagt?« Hatte der König ihr von dem Vertrag erzählt? War sie *ihm* so eng verbunden, dass der Gedanke, ein anderer Mann könne sie berühren, sie völlig aus der Fassung brachte? Das hatte sie nicht verdient.

Sie sagte etwas, doch er konnte sie nicht verstehen. Ihr Edelstein. Er war fort.

»Hat der König ihn dir weggenommen?«

Sie schüttelte den Kopf. Sie verstand ihn nicht. Dann schlug sie ihm frustriert mit der Faust an die Brust und presste ihre Stirn an seine Schulter, wo es wieder salzig zu riechen begann.

Bis zu diesem Moment hatte er keinen Gedanken des Verrats gehegt. Er hatte König Magnus für gut und weise gehalten, doch nur ein grausamer oder äußerst törichter Mann konnte eine Frau bestehlen, von der er behauptete, sie sei ein Wunder.

Er hielt Anya fest und beruhigte sie, indem er sanft über ihr seidiges Haar strich. Seine Wange auf ihren Kopf legend, starrte er in Richtung des Königszelts.

Du kannst sie auf dem Papier zu der Deinen machen, doch sie wird dir nie gehören. Du hast diesen Schatz nicht verdient.

Kapitel 20

AM ABEND DES zweiten Tags, den sie mit der Truppe des Königs ritt, blickte Anya staunend an der mehrere Stockwerk hohen Wand aus gemauertem Stein hoch, die sich, so weit das Auge reichte, von Norden nach Süden zog. Sie war das Erste, was sie erblickt hatte, als sie aus einem lichten, hügeligen Wald auf eine Straße gekommen waren, an der verfallene Gebäude und verlassene Lehmhütten standen, wie sie sie bereits in Valeworth gesehen hatte. Die Mauer hatte gezinnte Türme, war nach außen hin mit hinausragenden Eisenspitzen bewehrt, die wie lückenhafte Zähne aussahen, und wirkte auf den ersten Blick absolut uneinnehmbar. Dann bemerkte sie, dass die Sonne sich in einem glitzernden Streifen Wasser am Fuß der Mauer reflektierte. Ein Wassergraben.

»Geht der Graben um die ganze Mauer herum?«, fragte sie Riggs. Sie hatte bereits Schwierigkeiten, sich vorzustellen, dass eine Stadt vollständig von einer Mauer umschlossen sein konnte, doch wo bekamen sie genug Wasser her, um einen Graben zu füllen, der ebenfalls ganz um die Stadt herumführte?

Er blickte sie mit hochgezogenen Augenbrauen an. Er verstand sie nicht.

Och, sie sollte sich inzwischen daran gewöhnt haben, doch es passierte ihr immer wieder, dass sie es vergaß und ihn etwas fragte. Verfluchter Magnus, der den Blick nicht von ihr wandte.

Sie hatte sich resolut an Riggs' Seite gehalten, seit der König ihr den Edelstein weggenommen hatte. Ab und zu fühlte sie den Blick des Königs auf sich ruhen, doch sie vermied es, in seine Richtung zu blicken. Riggs warf ihm genügend böse Blicke zu. Ihr Zugeschworener war mit seinen König nicht übermäßig zufrieden. Seine Treue war missbraucht worden.

Hatte Magnus eine Ahnung, welches Geschenk er von sich wies, indem er sich wie ein eifersüchtiger Hahnrei aufführte? Wahrscheinlich nicht. Ihn schien nichts anderes zu interessieren, als sein Stolz.

Nun, sie hatte auch ihren Stolz. Magnus mochte der einzige Mann sein, mit dem sie kommunizieren konnte, doch sie weigerte sich, ihm die Genugtuung zu verschaffen, auf ihn zuzugehen. Sie wurstelte sich mit Riggs durch die einfachsten Dinge, indem sie lächerliche Handbewegungen vollführte oder mit einem Stock Bilder in den Boden ritzte, wenn die Truppe abends das Lager aufschlug.

»*Drayith*«, sagte er, als sie sich dem imposanten Bauwerk näherten. *Mauer.* Er hatte dasselbe Wort für die niedrigen, Weideland abgrenzenden Steinmauern verwendet, an denen sie vorbeigekommen waren. Er hob die Hand und zeigte auf einen der Türme. »*Fornith.*« Der Graben: »*Entieth laich.*« *Laich* klang ähnlich wie das schottische *Loch*, das Wort für *See.* Es war eines der Worte, die ihre Sprachen beinahe teilten. Wenn sie die Worte einzeln hörte, waren sie leicht auszumachen.

Ihre Sprachen waren nicht allzu verschieden. Jetzt, wo sie sich hineingehört hatte, machte sie gute Vorschritte. Sie konnte sogar ein paar einfache Sätze sagen.

Ich reite das Pferd hieß *Meh peehirath dorchlah.*

Gib mir mehr Fleisch hieß *Hat feth brahnlach meh.*

Vielleicht sollte sie Magnus dafür dankbar sein, sie zum Lernen zu zwingen. Sie gehörte jetzt zu Riggs' Volk. Da wurde es Zeit, die Sprache zu lernen.

Sie wiederholte die Wörter, die Riggs ihr vorsprach.

Er grinste erfreut, ohne die Augen vom Weg zu nehmen.

Ein Gefühl der Wärme durchflutete sie. Es sollte ihr nicht so viel ausmachen, dass sie einen Mann wegen einer so geringfügigen Sache stolz auf sie machte, doch dass Riggs auf sie stolz war, war ihr das Wichtigste auf der Welt. Er war das Wichtigste auf der Welt. Und sie wusste, dass sie für ihn das Wichtigste war. Ihr Zugeschworener hatte die letzten zwei Tage auf Fleisch verzichtet, weil er nicht von ihrer Seite weichen wollte, um jagen zu gehen. Kein Mann, niemand seit Seona, hatte sie so aufmerksam und unerschütterlich umsorgt. Doch selbst Seona war fortgegangen, genau wie ihre Mutter. Riggs würde sie nie verlassen. Das fühlte sie. Sie *spürte* es bis in die Knochen.

Magnus konnte es wahrscheinlich auch fühlen. Deswegen benahm er sich so eifersüchtig.

An dem Abend an welchem sie auf die Truppe des Königs gestoßen waren, hatte diese widerwärtige Pestzecke von einer königlichen Majestät sie und Riggs in sein Zelt geschleppt und sie schlichtweg gezwungen, seinen verfluchten Vertrag zu unterzeichnen. Das hatte er getan, nachdem er ihr gesagt hatte, dass er sie zu seiner Zugeschworenen und Königin gemacht hätte, wenn sie zu ihm gekommen wäre, ohne an einen bürgerlichen Lebensgefährten gebunden zu sein. So, wie die Dinge lagen, konnte er sie noch nicht einmal zu seiner Konkubine machen – ihr Bund mit Riggs schloss jeden königlichen Titel aus. Als ob sie die Konkubine dieses Hundsfotts von einer königlichen Hoheit sein wollte.

Zumindest erlaubte ihr der Vertrag, mit Riggs zusammen zu sein, wenn der König »ihre Anwesenheit nicht benötigte« – eine Klausel, die verdammt verschieden ausgelegt werden konnte, doch der König hatte nicht zu schätzen gewusst, dass sie ihn darauf hinwies. Er hatte den Fall von Aine und Gregor zitiert und gesagt, er würde den Bund der Lebensgefährten ehren, und ihnen beiden kein Leid zufügen oder etwas, das Danus Segen empfangen hatte, in Frage stellen.

Och, es war kaum zu glauben, dass er das geschluckt hatte – Lebensgefährten! Sie gehörte noch nicht einmal zur Gattung der Wolfsmenschen. Doch sie wollte sich nicht beschweren. Es war das Einzige, was Magnus davon abhielt, sie für sich zu beanspruchen und Riggs im Regen stehen zu lassen, oder, noch schlimmer, in den Kerker zu werfen.

Riggs würde in Glendall, Magnus' Schloss, eine Unterkunft erhalten. Er würde freien Zugang zum Jagdrevier des Königs haben, solange er seine Beute mit seinen Diensten als Gerber bezahlte. Wenn er in der Armee des Königs Geld verdienen wollte, so konnte er dies tun. Er würde nicht so zufrieden sein wie in seiner eigenen Hütte, auf seinem eigenen Land und als freier Mann, doch es war bei weitem besser, als ein Gefangener zu sein. Der König erinnerte sie beide gerne daran, dass es in seiner Macht stand, ihn einzusperren oder bedenkenlos hinzurichten, falls sie die Bedingungen des Vertrags nicht einhielten, und insbesondere, falls der König jemals Riggs' Samen an ihr riechen würde.

Um auszuschließen, dass sie bereits schwanger war, würde ein Arzt sie nach Ablauf eines vollen Mondzyklus untersuchen. Falls sich herausstellte, dass sie es war, würde der Vertrag aufgelöst werden. Riggs würde sich allein um das Kind kümmern müssen, sobald es abgestillt war. Es würde Anya erlaubt sein, ihn und das Kind zu besuchen, doch er würde nie wieder das Zeugungsrecht mit ihr erlangen. Die Besuche würden unter Aufsicht stattfinden. Dieser Teil des Vertrags war nichts als verdammte Tintenverschwendung, da sie keine Kinder bekommen konnte.

»*Nutzt die Zeit mit Eurem Lebensgefährten gut aus*«, hatte Magnus zu ihr gesagt, bevor er sie entließ. »*Sobald ich sicher bin, dass Ihr nicht schwanger seid, werde ich Euch jede Nacht für die ganze Nacht in meinem Bett behalten.*«

Demnach würde sie also die Hure des Königs sein. Bis sie das Unmögliche vollbrachte und ihm einen Erben gebar.

In der Zwischenzeit verbot er ihr, mit ihrem Ehemann zusammen zu sein, wie ihr Körper es so sehr ersehnte. Es war so ungerecht, dass sie stocksteif im Sattel saß. Ihr Pferd wackelte entnervt mit den Ohren.

Sie konzentrierte sich auf die Worte, die Riggs ihr gerade beigebracht hatte und sagte: »*Entieth laich*«, wobei sie mit der Hand einen waagerechten Kreis in die Luft zeichnete, um das Wort *herum* zu illustrieren. »*Chroina sumeth?*«, *Ganz Chroina?* Wenn die Stadt ihr Zuhause sein würde, konnte sie sich genauso gut über sie informieren.

Riggs brachte den Satz in die richtige Reihenfolge. Sie merkte ihn sich und stellte mit leichter Aufregung fest, dass sie sich verständlich gemacht hatte.

»*Ii-ah*«, sagte er nickend. *Aye.* Dann sagte er Sachen, die sie nicht verstehen konnte. Doch er machte die Geste für *herum* und eine abschneidende Bewegung. Dann sagte er Land und Meer, zwei der vielen Worte, die sie innerhalb der letzten beiden Tage gelernt hatte. Vielleicht meinte er damit, dass der Graben bis ans Meer reichte. Dann würde er Seewasser enthalten. Interessant. Das erklärte den salzigen Geruch.

Es würde nicht lange dauern, bis sie sich mühelos unterhalten konnten. Sie waren bereits meilenweit von ihren Anfängen entfernt. In dieser ersten Nacht, nachdem sie den verfluchten Vertrag des Königs unterzeichnet hatten, hatte Riggs sie in ihre Schlafdecke gerollt an sich gedrückt gehalten, ihr unverständliche beruhigende Worte zugeflüstert und sie sanft geküsst. Ihr Körper hatte brennend nach mehr verlangt, und sein Begehren hatte sich unmissverständlich an ihre Hüfte gepresst, doch er hatte sie nicht gevögelt und noch nicht einmal intim berührt.

»Hinatha, hinatha. Chroina«, sagte er immer wieder. *Bald, bald. Sobald wir Chroina erreichen,* hatte sie vermutet, ohne sich sicher zu sein.

Meinte er damit, dass er sie mit seinem Mund und seinen Händen lieben würde? Auch mit seinem Schwanz, jedoch nicht bis zum Ende? *Och,* es wurmte sie gewaltig, dass ein anderer Mann ihnen Einschränkungen für eine Sache auferlegte, die ihn nichts anging, und an der sie sich erfreuen wollten, wie und wo auch immer es ihnen passte. Wäre Magnus nicht der König gewesen, hätte sie sich dagegen aufgelehnt.

Sie wagte es nicht, sich aufzulehnen, da Magnus' Stimmung jederzeit umschlagen konnte. Wenn sie ihn provozierte, würde alles nur noch schwieriger werden. Dieser blöde, eifersüchtige Hund.

Sie hatte geglaubt, das Schicksal meine es endlich gut mit ihr. Doch wie es aussah, hatte das Schicksal sich einen üblen Spaß mit ihr erlaubt, indem es sie hatte glauben lassen, dass sie das reine Glück gefunden habe, nur um es ihr teilweise wieder zu nehmen.

Während die Truppe sich dem Wassergraben näherte, senkte sich eine große, aus Streben und Bohlen gebaute Zugbrücke zu ihrer Begrüßung über ihn. Die Hufe der Pferde donnerten über die Bohlen, als sie die Stadt betraten. Das Stadttor führte auf einen grasbewachsenen Burghof, mit gestutzten Bäumen und zu Wölfen, Elchen und anderen Waldkreaturen geschnittenen Büschen, zwischen denen sich geschwungene, von Bänken gesäumte Pfade hindurchschlängelten. Der Burghof war allerliebst, doch er war von hohen Steinmauern umschlossen. Die einzigen Öffnungen in der Mauer waren die Zugbrücke, über die sie hereingekommen waren, ein schmaleres Tor ihr gegenüber und rechts und links ein Durchlass, der breit genug war, um mit einem Zweispänner hindurchzufahren. Sie verstand, warum der Großteil von Riggs' Volk wählte, in Chroina zu wohnen. Wenn die doppelten Mauern wie auch der Graben bis zum Meer reichten, hatten Feinde mehrere Barrieren zu überschreiten, um bis in die Stadt vorzustoßen. Sie hatte noch nie einen so sicheren Ort gesehen.

Das zweite Tor öffnete sich langsam, als der Trupp sich näherte. Die Straßen dahinter glichen den Straßen von Inverness. Sie hatten Kopfsteinpflaster und wurden von eng stehenden Läden und Pubs gesäumt, deren gemalte Schilder sie nicht lesen konnte. Männer unterhielten sich in Hauseingängen und machten an Straßenkarren Geschäfte. Alle hielten inne und gafften, als der königliche Trupp vorüberritt. Einige beugten das Knie. Andere reckten zur Begrüßung das Kinn. Wieder andere zeigten keinerlei Gefühlsregung und sahen ihnen mit leerem Blick hinterher.

Sie beobachtete das alles unter der Kapuze von Riggs' Umhang hervor, da sie sich angewöhnt hatte, verhüllt zu reiten. Hier in Chroina, wo Frauen keine Seltenheit waren, musste sie sich nicht verbergen. Trotzdem war ihr unwohl bei dem Gedanken, die Kapuze abzustreifen und neugierigen Blicken ausgesetzt zu sein. Was würden die Leute von ihr halten? Würden sie von ihr so enttäuscht sein, wie Magnus es war? *Och,* es war nicht wichtig. Sie war nicht die, für die sie alle sie hielten.

Als spüre er ihr Unbehagen, ritt Riggs näher an sie heran. Sie ritten nebeneinander, so dass ihre Waden einander streiften. Seine Nähe beruhigte sie.

Nach einer halben Stunde mündete die Straße in einen großen, von beeindruckenden Steingebäuden umstandenen Platz. Eins der Gebäude hatte Bleiglasfenster und einen Turm mit einer Kugel an der Spitze. Der Vollmond. Sie hatte begonnen, das Symbol mit der Göttin Danu zu verbinden. Am anderen Ende des Platzes standen die Gebäude weit auseinander, und zwischen ihnen lag eine grasbewachsene Fläche, die sich in Richtung eines mehrstöckigen Schlosses erstreckte, in das Burg Ackergill fünfmal hineingepasst hätte. Auf halber Strecke der Grasfläche schoss aus einem Springbrunnen, der so groß wie ein Reitplatz war, eine Fontaine in die Höhe. Der Wasserstrahl war haargenau zwischen den zwei höchsten Türmen des Schlosses zentriert. Auf den Spitzen der Türme flatterten Banner in Purpurrot und Gold im Wind. Nördlich sah man hinter dem Schloss schneebedeckte Bergspitzen aufragen. Dahinter und rechts sah man nichts als schönen, blauen Himmel. Dort lag der Ozean, den man von hier aus nicht sehen konnte. Der Anblick hätte ihr den Atem rauben sollen, doch sie nahm alles unberührt in sich auf.

»Glendall«, sagte Riggs, auf das Schloss blickend.

»Willkommen zu Hause«, murmelte sie.

Riggs lenkte sein Pferd noch dichter an sie heran und nahm ihre Hand. Er verschränkte die Finger mit ihren und zog ihre Hand an seine Brust. *»Hinatha.« Bald.*

Sie erschauderte erwartungsvoll.

§

DER TRUPP DES Königs teilte sich, als sie eine gepflasterte Straße nahmen, die zu den hinter dem Schloss gelegenen Stallungen führte. Die meisten der Soldaten bogen von der Hauptstraße ab und ritten unter einem Bogen hindurch, durch den Anya ein grasbewachsenes Feld erspähte, auf dem Strohpuppen und Zielscheiben für das Bogenschießen aufgebaut waren. Es musste das Exerzierfeld der Soldaten sein. Vielleicht hatten sie ihre eigenen Stallungen. Vier der Gardisten blieben bei ihr, Riggs, Magnus und Neil. Diese vier, die alle älter waren und verschlossen blickten, blieben immer beim König. Sie waren wahrscheinlich seine Leibwache.

Als sie an den schönen, aus Stein errichteten Stallungen ankamen, warf die tiefstehende Sonne lange Schatten und verlieh dem Heu in den Außentrögen eine matte Brauntönung. Es begann, kühl zu werden. Sogar ziemlich kalt. Ohne Riggs' Umhang hätte sie gezittert.

Etwa ein Dutzend Männer, die eine mit Indigo gefärbte Livree trugen, erwarteten sie. Sie mussten Stallburschen oder Diener oder beides sein. Einer der Männer wirkte distinguierter als die anderen, und seine Livree leuchtete in kräftigerem Blau. Seine geknotete linnene Halsbinde war von strahlendem Weiß. Er trug eine Anstecknadel aus gefächertem purpurrotem Tartan auf der Brust. Die Diener waren durchweg glattrasiert – die ersten glattrasierten Wolfsmenschen, die sie sah – doch der distinguierte Diener trug einen sorgfältig gestutzten Kinn- und Schnurrbart, der nur seinen Mund umrahmte und die Wangen frei ließ. Der König saß ab und begann mit ihm zu sprechen, was ihre Vermutung bestätigte, dass es sich um den Leiter des Haushalts handelte. Der Blick des Dieners wanderte zu ihr, während er zuhörte, doch mit der Kapuze, die ihr Gesicht verbarg, konnte er sie bestimmt nicht gut sehen.

Das war ihr recht. Sie hatte keine Lust, sich von Magnus' Dienern anstarren zu lassen. Es war schon schlimm genug gewesen, die letzten zwei Tage die häufigen Seitenblicke und das Gaffen der Soldaten der Königstruppe ertragen zu müssen. Am schlimmsten waren die Blicke gewesen, die die Männer Riggs zugeworfen hatten. Sie hassten ihn. Sie nahm an, das die meisten von ihnen glaubten, er habe sie im Wissen, dass sie wahrscheinlich das Wunder war, auf das der König so lange gewartet hatte, zu seiner Lebensgefährtin gemacht.

Dabei hatte er sie durch das ganze Land gebracht, um sie einem anderen Mann zu übergeben, obwohl er sie für sich haben wollte, und er hatte dies aus Treue zu seinem König getan. Er hatte ihr seinen Schwur erst geleistet, als er erkannt hatte, dass sie Magnus' Wunder nicht sein konnte. Und *das* war die Belohnung dafür? Der Aussätzige von Chroina zu werden? Die Ungerechtigkeit schnürte ihr die Luft ab.

Doch als Riggs sie anblickte, lag in seinem Blick keine Reue. Seine goldgefleckten Augen drückten nichts als reine Liebe aus.

Er saß ab und streckte die Arme nach ihr aus. Sie ließ sich vertrauensvoll von seinen starken Händen helfen, und er stellte sie vorsichtig auf den Boden, damit ihre Beine Zeit hatten, sich daran zu gewöhnen, ihr Gewicht zu tragen. Sie vergrub ihr Gesicht an seiner Brust und sog seinen beruhigenden Duft ein. Seit ihrem Schwur, hatte sein Duft eine beinahe betörende Wirkung auf sie. Sie war süchtig danach, konnte nicht genug davon bekommen. Ihm schien es mit ihr genauso zu ergehen. Als er sie fest in seinen Armen hielt, rieb er zärtlich über ihren Kopf und atmete tief ein, wobei er etwas murmelte, das sie nicht verstehen konnte.

Das Schloss verkörperte Beklommenheit und Angst für sie. Eine düstere Vorahnung kam über sie, als sie das Gebäude aus kaltem grauem Stein hinter ihnen viele Stockwerke hoch in den Himmel ragen sah. Sie hatte keine Lust, es zu betreten. Doch Riggs' Anwesenheit beruhigte sie. Solange sie zusammen waren, würde alles in Ordnung sein.

Ein Räuspern störte das Gefühl der Sicherheit, das sie in den Armen ihres Zugeschworenen gefunden hatte.

Magnus.

Riggs Haltung versteifte sich, doch er ließ sie nicht los.

»Neil will dich sehen, Pelzjäger«, sagte Magnus mit herrischer Stimme. »Wenn er mit dir fertig ist, werden meine Männer dich zu deiner neuen Unterkunft bringen. Du hast zwei Tage gehabt, um dich an deiner Vertragspartnerin zu erfreuen. Jetzt bin ich dran. Ich benötige heute Abend ihre Anwesenheit.«

Nachdem sie zwei Tage lang mit Riggs gestikuliert und neue Wörter gelernt hatte – zwei Tage, in denen der König kein einziges Mal mit ihr geredet hatte – machte es sie schwindlig, auf einmal zu verstehen, was man ihr sagte. Dann begann sie, die Worte des Königs zu begreifen. Er schickte Riggs weg, und es hörte sich an, als würde ihr nicht gestattet werden, für die Nacht zu ihm zu gehen.

Sie klammerte sich an ihren Zugeschworenen und blickte Magnus mit zu Schlitzen verengten Augen an. »Wir haben zwei Tage miteinander verbracht, doch Ihr habt dafür gesorgt, dass wir nicht miteinander reden konnten. Ich werde jetzt mit Euch mitgehen, doch ich gehe davon aus, dass ich zum Schlafen in die Unterkunft meines Lebensgefährten gebracht werde.«

Magnus presste seinen Mund zu einer harten Linie zusammen. »Selbstverständlich, Lady Anya. Ich habe meinen Kämmerer angewiesen, in der Zwischenzeit ein Bad und eine Mahlzeit für Euch vorbereiten zu lassen. Falls ein paar Stunden Euren Bund übermäßig belasten, hoffe ich, dass die Geschenke, mit denen ich Euch zu überhäufen gedenke, den Schmerz lindern werden.« Er zog die Mundwinkel zu einem angestrengten Lächeln hoch. «Kommt. Ich zeige Euch Euer neues Zuhause, während das Wasser warm wird.« Er streckte die Hand nach ihr aus.

Es fiel ihr schwer, Riggs loszulassen. Sie waren seit seinem kurzen Jagdausflug auf der hügeligen Ebene am Morgen nach ihrem Schwur nicht getrennt gewesen. Sie befahl ihren Händen, sein Hemd loszulassen, doch sie gehorchten ihr nicht.

Riggs strich mit der Hand über ihr Haar und flüsterte »*Hinatha*« in ihr Ohr. Er löste eine ihrer Fäuste und legte ihre Hand in Magnus' Hand. Er forderte sie zum Gehen auf, und wenn sie sein Augenzwinkern richtig auslegte, warnte er sie scherzhaft davor, sich dem König gegenüber aufreizend zu benehmen, während sie getrennt waren.

Och, sie benahm sich wie ein Backfisch mit seinem ersten Schwarm. Wenn Riggs ihre Trennung aushalten konnte, dann musste sie es auch können. Wie oft hatte er sie seine tapfere Lady genannt?

Sie reckte das Kinn und zwinkerte zurück. »*Hinatha*«, sagte sie, und gestattete Magnus, sie zum Schloss zu geleiten. Über die Schulter zurückblickend, sah sie, das Neil eine Hand auf Riggs' Schulter gelegt hatte. Die beiden Männer sahen ihr mit düsteren Mienen nach.

§

ANYA VERSCHWAND IM Schloss mit König Magnus und vieren der Ritter von der Mondsichel. Riggs' Brust zog sich vor Sehnsucht zusammen. Von ihr getrennt zu sein, verursachte ihm Schmerzen. Echte Schmerzen, einem Druck auf den Brustkorb gleich, der ihn am Atmen hinderte und nur gelindert werden konnte, wenn er sie wieder in seinen Armen hielt.

»Komm, Junge«, sagte Neil und klopfte ihm auf die Schulter. »Sie wird für eine Weile beschäftigt sein. Du kannst genauso gut mit mir in den Kerker kommen, um Bilkes zu befragen. Er hat gelogen, was dich betrifft. Du hast das Recht, dabei zu sein, wenn ich ihm seine Anklage vorlese.«

Der Bote wurde also in aller Form verhaftet. Das war gut. Es war sein Fehler gewesen, dass Anya von den Fährtensuchern entführt wurde, und ebenfalls sein Fehler, dass Magnus sie auf der Ebene abgefangen hatte, womit er Riggs' Plan durchkreuzt hatte, die Situation seinem Onkel zu erklären, bevor er Anya dem König vorstellte. Er hoffte, dass sie diesen kleinen Scheißer tief in den Eingeweiden des Schlosses in eine dunkle Zelle gesperrt hatten.

Neil führte ihn durch die Waffenkammer. Sie hatte sich nicht viel verändert, seit Riggs während des Kriegs als Axtführer in der Armee des Königs gedient hatte. Er folgte Neil in die Tunnel hinunter, die zum Kerker führten. Neil war befremdlich still, während sie durch die unterirdischen Gänge gingen.

Mit einem Schulterzucken ließ er seine Gedanken abdriften und stellte sich vor, was er mit seiner Lebensgefährtin machen würde, wenn er sie wiedersah. Obwohl es ihm sauer aufstieß, dass Magnus sich von nun an um sie kümmern würde, tröstete es ihn, dass *er* derjenige war, der ihr einen ganzen Mondzyklus lang Lust verschaffen würde, bis der König sie in seinem Bett haben könnte. Er würde die Zeit nutzen, ihr das Gefühl seiner Hände und seines Mundes auf ihr einzuprägen. Er würde sie auch mit seinem Schwanz beglücken, jedoch dabei aufpassen, dass er sich nicht in ihr ergoss, um den Vertrag einzuhalten.

Beim Gedanken, wie ungerecht es war, dass ein anderer Mann darüber bestimmen sollte, wie er seine Gefährtin liebte, ertönte ein dumpfes Knurren in seiner Brust. Er hatte Magnus für gerecht und weise gehalten, doch dieser widersetzte sich jeder Vernunft. Riggs hatte nichts Böses getan, und dennoch bestrafte der König ihn – und Anya – dafür, dass sie Lebensgefährten geworden waren. Er versuchte, in Riggs Schuldgefühle zu erwecken, weil er, anstatt der Göttin zu vertrauen, an Anyas Unfruchtbarkeit geglaubt hatte, wobei es doch die Zeit mit Anya gewesen war, die seinen Glauben an die Göttin wieder hergestellt hatte. Der König ließ es selbst an Glauben mangeln, indem er annahm, dass ein einziges Wunder mit kastanienbraunem Haar alles war, wozu Danu fähig sei.

Er wartete darauf, dass Neil sich über seine schlechte Laune ausließ, doch entweder hatte er sein Knurren nicht gehört, oder war in Gedanken woanders. Ja, das musste es sein. Als Magnus' Feldherr musste Neil damit beschäftigt sein, die Neuigkeiten zu verarbeiten, die Riggs ihm auf der Reise mitgeteilt hatte.

Riggs hatte seinen Onkel im Lager beiseite genommen und ihm erzählt, dass die Larnier, in deren Hände Anya zuerst gefallen war, angenommen hatten, sie sei aus Bantus' Harem entflohen. Dann hatte er ihm alles mitgeteilt, was Anya und er bei den Fährtensuchern mitgehört hatten. Sein Onkel hatte die Stirn gerunzelt. *»Ich wünschte, du hättest nichts dergleichen entdeckt«*, hatte er gesagt. Das wünschte Riggs sich auch. Er wünschte, es hätte nichts zu entdecken gegeben.

»Was hat der König gesagt, als du meine Neuigkeiten an ihn weitergegeben hast?«, fragte Riggs, während Neil zwei Soldaten, die an einer schweren Eisentür Wache hielten, zur Begrüßung zunickte.

Einer der Soldaten zog einen Schlüssel unter seinem Hemd hervor und schloss die Tür auf. Sie quietschte in den Angeln, als Neil sie aufstieß und Riggs vor sich her durch die Öffnung schob. Er musste sich bücken und weiterhin gebückt halten, da die Decke hinter der Tür zu niedrig war. Er und Neil mussten beide die Köpfe einziehen, um sich nicht an den Steinen über ihnen zu stoßen. Hinter ihnen schloss sich die Tür mit einem widerhallenden Schlag.

»Hm?«, grunzte Neil, als höre er ihm nicht wirklich zu.

Riggs folgte ihm einen schmalen Gang hinunter und um eine Ecke. »Was hat der König gesagt, als du es ihm erzählt hast? Wird er Spione nach Saroc schicken, um sicherzugehen, dass dort Frauen sind? Wird er dort einmarschieren? Was wird er mit den Frauen tun?« Er konnte sich nicht vorstellen, wie die Larnier an Menschenfrauen gekommen waren. Es tat ihm in der Seele weh, wenn er an die menschlichen Väter dachte, die ihre Töchter vermissten.

»Oh. Davon habe ich ihm noch nicht erzählt«, sagte Neil, während sie sich einer weiteren bewachten Tür näherten.

»Was? Warum nicht?« Würden er und König Magnus nicht auf der Stelle eine Strategie ausarbeiten wollen?

Die Wachen öffneten die Tür, und als Neil und Riggs sie durchschritten, folgten sie ihnen. Riggs brauchte eine Weile, um das, was er zu sehen bekam, zu verstehen. Er war nie zuvor in einem Kerker gewesen und hatte enge, dunkle Zellen mit Steinwänden und feuchten Böden erwartet. Doch als er durch die zweite Eisentür trat, entsprach der Raum, den er betrat, nicht im Entferntesten seinen Erwartungen.

Der Boden war mit kostbaren Pelzen bedeckt. An den Wänden hingen Teppiche. Rund um den großen Raum standen Lampen, die warmes Licht und den Duft brennenden Öls verströmten, auf gut gearbeiteten Möbeln. Die beiden Seitenwände waren jede von einem halben Dutzend Bögen gesäumt. Die Bögen waren mit senkrechten Eisenstangen versehen. Hinter ihnen lagen die Zellen für die Gefangenen, doch aus den offenen Gittern und dem Inhalt der Zellen schloss Riggs, dass es hier schon lange keine Gefangenen mehr gegeben hatte. Die Zellen enthielten Lagerstätten oder Betten, auf denen schöne Kissen und luxuriöse Felldecken lagen.

Vor jeder Zelle hing an einer Stange ein Vorhang. Die meisten Vorhänge waren zur Seite gerafft und wurden mit geflochtenen Bändern offen gehalten. Bei manchen Zellen waren die Vorhänge zugezogen. Aus diesen tönte das Geräusch von ächzenden Männern, stöhnenden Frauen und von Fleisch, das auf Fleisch schlägt.

Sein Magen zog sich zusammen. Diese Geräusche und der Paarungsgeruch, der ihn umgab, machten nur allzu offensichtlich, was in diesen Zellen vor sich ging.

»Was in der Unterwelt Namen?«, begann er zu fragen, doch die Wachen, die ihm und Neil in den Kerker gefolgt waren, ergriffen ihn. Er griff nach seiner Axt, musste sich jedoch daran erinnern, dass man sie ihm weggenommen hatte.

Einer der Wächter hielt ihm einen Dolch an die Kehle, damit er stillhielt. Der andere band ihm mit einem Strick die Hände im Rücken zusammen. Er war so erschreckt, dass er nicht schnell genug reagierte. Mist. Neil war nicht der Verbündete, für den er ihn gehalten hatte. Mist.

»Ich werde mal mit den Larniern reden müssen, damit sie den Mund halten. Bis dahin …«, Neil schüttelte den Kopf. »Ich wünschte, du hättest das alles nicht mitgehört, Junge. Wirklich. Aber es steht zu viel auf dem Spiel, um dich alles beim König ausplaudern zu lassen.«

Riggs versuchte, sich dem Griff des Wächters zu entziehen, doch der Dolch schnitt ihm bis aufs Blut in die Haut, und hielt direkt vor seiner Halsvene an. Er bewegte sich nicht mehr. »Was meinst du damit, wenn du sagst, es stehe *zu viel auf dem Spiel*?«

»Die Revolution ist im Anmarsch«, antwortete Neil. »Wir haben beinahe genügend Männer beisammen, um König Magnus zu stürzen. Es wird höchste Zeit. Seine konservative Art wird unseren Tod bedeuten. Ich kann nicht zulassen, dass du ihn auf die Bestechungsgelder hinweist, die Bantus an Bord gebracht haben, und alle unsere Pläne ruinierst.«

»Ihr seid *Zeugung geht vor*«, schloss Riggs daraus. *Zeugung geht vor* hieß die politische Partei, die sich dem König bei jeder Gelegenheit entgegenstellte. Während Magnus darauf bestand, dass man wissen müsse, wer der Vater eines Kindes war und Frauen sich deshalb nur mit einem einzigen Mann pro Saison paaren sollten, hielt *Zeugung geht vor* es für besser, wenn die Frauen sich jede Saison mit so vielen Männern wie möglich paarten, um die Zeugungsschancen zu erhöhen. Sie mussten Frauen in diesen Raum bringen, damit sie sich mit Männern paarten, die keinen Zeugungsvertrag mit ihnen hatten. Und das taten sie hinter Magnus' Rücken.

Er hatte seinen Onkel milde Kritik am König üben hören, wenn sie unter sich waren, doch er hätte nie vermutet, er könne ihm untreu werden. Er brach nicht nur die Gesetze des Königs, sondern beging auch schlimmsten Verrat an ihm. »Du hast dich mit den Larniern eingelassen«, sagte er angeekelt. Riggs hätte sein Volk lieber untergehen sehen, als sich einem König anzubiedern, der den abscheulichsten Missbrauch von Frauen und Tieren billigte.

»Nur, weil es nicht zu vermeiden war«, antwortete Neil. »Keine Sorge. Wir haben sie mit Frauen bestochen, aber wie du schon vermutetest, nicht mit *unseren* Frauen. Mit Frauen aus einem anderen Reich.«

»Und das soll in Ordnung sein? Das sind Frauen wie Anya. Du hast Frauen wie meine *Lebensgefährtin* diesem perversen Scheißkerl und seinen Lakaien anvertraut?«

Beim Mond, Anya hätte beinahe dasselbe Schicksal ereilt. Wenn er das gefleckte Wildschwein nicht bis nach Larna hinein verfolgt hätte, wäre sie in Bantus' Harem gelandet. Der Gedanke verursachte ihm Übelkeit.

»Es war nicht zu vermeiden«, sagte sein Onkel mit gespreizten Händen, als wäre der Missbrauch von Menschenfrauen ein annehmbarer Preis dafür, sich die Larnier als Verbündete zu sichern.«

»Es gibt nichts, womit man entschuldigen könnte, sich mit diesem Hanswurst von einem König eingelassen zu haben. Nichts ist so wichtig, dass man auf ihn zurückgreifen müsste. Wie wollt ihr Magnus stürzen? Sollen die Larnier hier einmarschieren? In die Stadt Chroina? Verdammt noch mal, Neil, bist du verrückt geworden? Unsere Frauen sind hier. Woher willst du wissen, ob die Larnier sich an Schloss Glendall halten, oder zuerst *Fiona Blath* stürmen werden?«

»Unsere Frauen zu beschützen hat absoluten Vorrang. Wir haben ein Abkommen mit Bantus. Ari versorgt ihn mit den Frauen aus dem anderen Reich. Wenn er sein Versprechen einhält, uns Soldaten für die Revolution zu leihen, erhält er das Recht, die Frauen zu behalten, die er dort hat. Wenn er uns hintergeht, zum Beispiel, indem er einer Lady von Marann Schaden zufügt, schickt Ari alle Frauen in das Reich zurück, aus dem sie gekommen sind.«

Riggs schüttelte den Kopf. Erstens glaubte er nicht, dass die Menschenfrauen je zurückgeschickt werden würden. Zweitens redete Neil über den Gebrauch von machtvoller Zauberkraft, als handele es sich um etwas Alltägliches. Die Zauberkraft kam aus dem Reich der Unsterblichen, und die Legende sagte, dass diese ihre Zauberkraft nur zu einem hohen Preis mit anderen teilten. Welchen Preis hatte Ari für den Zauber bezahlt, mit dem er Menschenfrauen aus Anyas Welt stahl? Welchen Preis würde Marann zahlen?

»Du begehst einen Fehler«, sagte Riggs. »Wie kannst du Magnus derart verraten? Er ist immer ein guter König gewesen. Seine Familie hat immer gerecht geherrscht.«

Hinter Neil, von einem zugezogenen Samtvorhang verborgen, erreichten die Lustschreie eines Mannes und einer Frau eine Lautstärke, die Riggs mit den Zähnen knirschen ließ. Neil kräuselte die Lippen und sagte: »Und das sagt ein Mann, der gezwungen wurde, einen Vertrag zu unterschreiben, mit dem er einwilligt, seine Lebensgefährtin zu teilen? Die meisten Männer würden an deiner Stelle den Rebellen helfen wollen. Aber nein. Du bist Magnus immer noch treu, obwohl er dich bei der erstbesten Gelegenheit in den Kerker werfen kann.«

Der Vorhang hinter Neil öffnete sich. Man sah die offene Zellentür und eine nackte Frau, die sich auf dem Bett rekelte. Ihre mit Haaren bedeckten Brüste hoben und senkten sich, da sie schwer atmete. Ihr Gesicht war rot. Sie hatte ein Lächeln auf den Lippen. Ihre blonde Behaarung verriet, um welche Frau es sich handelte. Diana. Die einzige Frau, die so jung war und so helles Haar hatte.

Ein Mann schlenderte aus der Zelle, wobei er seinen purpurroten Kriegskilt wickelte, um seinen erschlafften Schwanz zu verbergen. Auf seiner Stirn standen Schweißperlen, die durch sein streng nach hinten gekämmtes, im Nacken zusammengebundenes, schwarzes Haar hervorgehoben wurden. Ari. Magnus' Stellvertreter, der in Saroc sein sollte, um Bantus in

Schach zu halten. Riggs kannte ihn vom Sehen, hatte ihn jedoch nie kennengelernt.

Ari rückte beim Näherkommen seine Kommandantenschärpe zurecht und schloss seinen Gürtel, während er Riggs kühl taxierte. »Schwüre und Lebensgefährten?«, sagte er, Neil mit einem Kopfnicken begrüßend. »Ich scheine Einiges verpasst zu haben. Ich habe gesehen, dass Magnus' Truppe zurück ist. Ist das der Kerl, vor dem Bilkes uns gewarnt hat?«

Bilkes. Der Bote. Er gehörte also auch zu *Zeugung geht vor*.

»Ja«, antwortete Neil. Er blickte Riggs kopfschüttelnd an. »Wenn du wüsstest, wie sehr ich mir wünschte, du hättest dich draußen in deiner Hütte nur um deine eigenen Angelegenheiten geschert. Ich hätte dafür gesorgt, dass du eine Zeugungschance bekommst, sobald das neue Regime an der Macht ist. Doch jetzt …«, er spreizte wieder die Hände.

Die Furcht legte sich wie eine kalte Faust um sein Inneres.

»Genug geredet«, sagte Ari. »Töte ihn«.

Neil knurrte Ari an. »Er ist mein Neffe. Der wird nicht getötet. Benutze deinen Zauberstein. Schick ihn nach Saroc, dort können sie ihn zu den widerständigen Soldaten sperren.« Sich Riggs zuwendend, sagte er: »Wenn die Revolution vorüber ist, werden wir die Gefangenen aussortieren und diejenigen, die keine Gefahr für das neue Regime darstellen, freilassen. Wenn du schlau bist, verhältst du dich ruhig und machst keinen Ärger.« Dabei sah er ihn eindringlich an, als wolle er Riggs vor etwas warnen.

Er war nicht derjenige, der gewarnt werden musste. Neil und Ari, die zwei Männer, zu denen Magnus das größte Vertrauen hatte, waren Verräter. Sie planten einen Putsch. Riggs musste hier rauskommen und den König warnen. Und er musste Anya schützen. Sie würde nicht in *Fiona Blath* bei den anderen Frauen sein, wo sie dem Aufruhr entgehen würde. Sie würde in Schloss Glendall sein, wo der Umsturz stattfinden sollte.

Ohne den Dolch an seiner Kehle zu beachten, warf er sich nach vorn und überraschte damit die Wächter, die ihn festhielten. Gleichzeitig trat er nach hinten dem einen der Wächter die Beine weg. Die Schneide schnitt tiefer in seinen Hals, doch er ließ sich auf die dem Dolch gegenüberliegende Seite fallen, so dass der Schnitt nicht zu tief wurde.

»Setzt ihn außer Gefecht«, befahl Ari.

Die Wächter ließen ihn nicht wieder auf die Beine kommen. Einer von ihnen zog ihm mit einem schweren Gegenstand eins über. Der Schmerz schlug wie ein Blitz ein. Er verlor die Kontrolle über seinen Körper. Man zog ihn auf die Knie, doch er blieb nur aufrecht, weil die Wächter ihn hielten. Wenn sie ihn losgelassen hätten, wäre er umgefallen wie ein Sandsack.

»Ich werde ihn nach Saroc schicken, weil er der Sohn deiner Schwester ist. Doch für seine Sicherheit kann ich nicht garantieren«, sagte Ari. »Bantus hat eine interessante Vorstellung von dem, was Vergnügen ist.« Er zog einen gezackten roten Stein aus einem Beutel an seiner Hüfte. »Bei der Macht von Hyrk, dem Gott der Dunkelheit, und zu seiner Ehre, rufe ich eine Tür zur Zelle der Gefangenen herbei.«

Ein glühendes, wirbelndes rotes Licht sickerte aus dem Stein und wuchs an, bis in der Mitte des Raumes ein kleiner Sturm wütete. »Grüß' Bantus von mir«, rief Ari, dann stießen die Wächter ihn in das gespenstische Licht.

Kapitel 21

»UND DIES IST der große Saal.« Magnus führte Anya durch zwei hohe Türen in einen langgestreckten Raum, der eine gewölbte Decke und mit Mahagoni verkleidete Erker besaß. An den Wänden entlang standen Tische, als habe man sie zum Fegen beiseitegeschoben. Am anderen Ende, vor zwei riesigen, begehbaren Kaminen, waren männliche Diener dabei, den makellosen Steinboden mit Binsenmatten zu bedecken. Einer der Diener war dünn und hatte eine frische Gesichtsfarbe. Im Gegensatz zu den anderen Dienern sah er auf und heftete seinen unschuldigen, neugierigen Blick auf sie. Er lächelte und wurde rot. Aye, das hatte sie erwartet. Er war ziemlich jung und noch nicht richtig erwachsen.

Bei einer so niedrigen Geburtenrate konnte es nicht viele junge Männer geben, er musste eine Rarität sein. Und dennoch war er ein Diener. Interessant.

Ohne die Diener wahrzunehmen eilte Magnus vor ihr her und drehte sich mit ausgebreiteten Armen im Kreis. »Dies ist der älteste Teil von Schloss Glendall. Dieser Raum war früher Thronsaal, Küche, Speisesaal und Tanzsaal in einem, und die Erker dienten als Schlafquartiere. Heute wird er nur noch als Speisesaal und für Veranstaltungen benutzt.«

Er sah sie mit erwartungsvoll hochgezogenen Augenbrauen an, als wolle er sagen: *Komm schon, sag mir, wie wunderschön du dies alles findest.*

»Wie hübsch«, sagte sie lahm und fragte sich, wann die Besichtigung endlich zu Ende sei. Das Laufen machte ihr nach dem tagelangen Reiten nichts aus, doch sie hatte es eilig, ihren Zugeschworenen wiederzusehen. Das von Riggs versprochene *bald* begann, sich endlos hinzuziehen. Würde Magnus sehr wütend werden, wenn sie vorschlug, das von ihm geplante Bad zu überspringen, um stattdessen Riggs zu besuchen? Oder wenn sie darum bat, das Bad mit Riggs nehmen zu dürfen? *Och,* darum bat sie besser erst gar nicht. Nach Magnus' dünnem Lächeln zu urteilen tat sie gut daran, Riggs Namen nicht zu erwähnen. Sie hatte einen Mann vor sich, der sich große Mühe gab, sich mit seinem Los zufrieden zu geben.

»Das Beste habe ich für den Schluss aufgehoben. Hier entlang, Lady Anya.« Er führte sie aus dem großen Saal.

Sie warf dem jungen Diener einen letzten Blick zu, bevor Magnus' Leibwächter hinter ihnen ihr die Sicht nahmen. »Dieser eine Diener sieht so jung aus«, bemerkte sie.

Magnus strahlte sie an, so aufrichtig wie nie zuvor. »Das ist Julian«, antwortete er mit stolzgeschwellter Brust. »Er ist zweiundzwanzig. Viele meiner Diener sind junge Männer. Ich erweise den jüngsten Bürgern von Marann eine Ehre, indem ich ihnen beliebte Posten in meinem Haushalt anvertraue. Den jüngsten unter ihnen wird die größte Ehre zuteil. Sie dürfen in *Fiona Blath* dienen. Habt Ihr von dem Gemeinschaftshaus gehört?«

Sie nickte. Riggs hatte ihr über das Gebäude, in dem Maranns Frauen in gebärfähigem Alter untergebracht waren, alles erzählt. Es war der sicherste Ort in Chroina.

»Travis ist allerdings eine Ausnahme«, sagte Magnus. »Ihr werdet Travis bald kennenlernen.« Ein geheimnisvolles Lächeln spielte auf seinen Lippen, während er die Türen zu einem großen Raum aufstieß.

Hier war alles aus Marmor. Die Böden waren aus Marmor. Die marmornen Wände waren mit Wandteppichen behängt. Der Raum war auf beiden Seiten von Marmorsäulen gesäumt. Ein marmornes Podium nahm das andere Ende ein. Auf dem Podium standen zwei Throne, ein großer und ein kleinerer, der weniger reich verziert war. Sie war von dem prunkvollen Raum so beeindruckt, dass jeder Gedanke an Kinder und Diener vergessen war.

Magnus führte sie über einen purpurnen Teppich. »Dies ist der Thronsaal.« Seine Stimme hallte in dem marmornen Raum wider, während er eine ausholende Geste machte. Als sie sich dem Podium näherten, ließ er sie vor den Thronen stehen und ging an die Seite des Raumes. Dort zog er an einer langen, geflochtenen Schnur. Die purpurroten Vorhänge hinter den Thronen teilten sich und ließen zwei Porträts sehen.

Das Porträt über dem großen Thron zeigte Magnus in seinem besten Staat. Er hielt einen blutbefleckten Speer und posierte über dem Kadaver eines riesigen Wildschweins, das geflecktes Fell hatte wie das, das sie bei ihrer Ankunft in dieser Welt gesehen hatte. Mit seiner vorgereckten Brust und seinen vor Stolz leuchtenden Augen erinnerte er sie an Laird Steafan. Der Gedanke an ihren ehemaligen Laird, den sie damals so gerne erobert hätte, konnte ihr weibliches Verlangen nicht länger wecken. Ihr Herz floss inzwischen über vor Liebe zu ihrem einfachen Wolfsmenschen, einem Mann, der Tiere wie das auf Magnus' Porträt anstatt mit einem Speer mit bloßen Händen tötete, weil er das Fell nicht beschädigen wollte, und dessen wertvollster Besitz kein Thron, sondern ein Ring war, den seine Mutter ihm geschenkt hatte.

Ihr Blick wanderte zu dem Porträt über dem kleineren Thron. Sie traute ihren Augen kaum. Sie erbleichte. Ihr wurde kalt. Es rauschte in ihren Ohren.

Sie fühlte, wie Magnus seine Aufmerksamkeit auf sie konzentrierte. Sie konnte die Augen nicht von dem Porträt wenden.

»Ich habe zum ersten Mal von Euch geträumt, als ich ein junger Mann war«, hörte sie seine Stimme das Rauschen übertönen, obwohl er leise sprach. »Ich war gerade gekrönt worden, nachdem meine Mutter, die Königin, an Danus Brust gegangen war, und ließ dieses Porträt anfertigen, um meinem Volk den Glauben wiederzugeben. Der Pfotenabdruck stimmt nicht. Und ich sehe, dass mein Traum auch einige weitere Einzelheiten anders dargestellt hat. Doch die Ähnlichkeit ist immer noch ziemlich stark. Jetzt seht Ihr, warum ich glaube, dass Ihr mir einen Erben schenken werdet.«

Sein Blick lastete zu eindringlich auf ihr. Es war ihr zu intim. Er strich langsam von oben bis unten über ihr offenes, vom Wind zerzaustes Haar. Die Wärme seiner Hand hinterließ eine Spur, die sich von ihrer Kopfhaut bis zwischen ihre Schulterblätter zog.

So durfte nur ihr Zugeschworener sie berühren. Doch sie konnte die Augen immer noch nicht von dem Porträt wenden.

»Dieser Traum war kein gewöhnlicher Traum«, fuhr er fort. Er streichelte sie erneut. Er stand so nah bei ihr. »Er wurde mir von der Göttin geschickt. Der Hohepriester hat es bestätigt. Danu hatte mir eine Vision dessen geschenkt, was geschehen würde. Sie hatte mir eine Vision geschenkt, in welcher du meine Königin – oder auf jeden Fall an meiner Seite – bist, und mein Kind im Arm hältst. Unser Kind.«

In der darauf folgenden Stille begann das Rauschen sich endlich zu legen. Sie wandte den Blick von dem Porträt. »Das bin ich nicht«, sagte sie. Ihre Stimme tönte wie aus weiter Ferne, als hätte das Rauschen Wolle in ihren Ohren hinterlassen. »Das bin ich nicht«. Ihr versagten die Knie. Sie sank zu Boden und Magnus fing sie auf.

Er bettete sie sanft auf den purpurnen Teppich. »Lady? Lady Anya ?« Er tätschelte ihre Wange.

Ein Aufruhr am Eingang ließ sie beide aufblicken. Neil lief auf sie zu und rief etwas, das sie nicht verstehen konnte. Dieser verfluchte Magnus, der ihren Edelstein gestohlen hatte! »Hört auf mich zu ohrfeigen.« Sie schob seine Hand weg und setzte sich auf, wobei sie sich widerwillig von ihm stützen ließ.

Er hockte neben ihr und sie fühlte, wie sein Körper sich anspannte. Er blickte mit gerunzelter Stirn über sie hinweg. »Wie ist es passiert? Und wann?«, fragte er Neil.

Neil schnappte nach Luft. Er atmete schwer und hatte schweißnasses Haar, als sei er eine lange Strecke gerannt, um dem König seine Nachricht zu überbringen.

»Was schwafelt er da?«, fragte sie. »Und könnt Ihr mir vielleicht beim Aufstehen helfen?« Es war so erniedrigend, am Boden zu liegen.

Eine Sorgenfalte erschien zwischen Magnus' Brauen. »Vielleicht solltet Ihr vorläufig lieber sitzen bleiben. Er sagt, dass euer Pelzjäger entflohen ist.«

»Entflohen?«

»Er sagt, sie seien dabei gewesen, ihn zu befragen, als er plötzlich gewalttätig geworden ist, einen Wächter außer Gefecht gesetzt hat und fortgelaufen ist.«

Fortgelaufen? Sie hatte Riggs noch nie vor etwas fortlaufen sehen. Ganz im Gegenteil: wenn es Ärger gab, rannte ihr mutiger und fähiger Wolfsmensch *hin*, um sich ihm ehrenvoll zu stellen. Außerdem hatte er ihr mit dem Wort »*Hinatha*« ein Versprechen gegeben. So etwas machte man nicht, wenn man vorhatte, davonzulaufen.

»Das würde er nicht tun«, sagte sie, doch die Männer sprachen in dringlichem Ton miteinander und hörten ihr nicht zu.

»Was habt ihr unternommen, um ihn zu suchen?«, fragte Magnus, wobei er sie in seine Arme hob wie ein Kind, und sich aufrichtete.

Neil antwortete ihm, doch sie konnte ihn natürlich nicht verstehen.

Sie zuckte zusammen. »Setzt mich ab. Ich kann stehen. Was hat er gesagt?«

»Er hat gesagt, dass sie die Stadttore verriegelt haben. Demnach muss er immer noch in Chroina sein. Macht Euch keine Sorgen. Wir werden ihn finden.« Er setzte sie nicht ab, sondern lief mit ihr auf den Armen aus dem Thronsaal. Neil hielt neben ihm Schritt.

Magnus schoss Befehle ab wie Pfeile. »Schickt eine Einheit in mein Jagdrevier. Eine zweite soll Schloss Glendall durchsuchen. Seht in den Stallungen nach, ob Pferde fehlen. Fragt die Stallburschen, ob sie ihn gesehen haben. Er kann noch nicht weit sein.«

Sie musste ihm zugutehalten, dass Neils Nachricht ihn allem Anschein nach erschüttert hatte, und er sich bemühte, Riggs zu finden. Hätte Magnus sich nicht so prompt und fieberhaft in die Aktion gestürzt, hätte sie sich vielleicht gefragt, ob er nicht veranlasst hatte, Riggs hinterlistig aus dem Vertrag zu entfernen. Doch er hatte es nicht getan. Er machte sich wirklich Sorgen. Er glaubte, dass sie und Riggs Lebensgefährten seien, und dass sie wie Aine dahinsiechen könne, wenn sie von ihm getrennt würde.

Noch vor wenigen Tagen hätte sie bei dem Gedanken, sie könne sich so eng mit einem Mann verbinden, dass sie dahinsiechen würde, wenn man sie von ihm trennte, nur spöttisch gelacht. Jetzt lachte sie nicht mehr. Als ihr bewusst wurde, dass Riggs verschwunden war, fühlte sie, wie etwas in ihr zu verkümmern begann. Es fühlte sich an, als würde ihre Seele sich zusammenrollen, um sich vor der schrecklichen Aussicht auf ein Leben ohne ihren Wolfsmann zu schützen.

Nein. Sie durfte solchen lächerlichen Vorstellungen nicht stattgeben. Lebensgefährten. So ein Quatsch. Legenden und Folklore ließen sie übermäßig sentimental werden. Sie würde nicht in Ohnmacht fallen und Trübsal blasen, weil Riggs verschwunden war. Sie würde verdammt nochmal etwas *unternehmen*. Sie würde sich nicht in ein warmes Bad legen und es anderen überlassen, den Mann zu finden, der ihr gehörte.

Riggs mochte nicht ihr Lebensgefährte sein, aber er war ihr Zugeschworener. Er war ihr Geliebter. *Ihr Gefährte.*

Denk nach, Anya.

Sie fing mit den Dingen an, die ihr bekannt waren. Das letzte Mal, als sie Riggs gesehen hatte, stand er bei seinem Onkel, während Magnus sie ins Schloss mitnahm. Keine Stunde später kam Neil gerannt, um dem König weiszumachen, Riggs sei entflohen, was nur eine verdammte Lüge sein konnte. Neil war der Letzte, der ihn gesehen hatte, und er war ebenfalls derjenige, der ihn als vermisst gemeldet hatte.

Worte aus einem anderen Leben stiegen in ihr auf. *»Du wirst es dort finden, wo du es zuletzt gesehen hast. Gib dir mehr Mühe beim Suchen, Kind. Unsere Schätze lösen sich nicht einfach in Luft auf.«* Sie hatte nicht viele Erinnerungen an ihre Mutter, doch dies war eine davon. Sie hatte ihr Lieblings-Porzellanfigürchen verloren und alle Hoffnung aufgegeben, es wieder zu finden. Doch ihre Mutter hatte ihr nicht erlaubt, so leicht aufzugeben. Sie hatte auf ihre Mutter gehört und war an den Ort zurückgekehrt, wo sie es zuletzt gesehen hatte. Sie hatte dann tatsächlich nach sorgfältigerer Suche ihr Porzellanpüppchen unter einigen Spänen neben dem Holzstoß gefunden. Doch sie hatte sich dafür auf alle Viere niederlassen, und die Späne wegschieben müssen. Sie hatte über das Offensichtliche hinaus suchen müssen.

Magnus, der sie noch immer trug, bog in einen mit einem Teppich ausgelegten Flur mit niedriger Decke ein, in dem schöne Möbelstücke standen. Er gehörte zu den Wohnräumen des

Schlosses. Er legte mit Neil die Strategie für die Suche nach Riggs fest. Sie beobachtete Neil. Sein Blick wich etwas zu oft aus. Er nickte zu begeistert, sobald der König etwas befahl. Er wirkte zerstreuter, als er hätte sein sollen, als sei er mit den Gedanken an einem anderen Ort. Das Gefühl, dass etwas nicht in Ordnung war, verursachte ihr ein Prickeln im Nacken.

Was hast du getan, du hinterhältiger Bastard? Was verbirgst du?

Wenn er Riggs etwas angetan hatte, würde sie ihn bei lebendigem Leibe ausweiden. Und zwar langsam.

Sie bogen erneut ab und Magnus brachte sie in eine prunkvoll eingerichtete Suite, in der es nach Orangenblüten roch. Vor einem knisternden Feuer dampfte eine kupferne Sitzbadewanne. Neben ihr stand ein kleiner, mit Broten und Käse beladener Tisch. Ein Paradies mitten im Chaos. Sie wollte es nicht.

»Ihr werdet mich nicht hierlassen. Ich will helfen, das Schloss zu durchsuchen.« Ihr Seelenflackern musste in Aktion umgesetzt werden.

Magnus stellte sie auf die Füße und drückte ihr etwas in die Hand. »Ich hätte ihn Euch nicht wegnehmen sollen. Ich habe übereilt gehandelt. Hier.«

Sie blickte auf ihre Hand hinab. Ihr Edelstein! Sie schloss die Finger um ihn.

»Ich werde damit beschäftigt sein, Euren Lebensgefährten zu suchen«, sagte Magnus. »Und ich will, dass Ihr Daly Eure Bedürfnisse mitteilen könnt. Ich möchte Euch in diesem Zimmer, das mit meinem verbunden ist, in Sicherheit wissen.« Er ging zu einer geschlossenen Tür am anderen Ende des Raums. Zwischen der Tür und einem marmornen Kamin standen unbeweglich wie Statuen der distinguierte ältere Mann, den sie zuvor bemerkt hatte, und ein Junge mit einem blonden Schopf.

Sie zwinkerte dem Kleinen zu. Er konnte nicht älter als acht sein. Doch Riggs hatte ihr gesagt, das jüngste Kind sei vor elf Jahren geboren. Vielleicht handelte es sich um …

»Travis«, sagte Magnus ehrerbietig. »Er ist der Jüngste von uns, Chroinas ganzer Stolz. Er kümmert sich um die Ladys, wenn sie zu Besuch nach Schloss Glendall kommen. Jetzt ist er ausschließlich Euer Diener. Er und Daly werden für Euch sorgen. Ihr könnt Euch mit all Euren Wünschen an sie wenden, und wenn es in ihrer Macht steht, werden sie sie erfüllen.

Der distinguierte Diener neigte grüßend den Kopf. Der Junge strahlte sie an, wobei er seine perlweißen Zähne zeigte.

»Ich werde nicht rasten, bis wir Euren Lebensgefährten gefunden haben«, versprach Magnus. »Das schwöre ich.« Er schickte sich an, zu gehen.

»Wartet!«

Magnus blieb in der Tür stehen. Neil beobachtete sie über die Schulter des Königs hinweg.

»Ich möchte Euch unter vier Augen sprechen«, bat sie. »Bitte.«

Neil runzelte die Stirn.

»Geh. Such den Pelzjäger«, befahl Magnus ihm. Dann schloss er die Tür hinter dem Mann und den Wächtern. »Macht schnell«, drängte er sie. »Es gibt viel zu tun.«

»Euer Feldherr lügt«, sagte sie. »Das habt Ihr hoffentlich bemerkt.«

Sein Mund bildete eine dünne Linie. Er blickte sie eindringlich an, doch je länger sie ihn ansah, desto weicher und müder wurde sein Blick. »Euer Lebensgefährte wäre nie geflohen. Keine Macht der Welt kann einen Lebensgefährten dazu bringen, seine Gefährtin zu verlassen. Es sei denn, alles, was ich zu dem Thema gelesen habe, wäre falsch gewesen.«

Sie verbesserte ihn nicht, was den Begriff des Lebensgefährten betraf. Hauptsache, Magnus glaubte ihr. Riggs wäre nie davongelaufen. Neil verbarg etwas vor ihnen. Ihr kam ein schrecklicher Gedanke.

»Hat Neil Euch alles darüber erzählt, was Riggs und ich über die Frauen in Larna erfahren haben?« Riggs hatte sie und Neil diskret im Lager beiseite genommen, um ihm ihren Verdacht mitzuteilen. Er hatte darauf vertraut, dass er die Nachricht dem König überbringen würde. Sie waren beide davon ausgegangen, dass er es sofort tun würde.

Magnus' Augenbrauen zogen sich zusammen. »Frauen in Larna?« Er hatte nie davon gehört.

Och, sie hatte sich zu sehr um Riggs gesorgt, als sie dem König ihre Geschichte erzählt hatte, und hatte darüber vernachlässigt, die anderen Frauen zu erwähnen. Und später, als Magnus ihr den Edelstein weggenommen hatte, war sie zu böse auf ihn gewesen, um sich Sorgen um diese Frauen zu machen. Es war selbstsüchtig von ihr gewesen, sich nicht zu vergewissern, dass er von ihnen gehört hatte.

»Der Kerl ist ein verdammter Lügner und Verräter.« Sie wurde wütend bei dem Gedanken, dass Riggs' Onkel ihn verriet. Sie ballte die Hände zu Fäusten, bis der Edelstein sich in ihre Handfläche bohrte. »Ich werde keine Zeit damit vergeuden, zu erklären, wie ich zu der Information komme, doch ich bin mir sicher. In Larna werden Frauen gefangen gehalten. Menschenfrauen, wie ich eine bin.« Sie sprach dringlich, da sie wusste, dass sofort nach Riggs gesucht werden musste. Sie sprach auch leise, falls Neil sein Ohr an die Tür gelegt haben sollte. In Valeworth hatte sie gelernt, dass man die Ohren eines Wolfsmenschen nicht unterschätzen durfte. »Wenn Riggs nicht gewesen wäre, würde ich jetzt mit ihnen gefangen sein und in Marann würde niemand davon wissen. Die Larnier, denen ich unglückseligerweise begegnet bin, haben die Frauen als Bantus' Harem bezeichnet. Riggs und ich haben noch anderes bei den Fährtensuchern mitgehört. Es hat unsere Befürchtung nur bestätigt. Wenn Neil Euch nichts davon erzählt hat, muss er daran beteiligt sein. Und er ist der Letzte, der Riggs gesehen hat. Vielleicht hat er ihn davon abhalten wollen, Euch über diese Frauen zu informieren.« Ihre Hände zitterten vor Sorge um ihren Zugeschworenen. Sie hatte sich nie zuvor so sehr um jemanden gesorgt. Noch nicht einmal um sich selbst.

Magnus stand schweigend und regungslos da. Sein Blick loderte. »Frauen«, sagte er. »Menschenfrauen? In Larna?«

»Aye.«

Er straffte die Schultern. Jetzt ballte auch er die Hände zu Fäusten.

Der arme Magnus. Er war ahnungslos gewesen. Sie sah Emotionen über sein Gesicht ziehen wie Wolken über den Himmel. Wut, Verrat, Schuldbewusstsein. Schließlich sagte er: »Ich hege schon seit einiger Zeit den Verdacht, dass mein Stellvertreter gegen mich komplottiert. Jetzt weiß ich, dass Neil auch dazugehört. Doch was haben Frauen wie Ihr damit zu tun?« Er schob den Kiefer vor und zurück, während er gedankenverloren ins Leere stierte.

Och, ein Komplott gegen Magnus. Wo waren Riggs und sie da hineingeraten? In ihre Besorgnis mischte sich Mitgefühl. Es musste schwierig sein, über eine Nation zu herrschen, in der es fast keine Frauen mehr gab, wenn die engsten Berater einem in den Rücken fielen. »Fragt mich nicht, was sie im Schilde führen. Ich kann nur hoffen, dass Ihr über mächtige Verbündete verfügt, um Euch dem Verrat Eures Stellvertreters und Eures Feldherrn entgegenzustellen.«

»Keine Angst, werte Lady.« Er legte ihr die Hand auf die Schulter. »Es fehlt mir nicht an Verbündeten. Ich hatte nur gehofft, ich würde ihre Hilfe nicht so schnell benötigen. Dass Larna heimlich Frauen gefangen hält bricht unseren Vertrag mit dem Land und kann zu Krieg führen. Doch bevor ich meine treuen Verbündeten versammle, um in Saroc einzumarschieren, werde ich alle Mittel einsetzen, um Euren Lebensgefährten wiederzufinden, das schwöre ich.«

Er hatte ein politisches Komplott gegen ihn zu bekämpfen und gab trotzdem der Suche nach Riggs den Vorrang. Das sollte er nicht allein auf sich nehmen. Riggs war *ihr* Zugeschworener. Sie würde bei der Suche helfen. »In dem Burghof, wo wir abgesessen sind, müssen wir mit unserer Suche beginnen. Es muss doch jemand gesehen haben, wo sein Onkel ihn hingebracht hat.«

»*Ich* werde *meine* Suche dort beginnen. Es wird mich bei der Suche behindern, wenn ich mir zusätzlich zu dem Ärger mit einem heuchlerischen Feldherrn und einem Stellvertreter, der mir den Thron stehlen will, auch noch um Euch Sorgen machen muss. Ihr bleibt hier, bei Daly und Travis, und mit vier meiner treuesten Männer an den Eingängen. Ihr dürft den Raum unter keinen Umständen verlassen.«

Sie hätte ihm gerne etwas erwidert, biss sich jedoch lieber auf die Zunge. Sein Vorschlag war vernünftig. Was er über Neil und Ari gesagt hatte, hörte sich nicht an, als sei ihre Sicherheit gewährleistet. Chroina schien nicht halb so sicher zu sein, wie Riggs geglaubt hatte.

Riggs. Sie sehnte sich so sehr danach, ihn zu sehen. *Lass ihn nicht tot sein!*

»In Ordnung«, stimmte sie ihm zu. »Nun, dann los mit Euch. Wenn Ihr Riggs findet, habt Ihr einen Verbündeten mehr, und einen starken noch dazu.« Sie winkte ihn eifrig zur Tür, damit er schnell mit der Suche begann, aye, aber auch, weil sie es eilig hatte, Daly zu befragen, der Riggs bei den Stallungen gesehen hatte und vielleicht wusste, wo Neil ihn hingebracht hatte.

Magnus legte die Hand auf die Türklinke. »Ich werde ihn finden, werte Lady. Bleibt hier und habt keine Angst.« Er trat in den Flur hinaus.

»Danke für den Edelstein«, sagte sie, während sie die Tür zuzog.

Er hielt inne. »Gern geschehen«, antwortete er mit einem fahlen Lächeln, dann war er fort.

Erst als sich die Tür geschlossen hatte, erinnerte sie sich daran, dass Neil sie unterbrochen hatte, bevor sie ihre Reaktion auf das Porträt über dem kleineren Thron hatte erklären können. Magnus hatte gesagt, die Ähnlichkeit sei ziemlich stark. Dem stimmte sie zu. Sie war ziemlich stark. Jedoch nicht mit ihr. Nein. Das hübsche Gesicht, das mit gekonnten Pinselstrichen dargestellt war, gehörte einem anderen Highland-Mädel mit kastanienbraunem Haar.

Es war das Porträt ihrer Schwester Seona.

§

RIGGS HATTE DAS Gefühl, endlos zu fallen, bis er auf einer harten Oberfläche aufschlug. Seine Landung ließ ihn nach Atem ringen, doch sie war nicht so unsanft, wie er es erwartet hatte. Das gespenstische rote Licht verschwand, und er fand sich in einer dunklen, engen Steinzelle wieder. Sie entsprach dem, was er erwartet hatte, als Neil ihn zum Kerker hinunter geführt hatte, doch er hatte nicht damit gerechnet, jemals auf dieser Seite der Gitter zu landen.

Durch ein kleines vergittertes Fenster hoch oben in der Wand strömte salzige Luft. Befand er sich in einem anderen Teil von Schloss Glendalls Kerker? Doch Schloss Glendall lag für einen so ausgeprägten Salzgeruch zu weit vom Hafen entfernt. Was hatte Ari gesagt, bevor die Soldaten ihn in dieses sonderbare Licht gestoßen hatten?

»Grüß' Bantus von mir.« Ari hatte mit Neil darüber geredet, ihn nach Saroc zu schicken. War es möglich? Konnte er eine

Wochenreise von Anya entfernt sein, ganz oben an der Nordspitze von Larna? Schon das Erwägen dieser Möglichkeit versetzte ihn in Angst und Schrecken.

Er versuchte, sich aufzusetzen, doch seine Hände waren immer noch auf seinem Rücken gebunden. Es gelang ihm schließlich, sich aufzurichten, indem er die Bauchmuskeln anspannte. Zu schnell. In seinem Kopf pulsierte Schmerz. Er hatte Glück gehabt, von dem Schlag nicht ohnmächtig geworden zu sein. Die Dolchwunde an seinem Hals hatte seinen Kragen mit Blut getränkt, doch sie war nicht allzu tief. Sie würde bis zum Morgengrauen verkrusten. Die nicht physischen Verletzungen würden nicht so einfach heilen. Der Verrat seines Onkels, der nicht nur ihn, sondern auch Magnus betraf. Die Trennung von Anya. Diese Dinge waren wie Messerstiche in den Bauch.

Vor Anstrengung grunzend kam er auf die Beine und stellte sich an das vordere Gitter seiner Zelle. In dem spärlichen Licht konnte er nur mit Mühe erkennen, dass die Wände aus dunkelgrauem, fast schwarzem Stein gebaut waren. Es gab nur einen Ort, an dem schwarzer Stein zum Bauen gebrochen wurde. Im Norden Larnas. Er befand sich in Saroc. In Schloss Blackrock, Bantus' Zuhause.

Ari hatte ihn mithilfe eines Zaubersteins hierher geschickt. Er hatte dafür den Namen eines Gottes der Dunkelheit angerufen.

Mist.

Und Ari war in Chroina. Bei Neil und Anya.

Er brüllte und warf sich mit der Schulter gegen die Gitterstäbe, um sie zu brechen. Sie gaben nicht nach.

Vielleicht konnte er es schaffen, wenn er die Hände frei hatte. Er sah sich in der Zelle nach lockeren oder hervorstehenden Steinen um, mit denen er den Strick durchtrennen könnte. Er machte in dem vergitterten Raum die Runde, konnte jedoch nichts finden, was scharf genug war. Er prüfte den Strick. Er war zu fest gezogen, um sich herauswinden zu können. Und zu dick, um ihn zerreißen zu können. Verdammt.

Aus der Ferne drang ein Rasseln an seine Ohren, wie das Drehen eines Schlüssels im Schloss. Er hielt den Atem an, um zu horchen. Eine schwere Tür bewegte sich kreischend in rostigen Angeln. Dann kamen mehrere Paar Schuhe eine Treppe hinuntergestampft. Wenn er sich nicht täuschte, trugen drei der Männer Schuhe, während der vierte barfuß war.

»Bull, geh vor und bereite das Spielzimmer vor.« Die Stimme war so tief, dass sie beinahe verzerrt klang.

»Ja, Sire.«

Sire? Es musste sich um Bantus handeln. Na wunderbar.

Ein Paar Füße schlurfte den anderen voraus. Die Schritte kamen näher, als »Bull« sich Riggs' Zelle näherte.

Er zog sich in den Schatten zurück, und sah einen Mann in einem ausgeblichenen Kriegskilt und abgetragenen Arbeitsschuhen, der eine Laterne trug, an sich vorbeilatschen. Der Larniersoldat hatte Arme, die so dick wie Baumstämme waren, und einen Brustkorb wie einen Felsbrocken. Riggs verstand, warum man ihn Bull genannt hatte. Der Soldat blickte nicht in seine Richtung. Seine Schritte gingen den Gang entlang und bogen in einen weiteren ein.

Aus der Richtung, die Bull eingeschlagen hatte, tönten kratzende und wimmernde Laute. Es hörte sich an, als kauerten dort mehrere verängstigte Tiere. Das Wimmern erinnerte ihn daran, wie er im Wald von Larna Anyas Schreie gehört hatte.

Es waren die Menschenfrauen. Sie wurden in einer Zelle gefangen gehalten, die nicht weit von seiner entfernt war.

Bulls schwere Schritte hielten inne. »Ja«, sagte er mit seiner kratzigen Stimme, »ihr wisst, was euch erwartet, nicht wahr? Welche von euch wird wohl heute Abend dran sein, was meint ihr? Du, du Hübsche? Ja, du, mit den dicken Titten. Das hoffe ich.« Er grunzte und schlurfte weiter. Riggs hörte, wie er hinter der Zelle der Frauen eine Tür aufsperrte. Dann hörte er nichts mehr als weibliches Gewisper in einer Sprache, die er nicht kannte.

Dieser verfluchte Bastard, der stehengeblieben war, um die Frauen zu verspotten! Danu stehe ihm bei. Riggs schlimmste Befürchtungen über das, was in Larna passierte, fanden vor seinen Augen Bestätigung. Er musste hier rauskommen. Dem ein Ende machen.

Gemächliche Schritte näherten sich aus der Richtung, aus der Bull gekommen war. Drei weitere Männer.

»Irgendwelche Wünsche, die Herren?« Bantus' Stimme.

»Alles, was Euch gefällt, Sire«, antwortete der eine Mann.

»Kann ich mal drankommen?«, fragte ein anderer. »Es ist so lange her, dass ich mich mit einem Weibchen vergnügen konnte.«

»Tss, tss. Hast du immer noch nichts gelernt, Myre? Alle, die sich etwas anderes wünschen als das Vergnügen ihres Königs, kommen an den Balken. Reddick, wenn wir ins Spielzimmer kommen, hängst du ihn auf und ziehst ihn aus.«

»Ja, Sire.«

»Nein! Nicht den Balken! Verzeiht, verzeiht! Ich wünsche mir nichts als Euer Vergnügen, Sire!«

Ein kaltes Lachen. »Zu spät, Myre. Zu spät. Reddick, häng ihn so auf, dass er dem Spaß den Rücken zudreht. Dafür, dass du ein jämmerlicher Arschkriecher bist, verlierst du das Privileg, zuzusehen.«

Spaß. Bantus redete vom Missbrauch von Frauen, als handele es sich um einen Sport. Vielleicht konnte er ihm heute Nacht eine neue Sportart beibringen, um ihn zu unterhalten und die Frauen zu verschonen.

Als die Männer an seiner Zelle angekommen waren, trat er an das Gitter. »Larnierdreck«, spuckte er. »König Magnus hätte euch alle umbringen sollen, als er die Gelegenheit dazu hatte.«

Die Männer blieben stehen. Er hatte sofort raus, wer Reddick und wer Myre war. Reddick war groß und schlank und hatte graumeliertes Stoppelhaar. Er hatte ein zerklüftetes Gesicht und grausam blickende, orangefarbene Augen. Myre trug eine Laterne und einen Schlüsselbund. Er war kleiner, hatte Narben und hielt sich schamerfüllt gebeugt. Der dritte Mann war König Bantus.

Obwohl Riggs zuvor als Spion in Blackstone gewesen war, hatte er nie das zweifelhafte Vergnügen gehabt, dem Schlossherren zu begegnen. Aber er hatte von ihm gehört. Es gingen Gerüchte um, der bleiche König sei so grausam, wie er hochgewachsen sei. Wenn dem so war, musste Riggs sich auf außergewöhnliche Grausamkeit gefasst machen.

Bantus war in einen nagelneuen blauen Kriegskilt gekleidet und maß mindestens zwei Meter. Er war das erste Mal, dass Riggs einem Mann begegnete, der größer war als er. Seine muskulöse Brust war mit hellem Pelz bedeckt. Glattes, silberblondes Haar hing ihm über die Schultern. Er stand mit in den Gürtel gehakten Daumen vor der Zelle und lächelte ihn zähnebleckend an. Wie die meisten Edelleute aus Larna hatte er spitzere, mehr wolfähnlich wirkende Zähne als die Maranner, ein Überbleibsel der von Jilken durch Zauber erwirkten Kreuzung mit Wölfen.

»Seht an, die Herren, wir haben einen neuen Gast.« Die zu tiefe Stimme fühlte sich in Riggs Ohren wie Schlamm an. Er hätte sie am liebsten herausgeschüttelt und nie wieder gehört. Doch das war ihm nicht vergönnt. »Was hast du verbrochen, Soldat? Oder bist du kein Soldat?« Bantus heftete den Blick seiner weißgrauen Augen, die an einen bedeckten Himmel erinnerten, abschätzend auf seine bürgerliche Kleidung. »Hmm, ein Bürgerlicher. Warum sollte Ari mir einen bürgerlichen Maranner schicken?« Er klatschte einmal in die Hände. »Ach, sei's drum, Ich kümmere mich um dein Wohlergehen, sobald ich meine abendliche Unterhaltung hatte. Myre, ich gewähre dir das Vergnügen, Fluffy zu holen, bevor ich dich an den Balken hänge. Bade sie und bereite sie für mich vor.« Die Männer begannen, sich in Richtung der Frauenzelle zu entfernen. Das durfte nicht sein.

Er presste das Gesicht an die Gitterstäbe. »Ist Fluffy eine eurer Wölfinnen?«, rief er ihnen hinterher. »Ich hörte, ihr Larnier seid verzweifelt, weil ihr eure eigenen Frauen nicht halten konntet. Aber musstet ihr euch deswegen gleich mit wilden Tieren paaren?« Er schnaubte spöttisch. »König Magnus hätte euch alle schon vor zwanzig Jahren von eurem Elend erlösen sollen.«

Bantus blieb stehen. Er kam zurück und baute sich vor Riggs auf. »Weißt du, was einen starken Herrscher von einem schwachen unterscheidet?« Er wartete nicht auf Riggs' Antwort. »Ein starker greift nach den Gelegenheiten, die das Schicksal ihm bietet. Ein schwacher vergeudet sie. Weißt du, was dein goldener Löwe ist?«

»Eine tapferer Krieger. Ein weiser Anführer. Ein Mann, den Frauen lieben.« Trotz seiner persönlichen Zwistigkeiten mit Magnus musste er zugeben, dass die Herrschaft seiner Familie nur Gutes für Marann bewirkt hatte. Besonders, wenn man sie mit der Herrschaft von Larnas Herrschern verglich.

»Ein Verschwender. Und weißt du, was ich bin?«

»Ein Wurm. Ein flohverseuchter, mit Scheiße bedeckter – «

»Ein Opportunist«, wurde er unterbrochen. »Magnus wird sich noch vor dem nächsten Vollmond vor mir verneigen. Und du wirst es vor morgen früh tun.« Er schnippte mit den Fingern. »Myre.«

Der kleinere der Männer sprang herbei. Die Schlüssel an seinem Gürtel klingelten. »Ja, Sire.«

Bantus neigte dem Wächter den Kopf zu, ohne die Augen von Riggs zu wenden. »Du kannst von Glück sagen. Ich habe jemanden gefunden, der an deiner Stelle am Balken hängen wird.«

Myres Miene hellte sich auf. Dann zog er die Brauen zusammen. »Was wird mit Fluffy?«

»Lass sie in Ruhe. Vorläufig. Ich muss den Willen eines neuen Haustiers brechen.«

Die Nacht versprach, lang zu werden.

Kapitel 22

EIN BAD WAR das Letzte, worauf Anya momentan Lust hatte, besonders ein warmes, wo sie ihre Beine lieber in kaltem Wasser gekühlt hätte. Doch sie ließ zu, dass ihr der Junge, Travis, beim Entkleiden und in die Sitzwanne half. Er führte seine Aufgaben mit solch sicherer Hand durch, dass kein Zweifel daran bestand, dass er schon lange Ladys bedient hatte. Daly hatte sich diskret zurückgezogen und war mit einem Arm voller Seidenkleider zurückgekehrt, als sie im Wasser saß, das durch reichlichen Zusatz von Parfümölen trüb geworden war. Sie war von dem sonnig-süßen Duft von Orangenblüten umgeben, konnte jedoch auch Vanille- und Fliedernoten in dem Duftcocktail ausmachen. Hätte sie sich nicht solche Sorgen um Riggs gemacht, hätte sie die seidige Textur und den entspannenden Duft des Bads genossen, von der Temperatur abgesehen, die sie beinahe verbrannte und die Schwellung in ihrem linken Knie zum Pulsieren brachte.

Sie hatte keinen Fitzel Kleidung am Leib und hielt ihren Edelstein in der geschlossenen Faust. Nachdem Magnus ihn ihr aus Eifersucht genommen hatte, wollte sie sich nicht mehr von ihm trennen. Außerdem brauchte sie ihn. Als die Fährtensucher sie aus Valeworth entführt hatten, hatte Riggs nach ihr gesucht. Jetzt war sie mit dem Suchen dran. Sie hatte weder seinen Geruchssinn, noch seine Stärke und Ausdauer, doch sie war schlau. Und sie hatte zwei Diener an der Hand. Eins hatte sie gelernt, als sie sich damals zum Schwätzen mit Laird Steafans Dienstboten eingelassen hatte: es gab innerhalb der Mauern einer Burg wenig, was der Dienerschaft entging. Wenn Riggs in Schloss Glendall geblieben war, musste inzwischen ein Diener davon gehört haben.

Ihre Zähne zusammenbeißend, um die Schmerzen zu überspielen, fragte sie Daly: »Du bist jetzt also mein Diener, aye?«

»Ja, Lady Anya«, antwortete er ihr, während er die Kleider in einen weiß emaillierten und mit goldenen Intarsien eingelegten Schrank hängte. Er hatte wie Magnus einen Akzent, der gebildeter klang als Riggs'. Nachdem er die Kleider glattgestrichen hatte, stellte er sich mit den Händen am Gürtel vor sie. »Es ist mir eine große Ehre, Euch zu dienen.«

»Mir ebenfalls«, sagte Travis, wobei er begeistert nickte. Er stellte sich mit einem Krug hinter sie, und begann, ihr Haar zu spülen und mit stark nach Orangenblüten duftender Seife einzuschäumen. Die Massage seiner Finger lenkte sie von den Schmerzen in ihren Beinen ab. Sie hielt den Blick auf Daly geheftet. Er hatte Riggs mit Neil auf dem Burghof bei den Stallungen gesehen.

»*Mir* ist es eine Ehre, vom Kämmerer des Königs und der jüngsten Person auf der Welt bedient zu werden.« Es konnte nicht schaden, ihnen ein wenig Honig ums Maul zu schmieren. »Er hat gesagt, ich könne mich mit all meinen Wünschen an euch wenden.«

Daly hob als vorsichtige Aufforderung die Brauen.

Sie gluckste. »*Och*, ich bin nur auf der Suche nach Hinweisen.«

»Nach welcher Art von Hinweisen, Lady?«

»Ihr habt doch gehört, was der König gesagt hat, aye? Mein Lebensgefährte ist verschwunden.«

Er nickte mit zusammengezogenen Brauen. »Das tut mir leid, Lady. Welch schrecklicher Streich des Schicksals. Ich bin sicher, dass König Magnus alles in seiner Macht Stehende tun wird, um Euch Euren Lebensgefährten zurückzubringen.«

»Er sollte sich um sich selbst Sorgen machen«, sagte sie, wobei sie den Kopf in den Nacken legte, damit Travis ihr Haar spülen konnte. »Erzählt mir von diesem Aufstand. Sein Stellvertreter ist daran beteiligt, aye?«

Travis' Hände erstarrten in ihrem schaumigen Haar.

Dalys Blick flitzte zur Tür, und wieder zurück zu ihr. »Meine Arbeit besteht darin, mich um das Wohlergehen des Königs, und nun das Eure, zu kümmern. Sollten die Ratgeber des Königs sich gegen ihn verschworen haben, bin ich in solche Dinge nicht eingeweiht.« Ihr fiel auf, dass er sich nicht die Mühe gemacht hatte, die Stimme zu senken. Wenn vor der Tür Wachen lauschten, hatten sie ihn deutlich gehört. Er trat näher an sie heran und legte seinen Mund an ihr Ohr. Er roch nach Rasierseife und Nelken und hatte Lachfältchen um die Augen. »Sein Stellvertreter führt eine Partei an, die *Zeugung geht vor* heißt«, sagte er leise. »Habt Ihr davon gehört?«

Sie versuchte, den Kopf zu schütteln, doch Travis war dabei, mit für ein Kind erstaunlich kräftigen Händen ihr Haar auszuwringen. »Nein«, flüsterte sie, »aber ich kann anhand des Namens erraten, was ihr Ziel ist. Aber wäre das nicht auch das Ziel des Königs? Die Zeugung?«

Daly nickte. »Ja, natürlich«, flüsterte er, »doch Magnus hält sich an die alte Vorgehensweise, die von Danu festgelegt wurde. Die Väter müssen bekannt sein, damit das Blut stark und segensreich bleibt. *Zeugung geht vor* will die Lotterie ändern, so dass mehrere Männer innerhalb der gleichen Saison die Zeugungsrechte für eine einzelne Lady gewinnen können.

Interessant. »Das wäre nicht unbedingt hilfreich«, sagte sie, wobei sie darauf achtete, leise zu sprechen. »Wenn das Problem die Frauen betrifft, werden auch größere Mengen an Samen sie nicht schwängern. Und sollte wirklich ein Fluch auf eurem Volk liegen, wäre es nicht klug, das Gegenteil von dem zu tun, was die Göttin befohlen hat.«

Travis ging um sie herum auf die andere Seite. »Das sagt der König auch.«

Sie blickte ihn mit gerunzelter Stirn an. »*Och*, bist du nicht ein bisschen jung, um dich mit Zeugung auszukennen?«

Ihre Frage wurde flüsternd von Daly beantwortet. »Alle reden darüber. Die Kinder bekommen es unweigerlich mit.«

»Ich weiß viel über Zeugung«, flüsterte Travis ernst, während er mit einem weichen Schwamm an ihrem Arm und ihrer Schulter auf und ab strich. »Ich weiß sogar, dass mein Vater nicht der Edelmann war, der zu der Zeit, als ich gezeugt wurde, einen Vertrag mit meiner Mutter hatte, selbst wenn in meinem Geburtszertifikat etwas anderes steht.«

Sie spürte, dass sie die Augen aufriss.

»Ari ist mein Vater«, sagte er, wobei er nicht sehr stolz wirkte. Er hob ihren Arm an, um ihren natürlichen Duft von ihr zu waschen. »Bei *Zeugung geht vor* sind sie der Meinung, dass er der neue König werden soll, weil er ein Kind gezeugt hat, während es König Magnus nicht gelungen ist.« Er war mit der einen Achsel fertig und ging um sie herum, um sich um die andere zu kümmern.

»Aber du bist nicht damit einverstanden.« Das hatte sie seinem Tonfall entnommen.

Er nickte so heftig, dass seine blonden Locken wippten. »Magnus ist ein guter König.«

Das hörte sie immer wieder. Wenn er sich nicht so eifersüchtig gezeigt hätte, als Riggs und sie auf seine Truppe gestoßen waren, würde sie es vielleicht selbst glauben. »Weiß er, dass du von Ari abstammst?«

»Das wissen alle, aber keiner redet darüber. Ich sehe ihm ähnlich, müsst Ihr wissen. Ich habe das Haar meiner Mutter, doch der Rest ist ganz Ari, insbesondere meine Augen.«

Die Augen des Jungen waren von einem an Gewitter erinnernden Grau, das mit helleren grauen Flecken versetzt war, wie ein bedeckter Himmel, bevor die Sonne durchbricht. Sie wusste nicht viel über Ari, aber wenn er diese Augen hatte, musste er umwerfend aussehen. »Wenn Ari mit deiner Mutter zusammen war, obwohl sie einen Zeugungsvertrag mit einem anderen Mann hatte, dann war das doch verboten, oder? Sollte Ari nicht im Gefängnis sitzen?«

Daly sagte: »Man kann diese Dinge schlecht beweisen, zumal Ari zu der Zeit, als Travis gezeugt wurde, in Larna gewesen sein soll. Erst die letzten ein, zwei Jahre hat *Zeugung geht vor* zu flüstern begonnen, Travis sehe Ari ähnlich. Ein Mann kann nur im Gefängnis landen, wenn es Zeugen dafür gibt, dass er sich herausgenommen hat, sich ohne Vertrag mit einer Frau zu paaren, oder wenn der Paarungsgeruch bei beiden festgestellt wurde. Niemand hat sich als Zeuge gemeldet, und es ist viel zu spät, um den Paarungsgeruch riechen zu können.«

»*Och*, was für eine schwierige Situation für Magnus. Hat er auf diese Weise gemerkt, dass Ari sich gegen ihn gewandt hatte?«

Daly nickte. »Ich glaube schon. Es hatte vorher schon Hinweise darauf gegeben, doch ich denke, dass Seine Majestät nicht wahrhaben wollte, dass sein Cousin ihn verraten hatte.« Er richtete sich auf und sagte laut und deutlich: »Lasst Euch aus der Wanne helfen, Lady, und sehen wir, welches dieser Kleider Euch passen könnte. Ich werde selbstverständlich morgen den persönlichen Schneider des Königs holen, damit er Euch eine Garderobe schneidert, die Eurer würdig ist.«

»Einige der Wächter sind auf Aris Seite«, flüsterte Travis, um zu erklären, warum Daly auf einmal wieder laut sprach.

Daly zwinkerte ihr zu und flüsterte: »Der König traut den Wächtern, die er vor der Tür aufgestellt hat, doch man kann nie wissen. Man kann nie wissen.«

Gütiger Himmel, was hatte all dies für Magnus zu bedeuten? Und für sie und Riggs?

Wie es sich anhörte, hatte Ari sich Verbündete erschlichen, um Magnus den Thron zu stehlen. Doch wie hatte er das von Larna aus geschafft? Und, was noch wichtiger war, was hatte all dies mit Riggs zu tun? Warum sollte jemandem daran gelegen sein, Riggs in der Versenkung verschwinden zu lassen? Hatte es damit zu tun, dass er mitgehört hatte, dass die Larnier Menschenfrauen gefangen hielten? Sie hatte auch Einiges mitgehört, und Neil wusste es. Hieß das, dass sie ebenfalls in Gefahr war?

Travis reichte ihr die Hand, die breiter als die eines Kindes war, und half ihr, in der Wanne aufzustehen, während Daly sich im Schrank zu schaffen machte.

Sie erhob sich mit einem Schmerzenslaut und stützte sich schwer auf den Jungen, um aus der Wanne zu steigen. Wasser lief an ihren Beinen hinunter und wurde von einem Schaffell am Kamin aufgesagt. Das Feuer hielt sie warm, während Travis sie mit einem großen Leinentuch trocknete.

Er bemühte sich, sie nicht anzugaffen, doch sein Blick verweilte auf ihren nackten Brüsten. Sie mussten ein sonderbarer Anblick für ihn sein, der sonst nur weibliche Wolfsmenschen badete. Riggs hatte ihr gesagt, sie hätten so viele Haare auf der Brust wie er, und würden ihren Pelz sorgfältig pflegen. Travis musste ihnen dabei geholfen haben, da er regelmäßig den Ladys diente, die in diesem Zimmer wohnten, und mit denen König Magnus Zeugungsversuche unternahm.

Der Gedanke machte sie kein bisschen eifersüchtig. Sie begann, Respekt für Magnus zu empfinden, doch sie hatte keine Lust, sein Bett zu besuchen. Der Gedanke verursachte ihr sogar ein kaltes Gefühl der Angst im Bauch. Als sie sich daran erinnerte, wie er sie und Riggs an jenem Abend behandelt hatte, als er sie gezwungen hatte, seinen verfluchten Vertrag zu unterzeichnen, knirschte sie vor Ärger mit den Zähnen. Ihr den Edelstein zurückgegeben zu haben reichte nicht aus, um ihre Vergebung zu verdienen.

Da sie in diesem Raum festsaß, sah es allerdings so aus, als sei sie für die Suche nach Riggs auf ihn angewiesen. Sie würde jedoch ihren Teil dazu beitragen. Daly und Travis hatten sich äußerst willig gezeigt, über vertrauliche Dinge mit ihr zu sprechen. Es wurde Zeit, ihnen ein paar heikle Fragen zu stellen.

Daly kam mit einem seidenen Gewand zu ihr, das die Farbe reifer Pfirsiche hatte. »Dies ist ein Morgenmantel, meine Lady. Den könnt Ihr zum Abendessen tragen, und während Travis Euer Haar kämmt.«

Sie schlüpfte in das Gewand. Es fühlte sich wie eine sanfte Brise auf ihrer Haut an. »Danke, Daly.« Mit gedämpfter Stimme sagte sie: »Erzähl mir von Neil. Welche Rolle spielt er in dieser Sache? Warum würde er Riggs aus dem Weg haben wollen, und wo kann er ihn hingebracht haben?«

Daly ließ sie vor einem Frisiertisch mit einem kostbaren, in Gold gerahmten Glasspiegel Platz nehmen. Einige der Huren im Freudenhaus benutzten einfache, ovale Messingspiegel, um ihr Rouge aufzulegen und ihr Haar aufzustecken, doch einen solchen Luxus hatte sie noch nie gesehen: ein ganzes Möbelstück, dessen einziger Zweck es ist, sein Spiegelbild betrachten zu können!

Während sie die luxuriöse Einrichtung bestaunte, kauerte sich Travis vor sie hin, um ihr seidene Pantoffeln anzuziehen. Sie waren ihr zu groß, doch sie würden ihre Zehen warm halten.

Daly stellte unterdessen ein Tablett mit verschiedenen Brot- und Käsesorten neben sie.

Sie könnte sich an das Palastleben gewöhnen, überlegte sie, während sie sich ein Stück weichen, weißen Käse in den Mund steckte, aber nicht ohne Riggs an ihrer Seite. Sie würde lieber mit ihrem Zugeschworenen in einer einfachen Hütte leben, als inmitten all dieser Raffinessen, aber mit einem klaffenden Loch im Herzen.

Travis begann, ihr feuchtes Haar zu kämmen, während der Geschmack von würzigem Käse, Salz und Kräutern ihre Zunge verwöhnte. *Och*, sie hatte eine Ewigkeit keinen Käse mehr gegessen! Doch sie wollte sich von dem köstlichen Mahl nicht von ihrer Aufgabe abbringen lassen. Sie nahm sich noch einmal Käse und eine Scheibe Brot, heftete jedoch, eine Antwort erwartend, den Blick auf Daly.

»Ich wünschte, ich wüsste es, Lady«, sagte er. »Ich habe sie im Burghof beieinander stehen sehen, bin aber vor ihnen weggegangen. Ich habe nicht gesehen, wohin sie gegangen sind.«

»Da draußen gab es noch andere Bedienstete«, sagte sie. »Stallburschen und Hausgesinde. Von denen hat bestimmt jemand etwas gesehen.« Zwei Männer, die so groß waren wie Riggs und Neil, der es mit seinem Neffen aufnehmen konnte, entgingen den Leuten nicht, zumal das Gerücht, Riggs habe sie zur Lebensgefährtin genommen, wie ein Lauffeuer durch die Flure von Schloss Glendall gegangen war. »Kannst du Bedienstete zu mir bestellen, damit ich sie befragen kann?«

»Ich glaube, ich weiß, wohin der Feldherr ihn gebracht hat«, sagte Travis.

Sie drehte sich auf ihrem Sitz zu ihm um und sah, dass der Junge zu Daly hinüberschielte, während seine Wangen sich röteten.

Daly wirkte verblüfft.

»Wo?«, fragten sie und Daly gleichzeitig.

Travis räusperte sich. »Es gibt da einen Raum im alten Teil des Schlosses, unten im Kerker.« Er drehte ihr sanft das Gesicht zum Spiegel und fuhr fort, ihr Haar mit dem Kamm zu entwirren. »Ich sehe Wächter und Edelmänner dort hineingehen. Alle, die dort hingehen, gehören zu *Zeugung geht vor.* Sie bleiben eine Stunde lang drin und kommen mit einem Lächeln wieder raus. Manchmal höre ich dort drinnen Leute lachen. Oder – «, er schluckte. »Schreien, aber nicht so, als hätten sie Angst. Manchmal hört es sich an, als hätten sie Frauen dort drinnen, doch ich habe keine der Ladys hineingehen oder herauskommen sehen. Ein paar Mal habe ich, glaube ich, meine Mutter dort drinnen gehört.«

Sie tauschte einen Blick mit Daly. Was Travis da beschrieb, klang nach einem Freudenhaus. Bei diesem Raum konnte es sich um den Ort handeln, an dem die Anhänger von *Zeugung geht vor* ihre Ideen umsetzten, und das alles hinter Magnus' Rücken.

»Woher kennst du diesen Raum?«, fragte Daly.

»Ich und ein paar andere Welpen gehen gerne die Tunnel erforschen.« Sie sah Daly im Spiegel nicken, als wüsste er, von welchen Tunneln der Junge sprach. »Es gibt Gänge außerhalb der Tunnel, die oberhalb der unteren Flure verlaufen. Man kann in ihnen nur kriechen. Es gibt Gitterroste, durch die man hinein- und herauskommt. Einer der Gitterroste liegt über der Tür zu diesem Raum. Dort stehen immer Wachen. Der Feldherr geht oft hin.«

Ein dumpfer Schlag an die Tür ließ sie alle in ihre Richtung blicken. Sie hörten Männerstimmen. Sie wurden lauter.

Travis' Hände klammerten sich an den Kamm.

Vor der Tür rief jemand etwas. Dann hörte man zwei sich kreuzende Schwerter.

Daly nahm sie beim Arm und zog sie von ihrem Sitz. »Hier entlang, Lady.« Er führte sie zu der Tür, die zu Magnus' Gemächern führte.

»Was ist los?«

»Ich weiß es nicht, aber der König hat mir genaue Instruktionen erteilt, was zu tun sei, wenn es Aufruhr an der Tür gebe.« Er sprach dringlich und flüsterte nicht mehr. »Führe sie durch die Tunnel zum Nordflügel, Travis.« Er öffnete die Tür zu

Magnus' Gemächern. Zu ihr sagte er: »Ihr müsst Euch in der Vorratskammer verbarrikadieren und niemandem als Seiner Majestät öffnen.« Zu Travis sagte er: »Sobald du sie in die Vorratskammer gebracht hast, gehst du zum König. Du erzählst ihm von dem Raum im Kerker und zeigst ihn ihm.« Er schob sie durch die Tür. Bevor er sie schloss, sah sie Stahl in seiner Hand aufblitzen. *Och*, hatte der betagte Kämmerer etwa vor, zu kämpfen, um ihr Zeit zum Fliehen zu geben?

Sie wollte protestieren, doch Travis zog sie an der Wand eines luxuriös eingerichteten Wohnraumes entlang. In der Mitte der Wand hob er einen Wandteppich an und drückte auf einen Stein. Ein Durchgang öffnete sich mit einem Geräusch von Stein, der auf Stein reibt. In dem Raum, den sie gerade verlassen hatten, waren Kampfgeräusche zu hören.

»Kommt Lady, macht schnell!« Travis zog an ihrer Hand.

Sie humpelte hinter ihm her, so schnell ihre Beine sie trugen, doch sie brannten nach dem Bad wie Feuer. Im Tunnel war es stockdunkel, doch Travis schien seinen Weg zu kennen. Nach einigen Minuten machten ihre Beine nicht mehr mit.

»Ich kann nicht weitergehen«, keuchte sie.

Hinter ihnen hallten Männerstimmen.

»Ihr müsst«, antwortete Travis. »Schnell!« Er zog sie mit sich, bis ihre Muskeln sich verkrampften und ihr linkes Knie einknickte.

Sie stieß einen Schrei aus.

»Da!«, rief ein Mann. »Habt ihr das gehört?«

»Mit ihren Beinen wird sie nicht weit kommen«, sagte ein anderer. »Beeil dich.«

Sie kamen immer näher. Und sie hatten Recht. Sie konnte nicht weiterrennen. Sie konnte noch nicht einmal laufen, bis sie sich um ihre Beine gekümmert hatte.

»Geh«, drängte sie Travis. »Mach, dass du fortkommst! Geh zu Magnus und berichte ihm, was hier los ist.«

»Ich lasse Euch nicht allein.«

»Du musst es tun.« Die rennenden Schritte der Männer hatten sie beinahe eingeholt. »Mach schnell«, flüsterte sie. »Keine Widerrede. Geh.«

Travis drückte ihre Hand und ließ sie, Sekunden bevor die Männer da waren, gehen. Das Getrampel der Männer erstickte das leise Huschen des Jungen, als er davonlief.

»Ich liege am Boden«, rief sie den Männern zu. Sie blieben vor ihr stehen. »Tretet nicht auf mich. Könnt ihr mir vielleicht beim Aufstehen helfen?« Sie streckte die Hand aus.

Einer der Männer nahm sie beim Handgelenk und zog sie hoch.

»Falls ihr vorhabt, mich irgendwohin zu bringen, müsst ihr mich tragen. Für heute bin ich genug gelaufen.«

»Mit Vergnügen, Lady«, antwortete der Mann, der ihr Handgelenk hielt. Große Hände legten sich um ihre Taille und hoben sie hoch.

Sie fühlte sich genötigt, ihm den Arm um den Stiernacken zu schlingen, dessen Behaarung über seinen Kragen quoll. Vielleicht wussten diese Männer, wo Riggs war. Sein Wohlergehen war ihr wichtiger als ihr eigenes. Wenn es ihn retten konnte, würde sie sich freudig opfern.

»Ich werde tun, was ihr verlangt. Doch wenn ich herausfinde, dass ihr meinem Lebensgefährten Schaden zugefügt habt, steche ich euch mit euren eigenen Dolchen die Augen aus.«

Die beiden Männer feixten.

»Die Beine funktionieren nicht, der Kopf dafür umso besser«, sagte der Mann, der sie trug.

»Was wird Ari mit ihr anfangen?«

Der Mann, der sie in den Armen hielt, zog die Schultern hoch. »Das werden wir sehen. Kommt, Lady. Wir bringen Euch zu dem Mann, der ab morgen früh der König von Marann sein wird.«

§

TRAVIS DRÜCKTE SICH an die Wand des Tunnels, atmete geräuschlos und verschmolz mit der Dunkelheit.

Zwei Wachen hatten Lady Anya gefunden. Sie rochen nach frischem Blut. Er machte sich Sorgen um Mr. Daly. Der alte Diener schickte sich an, zu kämpfen, als Travis Lady Anya in die Tunnel gezogen hatte. Er hoffte, dass ihm nichts passiert war. Wer würde sich um den Haushalt von Schloss Glendall und um König Magnus kümmern, wenn dem Kämmerer etwas zustieß?

Er erkannte die Stimmen der Wachen. Von seinem Versteck in den Kriechgängen aus hatte er diese beiden Männer miteinander reden hören, während sie den Raum bewachten, von dem er Lady Anya und Mr. Daly erzählt hatte. Jetzt im Tunnel war es so dunkel, dass er sie nicht sehen konnte – das war gut so, da es hieß, dass sie ihn ebenfalls nicht sehen konnten. Doch er erinnerte sich an ihr Aussehen. Sie gehörten *Zeugung geht vor* an. Genau wie sein Vater. Ari.

Sie hatten gesagt, er würde ab morgen der König von Marann sein. Das hieß, dass sie für die heutige Nacht etwas geplant hatten. Er musste den König warnen. Doch zunächst würde er den Wachen folgen, um herauszufinden, wohin sie Anya verschleppten. Er hatte das ungute Gefühl, zu wissen, wohin sie gingen. Er hoffte, sich zu täuschen.

Kapitel 23

RIGGS HATTE NOCH nie solche Schmerzen erlebt. Bull und Reddick hatten ihm den Strick von den Handgelenken geschnitten, doch nur, um ihn durch eiserne Handschellen zu ersetzen. Die Handschellen waren aneinandergeschweißt, so dass seine Handgelenke überkreuz lagen. Eine schwere Kette verlief von den Fesseln zu einem Ösenhaken von der Größe einer Wagenachse, den jemand in einen dicken Holzbalken in den Dachsparren geschraubt hatte. An dieser Kette hing er nun. Seine Füße erreichten den schmutzigen Boden kaum, und sein nackter Rücken stieß gegen eine feuchte Mauer aus schwarzem Stein. Fußfesseln hinderten ihn daran, seine Peiniger zu treten. Er war aufgehängt wie ein ausgeweidetes Schwein, und kurz davor, das Bewusstsein zu verlieren.

Noch mehr Blutverlust und noch ein paar Verbrennungen mit Bantus' Glüheisen, und er würde in Ohnmacht fallen. Dann würde Bantus seine Aufmerksamkeit zweifellos seinen anderen »Haustieren« zuwenden, den Frauen, die er in der anderen Zelle gehört hatte. Nach der schmutzigen Matratze auf einer Pritsche an der Wand zu urteilen, vergnügte Bantus sich mit den Frauen auf noch abscheulichere Weise.

Er musste durchhalten. So lange, wie er konnte. Solange Bantus mit ihm spielte, verletzte er die Frauen nicht.

Wenn es in diesem von Danu verlassenen Kerker nur nicht so wahnsinnig heiß wäre! Am anderen Ende des Raums, der eine hohe Decke hatte, knisterte fröhlich ein Feuer. Dort brachte Bantus gerne seine Eisen zum Glühen. Er hatte auch einen Wasserkessel, der über dem Feuer hing. Riggs erschauderte bei dem Gedanken, was er damit machen würde, wenn das Wasser erst kochte.

Lass mich derjenige sein, den er damit verbrühen will, und nicht eine der Frauen!

Sein Kopf hing vor Erschöpfung herunter. Schweiß brannte in seinen Augen. Die erstickende Hitze führte ihn in Versuchung, dem dunklen Vergessen der Bewusstlosigkeit nachzugeben.

Bantus' nackte Füße kamen in sein waberndes Blickfeld. Welche Tortur hielt er jetzt für ihn bereit? Was auch immer, er würde die Zähne zusammenbeißen und sie aushalten. Um die Frauen zu verschonen, würde er sie aushalten.

Beim Mond, er hoffte, dass Anya in diesem Moment bei König Magnus in Sicherheit war und nie etwas erleben musste, das auch nur halb so trostlos war wie dieser Kerker.

Er hob den Kopf, um Bantus in die Augen zu blicken. »Hoffentlich hast du etwas parat, mit dem ich meine Zeit nicht vergeude, du königliches Stück Scheiße. Hör auf, hier herumzuspielen und mich zu kitzeln.«

Bantus grinste. »Oh, ich fange gerade erst an, Maranner. Ich habe vorhin keine leeren Versprechen gemacht. Du wirst dich noch vor morgen früh vor mir verneigen und mich Eure Majestät nennen.« Er machte eine Pause und strich sich den Bart. »Ich glaube, es wird Zeit, dir ein paar Zähne zu ziehen. Myre. Bring mir die Zange.«

Myre brachte die Zange.

Bantus ließ sie vor Riggs Gesicht zuschnappen. »Weißt du, wie man den Willen eines Mannes am gründlichsten bricht? Du denkst, indem man ihm die Eier abschneidet. Da irrst du dich aber. Zuerst brichst du ihm die Zähne aus, damit er kein Fleisch mehr essen kann. Dann schneidest du ihm die Zunge ab, damit er kein Brot mehr essen kann. Dann seine Hände und Füße, damit er nicht mehr arbeiten kann. So macht man einen Mann gefügig. Wir werden sehen, wie weit ich mit dir komme, bis du mir Treue schwörst.«

Sein Mund wurde vom bitteren Geschmack der Angst überflutet. Doch er warf sich entschlossen in die Brust. »Ich werde dir nie Treue schwören. Du bist ein Schandfleck auf dem Antlitz der Erde. Du hast dein Land in den Ruin geführt und zerstörst alles, was du berührst.« Er brachte genügend Kraft auf, um Bantus mitten auf die Brust zu spucken. Das würde wahrscheinlich sein letzter Sieg bleiben.

Bantus' Miene verfinsterte sich. »Halt ihm den Kopf, Bull.«

Danu, gib mir Kraft. Sende den Frauen Hilfe. Sorge an meiner Stelle für Anya.

§

SOBALD DIE WACHEN Anya durch die Eisentür trugen, wusste sie, wo sie war. Es musste der Raum sein, in dem Travis Männer und Frauen ficken gehört hatte. Die ehemaligen Zellen waren mit ausgefallenen Betten und Liegen, die mit feinem Linnen und Pelzdecken ausgestattet waren, in 'Vögelzimmer' umgewandelt worden. Mit Vorhängen konnte man sich den Blicken entziehen. An den Wänden hingen Teppiche, die den steinernen Raum zu einem warmen und gemütlichen Ort machten. Öllampen spendeten sanftes Licht.

Neil ging vor einer der offenen Zellen auf und ab und hörte einem Mann zu, der mit einem roten Plaid bekleidet war und sein schwarzes Haar im Nacken gebunden trug. Der ihr unbekannte Mann stand an einem Bett und rieb den Rücken einer stattlichen Frau, die einen smaragdgrünen, seidenen Morgenmantel trug, der Anyas ähnelte, aber mit Spitze verziert war. Die Frau saß mit verschränkten Armen auf dem Bett. Ihr Kleid klaffte genügend, dass Anya den blonden Pelz sehen konnte, der die großen Brüste der Frau bedeckte. Die drei schienen in eine Art Besprechung vertieft zu sein.

»Hier ist sie«, sagte der Wächter, der sie trug. »Wo willst du sie hin haben?«

Der Mann und die Frau sahen auf.

Neil ließ das Auf- und Abgehen sein und baute sich vor ihr auf. Sein Mund formte eine grimmige Linie.

»*Och*, ich bin doch kein verdammtes Möbel! Setz mich ab, du plumper Tollpatsch!«

Der Wächter schnaubte und stellte sie auf die Füße. Ihre Beine versagten ihr beinahe den Dienst, doch sie biss die Zähne zusammen, hielt das rechte Knie steif und verlagerte ihr ganzes Gewicht auf ihr stärkeres Bein. Sie schloss die Hand fest um ihren Edelstein. »Was hast du mit Riggs gemacht?«, fragte sie Neil.

Seine Wangenmuskeln zuckten. Seine waldgrünen Augen glühten vor Ärger, doch sie hatte das Gefühl, er sei nicht gegen sie, sondern gegen den anderen Mann gerichtet. »Das werdet Ihr gleich herausfinden«, antwortete er bissig. »Es tut mir leid, Lady. Ich wünschte, wir könnten es anders machen.«

»Was anders machen?«

»Soll sie das Weibchen sein, das Magnus zur Königin machen wollte?« Die Frau erhob sich in einer fließenden Bewegung vom Bett. Sie war beinahe so groß wie der Mann mit dem dunklen Haar, der zwar kleiner als Neil, für einen Wolfsmenschen jedoch wahrscheinlich von durchschnittlicher Größe war. Sie schnallte den Satingürtel ihres Gewandes fest, glitt elegant um Neil herum und blickte an ihrer schlanken, gerümpften Nase entlang auf Anya hinab. »Ich finde, dass sie dem Porträt nicht ähnelt. Ich dachte, sie sei größer. Und hübscher.« Der Blick ihrer smaragdgrünen Augen wanderte über ihre Narben.

Der dunkelhaarige Mann trat zu ihr und legte ihr die Hand auf die Schulter. »Macht Euch wegen ihr keine Sorgen, Di. Sie wird bald fort sein. Auf dem zweiten Thron wird keine andere sitzen als Ihr, und zwar schon morgen. Ich schwöre es.«

Di musste die Kurzform von Diana sein. Sie war die jüngste Wolfsfrau. Travis' Mutter. Und der dunkelhaarige Mann musste Ari sein, der Mann, der Magnus' Thron erobern wollte. Es sollte anscheinend heute Nacht stattfinden.

»Ich habe von dir gehört«, sagte Anya zu Diana. Sie betrachtete ihren flachen Bauch. »Ich dachte, du seist schwanger. Heißt es nicht, du seist die fruchtbarste Frau der Welt? Wie lange ist es her, elf Jahre, seit du das letzte Kind bekamst?«

Dianas Hand flog. Neil fing sie ab, bevor sie Anya ohrfeigen konnte.

»Ihr werdet die Hand nicht gegen sie heben«, knurrte er. Mit einem traurigen Blick auf Anya fügte er hinzu: »Sie wird in Bantus' Händen noch genug Gewalttätigkeit erleben. Versprich mir, dass sie die Letzte sein wird.« Er sah Ari an.

»Sie wird die Letzte sein«, sagte Ari. »Unser Handstreich wird heute Abend stattfinden. Dann wird alles zu Ende sein.«

»Wirst du diese Frauen aus Larna befreien, wenn du auf dem Thron sitzt?« Neil sprach von den Menschenfrauen.

»So schnell wie möglich. Sobald wir die Loyalisten unterworfen haben, werden wir Bantus nicht mehr als Verbündeten brauchen.«

»Es wird keinen Grund geben, ihn am Leben zu lassen«, sagte Neil entschlossen nickend.

«Worauf wartest du?«, fragte Diana, sich an Ari heranschleichend. »Nimm Kontakt zu Bantus auf. Es sollte mich wundern, dass er dieses neue Geschenk annimmt. Vielleicht solltest du nicht damit rechnen, dass er heute Abend durchkommt, wenn er diese Narben sieht...«

Diana redete, als wollten sie sie zu König Bantus schicken und hätten ihm bereits andere Frauen geschickt, um ein Bündnis mit Larna zu erkaufen. Doch wie sollte das möglich sein? Wie konnte Ari hier sein, wo er doch in Larna sein sollte? Sie musste etwas falsch verstanden haben. Sie drückte den Edelstein. Vielleicht funktionierte er nicht richtig.

»Er wird herüberkommen.« Ari zog einen gezackten blutroten Edelstein aus seiner Felltasche. »Bei der Macht von Hyrk und zu seiner Ehre, öffne eine Tür zu Bantus dem Grausamen.«

Ein rotes Licht breitete sich vor ihnen in der Luft aus und begann, sich zu drehen. Es sah aus wie ein auf der Seite liegender Wirbelsturm.

Anya machte einen Satz zurück und fand sich in den Armen eines Wächters wieder. »Was zum Teufel ist das?«

Niemand antwortete ihr. Der wahnsinnige Wirbelsturm wuchs an, bis er eine ovale Form angenommen hatte und so breit wie eine Tür war. Die Mitte des Ovals wurde zu einer schimmernden Oberfläche, die an einen sich sanft kräuselnden schottischen See erinnerte. Das Bild eines Mannes wurde sichtbar. Es war ein großer Mann mit fahlem, langem Haar. Er trug ein Plaid in einer dunklen Farbe – man konnte sie nicht gut erkennen, bei all dem Rot. Er stand halb von ihnen abgewandt und wirkte überrascht. Er hielt eine Art Werkzeug in der Hand, als sei er im Begriff, ein Feuer zu schüren. Seine Hände und Arme waren mit einer dunklen Flüssigkeit besprenkelt.

Konnte es sich um König Bantus handeln? War dieses Oval eine Art Fenster, durch das man nach Saroc blicken konnte? Sie hatte in Gravois' Lager Zauberkunst kennengelernt, doch das hier fühlte sich anders an. Ein leichter Wind bewegte ihr Haar wie das Kratzen einer knochigen Hand. »Dies ist etwas Böses«, sagte sie. »Ihr tut etwas Böses.«

Diana verdrehte die Augen. »Beim Mond!«, murrte sie, wobei sie Neil mit dem Ellenbogen anstieß, »Hoffentlich nimmt Bantus sie mit.«

Neil beachtete Diana nicht. Er starrte zähneknirschend in das Oval. Etwas darin machte ihn noch wütender, als er es bereits gewesen war.

Ari begann, mit dem Mann in dem Oval zu reden, doch dieser schnitt ihm das Wort ab.

»Es ist nicht der richtige Zeitpunkt, Ari. Ich bin mit dem neuen Haustier beschäftigt, das du mir geschickt hast. Komm später wieder.« Die Stimme des Mannes klang so tief, dass sie eine Gänsehaut bekam.

»Es ist an der Zeit, Eure Abmachung einzuhalten, Eure Majestät«, antwortete Ari. »Holt Eure zweihundert Männer zusammen. In genau einer Stunde öffne ich eine Tür zu Eurem großen Saal.« Aye. Es handelte sich um Bantus den Grausamen, den König, den Riggs aus tiefster Seele hasste, der Wolfsfrauen missbraucht hatte, von Magnus unterworfen worden war und von dem widerwärtigen König Jilken abstammte.

Sie hatten vor, sie diesem abscheulichen Kerl auszuliefern.

Sie wurde von Furcht ergriffen. Sie versuchte, sich aus den Armen des Wächters zu befreien, doch er hielt sie fest. »Ihr seid ja alle verrückt!«, schrie sie. »Lass mich los!« Sie wollte das rote Oval nicht betreten. Der Wächter hielt ihr mit seiner fleischigen Hand den Mund zu und drückte so fest, dass sie ihn noch nicht einmal beißen konnte.

Bantus bewegte sich in dem Oval, wodurch eine Gestalt hinter ihm sichtbar wurde. Ein breitschultriger Mann, der an den Handgelenken aufgehängt war. Von seinem eingefallenen Gesicht tropfte eine dunkle Flüssigkeit. Der Mann hatte schwarzes, lockiges Haar. *Riggs!* Dorthin war er also verschwunden! Er war in den Händen des Königs von Larna!

Hatte Ari ihn durch dieses Oval geschickt? Lebte er überhaupt noch? So, wie er da hing, war sie sich nicht sicher. *Och,* sie war sich nicht sicher.

Sie schrie und schlug nutzlos um sich. Sie musste etwas unternehmen, war jedoch völlig hilflos. Wo steckte Magnus? Dieses Schloss gehörte verdammt noch mal ihm. Wusste er denn nicht, was für böse Dinge unter seinen Füßen vor sich gingen?

Sie sah zu Neil hinüber, doch er wich ihrem Blick aus. Er wandte sich von dem Oval ab und hörte mit dem Herumtigern auf. *An dieser Situation bist du schuld!*, wollte sie ihn anschreien. *Du hast deinen Neffen diesem Ungeheuer ausgeliefert!*

»Du hast gesagt, der Umsturz würde nach der Lotterieziehung stattfinden«, sagte Bantus. »Die ist erst nächste Woche!«

»Genaugenommen übermorgen«, antwortete Ari. Die beiden stritten wie zwei blöde fette Hennen, während sie mit dem Wächter kämpfte. »Aber ich habe vor, schon morgen früh auf dem Thron zu sitzen. Magnus hat von unserem Abkommen gehört. Er ist dabei, seine Verbündeten zusammenzurufen. Wenn wir nicht schnell machen, riskieren wir, in der Minderheit zu sein. Dein neues Spielzeug kann warten.«

Bantus reichte das Werkzeug an jemanden weiter, der außerhalb des Rahmens stand. Er strich sich den Bart. »Nun, mein neues Haustier ist mir gerade in Ohnmacht gefallen. Und das, nachdem ich ihm einen einzigen Zahn gezogen habe. *Tss, tss.* Von diesem hier hatte ich Besseres erwartet. Ich denke, ich kann nach dem Umsturz damit weitermachen, seinen Willen zu brechen. Aber es wird dich etwas kosten. Was hast du mir anzubieten?«

»Du meinst, abgesehen von Magnus, den du noch vor Sonnenaufgang an deinen Balken hängen kannst? Was hältst du hiervon?« Ari zog sie aus dem Griff des Wächters und hielt sie vor sich an seine Brust gepresst, wobei er ihr mit dem Arm die

Kehle zudrückte. Er drückte so fest, dass sie ihn nicht mit Worten bestrafen konnte, wie er es verdiente.

Bantus beäugte ihre Narben. »Mit der hat bereits jemand gespielt.«

»Ja. Deine eigenen Männer. Sie ist die Frau, die dieser Maranner hinter dir gefunden hat, als er unerlaubt dein Land betrat. Das stimmt doch, Neil?«

»Lass mich da raus«, knurrte Neil.

Bantus hob die Brauen. »Er hat mein Land betreten?« Er drehte sich um und boxte Riggs so fest in den Bauch, dass die Kette, an der er hing, erzitterte. Riggs reagierte nicht.

Es brachte sie um, dabei zuzusehen, wie er misshandelt wurde. Sie versuchte, seinen Namen zu rufen, doch Aris Griff erstickte sie.

»Das wirst du mir büßen, Maranner«, teilte Bantus ihrem bewusstlosen Zugeschworenen mit. »Niemand betritt ungebeten mein Land. Niemand. Und niemand stiehlt mir Frauen.« Er kreischte, bis ihm die Stimme versagte. Er war wahnsinnig. Gütiger Himmel, Riggs war in den Händen eines Wahnsinnigen, und sie würde ihm bald folgen.

Och, das war genug. Sie spürte Wut in sich aufwallen wie kochendes Wasser. Sie drehte den Edelstein in ihrer Hand und bohrte seine Spitze in Aris Unterarm.

Er ließ mit einem Schrei ihren Hals los.

Sie wirbelte zu ihm herum, packte seinen Schwanz und seine Eier und vollzog eine fiese Drehung. Sie versuchte regelrecht, sie ihm sauber vom Körper abzudrehen.

Er winselte und krümmte sich.

Bevor sie ihm noch mehr antun konnte, waren die Wachen da und zogen sie von ihm weg.

»Riggs! Wach auf, Riggs!« Sie kämpfte gegen die Wächter an, bis sie wieder in das Oval blicken konnte.

Riggs bewegte sich nicht. Das war unerträglich!

»Magnus! Hilfe! Hilfe!« Sich an Valeworth erinnernd, schrie sie so laut, wie sie nur konnte.

»Bringt sie zum Schweigen!«, kreischte Ari, so dass ein Wächter ihr den Mund zuhielt, bevor ihr Schreien etwas bewirken konnte.

Aris Gesicht war rot angelaufen. Er konnte nicht aufrecht stehen. Das war das Mindeste, was er verdient hatte. Sie hoffte, er könne sich nie wieder aufrecht halten. Jetzt rieb Diana *ihm* den Rücken, während sie Anya mit Blicken erdolchte.

Bantus, in dem ovalen Rahmen, krümmte sich ebenfalls, doch nicht vor Schmerz. Er lachte. Amüsierte sich köstlich.

»Dem Gerücht zufolge sind diese beiden Lebensgefährten«, presste Ari hervor. »Wenn du wirklich seinen Willen brechen willst, brauchst du sie nur zu ficken, während er zusieht.« Während er das sagte, warf er ihr einen Blick zu. Rache.

Neil stürmte aus dem Kerker. Feigling. Er war der Feldherr. Es stand in seiner Macht, dem hier ein Ende zu setzen.

»Doch das wird warten müssen«, sagte Ari, der sich mit den Händen auf die Knie stützte. »Zweihundert Mann. In deinem großen Saal. In einer Stunde. Sobald ich Magnus' Krone habe, kriegst du das Weibchen und kannst dich mit deinen Spielchen an ihr austoben.«

»Schick sie jetzt rüber, sonst kannst du auf Larnas Hilfe verzichten.« Bantus' Augen glühten vor Erregung.

»Dazu fehlt die Zeit«, stieß Ari wütend hervor.

»Ich will sie jetzt!« Bantus stampfte mit dem Fuß auf.

»Gib mir dein Wort, dass du die zweihundert Mann bereitstellst.«

»Für diesen letzten Anblick gehe ich sogar auf zweihundertfünfundzwanzig hoch.«

Ari nickte dem Wächter zu. Bevor sie wusste, wie ihr geschah, wurde sie in das Oval gestoßen. Sie fiel. Und fiel. Zu tief. Dann schlug sie auf hartem Boden auf.

Die Luft veränderte sich. Sie war auf einmal feucht und glühend heiß. Das Geräusch eines knisternden Feuers füllte ihre Ohren. Sie wurde von großen Händen hochgezogen.

Von ihrem Sturz verwirrt, blinzelte sie und blickte in ein Augenpaar, das so bleich war, dass es sie an Schnee erinnerte. Bantus.

Er schnupperte an ihr und grinste zähnefletschend. »Frisch gebadet. Einwandfrei. Sperr sie zu den anderen, Reddick, während ich meine Generäle zusammenrufe. Myre, du machst das Bett und weckst den Grenzverletzer auf. Bull, du kommst mit mir. Und was dich angeht, mein neues Haustier«, wandte er sich an sie, »werde ich schnell zurück sein. Mir bleibt nur eine Stunde bis zum Kampf. Wenn du mich gut befriedigst, bringe ich dir den Kopf eines Königs mit.« Er küsste ihre vernarbte Wange und überließ sie einem seiner Männer. Sie war so verängstigt, dass ihr keine passende Antwort einfiel.

Während der zweite Mann sie aus dem Kerker trug, spähte sie über seine Schulter zu Riggs hinüber. Er hob den Kopf, gerade genug, dass sie sehen konnte, wie zerschlagen sein Gesicht war, und dass seine Lippen blutbefleckt waren. Seine Nasenflügel bebten, als er einatmete. Er öffnete die Augen und blickte sie an.

Dann versperrte die Tür ihm die Sicht.

Ihr Herz klopfte wild. Sie hatte Riggs gefunden, doch die anderen waren in der Überzahl. Sie waren Gefangene. Haustiere. Einem wahnsinnigen König ausgeliefert.

Reddick, der Mann, der sie trug, sperrte eine verriegelte Tür auf, stellte sie auf die Füße und schob sie hindurch. Sie stemmte die Fersen in den Boden, womit sie lediglich erreichte, dass er ihr einen Stoß versetzte, so dass sie auf allen Vieren landete.

Die Tür schloss sich hinter ihr, und Reddick stolzierte davon und ließ sie in einer Zelle zurück, die nach Pisse und getrocknetem Blut roch und einzig von dem spärlichen Licht erhellt wurde, das aus dem verfluchten Kerkerraum hereinsickerte. Jetzt konnte sie nicht mehr anders. Sie begann zu weinen.

»Schscht, beruhige dich, Mädel. Es wird nur noch schlimmer für dich, wenn du sie deine Tränen sehen lässt.«

Die sanfte Altstimme ließ sie aufhorchen. Sie war ihr schmerzlich vertraut. »Seona?«

Jemand schnappte nach Luft. »Anya? Bist du das?«

»Aye.« Ihre Stimme zitterte.

Sie wurde von Armen umschlossen, die dünner waren, als sie sie in Erinnerung hatte. Nichts als Haut und Knochen.

Sie schlang die Arme um den zum Skelett abgemagerten Körper ihrer Schwester. Es zerriss ihr das Herz, ihre hervorstehenden Rippen und Wirbel zu spüren. Sie weinte noch heftiger. Sie wollte ihre Schwester drücken, befürchtete jedoch, ihr weh zu tun.

»Schscht, Anya, schscht«, wisperte Seona eindringlich. »Es war mir ernst. Sie dürfen dich nicht weinen sehen.«

Sie unterdrückte ihr Schluchzen und brachte ihr rasendes Herz unter Kontrolle. Sie hielt ihre Schwester auf Armlänge von sich und blickte ihr in die Augen, die von einem helleren Braun waren als ihre, jedoch die gleiche Form hatten. Sie waren eingesunken und von violetten Schatten umringt. Die arme Seona war am Verhungern.

Sie berührte das Gesicht ihrer Schwester, um sich zu vergewissern, dass sie es wirklich war. Sie fühlte einen rauen Fleck auf ihrer Wange.

Seona umklammerte Anyas Hand, die an ihrem Gesicht lag. »Das ist sein Brandmal«, sagte sie mit traurigem Blick. »Wir tragen es alle.« Sie zeigte hinter sich und Anya sah, dass mindestens ein Dutzend Augenpaare den Blick auf sie und Seona hefteten. Die Menschenfrauen. Sie hatte sie gefunden. Sie hatte ihre Schwester gefunden. Und sie konnte nichts tun, um zu helfen. »Du wirst das Mal auch tragen. Er wird es dir einbrennen, bevor er dich fickt. Es tut verdammt weh, aber es wird heilen, liebe Anya. Es wird heilen.«

Meinte sie damit das Brandmarken oder das Ficken? Anya erschauderte. Manche Dinge heilten nie. Sie fürchtete, dass diese Frauen Narben trugen, die nichts mit Bantus' Brandmal in Form eines Pfotenabdrucks zu tun hatten. Danach zu urteilen, dass Seona zu Boden blickte, als sie sie zu trösten versuchte, war sie innerlich gebrochener, als sie es je zugeben würde.

Anya nahm sich vor, Bantus zu töten. Für Seona. Für die anderen Frauen. Für Riggs. Sie wusste noch nicht wie, doch sie würde einen Weg finden. Selbst wenn es den Rest ihres Lebens im Elend dieser Zelle in Anspruch nehmen würde, würde sie verdammt noch mal einen Weg finden.

Kapitel 24

ANYA SAß ARM in Arm mit Seona auf dem kalten Steinboden. Diese Frau, deren Stirn sich an ihre presste, war ihre Schwester, doch sie erkannte sie nicht wieder. Ihre Augen blickten nervös. Sie weigerte sich, von den schrecklichen Dingen zu sprechen, die ihr wahnsinniger Entführer ihr angetan haben musste, wie Anya befürchtete. Sie antwortete nur auf die einfachsten Fragen, und selbst diese Antworten musste sie ihr Wort für Wort aus der Nase ziehen.

Seit Reddick Anya in diese Zelle gesperrt hatte, war ungefähre eine halbe Stunde verstrichen, und alles, was sie herausbekommen hatte, war, dass Seona von einem Mann, dessen Beschreibung zu Ari passte, aus dem Freudenhaus in Thurson geködert worden war. *»Hat gesagt, ich würde einem großen König angehören. Würde nie wieder arbeiten müssen. Ha!«* Sie hatte hysterisch zu lachen begonnen, und ihr gackerndes Gelächter hatte Anya die Härchen auf den Armen aufgestellt, während es ihr gleichzeitig das Herz entzweiriss. Die anderen Frauen beachteten Seona mit keinem Blick. Und Anya genauso wenig. Sie hingen ihren eigenen Gedanken noch, sofern sie überhaupt dazu fähig waren. Es war schwer zu sagen.

Hatte Ari sie alle in den Highlands geködert? Oder kamen sie von anderen Orten? Gab es einen Ort, der vor ihm sicher war, solange er den roten Stein besaß?

Sobald sie einen Weg gefunden hatte, Bantus zu töten, würde sie sich um Ari kümmern. Sie würde ihn an den Eiern aufhängen und verprügeln, bis *er* wie ein Wahnsinniger lachte.

Im Gang vor der Zelle hallte ein Rasseln wider. Schritte näherten sich. Die Frauen spannten sich spürbar an. Einige von ihnen huschten in den Schatten.

»Ich hoffe, du hast dich gut ausgeruht, Liebchen.« Bantus und Reddick erschienen an der Zellentür. »Jetzt wird nämlich gespielt.«

Sie tastete nach Seonas Hand, um bei ihr Unterstützung zu finden, doch Seona war nicht mehr an ihrer Seite. Anya suchte mit dem Blick nach ihr, und sah sie zitternd in einer Ecke kauern.

In diesem Moment hasste sie ihre Schwester. Dafür, dass sie ein Feigling war. Gleichzeitig tat sie ihr leid. So etwas sollte es nicht geben. Nichts von alledem sollte es geben.

Sie straffte die Schultern und blickte Reddick entgegen, als er die Zelle aufschloss. Als Bantus sich grinsend auf sie zu bewegte, humpelte sie zu ihm und sah ihm in die Augen, wofür sie den Kopf in den Nacken legen musste.

Er gab ein anerkennendes Brummen von sich. »Die ist tapfer, Reddick. Wie lange glaubst du, dass sie den Mut behalten wird, mir in die Augen zu sehen?«

»Nicht lange, Sire.«

Sie hatte nicht vor, ihm ihre Furcht zu zeigen. Riggs war aufgewacht, als Reddick sie vorhin aus dem Kerker getragen hatte. Sie würde für ihren Zugeschworenen tapfer sein. Er hatte für diese Nacht weiß Gott genug gelitten. Sie würde nichts tun, was sein Leiden noch verschlimmern könnte.

Und wenn Gott es für richtig hielt, sie beide schon bald zu erlösen, würde sie die Erlösung mit offenen Armen entgegennehmen.

§

»WACH AUF, MARANNER.« *Klatsch.*

Der armselige Wächter Myre versuchte Riggs zu wecken, doch der war bereits wach. Wenn man das neblige Bewusstsein, an das er sich klammerte, als Wachzustand bezeichnen konnte.

Er beachtete den Wächter nicht. Anstatt ihm die Genugtuung zu verschaffen, die Augen zu öffnen, drehte Riggs seine Handgelenke vorsichtig hin und her, um die Bewegungsfreiheit innerhalb seiner Fesseln zu erkunden. Er zog die Arme an, so dass sein Gewicht nicht mehr von seinen Füßen, sondern vollkommen von dem Balken über seinem Kopf getragen wurde. Die Sohlen seiner Stiefel berührten den Boden gerade noch. Er musste achtgeben, dass Myre nicht bemerkte, dass er herauszufinden versuchte, ob er sich befreien konnte.

Als er seine Zugeschworene gerochen, und sie beim Öffnen seiner Augen in Bantus' Kerker gesehen hatte, hatte er aus tiefster Mondseele heraus an Danu appelliert. Er hatte sich sein Leben lang herzlich wenig um die Göttin geschert. Er hatte sie nie verehrt oder angebetet, wie sein Vater es tat. Wozu auch? Wenn es sie überhaupt gab, hatte sie die Wolfsgattung, ein Volk, das sie geschaffen hatte, zu einem langsamen, jedoch sicheren Aussterben verurteilt.

Aber jetzt hatte er an sie appelliert. Aus tiefster Verzweiflung. Aus tiefstem Glauben. Er wartete auf ihre Antwort. Sie musste antworten, da Anya in Gefahr war. *Anya.*

Danu würde ihr helfen, doch er musste dazu beitragen. Deshalb prüfte er seine Fesseln auf die kleinste Nachgiebigkeit, die er ausnützen könnte. Wo war die Schwachstelle? Worauf musste er seine Kraft konzentrieren, um Anya vor einem grauenvollen Schicksal zu bewahren?

Myre ohrfeigte ihn erneut.

Er bewegte die Augenlider, damit der Wächter ihn in Ruhe ließ. Es funktionierte.

Myre zog sich brummelnd zurück.

Seine Konzentration wurde durch Geräusche von außerhalb des Kerkers gestört. Er erkannte das tiefe Brummen von Bantus' Stimme wieder. Und Anyas unregelmäßige Schritte.

Sie ging in vollem Bewusstsein ihrer Tortur entgegen. Und ihre Schritte zögerten nicht. Tapfere Lady. Doch das war ihm nichts Neues. Er hatte ihre Tapferkeit schon so oft bewundern können.

Er würde sie nicht im Stich lassen.

Danu würde sie nicht im Stich lassen. Anya war zwar nicht die Rettung der Wolfsgattung, doch sie war *seine* Rettung. Sie war sein Leben.

Er öffnete die Augen nicht, als er sie den Kerker betreten hörte. Sie wurde von Bantus und einem weiteren Mann begleitet, bei dem es sich wahrscheinlich um Reddick handelte, da seine Schritte nicht so schwer klangen wie die von Bull. Er hielt in seinen Erkundungen inne und ruhte sich aus. Er brauchte für das, was er tun musste, seine gesamte Kraft. Und die Hilfe von Danu, falls sie sie ihm gewährte.

Er atmete tief. Er wartete. Betete.

»Gut. Ihr habt das Feuer schön angefacht.« Bantus. »Myre, leg das Brandeisen ins Feuer.«

Diese Worte zielten darauf, ihn in Panik zu versetzen. Er ließ es nicht zu.

Atme. Ruh dich aus. Warte.

»Reddick, du weißt, was du zu tun hast.« Bantus sprach zu seinem Wächter, doch er stand dabei vor Riggs und hauchte ihm seine Weinfahne ins Gesicht.

Er ließ seine Augenlider erneut flattern, und tat so, als komme er zu sich.

»Wach auf, wach auf! Hier kommt was Schönes für mein Haustier. Hörst du gerne die Symphonic der Schreie einer Frau? Ich kann gar nicht genug davon kriegen.« Er hörte eine Bewegung hinter sich. Dann ein Ringen.

»Nimm deine dreckigen Pfoten weg!« Anya. Wütend.

Sein Herz begann, schneller zu klopfen. Sie waren dabei, sie unsanft auf das Bett zu legen, das Myre gerade frisch bezogen hatte.

Warte. Warte. Noch nicht jetzt.

»Mach ihre Wange sauber. Ja, die unversehrte. Ich will mein Brandmal nicht inmitten dieser Narben sehen.«

Anyas Protestgeschrei wurde erstickt. Entweder hatten sie sie geknebelt, oder jemand hielt ihr den Mund zu. Sie hatte Angst. Das hörte er daran, dass ihr ersticktes Wimmern höher klang.

Warte. Warte. Atme.

Ein metallisches Klappern am Feuer. Bantus zog das Brandeisen aus den Flammen.

Riggs öffnete seine Augen einen Spalt. Die anwesenden Larnier blickten allesamt auf das rotglühende Eisen in Form eines Pfotenabdrucks, das der König in seiner behandschuhten Hand hielt.

Nur Anya blickte Riggs an.

Er öffnete ein Auge, um sie wissen zu lassen, dass er bei ihr sei, dann schloss er es wieder, um sich zu konzentrieren. Bevor ihr Anblick wieder in Dunkelheit versank, sah er ihren Blick zu dem Dolch schweifen, den Reddick an der Wade trug. Der Mann saß rittlings über ihr auf dem Bett. Mit einer Hand hielt er ihr die Handgelenke hinter dem Rücken fest. Mit der anderen umklammerte er ihren Kiefer, so dass ihr Kopf an seiner Schulter lag und ihre glatte Wange zum Brandmarken präsentiert wurde. Sie atmete so schnell, dass ihre Brust sich unter dem seidenen, pfirsichfarbenen Morgenmantel, den man ihr in Schloss Glendall gegeben haben musste, hob und senkte.

Bantus wandte sich vom Feuer ab und begann, sich auf das Bett zuzubewegen.

Jetzt.

Er nahm einen tiefen Atemzug und zog die Beine an, wobei er die Zehen hochreckte und die Fesseln um seine Fußgelenke als Anker benutzte. Er spannte jeden Muskel seiner Beine, seines Bauches und seines Rückens an. Er hob das Kinn, um den Hals gerade zu halten und seine Stärke voll auszuschöpfen und zog mit aller Kraft an der Kette.

Der Ösenhaken im Balken über seinem Kopf war etwas schief eingeschraubt worden. Bei seiner Erkundung hatte er herausgefunden, dass er ein kleines bisschen wackelte, und hatte daran gearbeitet, das Wackeln zu verstärken. Jetzt nützte er die Schwachstelle voll aus.

Sich nicht länger darum scherend, ob er Aufmerksamkeit erregte, brüllte er vor Anstrengung. Seine Muskeln und Gelenke wollten nachgeben, doch er mutete ihnen nur noch mehr zu.

Nach und nach löste sich die Schraube aus dem Balken, bis der Ösenhaken mit einem gewaltigen Krach herausbrach.

Die Männer wirbelten mit vor Schreck geweiteten Augen zu ihm herum.

Er fixierte Bantus mit seinem Blick. Der Mann stand mit dem Brandeisen in den Händen am Fuß des Bettes und war drauf und dran, Anyas seidenglatte Haut für immer damit zu zeichnen.

Wie damals bei den Wölfen fühlte er, wie sich alles um ihn her verlangsamte. Vom Balken regnete es Splitter, so langsam, dass man zusehen konnte. Die Kette begann, Glied für Glied in sich zusammenzufallen. Und mit ihr kam der schwere Ösenhaken herunter. Wenn er nichts unternahm, würde alles auf seinem Kopf landen.

Die Arme kreisförmig über dem Kopf schwingend, gelang es ihm, die Kette wie eine Peitsche in Bantus' Richtung schnellen zu lassen.

Danu, lass es gelingen!

Da! Die Kette traf ihr Ziel und legte sich dem König um den Hals.

Jetzt, wo sie ihn nicht mehr aufrecht hielt, fiel er vornüber. Er nutzte den Sturz, indem er auf halbem Weg die Schultern drehte und an der Kette zog. Sie zog sich um Bantus' Kehle zu. Als er am Boden aufschlug, gab er der Kette einen letzten Ruck, der sie so festzurrte, dass Bantus das Brandeisen fallen ließ, um die Kettenglieder zu umklammern.

Es reichte nicht aus, um ihn zu erdrosseln, doch es sorgte wunderbar für Ablenkung. Und es gab jemanden, der nur darauf wartete, dass die Männer abgelenkt wurden. Anya.

Sie war nicht untätig geblieben, während die Männer sich umgedreht hatten, um ihn anzustarren. Sie hatte verstohlen Reddicks Dolch blitzschnell aus seiner Scheide gezogen.

Mit dem wütenden Knurren einer Wölfin befreite sie sich aus Reddicks Griff und stürzte sich auf Bantus' Rücken. Sie schlang einen Arm von hinten um seine Kehle und klammerte sich wie ein Affe an ihn. Mit einer einzigen, schnellen Bewegung hob sie auch den anderen Arm und zog ihm den Dolch direkt unter dem Kiefer durch den Hals.

Blut spritzte über die Kette und über die pfirsichfarbene Seide, die ihren Arm bekleidete. Dann rann es dem König wie ein Fluss die Brust hinunter. Die Wunde klaffte wie ein grausiges Lächeln. Der König von Larna war dabei, zu verbluten.

Anya hatte ihm den Todesstoß versetzt.

Er staunte sie stolz an, doch sie waren noch nicht frei. Reddick stellte immer noch eine Gefahr für sie dar. Anders als Myre. Der hatte sich winselnd in eine Ecke gekauert. Doch der Blick aus Reddicks orangefarbenen Augen verfinsterte sich. Als Bantus vornüber zu fallen begann, riss Reddick Anya von seinem Rücken. Er packte sie an der Kehle und schüttelte sie.

Riggs wurde von Wut ergriffen, doch seine Handgelenke waren immer noch gebunden und er lag mit an die Wand gefesselten Fußgelenken am Boden und war praktisch zu nichts nutze.

Warte. Da war das heiße Eisen, das Bantus fallen gelassen hatte. Riggs wand sich und sah es neben dem gefallenen König liegen. Ohne auf die Hitze des Griffs zu achten nahm er es und drückte es in Reddicks Wade.

Der heulte auf und ließ Anya los, die auf alle Viere fiel und sofort zu Riggs kroch und sein Gesicht mit den Händen umfasste.

»Riggs! *Och*, Riggs!« Ihr gerötetes Gesicht erschien über ihm. So lieblich anzusehen, obwohl sie gerade beinahe erdrosselt worden war. Ihre Berührung linderte seinen Schmerzen wie durststillendes Wasser. Doch er hatte keine Zeit, sich ihrer Nähe zu erfreuen.

Reddick war zu einer Wand gehumpelt, die voller Dinge hing, die Bantus als sein »Spielzeug« bezeichnete, und hatte eine mit Nägeln und Glassplittern bestückte Peitsche heruntergerissen. Er hielt den Blick auf Anya geheftet.

»Das bekommst du dafür, meinen König umgebracht zu haben!«, schrie er, während er auf sie zu lief. »Du hast geglaubt, du seist von Narben entstellt. Dann warte erst mal, bis ich mit dir fertig bin!«

Rotes Licht überflutete den Kerker. Eine von Aris magischen Türen öffnete sich, doch es war nicht Ari, der mit gezogenem Schwert erschien. Es war Magnus. Und ihm nach kam eine Horde von Soldaten in purpurroten Kilts.

§

ANYA WAR IMMER noch außer Atem von Reddicks Würgegriff, als er die Peitsche schwingend auf sie zu kam. Sie stieß sich von

Riggs ab, um Reddick von ihm abzulenken. Sie konnte einen Peitschenschlag einstecken, doch Riggs war heute Nacht schon mehr als genug misshandelt worden. *Och*, die Prellungen und Brandwunden an seinem Oberkörper allein waren schlimm genug, doch das Loch, wo sein Eckzahn gesessen hatte, nahm ihr die Worte. Ihr armer Wolfsmann. Ihr armer Zugeschworener.

Wenn sie je nach Chroina zurückkehrte, würde sie Ari für seinen Verrat persönlich den Bauch aufschlitzen. Neil hatte ebenfalls eine gerechte Strafe verdient. Doch zunächst galt es, Reddick zu überleben und ihm die Schlüssel vom Gürtel zu nehmen, um Riggs und die anderen Frauen zu befreien.

Bevor sie herausfinden konnte, wie sie solche unmöglichen Taten vollbringen konnte, füllte sich der Kerker mit einem furchterregenden Brüllen. Auf der Suche nach der Herkunft dieses Lärms fuhr sie herum und stand direkt vor König Magnus, der vom Schein eines roten Zauberlichts umgeben war.

In seinen Augen brannte goldenes Feuer, während er blitzschnell die Situation im Kerker überflog. Sie sah, wie er ihre Anwesenheit, das Blut auf ihrem Ärmel, Riggs am Boden, den toten Bantus und Reddick registrierte, der sich wutschnaubend auf sie stürzte.

Sie warf sich zu Boden, wollte sich auf Riggs legen, um ihn vor dem kommenden Kampf zu schützen, doch ihr Wolfsmann kam ihr zuvor.

Er schob sie unter seinen zerschlagenen Körper und diente ihr als undurchdringlicher Schild. Er roch nach Blut und Schweiß, doch darunter auch nach Kiefern und treuem Hund und noch etwas anderem, das ihr Innerstes ansprach. Sein Duft hatte eine holzige Beinote, die einen Hauch nach *ihr* roch. Ein Gefühl der Erfüllung schwoll in ihrer Brust.

Er ist mehr als ein Zugeschworener, und du hast es von Anfang an gewusst.

Es war eine Gewissheit, die so tief in ihr verwurzelt war, als habe sie sie von Geburt an besessen. Er war ihr Lebensgefährte.

Sie hörte immer mehr rennende Schritte. Das rote Oval musste Dutzende von Soldaten durchgelassen haben. Die meisten liefen aus dem Kerker, doch ein paar blieben, um sich Reddick und Myre vorzunehmen. Würden die Maranner Krieger zahlreich genug sein, um es mit Bantus' Streitkräften aufzunehmen, die sich im großen Saal versammelt hatten?

Ein Mann fiel. Dann ein zweiter. Bantus' Leibwache.

Riggs stemmte sich ächzend hoch. »Anya? Ist alles in Ordnung mit dir?« Er fühlte mit gespreizten Fingern über ihren Kopf und ihre Schultern. Sie drehte sich zu ihm um. Seine Hände fanden nur mit Mühe ihr Gesicht, da seine Fesseln seine Handgelenke überkreuz hielten. »Geht es dir gut?«

»Aye, Liebster. Aye. Und dir?«

Er nickte. Sein Mund öffnete sich zu einem grässlichen Lächeln. Er fühlte mit der Zunge nach dem Loch, wo sein Zahn gesessen hatte. »Es ist mir schon besser gegangen, aber es wird heilen.« Er zog die Brauen zusammen. »Kannst du mich verstehen?«

Sie setzte sich auf und öffnete ihre linke Hand. Ihre Finger schmerzten. Sie hatte die ganze Zeit den verdammten Edelstein umklammert gehalten. »Magnus hat ihn mir zurückgegeben.«

Riggs spähte ihr über die Schulter. Er blickte Magnus an. Sie brauchte sich nicht umzuwenden, sondern erkannte es daran, dass Riggs jemandem anerkennend zuzwinkerte. Er wandte seine Aufmerksamkeit wieder ihr zu, hob mit einem Schmerzenslaut die Arme und senkte sie über sie, um ihr in ihrem Kreis seine Kraft und Sicherheit zu vermitteln. *Och*, sie würde nie vergessen, wie diese Arme sich abgemüht hatten, bis die Venen hervorstanden und ein verdammter *Balken* zersplittert war, um ihn zu befreien.

Sie hielt sich an ihm fest und vergrub ihr Gesicht an seinem Hals. Tränen der Erleichterung liefen über ihre Wangen. »Ich hätte dich beinahe verloren«, schluchzte sie. »Schon wieder! Gib mir bitte nie wieder einen Grund, mir solche Sorgen um dich zu machen.«

»Ich schwöre es dir.« Er bedeckte ihren Kopf und ihr Gesicht mit Küssen.

Sie war versucht, sich einfach dem süßen Gefühl der Erleichterung hinzugeben, doch dieser Kampf war noch nicht ausgestanden. Sie drehte sich in Riggs' Armen um und sah, dass Magnus mit bebenden Nasenflügeln auf sie hinabstarrte.

»*Och*, jetzt steht nicht da wie ein eifersüchtiger Hahnrei! Ich habe diesen verfluchten Tyrannen versprechen hören, zweihundertfünfundzwanzig Männer im großen Saal bereitzustellen, und Ari, dieser verdammte Verräter, wollte sie innerhalb einer Stunde nach Schloss Glendall bringen.«

»Er hat mir sein Geständnis abgelegt. Meine Männer sind bereits auf dem Weg in den großen Saal. Ich nehme an, dass sie den Kampf aufgeben werden, wenn sie erst Bantus' Kopf gesehen haben.« Er nickte einem alten, jedoch erfahrenen Soldaten zu, der die Axt hob und niedersausen ließ, um Bantus' Kopf von seinem Rumpf zu trennen.

Sie schluckte angeekelt, als der Mann den Kopf emporhob und aus dem Kerker trug.

Magnus ging vor ihr in die Hocke, um auf Augenhöhe mit ihr zu reden. »Ich muss im großen Saal nach dem Rechten sehen, doch zuvor muss ich eins wissen: hat Bantus Euch verletzt?«

»Nay. Er hat es versucht, doch dank Riggs konnte ich ihm die Kehle aufschlitzen, bevor er dazu kam.«

»*Ihr* habt ihm die Kehle aufgeschlitzt?«

Sie hob eine Braue. Wie konnte er an ihr zweifeln?

Er legte ihr grinsend die Hand an die Wange. »Tapfere Lady.«

Riggs Arme verkrampften sich um sie.

Sie erinnerte sich an ihre Schwester. »Bevor Ihr geht müsst Ihr wissen, dass in einer Zelle dort hinten ein Dutzend Frauen gefangen gehalten werden. Menschenfrauen, wie ich eine bin. Und wenn mich nicht alles täuscht, befindet sich die Frau, die Euch versprochen wurde, unter ihnen. Ich habe versucht, Euch zu sagen, dass das Porträt nicht mich zeigt. Jetzt bin ich mir sicher. Es handelt sich um meine Schwester. Sie heißt Seona und ist schon seit mehr als einem Jahr an diesem schrecklichen Ort eingesperrt.« Ihre Stimme zitterte.

Riggs hauchte einen Fluch in ihr Ohr und rieb seine Wange an ihrer.

Ihr Lebensgefährte verlieh ihr Kraft. »Geht und tut, was ein König tun muss, um ein Land zu erobern. Aber eins müsst Ihr beachten. Es geht diesen Frauen sehr schlecht, und sie werden Zeit zum Genesen brauchen. An Körper und Geist. Seona ist nicht in der Lage, jemandes Königin oder Bettgefährtin oder sonst was zu werden. Habt Ihr das verstanden?« Ihre Stimme klang hart und sie entschuldigte sich nicht dafür, einem König einen Vortrag zu halten.

Magnus' Kiefer versteifte sich. Selbst durch seinen dichten Bart sah sie seine Muskeln spielen. Er sagte nichts, sondern erhob sich langsam und schritt mit einem kurzen Nicken zu einem seiner Gardisten aus dem Kerker.

Der Gardist bewachte den Eingang zum Kerker und beschützte sie, während ein weiterer mit den Schlüsseln von Reddicks Gürtel hineingeschossen kam, um Riggs' Handfesseln zu lösen. Ein dritter holte die Schlüssel von Myres Leiche und rannte Magnus hinterher, wahrscheinlich, um die Frauen zu befreien.

»Deine Schwester«, sagte Riggs, wobei er ihr Gesicht mit den Händen umschloss. »Du hast sie also gefunden?« Er hatte tiefe Schnitte an den Handgelenken, die heftig bluteten. Er hatte dermaßen zu leiden, und sorgte sich dennoch um sie.

»Aye«, antwortete sie. Doch sie fürchtete, dass die Seona, die sic wiedergefunden hatte, nicht viel mit der gemein hatte, die sie verloren hatte.

Das Schicksal hatte ihr jedoch jemanden zurückgegeben, der so war, wie er sein sollte, und das war Riggs. Er war wie immer standhaft, treu und voller Liebe zu ihr. Sie drückte ihre Lippen auf seinen Mund. »Es tut mir leid, dass dein Onkel dich verraten hat.«

»Er hat nicht mich verraten, sondern Magnus. Er wird die Strafe bekommen, die er verdient.«

»Aye.« Dafür wollte sie sorgen, und auch dafür, dass Ari für das, was Riggs zugestoßen war, bezahlte. »So, wo ist dein Zahn verblieben? Dein Körper scheint sich doch immer von selbst zu heilen, warum nicht auch einen Zahn?«

Kapitel 25

ANYA SPÜLTE RIGGS' Zahn in einem Topf abgekochten Wassers am Kamin und steckte ihn wieder an seinen Platz. Er ließ sich erstaunlich leicht platzieren, wackelte jedoch bedenklich.

»Ich nehme an, du wirst die Zunge dagegen halten müssen«, sagte sie.

Einer der Gardisten, die über sie und Riggs wachten, ging in die Hocke und sah sich den Zahn an. »Ich habe einmal einen Mann einen Backenzahn verlieren und wieder hineinstecken sehen, genau wie hier. Er ist wieder angewachsen, doch er musste eine Woche lang auf ein zusammengefaltetes Stück Linnen beißen. Hier.« Er holte einen Verband aus einem Beutel, den er neben der Scheide seines Schwerts trug. Nachdem er einen schmalen Streifen davon abgeschnitten hatte, rollte er ihn und gab ihn Riggs. »Beiß da drauf und versuche, den Zahn nicht zu bewegen.«

Riggs tat dies und nickte dankend.

Der Gardist half Riggs beim Aufstehen und geleitete ihn zum Bett. Er sah sich Riggs' Handgelenke an. »Heiße Maedoc.« Der breitschultrige Mann hatte einen graumelierten Bart, kluge Augen, denen nicht viel entging, und eine freundliche Art. Er zeigte mit dem Daumen auf die anderen zwei und stellte sie ebenfalls vor. Anya erkannte sie wieder. Magnus war ständig von vier Leibwächtern umgeben, doch sie hatte erfahren, dass sich mehr als vier in diese Aufgabe teilten. Sie taten es in Schichten.

Diese hier mussten zu seinen zuverlässigsten Gardisten zählen, und er hatte drei von ihnen bei ihr und Riggs gelassen. Das war eine große Ehre. Diese Männer waren die Besten der Besten, die Treuesten der Treuen. Einige ihrer Kameraden hatten vor ihrer Tür Wache gestanden, als sie mit Travis und Daly allein war. War von ihnen jemand gefallen? Sie wollte gerade fragen, als Riggs sich zu Wort meldete.

»Kümmere dich zuerst um Anya«, nuschelte er mit dem Stoffknäuel im Mund.

»Ich bin nicht verletzt«, begehrte sie auf. »Dir ist es allerdings schon besser gegangen.« Sie gab Maedoc ein Zeichen, weiterzumachen.

Er tat es mit einem freundlichen Augenzwinkern.

Sie vermisste den Druck von Riggs' Hand, als Maedoc begann, sein Handgelenk zu verbinden, doch sie machte sich nützlich, indem sie Riggs die Stiefel auszog. Die Haut seiner Fußgelenke hatte blaue Flecken. Sie sahen schlimm aus, mussten jedoch nicht verbunden werden, also wandte sie ihre Aufmerksamkeit widerstrebend seinem Oberkörper zu. Sie hatte vermieden, ihn sich zu genau anzusehen, da sie wusste, dass er Spuren von Misshandlungen tragen würde, an die sie im Zusammenhang mit ihrem Lebensgefährten gar nicht denken mochte.

Seine Haut war von schwärzlichen Verbrennungen übersät, die von einem Feuerhaken herrühren mussten. Die Ränder seiner mehrere Tage alten Schwertwunde waren rot und geschwollen, als habe jemand in ihr gestochert. Die Wunde blutete, doch nicht so stark, dass sie sich Sorgen machen musste. Es musste allerdings schmerzhaft gewesen sein. Sehr schmerzhaft. »Du hast nicht zufällig Wundsalbe in deinem Beutel?«, fragte sie Maedoc.

Er schüttelte den Kopf. »Wir werden ihn rechtzeitig versorgen.«

Vorläufig musste sie sich gedulden.

Wo Riggs nicht verbrannt war, hatte er blaue Flecken. Er war mit etwas geschlagen worden, das erschreckend abgegrenzte, gleichförmige Prellungen hinterließ. Ein schwerer Stock oder eine Keule? Sie vermied es, sich die Folterinstrumente anzusehen, die hinter ihr an der Wand hingen. Sie brauchte nicht zu wissen, womit man Riggs all dies angetan wurde. Das Einzige, was jetzt zählte, war, dass Riggs überlebte und genas.

»*Och*, Riggs, wie hast du es bloß geschafft, dich loszureißen? Ich habe nie zuvor einen solchen Kraftakt gesehen.« Noch nicht einmal bei Metawuli, dem starken Mann aus Gravois' Zigeunerlager. Den Anblick von Riggs, wie er brüllend diesen riesigen Ösenhaken aus dem Balken hoch über seinem Kopf riss, würde sie nie vergessen können. Anstatt ihn anzustarren wie die Larnier, hatte sie sich gezwungen, den Blick abzuwenden und Reddick seinen Dolch gestohlen. Und das hatte sich ausgezahlt, da sie und Riggs es nur mit vereinten Kräften geschafft hatten, diesem verfluchten, verabscheuungswürdigen König den Garaus zu machen.

»Das war nicht ich«, sagte er, während er ihre Hände von seinem Körper nahm und sie an sich zog, so dass sie in seinen Armen lag. Sein Gesicht war – schon wieder – zerschlagen. Er war so müde, dass ihm die Augen zufielen. Doch sie hatten ein Funkeln, das ihr zeigte, dass er bei ihr war und sie liebte. »Ich habe Danu angerufen, und sie hat mir geantwortet.«

»Dann bist du jetzt gläubig, aye?«

Er grinste. Das Leinenknäuel machte ihm eine dicke Backe. »Ja. Genauso verrückt wie der König, nehme ich an.« Er bettete ihren Kopf an seine Schulter, und sie begnügte sich damit, sich vorläufig hier mit ihm auszuruhen und von Magnus' Gardisten beschützen zu lassen.

Während sie auf Neuigkeiten über das Gefecht warteten, erkundigte sie sich nach Maedocs Kameraden, die sie hatte kämpfen hören, als Travis sie an der Hand in das Zimmer des Königs und von da in die Tunnel gezogen hatte.

Der Gardist schüttelte den Kopf. Sein Gesicht verschloss sich vor Zorn. »Wir sind insgesamt zwölf, nicht wahr? Die Ritter der Mondsichel. Es stellte sich heraus, dass einer von uns ein Verräter war. Er steckte mit *Zeugung geht vor* unter einer Decke.«

»Eogan«, sagte in verächtlichem Ton der Gardist, den Maedoc als Drustan vorgestellt hatte.

»Ja. Eogan«, antwortete Maedoc finster. »Seinetwegen liegt Justus im Hospital. Schwer verwundet. Er wird es überleben, doch es wird ihn ärgern, an diesem Gefecht nicht teilgenommen zu haben. Er und Eogan waren die zwei, die vor Eurer Tür gewacht haben, Lady. Sie hätten zwei gegen zwei sein sollen, doch Eogan hat die Seiten gewechselt, so dass es drei gegen einen waren.«

»Was ist mit Eogan geschehen?«, fragte sie.

»König Magnus hat ihn ins Gefängnis stecken lassen. Er wird später über ihn Gericht halten. Und über Ari. Anscheinend gehörten einige der Ladys auch dazu. Ich beneide den König nicht dafür, entscheiden zu müssen, was mit ihnen geschehen soll.«

»Was ist mit Neil?«, fragte Riggs.

»Du bist sein Neffe, ja?«

Riggs nickte auf seinem Kissen.

Maedoc lehnte sich zu ihm vor. »Du kennst doch Travis, den Welpen? Der kommt auf das Exerzierfeld gerannt, wo der König, ohne zu wissen, was geplant war, nur, dass es heute Nacht stattfinden sollte, seine Männer aufreihte, damit sie sich *Zeugung geht vor* entgegenstellten. 'Sie haben Lady Anya!', schreit der Welpe. 'Sie haben Lady Anya!' So, der König geht auf ein Knie runter und sagt dem Welpen, er soll von Anfang an berichten. 'Keine Zeit', sagt der Welpe. Er ist außer Atem und ganz außer sich. Es fällt ihm schwer, zwei Wörter aneinanderzureihen. Da kommt Neil auf den König zu. 'Ich stecke mit ihnen unter einer

Decke', sagt Neil. 'Aber ich will nicht mehr dazugehören. Ari ist im Begriff, Eure Lady nach Saroc hinüberzuschicken.' Während der König zum Kerker rennt, erzählt Neil ihm, dass Ari seinen Stein benutzt hat, um zwischen Saroc und Chroina hin- und herzureisen, und um den Schleier zu durchdringen und in ein anderes Reich zu gelangen, wo es viele Frauen gibt.« Er schüttelte den Kopf.

»Der König rückt mit all seinen Männern an, und Ari erkennt, dass er in der Minderheit ist. Magnus macht Faolan ein Zeichen«, – hier nickte er zu dem dritten Gardisten hinüber, der die muskulösen Arme vor der Brust gekreuzt hielt – »er soll Aris Arm auf einem der extravaganten Tische in diesem geheimen Raum ausstrecken, und ohne Vorwarnung lässt der König Faolans Axt hinuntersausen und befreit Ari von seiner rechten Hand. 'Willst du jetzt ein Geständnis ablegen, oder soll ich die andere auch abhacken?', fragt der König ihn, kalt wie Eis. Ari gesteht und händigt ihm den Stein aus. Der König lässt seinen Hohepriester kommen, um den Stein zu segnen, dann versucht er es mit der Beschwörungsformel, die Ari ihm genannt hat, wobei er den Gott, den Ari anbetete, durch Danu ersetzt. Es klappt. Wir kommen alle gerade noch rechtzeitig hinüber, um das letzte Blut aus dem Körper dieses vermaledeiten Königs fließen zu sehen und dir und der Lady zu helfen.«

Demnach hatte Travis getan, was sie ihm befohlen hatte, und dem König berichtet, was geschehen war. Und Neil hatte sich gestellt. »Was wird mit Neil geschehen?«

Maedoc blickte grimmig. »Weiß nicht. Vielleicht wird es ihm angerechnet, wenn er alles erzählt, was er weiß. Seine Karriere in der Armee des Königs ist jedenfalls vorüber. Dessen bin ich mir sicher.«

Riggs seufzte mit sorgenvoller Miene. »Daran ist er selber schuld«, sagte er schließlich.

Sie stimmte ihm zu.

Es dauerte die ganze Nacht, bis Magnus' Männer die Larnier unterworfen und Führer an Ort und Stelle eingesetzt hatten, die den Übergang Larnas von einem freien Land zu einem Vasallenstaat überwachen würden. Die Gardisten eskortierten sie und Riggs aus dem Kerker. Als sie an der Zelle vorbeikamen, in der die Frauen gefangen gehalten worden waren, sah sie, dass jetzt Männer in zerschlissenen Hosen und ausgeblichenen Plaids darin saßen. Widerstand leistende Larnier. In vielen weiteren Zellen saßen ebenfalls Larnier.

»Wo sind die Frauen?«, fragte sie die Gardisten.

»Sie wurden nach Chroina gebracht. Sie sind in Sicherheit.«

Das hoffte sie. Sie wusste nicht, wie tief die Verschwörung gegen Magnus verwurzelt war, doch wenn sein Feldherr und sein Stellvertreter daran beteiligt waren, mussten ihre Wurzeln sehr tief reichen. Sie hätte Magnus gerne danach gefragt, doch er hatte vorläufig genug anderes zu tun. Aus den Gesprächsfetzen der Gardisten und Soldaten, die sie mitbekam, folgerte sie, dass er die Pflege der Menschenfrauen anscheinend zu seiner absoluten Priorität gemacht hatte. Das freute sie. Wenn die Frauen in Sicherheit waren, konnte sie sich ebenfalls darauf verlassen, dass Maranns König die Verschwörer zur rechten Zeit ausrotten würde.

Die Gardisten brachten sie und Riggs in einen großen Saal, dessen hohe Decke von dicken Balken gehalten wurde, die dem ähnelten, an dem sie Riggs aufgehängt hatten. Das alte Gebälk hob sich dekorativ von dem schwarzen Stein der Wände ab, doch der Gedanke, dass diese Burg das Zuhause eines so abscheulichen Königs gewesen war, verdarb ihr die Freude daran. Eine der Längsseiten des großen Saals hatte Bogenfenster, durch die rosa die Morgendämmerung hineinschien. Der Geruch des Meeres war allgegenwärtig.

Der Saal war voller Maranner in roten Plaids. Sie bewegten sich flink, doch ohne Hast. Auf Dutzenden von Feldbetten lagen

Verwundete, die von ihren Kameraden versorgt wurden. Auf der Empore glühte ein rotes Oval von der Größe einer Tür. Mehrere Gardisten standen um es herum.

Sie schluckte, als die Gardisten des Königs sie und Riggs darauf zu führten. Riggs' Arm, auf dem ihre Hand lag, versteifte sich.

»Können wir nicht Pferde nehmen und nach Chroina reiten?«, fragte Riggs.

»Keine Angst, Pelzjäger.« Magnus' Stimme ließ sie die Köpfe drehen. Er schritt von den Verwundeten her auf sie zu und wirkte zwar erschöpft, jedoch unversehrt. »Ich habe den Stein von Danus Hohepriester segnen lassen. Die Tür wird durch die Macht der Göttin offen gehalten. Sie hat uns mit diesem Wunder gesegnet, doch ich weiß nicht, wie lange es anhalten wird. Wir sollten jetzt gleich hindurchgehen. Ich will Danus Segen nicht missbrauchen oder als selbstverständlich betrachten. Wir werden ihn heute so lange gebrauchen, wie sie es erlaubt. Danach wird der Hohepriester den Stein in seinem Tempel aufbewahren. Er wird nur noch verwendet werden, wenn Danu es uns gebietet.«

Das war ein weiser Beschluss. Als Magnus ihr den Arm bot, nahm sie ihn, ohne jedoch Riggs' Arm loszulassen. So stieg sie auf die Empore: zwischen dem Mann, dem ihr Herz gehörte, und dem Mann, der sie mit einem Vertrag an sich gebunden hatte.

Magnus' dunkelblondes Haar wirkte im roten Licht des Ovals dunkler. Er lächelte sie beide reuevoll an. Er nahm ihre Hand in seine Hände. »Ich werde mich noch öffentlich bei Euch entschuldigen, doch die Zeremonien werden warten müssen, bis sich die Lage in Larna stabilisiert hat. Vorläufig möchte ich bei Euch, Lady Anya, und bei Euch, Riggs dem Pelzjäger, Hildas Sohn, von ganzem Herzen Abbitte tun. In meiner unangemessenen Eifersucht habe ich Euch beiden viel Leid zugefügt. Sobald ich kann, werde ich den Vertrag zwischen uns auflösen lassen.«

Den Vertrag auflösen? So dass Riggs und sie das sein konnten, was sie waren? Zugeschworene. Lebensgefährten. Frei, einander zu lieben, wie sie es wünschten. Es war fast zu schön, um wahr zu sein. Sie würde es erst glauben, wenn es geschehen war.

»Ich nehme Eure Abbitte an, Eure Majestät«, sagte Riggs und streckte die Hand aus.

Magnus drückte sie.

Sie blickte Magnus an. »Ich vergebe nicht so schnell wie mein Lebensgefährte. Ich muss es mir noch überlegen.«

»Selbstverständlich, Lady Anya. Bis dahin habt Ihr mein Wort, dass keine der Vertragsbedingungen bindend sein wird.« Er überraschte sie mit einem Augenzwinkern und zeigte auf das Licht. Maedoc, Drustan und Faolan drängten sie auf die Zaubertür zu, während Magnus Anweisungen erteilte. »Sag Daly, er soll sie in der Wohnung im Nordturm unterbringen. Vergewissere dich, dass Travis geschlafen hat. Schicke ihn dann zu Lady Anya, um für sie zu sorgen. Wenn die Ärzte mit den Frauen fertig sind, bring einen von ihnen zu Riggs, um ihn zu verarzten.« Mit einem letzten Nicken in ihre Richtung schritt er davon.

Durch das Oval zu gehen, fühlte sich an, als würde man ein bodenloses Nichts betreten. Ihr Absatz traf auf Steinfliesen, die, wie sich herausstellte, zum großen Saal von Schloss Glendall gehörten, während ihr anderer Fuß noch auf dem Schieferboden des großen Saals von Schloss Blackstone stand. Dazwischen lagen Meilen, die sie wie ein schwerer Stein herunterzogen. Sie eilte von Riggs' starkem Arm umfasst hindurch, dann mussten sie noch den Weg bis in den Nordturm hinter sich legen. Er humpelte, jedoch nicht so schlimm wie sie, und vermied es sorgfältig, sich auf sie zu stützen. Er berührte sie nur, weil es sie beide beruhigte. *Och,* sie waren ein schönes Paar, beide lahm und mitgenommen. Zumindest würden Riggs' Fußgelenke heilen und er würde bald genesen sein. Ihr Wolfsmann hatte es mehr als verdient, sich ausruhen zu können.

»Wirst du mit deinem Zahn essen können?«, fragte sie ihn.

Er zuckte die Schultern. »Ich werde heute nur Brühe zu mir nehmen und es heute Abend mit Brot versuchen, falls ich welches bekommen kann.«

»Ich werde dir welches hochschicken«, sagte Maedoc. »Und ebenfalls alles, was die Lady wünscht.«

Riggs klopfte dem Gardisten auf die Schulter und hob Anya in seine Arme, um sie eine Wendeltreppe hochzutragen. Sie waren im Nordturm angelangt. Der Wohnraum, den sie im dritten Stock betraten, war weitaus größer, als sie erwartet hatte. Mit seiner gepolsterten Couch, dem Himmelbett und dem emaillierten Schrank erinnerte er sie an das Schlafzimmer neben Magnus' Wohnung. Anstatt nach Orangenblüten, roch es hier nach Vanille und frischen Kräutern. Ein Tablett mit Topfpflanzen, das im Sonnenlicht am Fenster stand, erklärte den Kräutergeruch. Sie erkannte eine Aloepflanze und grinste. Sie hatte alles über diese stachelige »Wunderpflanze« gehört, die in Indien und in südlichem Klima wachsen sollte, hatte jedoch nie das Glück gehabt, einen Auszug der Pflanze kaufen zu können. Nur einem König war es gegeben, eine lebende Aloepflanze auf einem Fensterbrett in seinem Schloss zu besitzen. Es juckte ihr in den Fingern, die langen, wachsartigen Blätter aufzubrechen und aus ihrem Öl eine Salbe für Riggs' Wunden anzufertigen.

»Manche der Ladys bleiben gerne in der Nähe des Königs, wenn sie einen Vertrag mit ihm haben«, erklärte Maedoc. »Andere, zum Beispiel deine Mutter«, sagte er zu Riggs, »ziehen es vor, sich zurückzuziehen, wenn der König ihre Anwesenheit nicht benötigt. Für diese hielt er den Raum bereit.«

Riggs' Kiefermuskel zuckte. Er zuckte zusammen und sagte: »Dieser verdammte Zahn.«

Och, sie hatte nicht daran gedacht, dass Magnus Riggs' Mutter gevögelt haben konnte, doch es war wahrscheinlich. Riggs hatte ihr gesagt, Magnus habe jede Frau im gebärfähigen Alter im Bett gehabt, um zu versuchen, einen Erben zu zeugen. Seine Mutter war jetzt nicht mehr gebärfähig, doch sie war es zu den Anfängen von Magnus' Herrschaft gewesen. Sehnte Riggs sich danach, jetzt, wo er in Chroina war, seine Mutter zu sehen? Würde er sie mit Anya bekanntmachen wollen? *Och,* darüber konnte sie sich später noch sorgen.

Als Maedoc ging, verriegelte Riggs die Tür. Sie waren allein.

Er zog sie mit einem lautlosen Schluchzer in die Arme. Sie blieben lange aneinandergeklammert stehen. Aus ihren Augen liefen Tränen. Sie ließ zu, dass sie Riggs' Hemd durchnässten.

»Dieses zerrissene Hemd ist wohl nicht mehr zu reparieren«, sagte sie mit einem zittrigen Lachen.

»Dann bin ich es endlich los«, antwortete er und rieb mit seiner Wange über ihren Kopf. Sanft, ganz sanft legte er seine Lippen auf ihre. »Ich habe Lust, mich mit dir zu paaren, aber um ehrlich zu sein, sollte ich zuerst schlafen.«

»Aye, Liebster.« Sie konnte selbst eine gute Portion Schlaf gebrauchen. »Und ein Bad würde sich auch lohnen.« Ihr seidener Morgenmantel war hin. Er war mit Blut befleckt und von ihren Kämpfen zerrissen. Der Gestank dieser schrecklichen Gefängniszelle hing noch an ihr. »Für uns beide.«

Bis Travis zu ihnen kam, mussten sie sich mit dem Waschgeschirr zufriedengeben, das auf der Truhe stand. Riggs ließ zu, dass sie ihn zuerst wusch. Sie nahm sich Zeit, rubbelte die Stellen, an denen er nicht verwundet war, und tupfte seine Verbrennungen und anderen Wunden vorsichtig ab. Während er seine dichte, männliche Behaarung am Feuer trocknete, zog er ihr den Morgenmantel von den Schultern und wusch sie mit langsamen Bewegungen. Obwohl sie alle beide hungrig und erschöpft waren, landeten sie schließlich eng umschlungen auf dem Bett.

Riggs nahm sie langsam, mit ruhiger, entschlossener Leidenschaft. Als sie den besonderen Höhepunkt miteinander teilten, den sie seit ihren letzten Augenblicken zu zweit auf der hügeligen Ebene vermisst hatte, löschte er den Durst ihres Körpers und ihrer Seele.

»Meine Lady«, flüsterte er und fiel, immer noch in ihr, in tiefen Schlaf.

§

ALS RIGGS AUFWACHTE, herrschte gedämpftes Licht im Raum. Im Kamin knisterte ein Feuer und es roch herzhaft nach Fleischbrühe, gewürztem Brot und dem einzigartigen Paarungsduft, den er und Anya verströmten. Sein gesamter Körper tat ihm weh, doch er hatte ein Lächeln auf den Lippen. Sie waren in Sicherheit. Bantus war tot. Magnus brachte seine Feinde unter Kontrolle. Anya gehörte ihm. *Ihm* allein. Und er gehörte ihr. Für immer.

Er öffnete die Augen und spähte durch die Bettvorhänge nach ihr. Sie stand an der halb geöffneten Tür und flüsterte mit einem Welpen, dessen Augen leuchteten. Er stützte sich auf die Ellenbogen und erweckte die Aufmerksamkeit des Welpen.

»Travis?«, fragte er, da er sich daran erinnerte, dass Magnus gesagt hatte, er würde Maranns jüngsten Bürger zu Anya schicken, damit er sich um sie kümmere. Der König erteilte ihnen damit eine große Ehre.

Der Welpe grinste. »Ihr seid der Mann, der Lady Anya gerettet hat.«

Anya lachte ein kehliges Lachen, das unter den Bettdecken einen unversehrten Körperteil von ihm weckte. »Aye, Junge. Das ist er. Riggs der Pelzjäger, Anyas Retter.« Sie sah ihn mit einem Zwinkern an und fragte: »Wie oft hast du mich bis jetzt gerettet, Liebster? Vier Mal, glaube ich.«

Sich wieder Travis zuwendend, zählte sie an den Fingern ab. »Lass mich sehen. Da waren die Larnier nahe der Grenze, ekelhafte Pestbeulen, dann die Wölfe, die uns beinahe in Stücke gerissen hätten, die vier Fährtensucher bei der Höhle – ganz zu schweigen von den sechs Dörflern, die versuchten, ihn fertigzumachen, und jetzt hat er mich aus der Höhle des Löwen befreit. Er hat einen riesigen Ösenhaken aus einem dicken Balken gerissen. Das hättest du sehen sollen. Der Ösenhaken war so groß wie eine Wagennabe und aus Eisen gefertigt. Der Balken ist gesplittert und in Spänen auf ihn herniedergeregnet, und dann hat er seine Kette als Peitsche gebraucht und sie Bantus um den Hals geworfen.«

Er lachte amüsiert und verschränkte die Hände hinter dem Kopf, während das runde Gesicht des Welpen von einem Staunen ins andere geriet. Wie schön dieses Kind war. Wie kräftig und lebendig.

»Willst du den ganzen Abend Geschichten erzählen, oder mit mir essen?«, fragte er Anya. Die Truhe war mit einem Leintuch bedeckt, auf dem Teller mit Brot und in Würfel geschnittenem Fleisch standen, von dem ein Teil gegart war, wie Anya es mochte, und der andere roh, für ihn. Er würde es nicht essen können. Dafür war es zu früh. Er konnte seinem losen Zahn vorläufig nur Brühe zumuten. Morgen würde er es mit dem Brot versuchen.

»Habt Ihr diese Taten wirklich alle vollbracht?«, fragte Travis.

»Ja, das hat er«, antwortete Anya. »Und ich verspreche dir, dass du alles über unsere Abenteuer erfahren wirst, doch zunächst braucht mein Lebensgefährte ein schönes Bad. Kannst du ihm eine Sitzbadewanne bringen?«

»Ja, Lady.« Er rannte los, und Anya schloss die Tür hinter ihm.

»Du kannst gut mit Kindern umgehen«, sagte Riggs. Er persönlich war von Travis beeindruckt. Es war sonderbar, dass er die Aufmerksamkeit des Welpen gleichzeitig herbeisehnte und fürchtete. Er würde sich daran gewöhnen müssen, den Welpen um sich zu haben, da dieser von nun an Anyas Diener war. Das schien ihr überhaupt nichts auszumachen.

Zufrieden strahlend kam sie mit einer Schale Fleischbrühe und einem Becher Wein auf ihn zu gehinkt. »Ein Kind bleibt ein Kind. Die Kinder der Menschen und der Wolfsmenschen haben gleichermaßen etwas für Heldengeschichten übrig. Mit ihm wird es in Schloss Glendall die Runde machen. Morgen früh werden alle Bediensteten wissen, was für einen tapferen Mann ich zum Lebensgefährten habe.«

Bei ihren Worten schwoll ihm vor Stolz die Brust. Er setzte sich auf und nahm die Schale mit der Brühe in beide Hände. Den Wein stellte sie ihm auf den Nachttisch. Er hatte noch nie in einem so breiten Bett geschlafen. Auf der Strohmatratze, die eine Handbreit länger war als seine Füße reichten, lag eine weiche Daunendecke. In dem Bett konnten fünf Männer Schulter an Schulter schlafen. Seine Samtvorhänge ließen kaum Licht durch, wenn sie zugezogen waren, und hielten die von ihm und Anya erzeugte Wärme zurück. Der Fuß des Bettes war mit blitzsauberen Fellen langhaariger Ziegen bedeckt.

Anya hatte derartigen Luxus verdient, doch mit dem Gehalt eines Soldaten würde er ihn ihr nicht bieten können. Und mit dem eines Pelzjägers noch weniger. Sei's drum. Er würde sie so gut versorgen wie er konnte. Sie gehörte zu ihm. *Sie war die Seine.* Ganz und gar. Unwiderruflich.

Sie machte es sich mit einem Teller mit Brot, Fleisch und Käse neben ihm bequem, und begann, fröhlich zu knabbern. »Wie geht es deinem Zahn?«

»Er tut weh«, gab er zu und schlürfte vorsichtig die heiße, salzige Flüssigkeit. »Und deiner Schwester?«

Ihr Lächeln erstarb. »Travis sagte, dass sie nichts essen will. Ich würde gerne zu ihr gehen, doch ich wollte dich nicht allein lassen, während du schliefst.«

Er war ihr dankbar dafür. Er hätte sich Sorgen gemacht, wenn sie bei seinem Erwachen nicht da gewesen wäre. »Wir können nach dem Essen gemeinsam zu ihr gehen.«

Ihre Miene hellte sich auf. »Aye. Das wäre schön.« Sie zog ihren Edelstein aus der Tasche ihres Morgenmantels. »Ich würde den hier gerne Magnus geben, Riggs. Diese Frauen können nicht verstehen, was ihnen geschieht. Travis hat mir gesagt, sie seien verängstigt. Manche von ihnen wehren sich gegen die Ärzte, anstatt sie ihre Arbeit machen zu lassen. Dass alle Krankenpfleger Männer sind, macht es nicht leichter. Sie wissen nicht, was in dieser Welt vor sich geht. Oder warum sie jetzt hier sind. Sie wissen nur, dass sie von einem grausamen Mann missbraucht worden sind. Magnus hat versucht, mit ihnen zu reden, doch er macht ihnen ebenfalls Angst. Wenn er diesen Stein hätte, würden sie ihm vielleicht zuhören. Es könnte ihnen behilflich sein. Würdest du es aushalten, wieder mit mir zu kommunizieren, wie wir es nach dem Aufenthalt in der Ebene taten? Als wir einander kaum verstehen konnten?«

Er stellte seine Brühe ab und umfing ihr Gesicht mit beiden Händen. »Für diese Frauen und deine Schwester verzichte ich gerne auf den Stein. Ich freue mich sogar darauf. Ich werde dir meine Sprache beibringen, und sobald du sie beherrscht, bringst du mir deine bei.«

Ihre Augen begannen, verdächtig zu glänzen. »*Och*, du bist ein wundervoller Mann, Liebling. Ein wundervoller Mann.«

»Der glücklichste Mann der Welt.«

Sie küsste ihn auf den Mund. Ihre Lippen waren so sanft wie Blütenblätter. »Und ich bin die glücklichste aller Frauen.«

Kapitel 26

DIE WINTERKÄLTE BISS Anya in Gesicht und Hände, als sie die steinernen Stufen hinabstieg, die in die hinteren Gärten von Schloss Glendall führten. Sie ging der Zeremonie halber an Magnus' Arm, brauchte ihn jedoch nicht, um sie zu stützen. Daly, der von der Rauferei mit den unlauteren Wachen lediglich eine Beule am Kopf davongetragen hatte, hatte ein Paar Schuhe für sie erdacht, bei dem die linke Sohle mit Kork unterfüttert war, um die unterschiedliche Länge ihrer Beine auszugleichen. Wenn sie die Schuhe trug, hinkte sie nicht mehr, und die Schmerzen in ihren Beinen und ihrem Rücken nahmen deutlich ab. Nach ihrer ersten Runde im Zimmer mit den neuen Schuhen hatte sie ihn auf die Wange geküsst, und hatte die Schuhe seither kaum noch ausgezogen, außer zum Schlafen ... und zum Vögeln, was Riggs und sie häufig taten, während sie sich von ihrem kurzen, jedoch anstrengenden Aufenthalt in Saroc erholten.

Drei Wochen waren vergangen. Der Winter war gekommen, mit bedecktem Himmel und feuchter, kalter Luft, die sie kaum störte, wenn sie warm und gemütlich hinter vorgezogenen Vorhängen mit Riggs in ihrem Himmelbett lag. Doch jetzt lag sie nicht im Bett. Sie war im Freien und trug ein burgunderrotes Kleid und einen Umhang, der mit dem überraschend weichen Pelz eines gefleckten Wildschweins besetzt war. Trotz des dicken Stoffs ihres Kleides und obwohl sie die Kapuze des Umhangs trug, um sich warmzuhalten, war die Kälte ihr in die Knochen gekrochen und hatte die Schmerzen in ihrem linken Knie von neuem erweckt. Die Schmerzen konnten ihre Freude nicht trüben. Und noch weniger die unterschwellige Übelkeit, mit der sie am heutigen Morgen aufgewacht war, oder die Müdigkeit, die ihr letztlich zu schaffen machte. Am heutigen Abend konnte nichts ihre Freude trüben. Es war ihr Hochzeitstag.

Nach ihrer Rückkehr aus Saroc hatte sie um eine Audienz bei Magnus gebeten, und ihm den Edelstein ausgehändigt, um die Kommunikation mit den geretteten Frauen zu erleichtern. Er hatte ihn dankbar angenommen und ihr versprochen, dass sie ihn sich jederzeit ausleihen könnte. Bis jetzt hatte sie ihn nicht gebraucht. Sie lernte Riggs' Sprache schnell. An jenem Abend hatte Magnus sie und Riggs zum Abendessen eingeladen. Beim Essen hatte er sie gebeten, Schloss Glendall zu ihrem ständigen Wohnsitz zu machen, und hatte dieses Datum festgelegt, um ihren Schwur öffentlich zu wiederholen.

Jetzt geleitete der König sie zu der Laube, in der sie sich oft mit Travis auf eine Bank setzte, um sich für ein Stündchen oder zwei an der frischen Luft zu erfreuen, während Riggs, inzwischen vollkommen genesen, für seine neue Stelle als Axtführer in der Armee des Königs trainierte. Der Junge las ihr gerne Geschichten vor, um ihr beim Erlernen der Sprache zu helfen, und sie verbrachte gerne Zeit mit ihm, wenn sie nicht mit ihrem Lebensgefährten zusammen sein konnte.

Unter ihren Sohlen knirschte Kies, als sie einen Pfad entlang gingen, der von entlaubten Büschen und einigen Zierbäumen gesäumt war, die stolz an ihren grünen Blättern festhielten. Das leise Gemurmel einer Menschenmenge wurde lauter, je näher sie der Laube kamen.

»*Och*, wie viele Leute habt Ihr geladen, um als Zeugen zu dienen?« In ihren geliebten Highlands kamen zur Knüpfung eines Ehebundes nur ein paar Mitglieder der beiden Familien. Nur Männer und Frauen von Bedeutung luden ihren ganzen Clan ein, und dann eher zu dem anschließenden Fest als zum Austausch der Schwüre. Riggs und sie schienen allerdings unter Chroinas Bevölkerung einige Bedeutung errungen zu haben; sie konnten daher vielleicht mit einer kleineren Gruppe von Leuten rechnen.

»Nur ein paar Hundert.«

Sie rang nach Luft. »Nur ein paar *Hundert*?« Wie sollten die alle in die Laube passen? Sie enthielt nur sechs Bänke.

Magnus grinste auf sie hinab. »Nervös, Lady Anya?«

»Macht Euch nicht lächerlich. Ich bin nie nervös.« Sie hatte es schon lange aufgegeben, sich darüber aufzuregen, dass er sie Lady nannte. Das taten alle Männer, und keiner von ihnen war davon abzubringen. Doch es gab einen Mann, den sie nie davon abzubringen suchte, sie Lady zu nennen, und bei dem jedes Mal, wenn er es tat, ihr Herz schneller zu schlagen begann. Dieser Mann kam jetzt in Sicht, als Magnus mit ihr eine Hecke umrundete und die lauschige Laube betrat, die mit Steinfliesen ausgelegt und von dicht stehenden Bäumen gesäumt war, die mit ihren kahlen Ästen einen Baldachin bildeten.

Riggs.

Ihr Herz machte einen Sprung, als sie ihn am anderen Ende der Laube neben dem weiß gewandeten Priester von Danus Tempel stehen sah. Seine breiten Schultern füllten das frische Leinenhemd aus, das zu der Militäruniform gehörte, die er jeden Morgen anlegte. Sein Plaid, das ihm gut passte, wenn es auch wie das der anderen Soldaten niederen Ranges verschblichen war, fiel makellos diagonal über seine lederne Rüstung bis über seine Knie hinab. Vor der Patte, die den todbringenden Kopf seiner Axt verbarg, hing über seine Hüfte drapiert eine Tasche aus Kaninchenfell.

Die Bänke waren beiseitegeschoben worden. Überall hingen Laternen aus Facettenglas, welche die Abenddämmerung mit ihrem goldenen Licht erhellten. In der engen, zum Platzen gefüllten Laube drängten sich Hunderte stehender Wolfsmänner und einige Wolfsfrauen. Ihre Augen blieben jedoch einzig auf Riggs geheftet. Ein süßes Gefühl des Friedens erfüllte sie, als sei sie inmitten des Gedränges mit ihm allein. Ihre Schritte beschleunigten sich, um schneller an seiner Seite zu sein.

Magnus lachte ihr leise ins Ohr. »Geduld, meine Liebe«, tadelte er sie, während er sie durch die still werdende Menge geleitete. Alle Köpfe wandten sich ihnen zu. Bärtige Gesichter begannen, breit zu lächeln. Struppige Köpfe neigten sich, um ihren König zu begrüßen.

Vorn in der Menge angelangt, blieb Magnus mit ihr vor einer Wolfsfrau mit elfenbeinfarbener Haut und dunklem Haar stehen, die ein meerblaues Kleid und einen Umhang aus sandfarbenem Pelz trug. »Lady Anya, dies ist Hilda, Mutter von Riggs, Mutter von Garryn und Mutter von Jonoc. Lady Hilda, dies ist Anya, Lebensgefährtin von Riggs, Schwester von Seona und Mörderin von Bantus, dem Grausamen.« Er hatte sie schon zuvor auf diese Weise vorgestellt, doch die Auflistung ihrer Eigenschaften klang in ihren Ohren eigenartig, insbesondere der Seona betreffende Teil. Magnus ging davon aus, dass sie eines Tages Königin werden würde, und Anyas Verwandtschaft mit ihr deshalb von Bedeutung sei. Sich an die wenigen Gespräche erinnernd, die sie mit ihrer Schwester geführt hatte, befürchtete Anya, dass Magnus sich wieder einmal täuschte.

Riggs' Mutter betrachtete sie mit ihren waldgrünen Augen und der Zurückhaltung, von der Anya inzwischen wusste, dass sie bei öffentlichen Auftritten der feinen Gesellschaft zum guten Ton zählte. Das Haar der hochgewachsenen Frau war von nur wenigen grauen Strähnen durchzogen, und ihr hübsches Gesicht zeigte nur vereinzelt Fältchen. Sie war einhundertvier Jahre alt.

Magnus gab ihren Arm frei, so dass sie Hilda beide Hände reichen und sie auf die rechte Wange küssen konnte, während Hilda den Kuss erwiderte. Diese unter Frauen übliche Begrüßung hatte sie von Travis gelernt.

»Ich freue mich, Euch zu begrüßen, Anya«, sagte Hilda mit kultiviert klingender Altstimme.

»Und ich freue mich, Euch zu begrüßen«, antwortete sie in der Sprache von Riggs' Volk.

»Kommt mich besuchen, wenn Eure Paarungswoche vorüber ist«, schlug Hilda vor. »Und bringt Euren Lebensgefährten mit«, fügte sie mit einem Augenzwinkern hinzu.

Riggs hatte seine Mutter das letzte Mal kurz nach ihrer Rückkehr aus Saroc gesehen. Anya war nicht mitgekommen, da Riggs seiner Mutter die Nachricht von Neils Strafe für seinen Verrat überbrachte: er war zu lebenslanger Haft verurteilt worden. Obwohl das Urteil weitaus milder ausfiel als Aris – eine schnelle, öffentliche Hinrichtung – hatte die Nachricht bei Hilda eine Zeit des Trauerns ausgelöst. Das konnte Anya verstehen. Auch sie hatte getrauert, als sie von Seona getrennt worden war. Sie trauerte noch immer. Sie konnte ihre Schwester zwar wieder sehen, doch sie war nicht mehr dieselbe.

»Wie kannst du bloß einen Mann lieben?«, hatte sie sie höhnisch gefragt. *»Sie sind doch allesamt Tiere. Sie sind abscheulich. Ich werde einen Weg nach Hause finden, Anya. Du wirst sehen. Ich werde einen Weg aus dieser Hölle finden, oder es so lange versuche, bis ich umkomme.«*

Sie fühlte, dass ihr Lächeln anfing, verkrampft zu wirken, und ließ Hildas Hände los. Magnus führte sie aus der Menge heraus. Er legte ihre Hand in Riggs'.

Die Wärme und Selbstsicherheit ihres Lebensgefährten brachte sie wieder zu sich und verscheuchte die Traurigkeit, die der Gedanke an Seona verursacht hatte. Er beugte sich zu ihrem Ohr und flüsterte: »Du siehst wunderschön aus«. Seine leise, tiefe Stimme und sein vertrauter Duft hüllten sie ein wie ein kostbarer Umhang. Ihre Wangen röteten sich, als sie die Bewunderung in den Augen ihres Lebensgefährten sah. Sie konnte es kaum erwarten, bis das Fest vorüber war und sie sich in der

Abgeschiedenheit ihres Zimmers gegenseitig der Festgewänder entledigen konnten.

Der Priester trat beiseite, während Magnus die Empore betrat, über welche sich ein aus Weinranken geflochtener und mit bunten Bändern geschmückter Bogen spannte. »Geschätzte Ladys und Männer von Marann«, begann er. »Wir haben uns heute Abend hier versammelt, um der Bestätigung des Bundes zweier Zugeschworener beizuwohnen: Riggs, Sohn von Hilda, Retter von Anya, und Anya, Schwester von Seona und Mörderin von Bantus, dem Grausamen.«

Riggs, der neben ihr stand, schwoll vor Stolz die Brust. Sie warf ihm einen verstohlenen Blick zu und sah, dass er sie bewundernd anblickte. *Och*, er war ein gut aussehender Mann. Und durch und durch anständig. Und er gehörte ihr.

Es fiel ihr immer noch schwer, an das Glück, das sie in seinen Armen gefunden hatte, zu glauben. Es war zu schön, um wahr zu sein. Doch selbst wenn es nichts als ein Traum sein sollte, so war sie bis jetzt nicht daraus aufgewacht. Sie hoffte, dass dies nie geschehen würde.

»Ich habe diesen beiden tapferen Seelen Unrecht getan.« Magnus' Stimme verlangte mit aller Macht nach ihrer Aufmerksamkeit. Sie hörte ihn in ihrer eigenen Sprache sprechen, was dem Edelstein zu verdanken war, den er ständig bei sich trug. Doch was sie befremdete, waren die von einem König ausgesprochenen Worte der Demut und Reue. Magnus blickte sie an und neigte zum Zeichen seiner Aufrichtigkeit den Kopf. Dann erwies er Riggs die gleiche Ehre.

»Jeder einzelne Bürger von Marann in dieser Versammlung sollte sich als unermesslich gesegnet betrachten, den ersten Lebensgefährten zu begegnen, die es seit tausend Jahren gegeben hat. Als ich sie fand und ihre Geschichte hörte, von der ich hoffe, dass Riggs sie heute Abend beim Fest erzählen wird,« – er grinste Riggs an, der sofort erbleichte, was vom König mit einem kurzen, herzlichen Lachen beantwortet wurde, – »habe ich mit hartem und eifersüchtigem Herzen gehandelt. Anstatt Danu zu dienen und ihrem Versprechen zu vertrauen, habe ich versucht, mich in den Bund, den sie geschaffen hatte, einzumischen. Ich habe eine schwere Gotteslästerung begangen. Riggs, Anya, ich hätte Euch nie zwingen dürfen, in einen Vertrag einzuwilligen, obwohl Danu Eure ausschließliche Verbindung bereits gesegnet hatte. Ich bitte Euch um Verzeihung.«

»Ich habe Euch bereits verziehen«, sagte Riggs und drückte den königlichen Arm.

Dann wandten sich beide ihr zu. »*Och*, wenn ich Euch nicht vergebe, wird man mich für ein zänkisches Weib halten.«

Magnus grinste. »Als König lernt man, sich zu sichern, was man sich wünscht. Ich wünsche Eure Vergebung und werde jegliche Demütigung hinnehmen, um sie zu erhalten.« Das sagte er nur zu ihr, ohne die Stimme zu heben. Sein Grinsen wich einer ernsten Miene. »Ich habe durch diese Ereignisse viel gelernt. Geduld. Vertrauen. Anständigkeit. Ich bitte Euch nicht nur um Verzeihung, sondern danke Euch dafür, dass Ihr mir diese vernünftigen Lektionen erteilt habt.«

Das war nicht wirklich ihr Verdienst gewiesen. Sie hatten das Glück – oder vielleicht Danu – auf ihrer Seite gehabt, als sie Seona fanden. Würde Magnus den Vertrag aufgelöst haben, wenn sie sie nicht gefunden hätten? Würde er Anyas Wunsch nachkommen, Seona in Ruhe zu lassen, während sie sich von den schrecklichen Dingen, die ihr in Saroc zugestoßen waren, erholte?

Die Menge blieb still. Magnus blickte sie erwartungsvoll an. Es gefiel ihr nicht, zur Vergebung gezwungen zu werden, und schon gar nicht an ihrem Hochzeitstag. Andererseits hatte Magnus sich in den vergangenen Wochen als einfühlsamer Beschützer der geretteten Frauen erwiesen. Er hatte sie alle in einem bisher unbewohnten Flügel von Schloss Glendall untergebracht und sie genauso gut behandelt wie Maranns Wolfsfrauen. Obwohl in seiner Armee und an seinem Hof seit dem fehlgeschlagenen Umsturz einige Verwirrung herrschte, hatte er sich die Zeit genommen, diese schöne Hochzeit ausrichten zu lassen. Er hatte sie und Riggs eingeladen, bei ihm zu wohnen, und er hatte ihr erlaubt, Travis als ihren persönlichen Diener zu behalten, womit er ihr eine große Ehre erwies.

Mit erhobener Stimme, damit die Menge sie hören konnte, sagte sie: »Eine Frau aus den Highlands schenkt nicht leicht Vertrauen und braucht Zeit, um zu vergeben. Doch wenn sie die Güte eines Mannes erkennt, besteht die Möglichkeit, dass sie früher vergibt, als sie es gewöhnlich täte. Ich verzeihe Euch.« Sie senkte die Stimme und führte, allein an ihn gewandt, hinzu: »Ich bitte Euch jedoch, mit Seona vorsichtig umzugehen. Wenn Ihr wirklich gelernt habt, was Geduld bedeutet, werdet Ihr ihr die Zeit lassen, zu genesen.«

»Darauf gebe ich Euch mein Wort.« Seinen Blick zu Riggs hebend, sagte er: »Riggs, Sohn von Hilda, Retter von Anya, du hast bewiesen, dass du zu den besten Männern des Landes gehörst. Deine Treue, dein Ehrgefühl und deine Stärke zeichnen dich aus. Deine Dienste als Axtführer in meiner Armee werden geschätzt. Ich habe jedoch eine neue Aufgabe für dich. Wie inzwischen jedermann weiß, habe ich einen meiner zwölf Ritter von der Mondsichel verloren. Es stellte sich heraus, dass einer der zwölf ein Verräter war. Die Lücke muss gefüllt werden, und ich hätte gerne, dass du sie füllst. Bist du bereit, diese Pflicht und diese Ehre anzunehmen?«

Riggs stieß die Luft aus, als habe Magnus' Angebot ihm den Atem verschlagen. Der Druck seiner Hand, die die ihre umfasste, verstärkte sich. Er räusperte sich. »Ich nehme sie an, Eure Majestät.«

Sie reckte sich stolz. Ihre Augen füllten sich mit Freudentränen. Sie konnte den Blick nicht von ihrem Wolfsmann wenden. Er stand groß und stolz neben ihr, mit jedem Zoll der angesehene Ritter, zum dem er gerade gemacht worden war.

Magnus strahlte sie beide an. Er winkte nach dem Priester, um mit der Zeremonie zu beginnen. Während der Priester seinen Platz einnahm, zog Magnus aus seiner Kaninchenfelltasche eine goldene Halskette. »Ich habe dieses Schmuckstück für Lady Seona anfertigen lassen. Ich werde es ihr schenken, wenn der richtige Zeitpunkt gekommen ist. Ihr bekommt es bis zum Ende Eurer Paarungswoche geliehen.« Er hielt die geöffnete Kette mit beiden Händen hoch. Sie war aus goldenen Gliedern gefertigt, die wie verwobene Stränge aussahen. Rechteckige Amethyste wechselten sich von beiden Seiten her mit achteckigen Smaragden ab. Die Größe der Edelsteine nahm zu, je näher man der Mitte kam, und zogen den Blick auf das Herzstück, den Amethyst, den Magnus begonnen hatte, den Übersetzungsstein zu nennen. Er war von kleinen, glitzernden Diamanten umringt. Die Halskette sah genauso aus wie die auf dem Porträt in Magnus' Thronsaal.

Er machte ihr das Geschenk des gegenseitigen Verstehens, damit sie diese Woche mit ihrem Ehemann ohne Einschränkung genießen konnte. Und er vertraute ihr das kostbare Geschenk an, das er ihrer Schwester machen wollte, falls sie ihn jemals erhören sollte, wie er es hoffte. Eins war sicher. Seona hätte es schlimmer treffen können als mit einem großzügigen König, der demütig genug war, seine Schuld zuzugeben, wenn es nötig war, und weise genug, um menschliche Größe zu erkennen und zu fördern, wenn sie ihm begegnete. Er hatte sich ihre Vergebung innerhalb der letzten fünf Minuten mehr als verdient. »Danke, Magnus.«

Er befestigte die Kette um ihren Hals, küsste sie auf die Wange und gesellte sich zu Hilda und zweien seiner Ritter. Dann sprach der Priester Gebete für sie und Riggs und bestätigte ihren Schwur und die Tatsache, dass sie Lebensgefährten waren, mit zitternder Stimme und Tränen in den Augen.

Als es an der Zeit war, ihren Schwur zu wiederholen, hatte Anya Schwierigkeiten, ihre eigenen Freudentränen zurückzuhalten. Sie tat es mit der Entschlossenheit einer Keith und der Würde von Scotia.

Die Reise bis zu diesem Ort war lang und alles andere als einfach gewesen. Jetzt, wo sie hier angelangt war und Riggs neben ihr stand, schwor sie sich aus tiefstem Herzen, ihr neues Zuhause und ihren neuen König zu schätzen und ihrem Wolfsmann zu zeigen, wie es ist, von einem Mädel aus den Highlands geliebt zu werden.

Epilog

RIGGS ÖFFNETE DIE Augen und sah am Rand der Bettvorhänge Sonnenlicht hereindringen. Vorsichtig, um Anya nicht zu wecken, streckte er genüsslich die Zehen bis ans Ende des Betts und rollte mit dem Kopf hin und her, dass es in seinem Nacken knackte. Seine Glieder waren steif, weil er sie die ganze Nacht in derselben Position im Arm gehalten hatte, doch dieses vorübergehende Unbehagen erlitt er gerne, da es ihr eine friedvolle Nacht beschert hatte. Normalerweise musste er nicht darauf achten, ob er sich wälzte und sie damit weckte, doch sie war in letzter Zeit öfter müde gewesen und hatte sich morgens unwohl gefühlt.

Er drückte ihr einen sanften Kuss auf die Schläfe und sog ihren Duft nach Blüten, Ysop und Weib tief in sich ein. Es war der vierte Tag ihrer Paarungswoche; seit dem Abend, an dem sie Lebensgefährten geworden waren, war ein Mondzyklus vergangen, und er war glücklicher, als er es sich je hatte vorstellen können.

Er fühlte sich beinahe schuldig dafür, sich mit seiner Liebsten in dieser vornehmen Wohnung eingeschlossen zu haben. Wenn er und Anya aus ihrem Paarungszimmer auftauchen würden, warteten seine Pflichten als Ritter von der Mondsichel auf ihn. Er hatte es eilig, seine neue Karriere zu beginnen, doch nicht so eilig, dass er nicht bedauert hätte, dass ihm nur noch drei wundervolle Tage übrigblieben, um mit seiner Frau Zärtlichkeiten auszutauschen, sie zu küssen und sich mit ihr zu paaren.

Was die Zärtlichkeiten betraf, war Anya dabei, ihre Nase an seinem Nacken zu reiben. Sie küsste ihn dort, unter dem Ohr, wo der süße Druck ihrer Lippen sein Blut in Wallung brachte. Dann atmete sie scharf ein, wie sie es tat, wenn sie von Übelkeit geplagt wurde.

»Meine arme Lady«, murmelte er in ihr Haar. »Ich werde Travis nach einem Doktor schicken, sobald er uns das Tablett mit dem Frühstück bringt. Und dieses Mal wirst du mich nicht davon abbringen.« Er gab ihr zu oft nach. Es wurde Zeit, dass er sich ihr gegenüber behauptete. Was ihre Gesundheit anging, würde er keine weiteren Risiken eingehen. Diese Übelkeit hatte bereits lange genug gedauert, dass er sich ernsthaft Sorgen machte.

»Wie du willst, Liebster.«

Etwas stimmte mit Anya nicht, das war offensichtlich. Sie hatte gerade einer Sache zugestimmt, die sie zuvor abgelehnt hatte. Er fühlte ihre Stirn. Sie war wärmer als sonst. »Du hast Fieber.« Er setzte sich auf und schlug die Bettvorhänge beiseite. Wie der Blitz zog er sich seine Zivilisten-Hosen an. »Ich sage den Gardisten, sie sollen einen Arzt holen.«

Anya stürzte an ihm vorbei, hinter den Wandschirm. Er rannte ihr nach und sah, dass sie sich in den Nachttopf übergab.

Ihm klopfte das Herz bis zum Hals. Sie war ernsthaft krank. Er rannte zur Tür.

»Das kann doch nicht sein«, flüsterte sie.

Er blieb mit der Hand am Türriegel stehen. Sie klang nicht bekümmert. Sie klang verwundert.

»Anya?« Er drehte sich zu ihr um und sah sie auf den Fersen hocken. Ihr Nachtgewand lag in Falten um ihre Knie. Die Halskette des Königs lag auf ihrer Brust, mit dem großen Amethyst direkt über dem Tal zwischen ihren Brüsten.

Mit abwesendem Blick goss sie aus dem Krug Wasser in einen Becher. Nachdem sie ihn ausgetrunken hatte, wischte sie sich mit dem Handrücken den Mund. Als sie den Arm senkte, hatte sie ein breites Lächeln auf den Lippen. »Ich brauche keinen Arzt, Liebster«, sagte sie. Ihre glühenden Wangen passten nicht zu der Übelkeit, die sie gerade erlitten hatte.

»Keine Einwände. Wir müssen endlich herausfinden, an welcher Krankheit du leidest.« Er begann, die Tür zu öffnen.

»Ich leide an keiner Krankheit«, sagte sie mit einem Lachen. Sie sprang auf und hinkte mit schnellen, leichten Schritten auf ihn zu. Als sie vor ihm stand, stellte sie sich auf die Zehenspitzen und schlang ihm die Arme um den Hals. »Ich trage ein Kind in mir, Riggs.«

Er blinzelte. Er musste sich verhört haben. »Was hast du gesagt?«

»Ich trage ein Kind in mir. *Dein* Kind. Deine Saat ist in mir aufgegangen. Es ist ein Wunder.«

Er vergaß zu atmen. »Wirklich?«

»Ich glaube schon. Ich bin mir nicht sicher, aber alle Anzeichen deuten darauf hin. Ich weiß nicht, warum ich erst jetzt darauf komme. Morgendliche Übelkeit, tagsüber ständig müde, empfindliche Brüste. *Och*, fühlen sie sich größer an?« Sie öffnete ihren Morgenmantel und legte seine Hände auf ihre Brüste.

Er wog sie pflichtbewusst in der Hand. Beim Mond, wenn er sie auf diese Weise berührte, wollte er sich mit ihr paaren. Er schlug sich den Gedanken aus dem Kopf. Wie konnte er in einem solchen Moment ans Paaren denken? Er konzentrierte sich darauf, wie ihre weichen Hügel sich anfühlten. Sie wirkten größer. Schwerer. Das Rosa ihrer Nippel war etwas dunkler als zuvor. Ihm lief das Wasser im Mund zusammen. »Sie fühlen sich in der Tat größer an«, gelang es ihm, zu sagen.

»Wir werden ein Kindchen haben.« Ehrfurcht erfüllte ihre Stimme.

Staunen füllte sein Herz. Anya trug ein Kind in sich. *Sein* Kind.

Sein *Kind*.

Sie nahm seine Hände von sich und küsste seine Finger. Dann zog sie ihn zu sich herunter und küsste ihn ausgiebig auf den Mund. Sie schmeckte nach frischem Wasser und seiner geliebten Anya.

Als sie den Kuss beendete, strahlten ihre Augen vor Freude und Liebe. Er hatte sie noch nie so glücklich gesehen. Und in den vergangenen Wochen hatte er sie *sehr* glücklich gesehen. »Hast du gehört, was ich gesagt habe, Riggs? Wir werden ein Kind haben.«

»Ich habe es gehört.« Ein Lächeln zog langsam seine Wangen in die Breite. »Wir werden seit Travis' Geburt die ersten Eltern sein, die ein Kind in dieser Welt willkommen heißen.« Er wurde von einem Taumel der Freude erfasst. Er hob seine Lebensgefährtin hoch und schwang sie durch die Luft. Dann setzte er sie erschrocken ab. »Ich habe dir doch hoffentlich nicht wehgetan?«

»Nein, du hast mir nicht wehgetan. Ich bin keine Invalide. Ich trage ein Kind in mir. Ich bin schwanger!«

Er würde Vater werden.

Er fühlte Hoffnung für sein Volk in sich aufsteigen, wie einen frischen Wind. Ein Kind. Halb Wolfsgattung, halb Mensch. Seine Geburt würde von ganz Marann gefeiert werden. Nein, von der ganzen Welt.

Ob Junge oder Mädchen, das war nicht wichtig. Das Kind stand für die Hoffnung. Vielleicht war dies der lang ersehnte Wendepunkt.

Es würde neues Leben in die Welt kommen. Dank Anya.

Er hatte geglaubt, Danu habe ihn mehr als alle anderen Männer gesegnet, indem sie ihm eine so mutige, schöne, leidenschaftliche Frau geschenkt hatte. Doch wenn der Segen der Göttin einem Eisberg glich, hatte er nun das Gefühl, nur dessen Spitze gesehen zu haben.

Der dienende Welpe kam mit ihrem Frühstückstablett durch die Tür.

»Travis«, sagte Riggs. »Hol Magnus her. Wir haben Neuigkeiten für ihn.«

Ein Hinweis der Autorin

Vielen Dank, dass Sie *Der Wolf und die Highlanderin* gelesen haben. Ich hoffe, es hat Ihnen gefallen. Dieser Roman ist der erste meiner Serie Highland-Sehnsucht. Der nächste Band heißt *Ich wähle den Highlander*. Sie finden unten einen Auszug daraus.

Wenn Sie eine E-Mail erhalten möchten, sobald ein neues Buch von mir herauskommt, können Sie sich auf http://jessigage.com/ für meinen Newsletter eintragen oder mir auf Twitter @jessigage folgen, oder meine Facebookseite liken https://www.facebook.com/jessigageromance.

Rezensionen, egal ob positiv oder negativ, helfen einem Autoren gewaltig. Über eine ehrliche Bewertung auf der Seite Ihres bevorzugten Händlers würde ich mich sehr freuen.

Leseprobe aus
Ich wähle den Highlander

Schottische Highlands, 1981

Connie folgte ihrer Zwillingsschwester um einen Felsbrocken im Hang herum. Über ihnen ragten aufrecht stehende Steine wie die Krappen eines Solitärrings in den erst zaghaft von der Morgendämmerung erhellten Himmel.

Der Anblick erinnerte sie ungebeten an etwas, was sie vor zwei Nächten vor Augen gehabt hatte: einen rund geschliffenen, lupenreinen Diamanten. Seine zwei Karat geschmackvoller Brillanz zwinkerten ihr von ihrem elfenbeinfarbenen Satinlager aus zu, und verhöhnten sie mit ihrem so heiß ersehnten Angebot, auf das sie so lange hingearbeitet hatte, ohne jetzt in der Lage zu sein, es akzeptieren zu können.

Daran war das Paar am Nachbartisch schuld, der Mann, der seine Begleiterin so liebevoll angeblickt hatte, dass es Connie die Kehle zuschnürte, und die Frau, deren Wangen sich jedes Mal, wenn ihr Gefährte ihr zärtlich mit den Fingerknöcheln über die Schläfe strich oder den Rücken ihrer Hand küsste, anmutig röteten. Das Essen auf ihrem Tisch war für dieses Paar Nebensache. Ihr Hauptgericht war die Liebe. Ihre gegenseitige Anbetung umgab sie mit einem unsichtbaren, jedoch nicht zu übersehenden Strahlen.

Das ist es, was ich mir wünsche!

Dieser für sie so ungewöhnliche Gedanke hatte sie emotional ins Schleudern gebracht. Die Liebe hatte nicht auf ihrer Liste der Kriterien für die Wahl eines Ehepartners gestanden. Ihre Eltern empfanden zwar keine Liebe füreinander, doch sie hatten alles andere, und hatten Connie und ihrer Schwester eine Kindheit voller Privilegien und Möglichkeiten geschenkt.

Alles, was sie brauchte, war ein Mann, der wie ihr Vater hart arbeitete und Geschäftssinn besaß, ihre Werte teilte und den gleichen Lebensstil anstrebte wie sie. Am wichtigsten war ihr, dass der Mann ihre Entscheidungen respektierte und sie in ihren Zielen unterstützte.

Sich aufeinander verlassen können. Zueinander passen. Einander respektieren. Darin bestanden ihren Eltern zufolge die Grundlagen einer dauerhaften Beziehung, und nicht im fließenden Sand von Liebe und Zuneigung. Die waren etwas für kurzsichtige Dummköpfe.

Ohne auf das Paar in seinem Rücken zu achten, war Milt nach dem Dessert auf ein Knie heruntergegangen. Sein Heiratsantrag kam ihm flüssig wie Eiswein von den Lippen. Das war kein Wunder. Die Staatsanwaltschaft von Chicago bezahlte ihm den Höchstlohn, um ihn als stellvertretenden Staatsanwalt zu behalten. Mit Argumenten überzeugen zu können war das wichtigste von Milts zahlreichen Talenten.

Connie hatte den Heiratsantrag kaum mitbekommen. Ihr Blick wanderte immer wieder zu dem Liebespaar.

»Wow. Dieser Ort ist traumhaft!« Leslies Begeisterung brachte Connie in die Gegenwart zurück.

Ihre Zwillingsschwester legte an Tempo zu, als sie sich der Spitze des Hügels näherten. Ihr schwarzes Kleid und ihr wolkengrauer Schal ließen sie wie ein umwandelndes Gespenst aussehen, als sie um eine weitere Biegung des in Serpentinen aufsteigenden Wegs verschwand.

Connie folgte ihr und war froh, von Milts Antrag abgelenkt zu werden.

Sie hatte für den Ausflug solide Sandalen gewählt, bereute jedoch, nicht die Leinenhose angezogen zu haben, die sie am Vortag während des Flugs getragen hatte. Obwohl sie nach einem Bügeleisen schrie, hätte sie einen besseren Schutz gegen die stachligen Sträucher abgegeben, als ihr knielanger Jeansrock. Bei Tageslicht würde der untere Teil ihrer Beine von den vielen Kratzern aussehen, als hätte sie einen Sonnenbrand.

Sei's drum. Was waren schon ein paar Kratzer, wenn Leslie sich so großartig amüsierte? Connie hatte nicht oft Gelegenheit, sich der Anwesenheit ihrer Zwillingsschwester zu erfreuen, die ihre Zeit – und ihren Treuhandfonds – darauf verwendete, die entlegensten Gegenden zu bereisen, die ihr in den Sinn kamen, während Connie in der Stadt an ihrer Karriere arbeitete.

Nach dem Heiratsantrag, als sie plötzlich den Drang verspürte, aus Chicago und vor Milt zu fliehen, hatte Connie die

Postkarte genommen, die Leslie ihr von ihrem letzten Aufenthaltsort geschickt hatte, und die Nummer ihrer Bleibe gewählt.

»Aber selbstverständlich würde ich mich freuen, dich zu sehen, Con!«, hatte ihre Schwester das Knistern in der Leitung übertönt. »Was hältst du davon, nach Schottland zu fliegen? Wenn du dich sofort auf den Weg machst, schaffst du es noch bis zur Sommersonnenwende. Klingt das nicht super romantisch? Den frühesten Sonnenaufgang des Jahres in einer ehemaligen Kultstätte der Druiden zu erleben? Jetzt komm schon, Con. Komm mit mir mit. Wir werden riesigen Spaß haben!«

Nach einem endlosen Flug noch vor dem Morgengrauen einen mit dornigen Sträuchern bewachsenen Hügel hinaufzusteigen war nicht unbedingt, was Connie sich unter Spaß vorstellte. Doch es war immer noch besser, als sich in ihrer Wohnung zu verstecken und Milts Anrufen auszuweichen. Also hatte sie sich in einen Flieger gesetzt und sich am Abend des Vortags mit ihrer Schwester in Inverness getroffen. Ein paar Stunden Schlaf und einen Kleiderwechsel später waren sie nun hier, in Druids Temple, vier Meilen mit dem Rad in Richtung Meer von Inverness – und ihrem Frühstück – entfernt.

Als sie die Spitze des Hügels erreichte, sah sie, wie Leslie sich in der Mitte des Steinkreises um sich selbst drehte. Ihre Schwester hielt die Arme ausgebreitet und ihr Gesicht dem samtblauen Himmel entgegengereckt, der zur Vorbereitung des Tages seinen Sternenteppich zusammengerollt hatte. Es sah aus, als würde sie mit der Erde selbst tanzen.

Soviel Connie wusste, konnte dies durchaus der Wahrheit entsprechen. Wicca, Leslies neue Leidenschaft, huldigte unter anderem der Erde und den natürlichen Elementen, zumindest dem zufolge, was Leslie ihr auf der Taxifahrt vom Flughafen her erzählt hatte.

Connie musste angesichts des Überschwangs ihrer Schwester lächeln. Sie musste zugeben, dass der Ort wirklich traumhaft war.

Die im Kreis stehenden Steine ragten um sie empor wie Zeugen der Geschichte. Wie viele Jahrhunderte blickten diese

Steine schon auf das darunterliegende hügelige Grasland hinab? Wie viele Generationen von Hirten hatten ihre Ziegen und Schafe im Schutz dieser Steine weiden lassen? Wie viele Sonnenaufgänge wie der, der sich gerade mit rosa-orangenem Glühen am Horizont ankündigte, hatten diese Felsbrocken in dynamische Zeitmesser verwandelt?

Leslie hörte auf, sich zu drehen und stellte sich mit einem atemberaubenden Lächeln Connie gegenüber. Obwohl ihre Schwester ihr kastanienbraunes Haar schwarz färbte und ihren schlanken Körper mit Kleidern im Gothic-Stil behängte, war es ihr nie gelungen, das für die Anhänger dieser Szene typische, leidenschaftslose Aussehen zu erzielen. Darum ging Connie davon aus, dass ihre Wiccaphase nicht lange andauern würde. Genau wie ihre Phase als Hippiemusikerin, ihre Phase als Rucksackreisende durch Peru und ihre Phase der sexuellen Abenteuer in Amsterdam, von der Connie am liebsten nichts erfahren hätte.

Wo auch immer Leslie sich morgen aufhalten würde, Connie war dankbar, heute mit ihr zusammen zu sein. Leslie streckte die Hand nach ihr aus und Connie näherte sich ihr und ergriff sie. »Ich bin froh, dass ich mich von dir zu diesem Ausflug hab überreden lassen.«

»Mich freut es auch.« Leslie ließ sich, ohne Connies Hand loszulassen, im Schneidersitz im Zentrum des Steinkreises nieder.

Ihr blieb keine andere Wahl, als sich neben Leslie niederzuknien, obwohl sie auf dem liegenden Baumstamm, den sie außerhalb des Kreises ausgemacht hatte, bestimmt würdevoller gesessen hätte. Zumindest gab es hier niemanden, der sehen konnte, wie sie sich verstohlen umsah, bevor sie diskret an ihrem Rocksaum zog. Schicklich bedeckt, wenn auch nicht wirklich behaglich, saß sie neben ihrer Schwester und bemühte sich, die Schönheit des Orts auf sich wirken zu lassen, wie Leslie es zu tun schien.

»Ich habe dich vermisst, Schwesterherz«, sagte Leslie, während sie ihre Finger mit ihren verschränkte.

Niemand anders hatte je auf diese Weise ihre Hand gehalten. Noch nicht einmal Milt. Doch sie und Leslie hatten ihre Finger seit ihrer Kindheit immer verschränkt. Es gab ihnen ein süßes Gefühl der Sicherheit und unterstrich die Zuneigung, die sie füreinander empfanden.

»Ich habe dich auch vermisst«, antwortete sie ihrer Zwillingsschwester, wobei ihre Worte hinter ihren Gefühlen zurückblieben. Sie waren so lange getrennt gewesen. Connie hatte so hart an ihrem derzeitigen Projekt gearbeitet, dass sie seit mehr als einem Monat Leslie weder gesehen, noch am Telefon gesprochen hatte.

Aus Leslies Lächeln wurde eine ernste Miene. »Versteh mich nicht falsch. Ich will mich nicht beklagen, aber ich habe so das Gefühl, dass du diesen langen Weg nicht nur gemacht hast, um mit mir den Sonnenaufgang anzusehen. Was ist die Ursache für deinen Spontanurlaub? Ist es Milt? Habt ihr euch getrennt?« Gegen Ende der Frage stieg ihr Tonfall hoffnungsvoll an. Leslie mochte Milt nicht.

Connie bedachte sie mit einem strengen Blick. Dann wurde sie weich und lehnte ihren Kopf an die Schulter ihrer Schwester. »Nein. Schlimmer«, sagte sie. »Er hat mir einen Heiratsantrag gemacht.«

Leslie hielt sich auf einmal erstaunlich still. Dann schob sie Connies Kopf von ihrer Schulter. »Wer sind Sie, und was haben Sie mit meiner Schwester gemacht?« Sie zog verwirrt die Brauen zusammen. »War das nicht genau das, was du dir gewünscht hattest? Milt war für dich doch alles andere als der Märchenprinz. Er war dein Fahrschein ins – Mist, was wolltest du noch, anstatt Glück? Zufriedenheit, wenn mich nicht alles täuscht. Milt war dein Fahrschein in das zufriedenstellende Leben, das du so sorgfältig geplant hattest.« Sie machte Drehbewegungen mit ihren Händen, als hielte sie einen Rubik's Cube in ihnen.

»Mach dich nicht über meine Planung lustig«, schalt sie. Darüber bekamen sie sich immer wieder in die Wolle. Leslie war eher künstlerisch veranlagt und verstand nicht, warum Connie überhaupt arbeiten, geschweige denn den ganzen Tag Mathematik betreiben wollte, wo sie doch alle beide über einen bequemen Treuhandfonds verfügten. Connie wiederum verstand nicht, wie Leslie sich damit begnügen konnte, das Geld ihrer

Eltern auszugeben, ohne eigenes zu verdienen, und wie sie ohne festen Plan von einem Ort zum nächsten hüpfen konnte, ohne eine eigene Adresse zu besitzen.

»Ich mache mich nicht über die Planung an sich lustig, sondern über Milt. Oder vielleicht über deinen ausgetüftelten Plan mit dem Ziel der Zufriedenheit.« Leslie stieß ihr den Ellenbogen in die Seite, um ihrer Kritik die Schärfe zu nehmen. »Wenn ich recht verstehe, hast du nicht Ja gesagt, sonst wärst du dabei, mit Milt zu feiern, anstatt hier bei mir zu sitzen.«

»Ich habe nicht Ja gesagt«, bestätigte Connie. »Ich habe ihm gesagt, ich würde darüber nachdenken.«

In Erinnerung an ihre Feigheit zuckte sie zusammen. Nachdem sie Zeugin der Liebe zwischen dem Mann und der Frau am Nachbartisch geworden war, konnte ihre Antwort nur ein klares Nein sein. Doch Nein zu Milt zu sagen bedeutete, einen roten Strich mit nicht löschbarer Tinte durch den Plan zu ziehen, an dessen Durchführung sie seit mehreren Jahren arbeitete.

»Darüber nachdenken?«, fragte Leslie. »Wirklich? Ach, Con. Ich kann nur hoffen, dass du Nein sagen wirst.«

Sie fixierte den heller werdenden Horizont. »Ich hätte schon längst Nein sagen sollen.« Es entging ihr nicht, dass Leslie vorsichtshalber schwieg. Sie bot wahrscheinlich ihre gesamte Willenskraft auf, um keine Genugtuung zu zeigen. »Sag es ruhig«, seufzte sie. »Es muss dir doch auf den Lippen brennen: ›Ich hab's dir doch gesagt.‹«

»Das würde ich nie sagen. Dafür siehst du viel zu unglücklich aus.« Leslies Mitgefühl zog Connies Aufmerksamkeit auf ihr freudestrahlendes Gesicht. Alle sagten immer, sie glichen sich wie ein Ei dem anderen, doch für Connie würde ihre Schwester immer die Hübschere von ihnen beiden sein. Das lag nicht nur an ihren haselnussbraunen Augen, die so viel ausdrucksvoller waren als Connies, und daran, dass ihr das Lächeln so leicht fiel. Es lag an ihrer Persönlichkeit. Leslie war mitfühlend, lieb und unkonventionell. Obwohl sie es nie zugeben würde, wünschte Connie sich manchmal, sie wäre ihrer Schwester ähnlicher und könnte das Leben genießen, ohne immer alles zu Tode zu analysieren.

»Ach, Con.« Leslie legte ihr den Arm um die Schultern. »Ich weiß, dass dir Glück und Liebe und all dieser ›emotionale Unsinn‹ nicht wichtig sind. Aber ich habe mir diese Dinge immer für dich gewünscht. Du verdienst etwas viel Besseres als ein bis ins Detail durchgeplantes Leben.« Sie setzt sich plötzlich auf und klatschte in die Hände. »Oh! Oh, das passt ja ganz wunderbar!«

Es sah Leslie ähnlich, ohne Vorwarnung von ernst auf begeistert umzuschalten.

»Was passt ganz wunderbar?«

Connies Zwillingsschwester hüpfte auf ihrem Platz auf und ab und hielt sie an beiden Händen, wie sie es als Kinder taten, wenn sie sich dabei im Kreis drehten, bis ihnen schwindlig wurde und sie kichernd ins Gras fielen. »Du weißt doch, was Daddy immer sagt: ›Das Schicksal begünstigt die Mutigen!‹«

»Ja…«, antwortete Connie gedehnt. Worauf wollte Leslie hinaus?

»Nun, ich habe gestern einen Ladenbesitzer getroffen, der mich gefragt hat, was ich mir zur Sommersonnenwende wünschen würde. *›Der Sonnenaufgang ist ein magischer Moment, Mademoiselle. – ‹«*

»Ein französischer Ladenbesitzer in Inverness?«, unterbrach Connie sie.

»Ich weiß. Das klingt komisch. Aber er hatte etwas wirklich Bezauberndes an sich. Vielleicht ist er ein echter Zauberer«, flüsterte sie mit aufgerissenen Augen. »Na ja, egal.« Sie tat die möglicherweise magischen Fähigkeiten des Mannes mit einer wegwerfenden Handbewegung ab und wühlte in ihrem Rucksack. »Er hat gesagt, dass ein Wunsch, der aus reinem Herzen kommt, zur Sommersonnenwende manchmal erfüllt wird, und mir das hier gegeben.« Triumphierend lächelnd holte sie einen Halsschmuck aus ihrem Rucksack. Es war ein einfacher Stein, der an einem Lederband hing.

»Hat er dir das verkauft? Hoffentlich nicht zu teuer.« Der Anhänger sah aus wie ein Muttertagsgeschenk aus dem Kindergarten.

»Er hat ihn mir geschenkt«, sagte sie mit glänzenden Augen, als könne sie es kaum glauben. »Er sagte, er habe den Anhänger singen hören, sobald ich den Laden betrat.«

Connie verdrehte die Augen.

»Es ist ein Hexenstein«, sagte Leslie, ungeachtet der fehlenden Begeisterung ihrer Schwester. »Das Loch in der Mitte ist auf natürliche Weise entstanden. Diese Steine sollen Zauberkraft besitzen. Wenn man durch das Loch sieht, soll man in die Feenwelt blicken können.« Sie hielt sich den Stein ans Auge und blickte Connie durch das Loch an. »Hmm. Ich sehe nichts Ungewöhnliches.«

»Kein Wunder. Sie werden hier wahrscheinlich zu Hunderten angefertigt und an Touristen verscherbelt, die auf ein Stück schottische Geschichte scharf sind.«

»Ach, komm. Lass mir meinen Spaß.« Leslie zog das Lederband auseinander, als wolle sie sich den Anhänger umlegen, überraschte Connie jedoch damit, dass sie ihn stattdessen ihr über den Kopf zog.

»Was machst du da? Ich will das Ding nicht.« Sie versuchte, den Händen ihrer Schwester auszuweichen, war jedoch nicht schnell genug. Der Stein legte sich kühl und schwer auf den dünnen Stoff ihres Hemds.

Leslie beruhigte sie. »Er wird dich nicht beißen. Ich werde einen Wunsch für dich aussprechen, wenn die Sonne aufgeht. Das wird den Zauber vielleicht noch verstärken.«

»Zauber? Allen Ernstes?«

»Ja, allen Ernstes.« Leslie stand auf und drehte sich mit ausgestreckten Armen im Kreis. »Wir sind von Zauber umgeben. Fühlst du es nicht? Die Steine? Die Sonnenwende? Und wir beide zusammen, nach so langer Zeit?« Sie schloss die Augen und atmete tief ein, wobei sie unendlich gelöst wirkte.

Connie hatte Lust, sich von dem lächerlichen Schmuckstück zu befreien und es Leslie zurückzugeben, doch der Gesichtsausdruck ihrer Zwillingsschwester hielt sie davon ab. Leslie nachzugeben hatte schon immer zu Connies Schwächen gehört. Sie seufzte resigniert.

»Na gut. Mach deinen Wunsch. Aber warum machst du ihn nicht für dich selbst? Ich habe alles, was ich brauche.«

Das stimmte nicht ganz. Sie hattc eine erfolgreiche Karriere und Eltern, die sie wunderbar unterstützten. Sie hatte eine Schwester, die sie mehr liebte als alles andere. Doch sie wollte auch heiraten und eine eigene Familie gründen. Nach dem Abend mit Milt neulich war ihr klar geworden, dass es ohne Liebe nicht ging, und sie deshalb ihre Strategie, einen Partner zu finden, vollkommen überdenken musste.

Sie würde damit beginnen, der Beziehung zu Milt ein unmissverständliches Ende zu setzen, sobald sie wieder zu Hause war. Doch darum würde sie sich später kümmern. Jetzt ging es ihr darum, sich an der Gegenwart ihrer Schwester zu erfreuen, und Leslies eigene Wünsche erfüllt zu sehen.

»Was ich mir am meisten wünsche, ist, dich glücklich zu sehen«, sagte Leslie, kam auf sie zu und nahm ihre Hände.

»Es ist mir nicht wichtig, glücklich zu sein«, entgegnete sie. »Was mir wirklich wichtig ist, ist, meinen Erfolg mir selbst zu verdanken. Wünsche sind etwas für Leute, die es vorziehen, die Dinge auf einfache Weise zu erhalten, anstatt sie sich durch harte Arbeit zu verdienen.«

Leslie prustete verächtlich, was sie beide zum Lachen brachte. »Pfui, schäm dich!«, sagte sie, einen Lieblingsausdruck ihrer Mutter verwendend.. »Jetzt sei aber still, während ich Faulpelz meinen Wunsch ausspreche.«

Connie schüttelte den Kopf. Es tat ihr leid, ihre Schwester unbeabsichtigt beleidigt zu haben. »Aber Süße, so habe ich das doch nicht gemeint!« Ihre energiegeladene Schwester war alles andere als ein Faulpelz. Sie hatte zwar keinen Job, doch sie studierte auf ihren Reisen intensiv Kunst und Kultur und gewann überall, wo sie hinging, neue Freunde. Leslies Art zu leben minderte in keiner Weise den Respekt, den sie für sie empfand. Sie machte es ihr nur schwerer, sich in ihre Zwillingsschwester hineinzuversetzen.

Leslie strahlte sie an. »Das weiß ich, du Dummchen. Schon mal was von Sarkasmus gehört?«

Connie atmete erleichtert auf. Ihre Schwester nahm die Dinge gelassener, als sie es je tun würde. »Weißt du eigentlich, wie lieb ich dich habe?«, fragte sie. »Na gut, mach also deinen Wunsch.« Das Vergnügen war sie ihrer Schwester schuldig.

Außerdem war sie trotz allem Augenverdrehen und Protestieren insgeheim gerührt, dass Leslie diesen angeblich magischen Moment nutzen wollte, um einen Wunsch für sie auszusprechen. Es erinnerte sie daran, dass Leslie immer zwei glückbringende Pfennige in Brunnen geworfen hatte, einen für sich selbst, und einen für Connie.

Die Sonne schickte einen hauchdünnen Lichtstrahl zwischen zwei Steinen hindurch. Sie war im Begriff, aufzugehen.

Leslie ließ Connies Hand los. Sie hob ihre Handflächen zum Himmel und sah mit ihrem langen, die Beine umspielenden Kleid und ihrem im Sommerwind flatternden schwarzen Haar wie eine heidnische Göttin aus. Von den Steinen streckten sich lange Schatten nach ihr aus, wie flehende Finger. Aus dem dünnen Sonnenstrahl wurde ein Halbkreis.

Connie durchfuhr ein erwartungsvoller Schauder, der sogleich wieder verflog.

Sonderbar.

Sie stand auf und schnallte ihren Rucksack fest für den Marsch zurück zu dem Platz, an dem sie ihre Fahrräder stehen gelassen hatten. »Bist du bald fertig? ich meine mich erinnern zu können, dass du mir als Belohnung für das frühe Aufstehen ein herzhaftes schottisches Frühstück versprochen hast.« Ihr Magen knurrte vor Hunger. Oder vor Unruhe?

Leslie schien sie nicht zu hören. »Ich rufe die guten Geister an«, sagte sie in düsterem Ton mit ihrer sonst so fröhlich klingenden Stimme. »Ich appelliere an die anwesenden Mächte. Hört meinen Wunsch für meine Zwillingsschwester. Sie vertraut ihrem Verstand, um einen Partner zu finden, anstatt ihr Herz über ihr Schicksal bestimmen zu lassen. Öffnet ihr am heutigen Tag die Augen. Lasst sie wahre Liebe erleben. Lasst sie Leidenschaft fühlen, wie sie es verdient. Gießt euren Segen über meinen Zwilling aus. Niemand verdient es mehr als sie. Möge mein Wunsch durch die Kraft der Sonne an diesem heiligen Tag erfüllt werden. So möge es sein.«

Liebe. Leidenschaft. Seinem Herzen vertrauen. Darüber konnte Connie nur lachen. Doch diese Worte an diesem schönen Ort von ihrer Schwester ausgesprochen zu hören, erweckte ein warmes, trauriges Gefühl in ihr. Es war, als hätte ein

Sonnenstrahl ihr Innerstes erreicht, wo sie ihre halb ausgesprochenen Wünsche verbarg, zu denen sie sich nicht wirklich zu bekennen wagte. Etwas hatte dort Wurzeln geschlagen.

Leslie senkte die Hände und blickte Connie über die Schulter an. »Das hat sich toll angefühlt.«

»Ja. Sicher.« Connie hatte einen Kloß im Hals. Sie räusperte sich und quetschte mühsam hervor: »Danke für deinen Wunsch. Können wir jetzt frühstücken?

Kaum hatte sie die Frage ausgesprochen, ballte sich hinter ihrem Brustbein – auf dem der Hexenstein ruhte – eine Faust in ihrem Inneren. Ihr wurde schwindlig.

Es war unglaublich, die Steine begannen, sich um sie zu drehen. Die Sonne flackerte durch sie hindurch wie ein Scheinwerfer durch die Speichen eines Fahrrads. Etwas brüllte in ihren Ohren. Sie hatte das sonderbare Gefühl, der Steinkreis sei ein Zahnrad im riesigen Uhrwerk der schottischen Landschaft.

»Was ist hier los?« Sie fiel auf die Knie.

»Connie?« Leslies Stimme hallte schwach, wie von weit her. »Wo bist du?«

Connie erhaschte einen kurzen Blick auf das sorgenvolle Gesicht ihrer Schwester, dann verschwand ihr Anblick in einem Flackern. Alles, was sie sah, war in blendendes Licht getaucht, das ihr stechende Kopfschmerzen verursachte.

Sie schlug die Hände vor die Augen, konnte das blendende Licht jedoch nicht aussperren. Wie konnte das sein? Es war, als leuchte das Licht in ihrem Kopf.

»Leslie? Was passiert hier?« Angst umfing sie mit eisigem Griff.

Es musste eine vernünftige Erklärung für das geben, was ihr widerfuhr. Vielleicht war es ein Schlaganfall. Mit achtundzwanzig fand sie sich etwas zu jung für so etwas, doch sie hatte von Leuten gehört, denen es in den Dreißigern passiert war.

Leslie antwortete ihr nicht.

Das Licht verblasste. Zuerst glaubte sie, völlig erblindet zu sein, doch nach einer kurzen Gewöhnungszeit sah sie, dass das durch die Steine flackernde Sonnenlicht dem gedämpften Glühen eines Feuers gewichen war. Sie betrachtete es durch eine Art Gitterwerk. Es war ein Busch, der keine Blätter trug.

Das Schwindelgefühl legte sich. Sie fand sich auf allen Vieren auf harter Erde wieder. Es war Nacht. Die Temperatur lag weit unter der des milden Junimorgens, an dem sie sich mit Leslie erfreut hatte.

Noch vor wenigen Augenblicken waren ihre Achseln vom Wandern feucht geworden. Jetzt kühlte der Schweiß sie mit beängstigender Schnelle ab. Sie begann zu zittern.

Sie hockte sich auf den Boden und schlang die Arme um sich. Es fühlte sich an wie das Ende eines nasskalten Winters. Als ihr Verstand den Versuch unternahm, ihre Umgebung einzuordnen, begann sie, nach Atem zu ringen.

»Hörst du das?«

Eine männliche Stimme.

»Aye.« Ein zweiter Mann. »Wenn mich meine Ohren nicht täuschen, haben wir einen Lauscher dort im Dickicht.«

Knirschende Schritte näherten sich. Sollte sie fortlaufen? Oder aufstehen und sich zeigen? Wo zum Teufel war Leslie abgeblieben? Sie erstarrte vor Angst.

»Vorsicht, Sir. Es kann ein englischer Spion sein. Wir sind schließlich schon ein Stück weit in Perthshire. Ruthvens Männer sollen seit der Ernte schon mehrere gefasst haben.«

Der andere Mann grunzte.

Zwei dunkle Gesichter spähten um den Busch. Ihre Augen hatten sich noch nicht ganz umgewöhnt. Das einzige Detail, das sie erkennen konnte, war, dass sie voluminöse Kleidung in dunklen Farben trugen.

Sie blieben so dicht vor ihr stehen, dass sie den Kopf in den Nacken legen musste, um zu ihnen hoch zu starren.

Sie konnte jetzt gut genug sehen, um zu erkennen, dass sie alle beide bärtig waren. Und die Stirn runzelten.

Sie erhob sich auf zitternden Beinen. »Hallo«, begrüßte sie sie. Sie versuchte, trotz ihres Zähneklapperns zu lächeln. »Ich glaube, ich habe mich verirrt.«

»Och, es ist bloß eine Frau!«

»Eine Frau mit einem Akzent, der eher nach Englisch als nach Scots klingt. Und die sonderbar gekleidet ist.«

»Du meinst, nur halb bekleidet.« Einer der Männer wickelte sich aus einer Stoffbahn, die er um die Schultern trug. Er wollte sie ihr reichen.

Der zweite Mann hielt seinen Arm zurück. »Halt ein. Könnte sie nicht eine der Hexen sein, vor denen der Bischoff gewarnt hat?«

Der Akzent der Männer war ausgeprägt, doch sie begann, sie zu verstehen. Sie fürchteten, sie könne eine englische Spionin oder eine Hexe sein. Daraus schloss sie, dass es sich nicht um Männer der heutigen Zeit handeln konnte. Aber das war ja lächerlich. Vielleicht handelte es sich um eine Art historische Nachstellung.

»Kann sein. Am besten bringen wir sie zu Ruthven, um es herauszufinden.« Die Männer kamen auf sie zu.

Sie wich vor ihnen zurück. Ihr Atem formte eine Wolke vor ihrem Mund. »Hören Sie, es muss sich um ein Missverständnis handeln. Ich bin Amerikanerin. Ich habe mir bloß mit meiner Schwester den Sonnenaufgang angesehen. Ich weiß nicht, was passiert ist und wie ich hier gelandet bin, aber ich gehöre nicht zu … dieser Veranstaltung. Ich – äh – gehe dann mal.«

Einer der Männer sagte: »Die Sonne geht erst in ein paar Stunden auf. Und wo soll deine Schwester sein?«

»In Druid's Temple, außerhalb von Inverness. Diese Steine auf dem Hügel, wissen Sie? Wenn Sie mir nur die richtige Richtung angeben, werde ich meinen Weg schon finden.« Sie begann, sich äußerst unbehaglich zu fühlen. Ihre Nackenhaare begannen, sich zu sträuben. Waren diese Männer gefährlich für sie?

Einer der Männer sog scharf den Atem ein. »Inverness? Das ist vier Tagesritte von hier entfernt, Mädel. Du bist hier in Perthshire, nicht weit von Stirling.«

Perthshire. Stirling. Die Ortsnamen kamen ihr bekannt vor. Stirling, so hatte sie in ihrem Reiseführer gelesen, war der Name der Stadt und des Schlosses, das viele von Schottlands Königen der nahegelegenen Festung von Edinburgh als Residenz vorgezogen hatten. Perthshire war wahrscheinlich ein alter

Name für Perth, das nördlich von Edinburgh lag. Sie und Leslie hatten vorgehabt, nach ihrer Nacht im Bed and Breakfast in Inverness ein paar Tage in Perth zu verbringen. Von dort aus wollten sie Ausflüge nach Stirling, Edinburgh und allen Orten, die ihnen interessant schienen, unternehmen.

Der Mann musste sich täuschen. Perth lag nur ein paar Stunden Fahrt von Inverness entfernt. Sie konnte sich nicht in Perth befinden. Die Männer im Auge behaltend wich sie zurück, bis sie mit dem Rücken an etwas Hartes stieß. Sie tastete mit den Händen danach. Es fühlte sich an wie ein Wagenrad.

»Sie redet unverhohlen von Druiden«, sagte der zweite Mann. »Und sieh mal, was sie um den Hals trägt. Einen Hexenstein.«

»Sie muss eine Hexe sein. Schnell. Fessel sie!«

Sie griffen nach ihr.

Sie schrie.

Niemand kam ihr zur Hilfe.

Ebenfalls von Jessi Gage

Ich wünsch mir einen Highlander
(Highland-Sehnsucht Band 1)

Ich wähle den Highlander
(Highland-Sehnsucht Band 3)

Die Highlanderin des Königs
(Highland-Sehnsucht Band 4)

Printed by Amazon Italia Logistica S.r.l.
Torrazza Piemonte (TO), Italy

34018201R00251